限量版編號：133

歐陽昱　著

一部
關於小説的小説

我將在不知道時候的時候獨自遠行。

魯迅《影的告別》

Neither you without me, nor I without you.

Marie de France

　　她對著鏡子，開始打扮。她在他的祭日，為他打扮，小心翼翼地對鏡，把上眼皮塗成墨綠。這是他生前和她在一起時，最愛的一種顏色。她睜開眼睛，看見了一個不同的自己：比平時任何時候都美麗、魅力。那時候，他愛她。她把自己打扮起來時，他更是愛她愛得發狂。要征服這個男人，她知道，最佳手段就是把自己打扮成一個仙女、神女。往往還沒有打扮完，他就從後面把自己摟住了，用手從下往上地撫摸她的雙乳。她的身體，會因為他的撫摸而變得柔軟無力。她閉上眼睛，享受這澎湃的時刻。他從後面看過去，看到了深濃的眼影和一張在欲望的折磨下逐漸變形的臉龐。她記得自己塗得鮮紅的嘴唇，會在轉頭的那一剎那，被他用嘴唇接住，緊接著就會像鮮花一樣，開滿他的臉上。往往幾次狂吻之後，就會吃驚地發現，他把自己的唇膏吃光。她，這個女人，永遠不知道的是，他其實最愛的就是她，儘管他似乎總也不像電影、電視、小說、詩歌中的那些男人那樣，向她山盟海誓，說些甜言蜜語，專找讓她聽了心花怒放的話來說。有時，她也不免氣他、恨他、嗔怪他，但一見面，摟在一起，讓他把自己的舌頭含住，滋潤自己久旱的心田，自己就像一塊堅冰一樣融化了、溫暖了、沸騰了。這大概就是人們所說的愛情吧。

　　她把自己打扮好後，光著身子，只穿一雙漂亮的高跟鞋，便在床上躺下，把他的遺像拿過來，豎起來放在床邊一張椅子上，讓他看著自己，一邊喃喃自語著說：喏，看我，看我，好看嗎？喜歡嗎？愛你，寶貝，愛你！他在遺像裡回望著她，眼裡微露著笑意，似乎十分欣賞她，欣賞她赤裸的一切。她彷彿進入夢境，和他走到一起，聽到他在她耳邊低語，說：我愛你，寶貝！我好愛你呀，寶貝！他們的牙齒因互相輕輕的撞擊而發出小小的磕碰聲。他們的舌頭纏繞在一起。他們在互相接納對方的同時，彷彿融為一體。這是愛情達到的最高境界：敵我不分、你我不分、肉肉不分、皮皮不分。敵，就是冤家的意思。兩個愛人，兩個愛人的人，碰到一起，那是澈底忘我，也忘你的愛。

　　她看著他，看著他的眼睛，這個比她大很多的男人，眼裡總是射出一種冷光，有一種冷峻的魅力。後來她發現，只要他們在一起，赤身裸體地摟在一起，這種冷光就逐漸消失，代之而來的是一種試圖吞噬一切的貪欲。原來你並不是那種不食人間煙火的正人君子呀，她想，並為這種想法感到驕傲，因為是自己的魔力令他著迷。她閉著眼睛，在想像中看見他把自己分開、舔濕，她開始小聲地呻吟。接著，她接住他的玉柱，以潮濕的舌頭將其圍裹，特別用舌尖舔舐龜頭下面那根凸露的青筋，並繞著它上下吸動，這樣一種方式，讓她心愛的男人從咽喉深處發出男性的低音。她最愛、最愛聽這種深沉喉音的震顫了。她在夢一般的境地，與他一起達到了高潮。

　　他稱這為「蕩」。

　　「蕩？」她睜開朦朧的，依然充滿欲望的眼睛，從下面看著他。「淫蕩？浪蕩？飄蕩？流蕩？激蕩？」

　　「都不是，」他說。

　　「那是什麼蕩？如何蕩？」

　　「孔子一樣地蕩。」他說。「孔子說：『地氣上齊，天氣下降，陰陽相摩，天地相蕩，鼓之以雷霆，奮之以風雨，動之以四時，暖之以日月，而百化興焉』。[1]我們是陰陽相摩的那種蕩。」

　　她叫真念雙。他叫修潔音。二十歲那年，她愛上了四十歲的他。愛上他不過幾年，他就因重度憂鬱症而自殺身死，身後留下了一箱子他寫的手稿。這一年，她在紐約一家大學通過了博士論文答辯並獲得了博士頭銜。那天晚上，她也是像今晚這樣，看著他的遺像，雙雙步入了佳境，床邊還有他那箱手稿。

　　他去世後，她很少翻動那箱子裡的東西。那彷彿是他的遺骨，神聖得不敢隨便用手碰動。她只想走到哪裡，就把它隨身帶上，哪怕那麼沉重，那麼累贅，但帶著這口箱子，就像陪伴這個曾經愛過、現

---

[1] 引自司馬遷（等著），林語堂（英譯），《孔子的智慧》。正中書局，p. 514.

在仍然深愛著的男人，那種一經建立，深入骨髓的感情，是不可能以任何別的情感所替代的。這在一個情變快似閃電，忠誠與背叛已成同義語的時代，似乎匪夷所思，但真念雙就是真念雙，她是一塊白玉，容不得任何雜質，不是俗世能夠評說比較的那種。畢竟無論世風多麼日下，魚龍多麼混雜，這個世界上依然有少數人，像真金白銀一樣純潔，含金量、含銀量之高，非一般參假之物所能比擬。

　　卸妝之後，她小心翼翼地打開箱子。從箱口還蓋著的郵戳來看，這口箱子是從中國寄來的，已經有好些年了，是九十年代中期的。她翻開手稿，有的是小本本，有的是練習簿，還有的是300字的方格稿紙，一摞摞整整齊齊地碼著，全是他－修潔音－的親筆。許多都是未完成稿。有原創的短篇小說、中篇小說、詩歌，還有翻譯的詩歌和短篇小說，這些翻譯的小說中，既有從英文翻譯的，多數也是從英文翻譯的，也有從德文翻譯的，這不多，大約有幾篇。翻著、翻著，她翻出一張疊成兩半的紙。她心跳了一下，不敢馬上打開，怕是寫給她的遺書。她記得，他是在他自己的車裡，把管子一頭接在汽車排氣管上，另一頭插進車裡，打開引擎，呼吸廢氣而致死的。這之前，他早已安排好一切：車歸她，水電費、房租費、煤氣費，等等，該交的都已交齊全，家中老母的匯款，也早已給她郵去，帳戶中的餘款，他也通過事先安排好的延遲發送方式，利用電子郵件在他死後的第二天發給了她，裡面有他的銀行細節和密碼。他沒有留下隻言片語。

　　她終於鼓起勇氣，把這張折成兩半的紙打開，一看文字便驚呆了。這是一張用手寫的文字交代，是關於這些遺稿的指示，話語冷靜、沉著，全文展示在她的眼底：

　　敬啟者：

　　　　這口箱子存放的物品，都是我年輕時寫的手稿。我不是一個愛投稿的人，這也許是因為我生性軟弱，經受不了一次次退稿的

打擊而最後作出的一個懦夫的決定：只以我的筆，記錄我走過的生命旅程，不必示人，也不想人。我雖不相信命運，但我內心十分清楚，我不會活過四十四歲。凡人能知道並基本掌握、甚至計畫自己的生日，但凡人無法預知，他們將卒於何時何地，更無法選擇之，而我，如果說我有任何不凡之處，那就是我會主動選擇我的卒日。

我能選擇自己的卒日，但有一樣東西我無法選擇，那就是我這口箱子中的物品。我無法對這些稿件下手，把它們焚之一炬。我可以選擇自戕，但我對這些超乎肉體之上的精神—凝聚在文字中的精神—卻始終拿不定主意。不知道該如何做決。

卡夫卡在把手稿交給朋友Max Brod，讓他全部焚燒時，我想他大約也是同樣的心情。但他可能知道，他是一個天才。而我根本不知道，我是天才還是地才，抑或什麼才都不是，只是把一個個字寫下來的人而已。卡夫卡不自己焚燒，卻交給朋友焚燒，其實還是不願意自己下手，寧可把這個責任轉嫁給自己的朋友。我沒有任何人可以轉嫁，只能是這口箱子落到誰手，就由誰去處理。

現在看到這封信的人，無論你是誰，請將它按你的意願處理掉。可以送去recycle，可以焚燒，甚至可以當作不成功的典範，拿去當教材使用，只是不要用我的本名就行。

謝謝，
修潔音

我愛你，我愛你，真念雙喃喃地說，自己都沒意識到自己的喃喃低

語。從那一刻起,她就萌生了一個念頭:要把修潔音的文字整理成書,哪怕這本書沒有任何人出,她也要攢足錢,自己把它出出來。

經過一番整理之後,她作出了一個小小的決定,也就是暫時不把詩歌和譯文收進來,因為詩歌量大,且蕪雜,而譯文涉及原作者的版權問題。現在只能把散文和看起來又像小說、又像散文,又說不上像什麼的文本輯錄成集。她要在接下去的半年和一年中,每天抽空把這些東西鍵入電腦,然後分門別類地收入文中。

下面就是她無法歸類的一部分作品。即使無法歸類,但真念雙還是強行進行了歸類。她和修潔音在一起時,是個柔情似水、柔情似詩的女子,但這不是她呈現給修潔音之外的世界的樣子。她可以讓修潔音看到她最美的姿態,那不是假裝,那是她的真身,在他面前成為他的神女、他的魔女、他的豔女,展現她的千種媚態,萬種風姿,但一走進茫茫人海裡,她就能把自己變成誰都不會多看一眼的一個平常得不能再平常、普通得不能再普通的女人。幾年的博士生涯─她讀的是雙後專業,研究後殖民、後現代作品,通常都是那種頻頻跨界的作品─使她成為一個理論專精、眼光敏銳、文筆犀利並時有開拓創見的青年文學批評家。她系統地看完了修潔音的作品之後,認為這些作品具有後現代的精神,在某些方面比之中國那些所謂後現代的作品更勝一籌。這主要表現在文體的跨界和題材的突破上面。這個問題,她還沒有就教于她的博士導師亨廷頓先生。他對中國文學知之不多,也不屑一知。就他所看到的一些作品,包括以英文寫作和譯成英文的作品,都沒有超出社會主義現實主義的範疇,無非是套在一個籠子底下吭哧吭哧出來的材料堆積,以傳統的手法血肉化一下而已,不僅後殖民不起來,更落入了自我殖民的陷阱而不自知。即使有幾個被稱為後現代的作家,那東西看上去也像步西方後塵的模仿和改寫,並沒有實質上的轉變。為此,他們常展開爭論。現在真念雙已經畢業,能夠獨當一面,進行教學和研究,她用不著為了不同的看法,而跟導師爭個面紅耳赤。她現在要做的是,把修潔音的文字梳理一番,呈現其原始

風貌，讓一個英年早逝的異人，能以文字的方式而留存於世。

她選的第一篇，是潔音二十來歲的一篇既像散文，又像小說，又二不像，但又有點像詩歌的篇什。她記得他曾告訴她說，他那時已對雜誌報紙上看到的一切都感到厭倦、厭煩，看不下去，只想寫那些在任何地方都看不到的東西。

《綠夜》

大月亮。

蟲聲瀑布一般潑濺開來。野草，高過人頭，排空而立。

兩個人在前面走。

他覺得還是不寫為好。還沒有虛幻到失去真實的骨髓。他和孩子鑽進了被高樓擠得宛如一條蚯蚓的小巷中。水珠滴落下來。

下雨了，孩子說。

是樓上滴水，他看了一眼綠苔石上炸開的幾瓣白水珠碎片，說。

水通宵達旦地從高樓頂部的溜槽口往下傾瀉，瀉進不眠的夢的半明半暗的洞穴中，外面，與綠紗窗一半齊平的地方，是齊嶄嶄的屋脊，屋脊之上是一塊四四方方的青白色，月亮不知在什麼地方照著，只在門口看見它倒臥在地上的身影。

灰色大鼠的細腿飛快地從碎石子路面移過。停留在洞邊，鑽進洞內，洞內是怎樣一個祕密深邃的世界，陰冷，潮濕，卡夫卡的想像。

又是一個大老鼠，孩子說，手指著溝邊。

他感到離婚後的疲憊，拉著孩子，徜徉在七點以後夏日的大街。

兩個人影消失了，土路若隱若現，起伏不平，宛如他們的身影，一紅

一黑。

他想好了，泡杯濃茶，在紅木桌邊坐下，左手支著腦袋，右手握筆，寫一個字，想一個字，腦中空空如也，讓文字自生自滅，象細胞一樣繁殖，沒有故事，只有綠色，滿眼的綠色，野草的氣息熏得人欲倒地死去，蟲聲在腳下升起，猶如一張響亮的網，把他圍住，然而那是昨天的事。

今天，他拉著孩子的手，默默地對人們說，我是離婚了的人，如果要問我他媽媽在哪兒，我肯定會撒謊的，謊言將會多得象夏夜的繁星。他在尋找熟人，在這條他曾讀過小學、中學、大學的大街上，只有熟悉的店鋪門面，而沒有熟人的臉，不，他對自己說，我只是帶著孩子作飯後散步，看能否偶爾發現什麼素材，產生什麼新的故事情節，或者跟任何人進行一場愉快的談話，但他的孩子知道這是不可能的，因為他知道他的孩子知道這是不可能的。

房中充滿了寂靜的聲音。他在聽，她也在聽。人們看電視一直看到最後一個節目結束。她將啟程，而他將留下，鬧鐘已上好，將準時把旅人喚醒。他們睡在一張床上，然而卻象隔著一個海洋。

他們又出現了，彷彿從草縫中鑽出來似的，她喝醉了酒，身子搖搖晃晃，腳步不穩，在他懷裡踉踉蹌蹌地走著，他把她上身摟在懷裡，雙手摸她的乳，他從後面能看得出，他們不走了，她轉過身，撩起裙子，他脫去短褲，他們緊緊貼合在一起，他也站住了，不由自主地手淫起來，眼睛一刻也不離開他們。

覆滿厚灰的土路上「噗噗噗」響了幾下，立時滾出幾團泥狀的東西，彷彿大滴大滴的雨。

正前方，月亮，一面銀亮的圓鏡，他看見自己的臉在鏡中逐漸萎縮下去。身後，江濤聲，蟲聲，焚燒過的草堆散發出的刺鼻的氣息，一望無際的碧綠的窪地。

夜，綠色的夜，月亮從視窗撤走了它的監視。

他擱下筆，說，不是詩，不是散文，也沒有故事，也許，明天還將繼續？

$$* * *\quad * * *\quad * * *\quad * * *\quad * * *$$

她本來已把「正前方」那段，跟上文隔開了，但想想又把它們中間拉開的空間合上，彷彿把新切開的傷口重新給它stitch together（醫療術語：縫合）起來，這是生者對死者起碼的尊重，她想。俗話總說破鏡難圓，即使彌合，也會有一道縫隙，其實不然，寫書寫字的人都知道，在電腦檔中彌合一個檔之間的任何空間，只是舉手之勞，而且天衣無縫。如果不說，誰也看不出來，就像把一個不要的文檔或不雅的照片刪掉一樣，連影子都不會存在，物質不滅的定理，在這兒似乎不起作用了。當然，她知道，有一種專業公司，可以把失火辦公室的電腦檔案修復，但它的前提是，電腦並沒有燒成灰。她看到這段文字，她想起修潔音這個人，想起他們曾在一起，那種不是如膠似漆，而是電腦文字中的無縫對接時，心中感到無比欣慰。

　　這篇寫于80年代初的詩小說、小說詩、詩散文、散文詩、散文小說或小說散文，怎麼也難以給它定性。它抽空了小說的故事內容，彷彿把一具患了敗血症的小說屍體的髒血抽空，給它灌滿－灌滿什麼呢？灌滿一股新鮮的風，並以詩意的語言，使它變得空靈起來、飄逸起來。

　　真念雙學的是英美文學，對當代中國文學，有她自己的關注。產

生這個文學的國家，雖然有960萬平方公里，但產生出來的文學，其尺度遠遠比這個要小得多，其色調也基本上只有一種，如果像從前那樣，走一種中間人物的道路，那至少還能脫紅入灰，那可是諸種顏色中最高貴的一種。即便是紅色也並非必須詬病，如果這是純潔之紅，如少女的初潮，或純粹的喜宴之紅。但實際上不是，而是一種被什麼東西污染之後的暗紅。

這篇東西裡有一個關鍵字：離婚。真念雙知道，他寫這篇文字時還在婚姻中。他為什麼會進入「離婚」狀態？或者不如這麼問：他為何通過這種四不像的文體，曲折地反映一個離婚的帶著孩子的男人的狀態？人已經不在了，文字只能通過文字說話，其他的一切，都不存在了。

她現在回想起，她們（本來應該用「他們」，但那對女性是一種遮蔽，如果用「她們」，那給人造成誤導，彷彿這是兩個女的）在一起的那時－這時她決定，還是用她和他在一起時，他總是顯得很焦慮，會問一些這樣的問題：你真的相信你愛我嗎？你確定？假如你說「我愛你」，然後我說「我也愛你」，這是不是暗示著我的愛是屬於「也」字類型的？但如果你說「我愛你」，然後我說「我愛你」，而不加「也」字，這聽上去是不是有些彆扭？怎樣才能在愛中永遠保持平等地位呢？她聽見他說這些，並不覺得煩，反而覺得好玩、可愛，也不去跟他計較，而是一劍封喉地一吻封聲，把自己的舌頭整個兒地放進他嘴裡，讓他全部吸進去，有時感覺到好像被吸進了他的喉管似的。那種感覺，會讓她下面濕一大片。

她總是在這樣一種對往事的回想和對紙面現實的追索中往返，像一個思想的路人，在無言的空間和有語的紙上尋找著路。她現在找到的這一篇，也是很有特點的。

《死》

他死了已經三天了。

誰也不知道他是什麼時候死的。他的帳子常關著。幾乎可以說從沒打開過。他的床在寢室一個角落，不顯眼的角落中，同房一共四個人，連他在內，分別姓A、B、C。他姓O。

第一天沒有課，此後的兩天當中也沒有課。這是過節。他們都是外鄉人。學校空了一半。本地人回家去了，外鄉人進城的進城，看電影的看電影，攜友郊遊的攜友郊遊，夜裡是熱鬧非常的，午後一直開到深夜，電影放連場，通宵不停，夜不再沉寂，常常聽到喝酒猜拳聲，歇斯底里的歌唱聲，答錄機開到最大的舞曲聲。B早早起來，梳好頭，擦光皮鞋，背了一個包走了，房裡留下一陣濃郁刺鼻的面友味。A和C睡得很遲才起，大約十點左右，他們在屋裡商量。

「今天怎麼過？」

「先吃了早飯再說吧。」

「已經過了開飯時間。」

「上廳吃吧。」

「太貴。」

「那就等到中午吧。」

吃過中飯，他們又商量起來，結果決定，先打兩圈撲克，再走一盤象棋，然後睡覺。

走棋的時候，他們感到屋裡出奇的靜。

「咦，O到哪兒去了？」A說。

「不在帳子裡嗎？」C說。

他們繼續走棋，然後睡覺。第一天就這麼過去了。

第二天。B一個人在這，A和C出去了。

來了幾個同學，是B的同學。中午他買了幾瓶酒，幾個菜，大家吃了一餐。誰也沒注意到那床緊閉的帳子裡有什麼異樣。下午，B陪同學到街上轉了一圈，回來後，鑽到被窩裡睡了一大覺。晚上，A和C回來了。他們玩得很疲倦，大家也懶得多說話，各自上床睡了。

半夜，A和B和C各做了一個夢。

第三天，大家一邊磕瓜子，一邊聊著。

「我昨天夢見發大地震，我們幾個都死了，」A說。「就他一個人還活著。」

「怪，我也做了一個類似的夢，說我們幾個都沒出成國，就他一個人出國了，」B說。

「我的夢和你們的恰恰相反，」C說。「我夢見他給我們一人帶了一封信，都是好消息，一個的老婆生了兒子，一個的女朋友馬上要來，一個是他想去的單位同意接收了。就他沒有信。」

真的，他為什麼沒有信呢？很少見他收到誰的來信，好像沒見他提過家裡的事，倒是老看見他一封封地往外發信，他們三人開始討論起這個問題來。

「他這個人可能沒有朋友。」

「他跟家裡的關係可能不好。」

「他們夫妻之間恐怕常鬧矛盾吧。」

最後，他們得出結論，這是個性格不合群，過於清高，卻又沒什麼本事的人。

「隨他怎麼吧，反正我跟他一起生活也不過兩年。」A和他曾有口角。

「對。」C不大喜歡他，他一天到晚老是埋頭讀書，連話都不跟人說。

「咱們打牌好了，」B說。他是個不求名利的人。他也討厭那些追逐名利的人。

晚上，他們聞到第一股臭味。

「一定是你的鞋子，」A指著C的床底下。

「放屁！我才洗的腳。」

「可能是附近廁所的吧，」B推測。

「把窗子關起來！」

然而更臭了，好像就在鼻子底下。三個人怎麼也坐不住了，六隻眼睛在屋裡搜尋好了一陣子，最後一齊落在O的帳子上。

「莫非──」

「要是他死了──哎呀！」

「O，喂，O，起來！」

「別叫，他睡著了，你就別叫，免得他不高興。」

「即便他死了，也不能怪咱們，他事先也不打個招呼。」

「就是呀，不然，我們早就送他上醫院了。一個房裡的人，難道這一點做不到，你說是吧？」

「可現在怎麼辦，已經臭了呀！」

「誰？他？不可能，可能是臭襪子發出的氣味，你把窗戶打開吧。」

窗戶打開，室內空氣流通了，臭氣消失了。不久，他們都睡著了。

要是此刻能夠說話該多好啊！明天可怎麼度過呢？

***　***　***　***　***

這是一篇奇特的小說，她想。以《死》為標題，已是大不吉利，與他出生的那個一切都圖吉利的國家文化，是針鋒相對，頂著幹的。無論《推銷員之死》，還是《導河者之死》，前面都有個定語，還讓人知道死者是誰。這一篇談「死」的小小說，卻留下死人未亡，活人已死的疑惑。可能真正的「死」，是最後那句斜體字中的話：「要是此刻能夠說話該多好啊！」人與人之間，已經到了無法交流溝通的地步，

人們即使活著,也雖生猶死。

死亡在她和他之間,也是一個經常討論的話題,特別是在做愛的時候,更是如此。曾有一次他在抵達高潮時,說了一句話:就讓我死在你裡面吧,寶貝!她也不知道自己作為回答說了什麼,因為在高度亢奮的狀態下愛死過去了。後來他告訴她,說:你當時說,你要是死在我裡面,我就把你活著生出來!真念雙想不到,自己竟然會說出這麼詩意的語言,臉也紅了。兩人又接嘴而吻。

她讀博士那年,曾在另一座城市的大學,發生了一場槍擊案,一個華人博士,開槍殺死了一個很優秀的同學,以及周圍的幾個人,包括他的導師和系主任,然後飲彈自殺。雖然全美華人媒體幾乎眾口一詞地譴責這個開槍殺人的兇犯,但修潔音有他自己的看法。他舉出他年輕時,家鄉小鎮上也曾發生過一個類似的事件。一位男性因被女友拋棄,而從家裡把當軍官的父親的槍偷出,把她打死之後,自己也吞槍自殺。修潔音說,愛情和死亡糾結在一起,愛情留下的空白,只有死亡能夠填補。

她還記得,他們當年曾為這事,有過一場爭論。本來是談槍殺和自殺的,卻不知怎麼扯到了吉辛身上,因為兩人都看過他的《新格拉布大街》。

修潔音說:「為了生活,女人站在市場一邊。」

真念雙說:「也不盡然。」

修潔音:「里爾登和艾米之間的關係,就是一個明證。」

真念雙:「那只是作者為了貶低女性,而刻意塑造的典型。」

修潔音說:「男人為了藝術,不願與市場同流合污,家中孩子嗷嗷待哺,灶裡揭不開鍋,面對這樣的男人,女人只能一走了之,像艾米那樣,愛情是站不住腳的。女人要的就是舒適、活命、有飯吃、有衣穿。吉辛說的是英國,放到別的國家也是一樣。」

真念雙說:「並非所有女子都是如此,也要看具體情況。」

修潔音說:「《新格拉布街》提供了一個樣本,里爾登寫書賺來

的錢，不夠養家活口，為了市場而寫的垃圾作品，又沒有出版社要，只得暫時放棄寫作，到一家診所當職員，老婆艾米卻堅決不同意，一定要他繼續寫作，再現第一部小說的成功。否則就威脅他要搬走，帶著孩子回娘家。你說這樣的女人，有何愛情可言？」

真念雙說：「現實婚姻生活中，的確無處不跟錢打交道，但一般的男男女女，都能挺過去。那部小說講的，不過是一個極端的個案而已。」

修潔音說：「其實中國古代，就有這樣的實例。漢朝有個叫朱買臣的。結婚後生活過得艱辛無比，靠砍柴度日，還堅持讀書，最後硬被妻子逼著寫了休書，哪怕他迷信地說，人家算命說他，五十歲後會時來運轉，妻子也聽不進去，硬是跟他離了，跟艾米還有點相像。後來朱買臣發跡，碰到了前妻。前妻想跟他重歸於好，他叫人拿來一桶水，潑了出去，說：你要是能把這桶水收回來，我就娶你！結果妻子羞愧難當，回去後就自殺了。」

真念雙說：「這男人也太自私、冷酷，把女的硬是逼得自殺了。」

修潔音說：「我說的意思你怎麼好像不明白？這個故事雖然講的不是愛富，但它講的是嫌貧。里爾登向畢芬表示，他寧願過一種清貧而藝術的生活時，艾米也在旁邊，但根本聽不進去。她要過的是那種住兩層樓，有僕人打理，衣食無憂的生活。你說這種女人，是一種什麼樣的女人！」

真念雙說：「你說話口氣怎麼總是這麼難聽，女人、女人的。好像女人都是魔鬼似的。」

修潔音說：「不是魔鬼，難道是蘑菇？」

真念雙說：「你說什麼？」

修潔音說：「我開玩笑來著，你沒聽出來？」

真念雙說：「我不喜歡你這樣開玩笑。」

修潔音說：「女人總是這樣，該嚴肅時嚴肅不起來，不該嚴肅的時候，她嚴肅得不得了。」

真念雙說：「你的大男子主義思想太嚴重了。」

修潔音說：「其實愛情，是生命為了生命而產生的生命衝動。」

真念雙說：「你什麼意思？」

修潔音說：「男女求歡，最大的目的是為了延續生命。那是動物的本能。但人類跟野獸的不同在於，他不能赤裸裸的。他要把這個本能，包上華麗的外衣。他要為這個本能，提供動聽的言辭。他要在本能產生衝動時，王顧左右而言他。」

真念雙：「講下去。」

修潔音說：「正如他要在做愛時，儘管赤身裸體，卻要蓋上被子一樣。即使在只有兩人時，他也感覺到別人的眼睛無處不在，隨時隨地都盯著自己。動物不同。不需要所有這些繁文縟節，無論有多少人眼或獸眼盯著，它照樣不慌不忙做本能要求它做的事。它交配了，它就會有幼獸生出。人交配了，人就會有幼兒生出。但是，人連「交配」這個字都不能用，因為不好聽，只能用性交，或者用床笫之樂這類詞彙來描述，以表現他與動物的不同。」

真念雙說：「好，繼續講吧。」

修潔音說：「人與獸的關係，應該倒過來才是。比如說，我們的成語總說：禽獸不如。這完全是錯誤的。禽獸怎麼了？禽獸懷了孩子，會因為怕人知道婚外情而把它打掉嗎？把懷上身的孩子打掉，只有人類才做得出來。這個成語應該改成『人類不如』才是。你說呢？」

真念雙說：「有一定道理，但人是不自由的，他無時不刻受著社會和社會制度的約束，他無法做他心裡想做的事，也無法想做他身體想做的事。況且他身體想做的事一旦做了，就會有種種後果，而這些後果，又總是與經濟相關。」

修潔音說：「你的意思是說，與其有，不如無，對嗎？也就是說，那些懷在肚子裡的孩子，生下來肯定養不活，上不了戶口，沒人承認或受人奚落，寧可如此，還不如不生下來的好，對嗎？那不是人類不如又是什麼？」

　　真念雙說：「是的，至少這個成語得改一改，或者用的時候要好好想想是否合適了。」

　　他們的那場談話，最後以做愛結束，那是一場異常兇猛的做愛。這兩個從不紅臉的人，有了那次算不上是口角的口角後，雙雙都感到心裡憋得慌，真念雙還哭了。在修潔音的多方勸慰下，任由他把自己扒光，前前後後地出出進進，使真念雙一而再、再而三地達到高潮。

　　真念雙在工作之餘或回憶之後，忙裡偷閒地整理修潔音的作品。這天她發現了一篇遺作，覺得與那次兩人發生的口角，似乎有著某種內在的聯繫，儘管中間隔著一二十年的時間，便放在下面了。

《朝陽是美好的》

那年我十九歲已經過去十年了我是說發生那件事的時候我才十九歲真是個充滿幻覺的年齡呀健我無法對你用口頭的形式表達這一切你知道嗎那一半已經留在她的口中可是我也記不清楚那究竟是怎麼回事了那是一個清晨是的沒錯我可喜歡長跑吶天剛濛濛亮大家睡得正香甜誰也不想爬出熱被窩到寒風凜冽的山頭受那份洋罪可是我你知道受不了總是很早就醒了睡不著覺呀不是有個叫佛蘭克林的美國人說要睡覺的話墳墓裡頭有的是時間急什麼吶反正躺在床上睡醒瞇睡也冷在外面跑步也冷冷到一堆去了還是不如起來活動活動身子的好我就起來了健你明白嗎我是沉默的永遠永遠沉默的你即便碰到我我也只能這樣告訴你你的事情現在怎麼樣了都十年了你還是老樣子嗎還那麼喜歡女人那時我真真羨慕你不管走到哪兒都有女人陪伴你常笑我眼睛大膽子小只敢滴溜溜地轉著眼珠偷瞧女人哪象你不管是搶公共汽車也好看電影也好逛大街也好身邊的女人沒有不被你那雙無所不在的手摸一把的可能還不止於此吧可你不肯告訴我老是取笑我說我眼睛大膽子小可你知道嗎那個清晨我穿一身藍色運動裝一口氣跑上山頂呵空氣那個新鮮呀我的每

個毛孔都能呼吸得到你呀你這個大懶蟲我總對你說早上鍛鍊身體有益
你總不聽偏喜歡過夜貓子生活一熬就是半夜三點一睡睡到上午十一二
點然後敲著個嗚嗚響的掉瓷的飯盒半睜著個惺忪的睡眼到食堂排頭班
吃紅燒肉新鮮空氣可比紅燒肉好吃嘞你哪裡曉得嘞你這個肉食動物你
又會嫌我話扯遠了文不對題現在更是如此了別怪我朋友那時太陽沒升
起來呢遠山近嶺籠罩在一層乳白色的薄霧中我沿著共青大道跑上雞公
尖一排排學生宿舍象方方正正長短不一的積木橫搭豎搭在一起擠著靠
著睡覺是的在腳下我拐入一片沒有名字的樅樹林那時已有一兩隻小鳥
甦醒了它們抖動著羽毛樹葉上的露珠劈裡啪啦地砸下來濺在臉上好冰
涼好舒服呀我一邊跑枯樹葉枯樹枝便在我腳板底下吱吱嘎嘎地叫著好
像是感到極度舒服時發出的呻吟我跑著的時候眼睛看著樹梢和天空只
用餘光指引我避開面前的樹幹和石塊樹梢黑黝黝的天空藍幽幽的一齊
跳動著彷彿一些交叉的浪頭我心裡頭想可是我怎麼也記不起我當時心
裡頭想的是什麼我只有一種感覺這種感覺就像一架上了發條的鬧鐘或
是一架開足了馬力的汽車只想一鼓作氣地跑下去一直跑到不能跑動為
止我覺得我其實好像沒有跑不動的時候我那時才剛滿十九歲呀真是一
個充滿幻覺的年齡我的身體彷彿在擴張膨脹要是吹來一股大風興許會
把我象一個大紅汽球吹走的飄飄蕩蕩浮游在半空看啊一朵朵白雲在我
的頭上身邊腳下飄動剛剛甦醒的水田睜開了半明半暗的眼睛密密麻麻
的重甸甸的夜露都把深綠色的樹叢染成晶瑩的一片淺灰我奇怪為什麼
大夥兒體會不到這個樂趣呢我真想用雙手在嘴巴上卷成一個喇叭筒對
著山下沉睡的人們大喊快起來吧到這兒來吧這兒可美吶可是我知道即
便我把嗓子喊啞他們也聽不見的他們睡得可香甜吶尤其是咱們的幾個
同房只要第二天沒課不睡到下午是決不會起床的讓我想想那天有課嗎
健那天是星期幾呀要是星期四就沒課我再想想星期一兩節外語兩節漢
語語法星期二中國歷史和古代漢語星期三是不是當代文學和現代文學
反正對了星期四是沒課的好像星期四一向沒課是嗎我跑到哪兒來了這
個地方以前好像還沒來過怎麼樹林不見了好像鑽到地底下去了周圍只

有兩三塊孤零零的大石一面是絕壁一面是一個大斜坡上面開滿了零零星星的雛菊黃色的雛菊斜坡一直通向下面一望無際的湖水之中要是沿著斜坡從雛菊叢中一路淌下去然後一個燕式跳栽進水中那可太棒了只是水太涼了過一段時間等天暖和了我一定要這麼幹一次我正這麼想著呢忽然瞥見一塊大石頭活動起來把我嚇了一大跳難道真象他們說的那樣這個山中有那麼一個鬼地方一到晚上石頭會走路樹會嗚嗚哭泣草莖會招手要人過來嗎我可不信我的腳步不知不覺停下來想看個究竟定睛一看原來哪裡是什麼大石頭不過是一個人影罷了那人坐在一塊平展的石頭上低著腦袋好像在沉思什麼這倒怪了這麼早他跑這兒來幹嗎莫非昨夜就在這兒坐了一夜就這麼低著腦袋我想起了懸崖崖下的亂葬岡以及縱身一躍時的慘叫我產生了好奇我走過去我想看清他的面目我走到他的背後正要伸手去拍拍他的肩膀說聲夥計你在這兒幹嗎我突然驚住了手凝在半空這根本不是他而是她一個女人一個姑娘這細花點子襯衣領大紅格子外套濕濕的長髮晨光熹微中分分明明地坐在面前宛如一尊雕像可是怪的是我怎麼會稀裡糊塗地把她錯看成一個他呢我感到一陣慌亂又有那麼點竊喜啊姑娘在這空無一人的山頂上只有我倆這時她回過頭太陽噴薄而出紅噴噴的一張臉新鮮地浮現在我眼前我沒聽見她在說什麼汽球升空的輕飄飄的感覺又一次攫住了我同時還融入了一種迷迷糊糊的幸福感我那時才十九呀那是一個多麼浪漫的年齡現在你就是逼我幹我也不會幹的我真謹慎到了膽小如鼠的地步幹啥事都要思前想後你知道你早就說過我這人沒出息我承認這一點可那時當時我做的事恐怕你是永遠也想不到的我和她挨得那麼近我什麼時候和一個姑娘挨得那麼近呀她逆光站在那兒初生的陽光如水如霧一樣潑潑下來她的髮梢都象著火似的放著透明的金光她的面龐紅噴噴的我看不見她的眼睛鼻子和嘴巴我倒退幾步然後跑掉可是我本能地定在那兒彷彿發呆似的一動也不能動她也是一樣一動不動面對面地看著我我感到眼睛發黑她的髮梢一會兒發黃一會兒泛綠太陽成了一團漆黑的火球悶悶地燃燒著山上山下的鳥叫得令人心跳不已我聽見啪嗒一聲低頭看時是一本課本

書頁稀裡嘩啦亂響了一陣合上了靜靜地躺在腳下不動了我俯身去拾她也俯身去拾猛然我瞥見她雪白的脖頸我彎下的腰又直了起來我該走了姑娘我打擾了你朝讀的佳境我該走了可是黑色的陽光從她躬起的身子背後傾瀉過來那一道道金光宛如一條條無形的繩索立時三刻把我從頭到腳捆在一起動彈不得每一片樹葉吐出了火焰光禿禿的大石真的活動起來朝山下滾去我不知我幹了些什麼但是我記得她被我摟進懷裡一剎時她出乎意料地沒有動彈一下不由自主地把腦袋湊過來把她紅噴噴的臉龐金燦燦的太陽送到我的面前貼在我的臉上我們的嘴唇不約而同地張開了我們的舌頭

　　健我的那一半留在了她的口裡永遠永遠地留在了她口裡我以十九歲的青春妙齡換取的代價是我成年的沉默直到死也無法開口的沉默。

　　健你聽得見我的聲音嗎？

＊＊＊　＊＊＊　＊＊＊　＊＊＊　＊＊＊

　　修潔音從未把這些文字給她看過，甚至從未提及。現在她第一次看見，著實有些震撼。八十年代的中國文學，雖然受到剛剛打開國門而蜂擁而入的各種思潮影響，但由於中國文字和文化先天性的僵化和後天性的板結，無論題材的開拓，還是手法的運用，都受到制度性的限制，文人的大腦就像螺絲釘，按照同樣的尺寸批量製造，以便擰進為他們前定的那座巨大的社會機器裡。只有極少數人能夠從中遊刃有餘地脫穎而出。這基本上不外乎兩種人：從一開始就把尺寸弄壞了的和自始至終拒絕被人製造，因此永遠待在那架機器之外，不可能被這種機器接納的。修潔音就屬於這後一種人。

　　這個故事的梗概，簡單得不能再簡單：一個19歲的青年，在山上晨跑時，看見一位晨讀的少女，產生了性衝動，沖上去把她抱在懷裡並不由自主把舌頭伸進她嘴裡，但被那女孩當即咬斷了舌頭，從而陷入永久的「沉默」。而這故事，不是由那女孩子來講，不是由動輒

進行道德評判的他人來講，而是由丟掉舌頭，永遠「沉默」的當事人來講。這當事人又不是真正的當事人，而是一個虛構出來的當事人。說白了就是修潔音。但再往下想，又不是修潔音，而好像是文字通過修潔音這架鋼琴，發出的怨訴之聲。

即使放到二十一世紀，真念雙想，在那個國家依然像穿著拘束衣的文學中，這樣的寫法，也是不會被容許的。她很替修潔音感到惋惜。他是一個生錯了國家的人。其實如果他像多數人那樣輕易地就範，也許會滿足於過一種豬一樣幸福的生活，把腦子在腦中割掉，猥猥瑣瑣、唯唯諾諾、得過且過地過掉一生。可他偏偏要超越這些他連一天都不想與之共存的人。她記得他曾對她說：我覺得我的大腦已被割掉，現在頂在脖頸上的，是一隻透明的燈籠，裡面所有的思想，走到哪兒都會被人看得一清二楚。我有時害怕極了。真想像阿拉伯人那樣，像阿拉法特那樣，用頭巾把自己腦袋纏裹起來。

「你就用我把你腦袋纏裹起來吧，」真念雙說。「或者把你的腦袋給我。」

「有時候，令我無法理解的是，在我原來那個國家，他們那樣讚美、那樣欣賞捨己救人的事，後來我發現，那其實是一種補償，他們把法律做得漏洞百出，他們那些居高位者為自己留下多條狡兔的後路，但卻通過自己的報紙喉舌，用不要錢的文字，來歌頌那些捨己救人者，這樣他們就可以繼續違法亂紀下去，為所欲為下去，而讓不該犧牲生命的人犧牲生命，在一片空洞的讚聲之中被人忘卻，而更糟糕的是，讓更多的人去做這種無謂的傻事。」

這就是真念雙看到那篇短文時，想起他們另一次做愛之前，修潔音講的話。他倆在一起，幾乎形成了一個慣例，不是一見面就做愛，然後「彙報」思想，交流久別重逢後的種種思想感情的軌跡，就是把這個過程反過來，先來一番形而上的交流，然後再來形而下的交流。無論這個過程是正是反，真念雙都非常喜歡。她現在把這篇短文找出來，也準備收入《潔音文集》中。

《無題》

老人活了八十六歲。

他在這座海濱城市生活了整整五十年。春夏秋冬，無論颱風下雨，烈日似火，他每天都要去海邊散步。他不熟悉那個城市的生活，那兒生活的人，但是，大海攤開在他的面前，彷彿一本讀熟的書，一本永遠也讀不倦的詩歌。

他坐在礁石上，夢幻、朦朧的眼睛彷彿遙望著遠方的落日，又彷彿什麼也沒看。波濤卷起一堆堆雪粉，濺濕了他的青布鞋。他一動不動。有一次，他那襯著火紅夕陽的身影似乎向前微微傾側，這時，波濤的喧豗中出現了一種恐怖、不祥的尖鳴，繼而又倏然消失。

一個青年在背後不遠處注視著他，樣子像個幽靈。他看見落日的邊緣挨著水面了，老人搖了搖頭；又看見半個夕陽浸在水中，老人有些煩躁不安，把手杖從左手換到右手；又看見整個落日沒了，水面上頓時蒸騰起一股刺人股骨的涼氣，老人似乎想起什麼，變得堅定起來，他舉起手杖，投入海中，然後手撐地站起來，腳站立不穩，身子搖搖晃晃的，在天光消失的一刹那，投入了波濤滾滾的大海中。

泥塑木雕的青年聽見「噗通」一聲，身子哆嗦了一下，閉上了眼睛。往事電一般掠過腦海：

……十年前，他二十五歲，在海邊游泳。忽見一個老太婆投水自盡，奮不顧身去搶救，老太婆脫險了，他獻出了自己寶貴的生命……報紙詳細登載了他的生平事蹟……

「我終於感到了滿意，」這位青年對自己說，「我沒有以生去換取死的代價。」

＊＊＊　＊＊＊　＊＊＊　＊＊＊　＊＊＊

真念雙和修潔音經常談到的另一個話題，與同性戀有關。一談起這個問題，修潔音就會開始講故事。他說他小時候在他出生長大的那個小鎮上，曾有一個忘年交的朋友，代號為L。熱戀時，就連這種說話方式，真念雙也很喜歡。譬如，他－他總要真念雙叫他X－叫他那個小鎮H，有時還叫真念雙Z，「宛如一條之字形的小路，」X說。「小露、Z小露。」由此而互相變生出不同的稱呼，Z小露是一例，X潔音是另一例。X跟Z說，文革期間，L從北京下放到了H鎮。這是一位很有教養，音樂造詣很高的人。瘦瘦高高，不苟言笑。交談中，他得知他是當年最高音樂團的一位指揮。X無法準確地告訴Z，他們當時在一起，具體都談了些什麼。X只是說，他很佩服這位長者，同情他的落難遭遇，從他那兒瞭解了不少音樂知識。他想，他早年對音樂的喜愛，除了自身與生俱來的才能外，主要歸因於這位高人。後來，他才21歲時，就從他，還是別人那兒，弄到了一本油印的《作曲基礎教程》，居然還在他當時就讀的一家汽車學校，為他的那個班級創作了一首歌曲。據X說，他早年最迷惑不解的，就是一個極為簡單的問題：如果我不會一樣樂器，但腦中經常縈繞著從來沒有聽見過的音樂，我是否能作曲？他之所以會產生這個問題，是因為周圍的朋友和同學，無一不會一樣樂器，不是小提琴，就是吉他，或者至少是二胡。就他而言，他唯一會的是吹口琴。這與那些樂器相比，似乎算不上是一件正兒八經的樂器，因此他感到氣餒。有一次，在他家那間放兩張床和一張桌子，以及角落幾隻疊起來的箱子，就幾乎轉不開身的小室內，他趴在桌子上，緊閉眼睛，聽著腦中旋轉不已的旋律，手裡拿著筆和紙，痛苦得不知怎麼辦好，因為他無法找到一架鋼琴－整個小鎮恐怕只有風琴，而沒有鋼琴－能夠供他在上面像他曾在電影上看到的那樣，敲擊自己的音符並同時把這些形形色色的音樂符號像蝴蝶一樣抓錄下來。

　　L已經走了，但他與X的關係，因為父親的一段話而逐漸疏遠。據父親講，L之所以被下放（那時不叫「流放」，因為流放在距離上呈由近及遠的水準放射狀，而「下放」在距離上，則呈由上至下的垂直放射狀，當然兩種「放」都是互相交錯的），是因為他犯了當時所稱的「雞奸罪」，這在當時，是僅次於「現反」（現行反革命）罪和殺人放火罪的一種罪行。重則殺頭，輕則失去一切，包括工作和工資。L就是因為這種罪行而被下放兼流放的。X聽後很不解，問：什麼叫雞奸罪？父親說：具體細節你就不用知道了，反正這是一種很糟糕的罪。他喜歡結交青年男子和少年男子，接觸多了，就會出事。你跟他不要保持太親密的關係。這麼一說，X也隱隱知道這是一種什麼樣的罪行了。他當時尚未年過二十，但家鄉小鎮雖小，也麻雀一樣五臟俱全，什麼樣的奇聞怪事，從大人那兒、同學那兒，也聽來不少。例如，他告訴Z說，小鎮上曾流傳著這樣一個趣聞，說有一個傢伙，總在夏日夜裡到處逡巡，見到露天睡在竹床上乘涼的年輕人，就決不放過，定要一個個地上去，掏出他們睡硬的陽具，把精液吸幹才溜走。X當年對雞奸的認識，也就到此為止。

　　Z雖比X年輕不少，但因為是做學問搞研究的，因此能提供不少書面資料，來解釋這一現象。據她考證，清代對做官的，嚴禁其嫖娼，但對他們玩相公或曰「像姑」，卻任其瀟瀟而不過問。陳蓮痕的《同治嫖館》（1935年出版）中，就有這麼一段說：

> 原來前清的法例，職官嫖妓，應受處分，所以在職人員和求取功名的候補老爺，都不敢公然嫖妓。因此很有一般人專逛像姑私妨，足跡不敢到妓院的；因為似像姑是妙齡幼童，名義上說是唱戲度日的，實則也是做那皮肉生涯的。但是這種賣淫的方法，很是朦昧，那般禦史都老爺便不能奏參；惟有嫖妓逛窯，乃是失官箴的，步軍統領和巡街禦史查得很嚴，倘然給他們查出官級姓名，便由都老爺參奏，官職從此革掉，前程也

就無望了。[2]

至於說到那個國家的法律，五十年代時還不甚嚴厲，連最高人民法院，也定下了這樣寬厚的規則：「關於成年人間自願雞奸是否犯罪，有待立法解決；在法律尚無明文規定前，不辦罪為宜。」[3]後來越打越嚴，越嚴越打，把整個國家打得雞飛狗跳，雞犬不寧，雞奸現象幾乎蕩然無存了。

X聽到她講的這些，覺得很有意思，很是驚歎她查閱資料的能力。不過他又說，一個人的大腦，是遠未開發的富礦，光是其中的記憶，包括已經遺忘和尚未遺忘的記憶，就不知能寫成多少詩歌小說戲劇和非小說。說到這裡，他又講起了L，說後來改革開放，他從下放和流放，一躍而被解放和開放，因他素有海外背景，一開放就被放出了國門，回到了他始發的東南亞，至於是馬來西亞還是新加坡，是汶萊蘇丹國，還是泰國或其他地方，無論X還是他父親，都不得而知，從此音信全無，杳如黃鶴，宛如他生命中的一個過客，記得那時他已經是五十多歲的人，而他才二十出頭，不過他說，他和他之間，從未有過親密接觸，在他的那個斗室裡，兩人連坐著，也都隔開一定距離，告別時還互相握手，那是個非常體面、非常注重禮貌的人，言談中也從來沒有聽到他有任何怨言。

真念雙，也就是我們這位簡稱為Z的女子，曾有一次以戲謔的口吻，問X，也就是修潔音說，他會不會有一天，也會嘗試一下「像姑」。她以為這麼問，X會很生氣，沒想到X說，他不知道，也許有一天，他會對一切感到厭倦，說不定同性戀（而不是「像姑」）會讓他發生興趣，儘管他只要一想起肛門，就會感到噁心，感到厭嫌。

[2] 參見《同治嫖院》（全集）：http://www.360doc.com/content/13/0716/14/11900360_300366502.shtml
[3] 引自《雞奸罪：一段被遺忘的慘痛歷史》：http://www.powerapple.com/news/articles/2297231

他倆說這話時，是在希臘一座名叫伯羅奔尼薩斯半島的地方。他們租了一座古堡樣的民居，每天都在白色陽臺的太陽傘下喝咖啡或茶，任憑藍色的海風吹著，有時還會敞開落地長窗，直面大海做愛。說到「厭嫌」二字時，X翻開他的小本子，從中選取了一首他手寫的詩，念給Z聽了：

《罪好的》

> 愛還是罪好的
> 女人比誰都清楚
>
> 那種被海抬到
> 巔峰上的感覺
>
> 那種愛愛時
> 互相吞噬的耳語
>
> 那種插到極深處
> 唯有刺刀能相比的浩瀚
>
> 那種、那種、那種
> 房倒屋塌的轟然

Z聽後說：「最好的，的確是最好的。」

X卻說：「這樣的詩，你不能光憑耳朵聽。還得要眼睛看。」說著就把手稿遞過去，給Z看了。

Z一看，忍俊不禁地笑了起來。她的牙齒很健康，只是顯得有點

擠。她看了一遍，又看了一遍，然後說：「某種意義上講，最，就是罪。中國文字疊音現象的大規模存在和出現，是中國文字罪大的問題。它可能跟這個民族人太多有一定關係。人多了，一張臉和另一張臉就難以區分，常用的中文字不過1000字，而常用的英文字就有3000。這麼少的字，卻要表達那麼多的意思，就只好藉助於諧音。這個問題悖理的地方在於，聲音都很近似，但每個字長得模樣又都不一樣。不同的模樣，又發著相近的聲音，這真的很讓人無語。」

「凝噎，」X說著，接住了Z吐出來的舌頭。那舌頭很大，充滿了他的嘴巴。女人其實是有陰莖的，這陰莖就是女人的舌頭。女人一動感情，就會動舌頭，把它插進男人的嘴裡，頃刻就把男人的嘴巴，變成了一個「像姑」（像姑娘）的陰道，大尺寸陰道，並不斷從舌苔上分泌出愛液，一點也不差似男人的精液，無論是量，還是質，讓男人吸了又吸，吞了又吞，吮吸功能和吞嚥功能忙得不亦樂乎。

Z和X做完愛後，靜靜地躺在床上不動，透過薄紗門簾，越過一片片橄欖林，看著遠處藍色的海洋。這時，X說：你剛才提到同性戀問題，提得很是地方，因為這是希臘，是一個古已有之，罪為享受男色的國家，說它是男色之國，一點也不為過。古希臘人視同性之戀，遠甚於異性之愛，這早已載入了史冊。柏拉圖厭惡肉體，認為男子和男子的結合，是一個半男和另一個半男的結合，這才最孔武有力，最純潔無瑕。由這樣的人組成的軍隊，是所向披靡，戰無不勝的。在我看來，這樣的結合，不以生育為目的，不以財富為鋪墊，最窮的人也可以和最窮的人結為至親，而不用考慮飯食問題、養育問題、嫌貧愛富問題，兩個男人四隻手，能玩轉整個世界。

「是這樣嗎？」Z問，她的聲音聽起來很疲倦，每次做愛之後，她就像被海水沖刷了無數次的海灘一樣，發白地橫躺著。

「是這樣，」X說。

「那以後，」Z說。「你會愛我愛到厭倦，再去愛一個男人嗎？」

「愛是沒有止境的，」X說。「有先愛人，再愛物的，有先愛

物，再愛人的，還有接著再愛動物的，誰也不能保證自己的愛只是一種樣子，一種顏色，一種氣味，一種溫度，一種季節的。現在的愛情跟過去的愛情最大的不同就在於，它沒有耐心去體驗從愛到情的那種長久也長遠的過程了。這麼打個比喻吧。一場火燃得熊熊烈烈，火焰沖天，這就像男女二者在熱戀。情焰的燃燒，藉著情欲的推動，可到把對方燒化的地步。慢慢的，火焰燒完了，熊熊的火光黯淡下來，不再照亮周圍，溫度也隨之下降，很快就會寒冷起來，爐膛中只有麩炭在燃著暗紅的悶火。那是什麼？那不是愛愛，那是愛情，或者是情，就像兩塊麩炭互相倚偎著，以自己的體溫，倚偎著，逐漸寒冷，但還有殘留的體溫。以及帶著體溫的記憶。」

「現在的人只需要一把火把自己和對方燒死、燒化、燒殘，」Z說。

「—，」X沉默著，好像在以沉默說話。

「我愛你，」Z說著，重新把舌尖伸進X的嘴巴探索著。

「那一年，」X說。「我們學英文創作。老師只給一個字，要求學生寫一篇兩三千字的短篇小說。我就寫了。開始還很短，還用英文，後來老師走了，我就開始用中文寫，也是一個字，或者一小段話。」

Z在腦中回味著X與她多年前，在希臘那座小島上的這段對話。她記得，兩人做愛時，都想到了死。他說他想在射精時，死在她的陰道裡。她說她想在達到高潮時，讓他用陰莖的刺刀捅穿她，一直捅到心臟裡。不過，經歷了種種難以描述，隨著性高潮而到來的死亡感覺之後，他們相摟在一起，望著閃著點點漁火的海灣，聽著黑夜裡偶爾傳來的狗吠聲，呼吸著從視窗吹來的橄欖的甜香，體驗到一種死亡後的復活感，彷彿死人一樣在復甦中發芽、重生。

她相信，下面這篇小說，採用的就是一句話，即「我們學校發生了一起這樣的事情，……」，作為開頭而寫成的。

《德・馬斯特貝特》

「我們學校發生了一起這樣的事情，」我對上了年紀的叔叔說，「我們班上一個同學愛上了一個女廚子，這個女廚子長得很漂亮，愛人在外地工作。他和她發生了關係。由於來往過於密切，逐漸引起人們注意。許多人背地裡指著女廚子的脊樑骨，罵她不要臉，勾引一個不懂事的年輕人。這話不知怎麼傳到她回家探親的丈夫耳朵裡。這個人氣量窄小，一氣之下，便去跳長江，好在被人救起，沒有死，事情鬧大了。人們紛紛指責女方沒有良心，道德敗壞，應該嚴懲不貸。這時那個年輕的大學生挺身而出，將一切責任都擔在自己肩上，他說他是真心愛這個女工，雖然他知道女方是有夫之婦，他和她發生性關係也是正常的，並非蓄意破壞他們夫婦的關係，而是出於一種純潔、高尚而又自然而然的愛情。他的這種解釋和態度，當然引起了人們的公憤，更激怒了校方，經過討論研究，一致認為這個學生品質惡劣，道德敗壞，不開除不足以平民憤，以正校風。」

「就這嗎？」叔叔仰靠在籐椅中，懶洋洋地問道。

「怎麼，你好像覺得合情合理？」我問。

「你看呢？」

「我看——這個學生沒有錯。」接著我便闡述了一大套關於新道德的理論，叔叔一邊聽，一邊搖頭。

「同志，」為了強調，他把後一個字拖得很長。「你講的那些東西在目前是萬萬使不得的。想愛誰就愛誰，想跟誰睡覺就跟誰睡覺，那不是淫亂嗎？還要不要家庭？還要不要子女？還要不要一個和平安寧的社會呢？」他換了一種諄諄教誨的口吻。「我說你呀，都快三十的人了，怎麼還這麼糊塗。可別心裡怎麼想就怎麼說出來，那是要吃大虧的呢。何況，現實畢竟是現實，不能靠想入非非過活呀。」

　　想入非非？哼！我枕著冰涼的枕頭，想起這句話，仍不免有些憤憤不平。夜已深，宿舍一片黑暗，只有窗外昏黃的路燈，將夜風搖動的大團樹影，在對面牆上亂晃。想入非非有什麼不好？不想入非非，哪來的嫦娥奔月，哪來但丁的煉獄？牆上的樹影忽大忽小，忽明忽暗。驀然，我聽見一聲清脆的足音。它響在夜風瑟瑟的小道，那麼輕柔，那麼動人，一定是一雙又尖又細的高跟鞋。樹影突然間變了樣，起初模糊，繼而越來越分明，是一個披著長波浪捲髮的女人的頭。房中靜得出奇，連平常最愛打鼾的小王也一聲不響了。一種恐怖感朦朧地襲上心頭，也許他們此時都在帳子裡張大眼睛，等待看我的笑話？這種想法更增加了那個女人的真實感。她晃動著滿頭烏黑的捲髮，笑吟吟地走上前來；她的肩頭是裸露的，胸脯也是裸露的。我像中了魔一樣，一動不動地釘在床上，看她怎樣攏來，她那紅得像葡萄的乳頭在我焦幹的唇邊擦來擦去，又怎樣幫我拿起我的陰莖，往她的陰道中插去……我驚醒了。只覺得小肚子上冰涼滑膩。起了一種暈眩感，彷彿過久地向下盯著一個地洞似的。我朝牆的方向看去，女人不見了，樹影仍在神祕莫測地晃動。她是誰呀？我覺得似曾相識。我苦苦地思索著，睡意全跑光了。終於，我的腦海中浮現出一個熟悉的形象，對，就是她！我在心中狂喜地叫道，她終於被我俘獲了。我帶著甜蜜的幸福感又沉入睡鄉。

　　天亮了，我的理智又恢復了正常，想起昨夜發生的事，不覺十分荒唐可笑。怎麼會呢？我是個有妻之夫，而她也是個有夫之妻，雖然聽說不久就要離婚了。

　　離婚，這兩個字在我心中產生的共振和回音甚至比結婚還響亮得多。它意味著解脫、自由和盡情地享受。為什麼她不能跟自己──？想到這兒，我的心亂跳著，好像幹了一件不可告人的醜事。我們接觸過幾次，有兩次甚至我的妻子都在場。但妻子怎麼能夠看出她和我用心靈在沉默地交談，又怎能明確地知道我們彼此間交流過何種親密的眼光呢？不，也許這是騙人！人真有意思，她和丈夫的離婚全不為別

的，僅僅因為他沒有性交能力。

「你真的再沒有了嗎？」妻子在我強烈的抽送下，喘著氣問。

「沒有了，全都幹了。」我歎著氣，將萎縮的陰莖拔出來，躺倒在妻子身邊。

「你要是老這樣，我可要不愛你了。」

「隨你便吧！」

已經到了這個地步，還有什麼辦法呢，我想。然而有一次，在性交中我想起了她，那個將要離婚的朋友，便很容易地達到了高潮。

「還要不要家庭？還要不要子女？」一個熟悉的聲音突然在半空中向我警告。我知道這是誰的聲音，我可以簡單地回答：不要！然而，可能嗎？妻子對我很好，我們都希望生一個漂亮、聰明、可愛的孩子。家，sweet home，在這茫茫人世，如果沒有一個溫暖的家，那真不如去自殺。我的理智占了上風，在短短的幾秒鐘內，我就把與另一個人的關係的一切過程和後果全都想到了：短暫的幾夜貪歡，然後是永別，一個永遠生活在心靈的自譴自責中，另一個除此之外，還將受到法律的制裁。這太不值得了。

又剩下我一個人，遠離妻子，遠離那可愛的另一個姑娘。我回想不起妻子的容貌，但另一個姑娘卻活靈活現地浮現在眼前：愛盯著看人的黑眼睛，常常迸出令人捉摸不定，又叫人心驚的火花，鼻子像外國人一樣，是鉤形。常使我產生要去撫摸、親吻一下的念頭。在冰冷的孤衾中，我想她想得不能自已，終於，又手淫了。

最後，我不得不承認，這實在是一種最不道德的道德方法，儘管我的心是淫蕩的，我想，然而，在現實中，我對得起我的妻子，對得起我的朋友，因為，我沒有傷害他們。

*** *** *** *** ***

Z把這篇小說反覆看了多遍，依然不太清楚為什麼用這樣一個標題，

以及這個貌似西人的姓名，跟全文有什麼關係。她回想起X跟她講的一個「古老」的故事，說有一次他寫了一首長詩，拿給另一個同學詩人看，那人橫看豎看，怎麼也看不懂，但看到最後才「啊」了一聲，說：「明白了！」究竟「明白」的是什麼，他也沒說，就那麼走掉了。據X說，他那首詩寫的是「屎」，但一個有關的字眼也沒用。

她把小說標題在嘴裡反覆念了幾遍，且有意念得不太像，念著念著，她開始有點明白，這是個什麼字了。想著她倆以前的一些性愛方面的經歷，她突然也「啊」了一聲，大徹大悟了這個詞的意思。

她想，她是和他到了希臘之後，才真正體會到同性戀和島嶼的意義的。他倆到希臘之前，對這個國家的理解，僅限於書面。實際生活中都沒有接觸過一個活生生的希臘人，即使有再多的書本知識和圖片知識，那知識也基本等於零，甚至等於零下，因為那是沒有肉體溫暖的知識。到希臘後，滿眼都是希臘人，神話只是留下的廢墟，雅典那個城市，看上去既不古典，也不現代，只是一個被生命環繞和充斥的石頭樹木城。那兒響動的車聲，跟任何地方的都沒有不一樣的地方，除了希臘文字之外。他倆在衛城的深黃色石頭群中觀光，彷彿在把希臘大海中的島嶼收集攏來後的島石中徜徉，石頭挨著石頭，像同性戀一樣硬碰硬，其間連柔弱的荒草也找不到。到處都是硬邦邦的。而一坐大船來到海上，古跡消失了。如果說有什麼古跡，那就是大海。大海永遠是最大的古跡，也最老，跟人的大腦一樣老。希臘的海面上，船行不久，遠方就會出現一座島嶼。那並不是青青的島嶼，而是石頭顏色的島嶼，光光禿禿的，間或有些許綠色。船就在這些島嶼之間飄來飄去，漂來漂去，服務員快到時，就會大聲用希臘語喊：納克索島！納克索島！納克索島！這個國家有6000多座島嶼，其中人口超過100人的只有78個。

他很想到那些人口不足100人的小島上去住。她笑他道：那怎麼生活？他反問她道：難道生活那麼重要？！為什麼女人頭一件事就是生活？她笑說：我尊重你不食人間煙火的純潔性，但我相信，人一天不吃飯，第二天肯定叫餓。第二天還不吃，第三天就會倒下去。所

以，生活原則是第一的，然後才能以不食人間煙火的態度來嘲諷人間煙火。他說：不是我嘲諷，而實在是我仇恨。

不過，兩人都同意，在這個被重度古典化、重度神話化的國家，所有的神祇都不存在，剩下的全是活人。他們在書攤上翻書，幾乎看不到一本希臘人寫的小說，但詩集卻超乎想像的多。他說：詩就像島嶼，詩人也像島嶼。或者說，詩歌是島嶼的影子，由詩人這個有血有肉的工具傳達出來。

她同意。她在島嶼之間遊翔過程中，一直看著一本厚重的英譯希臘詩集。她是跳著讀的，不拘泥於頁碼。她認為，最好沒有頁碼編排，而是聽從手指的停留或翻動，指到哪兒就是哪兒，比如此時，她翻到的是一首題為「Gabrielle Didot」的詩，第一句就是：「今晚，我心裡老想著／我曾經認識的一個女人……」。[4]

她停下來，不看了，她觸「話」生情。坐在她對面的那個男人，曾有多少次讓她也是這樣，在傍晚時想他，隔著很遠很遠的空間和距離，想他。女人的想，不知男人是否知道，是一種茶飯不思的想。一種天空欲吞沒大地的想。越想，底下越空；越想，身體越軟；越想，下面越濕。常讓人不由自主地把手指伸向想的器官。是的，她從沒告訴他，其實她最想的那個器官，不是心臟，不是大腦，而是她下面的那個生育器官。它只想被充滿、被脹大、被洞開、被插動。這個人世跟從前多少個世紀的人世一樣，是羞於說真話的。總要用好聽、看似很美的所謂語言，來把真情矯飾一番。你也不能完全怪他們或她們，總不能一上來就跟人家說：你太漂亮了，我想跟你睡覺吧？詩不能少的道理就在這裡，它就要一上來就告訴你：我想你了。你問我最想你的是什麼地方嗎？不是上面，是下面！

想到這裡，她微微一笑，又連忙抬眼看了他一下。發現他眼睛

---

[4] 該詩作者是Nikos Kavadias（1910-1975），參見*A Century of Greek Poetry: 1900-2000* (Bilingual Edition). Eds. Peter Bien, et al, Cosmos Publishing, 2004, p. 321.

看著窗外的大海，樣子說不上是專注，還是無所謂，反正就那麼看著時，她心裡稍安，因為她害怕他那雙銳利的眼睛，彷彿只要一看，就能洞穿她的心思一樣。他們做愛時，她最愛看的就是他這雙眼睛，只要互相盯著盯進去，她就會內心淫蕩起來，或者說心蕩神馳起來，直至自己達到高潮，先是小高潮，後是大高潮，然後是一個接一個的高潮。她把這些高潮看成是希臘一個接一個被抵達的小島。小島上的硬石。船在藍色水面劃開的白痕。

她知道，修潔音寫過一部《島》的小說。那是很久以前，在他們還沒去希臘之前寫的。修曾譏笑過現在搞文學評論的人，笑他們無知、無能、懶惰。不瞭解作者生平，也不屑於瞭解，主觀臆斷地根據某小說在某國雜誌發表的跡象，輕而易舉地得出結論，該小說一定跟這個國家有關。真念雙遵從修潔音的一個準則：決不解釋。也就是說，決不替搞文學評論的人做功課。他們看不懂，那就讓他們看不懂。如果他們沒有淘金工的精神，不在文學的金礦中辛苦勞作，那他絕不會把自己拱手交出。他憎惡文學研究中的懶漢和小人，而這種懶漢和小人比比皆是，越來越多了。

真念雙知道，這部小說是在哪兒寫作，寫的是關於哪個國家的，寫的也是實有其人的事，但她嚴守原則，守「小說」如玉，只把小說找出來，向讀者敬獻，其他方面便不置一詞，讓人們想怎麼理解，就怎麼理解好了。

《孤島》

No man is an island. （單人不成島）

John Donne（約翰・堂恩），1624

不在烏托邦，？不在地下的田野，？

也不在某座祕密的小島，天知道那座島在哪兒！

而就在這個世界，我們大家的

世界，？在這兒我們終將

找到幸福，或者痛苦！

William Wordsworth（威廉‧華滋華斯），1850

1

親愛的亞姆先生：

我不知道怎樣向你描述我倆分手後這一年多來的心情。信我都收到了，還有你的詩。不是我沒時間回信，實在是懶得提筆。寫什麼呢？我在這兒的生活嗎？學習嗎？我認識的人嗎？這些，要講給你聽，你是會膩味的。那麼，關於我自己？不，不，我和你雖然僅僅相識半個月，可我們好像早就認識了，現在這兒是夜深人靜，想必你那兒正是陽光耀眼的上午吧。你在搭公共汽車從郊區到市內上班嗎？我還記得，你是每天下午三點上班，你家離市內很遠，要坐兩個鐘頭的車，而且我離開的那陣子，汽車司機還在罷工，你有時不得不步行，現在情況不知好轉了沒有？你在信中也不提一句，老是問我的生活，我在這兒枯燥無味，好像在坐無期徒刑，雖然沒有鐵窗，鐵門，沒有獄吏看守，可無論我走到哪兒，我都感到沉重，感到壓抑，感到透不過氣來似的，我渴望一種嶄新的生活，一種充滿陽光，充滿芳香，充滿色彩，純淨透明，活躍著各種飛鳥的生活，我和你一樣，對奇異、陌生、神祕的土地十分嚮往，比如你說，你夢寐以求的是到大西洋中的一個無名小島上去，那兒，在荒無人煙的海灘上，矗立著由三塊巨形長條石板形成的一個孤零零的門框，你當時還把它的畫片（是照片？）指給我看，這個島自古以來無人居住，它遠離陸地，遠離任何

有人群居的地方，你說你想帶我到那兒去，我不覺哈哈大笑，我覺得
你真逗，太天真了！我心裡想。在這樣荒涼的小島上，人是不可能生
存下去的，何況你還是──算了，我並不計較。而我最嚮往的地方？我
當時竟一時答不上來，我只好告訴你，凡是世上我沒去過的地方，我
都想去，什麼塔希提島呀，撒哈拉大沙漠呀，亞馬遜河兩岸的熱帶雨
林呀，好望角上的礁石呀，只要是空氣未被人畜薰染的地方我都要
去。你知道我這兒為什麼有那麼多灰塵嗎？只要一天不抹桌子，手摸
上去就嘩嘩啦啦作響，皮鞋非得三天兩頭地擦，否則便蒙上一層浮
灰，象死獸皮樣。因為這兒死人太多，你們的諺語不是說：人從灰裡
來，又往灰裡去嗎？到處是墳墓，到處是火葬場，幾千年來，沒有一
片泥土不是死人骨殖而成，沒有一粒灰塵不是死人血肉化成，到今
天，無論你走到哪兒，都可以感到腳下的土地宛如腐爛的屍體在往下
陷，連天空也被灰塵染得灰不溜秋的，再看看活人，更叫人難受，要
活不活，要死不死，連走路都好像在打瞌睡，一張張臉彷彿粘土捏
成，白慘慘的、黃唧唧的，煞是難看。

可這有什麼辦法呢？生就了的。咱倆誰也不可能成為對方，即便
能夠，最終仍會失望。

還有好多話想跟你講，可是，回頭一看，說了很多，卻盡象在抱
怨，沒說出什麼，所以還是住筆的好，下次再談吧。

你忠實的庶以
1988年舊曆三月三日

2

李慧殊想，我不想見到他了，我再也不想見到他了，他幹嗎老纏著我
不放？他是有家有小的人，他是有權有勢的人，我不要他，不，我不
要你，她想。你今天打電話要我去看芭蕾舞，明天要我陪你逛公園，
是的，是的，那又怎麼樣呢？我不是也滿足了你嗎？我得到了什麼？

我得到的遠不及我失去的。

「可是，即便你不願失去，它還是要失去的。」

「不，我寧願失落給我所喜愛的人，也不失落給你。」

「那就試試看吧。現在就試，好嗎？」

「再見。」

「站住，」他手把住門鎖。

「放開，」她聲色俱厲。

他不顧她拚命掙扎，試圖把她摟在懷裡，她猛然掙脫，不知哪來這麼大的勁，一下子把他推出七、八步遠，一屁股跌坐在地上。他老了，手腳不靈活了，氣咻咻的，她又沖上去，左右開弓，打了他幾個耳光。他哭了起來，她又朝他腰眼上踢了一腳。他哭得更利害了，老淚縱橫，混濁的淚珠象爛黃豆，一顆顆滾落在地毯上，鑽進絨毛裡不見了。

她心一軟，噗通一聲跪下來，把他腦袋摟在胸口，象摟住一隻快要摔碎的罐子。他驚喜交加，顧不得去抹眼淚鼻涕，便去解她的襯衣扣子、胸罩褡袢。她無動於衷。

3

一個亂蓬蓬的頭髮在門口晃了一下，旋即不見。

「這是誰？」迷糊的朋友張經理問。

「詩人。」迷糊說。

「詩人？現在還有人寫詩？」

「多著呢。」

4

島。

風平浪靜的日子，洋面一望無際，萬頃碧波，碧波萬頃。不見島

的蹤影。夜裡，小島顯了原形，彷彿從大洋底下鑽了出來，它們是星星的象徵。海面上微光閃爍，或明或滅，點點光斑沒有芒刺，好像光線並不向外擴散，而是向內凝聚，把焦點對著自己的中心，因此顯得微弱黯淡。島與島之間，是洶湧澎湃、不可逾越的大海。

5

「今天又給誰寫信了，幻想狂？」

「給月球上的一個女人，」幻想狂說。

「你們聽，幻想狂給月球上的女人寫信了。」

「給我看。」

「給我看。」

「給我看。」

「誰也不給看，」幻想狂說。「情信給人看了，還有什麼意義？」

6

「睡覺吧，夥計們，別再扯淡了，讓文學、藝術、詩歌、學問見鬼去吧，睡覺萬歲！」

「你小子這麼急，想手淫怎麼的？」

「他昨晚上來過，所以今天萎靡不振。」

「難怪我老覺得床在吱吱嘎嘎作響，原來他在被子裡面抓小雞呀。」

「你別他媽假充正經，你跑馬的次數肯定是咱們寢室第一。」

「咱們掀被子看！」

「掀被子看！」

「掀！」

7

海報欄。

今晚七點半，學生活動中心舉辦研究生迪斯可舞會，望各位莫錯良機，屆時光臨。

她考慮了將近一個小時之後，終於作出決定，穿那件淺棕色的過膝長裙。她的梳妝盒裡，沒有描眉毛、打口紅、塗眼藍的用具，沒有長長短短、鼓肚子、金蓋子的香水瓶，只有一把大黑梳子，一袋擠得只剩一個角的面友。還有一朵壓扁的枯雛菊。她把雛菊湊到鼻子底下聞了聞，竟散發出淡淡的幽香。她猛然意識到，那是面友的香味。

8

1988年4月2日星期六

無聊至極，沒地方可去。舞場不是我去的地方。我不會跳舞，即便會跳，也沒人願和我跳。我站在那一大堆人中，看著情侶們來來往往，翩翩起舞，心裡真不是滋味。不去了，再也不去了。

還是埋頭寫我的論文。去年在二級刊物上發了兩篇，僅僅兩篇。今年向一級刊物進軍，爭取發它四篇，一定要發四篇，不惜任何代價。出了名，一切就會有的。

在這關鍵時刻，我決不能動搖。

9

我就是在這道鐵絲網前面拍的照。

哦，原來是這兒，你怎麼想到在這兒拍照呢？

當時烏雲密布，一場暴雨即將來臨，我正經過這兒，不知從什麼地方吹來一陣強勁的風，一下子把濃雲吹開一個豁口，太陽像一隻雞蛋從雲縫裡蹦了出來。陽光發出青白的光，彷彿長了芒刺，照得人睜不開眼，我趁機掏出像機，正巧一束強光聚集在鐵絲網的一根鋼絲上，把它溶化，燒斷了，於是有了這張照片。

10

他們繼續交談。

「他真的是詩人？」經理問。

「我騙你幹嗎，當然吶，他從前發表的詩可多呢。」

「從前？」

「現在不行了，瘋了。」

「怎麼瘋了呢？」

「那講起來話可長羅。」

詩人突然象從地裡冒出來似的，一絲不掛地站在他們面前。

「To live is to love, to bless, be blessed, with mutual inclination。」他對他們嚷道。

11

花園小徑中，他和她依偎著，緩緩地散步，向金合歡樹的深處走去。黑夜敞開溫馨的懷抱，盡情地撫弄著他倆。她忽然抬頭（他比她整整高一個頭），對他說：

「你給她拍電報了？」

「嗯。」

「她真的值得你那麼愛？」

「嗯。」

「那你，那你幹嗎還要對我——」說不下去了，話中含著酸酸的淚水。

「我們結婚時就講定了，無論走到哪兒，都不能忘掉對方，特別是生日。所以。」

「可是，你—你愛我？」

「愛。」

「你的愛情不專一。」

「專一。」

「你—」他的低頭一吻，宛如一注瀑布，把她心底的憂傷，恐懼和嫉妒全給沖刷乾淨。

12

他就是這樣的人，見一個愛一個，愛上了誰就要千方百計地打聽人家的姓名地址，給人家寫信，可他膽子太小，就連住在一個樓上的女生他也不敢直接去找，非要七彎八拐，搭公共汽車跑到幾站以外的一個郵局去發信。不過，這小子吃過兩次虧後，也學乖了。他的第一封信給人家公開展覽，貼在飯堂門口，當然，抬頭的稱呼給剜掉了。我只記得裡面有這樣一句話：為了你，我決不去死，我要永遠地活下去，只是為了你。第二回更慘，人家把他的信燒成了灰，裝在信封裡寄給了他。所以，他現在給人家寫信再也不敢留下自己的姓名了。

13

「哦，郎小姐今天怎麼有此雅興來參加舞會呀！」體育系的大漢金力說。

這人真討厭，郎琳惱火地想。所以沒答理他，身子一蹩，進了

舞廳。

你小子神氣什麼？我要找媳婦還不找你呢，醜八怪。金力啐了一口臭唾沫。

舞會早已開始了。

滿屋子碎玻璃片。玻璃片的缺口上閃耀著幽綠、金紅、翠藍、豔黃，向四面八方甩出去，甩出去，一隻無形的巨手在空空的火盆中有節奏地搖著、捶著、砸著，將五顏六色的碎玻璃片向四面八方亂甩亂扔。

嘴巴。鼻子。玻璃的臉。牙齒。撕裂的笑容。斷成幾塊的身體。殘缺不全的手、臂、腳。

她站在那兒，大腦彷彿音箱，轟鳴著強烈的節奏。我這是到了哪兒？她一手按著天旋地轉的額頭，一手伸出去扶牆。莫非是在地獄？

牆是柔軟而富彈性的。堅實而帶體溫的。她似夢似醒，一張彷彿過去夢中見過的臉在對她微笑。好像是一個被久已忘卻的希望。

14

她和好幾個男人睡過覺，那都是過去的事了，唯獨現在這個男人最令她滿意。唯獨和他在一起，她能達到高潮。第一個男人是個瘦高個，長得很帥，寫一手好毛筆字，寫的情詩讓人讀了神魂顛倒，可床上功夫太差勁，未經抽送幾下，就早洩了。第二個男人正好相反，長得粗壯結實，可他太野，太自私，只顧自己，不懂得如何調情，上床就要來，不依他便發脾氣，依他就得象布娃娃似的聽任他擺佈，他把獸欲發盡，便呼呼大睡，氣得她恨不得拿把尖刀在他心窩上捅十幾個窟窿。以後一個比一個糟，直到和他相識。

他有綠卡，在國外讀博士後，每年回來一次。他答應接她出去深造，攻讀博士。

可那是何年何月的事呢？

15

April is the cruelest month, breeding

Lilacs out of the dead land, mixing

Memory and desire, stirring

Dull roots with spring rain.

他開始逐字逐句地翻譯：

「四月是最殘酷的月份，從

死亡的大地上滋生出朵朵紫丁香，混合著

記憶和欲望，春雨

掀動了（撥動還是晃動了？）草木呆鈍的根須」

今天，他必須將此詩譯完。

16

別摸，有電。

別胡說了，這兒人來人往，誰敢通電呢！又不是牢房或軍事基地。

叫你別摸你就──怎麼，有電嗎？

沒有。我這不好端端的嗎？

咦，可我上回就觸了一次電，怎麼搞的！我試試看，哎喲，我的媽呀，打得我好疼呀，連心都是涼的。

這倒奇怪，我摸鐵絲網沒事，你摸卻觸電，要麼是真的，要麼是假的，咱倆中間肯定有一個人說謊。

那你再摸一下看看。

沒有嘛。你再摸摸看。

不。我不摸了，我不敢。

17

寧靜的夜空中散播著無數看不見聽不見的電波。那是孤島之間彼此傳遞的資訊。為什麼不划小船出去？因為在一場大風暴之後，大船和小船都在毫無準備的情況下，摧毀殆盡了。只有哀傷的波濤伸出長長的舌頭，舔著遍體鱗傷的礁岩。

島與島之間從此失去了聯繫。只有整個太空傳遞著彼此陌生、互相衝突的電波。

18

親愛的庶以：

前面給你寫的幾封信都收到了嗎？窗外正下著滂沱大雨，我坐在桌邊，點燃一枝香煙，你知道，就是我倆常在一起抽的那種牌子：Player。我在紙上寫下這幾個字，就忍不住想起你的音容笑貌，請原諒我不得不這麼說，因為我再也找不到你了，無論是在斯坦尼公園，橡樹海灣，還是在聖勞倫斯大道，我都找不到你，你的房間0001號現在住進了別的旅客，你的身影從裡面永遠消失了，想到這兒我就忍不住淚水盈眶。你又會笑我脆弱，女人氣，可你要是處在我的境地，就不會這樣了。我喜歡你，真心喜歡你，可是，難道今生今世我們只有靠通信度日了嗎？我答應過你的事始終沒有辦到。那是在夜半之後，和你一起乘末班車到郊外，沿聖羅倫斯河徜徉，周圍沒有一戶人家，河上也沒有一片風帆，深深的草叢中也沒有盛開的黃鬱金香和紫丁香，可是，你如果和我一起站在河畔，佇立良久，諦聽拂過河面的

陣陣夏風，你會聽到一種神祕的音樂，你不是說，音樂是你最熱愛的一種藝術形式嗎？它開始異常微弱，象深山幽谷中飄忽不定的長笛，繼而由遠而近，彷彿細長的手指在刮琴鍵，掃出一排滾水式的音符，你見過洛磯山脈的冰川嗎？就是那種覆在巉岩的積雪下漏出綠瑩瑩晶體的塊狀物，每當春天來臨，冰雪消溶，那兒就有涓涓細流泌出，在陽光照耀下，晶瑩澄澈，璀璨明亮，它就是那種音樂，給人一種淪肌浹髓的感覺，一直沁透心底，彷彿從心尖上滴瀝，給人體注入了一種長生不老劑。你知道，我不相信永生，但我相信我會變，就是transformation，在來世，當我死後，我會重新出現，生活在另一個國度，在另一群膚色的人中行走……昨天我做了一個夢，夢見我開車行駛在高速公路上，這時迎面駛來一輛小車，就在錯車的一剎那，我看見車窗內你的臉。我欣喜若狂，一腳踩下剎車，輪胎怪叫一聲，車身猛地側轉過來，翻了一個跟頭，栽進河裡。可是，圍著我屍體的人我一個也不認識，全都是陌生而冰冷的臉，我叫他們走開，說我只要你，只要你，那些呆板的臉問，「你」是誰？我無法回答他們。我多想再死一次，假如你能來看我屍體一眼，我就是再死十次也心甘情願。我真不願孤零零地、陌生地離開人世。

可是，有了你，我有了一切。我並不隱瞞我是誰，一見面就告訴了你。你並不計較，你是世界上最好的人。我能在這個冷酷的世界上撐持下去，全都是因為有了你。可是我們相距太遙遠了。為什麼互相痛恨的人偏偏聚在一起，而親密無間的人卻要骨肉分離呢？我不明白這個世界，我不明白！

接信即回信，撫慰這顆因想念你而痛苦欲碎的心。

你的亞姆

23－6－88

19

詩人臉上貼著一個恍惚的笑，赤身裸體地站在大夥兒面前。

「今天，我要向大家證明，1＋1＝1，」他宣布。

大夥兒全笑了起來。一個人用筷子箝他的陰莖。

「還要向各位朗誦我的新作。」

人們歡呼起來。他還有新作，新鮮！一個人把毛筆在墨水裡蘸蘸，握著筆桿頭，象捏住鞭柄，往下一甩，詩人從臉上到小腹便留下一道由粗及細的黑墨漬，又一甩，又是一道。詩人滿不在乎，激動地念了起來：

> 在太陽的子宮裡，
> 孕育著我遠古的精液……
> 於是
> 誕生了黑夜

「滾你媽的蛋！」一個粗野的聲音大吼道。他是王君子。

詩人連滾帶爬，逃掉了。

20

讀書筆記之六。

希臘藝術的基本觀念是審美的觀念，與東方不同的是，希臘人把形式的與肉體的美視為至上的理想，藝術的主要條件，而在東方，則一切以道德標準為歸依。

希臘人崇拜人體，擺在眼前的活躍的人體美，所以他們的信仰是堅實的。在東方，美的本質是輕飄的，不踏實地的，因此，形體美得不到真實的欣賞，為道德的熱忱所代替了。

「戀愛這情緒簡直是自古以來為中國文人所不齒的，至少他們沒有把它坦白地與現實地表現在作品中。

21

他好像是哲學系的吧。不知道叫什麼。聽說他家在大山溝，一個叫芭茅穀的地方，結了婚，有孩子。藝術系一位本科生愛上了他，這事很多人都知道，夜裡常看見他們在校園一起散步，有時散到轉鐘。知道，可她不在乎，她說了，無論將來他分配到哪兒，她都隨他一起走。她是他的人。她不怕人背後說。不過，巧的是，他似乎跟老婆關係不錯，逢年過節，他都要買東西寄回去，有時寄衣服，有時寄糖果糕點之類。誰知道她知不知道，不清楚將來會怎樣。

22

圖書室來了一個新管理員，長著一對警覺的眼睛，一雙喜歡遮遮掩掩的手，一張老是半張半閉、似笑非笑的嘴巴，據說他有心臟病。

他循規蹈矩，每天按時上下班，把桌椅板凳擦拭一遍，掃地，拖地板，將昨天翻亂的書整理好。

接下去，整整一天當中，除了中午休息，他基本坐在位置上不動，簽字蓋章，把還的書放進去，借的書取出來，完了便看報，沒完沒了地看報。和抽煙。

23

迷糊一覺醒來，看見他象段彎曲的現代雕塑的佝僂的身影還伏在桌邊，心裡忍不住感到一陣酸楚。他很想對他說，夥計，別這麼熬下去了，身體終歸是要緊的，該休息還是要休息，不能太認真了，又能搞

出什麼大名堂來呢？無非在雜誌上發表幾篇文章，那又怎麼樣呢？不發文章不是照樣可以生活得好嗎？十幾元錢或幾十元錢的稿費又算得了什麼！人家在外面跑一趟買賣，要比這多十倍百倍。老張講了，下回到深圳辦事帶我去，那可是宗大買賣。

你們沒什麼了不起，他不知不覺，又和他們吵起來了，是在心裡吵，其實他平日從不和人吵嘴。別看我整天除了吃就是睡，從不摸書，可到期末考試，決不比如何人差，怎麼樣？你們只知道啃書本，背條文，完全喪失了主動性和創造性，你們忘了，六十分萬歲的口號，是我最先提出來的！我現在再提一個口號：睡覺萬歲！

24

「說，你不愛我，」她說。

「我不愛你，」他說。

「你討厭我，恨我，蔑視我，鄙棄我。」

「我討厭你，恨你，蔑視你，鄙棄你。」

他一邊重複她的話，一邊用手撫摸她豐滿、圓熟的臀部。

「我們還是什麼也別說，保持沉默的好。」

「我們還是什麼也別說，保持沉默的好。」

他一隻大手扣住她的腰際，另一隻手騰出來，把她的淺紫色外套脫掉了，她順從地別著膀子，讓袖子滑脫。

「上床吧。」

「上床吧。」

他只穿一條短褲，她繃緊的黑色健美褲象一堆皺皮，覆蓋在豔紅的高跟鞋上，全身只著一條奶罩和一件鏤空花三角褲。

26

Oh! then a longing like despair
Is to their farthest caverns sent:
For surely once, they feel, we were
Parts of a single continent!
Now round us spreads the watery plain——
Oh might our marges meet again!

他開始翻譯：

　　「噢，這時，一種渴念宛如絕望
　　傳遞到他們最遙遠的洞穴；
　　他們感到，我們一度曾是
　　一個完整大陸的組成部分！
　　而今，我們周圍遍佈大海汪洋──
　　唉，但願我們的邊緣再一次銜接！」

27

　　「小琳，你看奇不奇怪，不知誰給我寫的信，連落款、名字都沒
有。」
　　「都說些什麼，能不能透露一點，小李？」
　　「當然。不過，太噁心了。」
　　她用顫抖的手把信展開。

舉世無雙的美人兒：

斯特林堡有一句名言：人要是當面見著一位可望而不可及的美
人，除了感到萬念俱灰，他還有什麼別的辦法。

當我第一次見到你時，我的心情就是如此。我覺得我死了，象
一具僵屍，直挺挺地靠在樓梯扶手上，一動也不能動，彷彿夢
中一般，眼睜睜地看著你一手撩起繡花長裙的邊緣，一手曲在
胸前，抱著幾本書，踏著輕快的腳步，橐橐有聲地走上樓梯，
嘴裡哼著一隻美妙的小曲。是《愛的浪漫曲》，還是《愛情的
故事》？你的眼睛有如黑夜，那種叫人心醉神迷又毛骨悚然的
黑夜，其間閃動著兩顆燦爛的星子，它們具有一種勾魂攝魄的
力量，可是，唉，你連看都不看我一眼。你竟然不看我一眼！
你知道嗎，為了你，我近來整夜整夜失眠，飯吃不下，書看不
進，路都走不動了，我只呆呆地坐在窗前，看著樓下來來去去
的人形，想著你，你為什麼不在這時出現，哪怕一秒鐘，用你
那天仙一般的嬌顏撫慰一下我這顆破碎的心。我知道，是海外
那個遊子把你纏住了，你是這樣一個美人，怎麼能和那種勢力
小人攪在一起呢？難道世上的愛情都是以實利為基礎為物件為
目的的嗎？難道象我這樣矢志不渝、一心一意愛著意中人的人
不應該得到回報嗎？哪怕是吃剩的麵包屑也行啊！

我長得多醜呀，每當我看著鏡子，我就氣得渾身發抖，難過得心
裡直流淚，我就要把鏡子摔碎，我已經摔碎了十幾面小鏡子了。
為什麼上帝偏偏賦予醜人以美麗的心靈而美人以冷酷的心呢？

愛著你的

「這傢伙一定瘋了。」李說。

小琳把背轉過去對著她，手背在眼睛上抹了一下。

「你怎麼了？」

「眼睛發酸。」她誇大了揉眼的動作，好像在做眼保健操。

28

圖書管理員讀到一則圖片新聞。

> 「美國三藩市一名十四歲的女孩（右），在一家醫療中心接
> 受了心臟移植手術。她現在的心臟是她十五歲的男友菲利浦
> （左）為她捐獻的。菲利浦死於腦溢血。他生前表示要用自己
> 的心臟挽救女友。」

29

1988年5月15日

今天我意識到，要想在這個世界，這片土地上安身立命，必須加入黨組織。我別無選擇。第一，我必須出名；第二，我必須加入組織；第三，再考慮其他。

我沒法挽救別人，我只能挽救自己，讓他們墮落好了，讓他們睡覺好了，讓他們發狂好了，我是個頭腦清醒的人，我有自己的行動計畫，我要一個一個地去實現它，決不能走錯一步，這跟走棋一樣，一著不慎，全盤皆輸。

可是，又得花大量時間參加社會活動，開會，找人談話，應酬，簡直沒有精力寫文章了，這個矛盾怎麼解決？看來，得好好考慮一下，能推就推掉，為了達到目的，採取什麼手段都行。

30

病態心理學教授珊珊來遲，課堂裡已有人呼呼地睡著了。

「今天，我們要講的題目，是白癡學者。」他攤開講義，神經質地扶了扶眼鏡，又清了清他那付患職業病的沙喉嚨，手指頭捉著鼻尖，迅速摸了一把。「白癡學者，這是一種特殊形式的智力落後。比如說，有一種人，功課門門不及格，但他有一種特殊的能力，可以不假思索地告訴你，1900年到1980年間的任何一天是星期幾，其準確性幾乎等於日曆，這就是白癡學者。還有一種人，具有非比尋常的音樂能力，能在手風琴上把凡是聽到過的曲子一個音符不漏地奏出來，但並不知道自己在幹什麼，也不能從中得到任何樂趣，這也是白癡學者。還有一種人，比如說在咱們國家，能夠把全套毛選五卷倒背如流，但一句也不懂，這也是一種白癡學者。」

「這次研究的課題是：白癡學者產生的生理原因、心理原因和社會原因……」

31

「請問，中文系的研究生住這兒嗎？」一個外地口音濃重的普通話問道。

「找誰？」

「我想找一下張子野同學。」

「章志業？哦，他就住我們隔壁，喂，老迷，老迷，有人找你呢！」

迷糊睡得正香，突然被人從夢中喚醒，一肚子不快，聽說有人找，不得不硬著頭皮從帳子裡面鑽出來，趿著拖鞋走到門邊。

32

他倆脫得一絲不掛，躺在床上，他象一隻赤裸的大蟹，俯伏在她身上，兩人沉浸在一陣頭暈目眩的狂吻之中。

33

攝影愛好者一手握相機，一手卷成筒，轉動著他那二百毫米的長鏡頭。他在對焦。他把光圈調到十六，快門定在1/60，然後哧嚓按下快門。

34

「張先生，我從報上讀到很多您的詩。您的詩富於想像，意象極其豐富，我而且還常常看您的小說，我非常喜愛您筆下的人物，您能給我介紹您的經驗嗎？」外地口音濃重的普通話說。

「哦，好，好，哎—沒啥可談的，沒啥可談的，還是談談你自己的創作吧。」章志業說。

「我叫包雪芹，是下巴河的人，我搞文學創作多年了，小說、詩歌、散文、戲劇、雜文、散文詩、詩體小說、詩體劇、劇體詩—」

「行了，別開清單，簡潔點。」

「總之，我一生不得志，沒人賞識我的才能，我家的退稿堆積如山，有很多編輯連退都不給我退，說不定換了他們自己的名字拿到別的雜誌上發表了，等我閒下來，非要把各種雜誌看個遍不可，要是發現這種事，我一定要寫信告發，還要—」

「行了，講講你的創作，這是核心，對吧。」

「我的創作核心是不滿，廚川白村說過，『文學是不滿的象徵，』因此我描寫不滿的人，不滿的心境，令人不滿的事物，已經令人不滿的過去，可能令人不滿的未來，還有—」

「這樣吧，你先喝杯水，歇會兒，聽我給你講講我自己的體會。」

35

粼粼的海波宛如一地細碎的瓷片。在古靜的月下，海島蒙上了一層幽綠的青光，彷彿上釉的螢石。整個大海是一片墓地，而海島則是墓地上一個又一個的孤墳，其中蘊藏著稀世珍奇，可能有金鏤玉衣，王笏權杖，也可能有金銀首飾，珍珠瑪瑙，也許那是許久以前的事了，隨著盜墓人的離去，墓中早已空空如也。

36

「輕點，輕點。」她幾乎不出聲地說。

他伸出舌頭，舔著她的乳尖，先是舔，接著含在口裡，用舌尖刮著、掃著、纏著、絞著、頂著。

蓮子頭似的乳尖逐漸膨脹，放大，變紫，更加富於彈性，更加高聳突出，周圍爆出幾顆刺激起來的小疙瘩。

37

我並沒有瘋，可大夥兒都說我瘋了，我不過赤裸裸的，不願按常人的方式生活罷了。衣冠禽獸，如今的人都是衣冠禽獸，人與人之間沒有友誼，愛情，只有純粹的利害關係，人們沒有真實的感情交流和溝

通，只有虛假的客套寒暄，每一個人都身不由己、心不由己地講著空洞無物的話語，連心都學會了欺騙，它說，我和她來往不是看中她的美貌，而是為了愛情，我和他往來不是為了相互利益，而是為了友誼。哦，心啊，心啊，連心也成了一灘臭不可聞的糞坑！

38

你想以什麼作背景：一簇鮮花，毛主席站像，沙灘，還是遊廊？

鐵絲網。

什麼，站像？

不，鐵—絲—網！

就這用作大門的鐵絲網？

對。

你這人真怪，那好，趁現在沒人，趕快過去，背靠網子拍一張吧。

不，我站在網子那邊，你從這邊給我拍。

行，行，聽你的，真拿你這脾氣沒法。

39

她收到不具名者的第二封來信，一看筆跡就認出來了，她連拆都不拆，就往旁邊一丟，正丟在郎琳的桌上。

「現在全歸你了，」她本想調侃一下，但怕這玩笑太重，她受不了，便改口道，「這傢伙實在討厭。」

「怎麼說呢——嗯，我覺得，也不能全怪人家，誰叫你長得那麼漂亮！」

「你壞，你壞！」兩人咯咯笑著，一人跟在另一人後面，在屋子裡追了起來、

40

「你呀,我覺得你在搞創作時,忽視了一點,那就是修身養性,陶冶情操,在咱們這兒,我是說咱們這個天這兒,不是眼前這個山這兒,不能跟人對著幹,更不能與社會對著幹,那是自取滅亡。象你這樣憤憤不平的時期我也經歷過,什麼都看不慣,什麼都討厭、噁心,尤其是對當官掌權的人,我一個比一個更恨,真恨不得全都斬盡殺絕,當然,我從來沒有付諸行動,否則我就沒有今天了。我考研究生考了四次,是第四次才考上的,前幾次考試,我老覺得人家和我作對,跟我過不去,事事都不如意順心,別人搭公共汽車,一到車站便有車來,而我,往往在車站一等一個小時不來車,別人寫信給教授,教授都有回信,而且十分客氣,而我寫信,竟連一個字都不給回,我也寫點東西,可我投稿從沒有過退稿,而人家投稿,退掉還要簽上意見。我心想,他媽的,這是怎麼回事,為什麼都跟老子一個人過不去!我怕是哪輩子種下的罪孽,投錯娘胎了吧。轉念一想,為什麼別人一天到晚高高興興、喜笑顏開呢?於是我對周圍事物多加留心起來。我發現,凡是那種比較活泛、不太執拗、不大動腦筋想問題、對人隨和的人,一般都過得扎扎實實,正所謂腳踏實地,而且又是他們之中飛黃騰達的居多。真正搞學問、鑽業務的人到頭來不過是一件工具,任人使用,一匹好馬,任人駕馭,頂個屁用!象我們這種智力居中的人,有了一定的業務知識,再加上一套處世的靈活手腕,走到哪兒都能對付,都玩得轉。所以我說呀,別老是那麼不滿嘛,要學會心平氣和,聽其自然,不信,你看看這個國家的文學作品,沒有驚世駭俗之作,也沒有低劣得不堪卒讀的東西。大都是上不沾天,下不著地,中不溜兒,象溫吞吞的水。關鍵是要保持心境平和,一切都會自然而然到來的,懂嗎?」

41

雨越下越大。

人都走空了，馬路潑過油一般，幽幽地泛著青光。你還站在這兒幹嗎？玻璃窗上啪啪地響著，叫人惱火，心煩，橫一道，豎一道，流成一道道粗不粗、細不細的東西，你反正不等誰，也沒人和你約會，除了幻想，你還有什麼呢？可這是誰？一個白色裸體，一根柱子，兀自在大雨中淋著一咦，這不是張子野嗎？他站在那兒幹嗎？哎，這個瘋子。這個沒爹沒娘的瘋子。沒准是個被人遺棄的私生子。人說私生子聰明過人，他正是這樣。

42

她把床頭小燈擰亮，調整了一下燈罩，以免燈光向外擴散，影響他人休息。

她把信撕開，取出迭成一隻鴿子的信囊，打開看了。

她把信囊照原樣迭好放進去，擱在枕頭一邊放書的地方，「吧嗒」一聲關滅燈，兩手縮進被裡。

她感到疲倦，但大腦仍處於半興奮狀態。不肯休息。在黑暗中睜大眼睛。對面的整棟六層大樓全在她的眼中。彷彿一塊方格棋盤，國際象棋盤，白格子就是亮著燈光的窗戶。每天夜裡，當她忙完一天的工作，比如查資料、作卡片，寫讀書筆記或起草論文提綱，最後漱好口，洗完臉腳，脫去一身灰黑的西裝，爬進帳中，在黑暗中睜大眼睛，望著對面的方格棋盤時，就會感到悲從中來。她已經有好幾年不寫日記了，但最近，這個已經丟掉的習慣又開始在她腦中活動起來，雖然還沒有強大到使她筆之於紙的地步，但心中那片蒼白脆弱的紙上每每出現幾行諸如此類的字跡：我這樣辛辛苦苦為了什麼？我如此生

存的意義何在？我難道真沒人要？今天，在那片業已模糊不清的底子上又出現了這樣的字樣：厭倦了，這毒汁一樣的厭倦，浸透了我的心靈，在這個荒涼的世界上，我找不到一個親人，只有虛偽和嫉妒，冷漠和無情，得不到回報和愛，無緣無故的怨恨，猶如最美麗的花叢中往往蘊藏著致命的毒蛇，漂亮的言辭下面總有險惡的用心，有時乾脆就是無所謂，想死就死好了，誰在乎呢？你還沒死，人們就企圖忘記你，或者已經忘掉了你，或者巴不得你走開，那也是一種形式的死，或者乾脆希望你早早死掉，你若死了，人們，那些過去記恨你的、嫉妒你的、討厭你的、對你無所謂的人們就會提起你，說，「嘖、嘖、嘖，她死得真慘呀，而且那麼年輕！」他們會給你的父母去信，以示弔唁，或者還會到你家去，送上一點便宜的禮品和廉價的淚水，表示他們都是一些懂得人情味的人，其實，誰在乎呢？在人口爆炸的時代，死一個人連死一頭豬都不如，死一個人意味著損失，經濟上的損失，因為要出安葬費，要花去親朋好友、父母兄弟姐妹的精力，還要使他們不得不為了佯裝悲痛而付出巨大代價，而死一頭豬只有收益。人肉和豬肉不能同日而語。豬肉一斤可賣兩塊多錢，而人肉，則只能聽其腐爛而成泥土。我對於泥土有一種特殊的喜愛。春天郊遊，她們都打扮得花花綠綠，腳上高跟皮鞋擦得錚亮，稍微弄上一星泥土，就嚇得亂叫喚，用擦嘴的衛生巾把泥擦淨，可我偏偏喜歡把鞋脫了，赤腳在帶露的青草上面行走，用腳趾頭、腳板心去感受那軟綿綿、涼絲絲的泥土滋味，每逢此時，一種過去、現在、未來連成一體、混沌一片的感覺就會油然產生，我覺得彷彿死了，因為我自己也好像軟綿綿、涼絲絲的，可這種死的感覺當中有一種永恆的意味，彷彿我過去曾是這腳下長著青草紅花的泥土，而百年以後，我不過複歸我原來的形態，我依然活著，雖然死了，我的肉體依然富有彈性，充滿漿汁，滋潤著那些花花草草，在陽光、月下和風雨中幸福地酣睡。

　　她沉沉欲睡，朦朧中，她看見枯黃的雛菊揚起了腦袋，把贏弱的身子輕輕抖了一抖，那身枯萎鏽黃的衣裝便象皺皮一樣褪去，露出潔

潤光滑的肌膚。它的花蕊裡，含著一顆清亮的大露珠。

43

在他吻她乳頭的當兒，她一手摟住他的臀部，一手在下面彷彿握住刀柄向前捅一樣握住他勃起的陰莖，放在她毛茸茸的兩胯之間。

44

「那天夜裡她進房時，你們都睡著了嗎？」

「沒有，一個都沒睡著。」

「那是什麼時候？」

「好像快一點了。」

「那你們怎麼知道的呢？」

「我們通常睡得比較遲，上床熄燈之後，各人還在想各人的心思，正要睡不睡的當兒，只聽門喀啦一響，進來一個人，起先大家都不在意，以為是他，因他晚上遲回是出了名的，可他進來後也不上床，也不拿用具洗臉洗腳，卻站在桌邊一聲不響，一動不動，過了好一會兒，又聽躡手躡腳的聲音，進來另一個人，雖說大家都不知是誰，但女人毫無疑問。」

「這傢伙第六感官特別發達，比狗鼻子還靈。」

「住嘴，迷糊！聽我講下去。他以為我們都睡著了，因為這時有人在打鼾，就是迷糊幹的。別看他平時迷糊，在這種事情面前，可清醒了。他輕手輕腳爬上床，他睡上鋪，又讓那姑娘上，還用手扯了她一把，可能是用力過猛，只聽她輕輕『哎喲』了一聲。過後不久，兩人就真刀實槍幹起來了，整個床架子象他媽發地震似的，嘰裡呱啦、啪裡啪啦、吱吱嘎嘎，一個勁兒亂響—」

「我算倒楣透了，我正睡他下鋪，搞得我怎麼也沒法睡，還不得

不裝著打鼾，他們越上勁，我鼾聲越大，好像替他們助威，又好像為他們掩護似的。」

「這事後來怎麼鬧出去的呢？」

「這個嘛，說來話長，今天時間不早，咱們還是睡吧。」

「一定是你們當中誰第二天告發了吧？」

「別講話了好不好？睡覺，睡覺！」

「睡覺。」

45

圖書管理員打開今天的報紙，一行大字赫然映入眼簾：

　　「爸爸、媽媽：我的心已經碎了。」

他的興趣勾起來了，於是他繼續往下讀：

　　爸爸、媽媽：

　　我的心已經碎了，我實在不想活了，其實，這種念頭早在初一就有了……在我們這樣的家庭裡──爸爸是知識淵博的總編輯，哥哥是名牌大學的高材生，你們的眼裡哪裡容得下我?這個數學考不及格的差生呢？

46

親愛的亞姆先生：

　　你一封接一封的來信，真使我應接不暇，所以有段時間，我乾脆

就不寫了，部分原因也與經濟有關，這我不說您也知道。實話跟你說吧，我不想幹了，說得更準確些，我不想再讀下去了，在我們這兒，只有最蠢的人才去讀書。我想啥也不幹，一個人躲進深山老林中去，與鳥獸蟲魚為伍，和高山清泉作伴，過一種冥思苦想的生活，我覺得現代人都是一些為欲望驅使和折磨的機器人，他們沒有高尚的靈魂，只有最低級猥瑣的生理衝動和需求，每人都是一個永遠也填不滿的欲壑，關在自己的小房間裡，整日價費盡心機，想著如何採用巧妙的辦法達到自己的目的，當今的世界是一個沒有理想的世界，所謂的理想是一小撮為了主宰人的統治階級虛構出來的騙人鬼話，誰都不相信他們，可大家全都虔誠地表示相信，這一點我十分理解，人們為了生存可以說謊，生存大於一切。然而，一旦這成了人們行動的準則，人與禽獸何異？這禽獸跟我說的鳥獸蟲魚不是一個概念，這是一種沒有絲毫人味的禽獸，一種除了欲望還是欲望的東西，他們為了自己的利益是可以不擇手段的，必要時殺死父親、母親、兄弟、姐妹、兒子、女兒、妻子、朋友，都在所不惜。可他們又是一些多麼好的人啊。你不是說我們國家的人看上去都是那麼文明，那麼笑容可掬，象一個文明古國的後裔嗎？我建議你有機會來這兒一趟，最好能直接生活在大城市中，住個兩、三年，你就會知道的。

　　無情而無形的網把人窒息得透不過氣來。我一向以為，我出生在這片土地上，一定是個天大的錯誤。我成了一個沒有天性，沒有個性，沒有希望的數字。我幾乎等於零。我只在和人相加的時候才有意義，和其他數字加起來時才能得到較大的數字。我詛咒生我的父母和那條養育我的已經腐爛發臭的長江，你哪知道那是一條污染得多麼厲害的河水。沿江幾十座大大小小的城市將工業廢水、人畜糞尿、泔水、垃圾、廢料、鼻涕和痰、醫院手術後的濃血、紗布、農藥、泡爛的自殺的屍體，全都一股腦兒傾瀉進這條古老河流的懷抱中，難怪江中魚類越來越少，瀕臨絕跡，每當我看見河面上漂起一條死魚，翻著白肚皮和泡白的眼珠，我就會說，人啊，這就是你末日的先兆！

　　可是，人們彷彿抱得更緊了，你可以說是親熱的，也可以更恰當地說是鐵打的、殘酷的、你死我活地緊抱在一起。我真想掙脫這壓抑人的羅網，這座萬劫不復的大牢！

　　秋天了，滿地心形的秋葉。你那兒想必早已進入冬天了吧。洛磯山脈的冬天真美。天空一律的純藍。雪光晶明耀眼，千山萬壑沒有一絲聲響，靜靜地挺立著枝幹秀麗的白樺樹。湖水尚未結冰，宛如一面透亮的鏡子，倒映著墨綠的松樹，潔白的崗巒，西天一抹豔紅的晚霞和翠藍的天空。我為什麼逃不出去呢？我的心靈彷彿一個越獄的慣犯，無數次地被抓回牢中，又無數次地越獄，也許最終將遭受死刑懲罰吧！可我還會再長出一百個心，再一百次地越獄逃跑。

　　我不想讀書了。過去，書籍予人以智慧，交給人開啟宇宙奧秘的鑰匙，如今，它只是一門教人如何更巧妙地說謊、掩飾、攻擊的工具，一杯使人陷入死胡同的毒鴆。我只想做一個普普通通的人，最好是一個農人，過著有收有獲的生活，跟大地、陽光、風和天空親近，遠比這陽痿的學術生活更有意義得多。

　　我說出上一番話，可能使你感到意外，也許我目前正處於一種mental breakdown的狀態，過一些時，等我清醒過來，也許會後悔的，但有一點很明確，我的生存純屬偶然，出於無奈，我不想過一天算一天，又不想搞什麼轟轟烈烈的大事業，因為這本來是沒有的，世界上還有什麼比殺人更偉大的事業呢？一切偉人都是靠殺人起家的，一切偉大的發明都跟殺人分不開。我只想無聲無息。

忠實於你的庶以

1988年9月30日

47

　　「你為什麼和那人來往？」爸爸問她。

　　「因為我愛他。」她說。

「你是文學博士，可他是什麼東西？一個窮工人！據說過去還很不正經。」

「爸爸！」

「你不要我講，我偏要講，他們廠的廠長是我的老部下，跟我談過他的情況。對他的看法很不好咧。這個人首先在政治上就很不可靠，經常散布對廠領導和現行制度的不滿，而且生活作風也很成問題，靠著他一付俊臉子，專門在外面勾引青年女子，你知道人家在他檔案裡怎麼說的？」

「我不想知道！」

「人家說他生活作風不嚴謹，思想不健康。就這兩句話，就夠他一輩子受用了！你還和這種人談朋友！」

「我覺得這很正常。」

「正常！你別蒙在鼓裡了，實話告訴你吧，他跟你談完全是為了尋找刺激，不是為了愛情，他在跟你談朋友的同時，還談著別的女朋友呢！」

「這是造謠！」

「怎麼，父親的話你都聽不進去了？你以為你當了博士，就比別人高明，就得別人都聽你的。爸爸跟你講這些，都是為了你好。你要不是我的女兒，我還不跟你談這些呢。」

「你要是我的爸爸，就不會這樣刺傷女兒的自尊心。」

「你─你─！」

「我走了。」

「你─好，好，你走，你走，你現在是文學博士，誰還管得了你。」

48

Back to back, tonight, ah, every night!

背靠背睡，今夜，唉，夜夜！他翻譯道。

49

他著手擬寫一篇人口學方面的論文。他頭腦中至少有兩個理論要加以闡釋，一是國中之國，一是雙向移民。這個國家的人口品質已出現下降趨勢，雖然在數量上號稱世界第一，但它的國民素質卻可以說是倒數第一，原因之一是，它是一個以近親繁殖為基礎的惡性循環系統，這種近親繁殖在政治上、經濟上、社會關係上、家庭關係上表現得尤為突出和明顯。一個直接的結果是，白癡型的人越來越多。要改變這種情況，光靠向國外派遣留學人員或每年移民一、兩萬是無濟於事的，必須從根本上解決，那就是大換血，需要使全民族的素質得到更新，辦法很簡單，在移民國外的同時，也大量地從國外移民進來，使語言、膚色各異的人雜交混居。這就引起了第二個問題，這些人移居何處最合適？進入人口爆滿的大城市當然不行，那就令其移居到經濟不發達的地區，讓他們在那兒按照他們自己的方式開發、治理，建立所謂的「國中之國」，這樣，要不了一、二十年，就會興旺發達起來，大城市擁擠的人口也就會自動流向這些新型的現代化城市。人口爆炸的局面或可得到緩解。

這只是一些初步想法，他想在論文中細加敘述。

50

「今天晚上算了，好嗎？」

「就一下，不可以嗎？」

「……」

「我半年才回一次，你就這樣冷漠。」

「可昨天、前天都滿足你了呀。」

「今天最後一次，不行嗎？」

「明天，好吧，明天我一定答應你。」

「可今天我太想了，你就讓我一回吧。」

「你，嗨，你太不體貼人了！你沒看我累了一天，又上班，回家還要做飯洗衣，你一點忙都不幫，一天到晚就坐在那兒寫呀寫的，放假了，也該休息一下，管管家裡的事，我不是一定要你做，只要多多少少體貼我一點，我也就感到心滿意足了。今天晚上算了，好嗎？我實在太累了。」

「你太不理解人了。」

「親愛的，原諒我，明天一定。」

「那就讓我摸著你的乳，總該可以吧。」

「你呀，真是，今晚又完了，本指望睡個好覺。全完了。」

51

一重迷霧籠罩了小島。

天空灰濛濛的，能見度極低。偶爾看見一、兩隻白色海鷗在波峰浪穀上掠過。

夜裡，島嶼沉入海底，海面上閃動著螢螢的磷火，人們說，那是海島的魂靈，在對彼此說著難懂的語言。

52

1988年7月1日

我得把此事向組織彙報。儘管大家都認為犯不上，可這實在令人難以容忍，在八十年代的今天，竟然出現如此野蠻下流的事，而且是在集體宿舍中。不管別人怎麼說，我一定要堅持原則。人應該有起碼的道德感和責任感，不能頹廢、墮落到喪失人性的地步。

我決不能採取袖手旁觀的態度，既然要加入組織，就要拿出

實際行動，現在的學生越來越不像話了。我必須做人們的楷模。叫我偽君子也好，撈政治資本也好，我認為我是正義的，真理在我這一邊。

53

她達到了高潮，他是用69的姿勢使她達到的。

　　她取出一枝Malborough，他打著打火機，給她點燃，並把煙灰缸拿過來，放在兩人之間的被子上。

　　「你在國外談了幾個朋友？」她問。

　　「怎麼想起問這個的？」他說。

　　「隨便問問。」

　　「談了一個。」

　　「誰？」

　　「一個法國女郎。」

　　「長得漂亮嗎？」

　　「沒注意。」

　　「怎麼會呢？」

　　「我不太注意人的長相，只要談得來就行。」

　　「你和她—睡過覺嗎？」

　　「睡過。怎麼了？」

　　「沒什麼。」

　　「她這傢伙特怪，每天一大清早就走了，我往往還沒醒呢。」

　　「你愛她嗎？」

　　「不愛。」

　　「那幹嗎和她？」

　　「就為那。」

　　「和我也一樣？」

「當然，但有所不同。」

「哪裡不同？」

「你是中國女人，她是法國女郎，和你能長期相處，跟她只能做露水夫妻。」

「你真打算和我好下去？」

「當然囉。」

「不是逢場作戲？」

「不是。」

「那你準備什麼時候帶我出去？」

「這取決於你。」

「為什麼？」

「你願意和我結婚嗎？」

「不願！」

「為什麼？」

「我暫時不想受婚姻約束。女人一旦陷入婚姻羅網，她就得一切按男人的想像和要求來塑造她自己，要麼把自己變成一個沒有個性的家庭主婦，要麼成為丈夫的裝飾品。沒意思。我想自由自在地生活。」

「婚姻是每個女人的最終歸宿。」

「也是她最終的牢籠。」

「那是不可逃避的。跟我結婚吧，慧，我會帶你去美國，明年休假，我帶你到歐洲觀光，去看盧佛宮的藝術精品，到威尼斯的水上泛舟，去登阿爾卑斯山，飽覽全歐的風光，不要再在這局促而狹窄的井底熬下去了吧。」

「讓我再考慮考慮。」

54

子業：

近好！你想畢業後來我公司工作，我看這問題不大。你是法文研究生，我們現正缺這方面的人才，而且目前有幾個項目在跟法國合作。你來後，我想請你任我對法事務的助理，頭半年讓你熟悉業務，這要盡可能快，因為我們不久就要派一批人去法國學習，若能趕上這一批，最好，不過，你學的是文學，現在改行經商，是否合適，望你三思。

考慮好了速告我。

老張

1988年6月30日

55

Passage over Water

We have gone out in boats upon the sea at night,
lost, and the vast waters close traps of fear about us.
The boats are driven apart, and we are alone at last
under the incalculable sky, listless, diseased with stars.

他翻譯道：

《水上通道》

我們曾在夜間泛舟海上，

迷失了方向，浩瀚的海水把我們包圍在恐怖的陷阱之中。

兩隻小船沖得四散，終於，在高深莫測的天空下，

我們彼此孤立，無精打彩，讓繁星攪得疲憊不堪。

56

他在那兒狂叫些什麼？

他說他聽見了。

聽見什麼？

他說他看見了。

看見什麼？

他說。

57

「你怎麼一個人回來了，學校還沒開學呢？」他說。

「我不想在家呆下去了，」她說。

「和家裡人鬧了？」

「沒有。」

「琳子，我想和你談談。」

「談啥？」

「我想-嗯，我是說，我覺得我們還是到此為止吧。」

「……」

「我覺得，我倆之間差距太大了，你是博士生，我不過一個小工人，無論從哪方面講，都是不可能的。」

「可你不是說愛我嗎？」

「是的，直到現在我還愛你，可是，這是不可能的。」

「你過來。吻我。」

「這不好。」

「你的嘴唇這麼冰涼，可不久以前，你卻象團火焰在我面前熊熊燃燒，你的手臂強勁有力，你的眼睛漆黑發亮，你的雙唇猶如燒紅的烙鐵，在我心中烙下深深的印痕，可一夜之間，你就完全變了，變得這樣叫人不可理解。我都不在乎人言和社會壓力，我，一個女人，都不在乎，難道你還在乎？你，一個男子漢，你男子漢的魄力到哪裡去了？」

「不，這是不可能的。你父親是一局之長，他只要一句話，就可以叫我丟掉飯碗，可我家中還有老母和一大群小弟妹要靠我撐持啊！再說，等你熱情過去，你會討厭我的，這我敢肯定，誰能保證愛情會象婚姻一樣長久呢？」

「不，不，不，你這騙子！你不愛我，是因為你又找了一個女人，你拿這些謊言和藉口，想來欺蒙我。你已經騙取了我的愛情，滿足了你的卑鄙生理要求，你饜足了，才想出玩這種把戲。不，你又在和我開玩笑，我們還會好下去的，是嗎？你說是嗎？乖？」

「是的，是的，哦—不，哦！我怎麼辦呀！我的心都要燒焦了，我恨不得把這個世界砸個稀巴爛，和你一起逃到天涯海角，可是，我太渺小，太無能為力了，我不是一個人，我只是一條蟲。」

「不，愛情會使你勇敢起來，堅強而偉大的，就象它使我一樣。」

「不，愛情總會有一天死去的，隨著我們的親密和衰老。」

58

妹妹：

這個假期我過得實在太不快活了，沒想到家庭生活竟是這樣枯燥無味，令人壓抑。本來不想跟你講這些，可我實在太難受。在這兒我是度日如年，昨天和今天沒有兩樣，今天和明天又將沒有任何區別，每天除了忙吃忙喝，沒有一點意義-

我第一次表現得如此脆弱，請你原諒。你幾時回校？我想早些見到你。等見面了，我有一件事要告訴你。

吻你。

英林

1988年8月26日

59

最近他拍攝了一張《落在網中的太陽》。

一張巨大的鐵絲網從左到右，佔據了畫面的二分之一，網下是滾滾濁濤，太陽宛如剛從煉鋼爐中取出的鋼錠，紅中透出白亮，壓在網中央，使網面成了一個兩邊向上、中間向下的弧形，有幾處地方網繩完全燒化，流出火紅的熱液，閃著金光，一顆顆往下滴瀝，一觸到水，水面頓時起火，跳躍著閃爍不定的小火焰。

60

圖書管理員在看今天的報紙。他的目光落在這段文章上。

《值得憂慮的劣勝優負》

……但是，現在精神產品中卻出現了一種劣勝優負的狀況。一些庸俗的「秘史」、「野史」之類的書刊，印數動輒以十萬、百萬計，甚至還有上千萬的！作者、出版者和書店都賺了大錢，而一些嚴肅認真的作品例如學術著作、評論文章乃至雜文集、詩歌、散文的出版，都很難維持……

61

「現在伙食越搞越差，真不像話！」

「這是什麼？哎呀，這不是報紙嗎？天呀，報紙燒肉，太可怕了。」

「那算什麼，我經常吃出蒼蠅來。」

「青菜更差勁，你等於是在碗裡替人家再揀一道菜，比如韭菜、菠菜，黃葉菜根都在，泥也沒洗淨，厚厚一碗底。」

62

筆記一則。

凡高這人特有意思。他極度討厭美麗的事物，討厭弗裡恩和維納斯的塑像（弗裡恩是西元前四世紀希臘名妓，她的美麗的形象在繪畫和雕塑中傳諸後世），他說，「象弗裡恩那樣的美麗身軀有什麼用呢？畜生也有的，也許甚至比人的更美麗，但是伊斯雷爾斯，米勒或弗雷爾所畫的人的靈魂，卻是牲畜所永遠沒有的。」

雷諾瓦對描繪女性裸體的興趣超過一切。對他來說，一生的使命在於女性軀體的線條中。

63

張經理：

您好！信收到了，再有半年時間，我就要畢業了。我已決定，畢業後到您們單位工作。您知道我這人天生不是搞文學的料，可我偏偏考上了文學，一進來就被釘死了，沒有一點轉系的餘地，好在我還不

是那麼笨，門門功課怎麼也能考它個七、八十分，總算過得去吧。我分析了一下自己，覺得我是一個行動的人。我沒有坐得住的時候，我要是辦事認起真來，是可以頂好幾個人用的。

　　我想，如果您們打算接收我，可以先給系裡發函，或派人直接交涉都行。等您的消息。

子業
1988年7月15日

64

他一下火車，老遠就看見她站在月臺上，挎一個小黑皮包，穿一身素淨的花裙。他禁不住心「怦怦」跳起來。她迎面跑過來，眼睛不離他的眼睛。他伸出手，她並不去握。攤開的掌心勒出了深深的紅印，她軟軟的小手在上面撫摸著。

　　「還沒吃飯吧？」她關切地問。

　　「沒有。」他微微一笑。中年人的這種微笑特別富於魅力。她把身子靠得更攏些。

　　「我們就到附近找家小餐館吃好嗎？」

　　「好的。」

　　看著他狼吞虎嚥地吃下兩大碗肉絲麵，她臉上露出欣慰的笑。

　　「你假期過得好嗎？」他一邊走一邊問。

　　「好什麼呀，真沒意思。」她只要想起家裡，心就煩。

　　「怎麼會呢，跟爸爸、媽媽、兄弟姐妹團聚了，應該快活才是呀。」

　　「你不知道，我寂寞得要命！跟他們在一起有什麼快活的，爸爸、媽媽一天到晚忙他們的雞場，弟弟妹妹都還小，得我給他們弄

飯，只要閒下來，我就拿個小板凳，坐在場院樹蔭底下，望著遠處翻滾的稻浪發呆。那條通往小鎮的路，我每天不知望了多少回，總也不見你來，連個信都沒有，你早把我忘了，是嗎？」

「沒有，真的。」

「現在好了，咱們又回學校了，又可以常在一起了，我真希望快快畢業，和你分到一個單位工作，可還得等上一年，時間真長呀。」

「火妹，我想和你說件事。」

「什麼事？」你驚訝地問道，我真怕看你這雙充滿稚氣、天真爛漫的眼睛。

「是這樣的。」我慢慢對你說出了我的打算，明年研究生畢業，我想考博士生，系裡也有這個打算，導師很欣賞我在國內一家一級雜誌上發表的幾篇論文，以及我平時的表現。

「考博士難嗎？」你那樣好奇地問，我真想在你圓圓的眼睛上輕輕吻一下。

「不難，甚至比研究生還要容易，因為導師要招的人都是他已經看中，想留下來做助手的，能力不在試卷上反映出來，再說，把試卷出得過難，對他本人也無好處，他可能會因此而失去他想要的學生。」我不緊不慢地講著這些，你象依人的小鳥偎在我身邊，我真希望黑夜快些來臨，我好把你整個兒摟在懷裡，可是，我們離校門越來越近，不得不分手了。你顯得那樣難過和憂傷，我不知道為什麼，你一直默不作聲，你說好晚上見面，可我等了你整整兩個小時，也沒見到你……

65

幻想狂的論文發表了！

有幾個一向瞧不起他的女同學立刻改變態度，對他報以青睞，主動和他接近，甚而至於買票請他看電影，最後達到寫信約他幽會的地步。

他一概加以拒絕。理由很簡單：凡主動上門的，我一個不要。

他看透了當今的女人，沒有一個好東西，全是包裝好的商品，自己作賤自己，待價而沽。你如果默默無聞，她就把你當成傻瓜蛋，任意嘲弄，從前一個大學同班女生就曾在背後把我罵得一錢不值，我還是最近從別人那兒聽說的。一旦你出了名，她們立刻換一付面孔，向你大獻股勤，恨不得明天就嫁你做老婆。可等她們做了你的妻子，滿足了虛榮心以後，她們又會感到厭倦，覺得生活中缺乏樂趣、缺乏熱情，又會冒出其他種種可惡的念頭。

他甘心情願拜倒在連睬都不睬他一下的冷美人腳下。也許他一生命定如此：毫無希望地追求美麗的形象，靠手淫解決無法滿足的生理要求。但他認了。

66

「聽人說，王要入黨了。」

「他入他的好了，誰希罕。」

「這是個危險人物。」

「他就靠打小報告過日子，整老實人和有毛病的人，還有什麼。」

「對他還是得多留個心眼。」

「沒事，他翻不了大浪，一條小泥鰍！」

「這種人過去有、現在有、將來還會有，因為這兒有著比世界任何地方都更適於他們生長的土壤。」

「老子總有一天要把這土壤鏟去它一層皮。」

67

繼《我愛太陽》之後，他準備再創作一組攝影，題為《我愛女人》。

他把這個想法和他一談，他連忙擺手。

「不行，不行，這個千萬拍不得，咱們這兒搞其他的可以，搞這個可行不通。」

「為什麼？大家不是都喜歡裸體嗎？」

「可大家不喜歡拍攝裸體的人，明白嗎？」

「我明白。不過我主意已定，非拍不可。」

「你到哪裡找裸體？」

「有必要的話，偷看澡堂、廁所我都幹，人們偽裝裸體的時間太久了。這種現狀必須改變！」

68

大雨把他身上一年多沒洗的油污泥垢沖刷一淨，露出嫩若處子的肌膚，他已經不會說話了，那天被那個姓王的人在脖子上狠狠勒了十幾下後，他再也說不出話來，只能啊、啊地幹叫著。誰若在此時看見他，會看見他臉上一片燦爛的笑。

他在瓢潑大雨中整整行走了一夜，直至精疲力盡，然後投入臭氣熏天的死人河中。

69

別寫詩了，兒子，聽媽的話。媽媽。

你從寫詩中能得到什麼？盡是一首首往回退，還不如把精力轉向別處，也許會有更大成效。媽媽。

看你熬夜的模樣，媽就心疼。兒啊，別再寫詩了，詩是個坑人的東西，沒有一個詩人活得好的，文革時，咱們院裡不是有個詩人在那棵大梧桐樹下吊死了麼，別寫詩了，兒，聽媽一句。媽媽。

你的詩中充滿了悲傷的情調，我總感到與時代不大合拍，你自己覺得呢？我只是有這個感覺，詩總要寫些向上的東西才對呀。媽媽。

你錯了，詩是裸露在外的心。小野。

別再老這麼東一句、西一句的，這樣下去，腦子會出毛病的。媽媽。

我寧願出毛病，寫出驚世駭俗的詩篇，也不願去過那種僵死的生活，去寫那些濫竽充數的文章。小野。

兒啊，兒，你怎麼一點也不體貼你的母親，媽媽為你都快操碎了心。媽媽。

70

1988年9月9日星期三

上帝死了。

毛澤東死了。

詩人也死了。

這是一個偉大的時代，每一個人都有機會、有可能成為新的上帝、新的統治者、新的主宰。我要踩著梯子，一級級爬上去，我需要的是耐心、努力、堅毅和不屈不撓。只要不放棄，就會勝利。

71

候機大廳。

她坐在長椅上，一排陌生的同胞中間。沒有一個朋友為她送行。他無所謂，反正我要走了，能決裂就要澈底決裂，斬斷一切關係、一切聯繫，包括家庭、親戚、熟人、朋友、同學，等等。甚至連路費家裡也沒出一個，盡是他一手包下，我有什麼值得留戀的。這兒象一個大活埋坑，不知埋葬了多少有才智的人。我終於衝破了牢籠。

「旅客同志們請注意了，到紐約的中國民航3761號航班馬上就要

起飛了，請大家拿好登機票，準備登機。」

　　她看見對面椅子上一個小姑娘淌下一串淚珠，自己心裡也格登一下，酸酸的不是滋味。她咬咬牙，竭力不去看那些抹著眼睛的人，包包往身上一挎，就向登機口走去。

72

當詩人走了的時候，世上只有一片荒涼。

73

　　「章子業同學，我想和你談談，」系主任說。

　　「好。」章子業說。

　　「你這次法國詩歌考試沒有及格，你知道嗎？」

　　「不知道。」

　　「看樣子，你還滿不在乎。告訴你，不及格是要影響畢業的。你要趕快趕上去呀。聽人說，你近來學習很不用功呀。」

　　「可我不是門門都考七、八十分嗎？」

　　「你的考試不及格，這就很說明問題。你得抓緊學習，否則，將來畢不了業可別怪我。」

74

昨夜看見火光了嗎？

　　沒有。

　　可我看見圖書館六樓平臺上一大團火在燃燒，好像一根長棍子裹著布，澆了汽油，在燃燒似的。

　　也許別人在燒廢紙頭吧。

不會吧，都半夜兩點了，怎麼會有人上那兒去呢。再說圖書館的門老早就關掉了。

那會是誰呢？

我也說不準，只覺得那堆火燒得人好難受，我只看了幾秒鐘，就再也看不下去了。跟著我就爬上床睡覺了。

75

連追悼會都沒法開。水泥地上只有一灘黑灰和幾段沒有燒化的殘骸。

在一個角落，人們找到一枚壓得扁扁的枯黃的雛菊。

一個名字就這樣消失了。

學校傳令：此事不宜外傳。對外口徑要一致，那不是自焚，而是意外事故。

76

他住進了醫院，據說是因為單相思而到了精神失常的地步。

77

紐約拉瓜迪機場。

他穿一身藏青色西裝，顯得氣宇軒昂。風度翩翩，但神情有些異樣。

她已辦完各種手續，伴在他身邊。

他剛剛把打算告訴了她：他已與廣州去的一位女郎同居，現正式宣布與她離婚。

「我已幫你滿足了你的願望，到達了你想來到的地方，現在你也幫幫我的忙，同意和我離婚吧，咱們兩清！」

78

他經張經理親自任命，當上了外事處的付處長。

「怎麼樣，還是我行吧？」他常樂滋滋地這樣想，但嘴上卻說，「不行，不行，我這人不是做學問的料。」

79

親愛的庶以：

知道像片上這女人是誰嗎？讓我猜猜你最先的反應，你准會說這女人長得不錯，金髮碧眼，典型的西方美人，兩片嘴唇塗得腥紅，眼圈藍幽幽的，臉色因此顯得更加蒼白，看得出來，這是一個十分性感的女郎。過一會兒，你會由衷地感謝我，在心裡對我說，親愛的亞姆先生（你總是那麼正式），我不知道怎樣向你表達我喜悅的心情，謝謝你給我找到了這麼好的一位筆友，因為我做夢也想有一個我不認識的女郎能和她保持通信來往，進行心靈的交流，其實我並不在乎筆友的像貌，甚至都不想看她的像片，我只需要僅僅通過文字來瞭解一個人，這人必須是位女性。噢，現在她來了，就捏在你手裡，正用含情脈脈的目光注視著你，如果你以你的目光傾注同樣綿綿的情意，這個女人就會活起來，她會在你枕邊和你講悄悄話，跟你親熱，度過漫漫長夜。

可你知道，這個女人不僅你認識，而且長期有通信聯繫。她是誰？你一定已經猜出來了，她就是我。過去的我已經不復存在，我現在不再是Mr，而是Miss或Madam了。兩個月前我去做手術，大夫問我，「你知道這樣做的代價嗎？」我說我不知道，不想知道，也不在乎。他說，「但我必須事先向你講明白：你將失去男性，但不能成為真正的女性，你是一個假人！」我說見鬼去吧，我不在乎，我要做手

術。我的乳下各開了一刀，塞進了一種賽璐珞似的軟組織，然後縫合，同時注射了激素，我的陰莖隨之切除，並施行了陰道切割術，你瞧，我現在一切正常，我燙了發，化了妝，買了幾套女人時裝，包括長統尼龍襪和高跟鞋，你若真的見到我，肯定會迷上我的。

從前，你說我是男人，不能愛我，那麼，現在我是女人了，一個徹頭徹尾的女人，你可以愛我了吧？我現在向你正式表白，我作出這一切舉動，甚至犧牲了我的性別，都是為了一個目的：愛情。沒有你我就沒法活下去。你不懂西方人，不瞭解我們的心，你以為我們極端邪惡，放蕩不羈，縱欲無度，其實，性欲對我們僅僅是一種生理需要，跟吃飯、喝咖啡沒有什麼兩樣，而在心中，我們對精神的東西有著不可滿足的追求，有著柏拉圖式的愛情，這種愛是一種毒液，不把它釋放出來，人就會慢慢中毒身亡，但一旦將它注入另一個肉體，它就會發生奇跡的變化，變成甘露滋潤著那肉體，使之活得更充實、更健康、更幸福。

我再也回不到原來的境地了。我以男人之身成為女人，一個「潔身自愛」的人，因為我同時是女人又是男人，我全身心地擁抱我自己，連每一個毛孔在內，可我無法擺脫我是女人的思想，從今往後，我的一切言談舉止都得象個女人，可世界上並沒有標準的女性言談舉止和標準的男性規範，而現在是男子女性化，女子男性化，正向這個方向發展。我能同時朝兩性發展，然而，並不是脫掉衣服就可以脫掉性別的。我有了乳房，有了陰道，萬劫不復地失去了我的象徵：男性生殖器。我曾一度想自殺，但我沒有死的勇氣，也許是沒有死的理由。我為什麼要死？活得厭倦了嗎？不，世界上還有那麼多地方我想去而沒去成，那麼多我想見的人還沒見到，比如說你，還有那座神祕的荒島，到那兒涉足，是我畢生的願望。算命的人說我來世會變成一座珊瑚礁，一座通體閃耀瑪瑙之光的紅珊瑚礁，隱藏在深綠的大海中。

我愛你，庶以，我愛你，我已經聽到了你的咒罵聲，看見你撐起

了眉頭，可我還是要說：我愛你，因為我是女人！

1988年12月24日
亞姆於蒙特利爾

＊＊＊　＊＊＊　＊＊＊　＊＊＊　＊＊＊

　　如果修潔音還活著，真念雙就要問他，這個同性戀及變性戀的故事，是不是他親身經歷。抑或這只是大腦中純粹想像出來的故事，根本沒有任何真實的骨血。真念雙和他相戀期間，曾聽他談起過一件異國的情戀之事，說他在加國訪問期間，曾被一位男性白人追戀過，後遭到他的拒絕，並接受了他的勸解，暫時放棄了同性戀的企圖，而跟一位華人女性好上了。這樣的故事司空見慣，但內容，如果有內容，也被修潔音在虛構中給構虛了，抽空了。這與改革開放後的當代文學適成對照，那是滿滿當當的，這是空空靈靈的，那是一字都不虛發，但字字都發虛的，這是一字都不發虛，但字字都為了虛發的。那個國家文學的可怕之處在於，它用一隻乾枯的手扼著你的喉管，不讓你發聲或只讓你發出改變了聲音形狀的聲音，或者乾脆把推土機照你開過來，一遍遍地開過來，把你活埋而後快。

　　真念雙和修潔音好上後，去過很多國家。她發現，修潔音雖然看書，但基本上只看詩集，不看任何別的種類。問起來後，修潔音就說：詩歌是酒，文字釀的酒，其他一切都是水或飲料。我不感興趣。

　　他們在倫敦的那一年，修潔音買了一本厚厚的詩集，書名是 *Other Men's Flowers*。真念雙一看就說：《別的男人的花朵》。修潔音糾正她說：不是的，應該就是《別人的花朵》。真念雙說：不對吧，明明是「men」，複數的男人嘛。修潔音說：你也可以這麼看，我都沒意見。真念雙想：他有意見了。就說：其實都無所謂，別人、別的男人，都無所謂。反正1944年出的書，並沒有那麼強大女權主義意

識。她說這話時，注意到修潔音頭已經低下去，在看詩了。跟著也把頭湊過來，兩人臉挨著臉，讀了起來，正好翻到的那一首是莎士比亞寫的，其中有句雲：「And in some perfumes is there more delight/Than in the breath that from my mistress reeks」。[5]

「這意思就是說，」修潔音說。「有些香水遠比／她的呼吸悅人」。

「那是很麼意思？」真念雙故意把「什麼」說成「很麼」，說。她其實知道是什麼意思。

「那呀，」修潔音說。「那就是口臭的意思啊。」

「討厭，」真念雙說。

修潔音就喜歡她說「討厭」時的口氣和樣子。兩人又忍不住做起愛來，我這個寫書的就不在這兒細述了。今天這個時代，凡是做過愛的，是用不著別人提醒，也用不著別人細述的。

做完愛後，真念雙說：我不喜歡莎士比亞這首詩，他完全是在挖苦他的情侶。

修潔音說：詩人是一個怪物，因為太真實，所以藏不住。你可以閉眼不讀，但你不能把詩人的手切斷，不許他寫他想寫的。這個世界為什麼不能只有美，沒有醜呢？如果那樣，就不用有詩人了，你說是不是？

真念雙歎了口氣，說：我們這個時代的詩，美到假的地步，無法真起來了，所以沒人要看詩，但一看到莎士比亞有意醜化他情婦的詩，又覺得很難受。

修潔音說：他不是有意醜化，他只是無法忍受他那個時代對女性的殘酷美化，而要還女人一個本真。難道女人不是這樣嗎？當年我上大學寫了一篇英文作文，其中就提到，看見一個美女從廁所裡走出來時，給我一種很不舒服的感覺。結果被那位加拿大老師評論說，我這

---

5 引自 *Other Men's* Flowers, selected and annotated by Lord Wavell. Pimlico Edition, 1993 [1944], p. 167.

樣寫很不kind，也就是很不厚道，而且很不對中產階級讀者的口味。

真念雙說：那你為什麼要那麼寫呢？

修潔音說：我只是要說明，沒有完美無缺的美，即使是一個很美的美人，她也要上廁所，而她從廁所出來時的樣子，難免不讓人把她的美跟廁所聯繫起來。

真念雙說：何必那麼偏執、那麼認真呢。睜隻眼，閉隻眼，不就過去了嗎？

修潔音說：這不像你這樣的人說的話。

真念雙說：是的，有時候，有一個文化造就的俗人，在替我代言。我說的並不是我心中想說的話。

修潔音說：那麼，你心中想說的究竟是什麼話呢？

真念雙說：不好說，有時想到了不敢說。人心是沒法剖開的，否則裡面肯定漆黑一團。有時候，閉著眼睛生活，才是最合適的方式。

修潔音說：活字裡面有個舌頭。

真念雙說：是呀。那不是用來說話的，而是用來做愛的。

修潔音說：所以我們這些亞裔，最後都成了啞裔。有一小部分成了牙醫。

真念雙：哈哈，你真逗！

修潔音：因為牙醫是所有職業中最賺錢的。好在天空無牙，否則這個世界會產生多少替天拔牙的牙醫，又因此而賺多少錢呀！

真念雙：你真是個詩人，說的話我聽得半懂不懂。

修潔音：我還是喜歡你的舌頭，你的大舌頭，能把我的整個大腦塞滿。

真念雙：在英國讀英國詩，聽你用漢語說著詩的語言，我差不多就要高潮了。

修潔音：你下面好熱、好濕。

真念雙：我要你回家。

修潔音：我想回家，赤條條、直挺挺地回家。

真念雙：硬邦邦的。

修潔音：愛邦邦的。

真念雙：愛你愛你愛你。

修潔音：硬你硬你硬你。

……

　　前面那部中篇小說，是修潔音通過郵局寄給真念雙的。她花了好多個夜晚，才把它打成字，彷彿每個字都是他們之間的共同呼吸，他們的血肉相連。這時她想起，那時他們還沒有電子郵件。後來通過電子郵件，他還給她發了幾個故事。哦，對了，在這兒，這個文檔中，這個聚集了他的來信、照片和零星文稿的文檔中。他的那封信很短，說：「這是一篇未完成稿，你看看。」

　　關於「未完成」這個問題，她和他討論了很久，包括在做愛前和做愛後。修潔音的意思是，世界上的書永遠都看不完，但他要試圖把所有的書都看完。為此目的，必須有足夠的資產，供他一生一世什麼事都不做，只做一件事，那就是看書。可這件事本身就是一件未完成的事，也完成不了的事。從開始想做的那一刻起，就帶上了未完成的特徵。真念雙說，修潔音就像俞伯牙，看書這件事就像彈琴，其意義是很少有人能夠理解的，而她自己，則是那個樵夫鐘子期。能欣賞就好了，其他什麼都不欲求。修潔音哈哈笑著說，那倒好，他修伯牙和她真子期，就可在那波濤滾滾的船上一唱一和，直到弦斷曲終為止。說到這裡，修潔音說，其實所有美好的故事，都是未完成的，比如俞伯牙和鐘子期的故事，就是未完成時態，本來人家是伯牙，後來因馮夢龍錯聽漢陽話，變成了俞伯牙。未完成，被完成，又未完成，因為很可能進入英文後，變成Yu Boya。再被別的人去完成。生命難道不就是未完成嗎？一旦完成，就進入死境。即便人死了，也還是未完成，因為死魂靈會進入活人夢境，會在別的語言中出現，會在別的文化中，以另一種身分再現，會化為動物，在非洲的原野賓士，會變

成鳥，在澳大利亞的叢林裡哇哇大叫，所有這些亡靈，比如紐約9.11
的死者，比如南京大屠殺中喪生的所有人，都在記憶中，單個的記憶
中，被記住，被記憶發展，被記憶開發。

　　真念雙說，我偷看了你那本詩集的詩，有一首詩被我看到，很喜
歡。這是一個澳大利亞詩人，19世紀的，名叫Adam Lindsay Gordon，
好像很早就被介紹到中國，但很快又被忘記了，進入一種未完成的狀
態。我念給你停一下好嗎？真念雙趴在修潔音懷裡，讓他摟著自己，
把書翻開，便讀了起來：

Man's Testament

> Question not, but live and labour
> 　　Till yon goal be won,
> Helping every feeble neigbour,
> 　　Seekig help from none;
> Life is mostly froth and bubble,
> 　　Two things stand like stone,
> Kindness in another's trouble,
> 　　Courage in your own.[6]

　　「你能把它翻譯給我聽聽嗎？」真念雙嬌滴滴地說。每每進入詩，
特別是好詩的狀態，真念雙就像冰雪見了陽光，立刻就柔情似水了。

　　修潔音低下頭，吻了吻她出露的臟脹的乳頭，含在嘴裡，模糊不
清地說：嗯。

　　做完愛後，把一切收拾乾淨，修潔音說：做愛也是一個未完成的

---

[6] 引自 *Other Men's* Flowers, selected and annotated by Lord Wavell. Pimlico Edition,
　1993 [1944], p. 405.

過程，這不，需要靠翻譯那首詩來暫時地完成一下，說著就口占翻譯了那首詩：

《人性的證明》

> 別動輒提問。要生就要活，就要幹活，
> 　直到功成名就，完成宏圖大業。
> 鄰居積弱，一定相幫，
> 　自己有苦，決不求人。
> 生命不過是翻花的泡沫，
> 　只有兩樣，石一般屹立：
> 好心待人，救人於危難，
> 　嚴於律己，要有勇氣。

譯完後他說：實在太難譯了，因為原文押韻，押的是ababcdcd的韻，可我這個口占，很難意思和韻律完全相符。從這個角度講，口是一個很容易犯錯的器官，一個未完成的器官，需要文字補充。最後兩句我譯得很不像話，因為它太容易了，英文就是這樣一種容易的語言，而漢語由於枝葉繁茂，總喜歡堆砌，說簡單反而讓人覺得太簡單了。對不起，我譯不了，修潔音放棄了說。

是的，真念雙說。人的嘴是一個特別容易犯錯的器官。小時候，媽媽總是罵我不會說話，也不愛說話。越說我不會說話，我就越不愛說話。越不愛說話，就越不會說話。直到他們都去世了，我才慢慢找回說話的權利。

這段回憶，又讓真念雙想起在倫敦住在溫布林頓區的情景。那天，她搭地鐵進城，在車站等車。地鐵兩邊的牆上，到處都是塗鴉。周圍的樹叢中，傳來鳥聲的鳴囀。她彷彿回到了19世紀，設想自己是一個英國詩人，聽著這些鳥叫，拿出紙筆，把字一個個寫下來變

成詩。一些詩人的名字從腦中一閃而過：William Wordsworth，John Keats，Percy Bysse Shelley，John Donne，等。她好不歡喜地產生了一個這樣的念頭：我現在就置身在他們生活過的國家。我呼吸的，就是他們曾經呼吸過的空氣。我看到的，也許就是他們之中某個人曾經看到過的景象。

想到這兒，她目光不覺落到那篇稿子上。

《我也不知道這篇小說該叫什麼名字》

我本來就不想寫，但是我很想寫。其實，也沒他媽什麼東西可寫。該寫的人家都寫了，而且寫得比我好。不該寫的要麼不能寫，要麼寫出來不給發表，還是放抽屜裡鎖起來算了。反正，不寫總比寫好。寫總比不寫好，這原因不用說也明白。不過，歸根結蒂，不寫總比寫好，誰知道以後會怎麼樣呢？

少囉嗦，管他好還是不好，開了頭就要寫下去，這是習慣，難道你給人家翻譯，話剛譯了一半就停住不講？口譯最忌諱這個，那麼多人看著你，不是認為你這人水準太差，譯不下去，就是覺得你記憶力太不行，翻了前句，忘了後句。所以，還是一竿子捅到底為好。

先點一枝煙再說。這兒抽煙可方便。誰也不管你，女同志嘛，雖然心裡討厭，可嘴上一般都不表態，還一個勁說：「抽，抽，沒關係。」頂多把窗戶開半條縫完事，以示不滿。家裡頭可不行。「出去抽，出去抽！」愛人一見你拿煙，臉就板起來了，眉頭皺得什麼似的，好像見了瘟神，嘴裡一個勁地嚼，「……。」算了，那些話日日講，月月講，夠膩味的了，寫出來人家不見得想看，猜都猜得出來。

一個讀者指著我的鼻子，問：「你說了半天，說了些什麼東西！你究竟想說什麼？你究竟有什麼想說？」另一個讀者也在質問，「你是什麼人？你還有沒有文學修養？怎麼開門見山地罵起娘來了？」還

有一個讀者乾脆說：「算了，別再浪費時間讀這種四不像吧，去幹一點有意義的事吧。」

我不做聲，最好不做聲。我怕打，還有，前面說過，我實在沒什麼事幹，沒話可說。而且，是沒修養，有修養的人一般不開門見山罵娘，他們一般指桑罵槐，或者，背著，再說，我從來不想浪費別人時間，我過去太不會浪費時間了，現在，我想學著浪費一點自己的時間。這或許更有意義，不，是更有意思。

這麼說，我應該講講我是誰了。我說我是人，信不信由你，事實勝於雄辯，我是人。別問我生於何年何月，長於何處何地，受過何種教育，有何種社會關係，是何成份，工作何單位，任何職，你們不是招聘單位，我不是應聘者，表格就免了吧。一句話歸總，我是人。這誰也不感興趣，如今人太多了。你到街上看看，哪兒沒人？除了車就是人，除了商店就是人，除了飯館就是人，除了樓房，還是人；人的車，人的商店，人的飯館、樓房，人的人。除了人還是人，多了就膩了，你說是不？我就是。反正我這個人見了人就煩。搭公共汽車，人多得打架，我怕，走回去吧，又太遠，得走————我算算，一共八站路，車子跑半個小時，人呢，得走半天，算了，要打也沒法，反正活著就是鬥爭。生就了的。逛商店，人多得連櫃檯邊都擠不了身，營業員給你拿東西那模樣，好像你不是人，而是個東西。肚子餓了上飯館，到處站隊，買票是一道隊，打飯是一道，取湯又是一道。如果想再吃一樣，還得加一道——唁，說這有啥用，想吃就站，不想吃就請便，說它幹嗎？跟外賓當然不同。屁股剛剛坐定，濃妝豔抹，滿面春風的女服務員就迎了上來，問你要不要喝茶，要青島，還是生力，或者桔子汁，同時端來一盤送得四四方方的熱毛巾，供你飯前揩臉擦手，接下去……【編者按：此為未完成作】

* * *　* * *　* * *　* * *　* * *

「未完成，」她記得他曾這樣說。「才是完成。手長到五根指頭就不再長了，它是完成，也是未完成的，因為它還沒有長到六根或七根手指。誰也沒有跟它說必須長到五根，它就自然而然地長成了五根，也不想刻意地長成更完美的十根，比如說。腦袋上的頭髮長多少根，才算完美呢？有沒有仔細去數過？眼睛為什麼只生兩個，而不是三個或四個？如果說兩個是最完美的，那麼，為什麼牙齒不僅僅就是兩個？鼻子不是兩個？頭不是兩個？

真念雙躺在修潔音的懷裡，聽他這麼說著，幾乎快入睡了，彷彿聽著催眠曲。她太喜歡修潔音跟她講這些匪夷所思的事情了。有時她會這麼聽著而抵達性高潮。當修潔音看到她那副癡迷的樣子，問她怎麼了時，她含笑不語。記得修潔音有一次用手往下摸了一下，「哎」了一聲，說：怎麼都濕了？濕得好厲害啊！

「而完成，」她用半隻耳朵聽見他說。「只給人一種很遺憾的感覺。」說著，他用性高潮來解釋這種「完成」現象。不用他講，她也太清楚他要說的是什麼意思。他已經跟她無數次地宣講過「完成」的無意義、無聊。他說，男人最想達到的是性欲的高潮，一旦達到，就彷彿人來到了風口浪尖，不是跌入底殼，就是臻於頂峰，是欲仙欲死，更是靈魂出竅，會有全身重入子宮，再被子宮生出之感，會有男體與女體全部澆化，同為一體之感，會有不顧一切，喊出世界上愛情的最強音和最流氓的話，但是，但是，但是，一旦東西射出，感覺很快就消失了，男的感覺到一切都索然寡味，味同嚼蠟，蠟炬成灰淚始乾，乾柴烈火毀於一旦，什麼都沒有了，人只覺得：難道就這麼沒有意思嗎？為什麼不能使之持久到像一顆在天上一直閃亮一整晚的星星呢？

她已經睡著了，滿頭秀髮枕在他臂彎裡，發出平勻的呼吸。他把她的乳頭，用嘴唇撮起來嗅著、吻著、吸著、吮著，同時聽見她在夢中發出的呻吟聲，彷彿在喃喃地說：就在我熟睡後進入我吧，讓我不知道是誰進入，讓這一切在夢中發生。

真念雙從幻想中醒過來，彷彿脫離了一條藍色的河流。一個思

想從她腦際閃電般地穿過：他的自殺，就是未完成，必得借我手，來完成未完成的一切。想到這裡，她把背在包裡的小骨灰甕拿出來，在伯羅奔尼薩斯半島的那普良（Nafplion）小鎮的海邊，也就是那個形似勃起陰莖，伸入海水的綠色陸地的頂端，撮起一撮修潔音的骨灰，閉上眼睛，嘴裡念念有詞，將其灑入海中。就在這時，彷彿古時候說的那樣，海面上刮起了一陣怪風，頓時陽光晦暗，飛鳥逃逸得不見蹤影，溫度驟降，冷得人渾身哆嗦，好像黑夜很快就要降臨似的。真念雙感到孤苦無告，幾滴清淚從臉頰上滾落下來。無移時——真念雙喜歡這個古詞，相當於「很快」——怪風刮過，一切又恢復了舊有的正常，海水彷彿一塊無比巨大的平臥墓碑，用海浪寫著關於修潔音的銘文，寫過之後又把自己擦去，寫過之後又把自己擦去，寫過之後又把自己擦去。海鳥和著陽光的旋律，反覆在波光裡笑著。真念雙把手伸進清亮的愛琴海海波中，再一次想起，這個小鎮曾是希臘有史以來的第一個首都。現在，它也是修潔音落葬的第一座墓地，未完成的第一座完成。

「未竟事業」這個詞，突然鑽進真念雙的腦中。一個人哪怕在一百歲死去，依然屬於未竟。如果胎死腹中，那就更未竟了。人活著時的未竟，要靠死後來竟，就像修潔音和真念雙這樣。骨灰揚起處，是絕處，逢再生。真念雙如此自言自語地喃喃道。這個時代，她想，是一個自言自語的時代。已經沒有任何人可以與之對談了。看看手機裡的所有那些電話號碼，竟然無一人是她願意撥號的。她又不願意把它們刪去。放在那兒，說不定哪天還會派上用場。也不是派上用場，因為這麼看問題，就好像想有朝一日能利用一下那些人似的。這些號碼曾經跟她發生過空間和時間的關係，留在那兒，只是作為一種記憶，一種為了埋葬記憶而保存的記憶。把它們放在那裡，不去查看，不去使用，心裡就會感到好受很多。

修潔音的那個中篇，就是一部「未竟事業」。一個人活在人世，價值體現在哪兒？如果他思考的結晶，他生活的結晶，他感情的結

晶，都以文字形成，不拿出去示人，只留給自己，像骨灰一樣，你能把自己的骨灰一樣樣地拿出去示人嗎？一個人的文字，寫出來就是為了示人嗎？是示人，還是示眾？還是示眾人？之間有任何區別嗎？是為了從別人那兒求贊嗎？修潔音沒有，他的那部中篇，直到他自殺，也沒有拿出去示人，更不會拿出去示眾。真念雙把它放在下面，錄入此文集小說中時，想了好幾個名字，有《登徒子》、《蝶戀花》、《逼溜子》、《逼》、《逼王》、《湖塗的愛情》（不是糊塗，而是「湖」塗，湖水塗抹出來的愛情），最後覺得還是尊重修潔音的遺願，一字未改，沿用了最原先那個《大學最後半年》的標題。改用任何別的標題，都是在已故者頭上動土，是往死者身上強套奇裝異服。必須還死者一個本來面目，只是為了說明情況，加了一個編者按。

《大學最後半年》

【發現者按：這是已故作家修潔音的未完成作品。根據推測，應該作於1983年。該作兩面書寫的手稿總共52頁，第52頁僅有五行字，以「我說」結尾，後面還有一個引號「，接下去就是一片已經發黃的白紙空間，既無寫作時間，也無任何解釋。即便把手稿給你們看，你們看到的情況也不會比我多。沒有53頁。情況就是如此。我是修潔音生前好友。他去世後，我在他遺物中發現他留了一張便條說，手上一些未完成稿，想交由我來處理。很可惜的是，我沒有能力幫他在這個英語國家發表這部作品，華人界也從未聽說過修潔音這個名字。一般作品發表，都要求能夠獨立成篇。這篇作品，作者已經過世，他的死亡，應該使哪怕最不獨立成篇的作品，也能獨立成篇，因為不獨立的那一半，就是他的死亡。】

西元一九八三年元旦的前一天，天空烏雲密布，大路塵土飛揚，

我和蘭石、任情兩人，穿過暝暝的暮色，來到人群熙攘的小巷。小巷兩邊擺滿地攤，賣蘋果的、賣鳳梨的、賣花邊的，各種貨物應有盡有，把巷子擠得就像宿舍裡床和桌子之間的過道那樣狹窄。這兒臨近大學區，來往的人群中有許多戴眼鏡背書包的學生，更有一些打扮得花枝招展、嬌豔動人的姑娘。一直鬱鬱不樂的蘭石，一到了姑娘堆中，眼也亮了，精神立刻抖索，他一馬當先，領頭在前邊走，有意無意地用手肘輕輕擦碰過路的姑娘。我和小任走在後面，看見姑娘們怎樣隔得老遠便不斷偷眼睃他，而到近前卻垂下眼瞼，心慌臉紅地閃避。「他真是個美男子！」我想起學校指導員評價他的話。

「今天白跑了一趟，什麼adventure都沒有！」我對任說。

他點點頭，不做聲，眼睛漫無目標的四下裡瞧著。

「咱們就在這兒吃點什麼吧？」蘭石在一家門面很破的小私人飯館門前停下。「有餃子呢，吃點餃子怎麼樣？」

他大步走進門去，店老闆忙著煮餃子，頭也沒抬的回答他：「一毛八一兩。」一邊兩張挨得緊緊的桌子，一邊一個爐子，一張擱著麵粉和肉餡的條桌，四壁透風，這就是整個小店。兩個大學生模樣的姑娘在角落裡竊竊私語，談著什麼，這兒的暮色特別濃，使人看不清她們的面容。幾個人排隊等在爐邊。鍋揭蓋了，冒出一大股白糊糊的熱汽，水翻滾著，胖鼓鼓的餃子在水中上下跳動。靠門的桌邊沒人，長凳上放著一本雜誌，面朝下，看不見刊目。任走過去，在長凳上坐下，便拿起雜誌翻起來。他不得不把雜誌湊到離眼很近的地方，因為這時夜幕正在降臨。一個身穿短大衣的姑娘走過來，手裡端碗熱氣騰騰的水餃，放在桌上，用眼打量一下他，又看看他翻開的雜誌，欲言又止。

「這是您的嗎？」，任試探地問，把手中的雜誌舉了舉。

「是的，」那姑娘說。

「能借給我看嗎？」

我吃了一驚，小任今天這是怎麼了？對一個素不相識的姑娘，竟一

「可以的，」姑娘回答道，她的話更使我吃驚了。

「這是你買的？」

「不，是別人送的。」

「誰呀？」

「我哥哥。」

趁他們攀談，我呆若木雞的當兒，小蘭走過來，把那本《新葉》拿來，隨手翻看了一下。他看見扉頁上有一行字，寫著：贈給妹妹黃冰留念。落款是：哥哥。他放下雜誌，動作有幾分輕蔑不屑，到老闆那兒付錢。我從筷子簍裡抓了三雙筷子，把醬油和醋混合，分別裝在三張小碟子裡，放在桌上，在任和那個叫黃冰的姑娘面前坐下。

他倆正談得火熱，這從小任聚精會神地低垂著頭斜眼對她凝神注目的樣子就可以看出。他已經完全忘記了飢餓，忘記了我和小蘭，正陶醉在和一個姑娘初交的歡樂與忘我之中。我有點生他的氣，看了這姑娘一眼，她蓄著齊頸短髮，沒燙，裹在大衣中的身體渾圓豐滿，面目不甚清晰，因為她是背光而坐，但臉部輪廓很柔和，她一面不慌不忙地用筷子把餃子夾起來，稍稍吹一吹滾燙的熱氣，慢慢送進嘴裡，一面很優雅地不時側過臉，看一眼那個熱烈的談話者。

「喂，小畢，你有錢多嗎？」小蘭這一聲叫喊，把我從全神貫注的觀察中驚醒，忙起身，一邊摸索袋裡的錢包。

「我這有。」我聽見一聲溫柔的低語，扭頭一看，竟是那姑娘。她向我伸過手來，指頭間捏著一張五元的鈔票。

「不行，不行，我這兒錢多著呢。」我胡亂而慌忙地抓了一把角子，隨便塞進小蘭手中，一股羞愧感湧上心頭。怎麼能接她的錢呢？又不認識，不過，這姑娘倒是。

「Hello，come on！」我把滿滿一碗水餃推到任的面前，對心醉神迷的他用英語喊道。他扭頭看我一下，抱愧地笑了笑。

「Do you speak English？」那姑娘這樣問他。

「Yes，」他說。我覺得有一種說不出的快感，以至產生了一種

幻覺，這姑娘馬上要和我搭腔了。我對於自己的英語會話能力是頗為自負的，即使在外國人面前，我也能對答如流，應付裕如，何況是一個年紀不大的女大學生。但我的心卻猛然地跳了起來，幸而沒人注意到我那不自在的臉色。姑娘聽見我說英語時，用幾乎難以察覺的目光瞥了我一眼。

「Do you think it is good to eat?」任問我，我替他害臊，因為這句話的英文太洋浜了。

「Well, whether it's good or not I've to eat，」我故意說得非常快，話一說完，我就聽見輕輕的一笑，從姑娘那含著餃子的雙唇間流出來，我心裡得意極了，巴不得她搭茬跟我講話。但她一直不抬頭看我，繼續同他交談著。

姑娘把筷子輕輕放下，拿起雜誌和書包，動作稍稍有些急，彷彿急於離去，她對小任點點頭，算作告別，臨時改變了主意，沒有對我和小蘭做任何表示，就轉身走了。

吃過飯，我們又來到小巷。

「瞧，她在那兒！」我指著不遠處俯在蘋果樹上的一個姑娘的身影。「你看她的臉蛋，比紅蘋果還好看，快去叫她一起去玩玩呀。」我推了小任一把。

他放慢腳步，我和小蘭便走到前邊。過一會兒，小任趕上了我們。

「我叫她晚上到我們那裡看電影，她說她還有事。我想這是第一次，反正她留了地址，我也留了地址，她答應把雜誌寄來。以後也許還會見面吧。」

「媽的，」我對任說：「你真行。這麼快就把她弄到手了，她哪個學校？學什麼的？」

「H學院，學英文的，82級。」

「是嗎？82級！聽她講英語的流利勁兒，我還當她不是79級，至少是80級的呢。我有點不大相信，也許她怕上當，騙你的吧。看她談話的神態和慷慨解囊的舉動，我看出她是相當有生活經驗的，不像個

小孩。」我開始分析起來，他倆都靜靜地聽著。「我還沒見過這麼大方的姑娘，連認都不認識，就把五元錢遞了過來，要是我當時真的接著了，她怎麼辦呢？」

「你真該接著的，」任說。

「我怎麼會幹那種事呢？男人就是餓死，也不接女的錢，」我說。

「我覺得這沒什麼，」半天沒開口的小蘭說。「當時後面有兩個女大學生在罵她說『虧她做出來，真不要臉！』」

「真的嗎？」我萬分驚訝地問。「我明白了，這兩個姑娘一定是出於瘋狂的嫉妒，倘若當時我們找上了她倆，她們一定不會意識到自己的舉動有什麼不道德的。」

小任兩眼炯炯放光，神采飛揚，腦子充滿了甜蜜的幻想。

「哎」小蘭歎口氣。「以為南湖好玩，除了荒草禿樹和一片連只船都看不見的冷清清的湖水，什麼都沒有。路上還遇見那樣兩個姑娘，跟她說兩句話就嚇得不敢向前走了。瞧你那模樣，就算送我我也不要。」他對著想像中的形象啐了一口。

「任真幸運。找這麼好的姑娘。不過，」後來當我倆單獨在一起時，他對我說。「任第一眼跟人見面富有魅力，但他沒有長性，保不住到手的東西。」

「不見得吧，」我說，有點不相信他的話。

一天黃昏，我和小蘭在湖邊散步，夕陽燦爛的光芒，照在梧桐樹之間的水面上，反射出萬點刺目的金光。無論誰走進這光的範圍，那黑色的身影就顯得十分奇異美麗，特別是當這沐浴著金光的是姑娘時，那片流動的金光簡直就像插在她們背上的翅膀，彷彿要凌空飛去。

「你知不知道，黃冰今天來了？」他問我道。

「是嗎？來了多久？」

「吃過午飯不大會兒就走了。」

「他們談得投機嗎？我看小任就和她談朋友算了，她年紀雖然小些，但人在生活經驗方面顯然不差。」

「她說不定早已談了朋友。你記不記得雜誌扉頁上的題字，我懷疑那是她男朋友冒充她哥哥寫的。不過，她強調說這是她哥哥寫的。」

「她今天打扮得怎麼樣？」

「不怎麼樣，我覺得她一點也不美了。第一次她給我的印象真可說美極了。那朦朧的暮色，她文靜的氣質，今天來穿著醬色衣服，很一般。」

「你怕是愛上她了吧？」

「我？才不會呢。再說，她是任的，我怎麼能插手呢？對了，跟你講一件事。小X你認識吧？就是那個前不久選為學校宣傳部長的姑娘，是吧。那天你還在路上碰見我倆的呢。她是個正統得不能再正統的姑娘，她發誓說大學期間決不談戀愛，把我搞惱了，我就不相信你的心是木頭做的。我打算玩一點愛情的小手段，使她就範。其實，說老實話，她雖然有點才能，會吟兩句詩，寫幾篇散文，但人長得太一般，要不是想試試她的革命性有多強，我壓根兒不會去找她，更不會愛上她。那天，月光特別好，我和她並肩坐在湖旁。月兒把斑駁的樹影投在我倆身上，她凝視盯著水面上一伸一縮晃動著的圓月，喃喃地念出「海上生明月」，我幾乎脫口而出「天涯共此時」，兩人相視而笑，真是配合默契呀！我抓住她轉臉的一瞬間，死死地盯住她的雙眼，盯得她六神無主，臉兒通紅，心慌意亂地用手去抓垂下的樹枝，我也伸手抓住它，並讓手滑落下來，摟住她的肩膀，把她拉向胸前，就要吻她。這時，她用力把我推開，低低地無力地警告說：「再這樣我可要生氣了！」見她這樣不為柔情所動，我不禁有幾分佩服起她來，便把那種念頭慢慢打消了。這個人的理智太強了，跟理智太強的姑娘在一起，真是活受罪！」

我想起了吳，我的女朋友，每一回吻抱她，她總要板起臉來掙

扎一番，並用一板正經的叫人聽了難受的話質問我：「難道這就是你的愛情？你除了吻呀摟的，就不能談點高尚的東西嗎？」有時真恨不得朝她那道德的臉上打兩拳頭。難怪她的名字叫吳玉。有一次，我憂鬱了很久，半路上又折回來，克制了想去見她的欲望。我反省了好久，覺得我的想去見她，完全是出於渴求肉體上的滿足，而非精神的需要。那天晚上，我關在帳子裡，自個兒幹了那樣的醜事。我發狂地想，這時不如找一個隨便什麼樣的女人，只要能解決肉體需要就行。

不知不覺間，我們走到W大學校園。梧桐樹拔地面起，高高地豎在眼前，像一堵壁陡的城牆，梧桐夾道被遮得陰森森的。

「這次不知碰不碰得到那個小紗，」我說。

「看情況，也許碰得上。」

小紗是我倆偶然認識的一個姑娘，身穿銀灰衣裳，神態端莊秀麗，嘴角老是掛著一縷淡淡的嘲弄的笑。小蘭曾在礁石上也碰到過類似的一個姑娘，我們對這姑娘特徵的敘述，有很多地方吻合，所以便相信她倆是一個人。小蘭見到她時，她圍著一條淡藍色的紗巾，在寒風中時時飄動，因此，他便稱她為小紗。

「我看還是不碰上的好，也許就像你今天第二次看見黃冰一樣，再看見小紗，第一次的美感就會消失。真的，我覺得美的東西只有一次，它每重複一次，美感就會少一點。就像這翠湖的水，我經常住在湖邊，絲毫不覺得美，但我的一個同學初次和我在湖邊徜徉，他覺得美不勝收，其實那時湖水已經污染得很厲害了，水面上漂著一塊塊綠斑。」我雖然這麼說，但心內深處仍然隱藏著這樣的願望，見到她，再一次注視她不大但卻明亮的單眼皮的眼睛。我曾為這雙眼睛顛倒了多少天。

第二天，任將黃冰送給他的《新葉》借給我看。他對這一期的詩歌專集的評價是：一般。他是我們詩社的社長，對目前的文學很不以為然。

「都寫的是什麼東西呀？！我一定要寫出驚天地的詩篇，壓倒他們。」

艾青、郭小川、臧克家等等，都不在他的話下。他人狂，表現在行動上就是一切反其道而行之，表反戴，畫倒掛，本子從末頁往頭頁寫，還要掉個面，下面三顆衣扣揭開，風紀扣卻扣得緊緊，書包帶放長，一直放到書包碰到膝蓋為止。說話也語無倫次，一會兒英語，一會兒中文，顛倒次序，打破了時空觀念，回答老師的問題好端端的，突然談起湖水和天空來。他的詩就更使人摸不著頭腦了。標題在最後面，驚嘆號打在開頭，一箭射中了北極圈。他寫了一首《死亡諧謔曲》，沒人看得懂。然而他的成績的確很差，有一次有三門不及格。他並不在乎。

「你覺得黃冰這姑娘怎麼樣？」我手裡拿著雜誌問道。

「我覺得她人很好的。」

「能不能跟她談下去？」

「不一定，不過，她人是很好的，也許可以吧。」

我回去把《新葉》翻了翻，開始不無輕蔑，後來不知不覺被那種朦朦朧朧的意境感染，自己也學著做了幾首，味同嚼蠟，扔到一邊去了。這段時間編輯部退了幾次稿，簽的意見都很尖銳，叫人受不了。小蘭和小任也遭到了同樣的命運。

「我不想投稿了，」小蘭有一天對我說。「投了這麼多都沒取，我看自己的詩比那些已經發表的並差不了多少，主要是編輯不喜歡我的格調，一定是這樣的。」

「你不要這樣想，這種可能性是有的，」我說。「對我說來，取也好，不取也好，我都無所謂，反正我一不缺錢用，二不急著想出名，只想品嘗一下創作詩歌的滋味，你知道，對我來說，目的並不重要，怎樣走那條通向目的的路才最重要。」

又是一個黃昏，小蘭約我散步。我懷著聽他講故事的心情，兩人一起來到湖邊。果不其然，他談起最近發生的一件浪漫事情來了。

「你一定還記得我跟你講過的那個餐館服務員吧？她姓Z，高中畢業沒考取大學，就參加工作了。人長得漂亮，又熱愛文學，上次我從你這麼把普希金詩集拿走，就是借給她看的。我第一次認識她時，完全是憑著直勾勾地盯著她，把她吸引住的。其實她有個朋友，但她一點也不喜歡他，說他老氣橫秋，又不會說話，什麼愛好都沒有，晚上在家看電視，半途中就會打起瞌睡來。昨天我倆一起出去，到珞珈山上的樹林中穿行了很久，我一直在內心告誡自己，不能對她隨隨便便，無論如何，再不要為這種事神魂顛倒了，所以心中很平靜。有幾次她站不穩，我還用手去扶她，都不覺得怎樣，但是她很慌張，臉羞得通紅，用一種含情脈脈的目光看著我，後來，她還用這樣的話挑逗我，「你膽子太小了！」你說我還能有什麼別的辦法。按公眾的看法，一般男女之間出了事，總是男子的錯，其實並非如此，要說有錯，兩方都有，因為是互相吸引，要說沒錯，也沒有，因為是互相愛慕。人為什麼不能順應自己天性發展呢？」

「你呀，事出了後就會為自己找理由！」我說。「不過，也不無道理。」

「知道嗎，小任已經寫信給黃冰，約她下星期天道M山去玩。我準備帶Z去。」

我對這次野餐所抱希望並不大，他倆都是一人一個，我插在中間，豈不是很尷尬嗎？而且這個星期我心裡很不快活。吳和我大鬧了一場，我發誓不再見到她，她發瘋似地扯自己的頭髮，腳在床上亂踢，把床單都弄得一塊塊髒了。但我隱隱約約感到，她可能要來。

星期天早晨，陽光燦爛，萬里無雲。我和任情一起去車站接黃冰。這天車多人多，都是來看櫻花的。我們在一排黑瓦平房前站立等車。車圍著馬路中心的草地打一個轉，在房前停下。時間接近九點，還不見黃冰的影子，任情有點洩氣，他想回去，我反倒勸他再等一等。不知怎麼，我心中很想見見這個富於浪漫意味的姑娘。這時車子越來越

多，有時兩三輛一齊緊挨著停下，門啪啦地打開，湧出大群的乘客，使人目不暇接。我便決定和他分工，一個人看住一輛車。正當我們都有些失望，想轉身回去時，我看見一個身穿天藍色尼龍襯衣的姑娘走下車，一眼就認出是那頭濃密的齊頸短髮，圍著她圓圓的臉龐。她和另一個姑娘手挽手，從小任面前過去，小任還在伸長脖頸東張西望。我喊了他一聲，指指她倆的背影。他躊躇了。

「你幹嗎還不上前去呢？」我問。

「我，我不敢，」他很不好意思的笑笑，說。「我心，直跳的。」

他愛上她了，這一念頭飛快地閃過我腦際。我推他一把，「快去呀！」

他跼跼躕躕，加快腳步跟上去，又停下來，終於還是繞到前面跟她倆打招呼了。我就在路邊等著。他陪著她倆轉回來時，我看見這兩個年輕姑娘，真是打扮得美豔動人，像新鮮的花朵，發上臉上還沾著清晨的露珠。臉蛋又白又嫩，身個差不多一般高，都長得苗條，充滿活力。相形之下，我覺得自己成了個老頭，額上的皺紋隱隱作痛，彷彿有把刀在那兒一下一下地鑿。他向她們介紹我，她們緊緊瞟了我一眼，因為我也沒正眼看她們，倒不是自大，而是的確不大敢。她們的冷漠，尤其是黃冰的冷漠，簡直氣得我七竅生煙。但我忍住了，默默無言地放慢腳步，跟在她們三人後面。小任真有種跟姑娘打交道的天生本領，不到三分鐘，他便跟新來的姑娘混熟了。這姑娘姓白叫林。當時我覺得她和黃冰十分相像。到了拐道處，我同她們打了個招呼，便逕直回家，小任則陪著她倆到櫻林中照相。黃冰又瞟了我一眼，臉上毫無表情，目光更是冷若冰霜，根本像不認識我似的。

我們八人在M山頂的亭前照相時，我還在想著黃的冷漠。不知怎麼，我越恨她，在這種無名的仇恨中，倒燃起了一股情焰。我想像著我如何地佔有了她，使她成為我的妻子。（這時，我自己的未婚妻正陪伴在身旁。）我想像著她如何愛虛榮，如何花去許多小時打扮自

己,抹口紅,換高跟鞋,卷頭髮,等等,對我的文學事業,對詩歌不是冷嘲熱諷,就是惡語相加。我忍不住了,便跟她大吵起來,她哭哭啼啼,鬧著要離婚,因為這時她背著我又愛上了一個男人。這個女人真可怕,我渾身打著寒顫,這樣想道,偷偷溜她一眼。這時,她正和她的友伴白林互摟著腰拍照。她一臉的傲氣,看了真使人受不了。偶爾,她也向我投來一兩瞥,但都冷漠得引不起任何感情。

八個人離開遊客麇集的山前,在後山人跡罕至的山坡上,席地而坐,頭上是松林掩映,腳下是綠草如茵,盈耳有殷殷鳥叫,滿目是鬱鬱林木。鋪開報紙,擺出麵包、餅子、午餐肉、啤酒、汽水,自有一番趣味。我很想知道這兒每個人的身分,便提議大家先向我介紹一番。

黃冰和白林以及我朋友和她的女伴等的介紹都一般得很,只是當小蘭的女友Z作介紹時,我先就心裡替她著急了一番。這兒的八個人當中,有五個人是大學生,兩個人在研究所工作,只有她一人,是在小飯館裡當售票員,地位最低下。我很為自己的這個提議的欠考慮而感到內疚。我抬頭,看見她講到自己的原職業時吞吞吐吐,欲言又止的樣子,心裡很不好受。她說她在服務部門工作,便不再講了,別的人也沒提出疑問,由下一個人作介紹,我這才鬆口氣。

跟著,我又提了個建議,一個人講一段故事。我首先講了一個「菜籽不打油,何物打油」的小故事,逗得他們哈哈大笑,白林講了一個英語故事:鶴喝瓶中的水。她微仰起臉,閃動著明亮活潑的樣子,嘴唇的牽動十分像一個稚氣的孩子,我覺得她的眼睛很好看,神態也很天真可愛。黃冰和白林唱了一支《紅河谷》,她的歌喉並不怎樣。我注意到我的吳此時用審慎挑剔的目光注視著她,流露出幾分懷疑的神色。她是很有音樂細胞的,學起歌來,可以神情畢肖地唱出歌唱演員的那種韻味。我從她眼中看出,她不大喜歡黃冰。任表演了他的即席默劇表演,小提琴獨奏:啤酒瓶當小提琴,瓶口對著嘴,刀當琴弓,在瓶肚子上拉一下,就喝一口酒,惹得大家笑呵呵的。Z說他

將來可以當一個演員，黃冰則說當個丑角還不錯。過一會兒，大家又談到愛好的顏色。黃冰喜歡黃，一聽說黃，我就對她起了一種厭惡感。白林說她喜歡黑與白，我開始喜歡她了。我的朋友喜歡綠，這無疑是跟我告訴過她有關郭小川喜歡綠的故事有關。談話轉到存在主義，黃冰似乎很懂，開始大談起來，剛剛開頭，卻記不起一個名詞，支吾半天，我給她接了過去，說「Others are my hell！這是一個中心思想。」她抬眼瞧著我，我並不看她，但我能感覺出她目光中的佩服意味。她對我產生了好感，這個感覺一直持續了很久。但不知道為什麼，我一直避開她的目光接觸，即使接觸，也是一閃而過。我知道，她想接近我。

東西吃得差不多了，話也快談完了，出現了一陣短暫的沉默。這時黃冰拿起那把閃閃發光的折疊水果刀，向放在地中間的沒吃完的半個餅子砍去，嚓、嚓、嚓，一下一下，一忽兒便砍得粉碎。我心裡不是個滋味，這個動作為所有的人注意到了。我和吳交換了個眼色，看見她幾乎憤怒了，似乎非常反感。

吃完野餐，我們下山來到湖邊。我和吳落在後面，她迫不及待地告訴我，她不喜歡那個用刀砍餅子的姑娘，而喜歡那個穿著樸素，天真可愛的姑娘，我阻止她繼續說下去，我覺得現在就作結論，為時尚早。

下山後，大家來到一片青蔥的草地上。分開幾堆坐著。吳和她的女伴在湖邊玩水。我離她們遠遠地獨自坐著，我產生了一種心理，好像不願意在這兩個新結識的姑娘面前，對我自己的女朋友表現得過分熱情。小蘭和Z也分得很開，彷彿不認識似的，只是在我拍照的那一剎那，趁人不備偷偷地走進光圈內，讓我把他倆拍下。任快活極了，像孩子似的在地上翻跟頭，滾來滾去，有一回差點掉進湖裡，黃冰一個人默默無言，鶴立雞群，抱著肩膀，穿著那全高跟的棕色皮鞋，在湖邊沙上徜徉。有兩次她走到離我很近的地方，我都能感到她心的跳動了，我清楚地知道，這時如果大膽一點，站起來，陪她走一走，

她是會十分樂意的。但我沒有這個勇氣,我垂著頭,心跳得十分厲害。就在這時,我聽見身邊一個低低的驚歎聲:「好美呀!」扭頭一看,是小蘭,他完全呆了,兩眼直勾勾地盯著黃冰徘徊的身影,像一片藍色的遊雲。從這一刻起,我知道,他愛上了黃冰。

開始跳舞。黃冰的扭擺舞跳得嫻熟極了,各種各樣的怪舞姿她都會,但我並不欣賞,而白林跳的《軍港之夜》實在優美,我在給她伴唱的功夫,心頭一熱,完全被她感動了。我自問自,這是怎麼了?我不記得從什麼時候開始,心靈已難得受任何東西的觸動,只像被波濤衝擊的岩石一樣。

回家的路上,發生了一些小變化。蘭石伴著黃冰,陪著白林,我獨自一人,Z跟吳和吳的女伴三人一起。我不喜歡跟吳在一起。她眼皮浮腫,身子因為那件事明顯地發胖,變得難看起來。我知道這種想法很可恥,然而我抑制不住一陣小小的厭惡。有幾次,我想接近白林,跟她談話。小任看出了這個苗頭,便寸步不離她的左右。

晚上,蘭石光著上身,穿件短褲,嘴裡叼著煙來找我了。

「怎麼樣,你覺得今天的野餐?」

「不怎麼樣,有點意思,我看你愛上了黃冰。」說完,我用尖利的目光掃了他一眼。「你跟她談了些什麼?」

「沒有,」他否認說。「隨便聊了聊。」

「你瞞不住我,我看見她把你隨便扔下的一張詩稿折疊起來放進荷包,你幹得真妙呀!你覺得她這人怎樣?」

「不錯,能談一點,不過,都只有一點。她一會兒跟我談詩,一會兒談存在主義,一會兒談荒誕派,但是一談深她便立刻將話題轉開。想起來好笑,她以長輩的口吻建議我,應該看一些歷史書籍,提升知識的縱深性,還舉出了一些名字。」

「你覺得她和小任的關係有可能發展下去嗎?」

「你難道還沒看出,她非常看不起他嗎?你忘了,她用那樣輕蔑的口吻說,小任可以做個丑角。她和他跳舞時,你要拍照,她很不

高興，連連說不要拍了。後來同路走時，她告訴我，說她沒想到，小任這麼大年紀的人，還像個孩子似的，喜怒無常，舉止言談缺乏分寸感。」

她談到了我沒有呢？這個問題掠過的腦際，但我閉嘴不言。

「黃冰和小白不同，黃冰含而不露，感情細膩，會耍點小手腕，而白林太純潔天真，就像她說的那樣，黑白兩面，一看就透，我不喜歡。」

「我覺得白林遠比黃冰好，她明亮的眸子裡閃動著天真純潔的光彩。她說話的樣子那樣的稚氣，那樣惹人愛，而你的黃冰目光冷酷，冷漠無情，我一看她的眼睛就知道她內心裡有一個北極，她是那種能力不大但自視過高的姑娘，她們憑外表評判男人。表面上這種姑娘很難接近，但誰若長相還可以，又能言會道，像你這樣，要不了幾分鐘就可以俘虜她，易於反掌。」

「說實話，我當時是愛上了她，她在湖邊漫步時的姿態美極了。」

「你自己在當時就說她『好美呀！』，你還不承認，我親耳聽見你說的，當然，你那樣神魂顛倒怎麼注意得到我呢。」

「我當時寫了一首詩，讚美她，在路上偷偷遞了過去。」

「你難道不覺得她的漫步是在即席表演嗎？我根本不覺得美，我只覺得這一切都是裝出來的。為了吸引一你！（我本來想說我）。」

「哎呀，你說得太對了，的確是這樣，我當時就有這個感覺。不過她的搖擺舞跳得好，我和她跳舞時，無意間觸到了她軟軟的腰肢，說個實話，當時竟產生了一絲邪念，真恨不得就地把她摟在懷裡。」

「你呀，你！」

門吱呀一響，任情走進來，悶悶不樂的樣子。

「夥計，談談你今天的感想吧？」我說。

「沒什麼好談的。」

「黃冰不會跟你好了！」蘭石幸災樂禍地笑道。

「算了吧，我和她之間純粹只是交個朋友，並沒有其他想法，你要是那樣想就錯了！」

「我看你跟小白很不錯的，」我說。

「是呀，小白人很好，心地純潔得近乎透明，和我性格差不多，也喜歡說呀鬧的，無憂無慮。」

「黃冰再不屬於你了！」蘭石歡呼道。

「難道屬於你？」

「那誰說得定呢？！」

「我告訴你，不要再施展伎倆，騙取黃冰的愛情。」

「你有什麼根據？」

「我有感覺，你怕我沒看出你在搞鬼，對她大獻殷勤嗎？」

「就算是的，又怎麼樣呢？她愛我嘛！」

「那我就告訴你，這樣做不行，她是我帶這兒來玩的，不能由你隨便玩弄！」

「走著瞧吧！」

「你如果跟她來往，我就跟你斷絕朋友關係，永不來往！」

任情說完這話後，便陰沉著臉走出門去。

第二天黃昏散步前，蘭石興沖沖走進房，將一本詩歌扔在我面前，說：「花了一整個下午，寫了一首長詩，你看看！嗨，課本一個字也沒看。」

我看看詩的標題，《獻給湖畔藍色的姑娘》，頓時有種極不舒服的感覺爬遍全身。字在我眼前跳動，像深夜遙遠的小火焰，整首詩從頭到尾都是愛，流動著一種強烈的情感。然而，我再也不能像往日一樣，帶著朋友的欣賞眼光來看他的詩了。我將詩卷起扔回去。

「你這些東西我不喜歡，」我直截了當地說。

「可這都是真情呀。」他有幾分沮喪。

「這不是真情！真情只有一次，難道見一個愛一個能算真情？情

感要是有那樣隨便就不像人，而像禽獸了。人是要有點理智的，你不是沒有女朋友，除了家裡那個，到目前為止，和你親密的共有兩個，難道還不夠嗎？你應該運用理智。」

「我覺得人不應該過分用理智來束縛自己，為什麼不能順應自己的天性呢？什麼思想，什麼理智，都是騙人的鬼話，只有感情是真的，沒有感情，只有一堆硬邦邦響噹噹的思想，那能叫人？反正對我來說，沒有感情我就不存在，見一個愛一個又有什麼害處呢？又不是我強迫她愛我，我愛上了她，她也自然而然地愛上了我，在這之中，誰也沒欺騙誰。」

「你在說謊！你明明在欺騙她，沒有對她吐露真情實際就是一種欺騙。倘若我愛上了哪個姑娘，我首先要向她表明，我是有女朋友的，如果她不計較，她可以愛我，否則，我們可以分手，或者作為朋友交往，在這種坦白的原則上，我可以見一個愛一個，然而，你敢嗎？因此，你這詩中流露的並不是真情，而是蒙上了美的霧靄的謊言。」

「哎呀，就算欺騙也沒有什麼，愛情等於欺騙。」

我一震，他說得真對。我想起了我和吳的結識。我叫我的弟弟假扮成一個她和我都相熟的女同學的弟弟，拿著電影票，偽稱是他姐姐送給她看的。但我實在受不了啦。

「你這種思想太要不得了！照你這樣說，世界上就沒有那種真正純潔的兩小無猜的愛情？那都是被文學家放大而美化的了？我不相信你跟那個被你父母拆散的初戀的姑娘也是互相欺騙的，我不相信。」

「這倒也是，我和她相愛是瘋狂的，傾心相與，一見鍾情，不顧人言，也不考慮將來；沒有費盡心機絞盡腦汁去想種種辦法獲取對方的愛。兩人都是急匆匆地將愛慷慨地給予對方，唯恐太遲。」

「那你為什麼要說那種話呢？」

「當然，真正的愛是有的，只有一次，以後的愛情都是虛偽的，互相欺騙的。不管怎麼說，這些都還是真情。」

我倆在星光燦爛的校園草地上徘徊。

「跟你說，」我說。「對這件事你不可再任性了，當然，如果你非愛她不可，不愛她便活不下去了，那我也不阻攔，我只是提幾點供你參考。第一，你如果這樣愛的話，任情會跟你斷絕朋友關係。如果是我，我寧願友情而捨棄愛情。難道你真就那樣離不開女人？如果一個男人離開了女人便無法生活，我看這種男人的名稱值得考慮。第二，人家很可能把這件事傳揚出去去，說你目前談了多少女朋友，你的名聲就會變得很臭。第三，馬上要進入寫論文階段了，你不可能有那麼多精力同時談朋友又寫論文，看你這臉，一點血色都沒有，顴骨都凸出來了。你還不考慮論文，難道就不想以後分配到一個好地方去？說實話，我也沒有其他理由阻攔你，只給你指出這幾個利害關係，望你自己考慮。」

他默不作聲，這個年輕英俊，活蹦亂跳的小夥子，第一次陷入苦惱與沉思中。

散步回來，他回到他的宿舍，我去找任情。

「聽說你為這事很生氣？」我問。

「你不知道，小蘭這人幹得太過分了！隨便他找什麼其他的姑娘，我都不反對，這次他偏偏迷上黃冰。你知道，黃冰是我帶來的。她是個純潔的姑娘，肯定沒有談過戀愛，沒有經驗，只要他花言巧語地來一番話，准會神魂顛倒的。小蘭這傢伙太可怕了！他搞了那麼多姑娘，總不滿足，這回搞到我頭上來了。說實話，倒不是我愛黃冰，而是我覺得，我有責任保護她，不使她上當受騙，我知道得很清楚，小蘭只要和她一熟悉，就會厭倦她的，也許不要一個月就把她丟了。他要是愛上了她，我非跟他斷絕關係不可！」他壓低聲音：「我已經跟黃冰寫了一封信，把小蘭的事情都講了。」

這下你可完了，我在心裡對小蘭說，黃冰一知道你的情況，可想而知，這後果將會怎樣。

關於這點，我對蘭石隻字未提，因為任情叫我保守祕密。

　　星期六的晚上，我和吳躺在她的床上，隔開一些，她有幾次想和我親熱，但都被我粗魯地推開了。我的思緒繞著那個野餐，小白的舞姿和小黃的神態。

　　「那次野餐你玩得痛快嗎？」一問這話我就有點後悔，馬上想起那天的情景。我幾乎沒有跟她在一起走，很少和她搭腔，雖然休息時給她送去汽水或者有時間她走累了沒有，但語調和表情都是冷冰冰的。

　　「一般，」為了使我高興，她又添了一句。「還可以，那兩個小姑娘蠻好玩的。」

　　「是嗎？你覺得更喜歡誰些，小白還是小黃？」

　　「小黃開始我很討厭，一副瞧不起人的樣子，特別是砍餅子的時候，我對她反感極了，一個姑娘拿一把大刀在那砍呀砍呀的，像什麼樣子呢？不過後來在山下跳舞時，我的想法改變了。」

　　我想起小蘭比喻黃冰砍餅子的情景。他說她好像在一刀刀地剁她情人的屍體。

　　「小白呢？」

　　「小白很可愛。她和我一下子就熟了，還挺愛同我攀談的。」

　　「還看出什麼其他的變化來了嗎？」

　　「這，好像沒有。」

　　「你這個小傻瓜！」我親昵地罵她一句。「告訴你，後來發生的事可複雜了。」不過，我把剛到嘴邊的話咽回去，我不想充當一個彙報小道消息的嘮叨丈夫的角色。

　　「哎，我知道什麼都完了，無所謂，」她歎了口氣，「你就是不愛我，我也不會生你的氣了，我也沒有愛了。」

　　「你瞎說些什麼呀？」我突然覺得她非常可憐。她柔弱無力地躺在一旁，臉色發黃，眼皮浮腫，腿上臂上長滿結節癢的疤子。不覺移近，想吻她一下，她卻把臉扭開。我驀然想起她前不久病剛愈時的一句話：「現在我更覺得同你分不開了，一分一秒都不能分開，不然，

我就會死的。」我當時不信,她還一再強調是她的心裡話。我便對她講了。

「那也許是一時衝動說的吧,」她有氣無力地說,嘴角拉得很長,要哭似的。

「你又嫉妒了,你肯定是見我和小白在一起談了會子話,心裡不舒服。其實我跟她什麼也沒說,不過問問學習情況什麼的。」

「我沒有嫉妒你,我沒有什麼,真的,我不會妨礙你的。」

我走時沒有告訴她,我們已和黃冰、白林約好,下個星期天在N湖邊相見野餐。

回到宿舍,我寫了一首《野天鵝之歌》的詩,以抒發我那天看了白林的舞蹈後的感觸。我把她比喻成一隻雪白的野天鵝,在尚未完全青綠的湖濱草坪上翩翩起舞。我的眼前又出現了她那柔軟如波浪的手臂,那漆黑瀝青的眸子,熠熠閃光,對我一往情深地注視著。一往情深?我的心顫慄了。我給她照相時,透過鏡頭,可以看見她火熱的目光向我投來。難道她真的──?我不敢繼續往下想了,心中卻湧起了一種奇異的甜蜜感覺。這種神祕的快感是從未有過的。我將使她成為我的一個朋友,我想,一個能互相傾吐衷腸的知心朋友。她不是說過,她最不喜歡自己的同輩人,而願意跟年長的人在一起交往嗎?而且她還愛好詩歌散文。這一切,我都可以滿足她。然而,你不羞愧嗎?我問自己。你是已經談過朋友的人,她對你也十分忠誠,你這樣背著她對另一個姑娘吐露真情,這算什麼呢?一想起自己的女友,我就感到一股涼意通過周身。你和她之間除了肉體上親密以外,還有什麼呢?難道你忘了有一次你對她講心裡話時,她是如何難受和氣憤嗎?對最親密的人,傾吐心曲反而成為不可能的了。有許多心思埋藏在心底,越積越多,像高高碼起的柴攤,有一天燃燒起來,是要把自己焚毀的,必須將它的光和熱傳達給別人,心才能安寧。既然在自己的未婚妻那兒得不到心靈的安慰,為什麼不能尋找一個女伴,一個

Plato似的精神戀愛的女伴呢？並不需要她的肉體，對此我已經很厭倦了，我需要一顆心，一顆純潔無暇的心，因為我自己的心是這樣骯髒，像久用而未洗的杯子，需要另一顆心的透明的水來沖洗。骯髒？難道你在想她時起過任何不潔的念頭？啊，是的，如果讓我細細地檢視心中每一個角落，每一根神經，每一個細胞，就會發現，我是曾經產生過一閃而過的邪念的。我想像著和她一同出去旅遊，攀登黃山，手牽著手，在呼嘯而寒冷的山風中，互相緊緊偎依—啊，不，你必須將你的欲望牢牢控制在精神方面，任何時候都不可越雷池一步，須知，一旦發生了任何肉體關係，你將墮入那種使你束手無策、一籌莫展的深淵，陷入不可自拔的地步，而心靈會一如從前，被委棄在地，奄奄一息，它的清泉將變得混濁不堪，止而不流。不行，這樣是絕對不行的。我將文字抄在信紙上，同時在下面添了幾行字，「看後請撕，勿須留存。」不知怎麼，我的本能告訴我，她是不會將這個撕掉的。我的心蹦蹦跳起來，想到不要兩天，這信就會到達她的手裡。她會用那雙白嫩而稚氣的小手顫抖著將它撕開，一遍又一遍地讀著那些美麗的詩句。美麗？我不由自主地打開信封，取出信囊，又重讀一遍，詞句是無可指責的，夠得上美麗，然而，總覺得不滿意，彷彿一件十分粗糙的雕塑，外面穿了件華麗的服飾，我內心那時所出現的火花和感情的奔湧，仍沒有準確地在這首詩中傳達出來。於是，我又寫了一首，用了一種朦朧的手法—時下流行的手法，據說描寫潛意識，這是最有效的—總算隱隱約約地傳達出了一點情韻和氣氛。我匆匆封好信，就拿去發了，我不敢再在此事上猶豫不決了，我知道，只要中間停頓下來，給我以理智思考的時間，這封信就永遠也不會發出的。正如我的性格那樣，我喜歡憑著一時熱情的衝動辦事，按照他們所說，是順應天性的要求，我將信封塞進郵筒，心裡頓感一陣輕鬆，彷彿移去了一座感情的山頭。

但這座山頭實在根本沒有移走，只是當時為輕鬆的薄霧所籠罩。此後幾天當中，我像一個虐疾病患者，在期待、希望和失望中，不停

地打著擺子。起初，我懷著恐懼，想像著她如何勃然大怒，把信撕得粉碎，並且把這件醜聞告訴她的同伴黃冰，黃冰告訴任情，任情告訴蘭石，很快，所有的人都知道這件偷偷摸摸的醜事了。這個想法幾乎令人難以忍受。我不願相信，便自欺欺人地想，一個姑娘只要稍有點良心，是決不會將別人恭維她的詩作像這樣處理的。她的虛榮心會得到極大的滿足，一定會快樂非常，說不定看上許多遍呢。再說，她也得考慮自己的名聲，如果把這件事傳揚出去，那對她來說，並沒有好的影響，無論她作何種解釋，總有人願意相信，我和她之間一定有某種情愫，某種他人不知的默契。也許，她真會像我在信後說的那樣，把信撕碎，朝映著晚霞的水溝中扔去，讓滾滾流水載走雪片一樣的碎紙，哈哈一笑，便將這一切忘卻。但願如此，但願如此，我在心中祈禱著。我仔細回想那兩首詩，想看看自己究竟寫了什麼露骨的詞句沒有。其實，詩稿就在我面前的抽屜裡，只要一伸手便可取到，但我沒有勇氣面對那可怕的詩，我只想憑記憶尋找。我看到這樣的字句：「你在把什麼盼望？你在把什麼盼望？」「點燃了枯草的心。」我渾身害怕得直打哆嗦。這些字句太明顯了！什麼是枯草？難道她不知道你年齡已很大了？這種平庸的比喻人家一眼就可以看透。可恥呀！可恥！倘若她把這首詩寄給了任情怎麼辦？這個思想從未進入我的大腦，所以它一旦來到，便使我猝不及防，手足無措。任情即使收到了也不會對我講，然而就是這種沉默更使人難堪，它猶如譴責的利刀，時時通過低垂的目光無形地絞割我的心。我彷彿看見他從此以後永遠以一種懷疑的目光打量著我，無論什麼話都不對我說，除了最一般的客套外。還有什麼比朋友間的離異更令人痛苦的呢？找一個姑娘並不難，但在這世上找一個知心的朋友，簡直太難了。他是你的知心朋友嗎，我又狐疑起來。他難道對你沒有戒心？那天，你們在樹林中小憩後走出來，他發現你有跟白林一起邊走邊談的意圖，便加快腳步趕上去，走到白林的右邊，當然，見此情狀，你便很快地決定離開他們，一人落在了後面，但這個印象是那麼深刻地留在你的腦海。任情這個

人沒有什麼理智，然而他的本能非常強，當時就覺察出了你的內心的企圖。其後，一提到白林，他總比較謹慎，並用一種探尋的目光瞧著你。看得出來，白林對任情很有好感，雖然她對任何人都報以天真無邪的微笑和純潔可愛的目光，但對任情的態度上總有點特別。他們在一起長談，一起採花撲蝶，簡直太令人嫉羨了。

這一個星期，我覺得過得非常非常緩慢。每次信到的時候，我都去看看有沒有我的，但每次總是失望，直到最後，也就是相約野餐的星期天來到時，我還擺脫不了那個幻象：她會來信。按照信來信往這個原則，她也應該來信。然而沒來。那麼，現在剩下的問題是去不去見她呢？跟他們兩個一起去見她和黃冰，五個人心裡都是透亮的，怎樣說話怎樣交往嘞？不難想像那種尷尬的處境。然而，他們兩個不斷催我同去，說是人多些玩得更有趣。原來，蘭石的心情之惴惴不安也和我差不多。他這次去主要去見他一見鍾情的黃冰女郎，那「踱步在湖濱的一朵藍色的遊雲」。這是黃在M山野餐分別後第三天寄給蘭的詩中的一句詩。黃冰的多情也真是不亞于蘭石呀！她寄來的信中什麼也沒寫，除了一首小詩外。蘭石來徵求我的意見，是否應該把這封信給任情看。我的意思是應該，因為這樣便可緩和目前他和任情之間的緊張關係。任看了信後，非常沮喪，像幹了一天沉重的活，渾身疲憊不堪，低垂著頭，看著腳前的地面，兩手在岔開的雙膝間擺弄著紙片，一言不發地坐在凳上。我問他有什麼看法。「有什麼辦法呢？」他說：「既然是主動寫的信，叫我也無能為力，那就讓他們去吧！」他憤憤地說完這話，握緊拳頭，紙片立時變成了一個揉皺的團團，被他猛力扔出窗外，碰在紗窗上，反彈回來，滾落在地上。「反正我已做了最大的努力，現在他們自己好上去了，那就讓他們好下去吧。」我感到驚奇，一面在心中佩服蘭石的魅力，他的確有閃電似地俘獲一個女人感情的天才，一面有幾分懷疑，難道他從來沒有做出任何引誘的舉動來？那天晚上，他向我透露，除了那份撿起來的詩以外，他在路上還贈給了她一首詩，詩的內容，據他神秘的笑容，一定不會很老

實，必有些大膽火熱的字眼。然而，經過我和他那次規勸性的談話和任情的威脅，蘭石改變了許多。他已答應決不寫回信，並且不跟黃冰來往。他說他對此無所謂。不過，在他作出這些口頭表示時，他又作了一些行動，使我看出他對黃冰仍懷有情愫。他不再跟那個Z姑娘來往了，正如我在野餐後的當天晚上所預料到的一樣：Z將讓位于黃冰。他當時不承認，說絕對不會放棄Z，恰恰相反，第三天他就將她像一個女僕似地辭了，說現在時間太緊，最好以後少來些。他寫了一封火熱的長信給黃冰，幾次想寄出去，幾次又打消了這個念頭。這還不說，他還想專為黃冰寫一個詩集，將所有的思念和幻想全部抒發出來，然後不具名地寄給她。這一切，他都告訴我了。

出乎意料之外，黃冰不在。「她的哥哥姐姐來了，她陪他們一起上街買東西，今天不能一同出去。」白林解釋道，眼睛直勾勾地凝視著任情那雙英俊的黑眼睛。我扭過頭，看著別處，心咚咚直跳，一邊罵著自己，你來幹什麼？你來幹什麼？你這個蠢貨！我越是想避開她的目光，越是覺得不能不看一眼，終於我看了她一眼。她裝得若無其事，好像她和我之間什麼也沒有發生樣的。我想，倘若我現在問她信的事，她一定會驚訝萬分地問：「什麼信呀？我從沒收到過一封信。」我的心頓時安寧許多，然而，她的眼睛流露的表情向我透露了一切。她收到了，而且無所謂！我來幹什麼？黃冰如果在此就好了，我至少有個人可以閒扯閒扯，避開她這雙審慎的目光，它們彷彿在說：「哼，原來你是這樣的人啊！」我難受極了，忙打開手中的書，低頭看起書來，儘量在臉上現出一種漠然的表情，彷彿他們的談話和商量，與我毫不相干。如果在另一個人眼中看來，我當時的模樣一定很可笑。四個人圍在一起，他們三人在熱烈地談話，我卻低頭看書，真是awkward！

我們背上食品，便出發了。路邊，開了一種白花，花比葉子厚，像帶有綠斑的白布，蓋在形如罐子的植物上，不知道叫什麼名字。白林今天十分快活，興致很高，她蹦蹦跳跳地走來，挨著任情，遠遠看去活像一對情人。她走過植物時，伸手摘了一小束白花，羞澀而又

大方地遞給小任。接著，好像又想起了什麼，又摘了一束。「送給你，」聲音低而甜，我接著了。我真是個傻子！想到一個姑娘送的東西，而且是花，竟久久不肯扔掉，買汽水時，我就銜在嘴上，去掏錢。好久好久都沒扔掉。還是後來趁她不注意，彎下身子，將已經枯萎的花兒放在湖邊的草叢中。

我們在靠近水邊一片碧綠的草地上席地而坐。湖水清澈見底，四月軟軟的風兒從湖的那邊一帶墨綠的矮山頭吹來，一陣陣地，粼粼的湖波在我的身邊發出低低的囁嚅。不遠處，越過草籽田，有一株葉如華蓋的大樹，濃蔭下，一群學生有說有笑，正在野餐。傳來鍋鏟碰擊鋁鍋聲，嬝嬝炊煙穿過樹隙，升騰而去，溶化在藍色的天空中。雲雀歡呼著，得用眼睛尋找半天，才看得見它，一個激動不安，急速扇翅的小小形體，全身灰褐色，並不特別富有詩意。雪萊怎麼會為這樣的雀兒寫詩？當然，這聲音的確是不同凡響的，但只不過因為我們久居城中，不常聽到罷了，如果到處是雲雀，那一定比麻雀的聲音還難聽。我又陷入這種無休止的胡思亂想中，直到有人說：「小皋，來吃吧！」我才抬頭，發現眼前什麼都擺好了。藍色的塑膠布上，裝在塑膠袋中染著黃油的金黃的蛋糕；剛啟蓋的鮮紅的牛肉和嫩紅的午餐肉；汽水在陽光照射下發出橘紅的光彩；一切都是那麼誘人。

我盤腿坐著，微微眯縫起眼睛，陽光太強烈了，一邊用湯匙將蘭花豆送進嘴裡，聽著它嘎蹦脆響的聲音。白林很溫馴、殷勤，不斷勸我們吃。我略略羞愧，上次我們買的東西與他們相比，簡直太差了。白林用尖尖的兩個指頭，拈起兩塊麻烘糕，放進小任的手中，並對他深情地注目，然後又照樣給我和蘭石一人一塊。

很快，野餐結束了，閒談接著開始。任情跑一邊採集野花去了。這邊我們三人先是各自朗誦了一首詩，又叫白林唱了一支歌，她唱得不十分好，雖然讀詩的聲音很響亮。她背誦的那首詩是一首很有氣派，積極向上的詩，聽起來不順耳。我覺得她是個孩子。接著，我們請她跳舞，她說：

「我不想跳舞了，星期六晚上她們邀我去跳舞，我總是托故不去，因為跳舞過後人感到精神特別空虛。」

她談起她的生活，家庭，周圍的同學。凡是她看不慣的事，都覺得可笑，某某同學平常不搭理人，非要人家先同他打招呼他才肯表態。她喜歡聽流行音樂，愛躺在床邊，一面吃點心，一面看書。頂討厭農村了，一幹活就肯定會把學習的知識忘得一乾二淨。陽光耀眼，我低垂著頭，手裡玩著一把刀叉，看著腳下那片曬得暖烘烘的綠草。我覺得血湧到臉上，在周身沸騰，使得毛孔癢乎乎的。我害怕看她，但不能克制自己，時時抬眼瞅她一下。她像孩子一樣興奮地講述著，也不時拿眼睛瞅我，然而，她的目光不能說含有任何特殊的情愫，它們不過是一個不滿二十的少女用來注視世界的那種好奇而探詢的目光罷了。我第一次認識到從前的一個錯誤觀念：從眼睛中可以透視姑娘的心靈和愛情。我比任何時候都更深刻地體會到沒有什麼比眼睛更能欺騙人的了。從她這雙眼睛中我能看到什麼呢？一個純潔的心靈？一顆赤子之心？所有這些凝視，至多只能說出於應有的尊敬和友好，絲毫沾不上愛情的邊。我並沒有忘記她和小任談話時的態度，那眼神是直勾勾的，忘記身邊一切的，大膽而火辣辣的。而對我的目光，實在是跟一個路人的差不了多少。我正在胡思亂想，忽聽得她說：「你那首《野天鵝舞》也寫得蠻好的。」我心咯噔一下，戛然而止。我所最擔心的事發生了！她果然把這件事講出來了。這時，蘭石轉過臉來對我，驚訝地問：「怎麼，你也──？」我呆呆地凝視著湖上粼粼波光，裝著好像在沉思默想，沒有聽見這句話似的，那一刻間，我整個人彷彿泥塑木雕，心不跳了，呼吸沒有了。我只在靜靜地等著，等著他繼續追問下去，我知道他只要再追問一句，我就會繳械投降，老老實實地將實情和盤托出，蒙受一場屈辱。在這種場合下，我無法撒謊。就在這時，頭頂上呼喇喇地傳來翅膀拍擊聲，我們還來不及弄清是怎麼回事，一群白色的水鳥便掠了過去，巨大的陰影在我們身上晃動了一下，隨即消失。這雪白的水鳥救了我，因為蘭石被這景色迷住了，完

全陶醉在詩一樣的境界中，後來有很多次，他提到這個意境，認為詩就是要表達這種無法盡言的朦朧美感，如美國詩人MacLeish所說：「should be wordless as the flight of birds。」後來他們之間講了什麼，我就不知道了，因為這件事發生後，我再也坐不下去，渾身火燒火燎得難受，恨不得逃到遠遠的地方躲起來，躲避心中那個聲音：「完了，完了，所有人都知道了。明天，就會傳遍整個班，整個學院，人家將罵我是個背地裡搗鬼的小人。是個心懷鬼胎的偽君子。」我站起身，拍打掉身上的浮土和草根，便在細窄的田埂上吟詩作曲起來。

她這樣當著面講是什麼目的呢？不會有什麼目的，她這樣小的姑娘——我猛然想起她的聲音：「我不知道雷切是誰，便去問黃冰，她告訴我說，你就是雷切。雷切！」她用那種溫柔甜蜜的低語喚了我一聲，好像在欣賞自己的一件藝術品一樣，用指頭輕彈著它的邊緣，聽它發出的聲響如何。顯然，她的喊聲中包含有感激的音調，為了我對她的恭維僅僅感激而已。但我需要這種感激嗎？我要的是愛。一種與友誼交織在一起的崇高精神戀愛。別做夢了吧，我罵了自己一聲，繼續作我那首小曲。蘭石怎麼沒有繼續問呢？他是不是已經看出，為了不使我難堪，便保持沉默，留待以後再問呢？白林太不謹慎，不僅把詩給黃冰看了，這是顯而易見的，她曾拿著詩去向黃冰核實我的名字。而且還當著我的面告訴了蘭石，使我多麼難堪。也許，這是她的一個手段，為了我死去這條心？或僅僅是一種坦率的本能？

這樣想了很久，這當兒，小蘭追過來，他是有意將小任和小白留在一起。這對年紀相差大約十歲的人，玩得十分和諧，他倆用玻璃糖紙疊成跳舞的姑娘，然後又將蛋糕盒子做成小船，放入水中，看誰的船跑得更快。我感到高興，但這高興有如明澈的藍天，藍天下有縷縷孤煙的輕愁繚繞。

分手後，我們談到小白。

「她很好，可愛，和我性格相仿，」任情說。

「不管怎麼說，我還是堅持我那個星期說的話，」蘭石說。「寧

愛一個渾濁的女子，也不愛太純潔的。」

　　我什麼也沒說，但我心中想，太純潔了，是一瓢清水，一見到底，沒有一點餘味。這樣的姑娘，隨便到哪都可以找到。實在是不足為奇。

　　從此以後，相當長一段時間內，我陷入了一種無以名狀的憂鬱之中。我覺得一切希望，一切美好的幻想，隨著這次事件，像經歷了一場洪水，被沖得蕩然無存。我在大街上行走，避開任何一個姑娘的眼光，心中對自己說，別理她，你看她那麼妖豔，眼光那樣富於挑逗，其實完全是蓄意的，是出於女人誘惑的本能。你不要一看見她瞧你，就以為她愛上你了，或者說跟你有了某種默契，這是萬萬使不得的。她的目光雖然像商店櫥窗玻璃一樣明亮，然而可不明亮到讓你一眼便可看清裡面擺的什麼貨物。有時候，那僅僅是偶然的一瞥，為這樣的一瞥而神魂顛倒，朝思暮想，值得嗎？我避開她們，目光越過她們，向前方灰色的天空和梧桐樹牆視而不見地看去。我甚至在心中詛咒她們：你們為什麼用這麼殘酷的手段欺騙人呢？一種復仇的心理熾烈地燃燒起來。我抬起目光，迎著每一個姑娘，她們不看我便罷，一看我，我便死死盯住她們，將冷若冰霜的情緒像箭一樣射出。我滿意地看到她們瑟縮的目光和迅速低垂的眼瞼。這個時期發生的另一件事情更加強了我的厭女症。我和蘭石一有空便出去散步，每回散步，總是不知不覺、不約而同地走進W大學校園。我知道他和我的共同心願，希望碰到那個被我倆稱作「小紗」的姑娘。這一天，我們像往常一樣無所事事地走在櫻花大道上。櫻花早已凋謝，它們嬌嫩的身軀有的早已化成這腳下的泥，有的被雨水沖走，有的則不知被陌生人的鞋底帶到什麼地方去了，只留下這綠中透白的密葉。我覺得櫻花樹謝了還不如沒有樹，相形之下，樹實在顯得醜，而這醜整個地暴露在面前，與想像中放大的美比較，更顯得十倍的醜陋。現在是薄暮時分，吃過晚飯的學生都出來散步了。男學生不值得一看，那就跟看自己一樣乏味。穿了夏裝的女大學生才最最值得欣賞。一個姑娘曳著長到小腿肚

的藍色長裙，從我們面前走過，新洗的頭髮烏黑發亮，散發出香波的
芬芳，她的鞋是全高跟的，也擦得黑亮黑亮，她還不習慣穿這麼高的
鞋，因此走起來不穩，一搖一晃，十分明顯地現出她擺動的臀部。我
看見她黑黑的長眉毛，眉梢一直到鬢角，整個面部和眉毛的漆黑相映
成趣，異常蒼白。

「長得還可以，」我說。

「身材不太苗條。」

我們就這樣東拉西扯，有一句沒一句地，一邊打量著過往的姑娘，
一邊往前走。就在這時，一張熟悉的面孔吸引了我的注意力。雖然中間
隔著幾個路人，我還是幾乎在第一眼就認出那個曾同我辯論，也和蘭
石辯論過的好勝心強的「小紗」來。苗條的身材，不高不矮，不瘦不
胖的臉蛋上，嵌著一雙雖然柔和但卻嚴厲的眼睛；短頭髮，這一切同
記憶中的形象完全一樣。但，我的直覺告訴我說，這個人不同，她已
經變了。變了，完全變了！我低下頭去，不敢繼續看了，只聽見自己
的心怦怦地劇烈跳動著，使我差不多沒聽見蘭石在說「不是她！」我
忍不住又抬頭看了一眼，我發現，（我敢十分有把握地說）她臉紅
了，兩邊頰上各現出一塊紅斑。她深陷的眼睛（怎麼會是深陷的！）
避開我，向我背後上方的宿舍看去。那神情彷彿知道我在看他，顯得
十分緊張不安。我的心跳個不停，感到幾分快意，她畢竟認出我來
了。她還記得我！我回頭看了一眼，她沒有回頭，我看著她那有條紋
的布裙子。失望之情油然而生。半年前第一次遇見她時，回頭也沒見
她回頭。這不像心有靈犀一點通的情人通常做的那樣。（我真想念另
一個姑娘，她在車上和我目光相遇後，就不時地和我眉目傳情。我們
下車後還同了一段時間的路，她一路上三次回頭看我，對她的賜福，
我也毫不吝嗇地回報了三個熱烈的目光。我至今還記得她，我覺得這
個姑娘恐怕是我一生最能熱愛的姑娘，我還記得她那雙又大又黑，彷
彿含著深深憂愁的目光，那是雙一見便要使人心為之顫慄，淚水為
之奪眶而出的眼睛。我真想你呀，姑娘！我真想你呀，姑娘！我想到

這裡，手中的筆不知不覺地停了下來，我望著地上某點，其實是地上還是別的地方，我根本不清楚，我只是在努力抓緊她眼睛的幻象，回味它們給我的心靈顫悸和快感。）而且，這個人並不像她。

「這是不是你在礁石上見到的那個『小紗』？」

「不像，完全不像！我見到的那個比她長得好多了。眼睛沒這麼深陷，也沒這麼小，打扮雖很樸素，但不俗，可這個姑娘，」他回頭看一眼，說。「穿的裙子太不好看了，像斑馬似的。」

這句話使我聽了很不舒服。我覺得他這人的虛榮心很強，喜歡把凡與自己有關的事物或人都形容得好上加好，而把屬於別人的一概斥為一般或醜陋。「你並沒有看清楚，」我說。「怎麼能隨便下結論說她不是她呢？況且你有半年──還不止？是呀，你有半年以上沒見過她的面了，那時是冬天，她穿著棉襖，披著紗巾，你知道，姑娘們在冬天一般都發胖，而在夏天，要消瘦的。」我說。「這肯定是一個人，不過，你總喜歡把你的想得更美一些罷了。」

「是嗎？」他遲疑了。「也許，可能她是變了些──怎麼說呢？我當時也沒仔細看她。」

「你看見她臉紅了嗎？」我打斷他。

「是的，看見了，她臉好像是紅了。」

「為了證實她是不是你我遇見的人，你看我們是不是去『逼』一下子呢？」

「試試看吧。」

「逼溜子」（俚語，即追逐陌生的姑娘）這在蘭石是拿手好戲。他只要看中了誰，就會大膽地追上去，左右一看沒人，彬彬有禮，風度翩翩地來一句「小姐，請允許我──」。下面的措辭便看他根據情況隨機應變地處理，反正他總能在最短時間內，找到最動聽，最能打動人心的漂亮辭藻，使每一個愛虛榮的姑娘就範。他的長相太迷人了！濃密的捲髮，烏黑燦亮，波浪般地覆在額際，高額頭顯示著聰明和倔強；一雙眸子同時具有火爐和冰箱的效力，需要時能釋放出灼人的火

焰，或者凍死人的冷光。一絲高傲而輕蔑的冷笑永遠掛在他的唇角。胸脯像軍人一樣挺得筆直，卻沒有軍人的呆板，而是蘊蓄著飽滿的精力和熱情。我跟他在一起散步，常常嫉妒那些向他而不向我投去豔羨的女性目光。

他會逼溜子，這我早就聽說，也看見那些來找他玩的姑娘，但一直沒有親見。今天，馬上就可以看到他的精彩表演，我心裡著實有些興奮呢，雖然不無遺憾，這個我所愛的姑娘就要落進他的掌心了，但想到自己的膽小怯懦，也就自我原諒了。

「小紗」和另一個姑娘一起散步。兩人談著什麼，時而爆發出大笑。她的聲音沙啞而且響亮，聽起來很刺耳。記得我所見的那個姑娘並不愛大笑，聲音也十分柔和。

「這笑聲好難聽呀！」蘭石說。

我沒做聲。一件我喜愛的東西或一個人，我可以無所顧忌地挑挑剔剔，指出它這不好那也不好，然而，一旦別人也來對它（或她）評頭論足，我便產生反感。我不願把她想得那麼壞。我突然覺得，她意識到背後有人在跟蹤，或者說，完全憑心靈感應，知道那跟蹤的人就是我。她雖然一直不回頭，但每逢她和某個行人擦肩而過時，她就會利用這個機會，稍稍側過身子，偷偷地但卻十分有效地將窺視的目光投到我們身上。這動作是那樣細微，那樣自然，以至蘭石完全忽視了。而我覺察到這一點，卻無能為力，因為我渴望的視線不是被行人擋住，就是被她迅速掉開的目光所拒絕。

「咱們走吧！」蘭石忽然說。

「為什麼？你不想？」

「沒意思！」他說，「對這類事情我再也不感興趣了。」

我驚奇地看看他，這個風流的登徒子，今天主動放棄了一個唾手可得的機會，這可是件開天闢地的大事。一些回憶和念頭通過我的腦際。我想起有一兩次他如何對道上長得十分漂亮的姑娘漠然置之而陷入冥思苦想中的事。我恍然大悟。

「你變了！我知道，這一定是因為黃冰的關係！」

「是的，這件事給我的觸動太大了。我覺得這樣去捅爐子做得不好，實際上害了人家姑娘，我把爐子點著了，卻不加一點兒燃料，讓她們在那兒空空地燒著。黃冰這次沒去那兒，我一直懷疑她是找的藉口，有意躲避我。她給我寫了那樣一首火熱的詩，你也看到了，說不定現在心中後悔，不敢見我，怕到時害羞，也許還有別的原因，我不知道，其實，即使你那樣勸我，小任那樣威脅我，我並沒有熄滅對她的愛情，不可能熄滅！我寫了那首長詩以後，又寫了一封長信，預備寄給她，幾次去發信，都是半途上折了回來。信至今還放在床頭。我甚至起了這種瘋狂的念頭：乾脆斷絕與所有女友的來往，姚麗，Z，家裡那個，從今以後，一心一意地和黃冰好下去，再也不幹任何尋花問柳的風流韻事了。」

「這個你辦不到的！」

「是呀，我想也是的，像我這樣感情熾熱的人，這樣在性格上不受羈絆的人，是不會為了一個女人而浪費全副生命的！有時我真恨不得所有美麗的女人都歸我一人得。我的愛情的欲望如此強烈，如此火熱，簡直可以把世界上的女性全部燒著。但現在，哎，現在我再也不敢了，也覺得沒有多大意思了。」

這一定是我勸告他的那番話起了作用。我說，真正的男子漢總不能離了女人就不能生活的。與其結交一個女人，不如結交三個男朋友。肉體上的縱欲，最終只能造成極度的空虛。我在談所有這些時，總是要以嚴厲的口吻，說幾句有關利害關係的話。從內心來講，我也知道，除卻利害關係，陌生男女的親密，實在算不上不道德。我感到遺憾，不該用這些一個三十歲的人的道德扼殺了他這個不滿二十的年輕小野子的天性。

那天回來後，我仍在想著散步時的事，老擺脫不了「小紗」的印象。她竟變成目前這種樣子，與我心目中那個不斷經想像加工而漸趨完美的想像差得多麼遠呀！我還是相信這句話：現實中的美只有一

次，任何重複都只會減損而不是增加它的美。但存在於大腦中我記憶中的美則永遠新鮮，保持著旺盛的生命力。我不想再思念那個白林，不想再想那個「小紗」了。然而，我的心更像倒幹了酒的瓶子，亟需東西填充，我想到了吳玉，我的未婚妻。

　　這次我倆的見面不同往常，雙方感情都異常熾熱，我們幾乎沒說一個字，只用深情的目光對視一眼，便投入彼此火熱的懷抱中。兩行熱淚默默流過她的面頰，這是屈辱的眼淚，這是歡快的眼淚。我知道她的精神在這麼長的時間內該是忍受著何等的煎熬和折磨，她那顆破碎的心靈多麼需要人來安慰啊。我在心中對她說，玉，原諒我吧，我不該做那些對不住你的事，不該三心二意，對一個陌生姑娘產生那種情愫，而且還給她寫信；不該不顧你的健康，使你走了那麼遠的路，又不給你任何安慰，不和你說一句話，那樣冷落你。但我沒說出來，她就彷彿明白了這一切。緊緊地將柔軟的唇貼在我的唇上，以她嬌嫩的身軀溫馴地貼靠著我。她如果溫存起來，鋼鐵也會在這溫存中熔化。我太愛她了。這樣美好的姑娘就在我眼前，在我的懷抱中，我怎麼竟會把她忽視，棄置在一旁不用，彷彿把一件精美的藝術品扔在床角落中一樣，卻去尋找那本來沒有的幻象：Plato似的戀愛對象。我的舉動太荒唐，想法太不實際，一個二十八歲的人，竟會這樣想入非非，說出去是會讓人笑掉大牙的。我開始和她傾吐心曲了，我告訴她我對小白的看法，談我們同游時的種種印象，談著談著，我發現小白在我的描述中變得平庸了，微不足道了，而那些觸及靈魂的問題卻隻字未提。我無法將這些事啟齒，我沒有這種勇氣。倒是她開口對我講了一些祕密。單位一個高幹子弟，人長得挺帥，喜歡開玩笑，特別喜歡跟她開玩笑，關係親密到可以直接用手揹她的膀子。我聽了後心中頗不舒服。「我不管了，」她說「反正已經講到這裡來了，還不如乾脆講出的好。」她又追述到某一天上班時，那青年到她的桌前調情的事，怎樣讓雙肘尖順桌面一滑，手托著的臉便到了離她很近的地方，互相對視了很久。我不相信她說的「無動於衷」的話，也不相信這一

切都是那男青年主動的結果。不過,我還是佩服她真實地反映情況的大膽。她看來是充分相信我的。假若有一個人想殺我,而後來放棄了這個念頭,並且告訴我,我是一定會原諒他的。她有一天真的為一時感情的欲望所驅使,和他人幹出了那種事,我想,只要她能向我坦白,我肯定是會寬恕的,這寬恕來自一點,即我自己也難免不犯同樣的錯誤。誰能保證結婚後不再對其他的人產生愛情,不再可能和其他的人發生關係呢?誰也不能說這個話,即便他或她的確在行動上一直到死都沒有做,但在大腦中卻難免不想到,甚至去冒這個險。一個有過性生活體驗的男子,他對可愛的姑娘的看法就會和一個情竇初開的小夥子完全不同。他的愛無可避免地要打上肉欲的烙印。我就是這樣,如果愛上了某個女人,我不僅愛她姣好的外表,她的言談舉止,她那溫柔而秀美的心靈,而且我要佔有她的整個肉體,否則,這愛情便難以持續。有很長一段時間我不願這樣承認,覺得真正精神的戀愛還是有的。然而,一次次的經驗使我深刻認識到,性欲是愛情的基礎,正如物質是精神的基礎一樣,沒有它,等於雄鷹失去了翅膀,帆船折斷了桅杆,植物沒有了土壤。很多次,當我心裡愛上了某個女子時,我會在不知不覺中被一種朦朧的幻覺攪住,看見我自己和那被愛的人兒在一起交歡。我猛然清醒過來,痛罵自己的卑鄙和無恥,發誓再也不讓這種猥瑣的念頭鑽進心間。但這念頭不時偷偷溜進心靈的小房,像一隻躡手躡腳的老鼠,順著牆根,還沒等你的眼睛完全看見它,它便倏地鑽進一個黑洞裡不見了。你越是想將它扼殺,它反而愈演愈烈,到最後不得不用手淫來解決,這並不像書上說的那麼壞,因為它有時的確起到了消除欲望的作用。當我談著這些的時候,我發覺她的眉頭越皺越緊,青春的額頭上,迭起了幾道細細的皺紋,她那付苦臉的樣子,彷彿口裡含著一口污穢的濃痰,恨不得馬上啐出去,一吐為快。「你怎麼了?」我問她。她不答話,卻把臉別了過去。「你瞧,你跟我講心裡話時,不管說得多麼可怕,我都能原諒,也並沒生氣,我講心裡話你卻不高興。」她仍舊不答話。我生氣了。「那好,

既然你不愛聽人家講心裡話，那就不講好了。」我翻了個身，將光光
的脊樑對著她。她默默地伸過光光的膀子，摟住我的脖頸，要我面朝
著她。我不肯，她用著勁，我仍舊硬著脖子，她的手臂無力地垂下，
滑過我的胸脯，縮了回去。我起了一陣哆嗦，悄悄扭頭一看，她臉上
充滿了痛苦，頭髮散披著，眼睛緊閉，雙手下死勁在撕扯自己的頭
髮，乳房和小肚全露在外面。我翻身壓住她，把她的手拿開，對她
說：「我愛你！我愛你！」好久好久，她才安靜下來，發出平勻的呼
吸，我倆就這樣赤裸裸地並排著躺了很久。

　　回校後的第二天黃昏和蘭石散步時，意外地碰見了一樁事。姚
麗穿著剛換的白連衫裙，和一個個子高高，長得五大三粗的小夥子一
前一後地走來。我看見蘭石的臉色變了，變得鐵青，呼吸急促，胸脯
急遽地起伏。他朝姚麗投去一個憤怒的目光，然後，冷冷地打量著那
個年輕人，稍稍離開我們，迎面走上去，幾乎和那人挑釁性地擦肩而
過。我的心猛地一撲騰，生怕他們會打起來。那年輕人好像無所謂似
的，哼著小曲，臉上掛著一副洋洋自得的神情。我發現那人的腦袋很
大，他就是上次我在路邊碰到的那個傢伙，他當時和姚麗在打招呼。

　　「完了，哎，完了！」我聽見蘭石低沉的歎息。

　　「這傢伙是誰？」我問。

　　「王大頭，臭名遠揚的強姦幼女犯，媽的，搞到老子頭上來了！」

　　「我上次跟你講，要你注意，你還不相信。」

　　「我後來跟她談了啊！她說不會發生任何這類事情的，她說大頭
不過是她學工時的師傅，並沒有特殊的感情，只是泛泛的熟人，她還
保證說再不與他交往了。可是，你看，今天又——哎，我真不該走這
條路，真不該走這條路！它將永遠留給我這個恥辱的黃昏的回憶。」

　　「你也別太急，頭腦冷靜點，也許她是沒辦法，被逼著出來，或
是在路上相遇的。」

　　「不可能！你難道沒看見姚麗臉上的神色嗎？還隔得老遠，在那

棵梧桐樹底下，我就看見她了。她也看見了我，當即就想轉身走，可是那個姓王的走在前面，沒有看見她的慌張，也沒看見我，就算他看見了我，也不知道是怎麼回事，他不認識我。她只好硬著頭皮走上前來。媽的，老子連她的心跳都聽得清楚。姚麗啊，姚麗，你何苦這樣欺騙我，何苦這樣折磨我呢？」

「你這是叫做自作自受！」一直沒有開口的任情說。「誰叫你當時騙她的？」

「可後來我對她不錯呀！說實話，有誰像我這樣好的對她過？沒有！我帶她逛公園、上電影院、吃冷飲，大把大把地花錢，哪一點虧待了她？她這是忘恩負義！」

「你不過是在用金錢引誘她這個無知的姑娘罷了！」自從小任失掉黃冰後，他和蘭石的關係一直很緊張，只要有機會，就要攻擊蘭。他對蘭石的看法比以往任何時候都壞：花花公子，專門尋花問柳，隨便采下花來又隨便地扔掉。對純潔天真的姑娘完全不負責任。

「這怎麼能叫『引誘』呢？」蘭石火了。「難道什麼錢都不用規規矩矩地跟她坐在一起談話就是不引誘了？你這傢伙真是叫做惡語中傷！哎，姚麗啊，姚麗，我哪點不比那個狗大頭強？你怎麼會愛上那個人呢？不，她決不會愛上他的，她一定是在玩弄他，她跟我在一起，算是學到家了，本來正統到不穿高跟鞋的人，現在不僅衣著髮式煥然一新，連思想也歐化了，她老早就說過，我把她拋棄了，她就要照此辦法，玩弄別的男子。」

「你這個老師現在該升為教授了，」小任冷嘲熱諷道。

「見你的鬼去吧！你用不著為了黃冰對我這麼嫉妒。」

「我嫉妒？才不呢！我和黃冰接觸，根本不是為了愛情，只是想建立友誼，說實話，我和任何一個姑娘的關係都是這樣，哪像你呢？見一個愛一個，吻呀摟的，除了這再沒別的了。我不願意看著黃冰那樣一個純潔的姑娘被你拖下水！」

「你敢斷定她是純潔的？哼，她早就談了朋友了，這只消從那本

《新葉》雜誌的題詞就可以看出來。我知道你愛她,但是,有什麼辦法呢?她先寫信給我了。」

「哼,說不定人家也知道你談了朋友呢?」

「誰說的?」

「我。」

「什麼?你寫信講了我的事情?」

「你問他嘛。」小任指了指我。

我微笑著看著遠處一叢濃綠的雜樹,說:「你們的事我不介入。」心裡知道這是小任良心有愧,作為懺悔的一種辦法。

「好哇!你這傢伙,在背後拆起我的台來。看我找你算帳。」說著便捉住任情的右手,使勁扭到背後。

他們在嘻嘻哈哈地扭打,我卻陷入了沉思。蘭石分析得不錯,姚麗憋不住生活的寂寞,在外面尋樂子了。自從蘭石決定跟姚莉斷絕曖昧關係後,他們之間來往就稀少了,雖然只要蘭石說一聲,姚麗就會跟他一起出去,但畢竟這感情已缺少初戀時那種形影不離,如膠似漆的東西了。對蘭石,這不是初戀,而對姚莉,那確實是人生第一次最甜蜜的初戀。她所戀情的小夥子長得英俊漂亮,打扮得楚楚動人。他們相見的第一個晚上就開始了狂熱的吻抱。姚麗敏感地察覺到,蘭石對她的愛是不專的,也不大可能長久,但她陷在情網中不能自拔,還這樣柔情脈脈,又傻乎乎地說:「你以後再不愛我,我也無所謂了。只要你現在愛我就行。」果然,不久以後,小夥子厭倦了她,又開始追逐其他的姑娘,屢次冷待了她。一個夏天的傍晚,我和蘭石,任情兩人在湖邊梧桐樹蔭裡讀書,看見姚麗一人沿湖而來,步子非常緩慢,明亮的湖光映出她微駝的身影。她低垂著頭,彷彿在沉思,但那憂傷和愁苦,卻是毫不費力就可以看出來的。她慢慢走過去,盡力不向這邊看,但我知道,她一定知道蘭石在這兒,她徘徊的目的是顯而易見的,然而蘭石無動於衷,滿不在乎,說:「管它呢!」這時,我看見姚麗在靠近水面的石階上停下,默默地注視著水面,湖光

把她的背影襯托得很美。我不覺產生一種深深的同情，便催著蘭石說：「你快去一下，她在等你！」「算了，」他打個呵欠。「我不想去。」姚麗那樣注視著水面，使我閃過一個念頭：她會自殺！「你快去一下。」我推著他。「真的，或者，寫張字條送去，免得她在那兒著急。」他去了，然而，這又能解決什麼問題呢？愛情一旦消失，就無法使它生還了。姚麗正值青春旺盛時期，青春的血液在她周身沸騰著，彷彿要爆裂每一根血管；她的身體充滿青春的漿汁，顯得豐腴而飽滿，看看她隆起的胸脯和臀部，就可以想見那其中蘊藏有多麼強大的活力呀。在這樣的時候，怎麼能失去愛呢？它像飢餓的胃，餓了是一定要食物來填充的，至於什麼樣的食物，有時就顧不得去挑揀了。我替她感到遺憾的是，這個王大頭是個非常無能的人。他憑著父親的一官半職，沒有待業，成了工廠的一名工人，除了和他那幫小兄弟喝酒抽煙談女人，狗屁不懂。他托人寫詩獻給他要勾引的姑娘，他擺出一付嚇人的樣子，好像誰不聽話就要打誰，然而，一個矮個子就可以輕而易舉地把他摔在地上。姚麗怎麼會愛上這種人呢？

回到宿舍，蘭石談了他的計畫。他準備再找姚麗長談一次，勸她懸崖勒馬，不要和王大頭來往，覺得被他拉下水，到時後悔不及。「王大頭這個傢伙，跟姑娘見面的頭一天就想睡覺。」如果王大頭威逼她，可以找學校幫忙，必要時，蘭石還可以招來一批夥伴，把王大頭教訓一頓。倘若姚麗一意孤行，要和王大頭好，那就怪不得我蘭石了。我反正已經仁至義盡了。

第二天，小任收到小白的來信，信中說，她們約定下星期六來這兒，並說「你寫的英文詩真是好極了，妙極了，細細吟味起來，真是意趣無窮。」同時又談到其他的一些瑣事，信的基調是明快歡樂的，洋溢著一種熱烈的感情，我相信小白愛上他了。

「是的，她很好。性格和我非常相像。」無論什麼時候提到這點，他總是這一句話，使我也糊塗了，他對小白的情感究竟是只限於喜愛，還是達到了愛情呢？

星期六的下午，我們一起等她們，但一直等到電影放映，也不見她們的人影。也許第二天來吧，但我不願再等了。說實話，懷著渴望的心情的是他倆，而不是我。我只不過是個陪襯人，一個同伴，一個微不足道的不言不語的年紀大的人。然而，我有幾個星期沒見自己的女友了。三個星期！這是從前我們兩次約會的間隔期，是我和她的君子協定。隨著感情的一天天深厚，欲望時刻需要滿足，我首先破了戒。兩個星期就去看她了，甚至有時一個星期就去看她一次，雖然常常是開始熱烈一陣，結果不歡而散，但那該死的欲壑總須填滿。我坐立不安，早上起床第一個念頭便是：去不去呢？我在想像中已清楚地把所有可能發生的事都預想到了，她的冷漠，我的冷漠，她突發的熱情，我佯裝不理，使這熱情終於爆發成一場大火，在此刻的幸福中將我倆燃成灰燼。跟著是沒有感情，沒有思想，沒有回憶的憧憬，沒有夢的睡眠，赤裸裸的肉體，像兩支並排的冰棍。接著，起來，互相打著趣，說些無關緊要的話，甚至開些無聊的小玩笑，我看書，她弄飯。吃過飯後，照例趁著食物增加的熱量和精力，溫存一番，約定下次見面的日子，然後分手。我甚至能想到許多細節：怎樣解開她的衣扣，她怎樣半推半就的用雙手按住我的手，我把她的手用勁移開，發熱病似地哆嗦著，將扣子一顆顆解開，露出她凸起的裹在奶罩下的光滑的胸脯，並把她像物體似地側轉過來，解開脊背上的奶罩扣。於是，含住乳頭，直到她的全身酥軟為止。在想著這些的時候，我能得到比和她在一起時更大的快感。我清楚地知道，兩人只要在一起，這種快感便無形地消失了，一切變得非常簡單，像一道非做不可的工序，一項一項地進行下去，直到完工為止。我在這樣胡思亂想著，迎面碰上她倆，正沿著W大學那條拐彎的路，上坡而來。

我打了個招呼，心不再跳了，就跟在課堂上發言一樣。在準備在全班面前發言時，我的心總抑制不住狂跳，然而一站上講臺，那種擂鼓似的心跳就頓然消失，我好像變成了另外一個人，侃侃而談，不慌不忙。現在當我面對她倆時，我就是這種情形，甚至還可以瞥她們

一眼，觀察她們的神態。黃冰在我尖利的目光下顯得局促不安，眉頭微微皺起，把目光避開。我彷彿聽見她在心中對自己說的話：千萬別提信的事，千萬別提，千萬別提。他一定看出來了。我也在默默地對她說：不會的，不會的。也許我的這種心情影響了我的面部表情和眼神，她那避開的視線又遊移著過來和我接觸了。這一刻，我驀然然想起上次見著小白的情景。我站在她面前，跟她說話卻全然不看她，心裡不住念叨：可別提信的事！可別提呀！我看一眼小白，看見她天真無邪的大眼，正閃著活潑的光彩，盯著我，似乎在說：啊，又碰到你了，詩人，你寫的詩我還記得，都寫得很好。她眼中流露的欣喜和羨慕以及認出了一個熟人的表情使我簡直受不了。我寧願她對我冷漠一點。讓我自己去齧咬那失望的痛苦，也比忍受這種似有希望的絕望好。我告訴她們，任情和蘭石昨天下午等了一個下午，今天上午也許仍在等，不過，為了怕他們走，最好現在就去，要快。

　　但我立刻後悔了。我看著她們遠去的背影，想，倘若今天他們不在家（這是很有可能的。因為他們昨天說今天上午想出去），那我不是等於騙了她們，使得她們大為失望地碰個閉門羹，然後空手而回嗎？我產生了一個念頭：跑回去，繞另一條道，趕在她們前面，看看如果小任不在，便迎面去碰她們，請她們在我的宿舍坐，並招待她們一餐飯，這是完全可以做到的。可是，剛才她們問我到哪兒去時，我臨時撒了一個小謊，說我是去書店買書。跑回去氣喘吁吁地，人家一眼就可以看出來，而且，而且，我和她們在一起說什麼好呢？在姑娘面前，我總是羞怯靦腆，不會說話，小白曾經表示，她最討厭那種靦腆的小夥子，一個小夥子，根據她的見解，應該是充滿朝氣，知識淵博，能跳能唱，能說會道。小黃雖沒說過此類的見解，但我憑直覺知道，她所喜歡的男子也不應該靦腆，而且比小白的標準還高，那種男子應該風度翩翩，能言善辯，談吐優雅，舉止間有紳士風度。至於小白小黃兩人心中的男子標準像，那一定是長得濃眉大眼，兩排整齊雪白的牙齒。一想到牙齒，我不由自主地顫抖了一下。我的牙齒長得太難看，無法

不讓人們在第一眼下就對它們產生反感。可我還要坐在離她們只有一兩米的地方，談這談那，不斷地打開羞怯的雙唇，一次又一次地把這醜陋展覽。膽怯加上羞恥，兩下一夾攻，我立刻打消了這個念頭。車站已經遙遙在望了。欄杆處零零星星站了幾個人。大道在濃蔭消失的地方，鑽出了汽車的車頭，吃力地發出喀嘟喀嘟的活塞杆的敲擊聲，爬上坡路。我到等車棚下，車已到了面前。人們一擁而上，三個敞開的車門，頭、手、扯亂的衣服、低低的叫罵。我下意識地退後一步，看著這些以死相拼搶車的人。車門砰地關上，馬達起動發動機的聲音，車輪開始轉動，我這才意識到，我已失去了上車的機會。算了吧，我默然地看著第二輛緊接著頭輛而來的車，對自己說，我已經沒興趣了。就是那麼回事，肉體的縱欲之後，精神就會無比的空虛，像沒有人坐的空車。我的腦中掠過黃冰和小白的面影，她們在我心中喚起了一種模糊的衝動，一種無法言喻的渴望。我匆匆趕到書店，沒有什麼中意的書，就趕回家裡。我用了「趕」這個詞，實在毫不誇張。在走廊裡，我遠遠看見盡頭處小任房門的口，晃動著姑娘的身影，我知道她們不是別人，就是她倆。我感到突如其來的失望。在這一瞬間，我的潛意識整個地閃電般映現出來。我指望他不在，她們等他，我作為朋友接待她們。我甚至想好了該說些什麼話，提起哪些話題，如果話談完了，找哪幾本書給她們看，藉以消磨時間。然而，她們和他們見面了！我鬱鬱地回到屋裡，脫得只剩褲頭坐在床邊。我隨手翻開*Modern English Poetry*，但漫無心緒，一個字也看不進。恰在這時，小任進來找電扇，對我說：「她們來了，你不去一下？」我很感激他，他畢竟問了一下。去不去呢？去不去呢？這個問題在腦中翻上翻下，然而物件已經不同了。最後，我在掇著飯碗走進宿舍的一剎那間決定：去！

　　我走進去時，心並沒有跳，表情也十分鎮靜。黃冰從窗旁扭頭看我，第一次（也就是說，從我和她短短的接觸的所有時間內）眼中閃出了熱烈而大膽的光彩，也是友好的光彩，然而剎那間熄滅，她又陷入蓄心的猜測之中。彼此寒暄了幾句，我瞥見擺在桌上的一瓶黑紅的

味美思，幾碗剛買的肉菜。我裝作什麼也沒看見，一面吃飯，一面低頭側耳傾聽答錄機中的樂聲。剛才的一瞥，幾乎把什麼都包括了：小任的歡樂，小白的驚奇：什麼，辣的？我怕吃辣的；小蘭的不安和冷漠；小黃的心不在焉。第二次進來時，（我對自己說，這盤磁帶不好聽，便去借了一盤好點的磁帶，心想也許可以和他們在一起歡聚，一邊聽聽好音樂），他們已圍桌而坐，二男二女，組成一個最和諧的圓周，味美思環和繞著它的菜形成了興趣的圓心。僅僅這個陣勢就不容置辯地向人們表明：這兒是一個世界，閒人不得入內。我在換答錄機帶。他們的聲音聽起來遙遠而陌生。小任：「來呀，喝味美思呀！」小蘭：「來吃點什麼吧。」小黃：「你過來吃點吧。」整個房間頓時變得很靜，我聽見磁頭摩擦磁帶發出的嚓嚓聲，聽見窗外的鳥叫，有人拖曳著步子從走廊走過。音樂聲簡直讓人受不了。我直起身來，垂著頭側耳聽音響效果，斜睨著眼瞧他們。小任已把我忘了，只顧用起子撬開那頑固的瓶蓋；小蘭對我勉強地笑笑，嘴裡囁嚅著，聲音幾乎令人聽不見地說：「來喝一點吧，小畀。」我擺擺手，其實，我的腳很想走過去，我的嘴很想說：「來呀，咱們大家一塊喝呀！」然而，我什麼也沒做，只是怔怔地站著，看著這一切，他們低下的頭，縮得越來越緊的圈子，親密的排他氣氛。猛然，我明白了，咔嚓按了一下按鍵，帶盒跳了出來，說：「這盤音樂不大好聽，再換一盤。」這本來是對他們說的，然而聲音太小，以致變成了自言自語，而他們因為沒聽見而保持的沉默，被我誤以為是有意的。我向閉起的門走去。從放答錄機的桌子到邊，頂多只要三步到五步，然而現在我卻好像花了三十步五十步才挪到門邊，當時真恨不得一步跳出門外。我把食指伸進把柄掉了的空洞裡，這時我不用回頭也感覺到所有的眼睛都盯在我的身上。然而，沒有人說：「你走幹嗎呢，回來喝點唦！」如果某人處在我的境地，而我是飲酒者當中的一個，我是會搶上前攔住他的。但是，沒人說。我已來到門外，我的胳膊產生了一股力，如果它沿著大臂小臂而下，傳到門上，那扇門一定會發出巨大的聲響，但這股力

量在肘部減弱了，彷彿那兒輸導力的幾根導管都阻塞了，只剩下唯一的一根細的，力就從這兒擠過，將門在身後一碰，發出很柔和的響聲。他們不會從門的響聲中發現我的心情的，我不無欣慰地想。

下午，我原諒了他們。在那樣的場合，兩對年輕的情侶(我暫時找不到合適的詞語來描繪)陶醉在彼此為對方帶來的快樂中，只要插進一個第三者，那就會非常不和諧。不能怪蘭石冷漠，不能怪他心裡雖然不想但口上還假意相勸。假若他什麼客套也不講，直截了當地叫你走，你又會怎樣想呢？而且，他們也並不是不願意你加入，如果你一定要湊個趣，他們是決不會反對的。可以放一萬個心，是決不會反對的。然而，我不能原諒我自己。心眼太狹窄了，我罵自己。看到事情如此，早就應該爽爽快快地退出來，或者上前去大大方方敬每人一杯酒，吃兩筷子菜，然後走路。唉，你畢竟太不會做人，空給自己添上這麼許多煩惱！

送走她倆後，已是晚上八點多鐘了。我和任情，蘭石在一起閒談。

「小白愛上你了，」小蘭對小任說。

「別瞎說！沒那回事，不過，我下午不該對她那樣，」小任說。

「是的，你對她的舉動和說的話，完全可以喚起她的愛情。你給她夾菜，夾得特別多；你和她說悄悄話，頭挨得那麼近，恐怕彼此都可以聞到對方的呼吸了，走路時也貼得那樣緊，怎麼能不引起人家的幻想呢。」

「哎，哎，我不該下午那樣的，不該的。」

「你別現在後悔不迭，恐怕你那時說那樣的話，就是想贏得她的愛情，你沒見她神魂顛倒的樣子，眼睛直勾勾地盯著你，好像這世界上除了你就再也沒有第二個人了，可你知道嗎，她已經有一個男朋友了。」

「什麼？」我一驚，剛才那種懶洋洋的狀態一掃而光。「*她談了朋友了*！誰？」我的心猛地跳起來，會不會是說我？莫非他知道了詩的事？

「是她的一個中學同學，在外省一所大學讀書，」蘭石說。「小任，我跟你談這件事，你不會生我氣吧？不會產生別的想法，或者以為我是故意拆你的台吧？」

「你這是說的什麼話？我和她根本就毫無關係。」小任臉色變了，紅一陣白一陣，好像受了侮辱一樣。「我從來就不愛她，我只是比較喜歡她，我不是早就對你說過嗎，我和姑娘們結交只是為了友誼，決不會為了愛情。」

「我跟你講你不要見外，你得耐心聽下去，」小蘭繼續說。「她談了朋友，但據說愛上你後，她就打算同他把關係斷掉。他連來了幾封信她都沒回，目前正在考慮怎樣措辭一封絕交信。她的家庭情況你知不知道？她父親有外遇，母親患有神經官能症，夫妻感情非常不和。」

「你怎麼知道的？」

「黃冰告訴我的啊。哎，她真是太殘酷了，我本來對白林印象很好的……你知道黃冰講到她家庭的情況時我產生了什麼感覺嗎？我像發冷似地全身哆嗦，起雞皮疙瘩，白林那姣好的臉蛋一下子變成蛇一樣的三角形，十分恐怖。」

「這太可怕了！」小任臉刷地白了，大叫起來。「這簡直叫人受不了。我不能和她好，決不能再和她保持關係了。她簡直是個惡魔──哦，不，不，她不是，她不是。」任情知道自己一時說走了嘴，連忙改口。

「你也不能這樣罵人家，」我插嘴道。

「這事是黃冰的錯，她不該把這些事情的細節告訴我的。她一再囑咐我不要將事情告訴任何人，我是為了你好，才告訴你的。可是她的真正目的是什麼呢？」

「說實話，」我說。「黃冰現在所處的境地和小任從前所處的境地差不多。小任將黃冰帶來，被你弄走了；而黃冰將小白帶來，被小任弄走，這無疑傷害了她的自尊心。」

「是的，就是因為這她才非常恨小白，她認為是小白在引誘小

任。平常她最看不起小白，因為她各方面都很差，尤其在學習方面，你們知不知道，她上學期有三門不及格？」

「是嗎？」我說，很驚訝，羞愧感和同情交織在一起。「那我就要跟你說，小任，你是馬上要畢業的人，不能再和她談下去了，事情是這樣，如果你真心愛她，那你就要向她表露心跡，即使不愛她，也要說清楚，不能把她蒙在鼓裡，使她產生錯覺，以為你癡情於她，結果造成她不安心學習，那後果就太危險了，你知道，再不及格，那就可能要留級了。何去何從，你現在就得決定，一定不要優柔寡斷。」

「你們別說了！」任情大嚷道，臉因痛苦而扭曲。「我跟她毫無關係！我不愛她，我跟你說，我不愛黃冰—」

「你愛黃冰！」小蘭說，緊盯著他。

「不，我不愛，我跟你說過一千次了，我不愛一切女人。他們在我眼中就像男人一樣，沒有區別。我只講友誼不講愛情，一旦誰對我發生愛情，我就要和她分手，沒有二話。要談朋友也要到我的第一本詩集發表，那時，啊，那時。」他激動得說不下去了，每當他講到他的「第一本詩集」時，他就激動得不能自已，這是他一生奮鬥的目標，是他的最美最美的美夢。「第一本詩集出來，我就要成名了，我一定要成名！一定要！到那時，我再找朋友，其實，我用不著去找，別人會找上門來的，各種各樣的姑娘，成千上萬封求愛信，任我挑選。不，我一定要成名，不成名決不談情說愛，哪怕死了也不談。如果說我愛什麼，那我只愛詩歌，只愛它！」他突然沉默下來，我聽見他那斷了兩條腿的小鬧鐘滴答滴答地響著。他把垂下的頭緊緊用臂夾住，兩隻手伸進頭髮裡使勁地抓著、撓著，好像要尋找一個什麼失落的東西。我聽見他含混不清的喃喃低語：「不行，這決不行的！太可怕了。她—不能讓—那不行—不行。」

看著他那種神經質的樣子，我替他難過，我很怕他會因此而陷入絕境而不可自拔，瀕臨神經崩潰的地步。他一會兒臉色煞白，發狂地扭動著身軀，說著一些發高熱病人說的囈語；一會兒搖晃著拳頭，瞪

著雙眼，瞧著空中某個固定的地方，臉頰漲得通紅。

「我很怕他得神經病，」蘭石附著我耳朵悄悄地說，使我不由自覺地哆嗦了一下。

過了好一會，他才從那種半神經質的狀態中恢復過來。談話轉到另一個方面：他們四人的關係將會怎樣發展？

「不歡而散！」蘭石斷言道。「黃冰不會和我好下去，因為，我要去新疆了！」

「是嗎？你什麼時候決定的？」我問，心裡卻不大相信，這個愛浪漫的小夥子，又心血來潮，對，這只不過是心血來潮罷了。「你不會去的！」

「哼！我不會去的！你們等著瞧好了，這回我可是下了決心，非去不可，拋棄一切：家裡那個，姚麗，Z君，黃冰，一切的一切我都要拋棄。詩也不想搞了，要知道，這不是安安逸逸坐在家中寫詩的時代，這是行動的時代，是革新的時代！我弟弟來信怎麼說的？他說他要像拿破崙一樣幹一番驚天動地的大事業。他瞧不起我，什麼寫詩？雕蟲小技！搞不出什麼名堂，即便搞出了，也沒多大意思，了不起在文學史上留個不顯眼的名字，而當一個數學家或物理學家，將在史冊上永垂不朽，因為他改變了整整一個時代，樹立了某個對人類發展變化起決定作用的理論。是的，這是行動的時代，讓詩見鬼去吧！我要幹！到新疆去，使整個新疆面貌改觀！讓我的名字名聞海內外，傳遍天下。女人算什麼？難道哪兒沒有，找不到？像我這樣又英俊、又有才華的男子有幾個？」

「美好的容貌是會隨著歲月而消蝕的，」我冷冷地說，心中十分生氣。

「那又怎麼樣呢？我美一天就要利用它一天。反正是不歡而散。唉，想到半年前小飯館見面，那場景記憶猶新，如在眼前，是多麼動人，多麼令人難忘呀。」

「黃冰現在沒有那時美了，」我說。「我發現她眼睛不大，身材也不苗條。」

「但不管怎樣，她留下來的第一個美好的印象是不可磨滅的，我只要想起她，就跟第一次的印象聯繫起來了。」

後來，他和任情爭論起誰該誰不該的問題來，互相指責，我看著時間不早，便離開他們，先回家睡覺了。

第二天黃昏散步時，蘭石回憶起他昨天和黃冰的相會。他眉飛色舞，顯然，這次會見他幹得很順手。

「對，我們昨天就談起了M山遊玩的事。我想起她勸我讀什麼書的話，便對她說『其實，你講的這些書我全看過了，』她當時難堪極了。我還對她說，沒有一個女人值得我敬佩，您能不能做出什麼舉動，使我敬佩您呢？她聽了驚訝道：『好呀，這是你說的話！這是你說的話！』她跟我講她到學校後的變化，當系文體部長，校籃球隊隊員，她還說她要當中國的於玲第二，『這是我們一個老師鼓勵我的話。』她對我說，我說：『那你是個喜歡改變的人嘍？』她馬上說：『不，我其實不會有什麼改變，在思想上感情上，都不會有大變動。』我知道她話裡面的意思，那就等於是在說，對於你的愛情，我是決不會改變的。」

「不見得，你以為你去新疆她會等你四年？不，那你就錯了，即便她能等四年，她也不會在畢業時主動要求去新疆，僅僅為了跟你結合。現在的年輕人跟過去的不同在於，她們並不認為愛就是一切，沒有你，她還可以找另外的人，一樣可以建立感情。何苦要去跟你受罪呢？喂，你跟我說說，你到底為什麼想到新疆去？」

「這個嘛，有件事我得跟你講講，早就想講了，一直沒時間，是關於姚麗的事。」我和他在湖邊坐下，背後是一片深及膝頭的肥大的綠草，眼前，湖波瀲灩，不時有魚兒跳出水面，弄出潑剌的響聲。它們金色的背鰭在夕陽中閃閃發光。「那天晚上我和她一直談到深夜二點，她痛哭流涕，傷心極了，我極力安慰她，勸她不要再和王大頭好，向她保證我要永遠忠於她，永不變心。她也保證，說她就是死也要吊死在我這棵樹上。你看這態度有多堅決！後來，瞌睡都來了，她

說就在一起睡算了，你知道，就在指導員的辦公室內，只有一張桌子，我有點怕。她膽子大起來，叫我去拿枕頭席子和蚊香。等我決定去拿，她又怕起來，勸我不去，還是各自回房了。第二天，一件意想不到的事發生了。王大頭血口噴人，到姚麗的系領導面前告了我一狀，說我是可恥的第三者，破壞他和姚麗的關係。他還來找我，威脅我說，如果再插在中間，他就要拔拳相向了，邀一批人來揍我。我怕他？哼，我對他說『你別看錯人了，你動我一根毫毛，我要你一家都不得安寧。』我想好了，他只要動了我，我就要砸他的家，把電視機、電收錄機機、箱子、床，全部打得稀爛。再說，雖然他個頭大，我個頭也不小，論力氣他不一定比得過我，我打起架來靈活，他不一定占得了我的便宜。姚麗的系領導找到我們的指導員，把這事談了，指導員急得要死，認為這是件丟臉的事，當下把我找去，就要狠狠訓我，我笑著把一切都解釋了。他只問我，愛不愛姚麗。我說愛。他就說，那應該盡可能快地同家裡那個斷絕一切來往，不能腳踏兩隻船。我同意馬上寫信回去，宣布斷絕關係。與此同時，姚麗被軟禁起來了，每天派專人看守，不許她和王大頭接觸，也不許她與我接觸。我說她那兒聽不到一點消息。原來，王大頭的父親同姚麗的系主任是好朋友，專門找他幫忙，想整整我，替王大頭開脫，並做姚麗的工作，要她和他好，你看這卑不卑鄙！王大頭本來有一個女朋友，在漢口那邊，他因為有了姚麗，便把她給推了。為這事他跟家裡大吵大鬧，還抱頭痛哭，說他沒有姚麗就無法活下去。媽的，姚麗這傢伙不知使了什麼手段，完全把大頭迷住了。從前她曾對我說過，要好好玩弄幾個男子。哎，是我害了她！也沒辦法了。過了兩天，她們系的領導把我找去談，姚麗也在場，一看是她那哭哭啼啼的松包樣子，我就窩火。沒兩天就變成這樣，從前和我發的誓餵狗吃了？我幹得很漂亮，一上來便義正辭嚴地對那兩個領導說，『關於第三者的事，純屬捏造，是可卑可恥可厭的謠言。我和姚麗是好朋友，我們彼此相親相愛，我愛她！』然後我轉臉向她，問：『你說呢？』她破涕為笑，臉上頓時有

了光彩。兩個領導你一言我一語，想用什麼學生在校期間不能談戀愛等條條框框來教訓我，我老實毫不客氣地把他們的論點一一駁倒。那兩個傢伙被說得理屈詞窮，竟一句話也答不上來，我大獲全勝，姚麗用萬分敬佩感激的目光瞧著我，我高興極了。媽的，想不到，領導竟是那種沒水準的人。現在他們見到我可客氣了，叫我『小蘭同志』。晚上，我瞅空子把她喚出來，躲過了禁閉人的監視，到夜幕籠罩的山上河邊到處亂逛了一陣，又吻又摟，親熱得不得了。我跟她談了到新疆去的想法，她同意，表示一畢業，也主動到那兒去。她說：『以後咱倆成家，我會好好照顧你的，你寫詩，我就偎著你。』說實話，我到新疆去，完全是為了她，我現在擔心家裡那個會怎樣看待這件事。她要是告訴了我父親那就完了。我父親肯定會大發雷霆，說不定鬧到學校來，他是決不會同意我到除了家鄉以外的任何地方去，更不必說新疆了。這件事我和指導員談，指導員也認為我應該慎重，再考慮一下。

「是的，應該慎重，因為這關係到你的終生呀，」我說。

***　***　***　***　***

修潔音的這部小說，讓真念雙又一次想到了標點符號的問題。在中國這個傳統大得像塌下來的天空一樣的國家裡，凡是想表現意猶未盡的，幾乎都愛用六個句號加在一起而形成的省略號來表現，像這樣：「……」。除此而外，就沒有別的表現方式和表達方式了。大國壞就壞在一個大字上面。真念雙能夠想到與大有關的成語，幾乎沒有什麼好的東西，如尾大不掉、大而無當、大事不好、大逆不道、大腹便便、大放厥詞、大吹大擂、大言不慚、大紅大紫、大吃大喝、大便。一個大字，掩蓋了多少細膩的心靈！多少細膩的，由標點符號而生出的筆觸。她想起曾經看過的一首馬來西亞詩人的中文譯詩，是由一個她不認識，名叫歐陽昱的人翻譯的。全文如下：

《我沒有朋友》

默罕默德・哈吉・沙勒（著）
歐陽昱　　　　　　　（譯）

我沒有朋友：
別憐憫我
也別試圖同情。
我們都在同一座乾燥的沙漠
等待停在大海之上的
同一片雲。
祈禱都是個人的事。

我用雙手攏成一個杯子
用來接雨，
那是水的
透明穀粒。
你為你自己祈禱。
我們沒有足夠的話，
我們的呼吸太短。

記憶只記得起自己，
被水拋棄的一個幹人；
在這個地區之外，任何事情都不重要。
我的眼睛被灰塵封幹；
視力是不需要的。
夜已黑
而雨還沒有來，

這首詩最令真念雙注意的，除了「沒有朋友」這個事實之外（這一點，也是她和修潔音經常討論的一個問題），就是結尾一行的那個逗號。它的意猶未盡，比由六個句號組成的省略號都更意猶未盡、意猶未竟（是的，意猶未竟，所有那些「未竟事業」，其實就是「意猶未竟」的事業）。譯者不錯在於，他沒有把逗號刪去，改成句號。如果那樣，是會遭天打五雷轟的。換了一個無心也無教養，只知道按上級意志刪改刪改刪改或退稿退稿退稿的編輯（現在這種編輯比比皆是），肯定把逗號拿掉，換上句號或由六個句號組成的省略號，還自以為得計，為正確的標點符號爭光添彩了。正像某個詩人所說的那樣，這些人只能稱之為「編g」，叫他「編G」都嫌多。

　　逗號的創造性用法，在另一個小國詩人的筆下，也得到了由衷的體現。小國和大國的差別就在於此。大國是抹殺一切的。把幾億人聚集在一起，這幾億人就像沙土、糞土。沒有任何個性、沒有任何特徵，遠遠看去就像一片沙漠之色。跟把幾億頭豬聚集在一起，沒有本質上的區別。逗號，就是逃生，創造性地從這種億人一面的沙漠中逃生。大國之網，疏而不漏，人人都是一座牢。小國之小，人人都是一個國。以色列這個小國的這個詩人，通過那個名叫歐陽昱的人翻譯之後，也有這種逗號特徵：

《告別，》

耶胡達・阿米亥（著）

歐陽昱　　　　（譯）

你的臉，已然是夢的臉。

漫遊升起來，高而野。

群歡的臉，水的臉，離別的臉，

耳語的果園，單歡的臉，孩子的臉。

不再有那個時辰，我倆能夠發生，
不再可能讓我倆喃喃低語：此時，以及一切。

為我倆不知道的事，我倆一起唱。
一次次變化、一代代人，夜的臉。
再也不是我的了，代碼永遠無法解開，
封閉的乳頭，扣緊了搭扣，閉了嘴，扭緊了。

那麼，和你告別了，你不會睡去，
一切已在我們的字裡，一個沙的世界。
從今天開始，你成為夢者
你夢見一切：你手中的世界。

告別，死亡的一捆又一捆，手提箱塞滿了等待。
線頭、羽毛、神聖的混沌。頭髮緊束起來。
看吧：將來不會存在的東西，此時手不會去寫；
過去不是肉體的東西，將來不會久在。

你會意識到那麼多嗎，每一個季節的女兒，
今年正敗的花，還是去年的雪。
而這之後，不是為了我們，不是為了毒藥瓶，
而是那杯子、那啞默、那要走的長路。

像兩隻公事包，我們互換了。
不，我已經不再是我了，你也不是你。
不再回來，不再走到一起，
不過是安息日結束時，葡萄酒中熄滅的一隻蠟燭。

現在，你的太陽剩下的，只是蒼白的月亮。

瑣碎的話語只能安慰今天或明天：

如，讓我休息一下吧。如，讓一切都走、都走掉吧。

如，來給我最後的時辰吧。如，憂傷。

　　粗心的編輯或粗心的讀者，會認為標題書名號中的那個逗號，是一個印刷錯誤，必欲去之而後快。把逗號去掉之後，看起來似乎更加正確，卻更加沒有味道了。我們常說的「味」是什麼？真念雙想。我們常說的味，就是錯誤，就是不正確，就是不道，不管它是小逆不道，還是大逆不道。把所有的方言口語，都用普通話來熨平，最後的結果就是，沒有了方言的味道。食物也是如此，大家都吃麥當勞和肯德基，其實只是果腹充饑而已，舌頭嘗不到任何享受。這也是時代越來越野蠻的一個表徵。

　　修潔音早年，還寫過一篇沒有標點符號的短篇小說。那時，據真念雙回憶，修潔音尚在攻讀研究生。那時，他學習的那個國家，開始出現了鬆動的跡象。年輕的人們喜歡閱讀哲學著作，特別是來自西方的哲人的著作，以及各種文學派別的作品，儘管是經過了刪節和甄選的作品，遠遠不是全貌，也不許窺其全貌。後來那些人走進全貌之後，便一頭紮進錢眼裡，眼睛再也不想看除錢之外的任何東西了。

　　他們在巴黎一家小如鴿籠的賓館房間裡，談到了前面所說的沒有朋友的問題。真念雙說：我沒有朋友。我唯一的朋友就是你。

　　修潔音說：據我的發現，那些口口聲聲說自己有多少朋友的人，就像口口聲聲說自己有多少房子、有多少投資、有多少錢的人一樣，其實都是吹牛。為什麼？朋友多，就跟錢多、房子多、優秀品質多一樣。一說自己朋友多，馬上就占別人一頭，因為一般來說，別看大家吃吃喝喝，說說笑笑，從遠處看或上面看，好像頭都聚在一起，無比親密的樣子，但實際上，每個人的心，跟另一個人的心，相隔都是遙遠的。誰都

知道，從生到死，人沒有永遠都不翻臉的朋友。更何況越是朋友的人，越可能成為敵人。而且，別人是你的朋友，這並不意味著，他或她永遠都會站在你這一邊，你需要什麼，他或她都會伸出援手。所謂友誼，也是一對一的，需要報答和償還的。沒有永遠受益於他人，自己卻從來都不回報的。這樣一來，沒有朋友，反倒省了很多麻煩事。

是的，真念雙說。如果沒有朋友，也就沒有敵人，也就不會有殺戮。能夠愛、能夠做愛、能夠隔著很遠的地方（比如星球），也能相挨、相愛、相做愛，這樣的朋友，不，愛人朋友，比有任何朋友都好。

在我們現在的這個世界，修潔音說，這個時代，人跟人都像電波一樣，隨時隨地隨處隨機地在空間遊蕩。誰跟誰相處的時間，都不會太久，少則十幾分鐘，像機場過海關那樣，多則十來個小時，像乘機前往某國途中，即使在一個單位工作，誰跟誰不是陌生人一般，誰能真正瞭解誰，誰又想真正瞭解誰？即使自己，也不能說是自己的朋友。試問：自己想真正瞭解自己嗎？自己能成為自己的靜友嗎？自己能成為自己的狐朋狗友嗎？

哈哈哈，真念雙發現自己笑了起來，說：潔音，你說話總是那麼好玩。一個這麼嚴肅的命題，經你口一說，就讓人忍俊不禁。來，我想吻你一下。

每一個嚴肅的話題，談到最後，就像一塊硬糖一樣，消溶在真念雙的似詩柔情裡。他倆在一起，會嘗試各種做愛方式，前前後後、上上下下、裡裡外外，等等等等。漢文字在這個方面，真念雙覺得，還是一個備受踐踏，備受刪削，牢籠桎梏得不見天日的語言。比如，任何美好的愛情，沒有肉體行為，不啻於無本之木、無源之水、無字之書、無雲之天、無土之地、無水之河、無葉之樹、無骨之肉、無數之字。被這個文字束縛久了之後，人們滿足於只做不說，只說不寫，只寫不發的狀態，即便再過5000年，也等於白過，因為活人成了骨頭和骨灰，而關於人們最動人心魄的人生部分的文字，是永遠從文字中

刪除而去的。某種意義上講，真念雙想，她出生之後而學會的那種語言，是人生的第三座大牢。第一座大牢是人生。無論哪兒你都逃不掉。第二座大牢是自己的肉身。你無論多麼渴望自由，你看到的所有那些自稱自由或被認為自由的人，沒有一個能夠逃脫他自己肉身的小牢。而她與生俱來的這個語言，則是人生的第三種大牢。它還不像英語，那個雖然也是牢，但不如這個牢大，因為畢竟它讓人說話，讓人思想，讓人無所顧忌地狀寫人生百態千姿。可她與生俱來的這個語言，把人牢籠得不敢說話，不敢思想，不敢說出已經思想的思想，導致最後最發達的是一張張嘴巴，吃得腦滿腸肥，油嘴滑舌，而腦神經已經萎縮到嬰幼兒的地步。

真念雙不想跟這個語言和這個文化和這個傳統對著幹。她太清楚那些被砍頭和被割舌頭的人的厄運了。人從命運中學得的諸多知識之一，就是遠走他鄉，遠離厄運叢生的國家，為自己建立另一片家園。正是為了這個原因，真念雙把修潔音所有相關文字的文章（即小說等）壓了下來，不讓其得見天日。何必去考驗那些本來沒有多少智力的智力和早已關上大門的大門呢？一個吃豬肉吃了五千多年的民族，不會一夜之間改吃牛肉，這一點是可以確信的。

那篇沒有標點符號的小說，真念雙想起來，該放進來了。

《月下》

今夜沒有月

他回到房間疲倦地跌坐到椅子裡不想動筆他拿過扇子一下一下扇著

| 6̲7̲ 1 | 1̲6̲ 5 | 5̲6̲ 6̲5̲ | 6̲5̲ 3̲2̲ |

誰的口哨伴著睡意朦朧的收音機女中音動筆沒意思沒有月亮路上塵土很重腳踵處褲管蒙上一層灰他一手提住褲腰一手揚起兩根褲管啪啪在

門上拍了兩下門上兩道灰跡

他們一起出發兩輛自行車他單獨騎一輛差的後面兩捆草席各裏一床毛毯外加一隻黑皮包裡面塞著禦冷的長袖襯衣他感冒得厲害醫生給他開了五天休假「有啥辦法他一定要去只好奉陪到底了」他不想帶太多衣物要病乾脆病個澈底雨下吧渾身淋個透濕風吹吧吹個痛快他不在乎後面搭著他搭個把人沒啥了不起他搭過許多人昨夜還搭一個夥伴繞湖騎行三十多公里你不怕迎面而來的汽車開著明晃晃的大燈把眼睛照花這有啥可怕他怕他開過車在大燈強烈的光照下低頭走過路知道其中的危險他心裡蹦蹦直跳越過他的肩膀朝前看月亮時而被繁密的枝葉擋住灑下點滴殘破的清光時而跳到梢頭把前面一大段彎路照得雪亮他騎在後面一言不發他從不說話有話也語無倫次他是兒童他採花他撲蝶他對陌生人說bye bye陌生人說bye你媽的×他偷農民的蘿蔔他問哪兒有拐棗注意前面來車他身上又一陣痙攣刷他龍頭亂拐一陣緊貼道邊嚓嚓嚓荊條猛地抽打他的手臂糟他不做聲燈光移到身後一片黑暗你動啥他在前面喝斥誰動了我沒動他大聲回答我怕你慌沒吱聲你太沉不住氣是的搭別人我從沒這樣害怕過算了再有車讓我下來吧

到了橋頭夜色迷濛橋邊三兩個閒人在說著閒話月兒鑽出一朵烏雲湖面頓時銀光閃閃他去買汽水他和他等在路邊他也不知怎麼搞這麼慌瞧手臂上拉出幾道血口他說可他還說前面來車不如後面來車可怕真不知是怎麼在騎車他說汽水放哪兒他問塞黑皮包吧對塞這兒瓶口朝下靠邊塞使勁再使點勁否則一震就掉唔嚄好美呀他轉頭兩個少女正從旁走過一邊回頭看他白襯衣染著月光胸部豐滿的曲線臀部豐滿的曲線地上映出柔和的影子晚風送來柔髮淡淡的芳香才洗過的怎麼樣不怎麼樣他一邊起勁踩一邊說好像不是少女屁股那麼肥大還記得那夜從無名山回來看見的幾個少女嗎他坐在車後思緒驀地回到那個疲倦的夜晚從城市的燈海中忽象一陣幽風飄出四個少女黑油油的長鬈髮在夜風中飄舞衣服全敞了露出半透明的內衣隱約可見乳房輕顫高跟擊打水泥地面發出悅耳迷人的橐橐聲一個小夥子伴著她們看不清臉但從局部輪廓看相當

英俊她們遠離城市向那沒有燈光的小徑走去小徑通向漆黑幽暗的森林
那兒鳴叫著靜謐的蟋蟀月光粼粼地在小溪上流淌她們走進一個甜蜜的
溫柔鄉山上一定很冷他說你呀你我不知怎麼說你才好他一邊氣憤憤地
踩車一邊說昨天要你出去你說沒月亮今天有了月亮你又說風大冷照你
這樣還幹什麼呢哼你們這些年紀大的傢伙自以為經驗豐富其實是以經
驗掩蓋沒有勇氣幹啥都要找個道理道理來道理去離不了一條最好別幹
算了象我多好想幹啥就幹啥說上無名山就上了管它有沒有月亮起不起
風下不下雨哎其實象他那樣平庸地生活實在沒意思哦無名山我聽見了
你的召喚啊我心愛的姑娘我那永遠失落的姑娘我要循著你走過的小徑
尋找你蔚藍色的身影啊姑娘他媽的他又在提她的名字了他騎車緊跟在
屁股後面可惜你得不到她了她知道了你的底細知道你是個登徒子了哼
你以為這個世界能由你為所欲為想玩弄誰就玩弄誰沒那麼容易

　　背我聽聽好嗎他躺在席子上湖波嘩嘩在腳下脆生生地響雲散盡了
當空一輪孤月東西各有一顆星星西邊離月近些東邊離月遠些「在繁花
盛開的湖濱，漫步著一個蔚藍色的姑娘，她在把什麼凝望？她……」
他背了隔著他睡在另一張席子上他又背誦一些詩句都是你寫的嗎他心
中悠悠蕩著些微詩意了問當然囉怎麼自己的詩還記得呢為什麼不記得
呢正是自己寫的才記得最清楚連你的我都記得比如「在那幽靜的夏夜
晚上，我伴明月遙望那遠方的姑娘」更何況自己的呢我可是誰的詩都
不記得更不用說自己的了寫過就忘偉人的詩讀過就忘真的沒有誰的詩
我是指現代詩可以在我腦中扎根一天之久的當然原話忘了一般來說原
意大致還記得唉我們這個年紀的人記憶力蕩然無存如果我也象你一樣
年輕二十出頭還不是可以辦到當年讀唐詩過目不忘現在不行了是嗎他
問身邊的他他和他年紀相仿靜靜地躺在身邊彷彿睡去似的他答說又一
聲不響彷彿一棵草被人用手指撥動一下發出一陣響聲旋即不動了我們
都是草他想他的腦袋前面豎著幾棵長草稀稀疏疏地分開映在銀黑的天
幕上草尖時時晃動挨著星星了搖開挨著月亮了又搖開草兒離天多近就
在天上我們離地多近他想哎喲他叫起來啪在脊樑上拍了一下手攤開在

眼前一個死蚊子打癟了游泳吧他從那邊說脫掉長褲怎麼不想脫短褲脫他咬咬牙將鑲紅邊的白短褲脫掉赤條條地撲進水裡我們曾經來過這兒那時她們兩個姑娘多麼可愛舞姿多麼優美這與我有什麼關係從前旋轉過她們熱烈舞姿的地方長滿了齊膝深的荒草他長籲短歎發狂地大聲念著她的名字她是誰不過是他記憶中一個淡而又淡的影子同是一個地方有人見了涕淚交流心潮澎湃有的無動於衷他背誦著獻給她的長詩中的句子我在詩中把你比做一個莽撞的流星一頭紮進了泥沼他對臥在席上一動不動一聲不響的他說你為什麼要把我比成莽撞的流星呢他問你自己放蕩不羈還不許別人公正我告訴她是為她好也是為你好她那麼年輕而你是情場老手逢場作戲我能眼看她象一朵鮮花被你摧殘你這傢伙他罵道口吻裡含著笑意他們不會吵起來也不會為此打架的他想魏爾倫用手槍把蘭波打死了啊詩人的熱狂竟造成如此驚心動魄的後果他們不會的可愛的人他渾身上下脫個乾淨也下了水水冰涼而柔軟水色漆黑髒嗎他將手淺淺地放進水中可以看見灰白的掌心灰是清亮的他想起水面綠色的浮物下水道臭烘烘的黑水流進湖中遠方天空灰紅的濃煙他沒有將腦袋埋進水裡對面岸上燈光閃閃時而稀疏時而繁密稀疏處想必人煙稀少繁密處想必房屋稠密浩蕩的湖水隔在中間什麼也難渡過

　　喏他坐起來將去了蓋的汽水瓶塞進他手他們開始吃蛋糕喝汽水咦你怎麼把褲子穿起來了他看見他的紅邊白褲說可是他說我總覺得難為情去你的吧正人君子想不到你這二十歲的小夥子還沒我這快三十五的人開化封建腦瓜周圍又沒人怕誰看見怕月亮哦我知道了怕星星是嗎你不是將西邊那顆星比做她嗎又將東邊那顆星比做另一個情人嗎虧你還侈談什麼being close to nature葉公好龍我宣布在這兒一絲不掛是文明穿褲子是野蠻不道德他勝利了白褲子脫了下來月光毫不羞恥地照著他雪白的胯部啊nature nature nature nature我多想和你合而為一

　　蚊子好厲害嗡嗡嗡啪大腿上一個癢癢的啪手臂上一個癢癢的他倆睡在身邊一聲不響你的肉香所以蚊子愛咬他說有了他忽然閃過一個念頭將腰帶解開長褲往下拉直到褲管蓋住腳面褲腰齊短褲下緣但褲口開

著一個三角形沒辦法只好將就了風聲呼呼浪濤嘩嘩作響月兒靜靜的野草在天空搖曳銀綠的草場上到處飛舞著螢火蟲的小燈忽閃忽閃

沒意思咬死人他說手裡拎著水壺同著他倆推著自行車爬上通山頂那條陡峭的柏油路媽的哪兒都得競爭都得為生存競爭大自然中也得不到安寧他說不鬥這些蚊子就會把老子抬走把血都喝幹剛才路上碰見三個傢伙傲慢不遜竟不肯讓路衣服敞著口裡哼著下流的小調一個傢伙手持長杆放得這麼低差點把他腦袋戳了你害怕了吧他對踩車的他說老子才不怕他們老子真恨不得和他們打一架比個高低狗娘養的老子塊頭不比他們差打起架來我還不是個亡命之徒我怕誰走吧追上去吧算了他在後面說何必呢怎麼原來你怯場了我怕什麼沒有必要如果這群傢伙硬要跟你打那我也會拚命跟他們幹的但實際上並非如此因此沒必要惹是生非

上山還是不上山好呢他問我建議咱們隨便找條路只要遠離城市就行沿著它騎下去騎哪算哪累了就歇一歇大橋夜景看過嗎看過沒意思靜湖去過嗎去過沒意思鋼廠呢更沒意思凡去過的地方再去都沒意思哪兒沒去過呢想不起來算了還是上山去吧

路邊密密匝匝的松林每隔不遠可見小小的林中空地靜靜地泄著月兒的清光蟋蟀合唱著遠處隱約傳來蛙噪驀然樹枝動了一下咕咕一隻熟睡的布穀鳥驚飛發出清脆響亮的啼聲快停他說三人同時止步樹梢上空彷彿聽見扇翅聲跟著又一聲啼叫便萬籟俱寂那只布穀鳥大約隱在林深處又熟睡了吧他連布穀鳥的影子都沒見到雖然這次啼聲如此之近

他們將自行車扛上塔頂背上已滲出汗珠風很大一會兒吹得身上涼颼颼的城市的燈光形成一個巨大的半圓形環繞著月光下的靜靜的湖東邊無名山沉浸在黑暗中一個神祕的暗影蹲伏在那兒遠近的森林河流道路房屋全都籠罩在朦朧迷茫的夜色中混沌一片月亮被亭尖擋住千帆亭他說你看那些燈火象不像紅帆他看了半天不像沒多大意思他想瞧你硬要來這兒睡又有什麼意思呢晚上說不定把你凍壞怎麼可能凍壞呢他說你們把毯子全拿去我什麼都不要保險死不了這點小風都怕還睡什麼覺

他打了個噴嚏接著又是一個媽的今夜肯定要傷風他想他將捆席子的繩子解開把一床鋪在水泥地上然後緊挨第一床鋪上另一床肯定冷他說他環顧四周看見那根大紅廊柱他彎腰將兩床席子挪過來讓柱子給第一床席子擋風你睡這兒傷風的人他對不斷吸鼻涕的人說剛睡下想起沒有枕頭看看毯子皮包鞋子便將脫掉的涼鞋拿過來迭放在席子下他睡在大紅廊柱的背風處整個身子裹在毛毯裡一件外衣將整個腦袋包得嚴嚴實實只露兩個鼻孔出氣兩手順在體側面部朝上一動不動他可以不翻動身子一直睡到天亮他和他合蓋一床被子三人的頭全部對著東邊風從東邊黑忽忽的山頭吹來穿過雕花石欄杆呼呼地灌進兩耳吹進肩頭的毯子縫隙中

他只想睡覺全是為了他詩人他心血來潮有什麼辦法呢風這麼大蚊子又這麼多真見鬼還是早點睡把毯子裹緊點免得著涼已經著涼了

他想沒意思哪兒都一樣沒意思月兒在這山頭照臨和在家鄉視窗照臨有什麼兩樣這兒不過更冷罷了什麼意思也沒有倒是為了幫他尋找她的蹤跡出了把力否則他一個人決不會上這兒來

終於來了他想昨天來了該多好滿腔興致全叫他打消了不過總算來了姑娘姑娘真想你呀你知道現在除你而外我誰都不愛連她也不愛哪怕她已經對我表白了最深摯的愛只愛你真的請相信我只愛你

夜裡風聲大得嚇人他冷得把他摟住象摟住一個情人他覺得他動彈了一下彷彿害羞這小夥子女人的擁抱從不拒絕男人的擁抱倒覺得不舒服變態心理變態心理他眼睛睜開過兩次第一次看見月兒分外明亮懸在亭子頂緣下端第二次看見一個紅紅的月亮斜掛在西邊亭角四周一片漆黑恍惚中他覺得自己置身在一條黑暗的走廊中只見一盞昏暗的燈在盡頭閃爍

再度醒來天已大亮四周閃耀迸濺著鳥叫好清亮的鳴聲呀簡直沒有一絲雜質宛如透明水晶嘎崩脆響跟黑色山岩間流淌的清溪一樣歡快四周都是鳥鳴記得半夜有一種雀子叫聲像鄉頭尖一下一下敲木板似的清晨沒有了那種增添孤寂感的聲響他爬起來撒了一泡尿眺望山腳四下的

景色山樹水道路房屋花壇石碑亭尖一切都被露水洗淨清新欲滴沒有人沒有汽車馬達雞鳴狗吠只有鳥啼

　　下山經過一座水塘他看見朝陽從山邊邊冒出半個紅頭一隻水鳥從靜靜的水面遊過犁開一道黑線

　　他們回到學校離開湖邊時又看了一眼隱在輕霧中的無名山朝陽的紅光鋪在水面金光閃爍朝陽的紅鼻涕他說

＊＊＊　＊＊＊　＊＊＊　＊＊＊　＊＊＊

　　真念雙還記得，修潔音的這篇小說，最開始寫時，就是沒有一個標點符號的。但她找不到最原始的那份沒有標點符號的手稿，只有一份他發給她看的有標點符號的列印稿。記得他好像說過，這篇小說被錄用並發表後，他一看到發表的文字，就大吃一驚，因為一切都被別過來了。凡是沒有斷句的地方，都給雜誌斷句了，凡是沒有標點符號的地方，都給標點符號了。真念雙想：這是不是有點像把人的流動的思想，蓄意地添加標點符號？在流動的水中，肆意地插上標示暗礁險灘的木樁？她一早上做著拿掉標點符號的工作，為她已故的「老公」──哎，她太喜歡這個叫法了，儘管他們並未結婚，也從不打算結為夫妻，那是他們做愛時，伴隨著一下下的抽送，她會不由自主地喊出來的聲音，有時聲音大到隔壁左右都能聽見的地步，但在希臘諸島，在那些見不到一張中國臉的地方，她不再壓抑自己，不再一分分鐘地自殺自己，而是帶著哭腔，放開喉嚨叫道：老公，我愛你！老公，我愛你！並在一聲聲的叫喚中死去活來地達到高潮──正名、正身，才有了上面那篇還原的文字。人類在幼年的時候，也是不講標點符號的。讀書需要有斷句的能力。這有點像天空，沒有起處，沒有止處，任何地方都是起點，任何地方都是終點，連像在水中插木樁那樣都做不到。即使進行拉煙表演或在天空做廣告，也不過數分鐘後就消失殆盡。能把文字寫成一片天空，一讀之後留下印象，留下不加標點符號

的印象（印象從來都無法添加標點符號），那是一個不合時宜的文人所力求做到的。他的墓誌銘應該是：他決不與人世為伍。

這是真念雙與他唯一不同的地方，也是真念雙有時會拆穿他的地方。她說：你這麼想可以，這麼說也沒事，但人沒法不與社會發生任何關係。這是明擺著的。

是的，修潔音說。這是明擺著的。明擺著的事，是用不著多說的。但作為一種信念，作為一種原則，人必須與人撇清，就像水必須與水撇清，清水必須與濁水撇清一樣。古語也有涇渭分明之說，對不對？

是的，真念雙說。每當她用「是的」二字時，修潔音就知道，她進入了反對狀態。也就是說，她準備接受對方所說的一切，同時提出自己的反對意見。她不像其他的人，一上來就說：我不同意你的看法，或者說：我是這麼看的，等等。她永遠會說：是的，你說得一點也不錯，但我覺得。就像開車上道，沿著對方指的路往前走，但走著走著就把轉彎燈撥動，朝向另一個方向，你還沒有反應過來，車就左拐或右拐了，不是按著你的思路，而是按著她的思路。

她說：其實我說的都是現話，都是凡人能夠接受，也願意接受的東西。比如，要過節了，大家都過節，極少數因為各種原因而不能過節的不在此例。

他說：既然是現話，那還說它則甚？人必須獨一無二，否則就淹死了，因為大眾就是濁水。

她說：是的，我同意，但古語不是說，水至清則無魚，人至察則無徒嗎？這意思你知道的。

他說：當然知道，但那是投降主義。那個意思就是告訴你，這座國家一樣大的游泳池的池水，全都髒得一塌糊塗，你想活下去，而且還活得很好，那就跳進去吧，像那些活得很好的人一樣，在裡面優哉遊哉地洗澡。可有些人，或者像你說的那樣，極少數人因為各種原因，而不想跳進那種髒水池裡，跟他們一起游泳一起泡澡，無魚就無

魚，那就讓我這條魚要麼死在池中，要麼游到池子外面的池子裡去。

她說：是的，我們就是這樣，都游到池子外面去了。

真念雙和修潔音是一對沒有結婚，也不願意結婚，但生活過得比夫妻還夫妻的男女。他們跟別的處在婚姻中或尚未進入婚姻中的人的最大不同在於，他們從不吵架，所謂從不紅臉也。這聽起來非常理想，但也有它很不理想的一面。真念雙從前的一位同事，後來當了系主任，就曾無不擔憂地提出了她的看法。她認為，夫妻天天生活在一起，吵架是必不可少的，也是無比正常的。用手指敲鍵寫字，每敲擊一下，鍵盤就發出被敲擊的聲響，於是字被寫了出來。沒有這種手指的敲動和鍵盤的發聲，就不可能在電腦裡產生任何東西。至於鍋碗瓢盆等等互相的碰撞聲，那都是人們用來形容夫妻生活而用爛了的比喻。即便是夫妻的做愛，也是兩相碰撞，兩相打擊，兩相衝突，通過最大爭鬥而達到最大快樂的實際行動。難道不是嗎？相反，那位系主任說，夫妻之間從來都不吵架，那是做給別人看的。就算不做給別人看，表面上不吵架，心裡還是在吵架，而心裡的吵架，要比表面上吵出來糟糕得多。她所認識的幾對從不吵架的夫妻，最後不是好說好散地離了婚，就是突發事件地尋死覓活了。因為系主任和真念雙是閨蜜，所以無話不談。系主任曾有一次跟她說，每次吵架之後跟老公做愛，比任何時候都刺激、都更爽。也不知道為什麼會這樣。真念雙說，她倒沒有這種感覺。她的刺激和更爽，都是來自遠離、距離。隔得遠了，時間久了，一見面那種感覺，簡直沒有任何東西可比。只能這麼比喻，那就像天上的雨落到地上那麼焦急，恨不得立刻就下下來。

有一次，兩人做過愛，光著身子躺在床上，不知怎麼談起了醜。主要是因為真念雙說了這樣一句話：我們好上時，其實你並看不上我。修潔音抵賴說，沒有這回事。真念雙說，其實你不覺得我長得好。修潔音說，沒有的事。真念雙說，其實這就是證明，因為你沒有說，從沒有說：我喜歡你，因為我覺得你長得很美。修潔音說：你想

要我說真話嗎？你敢聽真話嗎？真念雙說：算了，別說了，我不想聽了。修潔音說：你不想聽，我倒還真想說呢。真念雙踢著腿子說：別說了，別說了，我不想聽，不想聽嘛。修潔音停頓了一下，等她靜下來，然後說：你知道嗎，我不喜歡長得太美的。停了停，他又說：所有長得美的，都是外在的。從前父親講的一個故事，到現在我都還記得。他說，有人送了一瓶茅臺酒賄賂領導，其實是為了報復，因為之前送了很多東西，最後問題都沒解決。領導收受了茅臺酒後，拿去享宴賓客，一開酒倒出來喝進口就知道上當了。原來裡面真的是原裝，原裝的尿液！這個故事本來是當做報仇的故事講的，但在我看來，修潔音說，它關於的不是報仇，而是外在和內在的不統一，外在的極其高檔和內在的極其齷齪。我追求的不是這種東西。你，雖然你看上去不如有些人那樣，給人一種美輪美奐的感覺，但和你接觸之後，我覺得你甚至比很多人都美。經過你之後，我發現我要重新定義美的定義了。比如，有十全十美，也有美中不足之美，而美中不足之美，往往才是有生命的美，因為不完整，因為不完美，因為有著各種各樣的不同。大千世界如果不是大千世界的包容，那就成為小千世界，只能包容絕對美的東西，讓其他一切都沒有生存的地位。大千之所以是大千，就在於能夠包容，包括包容我這樣不能包容也不能被包容的人。

真念雙哈哈笑了起來，因為修潔音竟然把她差點脫口而出的話也講了出來。她想說的正是這個意思。他不是個不想與世為伍的人嗎？

好像猜透了她的心思，修潔音說：我活到三十歲時，就覺得已經活到了頭，不想再活下去了。多活一天對我來說，就等於多死一天。

我也是，真念雙說。有時我真想在做愛的一刹那間，和你一同死去。那才可能是最完美的愛。所有的做愛都不完美，一做完就要清場，要揩，要擦，要洗，彷彿跟做愛有關的一切，都是不潔淨的一樣。如果愛真的那麼崇高，真的那麼至高無上，真的那麼值得謳歌，那麼，愛做完後，幹嗎要像洗碗一樣地清除一切呢？

有時我想，修潔音說，把每次做愛的經歷都重新呈現出來，從

一個藝術家的角度。比如，這個過程可以全程錄音、錄影（包括自拍），記下詳細的時間地點，把本來應該丟棄之物，如沾染了口紅和精液的手紙，以及弄髒的床單（最好能用剪刀剪下那塊弄濕的地方），把這些東西做成書，然後拿到博物館展出。共分十幾個展館，每個展館展出一次做愛場面，既有實物，也有視頻，把人生至高無上的做愛場面，活生生地展現出來。有必要的話，還可以讓曾經做過愛的人，也在這些展館進行活體展示。

不行，不行，不行，真念雙說。羞死人了，羞死人了，羞死人了！

你瞧，修潔音說，藝術家和普通人之間的差別就在於此，男人和女人的差別就在於此，我和大多數人的差別就在於此。也許，你會指責我說，你不過就是敢於想入非非罷了，讓你真刀實槍地身體力行，你肯定畏敵如虎，退避三舍，是的，你說得對，我就是如此，但我敢於把內心想到的一切筆之於紙，哪怕沒有見到陽光的可能，我也要把穿腦而過的想法寫下來，因為這是人，一個活人，一個價值不比任何人大，也不比任何人小的活人的想法啊！你謀殺自己的想法，哪怕那想法再大逆不道，你也無異於謀殺了一個活人！

真念雙想到這兒，從她孤獨的，再也沒有修潔音陪著的床上爬了起來，準備忙完早上所有必須做的事後，把他那篇（她記得他好像有篇談三十歲的文字）找出來，看他是怎麼說的。未幾，她找到了那篇文字，放在了下面。

《三十》

今天是我的生日，我的三十歲生日。

我很想邀幾個朋友來家中喝酒，慶祝慶祝。然而我沒有朋友。即便有，他們也遠在天邊。那些能稱得上是同學的人，是連生日也不好對之講出口的。

　　一個人獨自在田埂上散步。四野靜得出奇。一縷雲彩宛如黑紗，裹住了正向西方滾落的火球，剎時被點燃，放出燦爛的光彩。不遠處，工廠的煙囪仍在不倦地往外傾瀉翻滾的濃煙，一陣乾燥的南風吹來，立時感到一股刺鼻的臭味。腳下，田溝裡緩緩流動著污水，水面上一團團枯枝敗葉和死蚊子、蒼蠅，間或有一兩堆發白的東西，那是被水泡得發脹的揩過屁股的衛生紙。荷花都謝了，結成一個個飽滿的蓮蓬，荷葉肥大，重重疊迭，遮蓋得看不見下面的塘水。

　　你是誰？你要往哪兒去？你從哪兒來？

　　我很累。全身上下感到從未有過的疲乏。我感到了麻木──我坐在湖邊，遙遠彼岸的風順著闊大的水面吹來，激起陣陣雪白的浪花。馬路上一個姑娘的高跟鞋吸引了我的注意力。我開始寫詩。──我看景色，抑或說景色在看我。「我走到窗前，我被打開了。」心為什麼變得如此冷漠？感情為何變得如此冰冷？死是什麼？安於現狀，與世無爭，無動於衷，靜默、沉鬱，這一切不都是死前的徵兆嗎？

　　「Why are you desiring to be a poet?」教授考問道。

　　「That's because──」下面我回答了什麼？回答了──什麼？大腦傾刻間成了一片藍天，除了藍湛湛的顏色外，什麼也看不見。

"Most wretched men are cradled into poetry by wrong；

They learn in suffering what they teach in song"

誰是Madalo？

　　「告訴你，我不喜歡你的詩的緣故，是因為你的詩首先沒有給人美感，其次所用的意象和詞彙也是生僻的，怪異的，而且完全脫離時代，純粹描寫個人的心理感受，更為惡劣的是，詩中充滿色情的描寫，盡是雪白的大腿之類的字眼，令人作嘔。」

　　你長久地盯著牆上某個地方出神。那兒沒有Woolf所描寫的斑點。沒有斑點的空白之處往往生出深刻的含義。你在夜深對著春夜的星星發誓：我一定要像你們一樣在詩壇大顯身手，一展才華。一封封塞滿稿件的信發出了，一封封又退了回去；一封封重新寄往不同的地方。

隨著時日的流逝，我就要滿三十了，我站起來了嗎？昨天偶然碰見小李，他臉上帶著一副愛理不理的樣子，說起話來官味十足。「夥計，」我對他說。「看來你官運亨通吧。」他不好意思起來。臨了，他遞給我的明信片上果然印著：××公司副經理。他比我還小兩歲。為什麼近來專門碰到這類令人灰心的事？某某同學前不久入黨，提為副科長。××同學長篇小說已發表，受到大眾歡迎，××同事提升為處長，而你，科長前天還說：「像他這種人，得好好改改脾氣，否則，以後我們安排工作時就得考慮考慮了。」見鬼去吧，你們這些混帳王八蛋！當了官盡想著如何鉗制別人，保住自己烏紗帽，為自己撈名撈利。

那麼你又何必為此而憤怒呢？你又不想當官，又不想控制別人，犯得著為這樣的事傷神嗎？

悲哀的人類呵，為了一己之利，你們辛苦勞碌一生，耗盡自己青春和生命，最終仍逃脫不了被埋葬、火化的命運？

我死了的話，就叫愛人把我送去火化。人生沒啥意思，死了就死了，何必那樣興師動眾，搞得活人難受，死人不安呢？瘦得像竹筍的老翻譯說，他是個老右派，雖然帽子早已摘掉，至今仍是個只重用（即重重地使用）不重視的物件。他常常回憶五十年代的生活。言談間充滿了無限的懷念之情，而最動人的是曾和他跳舞的蘇聯專家的美麗妻子和姑娘。

我是誰？我到這兒來幹什麼？我去哪兒？

第一關心的事情是走路。完全沒有路的地方可以走出路來嗎？自行車老不聽話，腳一踩踏板，龍頭便兩邊搖晃起來，稍微不注意，便「哐當」一下連人帶車朝右邊倒下去。「都快三十的人了，連車都不會騎，真沒出息，」她嘲笑的聲音。管他呢，你揩揩臉上和脊樑上的汗，又一下一下滑起來。夜很靜，園中除了樹木野草，只有月光照著。你彈著吉它，按弦的指頭僵硬，不是按錯了弦，該按第四弦，卻按到第三弦，就是按錯了音，而撥弦的指頭互相之間鬧矛盾，大拇指

老想管所有六根弦。必須按一定的指法先進行練習，大量的練習，甚至閉起眼睛都能得心應手地彈奏。寫小說呢？也必須按照一定的「指法」嗎？人物、情節、主題思想，等等，那麼，你寫的這一篇小說有這些東西嗎？沒有人物，沒有具體的情節，時間概念模糊，你這恐怕不能稱為小說吧？它其實根本就不是小說，而是一項實驗。

3—│21 32│1 1̇ │ 6 1̇·5—│3 1│2—│2—│

難道真的一切都寫盡了嗎？一切都湮滅了，這倒是千真萬確。「They don't even know who Shakespeare is, those engineers!」密爾頓的《失樂園》，只有為了考試的學生才去光顧，絕大多數的人的眼中，那不過與一塊磚頭、一片木板等等無生命體一樣毫無實用價值。除了大學生活四年以外，在工作單位，算起來共有七、八年時間吧，還從未聽人提到過莎士比亞的名字。人死了就死了。即使他的作品也不能改變這一事實。芸芸眾生真是一堵難以衝破的銅牆鐵壁呀。他們的理論很對，我無所作為，一生毫無建樹，死了就死了，像獸類一樣，無人記得曾有這麼個人生活在世上，但你呢，你這偉人？你讓人世充滿你振聾發聵的最強音，你使大小臣民都倒伏在你腳下，瑟瑟發抖，為了你的微笑而歡呼雀躍，為你的陰沉而害怕得寢食不安，然而你死了後，有誰記得你？你的書不是覆上厚厚的灰塵，就是被人當作廢紙賣掉或糊牆，甚至用於盥洗。咱們都是一樣，death is a great equalizer。

今天是你生日，應該快樂一番，怎麼老想到死？

"Golden lads and girls all must,

As chimney-sweepers, come to dust.

And the sceptre, learning, physic, must

All follow this, and come to dust" [7]

C'est la vie! Better to be a live lion than a live dog。該是享樂的時候了。人

---

[7] 引自莎士比亞"Fear No More"一詩，參見：https://www.poemhunter.com/poem/fear-no-more/

認識到真理，往往總是太晚。到了老年再去追悔不該不好好利用青春時光享受一番，真不如明知晚年會遺憾，故意一定要縱情地享樂好。

「蓉，你瞧，我這身西服好看嗎？」我問她。

「可以，」她瞟了一眼，接著幹她自個兒的事，剪毛豆。

「你再仔細看一下唦！」

「哎呀，我說了可以，這還不可以了嗎？一件破西裝，還在那兒試來試去。」

「破？你看看哪兒有破的？這是麻紗的，專門在夏季穿的，懂嗎？」瞧這商標，這是日本做的，品質就是比國內好，看領子就看得出。同事起先不賣，我費了九牛二虎之力，說了一大堆好話，這才花三十元錢買來，比原價便宜了七元。」

「說得多寒酸，說好話買下來，我看並不值得。」

我在鏡前照照前面，又轉過身，想照後面，腦中想像著自己如何穿上它出現在公眾場合，一位年輕美貌的姑娘首先從司機背後的一個座位向我投來詢問好奇的目光。我在宴會大廳出現，風度翩翩，氣勢不凡，高昂著頭與上級領導和高級外賓行禮。

Beauty is but skin deep。

睡意籠罩著我。它從我靠的枕頭中間慢慢滲透過來，使我的肩背後面感到一陣陣暖意，到後來竟有些燙起來，字在眼前舞動，室外的蛙鳴時斷進續，時大時小地傳過來。我想睡，一些片斷的夢境飄過來了，一座山，在白雲中若隱若現，他喊著：你來唦。一些甜沉沉的東西，Dream: strive to do, agonize to do, but fail in doing。就是這fail in doing的感覺使人無限悵惘，而記憶對於夢只是一個篩子。

那麼，只剩最後一頁了。

只要寫完，我就可以看《文學是苦悶的象徵》、《有只鴿子叫紅唇兒》。三十七歲第一次成名，寫了二十多年。幾箱子全毀了，仍然不懈地努力。強者，你收到了嗎？一定忙得無法回信。請原諒，並沒有讓你覆信的意圖，只想交一個朋友，我的作品只為你一個人寫。反

正世人不會出錢買它們，編輯瞧不起它們，它們生活在這個世上註定是要自生自滅的，像野草、鮮花、雨水一樣。但它們與拜金求利的東西的不同在於，它們具有強烈的生命力，其中應和著大自然的呼喚，有著一種無法明言卻能感觸到的美，那彷彿是完全沒有意識到，卻整夜啼叫的小蟋蟀和呱呱叫的青蛙。少了它們，夜晚一定會反而顯得吵人。美，即不可分割的完整諧和性。一隻鞋子是美的，這是因為它使人聯想到穿它的豐腴的腳，及至聯想到那人其他誘人的部分。

又到了該睡覺的時候了。Miles to go before sleep。Miles to go before sleep。

寫吧，寫，只有寫你才能寫好。有那麼多的東西要寫，似乎天天寫，月月寫，一年寫到頭，寫一輩子也寫不完；但似乎什麼都不值得寫。看看你每天的生活吧！吃飯、工作、睡覺，這是大樹的主幹，枝葉呢？今天早上吃油條，明天吃熱乾麵，後天換湯元，外後天吃米粉，吃過後，上樓，開門，打開水，鋪開稿紙，翻譯，查字典，……。中午到了，拿飯票，照例四兩，四毛錢，飯碗，飯堂，買飯的隊伍，飯後，睡午覺，接著是下午，四點鐘，到菜場買菜，下班還差一刻，提前走，搶車，回家哄孩子，洗菜，洗碗，點一枝煙到蒼茫的暮色中散步，消消食。「It puts me to sleep more easily, you know,」The man said, as we strolled along the main street in Yichang。躲進帳子裡面看看書，書沒看完，睡意上來了，那是不可抗拒的，這時，總有一股欠缺感，好像有什麼事該做而沒做，但卻總是無可奈何地將就了睡眠。做著一些十分生動、清晰的夢。有一種朦朧的希望，那就是第二天發生的一件新鮮事情，比如說來了一個遠方的客人呀，收到一封摯友的信呀，或者聽到一首從未聽到過的歌呀，甚至哪怕看到愛人換了一件新裝也好。但她拒絕買任何新衣服，理由是目前還看不到一件滿意的。為了給她買衣服，我跑了多少地方！先是陪她花了一個上午的時間，沿街一個商店一個商店的看，打聽價錢，選樣子。有的衣服她覺得樣子不錯，但顏色太豔；有的則相反，顏色好看，樣子不美；一

位年輕的少女從身邊走過，她對我說：「瞧，這姑娘穿得不錯！」她穿的是一件低領短袖的連衣裙，全紅的，胸前一朵素潔的小白花。「如果有同樣的你買不買？」「當然買。」可是在一堆堆的裙子中發現了類似的裙子時，她又改變主意了。「不行。我和她不同，這樣的裙子太年輕、太嫩，不適合我。」最後，她在一件淺灰色的，印滿飄落的大葉子連衫裙前停下來。「怎麼，你喜歡這？」我驚奇地問。「還可以，我看見我的一個同事穿了。」「簡直醜到極點！」我在心裡罵道，但沒表示，只是說：「再往前面看看吧。」她又拒絕了兩件我看中的衣服。我幾乎要發怒了。為了不讓我太難過，她息事寧人地說：「那我就把那件買了吧。」她指的是那件灰葉子裙。那裙子有哪一點好看？顏色灰撲撲的，樣子毫無新穎之處，你之所以要穿它，不過是因為你的一位同事曾穿過，你這個人，唉，我拿你沒辦法，不過，我不同意！我想起另一件事來。我從廣州回來，給她買了兩件襯衣，她一試穿，便讚不絕口，連聲說：「真好看！真好看！」當時便換上了！第二天下班回來，卻看見她仍穿著舊衣服。「怎麼沒穿我那件呢？」我好生奇怪。「她們」指她的同事。「看了以後都說不好！」女人呀，女人，一旦你從姑娘變成女人，你就失去了鑒賞力，失去了獨立性，你對事物的看法完全以旁人的觀點為轉移，你害怕標新立異，百般追求新奇的嗜好，曾幾何時，正是你最大的特點。簡言之，你失去了最寶貴的青春。「她的一切都老化了！」弟弟和我一起在各大商場周遊，為她選擇衣服時，這樣評論道。我們花了整整一個下午的時間，午覺也沒睡，直轉悠得人頭昏腦脹，腿腳發麻，晚上做夢看見的也盡是五顏六色的衣裙，琳琅滿目的商品，和川流不息的顧客。結果一無所得。那天，我得到的教訓是，所有的衣服都是美的，沒有最美的或更美的，一切以各人的觀念，嗜好為准。你覺得哪件你最喜歡，你就應該把它買下來，穿上身，至於別人怎麼看，那是別人的事，不要猶豫，再去尋找更好的了。因為，那在下午，我和他發現了一件連衣裙，樣式很美，淡淡的水紅，上面飄著一些柳葉，很疏。

價格也很合理，9元1角。「既清雅，且適中，」我說。「她要的就是這種類型，不過，咱們等會再來，看有沒有更好的」。「行，」弟弟對哥哥的意見，總是尊重的。又花去兩個小時，跑了好多地方，實在是找不到更好的了，每件衣裙都各具特色，別有風味。看來，還是把那件買了，唯一的遺憾是，那衣裙是兩片的，而不是這位姑娘身上穿的，連成一體。我指給他看前面一個姑娘。兩片樣子是兩片的味。象三十年代的，別有一番情趣呢。

我們大吃一驚，一個年輕的男售貨員舉著掛衣鉤將擠得很攏的裙子往一個空格處移動。我左看右看，怎麼也找不到那件柳葉裙了。「這是不是剛才來過的位子？」我懷疑地問他。「怎麼不是呢？你進前面那個門，我們就是通過那個門到對面一個小商場去的。」「請問，營業員同志，剛才那件柳葉裙是不是賣了？」我問。「剛剛賣的，」他笑著說。「還有沒有。」「沒有。」

我和弟弟往車站走去。心裡後悔得要命。那件裙子始終在腦際縈繞。她穿著它在穿衣鏡前照過來照過去，笑得合不攏嘴來。她穿著它抱著孩子在馬路上玩，人們投來欣羨讚歎的目光。她穿著它摟在我懷中，她似乎成了另外一個人。一個充滿青春，洋溢活力的肉體。

「這就好比談朋友，」弟弟說。「人家介紹的，本來還不錯，無論是人品還是像貌，都比一般人強，但你想先等等，看有沒有更好的，便辭謝了。你七找八找，越找越差，比起那第一個來，不是這兒不行，就是那兒不順眼，你後悔了，想再來找那個人。結果，你發現她早已跟另外的人去了。」

It's Love that decides。

三十歲，這是個可怕的字眼，如果在事業上你一事無成的話。它將意味著，你的人生已所剩無幾，隨著青春消褪，歲月推移，你建立功勳的可能性越來越少了，剩下的唯有歎息和牢騷。至於說眼淚，那是不會再有的了。心變得一天冷似一天，人關心的只是養生之道，怎樣少得病，怎樣吃好點，睡好點，多拿點錢，少做點事，怎樣過得更

舒服，活得更久。

「非有天馬行空似的大精神即無大藝術的產生。」

「文藝是純然的生命的表現，是能夠全然65|36 6 |65 345|6-|23 45|6 7|1 76 5|離了外界的壓抑和強制，站在絕對自由的心境上，表現出個性來的唯一的世界。1 6 |55 6|76 55|56|75|16|56|76 55|56 |71|忘卻名利，除去奴隸根性，從一切羈律束縛解放下來，這才能成就文藝上的創作。」

《不安的靈魂》，這是我一直打算寫的題目。但終於沒有動筆。音樂激蕩著我，像颶風衝擊海洋。衝擊天地牢籠的海洋。天與地乃我之外形，海洋，毋庸諱言，乃是我之心靈。從小，我渴望著大海，渴望探索它的奧秘，渴望親近它的變幻多端，瞬息萬變的性格。

藝術，啊，藝術，你是這樣追求著我，像影子一樣跟著我，象夢一樣纏著我，令我迷醉，卻又難以摸透、確認。無論是在鄉間，深夜的小油燈邊，還是在駛向異鄉的駕駛台中，無論是在酷熱難耐的盛夏，還是在寒冷刺骨的嚴冬，無論是在那些歡笑、沒有虛偽的日子，還是在那些心靈流血的歲月，無論是在初戀甜蜜的約會中，還是在相隔兩地的思念中，藝術，你以永不止歇的旋律把我的不安煩惱，幸福、歡樂、爭鬥的殘酷，同處的溫暖等萬千種感情化作樂曲、散文、詩歌、小說。我是什麼？我不過是被你演奏的一隻琴。我不過是被你的風吹拂著的樹。甚至僅僅是一個音符。

「明天一定上街買個台扇，」他對妻子說。

屋裡實在太熱。汗水滲出皮膚，粘糊糊的。蚊煙嗆人，一邊的蚊子被趕跑了，另一邊的蚊子還在咬。我伏在桌上謄清《婚姻》一詩。不知是太熱，還是想到有別的事要做，我把謄了一半的稿子對折收起來，放進破書包裡。但卻走到屋外。

「別忘了把自行車扛上來！」

「又是自行車！」我煩躁地說。

「怎麼，我每天把自行車扛下去，騎著它上街買菜，你就扛個

車，算個什麼呢？」

「好，好，好，我扛，我扛，真煩人！」

我走到夜空下。在夾道的兩座大樓之間，涼風習習。五樓一扇窗戶看得見吊扇不安地扇動的影子。抬頭看天空。深藍色，無月，有幾顆幽暗的星星。

我站在五樓平臺上。變樣子了，原來四面透風的圍欄，現在有一邊已用磚搭了半截棚子。真醜！風現在只能從一面過來了。真醜！黑暗中，地上想必有雞屎和小孩拉的屎尿。等會怎樣鋪席子睡覺呢？人們不擇手段地搶佔空間，連樓頂平臺也不放過。為了生活，為了生活，人們已經下降到與豬、狗、雞、鴨同等的地位。比它們還不如！遠處，燈火圍成一道光鏈，閃閃地包過來，疏的地方是無人居住的田野，密的地方是居民集中的鬧市。天上的星是被它們沖淡了。熄滅吧，人世的燈，讓我更清楚地看看星星。

可是，他們畢竟不是獸類。你聽，屋裡傳來音樂。你看，綠紗門中，螢光屏一閃一閃，沙發上的人正聚精會神。不，他們仍是會享受的獸類。他們吃飽了，喝足了，只有大腦是空的，需要用雜訊和圖像去充斥。武打。僅此而已，教育，是的，教育人人成為一架能不斷工作，服從命令，不愁衣食的機器。文明的愚昧。進化的野人，必須回去，還有那麼多的事要幹。尼采。廚川白村。《一隻鴿子叫紅唇兒》。寫作。其實，很早就可以上床睡覺，抱著老婆，孩子，一覺睡到天亮。舒舒服服過個早，etc etc。

我仰天長歎，對著星星說（落到這個地步，無人可與之傾吐肺腑），自我懂事以來，我何曾睡過安穩覺？夜裡，我常常哭醒，（那是三歲，還是兩歲？）看著玻璃上燈光映出的自己的小影子，我越哭越厲害，越哭越響，直到母親從幾十米外的辦公室趕回，哄我睡著。（那時，天天夜晚母親都要工作，真奇怪！）下放後，我獨自一人擁著被子，在搖搖欲墜的磚牆下，就著昏黃的燈光，看高爾基的——什麼書？現在竟然記不得了。一直看到夜深。還寫日記呢。還有些夜

晚，幾個人圍坐在床上，打牌，三打一，來煙，夜裡打牌，白天睡覺。尿就拉在老鼠在地上打的洞裡。痰隨地亂吐，根據方便。臉朝牆時就往牆上吐，都吐凹了。還有的時候，遠離父母，遠離親朋好友，一個人在薄薄的被子裡凍得發抖，把所有能蓋的東西都蓋上了，喘著，呼嚕呼嚕，像只貓，整夜不能睡，恨不得死去就好。另外有些時候，在什麼地方？誰還記得呢？反正不管什麼地方，夜都是同樣的黑暗，神祕，時而炎熱難耐，時而酷寒難當，充滿危險，充滿誘惑。另外有些時候，我受著欲望的熏熬，真正是欲火攻心，無法壓制。眼前出現各種各樣的女人：有穿超短裙的，有歪戴涼帽的，有的手拿小手絹掩著笑嘴，有的吻著另一個男人，但她們的共同特點是，都裸著胸，露出豐滿的乳房，富有彈性的乳頭，腳下穿著又尖又細的高跟皮鞋。我沒法叫自己不手淫。她隔得太遠，遠水不解近渴。即使就在身邊，由於膽小，也不敢冒昧地動手動腳。更因為自己長得醜，生性害羞，不敢與別的姑娘接近，而別的姑娘也不願接近，以致只有像個偷偷摸摸的人，白天收集一些美好的印象，儲存在大腦中，夜裡再拿出來一個個細細品嘗，玩味。這是一種什麼樣的生活啊！但從來未有人在背後議論過你。你正像人們常說的那種「正派的男同志。」

寧願為了淫蕩而去坐牢！

一進大學，就沒有一天夜裡是十點鐘以前睡覺的。以後乾脆推遲到十一點，十二點，一點，甚至兩點。寫呀，寫，整整四年。結果呢？

「學問就像是高懸中天的日輪，愚妄的肉眼不能測度它的高深；孜孜屹屹的腐儒白首窮年，還不是從前人書裡掇拾些片瓜寸鱗？那些自命不凡的文人學士，替每一顆星球取下一個名字；可是在眾星吐輝的夜裡，燦爛的星光一樣會照射到無知的俗子，過分的博學無非浪博虛聲。」[8]

---

[8] 引自莎士比亞《愛的徒勞》，參見：http://writesprite.com/7253

今夜我一定要早點睡，有時，我這樣勸自己道，既然學了和不學沒有什麼兩樣，甚至不學生活得更好，何必苦熬呢？我睡了。那是婚後，我整整早睡了兩個月。也許，知識也像野草一樣，會自然而然地為大腦所接受，自然而然地生長起來，與其過份地使用大腦像過份耗盡地力一樣令其貧瘠，不如使它休耕，以便各種各樣的知識像野草一樣繁殖。兩個月過去了。我沒有絲毫變化。唯一的變化也是，我更厭倦生活了。如果書能代替生活，那幹嗎不生活在書中呢？但書不能當飯吃，還得買菜，弄飯，洗衣服。不是你在生活，還是生活在生活你。

那樣多的夜晚都是滿滿的，沒有夢，只有勞役，自己強加於自己的勞役。白天同夜晚一樣，也是勞役，另一種勞役。更加難受。

這勞役不是勞動。它已失去了原來的意義。人不知為誰而做。每月的工資是冷冰冰的。Theoretically it represents the equal pay for equal work. In practice, it isn't。誰也不知道結果怎樣。你工作得多，無人讚揚，工資也不隨之增加，反而有人會背地指責或當面暗示你求多求快而忽視品質。你工作得少，無人批評，工資也不隨之減少，甚至會有人說你是因為注意品質而降低速度，是可以接受的。當然，也有人會抱怨說你雖然品質差，但數量少。其實，根本問題不在於此。那麼，在什麼地方呢？你做了，卻不知為誰而做。你做了，卻不知有何用處。也許，一輩子只是在重複進行將石頭推到山頂，滾下來，又推到山頂的無效勞動，然而，你又能還會因此受到表彰，說你發揚了光榮傳統，有「老黃牛精神」。見鬼去吧，老黃牛！時代已乘著太空船，進入浩瀚無際的空間了。

那件事發生在十幾年前，十幾年前？十五歲？不，應該是上小學的時候，十歲？可能總是那個時候吧。在澡堂和一排職工宿舍形成的一個牆角，我和小朋友們不知從哪兒弄來幾棵絲瓜秧，栽在那兒。我從農具店趁人不備，弄了一塊化肥，是白色的晶體，一見陽光便溶化了，扔在秧棵旁。隔幾天看一回，澆一回水。那兒陽光很少，因為東邊還有一道圍牆。每天只有一兩個小時陽光才探頭看看牆角，接著就

越過房頂到另一邊去了。不過,絲瓜長得挺好,開始是兩片葉子,不久,又生了兩片,四片,八片,還冒出捲曲的柔絲來。絲瓜藤越爬越高,快爬到澡堂矮房頂了。我們可高興了,回去告訴爸爸媽媽,說:「我們的絲瓜開花了,是金黃的,再過幾天,就可以結絲瓜了,又長又大的絲瓜!」爸爸媽媽不信。我們堅持說會的。有一天,我又去看絲瓜,突然大吃一驚,看見局長,那個瘦長的山東人,正站在絲瓜藤旁,手裡轉動著一枝絲瓜花,那樣子像好玩似的。一邊操著濃重的山東話說:「這是你們種的嗎?這可不行,這東西招蚊子。」「你幹嗎摘花?」我急了。「要結絲瓜的!」「你還想結絲瓜?」他不屑地說,同時伸手又摘下一朵絲瓜花,那花似乎就是我的心?噢,揪心般的疼啊!我和小朋友們都敢怒不敢言,以後,雖然那株絲瓜沒有死,但由於花全部掐光了,樣子怪可憐的。

我至今一直不記得那件事,偶爾說起,也是一笑了之,但不知怎的,一見別人隨便掐花,我總是心疼,我自己不是萬不得已,一般也絕不摘花。

我恨那個大人嗎?不恨,恨也無用。只是現在作為一個大人,將心比心,我仍然揣度不出那個人當時掐花的心理。也許以我小人之心是揣度不出那君子之腹的吧。

「從個人奪去了自由的創造創作的欲望,使他在壓迫強制之下,過那不能轉動的生活的就是勞動。……人們若成了單為從外面而逼來的力所動的機器的妖精,就是為人的最大苦痛了,反之,倘若因了自己的個性的內底要求所催促的勞動,那可常常是快樂,是愉悅。」[9]

該到什麼地方結束?需不需要重新開始?怎樣開始呢?必須忘掉一切。燒掉一切。草稿。書信。詩歌。譯文。小說。歌曲。還有什麼?自己,自己是不能燒掉的。可悲的事實。那麼,可以毀掉舊精神

---

[9] 引自《魯迅全集》(第十三卷),參見:https://yd.baidu.com/view/96d5e77b5f0e7cd185253635?cn=1-21,2-22

嗎？整整積累了三十年呀。沉積岩。強風化、弱風化。新鮮岩石。對每個人，人生只開始一次。對人生，每個人只開始一次。不，多次。童年、少年、青年、老年。男人和女人結合，開始。男人和男人相交，開始。學一門知識，開始；另一門知識，開始，難以達到終點啊。

為什麼我要寫？為什麼我不願寫？為什麼你一封又一封地投稿？為什麼你煩躁不安地等待著他們退稿？為什麼老想看到雜誌登上你的名字？難道人生在世目標就是這些：功名利祿，無上的權力，隨心所欲幹自己要幹的事？最高的應該是國王或皇帝或國家主席，他應該是最幸福的人吧？但從那冷冰冰的標準像上，你看得出一絲一毫幸福的痕跡嗎？他厭倦了山珍海味，到了要吃醃菜的地步；他看中了哪個女人，那個女人就必定成為他的妻子。他享盡人世間的榮華富貴，他要什麼有什麼，但他不滿足。因為事實上他不能做到要什麼就有什麼。他有權力僅限於他用強權控制的國內，世界的其他部分並不聽命於他。而他卻要統治全球！人不能萬歲。而歷史上的暴君說來也未活過一百歲，真正長壽的人正是與暴君相反的心地善良，清心寡欲的人。當然，還是當暴君好。歷史永遠記得你。公正的歷史將一分為二地看待你：是的，你殺了一億人，但你不久又生了一億人。

北斗。都說北斗的斗柄所指的方向朝北。可今夜看到的方向明明白白朝東。略微有點向北偏斜。幹嗎不叫東鬥？東鬥，就是東鬥。一切都可以重新開始。一切物都可以重新命名。

辦公室裡，放著一盆盆花、草。

「這叫什麼？」老編輯問我。

「仙人──餅。」

「嗨，哪是餅呢？是掌。那麼這個呢？」她又指著一盆問我。

「藤草。」

「龍鬚草。」

「誰記得住這些學名？反正是人起的。以後我也懶得把大腦塞滿一些無用的詞，愛怎麼叫就怎麼叫，只要我知道，明白就行。」

有一顆星很亮。它在頭頂上方。我直盯盯地瞧著它。你知道，這時我的心中是沒有任何感情的。沒有那些「Twinkle, twinkle, little star」（明亮的星星的眼睛）等等諸如此類的傷感，它們令人作嘔。有些詩人的感情已經運用得那麼自如，就像演員演戲一樣，只要想哭，手往眼上一抹，大串淚花就滾下來，比屙尿還快。我敢坦白地說，星星離我太遙遠，我看著它們時，很難產生任何幽思邈緒。那不過是一個星球。它很亮。它在天上。我仰望它。為什麼我不是俯視它？對於它上面的人來說，我不是隔著永遠無法逾越的浩茫宇宙俯視著它嗎？是的，我們互相俯視。它的確很亮。周圍的星星那麼疏，擠得那樣緊，好像害怕失落，害怕離群，差不多是混沌一團，分不出清晰的輪廓。而這一顆是獨立的，孤零零的，因此特別亮。混沌一團發出的光，不知怎麼，都沒有單獨的光鮮明、燦爛、耀眼，雖然一般來講光線要強烈得多，但總是給人一種模糊感，一種沒有稜角的無輪廓感。

我看著它。它看著我。我們相互俯視，中間隔著一個浩瀚無際的宇宙。

今夜我在這兒，明天呢？那又怎麼樣呢？這是無法避免的。但我可以自由來去。床上並沒有鎖。老婆也不是獄卒。月亮是不拒絕人的。清風屬於大家。特別屬於我一人。滿抱的風。金黃的月。初升時都是金黃的。剛剛露出牆頭。牆更黑了。切線分明。蒼白了，到中天時。我該下去了。為什麼到中天時，蒼白了呢？自然的規律。它是沒有情人的，終古如斯，獨來獨去。自然規律，因之而純淨、明潔、鮮亮。人不行，混和即生命。蒸餾水是純潔的死。我不追求蒸餾水。我是河，混濁的河。我寬闊，我狹窄，我很淺，看得見光禿的底，我很深，潛流中夾帶著各種物質。我從高處而來，我流向大海。海是我的毀滅。因此，我逆流。徒勞無益。我渴望雨。雨是我的再生。我積雪。覆蓋峰頂，再度奔瀉。我開始。我終結，終古如斯。我河。

沒有梭羅。NO，Thoreau！只有小隊長，大隊長，酒肉。甚至神農架。甚至大興安嶺。呵，現代文明的頭顱，原始野人的心。我恨！

這樣熱！整座武漢燃燒著。幾百萬露天，蚊蟲無力地扇幾下翅，急遽地墜落，昏過去了。白天熱死了，夜合上棺蓋。電扇製造熾烈的空氣。夢打著擺子，喊「我熱！」下水道充滿臭汗。

回憶吧。只有回憶。什麼？去年今日？前年今日？熱。沒法寫下去。

三十歲，然而一事無成。他是三十七歲成名的，二十年的苦鬥。我呢？十二年。不短呀。按我的才能，哪裡低於經常在報上發表文章的二流文人呢？有長篇文章介紹他奮鬥的經驗。他如何寫呀！寫，寫了幾大箱；退了稿再投稿，持之以恆。如何深入生活，跟山民住在一起，忍受著蚊子的毒咬，等等。人一出了名，連他如何吃飯也會成為供人學習的事蹟。難道我沒有許許多多值得人學習的東西嗎？

但你什麼也不是，你所幹的一切一錢不值。

人不應該盡考慮這些。你有時這樣告誡自己。名聲並不是唯一重要的事情。利益也不重要，你翻開雜誌，上面有成千上萬篇文章，有成千上萬個署名，你再合上雜誌，捫心自問，這些名字中有幾個你能再記得起？可以說沒有人，那些全國或全世界都知道的人，他們的命運也不見得更好。著名的名字或許可騙得一些讀者和觀眾，但最能打動人心的不是人名，而是作品本身。讀黑塞的作品，你有一種感覺，即Henry James所說的「atmosphere of mind」，你全身心都浸淫在整部作品的氣氛、情緒之中，以致掩卷竟會覺得這部作品的「我」不是別人，正是你自己。

又到了下班的時候。我感到異樣的疲倦，下午並沒有幹什麼很累的事呀。而且中午睡了一個長覺，四張椅子拼起來，擺在正門的過風的地方，風呼呼地從身上掠過。一睡就是二個小時。起來後（愛人正在洗澡，猛聽門外不遠處傳來一陣女人的尖叫，緊接著是一聲：「你個婊子養的！老子打死你！」的低沉的男低音。女人拚命的嚎哭。腳步。追。扯勸的聲音。「哦，」愛人在澡盆裡說。「我知道是誰了，就是那個愛搶咱們欣欣的人，叫×××的，他家在鄉下，愛人是武漢

的，這次他把父母都接來了，愛人不同意，他說：「不管你同不同意，我都要接來，你不同意，老子就離婚。」）就給他寫信，那個寫《紅唇兒》的作家。我是這樣寂寞，這樣厭倦了周圍的生活。我真希望每天發生一件新事。但每天都一樣，毫無變化，給同學、朋友、雜誌社所寫的信，總有五十多封了吧，至今沒有回音。每天，送報紙的人從我門邊走過，看也不向那兒看一眼。只有報紙，沒有信。一天過去了。只有報紙沒有信。一天又過去了。只有報紙沒有信，一天天地過去。

也許，哪一天完全把有關信的事忘得乾乾淨淨，信就會來的吧。過去曾有過這樣的體驗，一連幾天等信等不來，後來等倦了，乾脆就不去想它，把全副精力放在其他的事上，結果信反而來了，正是在忘我的日子來的。這一回，連這一招也不效了。一個多月來，除了遠方幾個朋友的來信，雜誌社連一個字也沒見到，儘管我投去的稿件如雨點一般。前不久，《文學報》刊載了一些讀者的來信，反映編輯工作中存在的嚴重不足之風。有的人投稿幾年，不僅一篇未中，而且一篇也未見到回返。有的人實在逼得窮途末路，便採取欺騙的手法，在自己的本名後面括弧「女」字，並附以漂亮女郎的像片，這樣立即博得編輯青睞，作品得以出版，而且編輯本人親自登門拜訪。還有的作品的確不夠發表水準，因為無人引薦，無論投到哪裡，結果都沒人要，最後在本名前面再冠上某個老作家的名字，一下子就被人接受了。看了這個消息後，心情無比沉重。那種懶惰的勁頭又上來了。最近，這種懶洋洋的情緒一直像夢一樣尾隨著我。該工作的時候，我啥也不想幹。面前放著那麼多書，如《美學》，《查拉圖斯特拉如是說》（英文原版），翻上兩頁就放下了，味同嚼蠟，它們再也不可能產生那種漩渦一樣把人吸走的效果。……Taylor送給我幾本最新的*Newsweek*和*Time*。其中一些有趣的文章我想譯下來，投稿發表，賺取一點稿費。現在，這也顯得毫無希望了。論幹勁和水準，我一天譯萬把字不成問題。但是，有什麼價值呢？我坐在桌前，雙手抱頭，眼神呆鈍地盯著

面前那堆死板板的書。再不是就到隔壁的《快報》編輯組去，跟幾個
編輯聊天，或者看看報紙。無聊極了。而且，很快就到了下班時間。
我摸摸肚皮，中午吃的飯還沒有消盡。半滿的。回去吧，拿書包，裝
幾本書，還有剛買的茶，搭車，回家。

　　今天，肯定會有一個朋友來玩。我去買啤酒。是兔子，他帶來了
好消息，下月去香港。是一封信，從國外來的，是那個詩人。不，是
作家本人，他額頭滿是皺紋，風塵僕僕，笑容可掬地問：「你就是潔
音同志吧？」「是的？你呢？」我伸出手去。「高行健！」「哎呀，
這真是太好了！」我們面對面坐著，我們談文學，一見如故，儼然一
對久別重逢的故友。我一手提著網袋，一手抓著頭頂的拉杆，擠在人
堆中，看著車窗外，行人、自行車、一排排平房、商店、樓房、小塊
田野，從眼前掠過。我什麼也沒看見，只看見自己在張羅菜肴，在舉
杯祝酒，在——我的妻子和孩子出現在面前。孩子坐在枷椅裡，妻子
在炒菜。屋裡還是那些家具：縫紉機、答錄機、新買的電扇，放在老
位子上，就是那張小矮黃凳上，白色的電線蛇一般拖在地上，鑽到床
底下去了。一切都是一樣。沒有絲毫變化。我差不多要瘋了。

　　晚上我得出去，我想，騎自行車慢悠悠地沿路逛逛，把車歪放在
堤邊草地，跳下河洗個清涼的澡，然後在星光下散散步。河水污染得
這樣厲害，黑得像瀝青一樣，而且臭氣刺鼻。這怎麼遊哇？大道上卡
車往來如梭，速度之快令人眼花繚亂，經常逼得人不得不緊貼樹或趴
在路邊等車過去再走。車燈刺得人睜不開眼，無法騎車。

　　我一邊散步，一邊在腦海裡想像著這些情景。

　　現在，我要——我應該談談我的構思了。

　　「真是藝術的生命。求真是藝術的必然。失真是藝術的失敗。」
雜誌上一位作者這樣說道。我笑了。在心裡。這種話說了不知他媽的
幾千遍了，還在說。淺薄無知的雜種！稿費總算得到了。

　　一幅大型照片。《海濱松林》。前景：松林，礫石累累的海灘；
背景：大海，地平線，藍色的天空。多麼逼真的畫面。瞧松針割裂的

藍湛湛的斑塊。攝影家的解釋使人氣餒。那片海水不是海水，是膠帶。是纏在樹與樹間的一長條藍膠帶。求真？它是藝術的，但它本身是假的。求假？真中有假，假中有真，真假難辨，這才是藝術？一切寓於一個統一體中。

我想起廁所屎尿的臭氣和玫瑰園中的花香混合在一起所給予我的一種一剎那間的感受。那不是通感所能表達的。最悲哀的時刻，甚至有幾許，不，甚至有著同樣強烈的快感，快樂，和悲哀一同顫動。那是和絃。是混成。是男女無間的交媾。理智在這兒宣告失敗。科學無法令其分開。萬物溶匯一體。你諦聽遠處火車的轟鳴，唧唧的蟲聲頓然消失；你轉而尋覓蟲聲，那輕撫耳鬢的夜風即不知去向，然而它們無時無刻不在你周圍，滲透你所有的毛孔，沉澱在你深深的心底，那在溝中潺潺的流水，垂甸甸的花朵經了軟風的摸弄，向下滴著露珠，星星無聲地眨著眼，這些都既單獨存在，又合入一體，難解難分。你把注意力轉向一物，它物便成為底色、基礎。對任何事物來說都是一樣。生和死是同義語。生即死，死即生。

天空把胸脯緊貼著地面。地面凸現出一個人的形狀。一具屍體。眼窩是空的。長著兩株樹，結滿了眼睛。沒有手，沒有腳，只有生殖器，高高地勃起，分界線的唯一。

應該這樣構思。今天不是我的生日。是7.11號，再過七十八天，就是。但今天是我的生日。這很假，但今天應該寫成我的生日。寫得使人相信就是我的生日。今天寫的東西不超出今天所見所聞以外。明天也是如此。當然，今天有回憶，也有憧憬，只要是美好的，或者是醜惡的、不祥的，一概加以記錄。今天發生的、回憶的、憧憬的一切與昨天的、明天的，絕對不會一樣。當然可能相似，記憶已經破壞到如此地步，我無法回憶昨天。甚至一小時之前發生的事。或許是誇大。應該說，記憶底片部分曝光了。全部曝光了？如果是攝影機，那它根本就沒按快門。對，是因為沒按快門，一切才沒有進來。但進來的，無意識地，是什麼呢？胸脯。彷彿打足的汽球。這樣。童年、青

年，到現在為止。經歷了人生哪幾個階段？思想上有哪些成長？母親給了我一副強壯的身軀，是唯教會我精神不死？二十年前的事，記得麼？一個一個的腳印，在潮水沖刷的岸邊，找得到麼？那麼，寫總的印象。按《追憶逝水年華》那樣，憑著一個個小小的物件去尋回一個個逝去年代的回憶吧。已經做過了，就再沒意思，為什麼不能利用那十幾本日記和三、四十本箚記呢？為什麼不可以採用拼貼、省去標點，不連貫等各種手法來表現自己呢？啊，創造的生活，永不枯竭的生命之泉。甚至可以作曲，甚至可以灌唱片，將磁帶整個地夾入。

應該有一條線，什麼線？時間、地點、人物？混沌三十年。淵博的無知。

我不願坐在桌邊，寫呀，寫的，真想出去，活動。自行車周遊世界。帆船暢遊四海。大浪。神祕的異鄉。熱帶姑娘火辣辣的眼睛，攜去乳尖之芳馨的風；火燒雲；椰樹；塔希提島，高更。現代文明的墮落！去與土著結婚吧！

我在這無形的牢中寫不出任何東西。我渴望新鮮。《一千零一夜》的國王，我羨慕你。但願每夜有一個新姑娘給我歡度良宵。我沒有能力，我寫不出東西，是嗎？為了寫，我必須寫。紙在筆下窸窣地響。它在呻吟。它受不了筆的鞭笞。什麼地方電話鈴響個不停。什麼地方汽車喇叭鳴個不停。什麼地方錘子叮噹地響個不停。風還在吹著。餘光中，樹不停晃動。窗戶是靜的。「啪！」原來一枝煙掉在墨水瓶後。是他扔的，老翻譯。他坐在我的後面。我坐在門前，左邊對門，右邊對窗。從前，他坐在我前邊。最原先，他坐在我後邊。房間沒變。窗戶沒變，樹沒變。坐的位置變了，先是後邊，再是前邊，現在是側邊。將來呢？這其中不會沒有意義吧？

但我必須寫，明知道無話可說，無事可寫，不值得說，不值得寫。這就是三十。你須三思而行。行嗎？行吧。還不來，還不寫信來。你當不了詩人。你的詩寫得平淡無奇。「反正也不想多的，到了四十左右，能出一本薄薄的詩集。過幾年娶個漂亮的妻子，打一

房好家具，結婚，生孩子，當老子。奢望談不上，欲望有一點。」
「嘖，嘖，嘖，這種文科大學生！」「我們走的路不一樣，至於真是
什麼，總會找到的。你不睡午覺嗎？」「不睡。」「一般還是睡的，
是嗎？」「是的，但你是遠道而來，午覺就無所謂了。」「是這樣
的，哎，不過，但是，倘若——我想還是，我一般。」「睡午覺的，
是嗎？」「對，但是，你也難得，我們不一樣，這次，我很忙，你
知道，跟大家的見面都很短暫，匆忙。」「不要緊。」又一封信枕
在肘底。字跡一看就認得。厚厚的，退稿。裝作沒看見（怎麼又退
了？）。寫下去。裝作沒看見（昨天也退了，只有三份，另外兩份可
能有希望）。不寫了！無聊！無聊！火車吼叫。電話鈴仍在響。風騷
動著樹葉，蟬兒開始了。煙頭剛扔到下面去了。已經熄滅，垃圾。

"Corruption knows no class distinctions."

"Power corrupts; great power corrupts greatly."

部長、將軍、司令員的兒子姑娘們在組織性解放委員會。舉辦
黑舞會。《梅山奇案》。專政機關正在專政別人，保衛自己。錄影機
貪婪的鏡頭對準了少女高聳的乳房和少男伸出去舔乳頭的流著涎的
唇；對準了張得大開的豐滿雙腿和即將插入陰唇的勃起的陰莖；對準
了喝得爛醉如泥的男男女女精赤條條地擁抱在一起，伴著嘈雜刺耳的
音樂，瘋狂地輪流跳迪斯可、探戈、倫巴、桑巴、塔蘭特拉、布瑞克
午。廠長、黨委書記、經理躲在小房間，肆無忌憚地欣賞大裸體、生
殖器特寫、性交特寫；工人、幹部、學生躲在小房間，肆無忌憚地欣
賞大裸體、生殖器特寫、性交特寫；丈夫、妻子、男朋友、女朋友，
以及沒見過世面卻有所耳聞的人，也都憑著豐富得可以作肥料或營養
品的想像力，構思著大裸體、生殖器特寫、性交特寫。

誰之罪？人自己。人有向善之欲望，又有趨惡之本能。連闇人見
了美女也不能不動心，連罪犯有時也會做出驚天動地的業績。只有大
惡，方有大善。每日像土撥鼠般生活，靠著小聰明，既不吃人虧，也
不占大便宜，苟且地幻想著滿足一些與食欲類似的泄欲。或者靠發表

輝煌的言論給自己製造一圈虛光，吸引愚蠢可愛的女性，來滿足那埋藏在心底的罪惡欲望。啊，中國人，你使我嘔吐不已！

　　清晨搭車上班途中，我被一些回憶激動著，那是關於愛情的回憶。寫成小說，題目應該是《愛情的故事》。我開始構思。首先，採用什麼樣的方式敘述呢？人物至少共有六個，即三對夫妻。他們之間的關係錯綜複雜。以誰為中心？當然是自己。從頭講起嗎？那多令人厭倦，多麼冗長乏味。倒敘、插敘、順敘相結合嗎？過於傳統，讓每一個人出來講他自己的經歷，談他對別人的看法，對他自己的看法。這主意不錯！但也有先例。《叫紅唇兒》就是採用的這種手法。一種格局一旦形成，要跳出這個格局的束縛，是相當困難的。創造即跳出！深感無能為力。再沒有其他的好辦法了。

　　一進辦公室，又什麼都不想幹了。這是什麼原因？辦公室有什麼東西在起著抑製作用？桌子、椅子，一切都在老地方。甚至擦著窗檻的樹葉也沒變，仍然是綠的。仍然像昨天一樣在風中搖動、喧響。一天和一天的區別只在日曆上可以看出，而我們辦公室的日曆，日期仍然停在三個月前。誰也懶得去撕。只要別忘了發工資是哪一天就行。

　　蚊蟲叮得人發癢、發瘋。腳抓爛了，有的地方破皮，有的地方在流血，然而，我逼著自己拿起了筆。我已經習慣於一種麻木的惰性。認為與其幹了毫無結果，不如不幹。剛剛把82年到83年的日記翻了一翻，那樣厚厚的兩大堆，正反都寫滿了字，一頁頁看下去，不得兩天兩夜是看不完的。我當時寫得真多呀！我怎麼那麼能寫？每天發生的事情多得使我寫到轉鐘都寫不完。而現在，情形恰恰相反，我必須極力思索很久，才能勉強回憶起一天發生的事情。這些事情非常瑣碎，瑣碎得無法描述，描述起來也毫無價值。

　　我一回到家裡，愛人便告訴我：「他剛剛睡著，小聲點，別把他吵醒。我一直在忙，先是洗米，然後洗菜，跟著洗了兩件衣服，收拾了一下桌椅板凳。這會兒剛得空，馬上又要弄菜。」她一講起來就沒完沒了，跟外事處那個小×一樣，絮絮叨叨，囉哩囉嗦，驚憶力是那

樣好，可以跟你把早上起來到晚上睡前發生的事情從頭到尾，倒背如流。

女人就是純肉體。會說話、有感情的動物。吃飽、睡好、打扮得花枝招展，心靈上得到虛榮的滿足，於是便嬉笑顏開。「不吃點喝點，留著錢幹嗎？」一個女鄰居常說。「人死了就死了，何必老是那麼悲悲切切的呢？死人又不知道，都是做給活人看的。活著嘛，就應該快快活活過日子。」這句話是一個老革命幹部的女兒口中發出的，她在和另一個圖書管理員交談，被我偷聽來了。

我的欲望都滿足了，我吃得很飽，也很好，喝了啤酒；飯後還抽了煙，像個神仙；不久，又開了一個大紅西瓜。只要想睡，隨時都可以舒舒服服地挨著老婆孩子躺下，同時將旋轉的電扇對著我。但我總感到莫名的空虛和寂寞。我像往常一樣出去散步，又像往常一樣回來，但卻不像往常那樣，每次回來都有新的感受或者新的思想，可以在紙上加以闡述。我回來後，只是感到更加疲倦。這環境無法改變。我想去別的地方，我卻去不了。我拿工資，卻沒有錢。我想回家休假，卻不能回去。作者可以隨便安排主人翁在最孤獨的時刻去妓院酒館消遣，尋歡作樂，這兒卻沒有這種地方。《地道》中的那位畫家可謂孤獨寂寞之至，他長得貌不驚人，他生性膽小羞怯，怕與女人接觸，總認定自己一生與女人無緣，但畢竟最後鼓足勇氣向那陌生女人開口時，還存有一線希望，因為他那經常上報為大眾所熟悉的著名的臉被她認出來了。假如我也這樣苦苦追求一個女人，最後也下定決心，孤注一擲，我能有他那麼好的運氣嗎？就是說我的臉相能被人認出而感到至少是不討厭嗎？不能，絕對不能。我，只有我的熟人認識，而我的熟人其實最不瞭解我。他們有的說，這人沉默寡言，不苟言笑，老是陰沉著臉，出來進去也不跟人打招呼；他們有的說，這人性喜孤獨、清靜的生活，自命清高，是個閉門讀書的書呆子；他們有的說，這人很聰明，他反應快，工作能力強，據說還參加了今年的研究生考試，就是有點自高自大，瞧不起人，脾氣也很急躁。這些人都

不瞭解我。我不需要人們的瞭解。我不準備向任何熟人傾吐衷腸。

可悲的是，目前我已沒有了過去那種尋找一個陌生女伴的渴望了。如果說，女人代表的僅僅是能夠滿足性欲的肉體，那麼，我可以宣布，說現在起我不需要任何女人，欲望一旦發洩，原先看來那樣妖嬈動人，光彩奪目的軀體，竟然比一段朽木還不如。我厭惡同性戀。但很奇怪，不知是在夢中，還是在某一天白天，我看見了一個小夥子，我覺得他特別可愛，不長不短的黑髮，柔軟，富有光澤，頎長的個子，一望而知是個有教養，又不乏風度的青年。我和他很容易地就混熟了，兩人住在一起。我們過得很好，我感動我這一輩子可以不再需要女人了。在一個家庭中，不是男人改變女人，就是女人改變男人，保持各自的獨立性很困難。有的男人變得比低級動物還不如，他苟且地幹著一切，洗衣、抹桌、掃地、洗尿片，而女人則變得暴君一般，指揮男人幹這幹那，她自己呢？躺在床上聽音樂，打瞌睡，或者抱怨這也不好，那也太差，或者打扮得時時髦髦，到舞場上去解悶。我不願做那種男子，但我不得不做。出於義務，出於自尊。她雖然差不多囊括了全部家務，但我並不感謝她，因為她不斷地向我表白，這也是我做的，那也是我做的，我是在為你服務；你雖然做了一點事，但那算什麼？又有幾多呢？一個人如果替人做了事，不僅心裡想，要索取別人的報答，而且嘴上還表示出來，這對於做的一方來說，表明他（她）的動機不純，實質上還是為了自己；而對於被服務的人來說，也覺得不是滋味，不如以後誰也別替誰幹好了。什麼是真正的愛情？夫妻間是不可能有真正的愛情的。實際上，越是夫妻，越沒有愛情。

熱，真熱啊。桌子是熱的，寫字不得不用報紙墊在下面，免得汗水把稿紙打濕。電扇不停地扇著，到後來，扇出來的不是風，而是火。蚊子都熱得不出來了。我必須誇張嗎？實際上，有幾個蚊子在風中飛動。好，來了，蚊子來了，回憶來了，下放，水利工地，山谷，桑葉，滿地桑葉，小河的水，從一個大石躍到另一個上，跨過小河到

對面的村子。什麼名字？什麼名字？到底是什麼名字呀？！名字沒有意義。村子是跟那件繁花盛開的襯衣聯繫起來的。村子是跟我跳得發痛的心聯繫起來的。村子是跟那個舉止浮華的年輕人的評價聯繫起來的，「慧珠是我們這兒長得最漂亮的姑娘。」名字沒有意義嗎？但她的名字是我接觸的千千萬萬個名字中唯一沒有忘掉的。必須成熟了。走向金黃，成熟意味著什麼？There's only one step from ripeness to rottenness。成熟到腐爛，僅隔一步之遠。青春是不成熟的，不成熟是青春的核心。但願我永不成熟。「我尋找，以打破，我的限度。」但我的心如此平靜。沒有什麼可以激動我。無論是崇高的思想、火熱的語言、英雄的人物、或者色情、兇殺、搶劫，一切都不能吸引我。因此，我渴望運動。星期天，在毒熱的日頭下，我騎著自行車跑了——總共有一百多裡路吧，到East Lake療養院，到Wang那兒，到Wu那兒，我就希望這樣不停地運動，運動、陽光、風，一面浩瀚的大水，碧藍碧藍。女人，她們不吸引我；男人，他們不吸引我。我和我的自行車，這就是一切。道路在輪子下面嗦嗦地響，一會兒樹影，一會兒陽光。一切一閃即逝。這才是純美。一刻也不能，不須停留。一刻也不能。哎，那時，那時，那小房子多麼黑！蚊子多得伸手可抓一大把。翻來覆去睡不著。他，房東的大兒子，回來了。他點燃一個草把，往牆角一扔，濃煙滾滾，頓時充滿整個房間。我哮喘著，咳著嗽。全身上下用被單裹得緊緊，不一會就被汗透。那頂帳子黑得可用粉筆寫字，而且大洞小洞，形同一張漁網。與工農相結合！我的確是與他相結合了，每夜就同睡在那個地方。然而，我們講過什麼話？交流過什麼思想？記得他們似乎是提到過他的身世。然而細節絲毫也不記得。我們各睡一頭，這個人老是跟中學時代到山區勞動時借宿的一家房東兒子聯繫在一起。那也是一個山村的壯小夥子。吃的菜是苔絲炒青椒；飯也是蒸苔。我們睡在一起時也談話，然而也記不得了。好像有一次談到過一個林子。密密的林子，古木參天。但樹幹瘦長，顯得很空，人在其間行走，身上布滿陽光圓圓的斑點。他說他砍柴下山？他

說他想帶我去玩？但這個林子似乎不是他所說的，而是我三年前和她
去廬山所經過的一座林子。蜿蜒的石級。蟬鳴著，像一塊厚鋼板。林
警的住房。林警手裡握著子彈上膛的手槍。不知怎麼，我心跳起來，
走出老遠，還覺得那黑洞洞的槍口直指我的脊樑。我並沒犯什麼罪
呀？但我可能作為人們娛樂的物件，當靶子打。臨走時，他送我一副
口罩，說，路上灰很大，有了它就不怕了。還說，以後再來玩。以
後？我再也沒去那個地方。不知怎麼，我生活過的地方很少有至今還
值得我懷念的地方，除了大學校園外的那個風景區。昨天，我騎車一
接近湖邊，就感到說不出的舒服和愉快。這兒的人和景物看起來倍感
親切。沒有一個地方不能帶回一段回憶。那時這兒還沒有這座鐵門，
也沒圍上圍牆，坐在高大的梧桐樹陰之下，或者臥在涼席上看書，只
要側過身子，就可以看見那片在陽光下展開的萬頃碧波。路邊的懸
崖，那時我曾攀著樹枝，抓著強韌的野草根部，一步一步地上去，現
在，灌木長得這樣密匝，竟完全看不出有任何小道的痕跡。這個從兩
山之間穿過的道口，那時電視臺在這兒拍外景。一個遊擊隊員打扮的
演員提著駁殼槍帶著隊伍從矮山頭往下沖，導演對著話筒喊：停！再
來一遍！反覆四五次。看得人不耐煩，走了。艱苦的勞動過程和非凡
的勞動成果之間，差距多大呀！誰坐在一個作家身邊看他一頁頁地寫
下去而不會厭倦的呢？時間就在辛勤的勞動中流逝，但真正的藝術品
會報答你的，花去畢生精力創造的東西，其生命力將不是一個人的一
生，而是幾生幾世，甚至是千秋萬代。然而，「寂寞身後事」，與藝
術家本人有什麼關係呢？「人是社會的人，不能那樣漫無邊際，不切
實際地想入非非。既生活在社會中，人所應該享受的一切，如名譽、
地位、金錢、美女，就應該毫無顧忌，無所羞愧地儘量利用，加以享
受。何必去追求什麼現實之外的理想世界，或者是超現實呢？我個人
的目標是直言不諱的。我的女朋友必須是大學生，這樣我對事業、功
名進行追求時，她就會理解我、支持我，而且，她必須長得很美，你
也許會說這是虛榮心，免得人家在背後笑我無能，找不到漂亮姑娘。

至少姑娘的像貌要牽得過街，不能是個誰都不看一眼的醜八怪。其次，我要發表作品，必須在中國文壇上占一席地位。」我打著呵欠，腦子昏沉沉的，只想睡覺。對他這種心靈的表白，我根本不感興趣，或者說我是再熟悉也不過。我不就是這樣的人嗎？然而，——「對於這些，我無話可說。我想說的是，也許有一天要求都可以得到滿足，那時，你仍然感不到幸福，不然的話，到那時再見分曉。寫作是與名聲地位無關的。寫作之幸福，不在於人家按作品等級付給你的錢，而在於寫作本身能不能使你發生興趣，能不能使你感到不可名狀的幸福。有些作家現在顯赫一時，不久就會一落千丈的。不要為暫時的光環迷惑吧。人必須跳出與俗世的一切緊緊相連的桎梏。我崇拜誰？卡夫卡。梭羅。愛米莉‧迪金遜。」這些話不是我說的。是誰？鬼知道。

Man has become more and more secular.

寫滿400頁為18萬字

聽完他的話後，我覺得他是一個俗人，一個俗得不能再俗的人。這種人害怕寂寞和孤獨，以為在人群中可以逃避。的確在那些整天高談闊論的學生中，他是暫時得到了解脫，但內心深處，總有一股不可克服的淒涼感。他怕。一旦剩下一個人，他便不知所措，站也不是，坐也不是，拿起書來剛看兩行便放下。想寫東西卻什麼也寫不出來。他抱怨，是這種無聊的生活扼殺了他的才思。他怕寂寞，受不了無言的寂靜。他想為事業奮鬥，又怕在這奮鬥中蹉跎了年華，到頭來人財兩空，名利地位什麼都撈不到手。現在就去趨炎附勢，拉幫結派吧，固然不要幾年就可以撈到一官半職，搞個漂亮的老婆，但自己總是個知識份子，這樣不僅會招人鄙視，自己也覺得有些對不住自己，而且事業上也幹不出輝煌的、令人崇拜而又欽羨的成績。其實他的目標並不高，能有個漂亮的女大學生做老婆，能在四十歲左右出版一本薄薄的詩集，各個小報小刊上每月能登他一兩篇文章，就可以了。俗氣嗎？他並不這樣認為。「人是社會的人！」這是他的口頭禪。「要想

逃避對俗世的追求是不可能的。」他熟人很多，大部分都在報紙、雜誌社工作，平常寫成東西，他總是找他們發表。「投稿是一件吃力不討好的事。」他深知編輯的作用。只要人熟，人不熟也不要緊，只要經常送點禮，請去吃酒，要不了多久，你的稿子就可以發表，哪怕寫得再拙劣，反正編輯有的是修改的本領。

而你，你並不是這樣的人，因此，你才這樣不平順，才這樣總是怒氣衝天，恨不得跟一切人吵翻。學不會那個人哪。他不知什麼時候成了基督徒。無論對誰，滿臉堆笑。他對人生沒有任何欲求，對一層不變的生活絲毫不感到厭倦，總是那樣，早上睡到七點起來，洗漱之後，就是七點半，早飯時間，下樓去飯堂打稀飯，拿饃。中午一定要午睡，雷打不動，一直睡到下午四點。然後一杯牛奶，一邊慢慢用湯勺在裡面攪動，一邊一動不動坐在椅上，凝望著窗外那片天空，有時是灰色的，有時陽光燦爛，有時飄滿樹葉。晚上，他又是第一個睡。他好像在用這種懶散的生活方式向人們進行挑戰。我是最深刻地感到這一點的人。我覺得他不可思議。但經過幾次接近，我完全放棄了想瞭解他的念頭。他和你談話，全是一些無關緊要的事。什麼中午睡得好嗎？下午吃的什麼菜？你家幾口人？（同學了三年，還在提這個問題！）不涉及政治，不涉及國內外新聞大事，不涉及任何學科諸如哲學、藝術、文學等，更不涉及所學課文（複習期間很少看他在看書，仍然過著與四年前毫無二致的生活），如果在座的人超過三個以上，而且話題是與上述有關，他會起初敷衍幾句，之後，在大家熱烈的爭議中沉默下來，甚至沒有一個人意識到他在這段時間內並沒有講一句話，我開始對這人感到有一種說不出的厭煩感。伴隨著一種無可奈何的憤怒。我怎麼樣思索，也不理解他。他那樣子說清高並不清高，他同每人都說話，扮出（我堅信是扮出，因為無論多自然，其中假的成份是逃不過我的眼睛的）一副笑臉；說卑下也不卑下，因為在隨和的態度中，多多少少使人感到有股不可侵犯的感覺。總之，我內心對這人有股隱隱的恨意。而且也不無妒意。他的成績總在一般人之上。實

在是不可思議。

　　沒什麼可說的。生活就是這樣，我已經膩味透頂了。她也是一樣。沒有感情的生活是沒有意義的。女人是野獸，只知吃、喝、睡與性交，打扮，除此之外，思想不知何物。女人是一切動物中最下賤的動物。當女人都激不起你的興趣和愛情時，那你的生命也就完了。是的，我承認是這樣，但誰能愛一個女人而不自私，而不帶上滿足欲望的成份呢？別相信世人美麗的言辭吧。見慣、聽慣不驚。人生是可怕的。我住在這些人當中。這些吃、喝、睡的人獸當中。他們太平凡、太無趣味、太無聊了。他們從各地搜集來各種奇聞逸事，茶餘飯後集聚在一起閒扯，某某名星的生活如何呀，某地發生兇殺案呀，某人生了孩子，是個女兒，其父如何一蹶不振呀，等等。再不是耳朵變得特別靈敏，別人家裡一發生吵嘴，便啥事都不做，支起耳朵根，專門聽那些細節，或者一個像個雞頭樣將腦袋從視窗、廁所內、欄杆上面探出來，觀看夫妻的鬥架，父子的糾紛，鄰居的毆鬥，這一天晚上，他們又有談的了，而且睡得很香，因為他們的心理得到了雙重滿足，一是這一天沒有白過，看到了一點新鮮事；一是他們跟那些人比起來，到底強得多，可以夠得上模範夫妻，五好家庭。見Luo Shuai！Ma Di Ge Chou Bi！恨透了這些偽君子。如果哪個小夥子經常出入某個有夫之婦家，在丈夫出差的時候，那隔壁周圍的人保險會在他過來時裝得若無其事，好像沒看見似的，但人一過去，幾十雙眼睛頓時像狗似地都向他背後盯去。心下都在猜測可能要發生的事。莫不幸災樂禍，瞧著吧，不出多久，又有好新聞了。實際上，誰心裡不也暗自想過各種卑鄙的事情呢，但誰都會掩飾，一個比一個掩飾得更好。人心醜惡得很。越是善良，美好的人，越虛偽可恨。無論你穿得多美，都吸引不了我。我討厭服飾。討厭裝潢。那是現在的我嗎？不，那是三、四年前的我。那個我已不復存在了。

　　然而，你仍舊沒來。編輯部的，作家的，大學的，同學的，報紙是來了，一天也不誤。都是些什麼消息嘞！「見瓜眼紅　攔截強搶

　　瓜農接連遭受慘禍　目無法紀　敗壞風氣　惡少公然橫行于市」。
「瓜販殺價稱霸瓜農遭殃叫苦」。「堅決制止這種無法無天的行為」。
通知大約是不會來的。教授們不喜歡弟子與自己持相反的意見。當官
的聽不得反面。考卷中說的話語太強烈了。

　　「I hate this monotonous mechanical memorization! I would be the first
to rise in revolt!」難怪在教授們的重圍下經常聽到竊竊私笑。「如果遍
地開滿玫瑰，人的手，我想，會渴望荊棘！」這是我在一首詩中說
過的話。今天，看見叔本華也說過類似的話：如果人間變得如天堂
一樣美好，到處溢流著芬芳和膏腴，人們either die of boredom or hang
themselves。再次證明了我的觀點：人世間的一切，乃至宇宙間的一
切，都不能滿足人那容易厭倦的欲望。姑且把它稱為與生俱來的厭倦
心理吧。她上午給我打了個電話，下午又打了個電話。上午是別人替
我接的，問我收到錄取通知書沒有。下午，我接的。她的聲音還是
那樣慢吞吞的，低低的，很好聽的，富有質感。「是潔音吧，我是
Zhang Lan。通知接到了嗎？」回到辦公室，老翻譯給我開起玩笑來。
「沒有的事。」我否認。「那是因為她那兒太無聊。你看，過去在這
兒呆慣了，覺得很討厭，現在，那兒一呆長，厭倦的情緒又滋長了。
所以我看哪，世界上根本就沒有相對更好的地方。每一個地方和另一
個地方相比，都是同樣好，又可以說同樣壞的。再好的地方住慣了，
也覺厭膩，正如吃慣了肉，喜歡吃醃菜，跟美貌的妻子住慣了，會覺
得相貌平凡的女人更美。「下班了，」他說。我放下筆，把要看的書
塞進書包，鎖上門，就走了。現在，有什麼能使我忘我地去幹一項工
作呢？

　　整整一天沒有動筆。吵架。兇狠地罵。耳光。孩子的哭聲。大人
的哭聲。夜充滿不安的預兆。什麼也不想寫。

　　也許，應該就此住筆了吧。快三十了，不，今天三十，人感到
非常疲倦，非常、非常疲倦。哪兒也不想去；什麼都不願幹；聽到的
看到的一切都令人厭倦。想到優美如畫的風景區去，錢呢？即便有

錢，火車的悶熱、擁擠、兇惡的乘客、不眠的夜，這一切都太可怕。如果是當大官的就不同了。軟臥，無論到什麼地方，都不用多走一步路，自有小汽車接送。說什麼這不合理。一旦你自己有了這樣的條件，你會將它放棄而步行回家或上班嗎？即便你本身不具備這樣的條件，一旦機會來臨，你還是會不失時機地加以利用的。今天下午你去療養院看望父親，父親趁一位當幹部的病友出院坐小車回單位之際，叫司機把你也帶一程。你坐在吉普車上，看見沿途車站人們你推我搡搶著上車，竟然無動於衷，反而暗自慶幸自己有運氣。人都是這樣，貪圖舒適、享樂，下層階級對上層階級的反抗並不是像它口頭上所說的那樣因為上層階級的人腐化墮落，而是在骨子裡嫉妒並渴望它們所掌握的權力，所過的安逸生活。這就是為什麼當一個階級推翻了另一個階級，當家作主的階級仍然終將成為最腐化墮落的階級的道理。Corruption knows no class distinction。當然，還不僅僅如此，由於人是人性和獸性的統一體，而獸性的力量常常占壓倒的優勢，使人們為了衣、食、住、行的緣故卑賤而苟且地活著。但人是如此不滿足，並且以為物質生活的改善意味著人生的幸福，於是不斷地追求，向高標準看齊，結果，辛辛苦苦、忙忙碌碌一生，始終不能得到滿足，始終不能感到幸福。不管人們採取何種手段，何種奮鬥形式，其目的都是一個：生活得更好。換句話說，即最大限度地滿足自己各方面的欲望。可悲的是，正如一句古話說的那樣：「欲壑難填」。歷史和現實的經驗證明，人欲是無止境的。國家主席的權力該是至高無上的吧。他該可以為所欲為，我行我素吧。他也該感到滿足了吧。不，非但如此，他還感到自己的權力不夠穩定，有朝一日可能被別人推翻，因此，他坐臥不安，處心極慮地要搞掉自己的對手。這樣一來，他所打的江山就可以千秋萬代永不變色，他自以為地想。但他還不滿足。他還必須使全國人民都崇拜他一個人。誰不崇拜便殺誰；誰有相反的言論他就殺誰；人畢竟是人，他賴以成為人的基本條件是必須生存。為了生存便不得不做違背本心本意的事。口頭上的崇拜反正誰都辦得

到，何況心裡的事誰探不出來。如果那個人活得更久的話，他不僅不
會滿足於全國人民的信仰和崇拜，而且會將其欲望進一步擴大，遍及
全球；即使到那時，全世界的人都信服了他，如果他還活著，他會滿
足嗎？不會的，他還會令月球、火星，乃至科學探明的一切有生命體
的星球向他頂禮膜拜。欲壑難填哪！當年希特勒不就懷有征服世界的
勃勃野心嗎？拿破崙不也有著同樣的雄心壯志嗎？但都遭到同樣的下
場。將來還會出現第二個拿破崙，希特勒和Mao的。下場可想而知。
但有一點我還是相信，世界各族人民的大融合並非完全不可能，在這
方面，美國的紐約作出了傑出的榜樣，那兒雜居著德、意、法、英、
愛爾蘭、西班牙、中國等各國僑民，他們和睦相處，像一個大家庭一
樣，但又不失去其各自的特點。我想，世界最終將成為一個保留各民
族特點的統一體。

　　本來我最不關心這些方面的問題，但今天不知為什麼竟然寫到這
兒，就順著思路寫下來，成了這個樣子。

　　下午躲著看了一場《總統軼事》的電影。我不像一般觀眾樣，看
完電影便根據流行的政治觀點對它進行一分為二的評價，什麼主題反
映了一個資產階級共和國首腦的腐朽的生活嘍；什麼描寫並歌頌了資
產階級的人性論嘍；什麼好就好在揭露性，而不好也就不好在沒有反
映人民的反抗，云云，真是令人噁心至極！當我聽到總統給他的兒子
講述他自己的故事，說他從小如何聰明能幹，門門功課考第一，後來
考上名牌大學，最後當上總統時，我不由把自己和他作了比較。比較
之餘，當然慚愧得無以復加。心底不免泛起一種難言的苦味，一種萬
劫不復的絕望感。也許，早走從政這條路，如今不至於這樣，默默無
聞不說，老是處在人家的壓制之下，不能按照自己的意思辦事。發誓
不參加任何黨派究竟有何價值，這個問題第一次困擾著我。過去，我
曾恨那些在黨旗下宣誓的人，這些人滿腦子自私自利的金錢權利欲，
且道貌岸然地宣講著崇高的誓言，那不過是空洞無物的偽誓。看見他
們為了撈到一張黨票而廢寢忘食，彈精竭力，不惜犧牲他人的利益為

自己撈取政治資本，暗中拉幫結派，爾虞我詐，玩弄伎倆，白天黑夜費盡心機地互相傾軋，自己就覺得膩味透頂，憎惡之極。人性已墮落或者說進化到如此地步，以至一切高尚、美好的東西皆可用於牟取私利的目的。然而，虛偽難道不是一種必要嗎？誰能毫不虛偽地生活在世而感到幸福的？既然如此，自己何必要保持那種一錢不值的正直、坦白呢？人們所不恥的正是這種孩童似的天真。成熟即意味著善和惡這兩種素質的合二為一，難解難分，使人無法弄清楚你是在行善，還是在作惡，也許兩者都是。如果能夠參加組織，從而掌握一定的權力，享受各種優厚的待遇，那又有什麼不好，又何樂而不為呢？值得像這樣每天辛辛苦苦地勞動而不被任何人重視嗎？

　　吃過午飯，有兩小時的休息時間。辦公室一個人也沒有。我很喜歡在這時一個人坐在桌前，手裡燃著一枝煙，眼裡凝視著窗外，不時吸兩口。大雷雨剛剛過去，雨仍在下，雷聲已經遠了。又過了一個letterless day，一切聽其自然，只好這樣。寫吧，當作娛樂，當作遊戲，當作解脫。餘下的日子怎麼過？從頭開始嗎？作了那麼大的努力，而今全部付之東流，連音信都沒有。跟他們寫信吧？誰？當然是朋友，最親近的朋友。問他，最近有沒有時間，想不想一起去某地遊覽？可是，只記得他的大位址，××縣，×××××廠，具體什麼科、什麼車間已忘得一乾二淨。奇怪，最親近的朋友竟也有完全記不得通信地址的事。猛地，回憶起一件事。他的愛人不久臨產，他要回家料理她。希望落空了。那麼，餘下的日子怎麼過呢？一個人出去度假？有錢，有時間、然而，只有一個人。一個人在外旅行，其寂寞之狀可以想見。仍舊每天來上班嗎？一年的任務只用了半年就超額完成，坐在桌邊是什麼事也不想幹的。再過一會，睡意就會朦朧地襲來，趁著頭腦昏昏沉沉的當兒，把幾張靠椅一拼，就地躺下來，美美地睡一覺，然後是漫長的下午，晚飯，散步，夜晚。就這樣一天天過下去嗎？一切的努力都是白費的。辛辛苦苦的奮鬥毫無結果。回家去？太可怕了！又是20號，幾個月來，每逢20號，總要大鬧一場。大

鬧指的是有打有罵的吵架。太可怕了，寧願永遠不過這種生活也不委屈求全，得過且過。20號，讓我永遠把你忘掉吧。等待著是令人失望乃至絕望的。謄清了那麼多稿件，寄出那麼多份，至今石沉大海。以後也不會收到了。那裡面有自己多少心血啊！再寫幾封措辭強烈的信解決得了問題嗎？上海那個雜誌社顯然已收到了那兩封很不客氣的信，然而它就是不回信，就是不予理睬，你總不可能自費到上海去找他們索回稿件吧。南京和北京的兩個編輯部對我去的信也不聞不問，不予答覆。還有《頌詩刊》，還有《長河文藝》。你只是一個小小的、無能為力的、微不足道的小生命，誰把你放在眼中？你要奮鬥就奮鬥你的吧，這不是別人能管得了的事，但是，想出名？想賺錢？沒那麼便宜！一切聽其自然。命運既已如此，何必去追求得不到的東西呢？像契呵夫那樣四十多歲才結婚，而且分居著，到很遠的地方閉門創作，作品寫成後再與妻子見面，過這樣的生活？可能嗎？進行文學創作？寫每天的生活、思想、印象、感情？它們是那樣令人厭惡，以致再在紙上複製一遍，那真要令人嘔吐了。實在不願寫親身經歷過的生活。去過另外一種生活吧，一種從未體驗過的生活。每天有無數的新鮮事發生。人們都是美好的，為著各自的目標勤奮地勞動著，誰也不因為別人取得了成績而產生嫉妒心理，因為誰都能找到最適合自己個性、才能發展的事業。在這兒，沒有不勞動的人，人雖受著環境和他人的制約，不能得到充分的自由，但人的思想和心靈是自由的，他可以暢所欲言地宣講自己的理論觀點而不受抨擊和迫害。有時，心靈又渴望著安寧。希望生活在一個和睦、幸福的家庭。幫愛人做家務事，教孩子讀書識字，在疲勞的一天之後，藉著黃昏的光線看看書，讀讀詩，聽聽音樂，看看電視，就此了結一生。但無論怎樣，心底深處感到欠缺，感到空虛。奮起鬥爭吧，又一無所得；無所作為吧，又覺得虛度光陰，不免慚愧。安寧、榮譽、權力、地位、金錢，這些世人追求的東西根本與自己無緣。難道又要像父親那樣活到六十歲，天天大發牢騷嗎？現在就去自殺，一來毫無價值，二來無聲無息，還引

起人們的恥笑，連只狗都不如。怎麼辦呢？怎麼辦呢？已經20號了，各地的通知早已發出，就是掛號信，也應早已收到。看來，是毫無希望的了。如果這次失敗，還努力嗎？當然，王寬誠留學考試是又一次機會，然而每專業只取一名，自己有十足的把握考取嗎？無論如何，拼了命也要考好。這是肯定的。假使考不取呢？自費留學。總之，人在，希望就不會死。然而，這奮鬥所付出的代價委實太大了。太大了。那時，再改一門專業嗎？什麼專業呢除了文學？只是一個白癡，除了文學。不一定，有才幹的人學什麼都可以學好。我難道不就是這樣嗎？但那要付出多大的代價呀！何況真正出了名，其所給人的感覺並不幸福。這自己也有體會。人生啊，人生，真正的幸福在什麼地方尋找得到呢？難道並沒有所謂幸福，只有一種欲望的滿足感，而正是這被人稱作幸福的嗎？我不應該有任何欲望，那應出家當和尚去吧。可是，廟裡有老和尚，和尚頭，到了那兒你也不自由，還得乖乖地為他們服侍。要是只有自己一個人就好了。一個人，只有一個人，在大海上漂遊，在天空翱翔，在大森林中漫步。就去當個原始森林的管林人吧，或者當個獨門獨戶的漁人也行。沒有別的理想了。沒有了。那些騙人的謊言至今還在欺蒙青少年的心，其結果使他們在成年時不是變成道貌岸然、冠冕堂皇的偽君子，就是使他們幻想破滅，痛不欲生，變成渾渾噩噩，碌碌無為的小人。這兩種人我都不做，我只要求自由地活著，不受任何人約束，至少在思想上和感情上不受。

看表，三點差一刻。睡在拼接的靠椅上舒服極了，要不是一個胖子走進來講話，還不知要睡到什麼時候起來呢。做的夢盡是雪。車窗玻璃外堆著小山似的積雪，中間溶開不大的小方塊。列車在賓士。樓上樓下。怎麼樓上樓下？幾個女的圍著一個當兵的在調情。都很醜。其中一個故意遠離眾人蹲在角落。她最醜，又愛理不理地，編弄她的髮結。我在一邊冷冷地看著她。後來她伸展四肢打個大呵欠，站起來說：走吧。另外幾個姑娘便隨著她上樓，我也上樓，眼睛盯著其中一個姑娘手裡提前的吉拉，深黃的琴殼，有一個金色的小商標特別顯

眼，閃閃發光。別的都不記得了，諸如從哪兒來，到哪兒去，幹嗎，等等。反正只記得車上都是陌生人。誰都不認識誰。其實有個醜女人也行。只要脾氣好，心地善良。漂亮的女人都很可厭。皮，一層皮，剝去後沒有內容。

我的一人過得實在毫無意義，毫無意義！

但我不敢死，不敢死！

那麼你追求什麼，留戀什麼呢？

我應該做幾件事。三十歲了，我做了些什麼呢？應該總結一下。我作過曲，寫過散文、小說、詩歌、翻譯過一部長篇，一些短篇，一些詩歌，還寫過許許多多的雜感和隨筆。這些，都需要整理一下。時間呢？是的，從明日起，必須請假了。應該徹底整理一下。發表是不可能的了，也不再作這方面的指望。相信只要灌注了心血而非圖名圖利之作，總會有人欣賞，會引起共鳴的。既是男子漢大丈夫，就不應自我沉淪，悲觀失望，必須奮進，不斷鬥爭，自強不息，管它有沒有人重視，管它適不適合一般大眾之口味，按照自己的意志創作，創造自己的世界吧！

「你為什麼盡寫些悲觀的東西呢？」媽媽問兒子。

「這你不用管！」兒子口氣很冷漠。

「不要再寫這些東西了！」媽媽命令道。

「這是我自己的事，」兒子斬釘截鐵地說。

為什麼不悲？有什麼值得高興？有什麼值得快樂？被壓在最底層，連氣都透不過來，像牛馬一樣幹活，當然，僅僅在肉體上如此，人要好受得多，有一個簡單的大腦和一顆純樸的心，樂天知命，滿足於自己卑賤的處境，這樣的人是很幸福的。他不抗拒上司的命令，他不和同事鬧矛盾，他得過且過，做一天和尚撞一天鐘，從來不對狗一樣的生活感到厭倦。這樣的人當然過得幸福。然而，對於你，像你這樣有著旺盛的精力，智慧超群，膽識過人，充滿青春和熱血，對醜惡

的事物嫉惡如仇，深惡痛絕，永遠不滿足苟且的生活所給予的微薄贈品，永遠渴望著更加美好、新鮮的生活，具有強烈反抗意識的人，你怎麼會生活得幸福呢？你在精神上是真正過著牛馬不如的生活呀！當你看到人們為了一分錢斤斤計較，爭得面紅耳赤，當你看到丈夫和妻子為了區區小事摔東摔西，甚至相罵相打；當你看到有權有勢的人為了貪圖享樂，謀取私利，不惜犧牲他人的利益；當你看到無數的小人蠅營狗苟，挖空心思，僅僅是為了超過別人，或是佔有更多的便宜；當你看到人們為了獲得金錢、地位、權力，變得越來越虛偽，越來越殘忍；當你看到這一切，你怎不從心底生出一種絕望感，一種縱使拼死奮鬥也無濟於事的灰心呢？然而，沒有人願意聽你悲觀的預言；沒有人注意你深沉的思想，人們對你的肺腑之言只是報以冷笑，嗤之以鼻。你在芸芸眾生之中，猶如綠洲置身沙漠，猶如孤島置身大海，猶如一株怪樹置身千山萬壑之中，是微不足道的。要麼你造就你自己，否則你將被人造就成他們那種鬼不像鬼，人不像人的樣子。這就是在當代一個個人所面臨的嚴峻問題。現實生活是醜惡不堪的，無論怎樣華貴、美麗的著裝，掩飾不住將老的身體和遍佈皮膚的臭汗；生活的擔子無形之中壓得人喘不過氣來。人看起來像人，但為了自己也不喜愛的工作，不得不像牛馬一樣幹著，磨洋工，混時間，一天天混下去，自以為比牛馬要舒服一些，其實比牛馬還不如。牛馬勞累，並不知勞累之苦，而人憑著意識，知道自己幹著自己討厭的工作，想逃避，又逃避不了，而且不敢逃避，結果只好苟苟且且，要死不活地熬著，熬著，一直到死。今天，你三十歲了，你相信像這樣有價值嗎？但你也不相信當經理，當領導有價值或者當萬元戶。究竟什麼東西有真正的價值？我想你並沒有找到。三十歲了，今後的歲月是活一天少一天，一切美好的事物只會有減無已，每況愈下。你難過嗎？不。因為你並沒有苟且？你並沒有像豬一樣生活？實際上，三十年的生活證明，你不僅是一個人，而且還是一隻野獸。你在漆黑一團、蚊蟲成堆的小茅棚中曾幻想過那麼美好的世界，見過那樣美麗的人兒；你也在

豪華的旅館房間中無聊得想隨便弄個女人玩玩，聊補空虛。有時，你乾脆什麼也不想，吃、喝、睡、日復一日地過，像一頭豬；也有時，你為崇高的理想所激動，徹夜地寫呀寫，小說、詩歌，把心靈的憂愁和幸福和盤托出。這些年來，你做過小人，也當過君子。你堂堂皇皇、熱烈純真地愛過；也卑鄙下流，動過無恥的念頭。你反正不是蒸餾水。你既是大海，你其中就包含著千萬種物質，你正因為雜而具有強大的生命力，你平靜時柔如處子，你沸騰時怒如雄獅。你的性格已遠不是一句簡單的話能夠概括。然而，這又有什麼奇怪呢？這不就是人嗎？

又點燃一枝煙。煙已成了我生活中不可或缺的東西，彷彿是我的摯友。那一縷縷冉冉上升的青煙彷彿是他要緊不慢的話語。我感到寂寞嗎？不，這遠比和所謂的朋友坐在一道，東扯西拉談些道聽塗說的東西要強。這甚至比妻子的綿綿話語（這種話語隨著生孩子越來越少了）要美幾百倍。女人是什麼？肉體。「女人是沒有靈魂的。」千真萬確，的確如此。她可以把小家拾掇得乾乾淨淨，把衣服疊得整整齊齊，做出香甜可口的飯菜，發出悅耳動聽的聲音，打扮得漂漂亮亮，當你欲望來的時候，馴順地躺下，張開兩胯，讓你伏在之間，然而，她何曾說過一句話，使你內心感到撫慰，創傷得以平復，意志更加堅強，思想更加深遂呢？她不能。但the paradox是，你沒有她卻不行。不伴隨這肉體，精神又何以支撐呢？可憐的人生，充滿了such paradoxes。小時候我最大的願望是當一名海軍士兵，自由自在地在遼闊的大海巡迴。然而，直到現在，我不僅沒有親眼見到大海，所住的地方離江水都隔得很遠，遍地淌著工廠排出的污水，又黑又臭，天空日夜布滿煙囪噴出的濃煙，嗆得人咳嗽，迷得人睜不開眼。我希望找到一個溫柔賢慧的妻子，但命運卻給了我一個瘋瘋癲癲、脾氣暴躁的女人。連我自己也成了一個動輒開口罵人，舉手打人的丈夫。我無法忍受這地牢一般的婚姻生活。誰在這兒長久地生活，誰不成瘋子，也得變成殺人犯。我希望遠離。遠遠地離開。我記起少年時代的幻想。我預計一生可以活六十年。那麼，我要在這一生中，一個城市住一

年，永不停歇地從一個地方遷移到另一地，一直到死。我還想過，隨便在馬路上攔一輛便車，不管他到哪兒，我就跟到哪兒，如果他到了目的地，我就換乘別的車輛，一直旅行下去，只要所去的地方是自己沒有去過的就行。我記得讀過一本描寫大森林的書，那是專為少年兒童寫的，我真希望生活在那個地方，當一個伐木工人，每天哼唷、嗨喲地砍樹，一邊幹活，一邊開玩笑，看著參天大樹倒下，發出轟隆的巨響，心裡真是樂極了。或者在假日扛著獵槍到山裡打獵。我的天，還有什麼比這更美嗎？我還記得一本蘇聯小說中描寫的情景。老漁人和他的兒子住在林中一片幽靜的胡房，可幽靜了，松林裡黝黑的尖頂一絲不動地倒映在水中，伸手可觸。老漁人把打的魚按大小分成兩堆，燒起一堆篝火，將小魚在罐裡煮，然後撈出來扔掉，再將大魚煮熟，那魚湯味道鮮美極了，當夕陽落山，林中鳥兒喧噪的時候，在篝火旁享受美味的魚湯，豈不是人間至福嗎？在大自然中，人的心靈變得單純，而思想變得深邃，目光更加銳利了。這一次，我真希望到一個環境優美的小山莊去度假。然而我沒有一個住在這種地方的親戚，也沒有一個朋友。應該說這是最慘的。我不得不住在城裡，不得不守在家牢裡。哪兒有這樣的地方呢？Yeats的「Innisfree」，也不過是心靈的一種渴望，事實上並沒有那樣的仙境。人活在世上，原來是無法逃避的呀。那些已經成為風景的名山大川，現在已經根本不適於遊玩，更不用說居住了，蜂擁而至的遊人已經把那兒變成了垃圾堆，他們用俗世的眼光把清純的空氣污染得不成樣子了。到了那兒，人會由於旅途的疲勞和厭倦心理，根本無心欣賞任何美譽，我只想去沒有人去過的地方。

何必為通知沒來而懊惱、煩悶、鬱鬱不樂呢？甚至還動過輕生的念頭，真沒有志氣！這也太便宜了那些欺世盜名之徒、庸碌無用之輩。難道憑著我一己之才，就真的鬥不過他們嗎？看著他們得意忘形、為所欲為地把持著文壇，而我卻默默無聞地一死了之，這才叫真的沒價值！我要鬥，鬥到底！不是還有一次機會嗎？我要緊緊抓住它，哪怕成功率是萬分之一，我也要拿出萬分之九千九百九十九的努

力。只要能夠出去，一切就好辦了！只要能夠出去！中國不是人呆的
地方。起碼不是有才能的人呆的地方。我要飛翔，人卻要剪斷我的翅
膀。我要奔跑，卻叫人打斷了雙腿。我想說話，口卻是堵上的。唯有
眼睛沒有被蒙住，使我看見的除了黑暗還是黑暗，黑暗無邊。個人奮
鬥沒有前途，集體奮鬥就有？我不願當一台供人操縱使用的機器，更
不願當一顆螺絲釘。人有當螺絲釘的才能，人也有才能創造世界，我
就是後者。

　　失敗者。天又在下雨。大黑暗。孤燈的光線在無限擴大，彷彿
子彈，射中了潛意識。一個人站在別人的門前，通過screen看別人的
電視。蛙叫，努力著，無此欲求，僅為叫而叫。雷也是這樣，而且雨
也一樣。那小橋。黃昏時，在夕陽中閃動著魅人的裙衫。河水很淺，
露出大塊大塊淺灘。河那邊，一叢叢綠樹，掩映著小瓦屋，屋中一定
住著美麗時髦的城市姑娘。臀部，褲子那樣小，像彈力尼龍襪，緊貼
著，現出深深的股溝，兩瓣豐滿、青春的屁股，不，牡丹花，或紅
菊，或大芭蕉葉。還有黑亮的皮鞋，尖尖的頭，高高的跟，性欲漲滿
的帆，向欲望的大海駛去，駛去。深夜，一個人都不知道，又在床前
幹了醜事，手淫，世界上最快樂的事，想像力無比豐富，召之即來，
身邊圍著各種各樣的女人，有的只露出一個宛如陰部的髮型，就把勃
起的潮水朝那兒傾瀉；有的穿著一雙式樣奇特的皮鞋；有的挺起芭壯
的乳尖；有的和其他的人在性交，這一切推著你向高潮進軍、進軍，
直到那一剎那，萬物都停止，世界沒有了聲音，你在那一瞬間，彷彿
超凡脫俗，達於地球之頂巔，在那一剎那間，所有美麗的形象全部溶
合了，全部溶在你的精液之中。

　　雨、蛙、表、茶杯、夏夜。人生，無窮無盡，半個小時內將結
束。你捨不得。Why？可以死了。孩子活了下來，你的生命的另一種
方式延續下去了。可以死了，這是可以死的時候了。毀、譽、榮、
辱、功、名、利、祿、人世、一切歸於寂滅。沒有什麼不可以割捨。
無所謂善惡，所有的生命皆如沙粒。渺小，堆積在一起，毫無意義，

被時間的潮水玩弄著，拋上海岸，吸入海中，再拋上，再吸入，生、死、再生、再死。太陽的品質在變小，熱力在減退，在消失。享受人生吧，快脫褲子吧，讓道德的鐵在情欲的火中融化吧。

那天晚上，他和他各帶了一個姑娘，到他那間窯去，就那間，有小院，院牆有鐵門，鎖了鐵鎖的。咱們去，他不在。不，共兩間，剛好一人一間。他在里間，他有點假正經，煞有介事地跟她談天說地；他在外間，他要來真的，反正汽水和點心都吃了。錢不能白白花，說幹就幹，他把她按在床上，一手摸乳，嘴咬著另一隻乳頭，另一隻手就在下面扯人家三角褲。她反抗什麼？她求之不得。恨不得趕快嘗嘗他的硬傢伙呢。

精神文明，物質文明。社會主義，共產主義。心靈純潔的姑娘愛上了瘸腿瞎眼的戰鬥英雄；善良的小夥子並不因為姑娘殘廢而將她拋棄。某某工程師拒絕高薪聘請，堅持在本單位工作。社會主義好！共產主義是人類最美好的社會。

我再給你講個故事，行嗎？

***　***　***　***　***

這部作品，帶有修潔音早年的痕跡，時代痕跡，那是再怎麼裝飾，也抹不去的痕跡，真念雙想。也是無法加以改寫的。人死以後，就更無法加以改寫了。等到真念雙意識到，修潔音很像松尾芭蕉時，潔音早已離開人世了。松尾芭蕉談到自己需要孤獨時說：「我就像一個生病的人，厭倦了社會。」[10]如果修潔音當年知道松尾芭蕉說過這話，一定會非常高興的。但是，真念雙有一種跟修潔音交流的方式。她堅信，死人從來都沒有死。他們不僅活在人的記憶中，而且活在人的夢中。在一次夢中，真念雙夢見修潔音了。醒來後，她發現自己底

10　引自 *On Love and Barley: Haiku of Basho*. tr. Lucien Stryk. Penguin Books, 1985, p. 14.

褲都弄濕了，這當然不是淚水弄濕的，這是夜露打濕的。她和修潔音
都知道，夜露是什麼意思。夢中，他們照樣行房事，行完房事後照樣
聊天。真念雙跟修潔音談起松尾芭蕉時，潔音說：我怎麼不知道他？
我當然讀過他的作品。我只是不太相信他，不認為他是言行一致的。
真念雙醒來時，查看了一下松尾芭蕉的生平，發現他果然不像修潔
音，雖然不收學生，但卻不拒弟子，來來往往，前前後後地收了很多
弟子。像這樣的人，怎麼可以說是「厭倦了社會」呢？如果是真正地
遁世，那他就不會去當俳句競賽的評委。據說，他有很多次都去當評
委，評價別人的俳句品質。真要遁世，就不能收學生，也不能收弟
子，更不能參加競賽當評委，因為這一切都跟糊口有關，是俗物、俗
務。想到這兒，真念雙又想和修潔音在一起了。兩人在一起，真是純
潔得可以。無論精神還是肉體，都容不得半點雜質，就彷彿兩人的肉
體被縫合在一起，而縫合的介面處，就像西方現代技術所造就的那種
縫合之後不用拆線，傷口可以長到一起，而把縫針線消化在肉裡一
樣。真想就這樣長成一個連體人。面對面地在一起，四個鼻孔相對著
呼吸，所謂相濡以沫，就是一人把自己的舌頭，遞入另一人嘴裡，向
其輸送自己的唾沫，反之亦然，另一人也是如此，利用自己的舌頭，
向對方輸液、輸沫。若需要走路，一人把另一人摟起來，以自己的雙
腳前行即可，哪怕被摟起的人，是以脊樑沖著世界也無妨。她只需要
把自己的臉對著自己愛人的臉，呼吸他的呼吸，啜飲他的唾沫，吮吸
他的舌頭即可。他們的下面是對接的，但只要進入社會，他們還是會
遮掩起來，以免有礙觀瞻。但最主要的，還是為了不讓邪惡的眼睛和
毒汁的舌頭去無謂地評說和評看。

　　那次夢中談話有一個片段時不時地在真念雙腦海中出現：「博
愛，還是勃愛？如何博？」這句話如空穴來風，沒有上下文，問得很
突兀，很像沒有天氣預報或超出天氣預報預料到的風暴或驟雨。真念
雙想，他是不是從兩個向度上，向「博」字發起了挑戰？人都愛說博
愛，愛普天下的人，像這樣的人，如雪萊、拜倫、惠特曼，等，在詩

中愛得不可勝數，但一觸及身邊的人，自己的家人，他們的所謂「博愛」，連「窄愛」都到不了。人是一個奇怪的動物，愛外面的人，愛外地的人，愛外國的人，愛可以博至天下，但窄到連左近的人都不容。也許這是太陽的特徵？把陽光投射到一億四千九百六十萬公里之外的地球上，養活那些永遠都不可能靠近它，也不敢靠近它，一靠近就被烤焦烤化的動物植物和人物。愛遠，是人的特徵。否則就不會想到火星或任何星球上去。哪怕有億萬個光年隔在中間，要以億萬個光年去克服，也要以億萬個光年去抵達。

這，真念雙想，是不是女人的看法？女人一哲理起來，就會把自己融化、熔化、溶化，而男人一哲學起來，就把自己變成一塊石頭、磐石、硬石、碑石，鐵打不動，鋼敲不動，火燒不動。他要的是影響，影子響、影子不停地響，在他死後很久還在響，此所謂影響。說穿了是一個在響的影子。女人不需要這些，不需要像一個影子一樣地響。死了就死了，走了就走了，不在了就不在了，不再了就不再了，有相片也不留，有文字也不留，笑聲就像風一樣，笑過了便吹走了。肉身也和光照一樣，在最青春的時候暖個十來年，跟著就無以復加地萎縮下去，皺紋下去。美是不需要影響的，不需要像一個硬骨頭的影子那樣，在生前死後不停地響。美只需要跟心儀的人在一起，暖也暖在一起，冷也冷在一起。想到這裡，真念雙打了一下哆嗦，意識到今天如此多消極的想法，一定跟自己大姨媽來了有很大關係。人不舒服，心情煩躁，失血過多，茶飯不思，當年修潔音還在時，他們有時就會在這樣的時候，進入一種難言的陰鬱階段。誰都不想說話，誰都不想做事。有時候波長不對，一個要，一個不要，就會發生勉強。後來修潔音慢慢明白了這種相互衝突的性格特徵，逐漸加以適應，也就是克制、克制、再克制，結果性情變得更加陰鬱了。

或許，他這種陰鬱的性格，早在青年時期就初露端倪？比如他標題用英文的那篇小說，就能讀出一個年輕人在這個世界上無處置身也無處藏身的惆悵和惘然。據他說，這篇小說在任何地方都沒發表，甚

至都沒拿出去發表，只在他自己的大腦中和夢中，被他自己發表過。這樣也就夠了，她記得修潔音這麼說。那麼，現在就讓她來給他再發表一次。這次仍然不是發表，如果從所謂「正式」的意義上講的話。所謂「正式」的意義，就是正式見報，正式出刊，正式如何如何。一想到這個「正式」，她嘴角出現了一絲難以察覺的微笑，是那種鄙笑，因為她想起了最近逛書店的經歷。很多書設計得無比漂亮，寫書者名氣也很大，可她絲毫沒有被感動、被喚起。她走過一座座書架，用眼睛搜尋她想看到的那個名字，可一直到她離開之前，也沒有看到這個名字。她踏出門時，賭氣地這樣想：這個書店什麼時候不賣他的書，我就什麼時候不買它的書。她覺得她的想法可能被店主或店裡打工的人知道了。他們看她的眼神有點怪怪的。這個世界上有些人生下來，就始終被埋著，她想，這太不公平了。「你不用這麼生氣，也不用跟他們賭氣，」她聽見一個聲音對她說。「這個世界就是這樣構成的。你看看好萊塢電影的評獎，所有入圍者都是白人，這說明什麼？你看看阿奇博爾德肖像獎的評獎，90多年來，所有獲獎者都是白人，這又說明什麼？這個世界本來就是不平等的，期待它平等，就好像期待把所有的高山都削為平地一樣，是不可能的。」她知道，這又是已故的修潔音在通過心靈唯一的通道，在與她交流溝通，交流中，又被她晚近的知識給自動刷新了。她停住步子，心跳不已，想找張路邊椅坐下來，一看已經有人占了，便且走且聽他說。

修潔音的聲音充實而厚重，它音色濃郁，有著動人的韻律。它說：「我已不在人世，我和這個世界的關係已經了結。讓他們徹底忘記我，這就是我的命運。它忘記我，我忘記它，我和它已經扯平，不需要在這個世界留下任何痕跡。如果有什麼是最大的榮譽，那就是讓我從他們擁擠的小空間裡退出，不跟他們共分那一杯臭氣熏天的毒羹。」

真念雙的眼中，止不住掉下淚來。她靠在樹邊，一個個字地回味著他說過的話。回到家後，她找出那篇文字，放了這部東西的下面，知道儘管還是不能發表，但至少經過第二人之手，拿出來亮一

下，也就相當於發表了。一樣東西，在寫出來之後，被第二雙眼睛看過，難道這不就是發表的意義嗎？這種最小意義的發表，從終極的意義來講，不就相當於被幾十億人看過一樣嗎？

《A Lonely Nature-Worshipper》

1 7 | 3 6 | 5 1 | 2·3 | 4 — | 4 — | 46 71 | 23 45 67 | 3 — — | 3 2 |

6 1 | 7 4 | 6 5 | 1 3 | 3 — | 4 5 | 3 6 | 6 — | 67 5 — | 5 — |

多麼柔美、多麼動聽、多麼靈妙的樂曲啊。他微微眯起眼睛，彷彿在夢境中透過睫毛凝望著河面上的晚景。夕陽已經西沉，在天與河的交界處是一溜綿延無盡的綠楊。河面倒映著晚霞五彩斑斕的顏色，清風一拂，幻成無數斑斑點點的金光、紅光、紫光、藍光、甚至綠光。音樂的旋律彷彿是從每一點光斑上反射出來的，而粼粼的細波則是它柔而又柔的節奏。他眼前出現了許許多多迷離惝恍的奇景：一朵芬芳的玫瑰，在五月的晨風中搖曳著她的鮮紅的嫩瓣，一粒粒晶瑩閃亮的露珠，鏗然有聲地摔碎在地；輕軟的綠紗窗下，一個女子俏麗的身影和嬌媚的嗓子，一條雪白的臂膀，期待地伸了出來；一望無際的綠野，風中傳來杜鵑的啼鳴；夜闌人靜，一輪孤月，瀉下慘白的光，照在一張慘白的臉上；大雨滂沱，鋼珠般砸下來；陡峭的山石，滴著熱血，赤腳；年輕的母親一邊搖著搖籃，一邊輕輕哼著lullaby；……他感到腮邊癢癢的，用手一摸，是濕的，這才意識到自己在不知不覺間哭了。他四下裡一看，見周圍沒人，心裡才稍稍安寧了一些。他不喜歡讓人看見自己掉淚，更不喜歡看見任何人，尤其是在大自然的懷抱中。他凝視著河面。那些五彩繽紛、閃爍不定的光現在已經安定下

來，變作一律的桔紅，就像──哎，就象什麼了？對，就象她的奶罩。多麼迷人的奶罩，在半透明的尼龍衫下，誘人地、挑逗地緊裹著那一對飽滿而富有彈性的乳房。他伸出雙手──觸到了清涼的夜氣，一隻蝙蝠突然墜落下來，眼看就要掉在他的掌中，但馬上忽搧幾下翅膀，又飛走了。蝙蝠並不盲目啊，也許比自己眼力還好呢。你白白生著一雙人的眼睛，可你看見什麼了呢？他自言自語道。擦得鋥亮的全高跟新式皮涼鞋，一走起路來，兩片肥胖的臀部的晃動喲！油黑的頭髮松松地披在肩頭，散發出淡淡的頭香，哦，不，大約是髮蠟的香味。兩瓣通紅的小嘴唇，那些細細的線條，多麼富於肉感！什麼？肉感！哦，肉、肉、肉，你怎麼總拋不開這個字呢？魚！一條大魚！一個小孩尖銳的歡呼聲把他從幻想中喚醒。循聲看去，只見孩子正手忙腳亂地用雙手按住一條剛起網丟在地上的魚。那條魚活蹦亂跳，尾巴起勁地撲打著青草葉，銀白的鱗片在最後的晚霞中一閃一閃，彷彿是──黑暗中她微笑時露出的牙齒，那排雪白而細密的牙齒。他看見兩個黑影在地上打滾，傳來透不過氣的笑聲，一大片被身體壓平的草地。「不！不！不！」他聽見這柔中有剛的聲音，嚇了一跳。向前方看去，河堤上被人踩踏出來的小道只是灰濛濛的一條線，打漁人的網已模糊得快看不清網眼了，唯一聽得見的是網上滴下的水珠，落回到水中發出音樂般的聲響。剛才那一曲美妙的仙樂不知什麼時候消失了，就像眼前這瑰麗的晚霞，閉眼時在視覺中暫停了一秒鐘，睜眼便無影無蹤了。青春也是這樣嗎？「多蠢的問題呀！」這不是他嗎？腆著個肉肚子，據說那是啤酒喝多了的緣故。走起路來，膀子張得老開，像一手提著一隻南瓜，前邊的人可以看見他的腋毛，後邊的人可以看見前邊看腋毛的人。胖成這樣！他抽煙喝酒、打牌下棋。「書？嘿嘿嘿，讓老婆燒了灶。這年頭，嘿嘿。來一枝吧，星火的。」星火？什麼星火？燎原的星火？那早就熄滅了。希望的星火？也滅得差不多了。喲，剛才還是滿天星斗的，可現在一個也看不見了。雲頭野豬似地蜂擁而過，風夾著涼氣，帶著嘯聲。遠處隱隱約約地看得見

閃電的紅光。一場大雷雨眼看就要來臨。回去吧。回去？回什麼地方去？城市？就是那個大盒子套小盒子，盒子裡住著無數能夠活動的圓柱體的地方嗎？像海燕一樣迎接暴風雨的來臨吧。海燕？你海燕的時期早已過去，現在還能海燕？恐怕麻雀一番都難。它雖小，肝臟俱全，你呢？都俱全，可又都俱缺。缺什麼？啊，閃電的缺口。那是天堂的大門，一定是的！天河決了堤，大洪水就要從天而降了。降吧，降吧，快一點，要快一點，不要像降落傘一般。傘？難道這輩子曾經和傘有過什麼交情？沒有！沒有！小時候，大人不是說，淋了雨長得快些嗎？好像是昨天才說的，這不，一天之間長了二十五年！還能長嗎？不能，不能。能！能！不是肉體，是精神！啊，讓這滂沱的大雨快些來吧，來沖洗蕩滌我這有罪的靈魂。她長長的頭髮浸沒在清涼的水裡，他用手撫著、洗著，內心感受到一股越來越強烈的欲望。她才洗過澡，渾身上下發出一股懶懶的肉香。她的頭髮把他的臉、脖頸、胸脯全打濕了，她喊著、叫著、掙扎著。轟隆隆！一聲巨雷彷彿就在耳邊炸響，把他的耳朵都震聾了。緊接著，大雨嘩地一聲潑將下來，這哪兒是雨，分明是密集的機槍子彈，一顆一顆都嵌進了肉裡，挾帶著天宇的涼氣直鑽入心裡。他起了一陣哆嗦，他想昂起頭，挺起胸膛，像某張油畫裡的人物一樣，張開雙臂去擁抱天堂，擁抱雷電。但是一陣急雨打得他睜不開眼，打得他的臉生疼，他unconsciously縮了縮脖子，「嘩」，一桶冷雨立時從衣領灌了進去。他全身顫慄不已。他不知這是痛苦，還是冷，抑或是快樂。宛如初戀時挨她相坐時感到的顫慄一樣。「咣！咣！咣！」雷聲嘲笑地回答了他。這時，除了繫皮帶的地方和胯下，他從頭到腳無一干處。他渾身發抖。他想堅持下去。他對自己說，要蕩滌靈魂，就要不畏艱險，不怕任何困難。但就在這當兒，一個驚心動魄的閃電就在他頭頂上方劃過長空，猙獰可怖的青光把他周圍的房舍、樹木，草葉和他自己的身影都映照得如同白晝所見一樣。接著是一陣令人心驚肉跳的沉默。他知道這沉默的含義，那就像她拒絕他一樣，而且還要可怕。他拔腿便跑，顧不得水深

水淺（這時村道已經完全淹沒了）。還沒跑出多遠，便看見一個炸雷在離他十米左右的地方爆炸開來，一團青白的火球。他嚇得趴在地上，全身卻浸在烏黑的泥水中。雷聲一過，他立刻爬起，跟跟蹌蹌地掙扎著向附近的村莊跑去。終於，他在村頭一間房簷下停住了。誰見了他這副模樣，恐怕都會產生同情的。白襯衣染成了土黃色，滌綸褲打得透濕，緊貼在腿肉上。頭髮亂糟糟的，臉上毫無血色，一片死白，特別是一雙眼睛，充滿了臨死前的恐懼和絕望。然而在這更深人靜之時，人們在大雷雨的交響樂伴奏下正睡得香甜，誰也不會想到有這樣一個可憐的人在雨中打滾。他身後的大門緊閉，面前的村道淫水橫流。雷聲隆隆，電光閃閃。每一聲雷都似乎貼著他的耳門炸開，每一道閃電都彷彿在朝他刺來。他蠕動著縮進牆角落，背朝外，面朝裡，臉埋在雙手中。為什麼不沖出去呢？他自問自道。不怕它，對著它們大笑吧。他正要轉身沖出去，一個驚嘆號式的閃電嚇住了他。哦，算了吧，人在大自然的面前是無能為力的。再說，這樣白白送命值得嗎？還有生活，還有前途呀！生活？前途？哈哈哈！肥胖臃腫的臉，貼在另一張肥胖臃腫的臉上，雪白肌膚的接觸，紅唇的一吻，眨眼之間，白髮，病紅色的晚霞。哀求上帝，饒恕這罪孽深重的靈魂吧。可是，上帝在哪兒？這隆隆震響的炸雷莫非就是上帝？祈禱吧！不！不！不！聽天由命，讓命運安排自己吧！

　　想到這裡，他轉過身，迎著雷電走出簷下，來到濁流滾滾的大道上，任驚雷在頭上震響，閃電在眼前亂劃，他交抱著雙臂，臉上凝固著一個玩世不恭的淺笑，嘩啦嘩啦地淌著水向前走去。身後拖著一個慘白的影子。

*** *** *** *** ***

　　憂鬱症的歷史有多久，真念雙問自己。她不知道。但她知道的是，她周圍的人越來越多地患上了憂鬱症。有不少都屬於正常憂鬱

症，無意識憂鬱症。這是什麼意思呢？這個意思就是說，他們患上了這種病症，但從根本上來說不影響正常的生活，只是使得正常生活發生翹曲或撓曲而已。比如，她去單獨度假的這家人家的孩子，跟父母親幾乎沒有任何語言交流，文字就更不用說了，任何時候都或坐或躺，不看電視，只看手機，彷彿那兒是一個取之不盡用之不竭的源泉。父母親跟他說什麼，他也只是「嗯嗯」的，飯菜送到面前，也是低著頭，眼睛不離手機螢幕，手伸出去摸索著找筷子，把飯菜送到嘴裡時，也不看吃的是什麼東西。這個孩子，真念雙後來知道，無論是在家裡，還是在外面，或者是在學校，都是這個樣子，眼睛好像長在手機螢幕上了。當然，學校會讓他暫時把眼珠從螢幕上摘下來，但那也僅僅是「暫時」。

她突然想起了「低頭不見抬頭見」和「俯首稱臣」這兩句成語。這個時代雖然變化得很快，但僅用低頭和抬頭二詞，就能總而言之。過去晚上要抬頭看電視的，現在都低著頭看手機。過去見人要抬起頭來，互相對視的，現在圍坐在桌邊，都不抬頭看人，而只是低頭看著手機。過去走到外面是要抬頭看天的，看看太陽長什麼樣，看看高大的樹木有何悅目的姿色，看看遠山成色如何，現在邊走路，也在邊看手機。有人就是這麼跌落進死亡或撞在汽車輪下的。過去開車是抬頭，直視前方，現在一個開摩托的，從馬路上沖過時，也不忘時時低頭看手機。只有一個地方是抬頭而不低頭的，那就是當你在理髮廳裡被人放倒，頭擱在類似斷頭臺似的擱架上，讓人洗頭搓頭揉頭時，把手機舉到天上、天花板上，一邊讓人洗，一邊讓人揉，一邊那麼仰望著螢幕看。現在一切都不用抬頭見了，都是低頭見。過去俯首是對上級，現在俯首是對手機。如果修潔音在世，肯定會不屑一顧地說：都是豬馬牛羊！為什麼，真念雙問。修潔音答：因為都低著頭，向草俯首稱臣！試問：有任何一頭豬馬牛羊，會抬頭看天嗎？真念雙跟著說：對，那馬呢？馬不是仰天長嘯嗎？修潔音說：如果人能有馬的特性，那就好了。可惜更多的類似豬、牛和羊。

她打開電腦，選了Xiu的那個文檔，找到了她留存下來的他的遺像。這些除了風景照之外──那是他們第一次到澳大利亞去度假時照的──還有一些是他單獨照的自拍。在一個不認識的人看來，這是一個目光堅定執著的男性的目光，但只有真念雙才知道，這種目光的背後，隱藏著何等的憂鬱和陰鬱，彷彿太陽黑子裡面的黑暗。只要碰到任何陌生人或熟人，他的目光都會熱烈起來，陽光起來，生動起來，但裡面藏著的黑夜，即便是在大太陽天，也耀著煤炭色的光芒。

那是冬天一個陽光燦爛的日子，她倆在大石頭邊站著把愛做了。石頭貼著屁股很涼，這是她的感覺。事後，他告訴她，那天夜裡，他跟父母親大吵了一架，父親吼著要他滾出去。他一言不發就「滾」了出去，發誓永遠也不回這個家了。結果的情況是，他被大雨淋得透濕，在半夜回到家，家裡人都睡了，誰也沒有看見他淋濕的樣子。他悄悄把自己的痛苦和窘態藏起來，一聲不響地上床睡覺，居然還睡得若無其事，第二天居然還沒有因頭天夜裡的冷雨而患病。他只是覺得，生他養他的那個家庭，實在太缺乏家庭溫暖了，並從此懷疑，一切一切的溫暖和愛情，是不是都是「秀」出來的，為了讓別人看了感到羨慕、嫉妒、心癢癢的。

就像女人，他說。美不是本來存在的，而是裝出來、裝飾出來的。

為什麼你一定要用「女人」二字呢？她說。女人並非這個世界上最壞的，比女人壞的遠遠多過女人，也壞過女人。再說，女人對孩子的愛，也是任何人都無法比擬的。

也就是這種對孩子的愛，他說，分裂了與男人本來牢不可破的愛情。她們面臨的抉擇是：要孩子，還是要老公。最後選擇的是前者，而不是後者，因為後者只不過是一個傳種接代的玩具、陽具、陽玩具而已。孩子是女人的上帝，越來越是，男人則是女人的地獄，越來越是。我們之所以現在還愛，還愛得那麼厲害，是因為我們沒有孩子，也沒有懷上孩子之虞。

誰說的？真念雙說。我們每次在一起，我都熱烈地希望懷上你的

孩子，我們的孩子。只有這樣，我們的愛情才能結晶，我們的血肉才能糅合在一起、肉合在一起、揉和在一起。

我不是孝子，修潔音說。我們的孩子更不可能成為孝子。人類的進化是不可逆轉，也不可能逆轉的。父母親一代還能做飯，我們已經不大會做飯，等我們有了孩子，他們就不可能做飯，也不需要做飯了，到處都能找到為他們做飯的地方，到處都能填飽他們的肚子，以各種各樣的方式，只要他們刷卡就行。

愛還是不可替代的，真念雙說。長存的。

是的，修潔音說。只不過它更像一種娛樂形式，而不是別的什麼了。器官和器官，像是欲望的強心針，互相打著愛情的激素，不斷催情，不斷刺激，不斷激化，不斷重口味，不斷大尺度，結果呢？人的厭倦感急遽增長。一分一秒長於一萬一億年。記不記得那一次？

哪一次？真念雙問。她還是達不到他夢想的程度：任何事情，只說半句話或一個字，對方就能準確地猜到或想到指的是什麼，這才是最相愛的人最起碼的要求。

「也許，」修潔音說。「這是那次做愛後的結果。」他知道，每次做愛後，真念雙就會疲憊以極，身體輕得像一片羽毛，隨時都會漂走一樣。記不住事也是正常的。修潔音說：就是丹麥那次。不記得了？

啊，真念雙說。記得，記得，怎麼不記得？

話一出口，碎片化的記憶便紛至遝來。廁所。窗外。一晃而過的田野。綠色的泥土。灰色的天空。青色的樹枝。紅泥色的瓦屋。鼻孔的臭氣。豬糞臭。口裡的臭味。肉根臭。眼瞼倏然模糊。溫暖的感覺。舌頭在臉上。舔乾淨一切。

知道嗎，修潔音說。最好臥軌，赤身裸體地在雙方達到高潮時，被風馳電掣般駛過的列車碾得粉身碎骨，達到高潮中的高潮。讓車輪在轟鳴聲中記住我倆的一切。

沒想到你重口味到這種地步，真念雙說。

這跟重口味沒有任何關係，修潔音說。這是人生常態。是每個人

腦子中可能產生的欲念，只不過有些人一閃念過之後，就害怕得立刻把那想法掐滅于萌芽狀態。而另一些人，像我，想掐也掐不滅，想做又沒有膽子，只好過過嘴癮罷了。

我知道你不是重口味，真念雙說。我不過跟你開開玩笑罷了。

重口味不是我的問題，修潔音說。而是諾貝爾獎評獎委員會的問題。他們的口味特重，難道你不知道？凡是放之四海而皆準的口味，如麥當勞口味、肯德基口味、馬克思恩格斯列寧口味（越來越成一海口味）、蘋果手機口味、美國口味、歐洲口味，等，都是輕口味，是大眾能夠接受的口味，輕得像空氣一樣，被人呼吸著卻不自知，也不互知，但被諾獎接受，最後又給以頒獎的那些玩意兒，口味都很重，當然，它不是人們常常暗示的亨利·米勒作品的那種肉體之重、肉體之重口味，而是懷特那種思想之重、思想之重口味。如果是女人，那就必須是性格之怪的重口味。必須重到鼻子呼吸不進去的地步，重到用刀斧都劈不開的地步，重到只有瑞典那些榆木腦殼用瑞典語才能悟出的地步。那個地方，我是說瑞典，那個地方，說得更準確一點，是斯德哥爾摩，修潔音說，即使在四月下旬五月初的春天，也看不到綠葉和鮮花，只看到一座座墓碑一樣的樓房，櫛次鱗比是櫛次鱗比，但那只是墓碑的櫛次鱗比，每一個墓碑似的樓房，都像死人板起來的面孔，那兒的食物難吃極了，好像是用排泄的糞便重新做過。河流流動的都是尿液。每一個人都憤怒地面對世界，好像全球所有的人都欠他們的錢，欠他們瑞典人的錢。即使暫時沒欠，將來也會欠，只要還沒死都可能欠。氣候即便暖和起來，人也感到寒冷，主要是腦髓、脊髓和心室感到寒冷。眼睛也是寒冷的，從中能夠呼出冷氣，讓別的眼睛結冰。這些人的腦子，這個國家人的腦子，並不像他們用諾貝爾獎推崇的那樣，都是「沿著理想的方向」。不，遠遠不是這樣。他們所謂的「理想」，是用理智在想，是用理性在想，最後想來想去，想的都是那筆錢，那筆被稱為瑞典克朗，可以換算成美金或人民幣的錢。即便從英文角度看，他們所謂的「ideal」（理想），也是很成問題的。

不信你把「ideal」這個詞拆開看看。你先把「l」拿掉，剩下的就是「idea」（想法）。你再還原，把「i」拿掉，剩下的就是「deal」。什麼是「deal」？「Deal」的意思就是「交易」。咱們做個交易吧，這句話翻成英文就是：Let's make a deal。好了，這不就一目了然嗎？所謂「ideal」（理想），就是想做交易。做什麼交易？做諾貝爾交易呀！真是一個無聊透頂的獎。全世界所有的獎都無聊透頂。正是因為它們無聊透頂，那些無聊透頂的人才對它們頂禮膜拜。你把他們心窩掏出來看看，裡面成天都在「ideal」（想做交易）。特別是其中那個「i」，就是「我」的意思，也就是我想做交易。我想拿諾貝爾獎！

他是不是有點生氣？真念雙想。他是不是有點覺得，自己也夠得上拿這個獎了？她繼續沿著自己的這個思路想。他為什麼對這個世人如此矚目、注目的獎如此貶低，是不是心理不正常了？

修潔音一下子就看出了她的想法。他說：你可以這樣想，但你若以普通人的觀點來看這個問題，那只能說明你沒有超越普通人。比如，你會認為我在嫉妒。可是，我為什麼去嫉妒根本不值得嫉妒的人呢？又比如，你會認為我不正常。但如果我真的不正常，我能如此清醒地解析「ideal」這個字中的潛在含義嗎？有多少人被「ideal」這個詞所蒙蔽，而走上毀國、毀家、毀己、毀人的道路啊！難道我們這個世紀不是最佳的證明嗎？

我沒有，真念雙辯解道。

你沒有什麼？修潔音說。你沒有想你想過的那些想法嗎？

我──，真念雙語塞。

寶貝，修潔音說。我愛你。但你知道，「我愛你」三字，是很可怕的三字。你不可能把它蓋上印章，說它只屬於真念雙和修潔音，只能在他們兩人之間說，而不能在他們和任何其他人之間說，包括雙方的父母。你能嗎？如果不能，那是因為什麼原因？如果能，那又是因為什麼原因？為什麼一對情侶，「我愛你」、「我愛你」地互相說了很久，結果反目、分手、背道而馳、分道揚鑣，從同心同德，到離心

離德，漸行漸遠而形同陌路，最後與他人聯手，重新開始說同樣的三個字：「我愛你」。如果這三個字是飛行的鳥的身體，那該鳥的雙翼是不是每飛行一段時間，就要更換一次或被替換一次呢？現在你想想那鳥在飛的樣子，一隻翅膀是黃色的，另一隻翅膀是白色的，過一會兒又變成紅色的，再過一會兒，又變成透明的了。

我們做愛吧，真念雙說。

而且——，修潔音還要繼續說下去，但卻發現他張開的嘴被堵住了，那是真念雙向他嘴裡遞過來、快遞過來的舌頭，它充滿汁水，一種無色無味的汁水，卻隱含著一種毒蛇一樣的刺激，讓修潔音產生了中毒般的快感，全身浮腫起來，下面腫大起來，空氣一樣地環繞著真念雙，在第三雙眼睛看來，彷彿在對真念雙做人工呼吸，口對口地與之姘和、拼合，與之火拼，與之friendly fire。他們用眼睛互相吃著對方的眼睛。把眼珠子挖出來，吞下去，體會眼珠從腸道滑落的感覺。女的讓男的長驅直入，直抵心尖。最後射出來的一腔熱精，全部塗滿了她的心臟。

那是很多年前的一次做愛。真念雙以愛情轉移了修潔音的視線，因為只有愛情，才能轉移一切的視線，這是真念雙領悟到的一個女人的真理。

她覺得，能夠比較深刻地反映修潔音後來那種思路和思想的文字，就是下面這篇《心死》。這篇文字說明，修潔音在尚未去世之前，就早已去世了。他不過是一個行屍走肉，一具活屍。具體原因是什麼，只有社會知道，只有他生活的那個國家知道。

《心死》

1

你為什麼這麼高興？

告訴你個消息，我的長篇發表了，還譯了幾個短篇，也都刊載這

一期上，喏，他把那本厚厚的《十一月》遞過來。

就為這？

當然呀，難道這還不是一件值得喜慶的事嗎？我渴望了多久，就盼著有這麼一天，我的名字能出現在雜誌上──

那又怎麼樣呢？

名字出現在雜誌上，就意味著出名呀，你沒發表東西，不知東西發表後的那種心情，當看到自己的文字變成鉛印的，散發出油墨的清香，心裡真有種說不出的甜滋滋的味兒。

你那杯酒喝不喝？不喝我喝了。

第一篇發表了，就不愁第二篇──

第二篇發表了，就不愁第三篇，於是一篇一篇，直到天下都傳揚著你的名字，雜誌上鋪滿了你的文章，你成為學者、教授、名人。

對呀，這就是我一生的願望，我要當教授，要當名人，要受到人們的尊敬，讓我的名字載入史冊──

史冊上沒有教授的名字。

有，有的，百科全書上找得到，你不信去翻翻。當一個名教授可了不得，你成了權威，主宰著某個領域，象上帝一樣，你有許許多多的信徒，別人的文章，不經你過目，不經你簽名，不能得到發表，而你的東西，哪怕隨便寫出來的三言兩語，人家也奉為金科玉律。而且你可以周遊世界，到處講學，你的名字在各國的報紙和學術雜誌上出現，還有你的照片，這一切難道不令人陶醉？

就象這杯酒嗎？

就象這杯酒。

2

我好像在哪兒見過你，小姐。

但是我並不認識你呀。

這不重要。咱們在這兒坐一下，好嗎？

不，天色晚了，我要回去。

你沒有家，朋友。

我有的。

你沒有。我也沒有。不要問我，我有的，但我忘記了他們，他們生下我來，不是為了我，而是為了他們自己，為了別人。我忘了我是什麼時候出生的，我叫什麼名字，我活著是為了什麼，我死了又是為了什麼。

你很怪。

我不怪。我並不想吸引你，**朋友**，如果你願意我這麼稱呼你的話，我需要找個人談談，可是我找不到一個人，我的熟人很多，他們都是**熟人**，任何一個人都可能成為任何另一個人的熟人。只有陌生人，如你，才能成為朋友。

可是，一個女人能跟一個男人結為朋友嗎？

能夠，如果短暫的結識，永久的分離。

可是，難道不能永遠在一起嗎？

可以，但那將是友誼和愛情的終結。

你這種人我好像在什麼地方見過。

我這種人並不稀奇，到處都有。不過，你平常見不著，因為他們都戴著假面，笑，大家都笑，你見過誰哭？也見過當眾的哭，但那都是裝出來的，尤其是女人的哭。

我討厭虛偽。

人人都討厭虛偽。人人都靠虛偽活著。虛偽就是衣裝。人沒有衣裝而相互接觸，是不可想像的。虛偽就是打扮，幾乎等於美麗。女人是虛偽的，一個言談舉止象女人的男人，是虛偽的。

我不喜歡你用這種口氣談論我們，女人，女人，好像我們是很低賤似的。

不，我愛用女人而不是婦女、淑女、太太、小姐、女士，正因

為這個詞是中性的，不卑不亢的，跟男人一樣。女人是一群動物，她們都有被虐待狂。你對女人表示過份熱情，她會討厭你，你表現得冷漠，不屑一顧，她們反而會喜歡你，她們受不了男人比她們低，比她們弱，比她們智力差，無論她們處境如何，她們都甘居次於男人的地位。一旦她們認為無人可以與之比擬，她們就完了，她們成了老姑娘，她們的青春不會因為未同另一個人分享而保持得更久，倒反而衰退得更快。她們將孤獨地度過一生，伴著電視、答錄機、一房家具，以及現代社會為她們提供的一切刺激感官、消愁解悶的物品。

那麼男人呢？

我不想談男人，我自己就是一個男人，可我寧願自己成為一個女人，一個男人肩上的擔子，心理負擔要比一個女人重得多。我們渴望成名、成家、掌權、獲得高官厚祿，或者發財致富，我們每一個男人在內心都是一個拿破崙或希特勒，野心勃勃，恨不得有朝一日把世界踩在腳下，成為眾目仰望的君王或者上帝。可是，有多少人能實現這個願望？偉大的人征服世界，渺小的人征服家庭，最渺小的人征服自己。我屬於最後一類。

你真可愛。

你感到冷了。夜很涼，你看，草葉上掛著閃閃的白露。我把這件衣服給你披上，我喜愛黑夜甚于白天。我們都是在黑夜誕生的，最後也將消隱在黑夜之中。

你太悲觀了，難道你沒有愛過嗎？

我愛過，沒有被愛過，以後不再愛過，但心中仍然想愛。

我也是。

愛和愛之間不是互相吸引，而是互相排斥。

我不能同意你的觀點。

愛離不開恨，恨離不開愛，因為恨才更愛，因為愛才更恨。而現在，這兩種感情都沒有了，有的只是感官刺激。一切以舒服為准：吃得舒服，睡得舒服，穿得舒服，說話讓人聽了舒服，聽話讓自己覺

得舒服，人家有的我也要有，這就舒服，人家沒有的我也要有，這就更為舒服，而要做到這些，必須以這一點為保證：不要思考，什麼也不要想。意識到自我的存在是一件痛苦。意識到一個有頭腦的自我的存在更是痛苦。當你知道你和另一個人，另一些人，以及其他所有的人，都沒有任何區別時，你和他們一樣，也是要默默無聞地死的，你就不痛苦了，你就無所謂了，生活不是一件很簡單的事嗎？幹活、賺錢、吃、喝、玩、旅遊、結婚、生孩子、越來越多地攢錢、越來越多地購物，物質生活總會越來越好的，你就不會痛苦了。

我很痛苦。

為什麼？

我覺得沒意思。一切都沒意思。友誼、愛情、工作、生活、家庭，一切的一切。

可你還很年輕。

是的，這不用你管，某詩人說過：我一生下來就老了。是的，我早就老了。彷彿八十歲的老人所經歷的一切，我也親身經歷過了。有什麼新奇？不就是忍耐嗎？人，一旦學會了忍耐，他就成了一句僵屍，一具木乃伊，他麻木地活過一天又一天，他用別人的思想裝飾自己，象我一樣，他們不想活下去，但他們怕死，只好耐著性子活著。學會忘卻。給我一支煙。真想找個地方喝點酒，再跳幾圈舞。寂寞、空虛、無聊，這些東西象鬼影子一樣，一生緊跟在你的腳後跟。噢，那些走來走去的活屍。

我也是嗎？

你不是。我是。

可愛的，你，真可愛呀。靠近點，再靠近點。我為什麼不在這一刻死去？陌生地來，陌生地認識，陌生地相愛，獲得片刻的寧靜和保護，於是，到了黃昏，到了岔路口，就要分別了。然後，陌生地離去。

別說了，親愛的。

我們的唇膠在一起，我們的身體緊靠在一起，我們的心卻在各自的胸腔中跳動，我們在對方身上瘋狂地尋找自己所缺乏的一切，得到暫時的滿足，卻留下更長久的空虛。

再見吧，陌生的朋友，你使我認識了我自己。

3

我的筆，你停止寫吧，我要睡了，睡眠是醫治一切的良藥。從前，我把日日夜夜花在奮力拼搏上，我虛度了青春，是誰說死後有的是時間睡覺？死後才沒時間睡呢，只有趁活著時睡覺，在睡眠中醒著，那是多麼幸福的事呀。別提醒我，今天是什麼日子。我要忘記。我在夢中看見了什麼？我看見了美，我看見了真，我看見了善，我看見了人類所不曾見過的一切。生的重負壓得人喘不過氣來，讓我們在短暫的死中忘卻吧，陶醉吧。我多大了？也許是二十，也許是四十，也許是七十，我不知道，不想知道，過去的歲月一旦過去，就不可捉摸了，寫在紙上也好，錄下音來也好，拍成照片也好，一切都像是假的，不屬於我。只有肉體和肉體接觸在一起時，才顯得似乎真實。可是，轉瞬就成了一個遙遠的記憶。我現在睡在這兒，頭枕在枕上，身子壓在褥上，蓋在被子下面，可我並不在這兒，我在什麼地方的沙灘上行走，光著身子，清澈透底的水照出我的赤腳踩在鵝卵石上。天空象一面萬花筒，緊貼著窗玻璃，閃耀出光怪陸離的色彩。我卻在奔跑，一些人說，到這兒來吧。我沒有去。忽然，我把自己捆了起來。我開始跳舞。彈雨一般的碎光四下裡迸濺。然後是一望無際的野草，躺著我一人，頭上照著一個孤零零的月亮。來了一群美女，俯下身子，和我行樂，一次又一次，昏死過去，又醒來。我終日在掃廁所，將糞坑用手扒開，讓堆積如山的人糞流走，然後用水把積垢一點點清除乾淨。我單腿跪在地上，手拿抹布，把千百萬人吐的痰跡揩去。從東到西。從南到北。我感到從未有過的滿足。忽然，河裡的魚都死

了，一河都是翻起的白肚皮。我痛哭失聲。毒辣的陽光照在腥臭的河上，河水泛出死魚眼睛的波光。

這樣睡一下很好。她和我就要散夥了。誰？反正大家遲早都是要散夥的。未來是一個未知數。人類還將互相殘殺下去。先是愛，後是恨，然後是毀滅，玉石俱焚。何不現在就死去？我捨不得。捨不得誰？捨不得人生。捨不得睡眠。

睡著了，你忘記了自己是一個人，忘記了母親曾經後悔生了你，忘記了父親曾經希望你為他爭氣，忘記了社會希望你成為一個馴服的工具，忘記了牢房想收容你的企圖，忘記了自己曾經想成為自己。

4

信則有，不信則無，你說。

我不信，我說。

你會信的，以前我也不信，現在我信了，我看見他了，HE，他在一片金光照耀之中向我走來，我欣喜若狂，我們面對面足足站了一分鐘之久，誰也沒說一句話，然而，我覺得我聽到了無數的真理，我以前的一切疑團在這兒迎刃而解，我心中象過濾一般，清純而無雜質。

湖水多麼惡臭，泛著多麼濃綠的光呀。我不信，我什麼都不信。

因此，你永遠得不到安寧和快樂，你永遠象一個孤兒，在四方漂流。沒有愛，沒有友情，沒有保護，只有一片荒漠，那是你永遠不能得到滿足的心。

我寧願做一個人間的孤兒，不願做一個天堂的奴僕。

天堂是沒有奴僕的，人人平等，過著極樂的生活。而那天堂，如果你信的話，不在別處，就在你的心中。

不，我的心中只有地獄，我渴望殺人，渴望犯罪，渴望做種種我不能做的事。但我是一個被五花大綁的人，我在走鋼絲繩，隨時都有掉落深淵的危險。

信吧，信就是康莊大道，不信就是死路一條。

不，我寧願做一個瘋子。

***　***　***　***　***

　　血漸漸少了。骨頭也漸漸銷退了。那個成語是怎麼說的？形銷骨立？是的，形未銷，骨已立，真念雙撫摸著自己的全體，想。她不敢看自己的臉，自己鏡中的臉。也不想看。人生如夢，幾十年一晃就過去了。這麼多年，她就是按照自己當年和他——修潔音——的理想生活的：不要孩子，也沒有孩子。按修潔音的說法，不要孩子，孩子也不要他們，你不想生他們，他們還不想被生呢。只愛一人，其他任何人都不愛，哪怕那人已故，也只愛這一人。這是不是違背人性？這是不是違背天性？凡是問這話，問得出這種話的人，所出自的都是讓人向他或她靠攏看齊的那種心理：我是人，我有七情六欲，我一失足或失戀，不會成千古恨，很可能會成就新愛，創生新變。其實就是人的動物性，真念雙想，是脫不了俗的凡人——俗世的犯人，音同凡人——非要把不同凡響、超凡脫俗的人拉過去跟他們為伍、為他們墊背的想法或做法。他們心想：你、你們有什麼了不起！長的還不是一張人臉，今天吃的，明天還不是拉了。再怎麼樣也不怎麼樣。真念雙在心中對他們說：豬們，親愛的豬們，你們的腦子怎麼可能理解只有人才思考、只有人才理解、只有人才理解不了的問題呢？唔，糠很多，好好吃、多多吃吧，繼續做豬下去。

　　她想到了Forster。這位寫出了《印度之旅》的作家，一生未娶。如果這個世界由99.99%的已婚者組成，那麼她和Forster，以及一小部分人數逐漸增長的人，就是那0.01%的人。她認識的不少女性，一直都是獨身，比如樹枝（一個不便說出人名的人的代號），比如瓦片（另一個不便說出人名的人的代號），比如晦暝（第三個不便說出人名的人的代號），她們都是獨身，都自己讓自己一勞永逸地豁免了性

愛的暴力和家庭的暴力。

　　瓦片的身世她最熟悉不過。她們同事過一段時間，常在一起喝咖啡。其他的鋪墊都不必了，真念雙想。沒有需要交代的細節。因為故事就是故事，給骨頭你看，其他的肉身，當代受了過度教育的人，過度發達的想像力都會過度地想像出來。用不著鋪陳。瓦片越過咖啡杯對她，很突然地說：我年輕時有兩個男友。同時有兩個。一個是拍電影的，另一個是大公司的經理。你道我為何那麼熟悉紐約的各大五星級酒店，比如我們面前這座？它叫Langham Place。那是因為，George跟我好上時，總是帶我出入於這些酒店賓館。而約翰雖然沒錢，但喜歡我，只要有機會，就會開車帶我到鄉間見面。這樣也有好幾年吧，最後都好說好散了，因為難以成事，兩人都有家庭、孩子和事業，誰也不想為了一個女人而淨身出戶，重起爐灶另開張。再說，我也玩夠了，主要還不是錢，我一向不在乎錢，主要還是性，那種讓人死去活來的性。以後再也不來往了。

　　晦明對婚姻和性愛，則是一以貫之地加以譴責，真念雙想。暴力、暴力、暴力，晦明怨聲載道，只要有機會，就要強烈譴責。這位女權主義詩人，無法忍受人間種種的不公平現象，認為罪魁禍首都是男權社會，禍根就是男根。真念雙記得她說，先是義憤填膺地，後來是胸有成竹地，再後來是若有所思地，從義憤填膺到若有所思，中間隔了十幾年，但基本內容大致不變：如果用任何隱喻來表示性愛，那個隱喻就是捅。這個行為表現的終極意義是暴力。無暴力不成性愛。人們歌頌愛情，可以。人們歌頌人類賴以延續的愛情動作，可以。人們歌頌沉浸在、沉醉在愛情中的人們，可以。這一切都不能抵賴這樣一個事實：愛情是一把尖刀，對著被愛者捅去。它在男女不平等的社會，更被當做男性當權者的利劍和利器，拿來去捅他們的獵物，正所謂他們的漁獵活動，用以漁色、獵物，靠著捅出捅進的活動，獲取肉體的經濟享受，因為那種享受，也是能夠用經濟的指標和數字來衡量的。女人要在人世立足，要想做一個獨立自在的人，就必須拒絕被

捅，拒絕被暴力，拒絕在被捅之後被裝飾、被餵食、被走狗。

　　真念雙跟晦明交往，感到激動之時，內心也十分恐懼。她慶幸的是，修潔音早已不在人世，否則，她不知道該如何跟他繼續開展性愛活動。她怕自己在性愛活動中變得過於政治化，過於認真，過於講究其中的性別政治、性愛政治、暴力政治。這樣的交談，以及閱讀相關書籍多了之後，她逐漸變得性冷淡起來。不渴望性，不嚮往性，不想嚮往性。她也不想像某些女性那樣，希望把自己變成男性，那不過是把自己也變成一把利器、利劍，用以去捅別人、別的男人或別的女人。世界的交易不是這麼做的。必須有人是車，有人是路。路肯定是被車碾壓的，車肯定是必須從路上通過的。只不過在人這兒，路有時是車，車有時也是路，兩個角色是可以互換的。她只留存一個很小的希望，希望自己不被捅，即使被捅，也要帶著愛的被捅。這是一個小得不能再小的要求了。她和修潔音在一起時，這個要求是存在的，不存在任何問題的，可以隨時滿足，隨時互相滿足的。誰想要，誰都可以隨時得到。光天化日之下，他們也做過。黑燈瞎火之中，他們也做過。一切肉體的活動，凡是人類能夠想像得出來的，他們都試過，最後兩人得出的結論依然是：只有面對面地做愛，才是最美好的做愛。舍此無別。當眼睛看著眼睛地說：我愛你，那種感覺是任何語言都無法描述的。

　　他去世多年後，她依然懷念兩人唇舌纏繞時互相的說話聲，即使有時發聲都被舌頭的砥礪而弄得模糊不清，但彼此都能聽懂對方在說什麼：

　　我愛你愛到骨髓，一個說。
　　我愛你愛過底線，另一個說。
　　我喜歡你高樓大廈的打樁機，一個說。
　　我回家去、回家去、回家去，另一個說。
　　我愛出一個孩子來，一個說。

我把自己愛化到裡面，另一個說。

我們一起死了吧，兩人齊聲說。

我們消失在一起吧，兩人齊聲說。

我們一起消失、我們一起消失、我們一起消失，兩人說。

　　一個人想起這些，真念雙感到心碎，感到心酸，感到心裡難受，有時也感到累。她聽著回憶中的這些不死之音，用手撫摸著自己下面，一直把自己撫摸到高潮。在逐漸平復的感情下，她打開Youtube，找到「World's Most Emotional & Saddest Instrumental Music」（世界最動情、最悲傷的器樂曲），閉上眼睛，像那年她閉上眼睛，為他、只為他而自拍的一張照片那樣，讓音樂把自己席捲而去，居然在閉上眼睛的眼瞼上，讀到了修潔音寫的一篇文字（她後來永遠不稱它們為小說或散文或非小說），她只稱它們為文字。

《蹓躂》

　　他在這個城市最繁華的街道已經蹓躂了兩個小時。

　　他喜歡這樣蹓躂。人多得像家鄉過年前打塘魚起網前的魚一樣密集。誰也不認識誰。各人做各人的事。買衣服，買糖果，大可樂，咖啡，冰棒，小兒車。一句話：Buy, buy, buy。走著走著，他忽然想起上街前曾打算買一件東西。信封？郵票？牙膏？肥皂？書？都不是。對了，是一把小刀。前天，發了一些閱讀材料，想把它們裁開，用釘書機裝訂成冊，沒刀，只好用手從中間撕開，紙邊撕得象狗啃的，難看極了。到學校商亭去買，一把小刀八角五，天，太貴，可以吃一餐好飯了。

　　他費了好大勁，擠到櫃檯邊，買了小刀，只花了一角錢。他感到很高興。

　　走出店門，他發現人在這段短短的時間內一下子增加了幾倍，

要想走路，只能邁碎步，象個八十歲的老頭樣。但都是一些怎樣的人呀！男的不用說，光女的就叫他眼睛忙不過來。她們化過妝，看上去彷彿是演員：藍眼圈、粉白的臉、鮮紅的唇。頭髮有燙得蓬蓬松松的，散披在肩上的，歪在一邊，蓋住半邊臉的，還有用一根金閃閃的絲帶從中間束起的。衣服就更叫人眼花繚亂了，尤其是褲子，大紅的，淺花的，盛開藍玫瑰的，皺得象樹皮的，都是緊緊地繃在腿上，更有一種褲子令人吃驚，它與其說是穿在外面的，不如說是內褲，是健身褲嗎？管它呢。反正這種褲子穿在身上，等於是沒穿褲子，因為它富有彈性，而且一般都比主人的腿部尺寸小，所以穿上後，就完完全全地粘在身上了，看上去就像是多了一層皮，什麼小腿肚呀，膝彎呀，臀部呀等等，曲線畢露，連股溝都看得一清二楚。

他心中一動。眼睛避開那些褲子。他有些不安起來。上街幹什麼？都一個多小時了。這樣無目的地走下去，到哪兒為止呢？一對對男女從面前走過，無窮無盡，全是一對一對的。都是二十、三十、四十左右的人，都是成雙成對的。都沒有孩子，都不帶孩子。難怪他們不願意離開這兒。難怪他們說這個城市充滿活力。在他自己的那個小鎮上，人也多，衣服也穿得不錯，但看上去顯得襤褸不堪，污穢骯髒，似乎長時間不洗澡，可以聞到衣服下面發出的臊味。而在另一個國度，是夢裡去過一次？那沒有比的。只能自己跟自己比。

我結過婚嗎？他問自己。好像沒有。好像有。也跟她買一件褲子好嗎？她不肯穿的。嘴撅得老高。於是，又吵起來。總是這樣。從前，買什麼都合適，都高興，其實連量都沒量。現在，不管買什麼都不合意，也的確不合適。怎麼搞的。不適應？

見鬼！他發現自己撞到一個老頭身上。那老頭一動不動站在面前，擋住去路。其實，他在動，只不過動得異常緩慢而已。他很氣憤，又無可奈何。

這時，一個毛茸茸的頭從斜刺裡露出來，跟著，一件奶黃色的羊毛衫，半露的白脖子，黑褲子，又是那象皮一樣繃在身上的褲子！這

女人穿著高跟鞋一晃一晃地獨自在人群中擠著往前走。他不知不覺跟了上去。自己也不知道為什麼。他感到難受，很憋，想喘口氣，想把所有的人全部推開，令他們全部消失，只有她和他，然後是黑夜，沒有一顆星星，一星燈火的黑夜，黑夜真的來臨，女人在前面走，他跟在後面，越走越近。聽得見彼此的呼吸了。現在他看清楚了，女人的身上有些亮閃閃的東西，宛如螢火，閃爍不定，他掏出小刀──

「好的，我給你們講一個巧故事。我們那條街上有個二十出頭的小夥子，這傢伙有個怪毛病，他每天拿把刀，等在某個角落，看見有孕婦來，周圍沒人，上去照腹部就是一刀，然後掉頭就跑。他這樣共捅了十幾個孕婦。幸運的是，沒有一個被捅死。誰知道這傢伙腦子裡怎麼想。後來我們審訊他，問他為什麼要捅孕婦，他說，見了孕婦就討厭。」

「我也給你們講一個故事。有一天，一個男的在電影院看電影，恰好坐在他前面的是個女人。這女人有個毛病，喜歡邊看電影，邊抓腳丫子，一隻皮鞋脫了，腳就屈起來擱在凳邊上抓，她抓得很慢，常常一抓就是大半場電影。那男的靈機一動，他悄悄把腳從椅子下面伸過去，把那只皮鞋勾過來，趁大家聚精會神的當兒，神不知鬼不覺地把鞋塞進包包裡面，走出電影院，照鞋子尺碼買了一雙新皮鞋，把舊鞋扔掉，然後轉回來，仍舊看他的電影。電影散場時，女的忽然發現那只鞋不見了，著急得不得了，滿處找鞋，可就是找不到。這時，看的人都走得差不多了，那男的便裝作若無其事地站起身，對女的說，『我這兒有雙新鞋，你要是不嫌的話，不妨試著穿一下。』女的沒了鞋，光著一隻腳，正狼狽不堪，有人給她新鞋，替她解圍，正是她求之不得，她感激不盡，腳穿上鞋，天呀，不大不小正合適，她簡直心花怒放。碰巧，這女的是個沒結婚的大齡青年，一樁好事就這麼成全了。」

刀子輕輕地在褲子上拉了一下。繃得緊緊的褲子上面立刻出現一條裂縫。女人並沒察覺，仍在繼續往前走。這時，他早已加快腳步，走到前面去了。過了一會，才轉過臉，對那女的看了一下。女的仍沒

察覺。他放慢腳步，讓女的先過去。這時他看見裂開的口子由於繃得太緊而張得更大，露出裡面貼肉穿的內褲。他緊趕慢趕兩步，輕輕拍了拍女人的肩頭。她轉過臉，一雙吃驚的藍眼圈。

「對不起，如果您不介意的話，我想，」他用手往一條闃靜的胡同指了指。「跟我來，我有話跟您說，您別怕。我沒有惡意。」

那女的滿腹狐疑，猶豫了一下，還是跟他去了。

「我很不好意思，」他裝作難為情似的。「不過，您的褲子——」

女的本能地用手往後一摸，正好摸到破口子，臉撲騰一下全紅了。

「哎呀，這可怎麼辦呢？」她叫道。

「您別轉身，免得別人看見，」他說。「您看這樣行不行，我就在這附近給您買一條褲子，您等我一下，好嗎？」

「哎呀，這不行，這不行，哎呀，這怎麼辦呢？」女人一個勁地說。

「您說，不去買一條褲子您怎麼回去呢？讓人看見多不好呀。」

女的似乎清醒過來，「也只好這樣，可是，我不認識你，怎麼好讓你花錢呢。」

「沒關係。」

那天夜裡，是他最幸福的一夜，他和她認識了，比什麼都深，他這樣想道。

＊＊＊　＊＊＊　＊＊＊　＊＊＊　＊＊＊

這些文字是死人的文字，他——修潔音——從來都沒有想讓它們活下去，年輕的時候曾想過，後來試試沒用，就不想了，一放就是二十多年，直到它們反倒比他活得久，在他故去之後還留存在紙上，由一個他在世時愛他的女子經手、過手，單獨地存活下來。這個女子就是看到這兒已經讓人有所熟悉的真念雙，她此時從外面散步回來，

內心憂戚，外表卻看不出。湖口這個地方富得流油。靠水一帶的房子，動輒就是幾百萬澳元。湖水邊的沙灘雖然很狹窄，大概不過五人的平躺之寬，但已經有人躺在那兒休閒了。左近這個是個女的，赤裸著脊樑，俯臥在沙灘上，戴著墨鏡看雙手捏著的手機。右近這個，也是個女的，也戴著墨鏡，但仰臥在沙灘上，雙手舉著一本發黃的書，大約是小說，通過墨鏡在看書。這是這個國家愛好和平、愛好慵懶、愛好閒適、愛好無所事事的國民所經常做的一件最享受的事。他們最喜歡的，就是把生命拿來虛擲，把光陰拿來虛度，把時間拿來浪費，因為他們不需要哲學的痛苦，不需要詩歌的虛偽，不需要文學的矯揉造作，他們只需要把一天甩出去，很快就又到了晚上，天亮醒來，人生已經過了千年，那才是最值得一過的生活，而這段時間裡，他們已經喝掉了湖一樣多的紅酒，拉掉的也不止這個量，世界其他任何地方的紛擾和紛爭，都與他們沒有半點關係。

　　真念雙很想也像那兩個女的一樣，把自己脫得只剩一條露出大片肉體的游泳衣，在沙灘上翻來覆去地看手機或看書，但她無法脫去把自己綁縛得緊繃繃的文化。這文化就像第二張皮，給她穿上了另一身只有自己看得見的衣服。她和修潔音在一起時，任何時間都沒問題，因為修潔音是她的衣服，修潔音把她蓋得嚴嚴實實，修潔音把她穿得暖暖和和。他們是長在一起的植物人。被人看見也沒關係，他們是同時被人看見的，像一個人一樣。

　　她想起自己系裡那個來自日本的研究生，最近屢屢犯事，先是對自己的白人女友動用暴力，被報警而送上法庭，學校通過取保而把他保釋出來。一波未平，一波又起，他又撰文攻擊學校領導，攻擊他所在的這個社會制度，認為是種族主義的法西斯制度，對外來人員和外來人士永遠歧視，沒有公平可言，並在受到其導師批評時，公開與之對抗，乃至動手。學校最近已經做出決定，令其退學，回到日本。鑒於該生與修潔音在世時建立的友情，真念雙決定走前送他一程，請他去Tiamo 2喝咖啡。榮樹面色蒼白，看起來很疲倦，一副對什麼都厭

倦的樣子。他們相對無言，靜靜地啜飲著咖啡。只是提到修潔音時，榮樹才似乎打起了精神，問她：修情況怎麼樣了？

看來，真念雙想，他並不知道修自殺的消息。既然他不知道，她也沒必要告訴他，且看他有何話說。關於榮樹的情況，她基本都知道。這個日本小青年，家境並不富裕，父親是汽車廠的工人，母親在家當主婦，家裡沒有兄弟姐妹，只有這麼一個獨兒子。

榮樹沒從真念雙那兒瞭解到修的情況，便自顧自地談了起來。他說，他曾從修潔音那兒受到了很大的教益和啟發。修和別人不同，並不教他做人的道理。再說，在一國做人，跟在另一國做人，那是兩碼事。再好的道理，拿到另一個國家或另一個文化，都很可能會失效。榮樹總覺得，自從他從日本抵達這個說英語的國家之後，他就感到自己在情緒上一落千丈，彷彿有一隻看不見的手，從天空伸出，按在他頭上，把他往死裡按，壓得他吐不過氣來。尤其是，這一點他沒法跟真念雙講，但他跟修潔音分享了，那就是，自從來到這個國家，他的性欲與日俱減，後來幾乎到了身心麻木，什麼英文書都看不進去的地步，但他又不像其他日本人，回到日本或縮到內心。他不，他要讓自己挺進，深入敵人腹地，這「腹地」就是白種女人的肉體。他要通過白種女人的肉體來重振雄風。他不能用日語征服英語，但他要用身體語言來征服身體語言，以日語雕成的肉體，來征服英語捏成的肉體。他萬萬沒有想到，英語捏成的肉體，與日語雕成的肉體相比，似乎遠遠強大。它把法律滲透了每一個毛孔。他們起初還能縫合，後來連彌合都不可能，而中間，兩人在一起時，男方要，女方不要，男方硬要，就會被女方報警、投訴、提起訴訟、訴諸於法庭，一直鬧到媒體透明，自己身家性命都難保的地步：他差點沒把對方殺了之後，然後把自己也殺了。他對修潔音說：白種女人的肉體，躺在身子底下，簡直就像一堆玻璃，稍微一捅就成渣子。沒有任何感覺不說，動輒就要保險。你捅那個下體之前，最好弄清楚，它是否已經投保。如若沒有投保而不知深淺地進入，很可能在裡面全軍覆沒。

　　他告訴真念雙說：他這回要一勞永逸地離開這個英語國家，回到日本去了。他相信修潔音的話。「修潔音的什麼話？」真念雙問。

　　「修潔音說，」榮樹說。「移民是世界上最不可名狀的痛苦之一。誰移民，誰終將受到移民的懲罰。這種懲罰是終極懲罰，它把你像一頭鳥，套在互相穿插的一隻鳥籠子裡。它把你陷入一種永久不能自拔，也不能他拔的孤獨狀態。它讓你走遍世界而始終無家可歸。即使在自己肉體上蓋滿某一獲得國國籍的印章，你的心也只是一隻空殼，裡面所存的內容即是無內容，或者是從記憶中打撈起來的幻內容。有一個作家我不知道你看過他的書沒有，他名叫歐陽昱，就是這方面的一個特例。此人是一個澈底的失敗者。不用多說他了，出再多的書，他都是失敗。足以為成功者戒。」

　　聽到這兒，真念雙忍不住笑了，但當她看見榮樹一臉嚴肅的表情時，便立刻收斂了笑容，繼續聽他講下去。「修潔音的話，我並不十分聽得懂，但我通過這幾年的實踐瞭解到，即使我並沒有移民的企圖和打算，但我已經體會到了脫胎換骨的那種曾經穿越地獄的感覺。誰想移民到英語裡，誰就要體會粉身碎骨感，誰就要被那個語言打得遍體鱗傷。」

　　「也不儘然，」真念雙說。「我的朋友L住在三藩市的華埠。據他說，在那兒，一輩子不說英語也可以活得很好，過得很好。病了可去華人醫院看病，打官司可以找華人律師，提起訴訟可到寫著英漢雙語的法院，就是─」，說到這裡，她臉紅了一下，把湧到嘴邊「就是性生活方面的問題，也可以到華人妓院解決」這句話吞進了肚子裡，改口道：「一個國家和民族，就是這樣形成的。最原來是唐人街，過了若干年，那條街四通八達，像一棵樹幹，長了諸多小樹枝。又像人的血管，先是通衢大道的主動脈，接著是密密麻麻的毛細血管，漸漸豐滿起來，散布開來，便成了華埠。當然，這還只是一個街區，還不夠大也不太大。我們的眼睛受到年齡的限制，看不到100年、300年或500年後的情景。我們的眼睛，往往只看到鼻子尖的一點點小利，吃

了這餐再想下一餐的事情。如果我們的眼睛能向前面伸縮望遠鏡一樣地伸出，伸到500年後，反過來再看那座由唐人街發展起來的華埠，我們可能會吃驚地發現，那早已不是一座華埠，而是一個聚集著華人的州，比如說三藩州。裡面的白人或其他有色人種已經寥寥無幾，因為他們有個很不好，但對他們自己來說也很好的習慣，那就是一看見周圍的華人滾雪球一樣越滾越大，這些白人或其他有色人種便慢慢地像水一樣退走，越退越多，越走越多，新歷史就在這樣進退的過程中被寫成。或許再過一千年，現在撒下的唐人街種子，最後開花結果，把美國結成一個比如說叫做『中美國』之類的國家，也是未可知的。」

「很有意思，」榮樹說。「你說的這個真的很有意思。」

「其實不是我說的，」真念雙說。「其實核心思想是修潔音的，我只不過按照他原來的意思加以發揮罷了。」

談到這裡，兩人咖啡都喝完了，榮樹起身告辭，並向真念雙表示，他願意放棄英文，改學漢語，希望能看到修潔音的一些短小文字。

真念雙回到辦公室，打開資料夾，找到修潔音的文字檔案，便把《炎夏》這篇文字找出來，通過電子郵件發給了榮樹。

《炎夏》

我和熊強睡在新大樓的六樓平臺上。這座大樓剛修起不久，還沒住人，也沒人管理。每天晚上吃過晚飯，散過步，我們就一人挾一抱涼席到樓頂乘涼。

我們頭挨頭睡在平臺上。天空嵌滿繁密的星星，在頭頂形成一個其大無比的穹窿。有好一陣子，我們都不說話。聽憑風從四面八方吹來，撫弄我們的面龐，頭髮，赤裸裸的上身。我感到水泥地面的熱氣透過草席縫炙烤著我的皮膚，便翻過身來，看見小城中的萬家燈火，

在下面、遠處遊動、閃光。我想起了自己的家鄉，也和這座城差不多大小。蘭莉這會兒不知在幹什麼？沒准也在竹床上躺著乘涼吧。我想像她的模樣。眼前是一片閃爍不定的燈火和星光，我怎麼使勁想，也想不起來。她的臉蛋只是模糊的一圈。

「怎麼，想女朋友了？」熊強突然問道。

「沒有。還沒談呢。」

「我不相信。你多大？」

「和你一樣，二十呀！」

「二十歲還沒談朋友，不可能！」

「你是大城市的，我不同，我在小地方長大，這個年紀談朋友，人家要說閒話的，再說，」我下決心隱瞞真相。「我也不準備現在就談。」

「嗨，你真傻！現在不談朋友，什麼時候談？等你老了嗎？」

「那──這麼說，你肯定有朋友了，對嗎？」

「那還用說！她在紗廠工作，長相是我們那條街數一數二的。」

「是嗎？」我感興趣了。「你們怎麼認識的？」

「逼溜子」

「什麼？」

「就是──反正，就是這麼回事。你到外面閒逛，要是看中了誰長得漂亮，就跟在她後面，然後找個機會上去搭訕，說笑話，再嘛，熟了以後就去看電影，或者到野地裡去玩。」

「哎呀，那得要多大膽子才行呀！你敢嗎？」我設想自己也處在同樣的情境之中，不覺心裡砰砰直跳，額頭竟滲出細密的汗珠。

「這有什麼不敢，容易得很。跟你講個故事吧。有天晚上，我們幾個一起出去逼。那天晚上也象這樣，滿天都是星星，不過是在老鐵道邊，旁邊有個小樹林。我們沿鐵路走，前面路基上也有兩個姑娘在走。我對他們說，「上！」，他們不敢。我就壯著膽子上去了──」

「你不怕她不同意」

「怎麼會呢？我有我的辦法。沒幾分鐘，她就到了我手裡，我是說，她就乖乖地跟我一起到了小樹林裡。林子裡靜得出奇，伸手不見五指。她坐在我旁邊，一動也不動，低著腦袋，好像連大氣也不敢出。我伸手去摟她的腰，她推我，我說，『你別羞了，有我在怕什麼呢？這兒又沒人看見。』又推了幾回，倒是越推離我越近，最後完全倒在我懷裡了，身子還抖個不住呢。」

「哎，你不是說就帶出去玩玩嗎，怎麼——」

「你要是不想聽，我就不講了。」

「別，別，你講吧，我聽，我聽。」

「我把手從她的襯衣下面伸進去，她動也不動了，好像凝固了似的。我摸到她的奶罩扣子，問她『一共幾顆？』她含含糊糊地說：『我也不知道』。我就一顆顆摸著，全部解開了。」

「後來呢？」

「後來就各回各的家了呀。」

「那——」我想再問一下他倆之間後來發生了什麼，但只覺得臉上發燒，便突然打住不問了。

「什麼時候有機會，我帶你出去玩玩，你可不要膽小啊。好了，我瞌睡來了，睡吧。」

他已經睡著很久了。四周很靜。整座城市也在酣睡，它的眼睛大部分閉起了，小部分還在眨著。一輪桔紅色的月亮斜躺在西邊地平線上。我睡不著。各種各樣的思緒在腦海中翻騰攪和著，眼前閃過一幅幅不連貫的圖畫。教練車在崇山峻嶺間穿行，我和同班幾個學員坐在車後，有說有笑。正巧這時和另一輛教練車相遇，車上坐著幾個年輕的女駕駛學員，都是不認識的，就在錯車的一剎那，我們之中一個人對她們揮了揮手，做了一個飛吻，同時喊道：「你們好呀，姑娘們！」又是一個月夜，家鄉城外河灘邊那座柳樹林裡。樹影婆娑，月光如水。我和她靠著大柳樹，靠得很近很近，我幾乎以為就要伸手擁抱她

了，手不知不覺垂落下來，忽然挨到什麼暖烘烘、軟綿綿的東西，就在我意識到那是她那神祕而可怕的部分的同時，她已象一頭受傷的野獸，一下子倒退了好幾步，臉氣得通紅（一定是通紅，因為她生氣了就這樣，儘管月地裡看不見），無論我怎麼解釋，她就是別轉臉，一聲不吭。我轉過臉，看見熊強沐浴在星光下的臉龐，它是那樣英俊、那樣成熟、那樣老練，雖跟我同年，卻知道那麼多事，經歷過那麼多浪漫，真令人羨慕呀。我轉過身，對著滿天星斗，悄聲說，「等著瞧吧，總有一天，我也會象他一樣的。」不知怎麼，我又感到幾分沮喪。她老是那麼嚴峻，那麼難於接近。想著，想著，我漸漸沉入睡鄉。

星期六夜晚。熊強帶我去看電影。到電影院時，電影還未開場。找到位置後，各人點燃一隻煙，消消停停抽了起來。在這小縣城的影院，電影開場之前的燈光是很昏暗的。我們坐在過道上，眼前盡是來來往往的人，有人在大聲喊另一個人，有人往地上吐痰，有人吐瓜子殼，坐後排的人乾脆把腳抬起來，擱在前排沒人坐的椅子靠背上。我一邊吞雲吐霧，一邊東張西望，這時有個人在身邊停了下來，用一種怯生生的聲音問，「你這是25排嗎？」我扭過頭來。一個胖敦敦的姑娘站在我面前。年紀約摸十七、八歲。我一眼注意到她的褲子穿得很緊，褲管窄瘦。

「你多少號？」

她報了一個號，沒等我反應過來，熊強已站起身，往旁一讓，說，「這是你的位置，對不起。」就讓她坐下來，正在我和熊強之間。

「你在哪兒買的票？」熊強跟那姑娘搭訕道。

「我哥跟我弄的，」姑娘天真地說。

「你哥怎麼不來看？」

「他晚上有事。」

「會朋友去了吧。」

「嘻，嘻，」姑娘笑起來了。我瞥見她一隻腳在腳踝處與另一隻腳迭起來，向起踢著。

「是嗎？」

「不是。」

「肯定是的。」

「你怎麼知道呢？」姑娘又格格笑起來。她的笑聲很可愛的，有一種甜美、甚至帶有幾分野性的東西。

「那麼你呢，」姑娘問他道。「你也是一個人來看電影了？」

「我嗎，」熊強故作鎮靜地清了清嗓子。「我——喏，我是和他一道來的。」

姑娘頭掉過來，身子還半轉對著他，看見了我。我連忙把眼睛避開，越過他看著熊強，只見熊強拚命對我擠眼，同時雙手作了個擁抱的動作。我想笑，但不敢。姑娘很快又把臉掉過去對著他。看得出，她有幾分失望，她不希望除熊強以外，還有第三個人。

我感到難受和沮喪。兩眼茫茫然地盯在銀幕上，卻什麼也沒看見，腦子裡亂轟轟的。不知道隨便跟一個比自己大的陌生男子親密地接觸對自己是不會有好處的。同時，我也討厭熊強。你自己有女朋友，在大城市又風流夠了，到了小地方還不感到滿足，還不收手，你未免太過分了一點吧！難道你沒看出人家是一個純潔無瑕的小姑娘，這樣不懷好意地逗弄人家是不行的嗎？我想到奶罩扣子，不覺厭惡地打了一個哆嗦，又不安地在位置裡挪動了一下身子。

這時，熊強站起身，走到我身邊，彎腰說：「我出去一下，」趁那姑娘不注意，黑暗中用手戳了戳我，同時迅速低頭附耳說了一個字，「上！」

現在，留下我一個人和那姑娘在一起了。我想和她說話，但不知道怎樣開頭，而且一想到要跟一個陌生姑娘說話，心就撲咚撲咚跳個不停。黑暗中看不清臉，一定紅了，但聽得出聲音，要是說得結結巴巴，人家要好笑的。我想說，這電影真不錯。想想又放棄了。到現

在我壓根兒不知道放的什麼。就問你是哪兒人吧？那豈不是多持一舉嗎！她本來就是本地人，這聽口音就聽得出。那──我忽然開口道，「我這同學挺逗，是嗎？」血一下沖到腦門，我以為她根本不會回答。

「是呀，他挺愛說笑的，」她用濃重的當地口音說。這口音如果是從一個鄉下人口中發出，我一定會覺得粗俗，可是一個十七、八歲的姑娘說著這種口音，就別具一格，富於魅力，簡直使人無法自已。我想到熊強說過的話，不覺大膽，甚至有些放肆起來，原來跟她保持一定距離的身體，這時也悄悄挪了過去，並且越挪越近，挨著她了！

她沒動，我心花怒放。

「你今年多大？」

「你猜。」

「你呀，挺小，十四歲吧。」

「你瞎說，你瞎說，我都快二十了。你才小呢，你看樣子才十六歲。」

「誰說的，我二十三了。」說著又靠攏一點，感到她富有彈性的胳膊。跟姑娘玩猜年齡的遊戲很刺激，和她靠在一起，我又覺得周身血液沸騰，呼吸加快了，我忘掉了羞怯，話一個勁滔滔不絕地向外流。要不是熊強的身影這時在過道中出現，我真不知道下面將會發生什麼。

熊強在她的那一邊坐下，我將身子挪開。一切歸於正常。

熊強對她撒謊，說我們是W城的，出差路過這兒，明天一早就要開車到外省去；他叫她今後保持聯繫，說以後還要開車來的，到時一定接她到W城去玩。W城可好玩了，商店一個挨一個，街道長得一天都走不完，哪象這小城，大街走完了，一個屁還沒放完。姑娘聽到這兒，又格格直笑。又不知道過了多久（這段時間，她只跟他說話），姑娘問了一聲，「現在幾點了？」

「快九點了。」

「喲，我得趕快回去，不然我媽又要罵我了。」

「再玩一會吧，等會我送你回去，好嗎？」熊強說。

「那不行，非得九點之前趕回去。」

「你家住哪？」

「就在前面十字路口往右拐，第一個胡同的一樓。窗子正朝街，」姑娘匆匆說著，顯得局促不安。

「那好，你走吧，」熊強不無惋惜。

姑娘一走，熊強便坐過來，問我，「出去吧？」

我猶豫了一會，有什麼用呢？即便出去，總不能把人家拖到九點以後吧。再說，就算把他帶出去，我也不過是在旁邊看，說不定連看都看不成。沒意思。

熊強好像看穿了我的心思。他說，「今天帶你出來，為的就是這。你別擔心，只要她和你走到一起了，你們談得來，我馬上就車。」

我辯解說我不是那個意思，但心裡頓時好受多了。又猶豫了片刻，終於，我站起身，把電影和觀眾丟在身後，跟著熊強出了影院。一出影院，兩人就小跑起來。街上空蕩蕩的，偶爾有幾個人走過，其中有少女，也有婦人，但就是沒有那個穿緊身褲的小個子胖姑娘了。

「直接上她家去找！」熊強慫恿道，同時準備甩開大步朝十字路跑。

我感到一陣突如其來的疲倦。呆呆地望著那條亮著淡黃路燈的空街，我對熊強說：

「算了吧，時間不早了，咱們該回家睡覺了，明天還要出早車呢。」

那天晚上，我和他仍躺在六樓平臺上。我記得，那天夜裡星星似乎特亮，照得人睡不著覺。第二天出車，我換擋老響，挨了師傅一頓痛罵。

***　***　***　***　***

真念雙喜歡被舔的感覺。為此，她把下面都剃光了，為的就是能讓嘴巴肆無忌憚地舔。當然不是任何人的嘴巴，只可能是一個人的嘴巴，永生永世的一個人的嘴巴。如果所有的人跟所有的人都一樣，這個世界就跟留白一樣，只剩下留白，必須有那一根不留白的枝，那一片不留白的葉，那一滴不留白的露珠，在留白中不留白，這，才是生命的意義。否則骨灰與骨灰參合起來，即使利用DNA進行檢測，也測不出任何獨特的細節來。她剃光自己後，很欣賞自己抹去葳蕤陰毛後露出的那道垂直的緊閉的嘴唇。它微微泛紅，是豎唇，也是合攏的眼睛。是一片紅葉，更是一片新鮮的魚肉。修潔音在世時，她始終沒有這樣做，沒有允許自己這樣對自己做。現在，他不在世了，她會時時把他從冥界喚回，從無盡的黑暗中，吐出他的舌頭，伸進自己微啟的豎唇，用舌尖把它舔開，像舔開一隻蚌殼，然後舔弄、舔濕、舔食蚌肉，一直把自己舔到B花怒放。寫書的不是有意誨淫，的確是因為心花怒放這種成語，已經不太能說明任何問題，而在真念雙這兒，只有用B花怒放，才能狀寫她被舔之時的怒放心情，因為這兩種花，都是有著複雜的連帶關係的。

還有第三種花，那是不常見的，只有愛情才能開出那種樣子的花，或者只有病，比如憂鬱症，才能開出那樣的花。命運的無常，就像花開花落一樣，那株單身的樹花，滿身都開著花的樹，站在水中，看著自己單身的樣子。全都是紅的，紅紅的，紅紅紅的，在一片與雲和天融為一體的白汪汪的水中。她的影子和花樹一樣，躺在水面，任由不知從何而來的修潔音的舌頭舔舐。舌頭、花樹、水。

這樣被舔著時，真念雙會進入一種神思恍惚的狀態，一切都由不得自己了，她彷彿成了一瓶酒，下面就是那酒瓶口，有一個人──當然是她最愛的人，最心儀的人，只可能為之犧牲、為之銷魂而不可能有其他可能的人──在那兒口對口地啜飲著她身體的酒。吸的時候能發出「吱吱」聲，咬的時候能讓她發出痛得極樂的聲音，她感到自己身體發乾，血呀、骨髓呀、肉汁呀、膽汁呀、所有器官的流汁呀，

等等，都好像在被他慢慢吸幹。她喊、她叫、她全身不停地上下抖動，很像一條垂死的魚，一條垂死的人魚，真心享受並企望被宰殺的那種超級快感，甚至在閉起的眼睛下面，想像被人用陰莖捅入心臟的感覺。她愛她自己，但她更愛修潔音，如果修潔音沒有那麼早地去世，她也許會像很多女人那樣，早就移情別戀了，或者過早地把自己變成一具活僵屍。移情別戀是女人的本質特徵，跟男人並沒有區別，只不過是表現方式不一樣罷了。女人要麼把自己提前弄死，活得像一個老女人一樣，要麼趁人不備地偷情，不能身體力行地偷，就在想像中偷。她，真念雙，就曾在跟修潔音的一次做愛中，這麼想像著地偷過一次，以為或者是有意地以為，此刻跟自己做愛的那人，是曾在某處見過的一位讓自己動心的音樂家。她很害怕自己，害怕自己心裡的那個無底洞。這個無底洞像萬花筒一樣，攪起過無數令人心醉的幻象，比如，她看見自己各種各樣的自拍照、自拍豔照在Youtube上廣為流傳，一時間成為億眾矚目的視覺明星。又比如，她與音樂家Zarathustra（紮拉圖斯特拉）結為伉儷，出現在各社交媒體和電視臺，在全球遊走，接受記者採訪，出席音樂會，名字頻頻出現在各大報刊雜誌的頭條新聞上。她的這個無底洞告訴她，不能枉過一生，父母把自己生下來，就是為了讓自己有一個美好的未來，儘管遠在這個未來抵達之前，他們就在一次車禍中雙雙喪生。修潔音的出現，使得她的這個無底洞暫時消失，真的，每與修潔音做愛一次，她就堅信一次：心中那個無底洞已經早就不存在了。她的心絕對不是無底洞，而是一個蕩漾著清水的池塘，只等著自己心儀的人來洗濯。她對他的愛逐漸變得猛獸一樣饑渴，恨不得把他撕成碎片，全部吞噬進去。人對人的喜愛，有時就是如此。喜歡一樣東西，就把它據為己有，當然是通過合法手段，比如購買。喜歡一個人也是一樣，就把他或她據為己有，當然也是通過合法手段，比如愛情。直到現在，就如五千年前或五萬年前的現在，以及五千年或五萬年後的現在，「愛情」這個詞，用來把喜歡的物件據為己有，依然是最有效的一個詞。即便把它廢

黜、廢除，也得再找一個意義相當的同義詞。對他連續說一千次「我愛你」，他沒有不就範的。實際上，她說到一千零一次「我愛你」時，他果然成了泥足巨人，在她愛水之下崩塌，碎成了肉片片。他走之後，她對著鏡子笑啊笑啊笑個不停。誇自己，愛自己，祝賀自己。

真念雙從無底洞的狀態中恢復過來後，又自我批評了一番，怪自己不該在自己面前失態，重又鼓勵自己，繼續修潔音留下的未竟事業，找到一篇他談男女深陷戀情，卻又心生別戀的文字，也想從中體味一下自己從前那種叛逆的感覺。下面就是那篇文字。

《篝火》

我們趕上她們時，夕陽已經有一半浸入水中。

水面漾著一條長長的金黃的水道。

我對此不感興趣，他一再申明，跟在人家後面轉來轉去，撞兔子似的，沒勁。弄不好被人家搶白一頓，多沒意思。

我不睬他，一句話也不答理他，我明白，只要他不停下腳步，轉頭回去，那他心裡就還是想的。

也許是累了，也許是想試探我們是否真在追她們，兩個姑娘站下來，穿紅襯衣、黑裙子的那位在同伴的耳邊低言了幾句，同時還回頭迅速瞟了兩眼，便一齊走到遍佈細砂石的灘地上，在近水處選了一塊較平坦的草地上坐下了。配合默契的夕陽鑽入水下不見了，白花花的水面映襯著她倆黑色的剪影。

我們腳下的小道向前蜿蜒伸展，繞著山包拐了一個彎，消失在山背後。

小道離她們相距二十米左右，要麼沿小道走一去，形同路人，要麼走下小道，越過這沒有理由的二十米，走向她們──幹什麼？我心中第一次犯了嘀咕。

我掏出萬寶路，遞給他一枝，自己取一枝叼在嘴角，歪著嘴問他要打火機。

他掏出來遞給了我。

媽的，我暗暗罵了一句，你不會說沒有嗎？

我在他手掌形成的拱圈內吸著香煙，猛吸一口，吐出一股濃濃的白煙，接著又大聲吐了一口痰，眼睛卻片刻沒有離開湖岸邊的背影。毫無反應。

他好像也累了，說，咱們找個地方坐一會兒吧。

哪兒，我問。

他用手指指前面山包處，說，天色不早了，我們在背風的地方找個位置，趁天黑之前拾些柴禾，燒點開水喝喝，你看怎麼樣？

我說不出什麼反對的理由，我不願使他不愉快，也不願使自己不愉快。再說，她們還在那兒。

他到小樹林裡拾枯枝去了，我把隨身帶的一塊綠色塑膠布鋪開，把他的挎包和我的背囊並排放在一起，取出麵包、鹹蛋、肉罐頭、水果刀，從一個大可口可樂塑膠瓶中倒出半壺清水，旋上壺蓋。做好這些準備工作後，我伸了一個懶腰，踢掉腳上的旅遊鞋，頭枕著手臂在塑膠布上躺下來，目光不由自主地向我的左邊看去：深濃的暮色中，兩個背影幾乎快要溶和在一起了，隱隱隱約約看得出她們好像在忙碌著，但看不清在做什麼，也許在吃晚餐吧，我猜想。

夥計，我嚇了一跳，抬頭一看是他，懷裡抱著一抱柴禾，用夾克衫兜著。你先別忙休息，他說，幫個忙，去弄些枯樹葉來引火，我在這兒把柴堆架起來。

一會兒，火生了起來。氣體打火機吐出的一撇長長的火舌把一片梧桐枯葉啃去了一半，隨著輕煙的騰起，迸出了幾朵小小的火焰，它們在枯葉上跳著輕盈的舞蹈，發出清脆的嗶剝聲，有的忙著去吞食其他的枯葉和草根，有的則往上躥著，去攻擊較粗的枝椏。我又抓了兩

大把枯枝葉蓋在火焰上，明火被捂在裡面，冒出嗆人的滾滾濃煙，不過幾秒鐘的功夫，只聽「轟」的一聲悶響，一大朵紅火苗從縫隙間鑽出來，頓時濃煙消散，化為一片火海。

今天晚上不回去了，我問他。

今天晚上不回去了，他說。

沒地方睡怎麼辦，我問。

就靠火坐一夜嘛，他說。

你這人真有意思，我說，同時心裡想，我們幹嗎到這兒來，連我自己也不清楚。難道咱們原來說好了，晚上在外面過夜的嗎？你不是說，晚上要到一個朋友家去參加party的嗎？反正我無所謂，我沒朋友約會，沒家庭拖累，即便一夜不睡，明天白天睡一天就可以恢復。

你聽，布穀叫了，他說。

布穀的聲音難以不叫人為之心動，那麼孤獨，那麼悠長，幾百年乃至幾千年前，它們的聲音想必就是這樣，至今沒有絲毫改變。山山嶺嶺都靜了下來，彷彿在凝神諦聽，直到布穀的啼聲消失在遠方，還不肯收走它的回聲。

你見過布穀鳥嗎，我問。

沒有，他說。

沒用槍打下一隻瞧瞧，我說。

不，我不用槍打布穀鳥的，他說。

我們又陷入沉默。

西天上，一彎金黃的下弦月，清風徐徐，粼粼的細波舔著沙灘，發出夢幻般的囁嚅聲。火焰在風中七歪八倒，搖搖晃晃，頭頂上稀稀地散布著幾顆明亮的星子。

大自然真美呀，我不禁低低地讚歎道。

他打了一個呵欠，說，我想睡覺了。

勞駕，把碗洗一下，我惱火地站起身，點燃一枝香煙，便走了開去。

　　我吞入大量的香煙，同時也吸進大口的涼幽幽的夜氣，好像吸入了興奮劑，感到心蕩神馳，在這樣的晚上，如果能有姑娘陪伴著唱歌跳舞，該是一件多麼賞心悅目的事啊！我幾乎受不了這種想法的誘惑，雙腿不由自主地拽著我向兩個姑娘坐的地方走去。可是我呆住了，湖灘上空無一人，兩個姑娘早已不知去向。我悵惘地站在她們剛才歇腳的地方，手裡玩弄著她們扔下的健力寶的空盒，想像著那紅紅的唇兒是怎樣可愛地啜飲著裡面的甜汁，心裡不是個滋味。

　　回到我們的篝火邊，我感到無聊至極。他把自己裹在夾克衫裡，面朝火堆蜷縮成一團，眼睛半睜半閉，也不知睡著了還是在想心思，一閃一閃的火光不時照亮他鬍子拉碴的臉和又長又黑的頭髮。我真恨不得衝上去把火堆打個稀爛，用一盆水把火焰全部撲滅才好。

　　她們沒走，他身子保持不動，只是翕動著嘴唇說，就在後面小樹林的邊緣。

　　我循著他說的方向望去，果然看見兩個影影綽綽的形體，一會兒伸直身子，一會兒彎下腰去，好像是在拾柴。

　　知道嗎，他說，我在構思一個故事。

　　什麼故事？

　　我離婚了，那天夜裡，我上酒館狂飲了一通，七年來第一次這樣——

　　為什麼是七年？

　　因為第七年在婚姻生活中是一個重要的年份，我喝得爛醉如泥，倒在桌下，酒館老闆扶我上樓留宿，一晚上十好幾塊吶，這種機會平時可不多呀。他關上門走了。我躺在靠椅上，睜開朦朧的醉眼，只見靠牆一張單人床，床頭櫃上有盞小檯燈亮著，床沿坐著一個女人，嘻嘻地對我笑著，她好像什麼都沒穿，只戴奶罩和三角褲，我的酒醒了一半，同時卻更迷醉了，我向她撲過去，剛把她摟在懷裡，她卻大聲尖叫起來，又是牙咬又是手抓，把我掀翻在地，一溜煙地跑掉了。在和那個女人撕打的過程中，我感到她身上有某種特別熟悉的東西，可

是我來不及把這種東西和別的東西聯繫起來，就呼呼睡著了。

你的意思是想說，她可能是你老婆？

第二天，我感覺好多了，便決定和你一起郊遊，途中遇見兩個女人，和我們保持一定距離，若隱若現、若即若離地行走著，我懷疑她們根本不存在，她們只是我們大腦產生的幻覺，是潛意識中要求的一種反映，可她們明明白白就在我們眼前，一個穿紅襯衣、黑裙子，一個穿一身碎花連衣裙，而且就在我們坐下休息時，她們竟然走上前來向我們借餐刀和罐頭起子，奇怪的是，你卻默不作聲，眼睛看著別處，是我借給她們的，還幫她們開了一聽牛肉罐頭。

你錯了，她們根本沒有過來，是我們向她們借的，我們手頭沒帶餐刀和起子。

具體是誰借這沒關係，關鍵是借沒借，不過，女人太沒勁了，她們害怕，她們需要人打消她們的顧慮，說笑話，編造一些她們聞所未聞的故事，最好能夠浪漫一點，來一點即興的詩朗誦或迪斯可，得花很長的時間，一次不行，你得在分手時互相留下地址和名字，以便下次聯繫，直到兩次、三次，這才好上手，實在太沒勁了，如果有什麼好的辦法，那就是虛構，編造一套自己的神話，比方說，我是法國的留學生，回來探親的，你是我的表弟，不久即將出國，女人喜歡羅曼蒂克。

別女人女人的了，我討厭這個字眼。

我也討厭這個字眼，可又有什麼辦法呢，女人就是女人，她們不能成為男人，因此就是女人。其實，我比你更討厭她們。

我沒說討厭她們，我只是討厭這種稱呼。

夥計，咱們別談女人了好嗎，他說，你餓不餓？

不餓。

冷嗎？

不冷。

再加一把柴吧。

那邊也有一堆火，我說。

我知道，他頭也沒回地說，她們跟我們一樣，也是人，也需要火。

我去喊她們過來，我說。

你要去你自己去，我可沒那功夫。

我沒動，對面那堆火忽閃忽閃地上下跳躍，松樹的尖梢凝然不動，映襯著幽藍色的天幕，也許我看錯了，對面不過是一面巨大的鏡子，照鑒的只是我們自己和身邊這堆熊熊的篝火。夜深了，眼睛雖然看不見湖波，但根據對岸燈光的浮動程度，可以感覺到風卷波濤的力量。除了呼呼的風聲，水掀動沙子的聲響和火舌吞噬枯枝的爆裂聲，我什麼也聽不見。

我下過放，他說。

幾年？

七年。

怎麼又是七年？

有什麼辦法，它就是七年嘛。

學到很多東西了吧？

你怎麼老是以學到東西來衡量人生呢？我什麼也沒學到。

不過，我倒是愛過一個姑娘。

我不做聲，聽他講下去。

她並不知道我愛她，這姑娘太性感了，我一見她就想那個，你明白嗎？開始我夢見她，和她睡覺，夜裡常常遺精，後來，我想她想得無法自已，就拚命手淫，也不知有多少次，我以為自己無可救藥了，可是她招工一走，我就把她忘掉了，也不再為她手淫。奇怪，人的愛情竟是這樣，來得快也去得快，要說我真有什麼初戀，這也許算是初戀吧。

那麼，我說，你跟你的老婆沒有愛情嗎？

這種事情你不用問，等你結婚後就會領教的。你知道，在語言產生之前，人類原是沒有什麼愛情的，人們不過象動物一樣交配生殖，繁衍後代，男人可以和任何一個他所中意的女人性交，然後讓她去養

育孩子，後來產生了愛情這個名詞，這就等於鑄造了一條鎖鏈，隨之還發明了純潔、忠貞等等字眼，使這個鎖鏈系統更加完備了，致使一些愚蠢的人們為了這些字眼而獻出了生命，你說可笑不可笑，我想，終歸有一天人類會意識到語言是一個累贅而將其拋棄的，你想想，有什麼能比沉默更能說明問題？又有什麼比語言的破壞性更大？

野獸才沒有語言。

不要爭辯，人類一切災禍的根源就在於無休無止的爭辯。我的故事還沒有講完。我要告訴你，我們今天見到的這兩個姑娘非同尋常的，她們不會和你我相愛，也不會同任何其他男人相愛，她們對生育不感興趣，這是關鍵所在，人類社會將要發生一場巨大而深刻的變革，人們將一勞永遠地卸下大自然賦予給他們的沉重負擔，不再為生育撫養後代而勞神費力了。他們的目的是享受目前，嘗試一切未曾嘗試過的滋味，男的與男的相愛，女的與女的相愛，連剛剛出生的嬰兒也可以立刻進行性交，一切都是為了刺激、滿足。

你的這種理想社會使人噁心，我說。

這不是我理想的社會，而是人類社會實際發展的方向，不要為我指出了事實而感到害怕。

可我還是希望找到一個美麗的女郎，結婚，建立一個溫暖的小家庭，生一個可愛的小寶寶。

一切都是不長久的，結婚──離婚──再結婚──再離婚，這就是等待著你和所有的人的共同歸宿。

你這個人很可怕。

你把火添大點，我就不那麼可怕了。在這春寒料峭的夜晚，我們缺少的正是一把永不熄滅的熊熊烈火。

我想起了魯迅、高爾基、還有屠格涅夫、巴爾扎克，可是，他們的名句我卻一句也想不起來。

尼采說，我愛森林，他說，我看了他的《查拉圖斯特拉如是說》，只記得這一句話。

尼采不是提倡超人哲學嗎？

別信他的，人做不了超人，不過，愛森林還是可以做到的。

我原來背過尼采的警句的，可現在怎麼也想不起來了。

何必讓自己寶貴的大腦充滿名家的警句名言呢？我寧願讓它荒蕪，也不願留下任何裝飾的羽毛。等你一頭紮進生活本身，將會有自己的名言的，等著吧。

她們那堆火仍在燃燒，我不知道她們是否進入夢鄉，還是也象我們這樣，在忽東忽西地扯談。

我可以準確地告訴你，他說，她們此時在想什麼，談什麼。

我也知道，她們在談生活，談理想。

具體點說，一個在為老師多扣了一分，只給她打了89分而怨聲載道，另一個則在大談自己父親出國後帶回了幾件寶貝家用電器，女人啊，女人，還有什麼能比這更使她們感興趣的呢？

你是個憎恨女人的人。

結論不宜下得太早，天快亮了，布穀鳥飛去又飛回，下弦月早就沒入地平線，你看近旁的草葉上沾滿了大滴的露珠，山中的露珠恐怕更濃吧，我最喜歡看朝陽照在露水上發出的閃光，它們轉瞬間即逝，化為蒸汽，空中充滿野草和野花的香氣，那時，篝火熄滅了，留下一堆白灰和幾縷冉冉的輕煙，湖上飄著淡淡的霧氣，幾隻水鳥犁過水面，在身後劃出幾道長長的痕印。我們會覺得一切言語都是多餘的，昨夜我們說了什麼，我們絲毫都不記得……有什麼必要呢……寫故事……生活……

他睡熟了，我卻無論如何睡不著，便點燃一枝香煙，在周圍轉悠起來，我想把思緒理清，可我並沒有什麼思緒，我只聞到煙火味和松針的氣息，聽到由遠而近，由近而遠的布穀啼鳴，有時還有從很遠的地方傳來的火車駛過鐵軌的轟隆轟隆聲。

我很想知道兩位姑娘是否真在那兒，可內心有種東西抑制住了我，使我不能朝她們那兒走，隨她們去吧，我打了一個呵欠道，我們

不會擾亂你們安寧的。

我回到火堆旁，不覺大吃一驚，眼前坐著的正是兩個姑娘，他已不知去向，我使勁揉了揉眼睛，怕自己看錯，可是，在火光映照下的分明是兩張如花似玉的臉龐，我愣一愣神，立刻鎮定下來。

我的朋友呢，我問。

他根本就沒來過這兒，穿紅襯衫的那位說。

可幾分鐘之前，他不就睡在這火堆邊嗎？

穿紅襯衫的姑娘和連衣裙的姑娘哈哈大笑起來，說：你怕是在做夢吧，我們從天黑坐到現在，還沒看見任何人呢。

她們朗朗的笑聲使我感到惱火，可是在陌生人面前我又怎麼好發作呢？既然他不辭而別，暗中不知耍了什麼鬼花招，把她們弄到這兒來出我的洋相，我就得充分作好迎戰的準備。

你叫寧悅吧，一個姑娘格格地笑著問。

不，我不叫寧悅，我說。

可我們一見你就知道你叫寧悅，她倆異口同聲地說。

還有這種事？名字又沒刻在我的臉上。

小寧，請坐。

我傻乎乎地坐下來，我本來應該上去照她們腰眼上踢一腳的，我卻順從地坐了下來。這不等於默認了莫須有的姓名嗎？

命名是一門藝術，也許你不知道吧，一位姑娘說，父母給我們起的名字往往不是按輩分、家譜，就是圖個吉利，或者趕潮流，其實每個人的臉本身就是一個名字，它彷彿是一個暗碼，只有感情細膩靈秀的人才能破譯。

我覺得她的聲音聽起來很耳熟，圓潤而低沉，宛如熟透的桃子。

現在，請你把雙手伸出來攤在我們面前，我們給你看手相。

我很猶豫，但還是伸出了手，就在這一剎那，只聽咔嚓一聲，我的雙手被銬上了。她們的動作之快，連我都沒看到銬子是從哪兒拿出來，又是怎樣銬上我的手的。

你們要幹什麼，我厲聲喝問。

別喊，穿紅襯衫的說，否則，連嘴也給堵上。

我看你還是堵上為好，連衣裙說。

她們掏出一條毛巾，塞進我嘴裡，我聞到了汗水和香水的混合氣味。

現在，請你和你的同伴豎起耳朵聽著，她指了指火堆那邊一株樹下，我這才注意到一團黑忽忽的東西，並聽到嘴也捂住從喉嚨管裡發出的哼哼聲，我們要向你們宣讀我們對你們的判決。

我叫馬芬，一個被男人勾引導致墮胎、失去工作的女人，我恨透了世上的男人。

我叫勞玲玲，結婚十年，受盡了丈夫的摧殘凌辱，沒有過一天幸福日子，我也恨透了世上的男人。

今天我們對你們的判決是，罰你們在篝火邊呆一整夜，天亮時再解除你們的鎖鏈。

說完，她們又哈哈大笑起來，笑聲中充滿了絕望。

篝火漸漸熄滅，天色漸漸發白了，我在一片意識到一切都完了的狀態中醒來，發現他仍躺在我身邊，我下意識地朝腕上看了一眼，那兒並沒有手銬，我吐了一口痰，嘴中也沒塞毛巾，難道那只不過是一場夢？

他醒來的第一句話是，故事的結局有了，一個姑娘愛上了你，另一個姑娘愛上了我，我們各自陪伴著情侶，在篝火邊度過了一個美好的夜晚。

＊＊＊　＊＊＊　＊＊＊　＊＊＊　＊＊＊

真念雙周圍的人，這十幾年來，一個個都患上了孤獨症。最早是她的同學X某，經常會與假想中的某人打電話，想出很多話來說，

給人造成一種她有很多男友，而且似乎在為選擇而猶豫不決的印象。後來，她跟修潔音認識後，又從他那兒瞭解到一些這樣的人，因為修在一家精神病院當護理。據修講，曾有一次醫院來了一個病人，已經到了這樣一種地步，他拒絕進食，每天只喝白水。問他為何這樣，他說他每天都從天上聽見有聲音在對他講：人類骯髒，你骯髒。每天進食，次日便成臭屎，而不像草木，餵之以糞便，開出的是鮮花。你必須克服人類的欲望，拒絕進食，每天只喝白水，讓水沖洗淨你身體裡的每一根血管，每一個細胞，像某種魚，透明的身體，只看見一條細黑色的線貫穿其間。你要停止進食，停止過豬玀一樣的生活，停止像豬一樣吃了睡，睡了吃的樣態，給我喝起水來、喝起水來、喝起水來！

自那之後，據修潔音講，他就按照這個聲音的指示，逐漸不再進食，只是喝水，後來開車感到頭暈，還差點出現意外，把車子開到防撞牆上，遂決定不再上班，反正每天喝水，也用不了多少錢，而且這個國家的自來水，是可以一放就喝的。他一心一意地喝水，只喝到有一天，他平靜地在床上躺下來，感到什麼思想都沒有了，一切污濁的感情，都從身體裡蕩滌淨盡，只有耳朵還能清晰地聽見天空中那個聲音對他說：現在你表現要比以前好很多了。你雖然柔弱無力，但那是強大的同義語。你把欲望洗清洗淨，沒有任何東西能對你乘虛而入，誘惑你墮落。你的肉體變輕，那是你上升的開始，只有輕的才上升，重的才下落。手持黃金的人，摔得最重最狠。你繼續喝下去，把自己喝得只剩空氣，就能像一隻充滿空氣的氣球，冉冉上升，來到天國。大家對你眾望所歸，希望看到你不日內身體透明地抵達天國，永生永世地過上一塵不染的美好生活。

修潔音說，那個「他」（他不想透露他的真實姓名）把自己喝到了奄奄一息的地步，即使在被人抬往精神病院的路途中，也有氣無力地提抗議，認為他們對他施行的救助，實際上是在毀滅他的理想，他要達至透明無垢，包括洗清身體中所有黃色素（那是一個低賤種族

的標誌）的理想。醫生在對他進行的第一次對話中，記下了對他的印象：這是一個患有高度幻想狂的患者。他幻聽，並按照幻聽的指示，澈底地改變了自己的生存方式。他在飲水的過程中，已經化解（他始終在用「化」字，來解釋自己的一切）了他的婚姻，化解了他與世界的關係，化解了他對俗世和親朋好友包括家庭關係的所有感情，在他來說，他是一化泯恩仇，用水消解了所有。幸好他的工友來找他，發現他處於絕境，從而搭救了他，否則後果不堪設想。當翻譯把這句話翻譯給「他」聽時，他蒼白如水的臉上露出一個慘澹、微弱的笑容，勉強能從他口中聽到一句話：其實沒有後果。一切後果都是前果。翻譯最後只好直譯了這句話，特別是前果，把它譯作：「pre-fruit」，結果讓精神病醫生大惑不解。因為即使把「後果」譯成「post-fruit」，也是醫生聽不懂的。

　　真念雙聽後說，其實我很同情這位「他」。我怎麼覺得，人類現在是越來越髒了。水是無法喝的，空氣是難以呼吸的，人還沒有中毒，食物就先已中毒。即使是罐裝飲料，一直裝在塑膠瓶裡的飲料，難道那種長時間的裝法，不早在被人喝進口之前，就已經與塑膠打成一片了嗎？

　　修潔音沒多說什麼，他只打了一個比喻說，從男人做愛的器官裡射出來的東西，一如從女人做愛器官裡流出來的東西（每月流出來的東西也包括在內），說到底都是垃圾，這已經早就是不爭的事實，只是被人捏著鼻子哄眼睛地不去理會罷了，好像沒有看見似的。

　　他用了這個比喻之後，他們是否又做了一次愛，筆者並不知道，只能想像，但想像來想像去，無非還是那幾套動作，也就暫時作罷，因為修潔音還跟她講了好幾個孤獨症的病例，筆者就不想打斷讀者的思路和閱讀的進路，還是繼續講故事吧。

　　據修潔音講，有一對二十出頭的小夫妻，一踏上新國家的土地，神情就開始恍惚起來，耳朵就開始捕捉到聲音起來，人就開始出神入化起來。那男的能從自來水管裡聽到一個神祕組織的召喚，要他去與

他們建立一個嶄新的國家,不說英語,也不說中文,而是說一種史上從未有過的新語言。女的每次一塗唇膏,就能從唇膏中聽到未來的呼喚,告訴她說,這是五百年後的心聲,要她必須離開跟她同住的人,無論那人是誰,並說她的肉體如果不悉心照料,有朝一日就會變成自殺炸彈,還要她儘早動手,拆除引信,否則就不知在什麼時候會突然引爆,炸死自己以及周圍的親人。

真念雙說,她自己也曾有過幻聽的經歷,比如睡著後,經常聽見有人在夢中對她說:我愛你,我愛你的骨頭和肉。這麼說的人永遠面目不清,但醒來後聲音就消失了。

修潔音說,那其實並不說明任何問題,也與精神病態無關。倒是那對小夫妻只要一回到他們來自的臺北,所有的精神病態就會煙消雲散,因為他們又被自己出生而進入的那個語言包圍起來、圍裹起來,只有在另一種語境下才能出現的幻聽,到了自我肉體產生的原生態環境下,便消失得無影無蹤。

真念雙想像著那一對小夫妻的痛苦經歷,但她無法想像出他們如何熬過每天的一分分鐘。她想,就在她想的這一刻,人類已經過去了幾千幾萬年的歷史,但從她開始想的這一刻起,每一刻如果只是這樣想,就非常非常地難過。無法想像那兩個小夫妻如何面對兩人世界中的時時刻刻。每過一分鐘,就像用刀在懸崖峭壁上削下一塊岩石的皮一樣,而那塊岩壁正一步步向自己緊逼,把自己往後壓過去、壓過去,一直壓到自己吐不過氣來,好像要從心口爆裂一般。

修潔音還講了一個得了嚴重孤獨症的藝術家的故事,那人名叫大未必。原來專畫清代宮廷畫,後來從北京去了倫敦,最後死在了倫敦。據他說,大未必畫到後來,癡迷到想把自己畫進畫中,有時就把自己畫進畫布,像一頭長著自己臉的豬,鎖在燒成熊熊大火的籠子裡。還有時把跟自己相好過的女人,也跟他一起畫進畫面,臉相疊加起來,長了複眼、複唇、複舌,身體卻是動物,如蟾蜍。他甚至把自己畫成上帝,背著十字架,臉不是上帝的,而是一半自己,一半自己

做過愛的女人。他畫的所有東西，幾乎無一例外的都是夢。比如有一幅是他在空中水上行走的。下面有人釣起了一條黑色的形似魚的魚。修潔音說，他睡過的女人永遠記得他巨大的陽具，最捨不得的就是那個東西。有一個女人甚至捏著他的把柄，不肯放他走，可他堅決拒絕與任何喜歡他的女人成婚。只可成交，不能成婚，這是他死前留下的名句。「交」，當然是交配的交，而不僅僅只是交際。

真念雙和修潔音相愛期間，從未看到他寫的任何有關愛情糾結的文字，現在他不在世了，她想找來看看。七找八找，很快找到了下面這篇。

《朋友和情人》

當他的朋友告訴他說他和他的女朋友發生了關係時，他倆正穿過夜霧，散步在那條依傍懸崖的小徑上。在最初的幾秒內，他朦朧的意識還沒理解這句話的意思，只是漫不經心，哼兒哈地隨口應著。他的朋友A走在前邊，只隔幾步遠，夜霧中顯出模糊一團的身影，不時回過頭來談他的心思。腳下時而傳來湖水拍打礁石的聲音。一隻蝙蝠飛過來，在他眼前一晃，沒入霧中，過一會兒，鑽出霧來，圍著他的腦袋轉了幾圈。又沒入霧中，再也不見了。他腦子有些昏昏沉沉，朋友的話好像是從遙遠的地方傳來，而發生的事是一件與他毫不相干的事。耳邊響著朋友滔滔不絕的知心話，「說真的，我也不知道她為什麼對我那麼好，那天夜裡，我替你送東西，你知道，當時你病了，我去時正下大雨，碰巧她宿舍一個人也沒有，本想走的，」朦朧中，他聽見雨水唰唰擊打屋頂的響聲，大樹在狂風中呼嘯著，宿舍闃靜無聲，人們都睡了，他獨自一人靠著枕頭，睜大眼睛，在黑暗中努力回想著她的面容。本來說好了，這個星期六晚上去她那兒，可是，長跑把腳扭傷，又喝了西北風，現在只好躺在床上呼呼地哮喘。「哎，你

可別生我氣，你瞧，我對你是真心實意，有啥說啥，從來不隱瞞什麼
的。」細石子在腳下滾動，有幾顆骨碌碌地滾下懸崖，掉進湖中，發
出清脆的聲響。和她？她是誰？他好像一個陌生人在心裡問自己。
咦，她不是自己的女朋友嗎？是呀！怎麼和他？和誰？和他，他的朋
友。誰？朋友？女朋友？不，男朋友。咦，怎麼和他，他的男朋友發
生關係而不是和我？這怎麼回事──猛然，他的意識一下子清楚起
來，好像打開一扇窗，立時一股尖風沖進空氣不流通的小屋。他心裡
騰起一股烈焰，傾刻間渾身上下灼烤得火辣辣的，熱血直沖腦門，耳
朵嗡嗡作響。媽的，他心中狠狠地罵了一句。這狗娘養的竟背著老子
幹出這種醜事，虧他有臉當我面說，這不是故意欺負人嗎！

　　在一陣不可抑制的暴怒中，他雙手不自覺地伸出來，就朝著前
面那個黑黑的影子撲上去，只要一推，他就下去了──剎那間，他意
識到這是在幹一件多麼可怕的事情，雙手在半空中停了下來。「怎麼
了？」前面的他問。「沒什麼，我想解個小溲。」他站住，解開皮
帶，走到離懸崖稍遠的地方。他感到一種莫名其妙的恐懼，不敢像朋
友那樣站在崖邊，直接對著下面的湖水解溲。解完溲，他們一前一
後，繼續前行。這時，小路岔開，離開崖頭，掉進一個幽深的小樹
林。林中寂靜，流動著淡淡的霧氣，林子後面，升起了一輪初月。由
於剛才沒動手，心裡反倒稍稍平靜了一些，他腦子裡仍不斷響著那句
話：「我和她，我和她我和她。」媽的，果然不出所料，半年前她第
一次來學校看他。他當時恰好也在場，他能說會道，又會獻殷勤，沒
幾分鐘就和她混得爛熟，倒是自己默不作聲。在一旁看著，無動無
衷，臉上還和顏悅色呢。他心裡難道沒有想法？大約又過了兩個月，
他又在宿舍和她會了面。而他，一聽說她來了，特地洗了臉，抹了香
脂，打了髮臘，還換了一身西裝，也過來一起閒聊。他是我的好友，
是很自然的。他想。因此，並沒特別注意，他和她談些什麼。不多
會，他起身要走，在關門的那一剎那，做了一個手勢，他坐在床上，
沒看清，她靠桌邊坐，全看在眼裡。他一走，她便對他說：「哎，他

幹嗎這樣？」「怎麼了？」他大惑不解，「他」，她臉上現出羞澀，「他把手放在唇上，對我飛吻了一下。」「啊！」他差點喊出聲來。但，他什麼也沒說，眼睛只是看在地上。很快他便意識到，她在盯他。於是抬起頭來，碰到她那雙充滿柔情的眼睛。「不，我是愛你的，」她說。他把她緊緊摟在懷裡，拚命吻她，好像要用這覆蓋一切的吻，把那個偷偷的不潔的飛吻洗淨。可是，不到半年，他就和她幹出這種事來，簡直太難以忍受了！他又感到一股殺人的欲望滾滾蒸騰而起，這狗日的，太不夠朋友，竟然背著我幹這種事，難道忘了這句話：寧可牽朋友衣，不可奪朋友妻嗎？

躺在宿舍床上，他睡不著，腦子仍轉著這件事。說他不夠朋友，也太屈了他。十年前，他下放農村，一文莫名，完全是靠當時在工廠工作的他接濟的。父母早逝，無人照料，一下放，親戚們都不管了。就是他處處象親兄弟一樣體貼關心著他。他什麼話都跟他講，談了幾個女人，誰長得如何，性格如何，他都瞭若指掌，連床笫之事也不諱言。朋友總是說，天下只有一個知己，那就是他。現在，他卻當面告訴了他一件如此令人難堪的事。他一生最討厭的莫過於偷雞摸狗，爬牆鑽床之類的下賤事，而朋友雖然幹了，卻又堂堂正正告訴了他，這不能不說是光明正大，真叫人氣餒。他不覺為自己剛才陡起殺機而感到羞愧。娘的，要真殺了他，將來被人知道了，那才叫丟臉吶。為了一個女人，竟把自己最好的朋友給暗害了。人家不說你這人心胸太狹窄了嗎？何況，愛情與友誼相比，愛情總是不如——咦，他忽然感到這個問題並非那麼簡單，便細細思索起來。常聽人說西方人為了愛情可以赴湯蹈火，不惜犧牲寶貴生命的話，可是，中國人不也有為朋友兩肋插刀之說嗎？都是值得為之付出生命的東西，究竟誰更重要呢？友誼重要，沒有友誼，人就無法正常地、充實地生活，就會受人欺負，犯大錯誤，因為沒人給你指出缺點錯誤呀！不對，從前在鄉下呆了七、八年，跟誰建立過友誼，有誰關心過自己，他在遙遠的工廠，一年半載才去看他一次，平常都是匯款，而自己的那個小隊窮得光

板，誰都顧不了誰，各自奔命。沒交朋友還不是撐過來了嗎？不是過得還可以嗎？可見人不需要友誼照樣能夠生活，只是多少有些空虛罷了。沒有愛情呢，行不行？簡直不行。那八年是怎麼熬過來的喲。為了將來能抽回去，硬是挺著沒談女朋友，避免了在鄉下建立家庭的災難，可是，代價呢？多少次猛烈的手淫，不就是現在記憶力大幅度衰退的一個有力證據嗎？不，不行，男人沒有女人不行，那等於沒有食糧和水。

他就這樣反來複去地想著這些，腦子裡亂成一鍋粥，直到最後，差不多是凌晨三、四點鐘，方才恍恍惚惚地睡去。

醒來已是九點鐘。沒人叫他，大家都上課去了。看看現在太遲，他決定不去上課了。洗過臉，早飯也不吃，便獨坐在窗前，呆呆地凝望著窗外。梧桐葉子已開始轉黃凋落。對面通教室的大路上蓋滿了落葉。她和他來宿舍時，總在那兒分手，一前一後，隔得老遠。免得引起別人的注意，那時，她多麼天真可愛！可愛？媽的，這個蕩婦，對，就是蕩婦，一點不假！口口聲聲，信誓旦旦，在枕邊向自己保證忠貞不渝，愛他到底，心裡卻轉著那麼多淫邪的念頭。要她還有何用？一個被別人玷污了的身體，與屍體何異？他閉上眼睛，眼前便出現她一絲不掛的肉體，而在這肉體之上，又壓著另一個陌生人赤裸裸的肉體。他覺得渾身打顫，猛地抓起身邊一個茶缸，就往地上摔。「噹啷」一聲，茶缸碰在水泥地上，發出一聲脆響，原來是鐵的。他回到現實中來，走到掛曆前，察看日期，好，今天是星期六，太好了，他把髒衣服脫下來，從枕下摸出一套平時捨不得穿的衣服，藍條卡中山裝，黑色毛嗶嘰直筒褲，高領黑毛線衣，黑方頭皮鞋，又去盥洗室自來水龍頭下把蓬亂的頭髮沖洗乾淨，梳整齊，然後打開抽屜，摸出一把半尺長的匕首，揣在懷裡，嘴角現出一個冷笑。

他往書包裡塞了幾本書，其中一本是 *The Will to Live*，然後上了路。她住在兩站路外的研究所。估計到她那兒差不多十點半，呆一會兒便吃午飯，下午她上班。我就睡午覺。到夜晚，嗚──那就看你的

了，他自言自語道。他腦子裡走馬燈似地想起許多往事。她取出一束其他男同學寫給她的求愛信，一封一封地給他看，還告訴他一些詳情，後來甚至把她有一次和某男生眉目傳情的事都告訴了他。真是恬不知恥！可是，當時自己為什麼不動聲色呢？而且，心裡也不曾感到有些絲毫氣憤呢？也許是因為她的坦誠吧。但，不管多麼坦誠，總不能抵消她的不忠行為！原來，這事並非偶然，是老早就有根源的，她太淫蕩了。無論如何，這次不能寬恕她。他的目光落在車中一對青年男女身上。手拉著手，頭倚著肩，好親熱的樣子。女的回眸盯了他一下，他也回眸盯了女的一下。過一會，那姑娘好像隨意四望著，目光經過他身上時，又停留了片刻。他就等這個時候，也不失時機地接住了對方的交流。兩人就這樣眉來眼去，暗送秋波，一直到他們下車才罷。他怒氣早就消了。那姑娘的目光不知怎麼使他有喝了蜜一樣的感覺，甜蜜極了。媽的，能結識這樣的姑娘還真不錯。可是，真有這樣的姑娘作朋友，好嗎？她倚著我的肩，和別人暗送眉眼，而我卻全然不曉，這好嗎？有什麼不好呢？又不是做醜事，不過互相對視對視罷了，下車便分手忘掉，有什麼不好呢？自己這樣和那陌生姑娘交換目光，她在家中也不知道呢。難道自己就對她變了心不成？不愛她了不成？扯淡！怎麼可能呢？咦，那麼，她過去同人家眉來眼去不也一樣可以原諒嗎？不也是理所當然嗎？那麼，擴大到性交，也是理所當然的嗎？因為她有需要，只是為了滿足需要，而並未向他證明愛情呀！你自己有時欲望達到頂點時，不也希望隨便找個女人解渴嗎？這種隱在內心深處的醜惡念頭當然是任何人都不知道的，但你的確有過這種念頭。這並不是說你另有所愛，完全不是那麼回事。

他不敢再往下想了，因為，再往下想，一切計畫就無法實行了。

門虛掩著。他推門進去，屋裡一個人也沒有，徑直走到里間她的單身宿舍。她從毛線衣上抬起頭，「呀」了一聲，毛線衣掉在地上，怔了一下，然後如夢方醒似地，驚喜地張開雙臂，小鳥一樣飛來撲進他的懷中，臉兒通紅，心撲撲地跳著，眼裡又閃動著那種快樂而渴望

的光芒，彷彿在無言地請求，他是十分熟悉這種目光的。他讓她摟著
自己的雙臂，一隻手摟住她的腰，另一隻手插在荷包裡，握住刀柄，
心中自問自道：「殺不殺呢？殺不殺呢？」

***　***　***　***　***

　　還有一個人，也得了重度憂鬱症，這也是修潔音告訴真念雙的。
她記得修潔音對她說：這個人一見我來，就把我拉到他身邊，硬要我
坐下來，不讓我走了。他口口聲聲對我說，看我樣子像中國人，因此
料定我知道，那個國家已經腐爛透頂，並祝賀我說，我很幸運，能夠
逃脫那個火坑。我跟他說那不是火坑也沒用，他咬定青山不放鬆，認
為人一旦出走，就不能再重返火坑，因為那兒的空氣已經髒到不能呼
吸的地步，人人都在某個器官上得了各種各樣的癌症，呼吸道和食道
等，都基本上病入膏肓。心腦更是無可救藥，因為裡面的價值觀都是
反理性的，卻被認為放之四海而皆準，之所以如此，是因為那裡的人
早已神經錯亂，他們把錢當做唯一的神頂禮膜拜，所有的人都不愛國
了，只愛外國，他們的愛國主義，其實應該叫愛外國主義。他們的愛
情，也應該改叫愛愛情。修潔音停下來問他：什麼叫愛愛情？那人
說：你連這個都不知道？愛愛就是做愛的意思，愛愛情不是愛情，而
是愛做愛的情，只有做愛時才產生，做完愛後該怎樣還怎樣。那兒人
有錢的，鈔票多得論噸稱，情人多得論洞算。修潔音又打斷他的話
問：這話怎講？什麼叫「論洞算？」那個神經病說：你到這個新國家
大概來得太久了吧？洞，就是每個女人都有的那個下面的開口，明白
了嗎？論洞算，就是不算人頭，只算洞口。比如，有500個情婦，那
就等於是500個洞，明白了嗎？修潔音後來跟真念雙說：我真害怕這
個瘋子，因為他說的句句話好像都很對，都點到了痛處，都是我平常
連想都不敢想，即使想到，也不敢說出來的。與此同時，我又清晰地
意識到，這是一個身患重度抑鬱症的人，說話語無倫次，用詞十分不

當，思路很不清晰，情緒極度亢奮，即使不是如此，但凡把一件事或一個國家或一個人極力醜化或極力美化，都是很有問題，不成邏輯的。更何況這些話都出自一個精神病患者之口。

而且，真念雙接口說，他把女人簡稱為「洞」，這也是對女性極大的不敬。

是啊，好像她們都是高爾夫球場的球洞，計分多寡，均按進洞的數量算，修潔音說。跟著，真念雙記得，修潔音又談起了這個患者的另一面。他說，該患者不僅對生他養他的那個國家深惡痛絕，唾棄跟那個國家有關的一切，而且對已經接納了他的這個新國家也頗有怨言，舉出種種個人事例，歷數其種族主義、語言歧視等原來那個國家並沒有的弊病，說他受了工傷後，被工廠無故解雇，終日賦閒在家，無所事事，浪費了人生的大好時光，等等。

修潔音所說的新國家，的確也姓新，各個方面都是按照英國的模子塑造出來的，連英語也是那麼一副英國腔調。他和真念雙在浪遊世界的那幾年裡，也在這個國家短暫地生活過一段時間。本來人們以為，一個姓新的國家，一定看上去很新也很美，事實上也如此。漸漸地，人們發現，一個很新也很美的國家，實際上是綿裡藏針、風中有刀的。經常有報導稱，某人爬山，跌入深谷；某人升空，機毀人亡；某人駕駛，沖入大河；某人獨居，精神崩潰。原來，他們發現，如果這是一座天堂，這座天堂就是一座精神病院，裡面住滿了患有各種精神疾病的人。是的，它風景優美絕倫，但住在這樣的風景中，一天猶可，十天還行，一百天、一千天也還能夠對付，十年乃至二十年三十年地住在這樣美麗的風景之中，說不定哪天就會靈魂出竅，詩到臨頭了。

什麼叫「詩到臨頭」？真念雙問。

「哦，」修潔音說。「這只是我對文字的一種忽發奇想。本來是死到臨頭，但我想，死詩同音，換個說法也不錯，反而更有詩意，更有衝擊力，也更不邏輯，凡是更不邏輯的東西，都更有詩意，難道不是這樣嗎？」

　　真念雙聽得半懂半不懂，但其中帶來的性感，卻是真真切切的。一看她的眼神，修潔音就知道，她開始進入狀態了。兩人面對窗外遠處的雪山，開始接吻，寬衣解帶，直到雙雙溶解在對方的熾熱和溫情中。

　　在姓新的那個國家裡，他們天天做愛，絲毫也不感到疲倦，好像內心害怕也染上人人都染上的疾病，他們只能通過做愛來驅魔，把彼此累得精疲力盡之後，讓睡眠和夢來恢復自己，然後周而復始地進入愛情的年輪。

　　他們在一起時，有時甚至是他插在她裡面時，她會突如其來地問：音，你會把我寫進小說裡嗎？音往往是默不作聲，而以幾下強勁的推送作為答覆。於是，那個問題就像什麼一樣地不再提起，但過不多久就會在別的地方出現。修潔音對此類問題的各種隱性的問法，從來都不置可否，不說寫，也不說不寫。他只是覺得，沒有必要去寫別人要自己寫或提醒自己寫的東西。他永遠只寫自己的心要自己寫的東西。舍此而無他。

　　想到這裡，真念雙猛然記起，修潔音曾寫過一篇性愛的文字，但在那口箱子裡，似乎從未見過。會不會藏在被退稿的信封中呢？這時，她才一封封地正式拆開那些牛皮紙信封，郵戳上蓋著1983、1985、1989、1991等年度的字樣，從中抽出一卷卷稿紙和油印的退稿信，邊上總有編輯潦草的字跡：「此稿不用」、「望繼續努力」，等等。找著、找著，她眼睛一亮，看見了手寫的標題：《床》。粗粗看了一遍後決定，當晚打字，收入這本文集中。

《床》

　　也許他們都是這樣的吧，每次做愛時，你就這樣說。
　　一定不是的，你說，你怎麼那麼有把握？你何時見過人家來著？

你又從不看小說，你怎麼知道？

一定不是的，你說，我的本能告訴我，一定不是的。

難道你的幻想不比本能更真實，你反問，難道你的想像中從沒出現那樣的場面，那樣的現實？那種非人的狂熱？

不，我沒有，你說，我是人，我在想像中只看見純真的愛，人們互相摟著，親吻著，低低地耳語著：我愛你，我愛你，我愛你，我愛你，人們只是靜坐著，一動不動。

我們還會這樣嗎？你問，每次做愛後，你問，我們老時，還會這樣嗎？是的，我們也許，你說，你沒有把握，於是你補充道，我們也許不會，可是，舊日纏綿的記憶是不會忘卻的，夜深沉時，那些軟綿綿的話語是不會忘記的，也許，具體的詞語早已一個個消失，宛如海灘上的沙粒，抓在手中的灼燙的沙粒，海灘卻存在著，一望無際、白得耀眼的沙灘，一片灼熱的白色，它還存在著，在衰老的記憶的某一個角落閃著光。

不，你說，不，當我們衰老，我們不會相愛，我們會各睡一頭，我們為了芝麻大的小事爭吵，我們的目光再也不會接觸，我們的肉體早已衰朽，感到發冷、發燙、發僵、發幹，再也不會交流，我們聯手都不願碰一下，我們啥也不想，只是那樣一天一天無聊地捱過，連時光的流逝都忘記了，前面的黑影越來越大，原來是一張黑洞洞的大口，原來是開著口的墳墓，原來是一個無底的深淵，原來是萬劫不復的旅途終點，原來是我們後悔莫及的失落，再也找不回來了。一切都無法挽回。

我們會的，你說，我們還會的，青藤老的時候，枯成了灰褐色，還死緊地纏在老樹皺紋累累的身體上，我們雖然各睡一頭，但我們在溫暖彼此乾瘦的腳，用我們體內殘存的余溫，用我們心中若有若無的殘夢，用我們為彼此灌好的熱水袋，用我們被身體溫暖的乾淨的、穿舊的內衣，我們還會的。

　　我害怕，我害怕那種無可奈何地活著的狀態，過去象一個惡夢窮追不捨，緊緊壓迫著我，而現在只是一連串的相似，一大堆撕去的日曆，一片雜亂無章的沉默，而未來——我真害怕，我真希望我倆在同時達到高潮的那一瞬間，一把利劍由上至下從你的右胸腔穿過，紮透我的左胸腔，一直到刀柄貼著你的脊樑，刀尖從床鋪下鑽過。

　　是的，每當我和你達到高潮，往往總是你比我先，我就產生一種死亡的感覺。我感到整個人彷彿膨脹了、擴大了、變輕了、升騰了、輕飄飄了，我離開了你，雖然我在更深地進入你，我的肉體和我的精神在一瞬間同時進入兩個境界：一個黑暗、深邃、神祕、溫暖，宛如地洞或隧道甚至海底一樣的世界，一個欲把人整個兒吞沒而不使他感到絲毫悲哀和懺悔的世界，一個使他想就此了結外面的一生，永遠永遠地進入其中的世界，另一個則是超越一切之上的光明、興奮、快樂，宛如信天翁在碧空翱翔的世界，一個時間停頓、音響消失、一切處於靜止的無窮無盡的世界，一個除了懸空的星星之外什麼也沒有的世界。

　　可是，每當我高潮一過，我便感到無比厭倦，渾身酥軟，直想睡覺，我便會覺得世界上再沒有比這件事更無聊、無味、無意義的了，我們象發了瘋似的去想、去追、去殺人、去自殺、去偷、搶，以為它就是一切，是拯救我們生命的唯一之泉，可一旦把這泉水喝飽，我們就魘足了，依舊感到無聊、空虛、怨恨、厭倦、刻板，又不能在那一刻死去，即便產生那種感覺，也只能說是進入了一種假死狀態，跟熟睡差不多。

　　你不能想得那麼多，乖乖，來，翻過身子，讓我好好摟住你，摟住你的全部赤裸，在我的懷抱裡睡去，到天明，我們又會恢復，讓我們再進行下去，思想也是不真實的，它是一片空洞，是癡人說夢，它象一些折斷的翅膀的羽毛，被狂風吹得在空中亂舞，發出染著太陽光彩的暗綠色，它散發著圖書館的陳舊氣息，是躺在藤椅中的老人的歎息，我們幹嗎要在這時思想？它只會導致人類走向毀滅，只有肉體是真實的、美麗的、常新的，使人類文明振興的，你瞧，它多麼溫暖，

宇宙中只有太陽可以和它比美，它是河流，那樣充滿動感，瞬息萬變而又凝止不動，它是紅花、綠草、流泉、飛雪，它就是大自然本身，躺在我懷中，永遠地躺著吧，這是我們的方舟，這張床，我們將乘著它，在我們肉欲享樂的旅途中，走向我們的歸宿。

你放一盤磁帶，每次做愛之前，你總要我放一盤磁帶。
這重播什麼？你問。第五，還是《致新大陸》？
「To All the Girls I Have Loved，」你說。
在音樂聲中，你的感情容易調動，音樂彷彿是麻醉劑，你說，從耳道中注入，渾身頓時處入一種半麻醉狀態，你全身所承受的壓力減輕了，下身那種由於乾燥而產生的痛感也逐漸消失，你感到你在熔化，象一塊被烈焰炙烤的奶糖，你變粘稠了，你變潤滑了，你被人含在口裡，用舌頭攪著、吮著、到最瘋狂處，甚至咬著，然而你不感到痛，你是一條河流，你要等著天空的閃電挾著驚雷，一次次向你衝擊，直到鑽入河床，觸到你堅硬的岩壁，裂開你沉睡千年的石夢，你才會顫抖、才會興奮、才會歡樂、才會開始呻吟、重新凝結、重新聚集、重新變成一塊堅固，還原成肉體的你。

然而，音樂已經失去了刺激你的能力。無論《英雄》，《悲愴》，《月亮河》，《尼基塔》，無論是細聲細氣哭泣的小提琴，宣布黃昏來臨的黑管，駿馬飛馳的小號，躡手躡腳的吉它，無論是跺著腳狂舞的迪斯可，扭曲變形的布瑞克，你都失去了反應，你要看圖片，你要聽故事，《愛船的故事》，《加油站》的故事，《電梯裡的故事》，然而，你最愛聽的故事，是一男一女在地震之後，一絲不掛地在瓦礫堆上性交。你說，這是生命的開始。

我不想了，我再也不想了，你說，你把腦袋從企圖吻你的唇下扭開，你把撫摸你乳房的手扳開，推到一邊去，你翻轉身。你說，我們各睡一頭吧。

你依了，你睡到另一頭，當她呼呼睡去，你就睜著眼睛望著黑洞洞的窗外，奇怪的夜空，是一個四四方方的框子，中間只嵌著一顆星，一顆多麼遙遠、可望而不可及的星。幾抹黑忽忽的影子，重疊著、交叉著，梧桐凋盡後的枯骨。你翻身坐起，去開窗子，手觸到冰冷刺骨的鐵欄杆，原來那不是星，是馬路對面的一盞昏黃的燈。突然，什麼東西閃了一下，那盞燈燃燒起來，電線皮燃燒起來，「哧哧」地響著，一些青藍的火苗象蛇，飛快地爬過來，一躍而起。叉舌。你又回到她那一頭，從後面摟住她，一塊石頭，一塊沒有生命的屍體。我不要你，不要你，你說，有他我就夠了，我不需要你。你說。原來我以為，愛情就是一切，現在我明白了，還有更重要的事情，那就是養育孩子。孩子不是一切，你爭辯說。我們，你和我，我們的愛情，我們的快樂和幸福，我們的事業和前程，這才是一切，孩子只是我們生活中的一個部分，他會自然而然地生長起來，到一定的時候，他會離開我們，去尋找他自己的歡樂和幸福，而到那時，我們已經老了，你萎縮的身子穿什麼時髦漂亮的衣服都不會好看，你滿臉皺紋即便塗滿雪花膏也無法填平，而我，就是放在你身邊，也無法硬起，清醒清醒吧，這是我們的黃金時刻，如果我們不抓緊這個時刻盡情享受一番，我們就會後悔莫及。

不行，從現在起，我告訴你，一個月最多只能兩次，不能再多了，你說，我無法忍受，我寧願沒有，你若是不能感到滿足，你就想別的辦法，我不能同時既做一個好母親，又做一個好妻子，原諒我吧，今夜不行，今夜實在不行，今夜萬萬不行。

我對你犯下了不可饒恕的罪行，你說，我把你強姦了，我把你的手反剪到背後，我把你的雙腿強行分開，我把我的東西象團抹布往你的裡面塞、塞、塞，不管你的反抗，不管你的嚎哭，不管你的怒罵，我要我只要發洩一空！直到現在我仍記得那樣分明，一共五十三下，整整五十三下，我是一架會數數的機器人，機器人！我把蓄積已久、

毫無用處的岩漿噴射給你、傾瀉給你、為了使自己免遭被燒毀爆炸的滅頂之災。你毀滅了，那是你的報應。你是那樣乾燥、發緊，難道你是沙漠，不需要暴雨的沖刷？你使我疼痛欲裂，你使我磨擦發燙乃至紅腫潰爛，你使我患上了不治之症：虐待狂。從前我們是由愛情昇華到交媾，現在，我們由交媾昇華到憎恨，從而進行更為瘋狂粗野的交媾。法律保護我們，阿門！

我不知道我為什麼會愛上你，你說，你不是人，你是野獸，你的愛情全是虛偽的言辭。野獸的暴行。

我們都不是人，你說，都是野獸，我所謂的愛情是虛偽的，但它是音樂，它是繪畫，它是故事，它是藝術，它刺激你忘乎所以，它使你忘卻你曾經是人，它使你只活在現在，活在這一時刻，這一瞬間，因此它是真實的，有價值的，美的，既然你不再為它所吸引，那就讓暴力來證明。

你這頭野獸，嗚，你這頭喪盡天良的野獸，你為什麼不死，你為什麼不死！你走開，你滾，我討厭你，我討厭你，我討厭你！為什麼讓我跟這種人生活在一起，噢，我好命苦呀！你這惡魔，你不得好死！你為什麼不在一場大暴雨中被雷電劈死！你為什麼不被一輛飛快的卡車撞翻！

我死了，你低低地、溫柔地說，你感到房子突然靜了下來，杯子、門、答錄機、電視機、木箱、熱水瓶好像都在側耳傾聽，你會快活嗎？你真希望我死？你真希望我死！好，我就死給你看。你不顧一切地抓起一把剪刀，就朝心窩裡捅，你的腕子被她的手捉住了，剪刀尖已經劃破了襯衣，在胸口捅出一個細窟窿，她把整個溫軟、碩大的肉體撲上去，想堵住洞口向外汩汩直冒的鮮血，她瘋狂了，迷亂的頭髮散了滿臉滿眼，小紅圓領衫塗滿了鮮血，慌亂之中，她把嘴唇移過來，壓在你的唇上，你全身一個哆嗦，感到一陣莫名的快樂，頭皮也微微發麻，你硬了，你翻轉身，壓在她身上，你用手扒她的三角褲，

她無動於衷，不僅無動於衷，反而迫不及待地張開雙腿，讓你全部嚴嚴實實地送了進去。血在流著，精液在流著，淚水在流著，唾液也在流著，你們交匯了，天上的雨和地上的河流交匯了，月亮不再反光，月亮就是太陽。屋裡的家具心蕩神馳地觀看這一幕人類的悲喜劇。

喜劇演完了，悲劇也演完了，悲喜劇也演完了，戲臺子空空如也，露天戲場上沒有一個觀眾，滿地瓜子殼，冰棒紙，煙蒂，鼻涕，手紙，花生渣，甘蔗渣，蘋果，梨子皮，還有一次性的避孕套。你說，我們回去吧，回到我們溫暖的窩、溫暖的床上、溫暖的被窩中，做我們溫暖的夢吧。

我們死了，你說，我們都已經死了，我們的床是我們的棺材，我們的被子是我們的屍衾，我們的房子是我們的墳墓，我們是兩具你死我活、我死你活的屍體。

我們什麼都有，你說，我們有電視、電話、電冰箱、洗衣機、沙發、席夢思、穿衣櫃、床頭櫃，我們有音箱，我們有書，應有盡有，一應具全。你有項鍊，手鐲，難道這一切不是幸福的基礎嗎？我們追求的一切不是都成功了嗎？

電視是供無聊人消遣的工具，你說，電冰箱只儲存沒有生命的肉類，項鍊是套在人脖子上的鎖鏈，幸福的基礎走到它的對立面去了。我們分手吧！

你記起了你當時說過的話，我們的一切生命從肉體開始，當兩個肉體都已衰朽、冰冷、僵硬，我們必須從新的肉體開始，我們為之付出的代價只是物質的喪失，然而我們可以從頭開始，在新的肉體中被點燃、被焚燒，從而合二為一，從而再次死去。

她在你身邊睡得多麼踏實，發出平勻的呼吸，孩子睡在你們的中間，象一把明晃晃的劍。孩子是一個飽滿的、充滿綠色漿汁的果實，是一條永遠無法逾越的鴻溝。你伸出手，你的手在半空中停住了，你

在夢中看著這只手：它的指頭象指向夜空的天線，源源不斷地發出資訊，然而黑地裡什麼都沒有，只有一根光禿禿、孤零零的鐵柱子，它喊了一聲，我沒聽見它喊什麼，於是我跟著去了，看見一張床懸在半空，一個身穿燕尾服的人，滑稽地揮舞著一個鐵圈，讓床從鐵圈中鑽過，我也要試一下，不料卻重重地摔了下來，「哇」，我睜開耳朵，孩子哭了。她也醒了，說，「看你怎麼在睡覺，身子滾過來，把孩子都壓在下面了，快滾過去！」

***　　***　　***　　***　　***

　　有一次，也只有這一次，他在夢中出現，聲色俱厲地對她說：不許你把我的東西收進任何文集。他站在她面前，全身上下一絲不掛，從頭到腳都是光的，包括他的腦袋，上面沒有一根頭髮。就算你不經我同意，把我的東西收進文集，也不要發給任何人看。我不需要發表。不需要求贊。不需要得到這個世界的認可。一個不被我認可的世界，怎麼可以認可我呢？它沒有資格認可我！你現在就把文集拿過來，當著我的面燒掉，我很冷，需要取暖！我要用我的這些文字，再一次把我燒成灰，因為此前那次燒成灰，是遠遠不夠的，把我的灰燒髒了。我只有跟我的文字一起燒成灰，心情才能夠平復下來。哦，對了，我還想看看我那篇《紅綠藍》的文字，先給我過目一下，然後再一起燒。

　　真念雙被他說急了，看著他那赤裸裸的樣子又難受，又憐愛，上去一抱撲了空，上去一抱又撲了空，但不知怎麼就看見，手碰著他皮膚的地方，兩次抱空的地方，飄飄蕩蕩地飄下了一張紙，上面寫著《黃綠紅》幾個字。她朦朧著睡眼，端的瞧了個明白，正如下面讀者所看到的那樣：

《黃綠紅》

那天晚上，最叫他感到難受的是燈光。

告別了朋友，他走到一條空蕩蕩的大街上，他要搭一個多小時的車才能回到家裡，他埋著頭，眼睛看著腳下，匆匆往前走著。他已經感到霓虹燈光在頭上的照射。他站在十字路口，一個身穿桔黃風衣、紅高跟鞋的女子從他身邊走過。一對情侶摟得緊緊的。紅燈亮了。快速移動的腳。刺耳的剎車聲。他看見自己跟在一個全身著黑的女郎後面。來到江邊。一河都是燈。在燈和燈的空隙，是被割裂得支離破碎的黑暗。風在耳邊呼呼地響。黃燈、綠燈和紅燈。黑衣女郎跟她的男人落在後面。他踩著一塊一塊的水泥路面。有些人背著包急匆匆地走掉。有些人坐在臺階上。有些人大包小包放在腳邊，站在那兒，東張西望，彷彿不知所措。風，第一次變得尖冷了，從江上黑暗的地方，夾帶著腥臭傾瀉過來。風的氣味使他想起腐臭的屍體。面前站著一排人。準確地說，分兩人一組，每組之間間隔約半到一尺。接吻和擁抱。

在飛旋的燈光中。他看見，一個瘦高個的年輕人佇立在半人高的牆壁前，一動不動，眼睛越過密集的一片黃、綠、紅光，筆直地盯著黑暗深處。他心中一震。莫非他要──那青年略略轉過頭，身子不動，目光越過他，看著什麼也沒有的樹尖上的天空。他感到冷。感到噁心。感到恨。他在這兒幹什麼？一個哪兒都不屬於的人，在這兒幹嘛！

間歇泉停了，冷風吹過，泛起一片紅中透綠的漣漪。彷彿冷起了雞皮疙瘩。剛才，它還噴著，形成一頂巨大的傘，一朵透明的花瓣下垂的花，有粉紅的光和淺黃的光從中透出，吸引著不少夜遊的人。他聽見車上一個人說，真可惜，沒帶照相機。那人就在他前面幾步

地方，一連說了幾個可惜。人造的，artificial，一切都是artificial，連水，連燈，連人。

車子很空，因為是起點站。他在中段找了個位子坐下。兩個女人在他稍後的對面坐下。她們嘰嘰喳喳不知講些什麼。她們眼睛不看人，一向不看人。他回過頭，感到異樣的疲倦，自己為什麼要到這兒來呢。車子突然停下來。滿車都是紅的。紅通通的。危險的紅。他一驚，目光落在駕駛台的頂蓬上。原來那兒有幾塊亮燦燦的大紅斑，它們放著光，由於頂蓬不甚光滑，光線顯得凸凹不平。這是哪兒的光？目光向前移去。十字路口，亮著紅燈，一大溜停著的汽車。這是到了哪兒？紅燈隔著老遠，那麼這是哪兒來的呢？不可能是前面，這時，紅燈滅了，換了綠燈，頂蓬上的紅光也一下子消失了一大半，只剩下油油的一層，啊，他明白了，那是緊挨車頭的一輛小轎車的尾燈所投射的紅光。他想起那扇紅窗簾。車門開了，又下了幾個人，他趁機換了一個位置，背對駕駛台。那兩個女人使他感到壓抑。好在她們已經趁亂下了車。車不知什麼時候已經裝得滿滿的，他再不翹二郎腿了，只有膝頭並著膝頭，腳貼著腳。面前這個女人好像哪兒見過。圖書館常看書的那個？在飯堂看見自己和妻子的那個？又像，又不像。女人應該長得美才是。長得醜是人生的一件痛苦。醜人不應該活在世上。要下一道這樣的禁令：凡是醜人立刻就地槍決或遣送沙漠。可是，沒有一個美的，包括自己在內。為什麼偏要生我到這個世上？為什麼讓我忍受這無休無止的痛苦？紅燈亮了，又亮了，又亮了。然後是綠燈，又是綠燈，又是綠燈，有紅燈就有綠燈，有綠燈就有紅燈，為什麼不能是黃燈？為什麼不能給我一個漆黑的夜晚？我不需要燈，什麼燈也不需要。

也許，我需要粉黃和嫩紅的燈，象柔軟的手指伸出來，撫摸著路人，你慢慢地走著，視而不見，燈光似水，似毛毛細雨，淋濕了你的面龐，眉梢，唇。

大家擠得這麼緊，誰也不看誰，誰也不認識、不想認識誰。一個

穿平底皮鞋的女人，描了眉毛，塗了口紅，把風衣扯扯緊，頭髮燙得性感般地蓬蓬松松，象一片樹葉從窗口刮走。男人和女人。陌生人。

下車了，越過馬路就是學校大門口。他走到一根電線杆前，無意間抬頭看了一下，只見一個女人倚在那兒，好像在等誰。他們的眼睛相遇了。他的心猛然地跳了起來。這雙女人的眼睛叫他想起了黑夜，把人逼到絕境的黑夜，使人瘋狂到可能幹出一切的黑夜。她穿一身黃，豔黃，紅色高跟鞋，綠色的大耳環，難道——他想停下腳，但他越過了馬路，他說轉回去吧，但他已進了大門，看見那些穿著千篇一律的門警，他想這一回再不能錯過機會不管三七二十一上去和她搭訕問她在等誰和她說好像在哪兒見過她反正兜裡還有三十塊錢，但他的腳步一下子也沒停，他過了一座小橋，又過了一座大橋，河中倒映著教室的日光燈，長長的，彷彿幾根枯骨。那雙眼睛象鑽子在他後腦勺上鑽，那雙眼睛直盯盯地看著他，在前面攔他，這誘惑力到了無可抵禦的地步。

回到宿舍，已經一點多了，他筋疲力盡地倒在帳中，極力想睡著，可是，同房的還在看書，帳子裡仍亮著小燈，一圈淡淡的黃光，就是這黃光討厭透頂，多少個夜晚使他失眠，今晚、今晚、就象今天這樣一個令人心碎的晚上，它仍要亮著，讓人不得安寧，無法安睡，啊！為什麼不能有一個澈底黑暗的夜晚，一個只有星星和月亮，或者只有黑夜的夜晚呢？

他徹夜失眠。

***　***　***　***　***

也許，真念雙總在想，是自己把他殺死的。或者說，是自己把他愛死的？愛殺的？她發現，越愛他，他越怕，越愛他，他越退縮。這就好像愛一隻可愛的小烏龜，你越想吻它，它越堅決地把頭縮進龜殼。最後使你由愛轉怒再轉恨，拿起小鐵錘便在龜背上敲，先是小

敲、輕敲，看著半天沒動靜，便開始大敲起來，由於恨得不輕，下手也下得很重，結果一錘子下去，把龜背一下子敲癟、敲碎，滿桌子都是水，小烏龜當即魂飛天外，粉身碎骨。這，真念雙想，或許就是自己愛的結果？

也許不是這樣，真念雙轉念一想，否定了自己的胡思亂想。她和修潔音的愛，跟漢語的疊音詞一樣，永遠都是重疊的：山山水水、風風火火、裡裡外外、上上下下、層層疊疊、辛辛苦苦、千千萬萬，什麼都要疊那麼一下才有味。她和他的愛就是這樣，是重重疊疊的，不是愛，是愛愛，是愛愛愛愛，疊加起來的，疊被子一樣疊起來的，疊人一樣疊起來的，疊愛一樣疊起來的。所有的形象，都是疊加的形象：一把鑰匙，插進一個匙孔。一個輪齒，嚙合進兩個輪齒中的凹槽。一個插頭，一個插座。一隻活塞，一隻活塞杆。一頂帽子，一個頭顱。一隻手套，五根手指。等。

疊著、疊著，人就疊沒了、疊歿了。真念雙伏在想像的男肩上哭出了聲，淚水很快就打濕了她赤裸的雙腿，這才想起自己還坐在窗邊的床邊。天已經大亮了。她下意識地把被角扯過來，蓋住了自己的大腿。

她想起之前做過的一個夢。夢中她問：你在那兒還寫作嗎？他說：你說呢？她說：我想是的。他說：為什麼？她說：如果寫作是生命，那就不用問為何或是否還在呼吸。他說：寫不寫作意義並不大，寫怎麼樣，不寫又怎麼樣？自從書不再與精神掛鉤，而直接與市場掛鉤，寫作就跟任何其他職業一樣，沒有太大的區別，不過又是一個謀生的手段，而且是最最低級的謀生手段。除了集權專制的國家外，所有所謂自由民主的國家中，作家的收入是最低的。英國作家平均年收入為900英鎊，澳洲約為一萬多澳元，這樣的收入，比躺在政府身上吃公糧的人的錢都少！某種角度講，寧可做一頭被專制的豬，也不要做一頭自由的虎，因為自由的虎沒食吃，很快就餓死，而專制的豬雖然是豬，卻活得很滋潤，很健碩。她笑說：那你為什麼還要做虎？他

說：我既不是虎，也不是豬。我只是一個思想的人。為了能夠真實地記錄我的思想，即便作品不能發表，即便我偶有發表，也得不到豐厚的報酬，我也要寫下去，一直寫到我死。她說：我最喜歡你的就是這一點。他說：也許你喜歡錯了。她說：為什麼？他說：我不知道。只知道你可能會後悔。她說：為什麼？他說：只隱隱地有這種感覺。她說：我不會為我的愛而後悔的。愛從誕生的那一天起，就具有了對後悔病的免疫力。他說：後悔病？就是那種必須吃後悔藥才能治好的病嗎？她笑說：Yes。他說：你能拿到博士學位，我感到欣慰。她說：可惜你沒有拿到博士學位。他說：我根本不想當什麼博士。在專制國家，一旦大家都意識到博士是最高的學位，此後可獲得最高工資或較高地位，大家便爭先恐後去爭這個學位，當然是不擇手段，無非是用錢買、用官位獲得，而在別的國家，比如你我都曾待過一段時間的白人國家，作為來自非白人國家、非英語國家的學生，在他們那些白人眼中，不過是搖錢樹，一手收錢，另一手發博士學位，而且還不是馬上發，總要等你耗掉三五年之久，頭髮耗白，眼睛耗模糊，精力耗盡，才發那張拿到那兒都沒用的破紙，尤其是在白人國家沒有狗屁用的破紙。這樣想想，還不如乾脆在國內一手交錢，一手拿學位的好，省得浪費那麼多時間！她說：那你幹嗎還誇我好？他說：你好是因為你是女人。白人國家裡，對來自亞洲的女人特別青睞，隨便一張長得不怎麼樣的三四流的臉，在那些只認性、只認錢的白人男性眼中，都能顯出無比的魅力。這就是為何亞洲女人走遍西方世界而無敵的主要原因之一。她說：你說這話是要遭到那些女權主義者的強烈抨擊的。他說：我死了，怕什麼！難道她們連我死了都不准我發言嗎？難道我說得不對嗎？難道她們也要學伍子胥，把我掘墓鞭屍嗎？她笑說：她們連伍子胥是誰都不知道，更不知道鞭屍是什麼意思。Wu Zixu的「Zixu」，她們肯定發不清楚音，而「鞭屍」二字，在英語中都找不到對應的詞。她們頂多罵你不是個東西，說你這種人不值一提，就繼續搞她們的女權主義運動了。他說：在人類歷史的長河中，所有運動

都會煙消雲散，這已經有正反兩方面的經驗，是經過壞國家和好國家的證明的。她說：壞國家？好國家？他說：是的。過去我們總是用什麼什麼主義來修飾某個國家，或用第幾第幾的序號碼來排序世界，如第三世界等等，但現在，只需要用好壞就行。凡是不把自己國民當人的國家，當然就是壞國家。這種國家的人往外跑，是理所當然的事情。就像好女人非得離開壞丈夫一樣。她說：什麼叫「不把自己國民當人」？他說：如果你只是一個國家的國民，卻不是選民，連一張選票都沒有，不能就誰當你這個國家的主席或總統，投出你自己認可或否決的一票，那你就只是好聽的「國民」，而不是真實的「選民」，這個國家政府做的一切對你不利的事情，你都無法提出意見或建議，因為所有的報章雜誌電臺電視，都不是你的喉舌，都不是你發音發聲的器官，最後給你的感覺，就是這個國家不把自己的國民當人。要想讓國家把你自己當人，你就得經歷從「國民」到「選民」的痛苦過程。就這麼簡單。她說：同意，但做不到吧。他說：是的，做不到，但可以做得到的是走。像我們那樣，走得遠遠的，從一個國家，走到另一個國家，從一個國籍，走到另一個國籍。她說：一直走到無國籍。他說：是的。一直走到獲得死亡國的國籍。

真念雙記得，她倆——她現在開始受西方女權主義的影響，不把只有一男一女的場面也稱作「他倆」，而稱作「她倆」——的這場對話，一直持續了整晚，都是在夢中進行的。修潔音在談話中告訴真念雙，他曾認識幾個無國籍人士，都曾因各種各樣的原因，而失去了他們原籍國的國籍，又沒有取得居住國國籍，而暫時棲身在兩個國籍的中間地帶，也就是那個真空地帶，不是身陷囹圄，就是等待裁決，過著非人的生活。不過，他談著談著就失去了興趣。她說：你不想把他們寫進你的小說中嗎？他說：不想。她說：為什麼？他說：不為什麼。停了一會兒後，也就是在得知她要上廁所，等她上廁所回來後，他說：寫作已經不是讓人留名的唯一方式或唯一的幾種方式之一了。從消極的方面講，一個系列殺人犯或自殺炸彈者，一出事，就出名，

而且總是出大名，其新聞永遠登在世界各大報紙、各大電視和廣播新聞的頭條。所有罪大惡極者，都能享受到常人不能享受的這種待遇。一個寫作者，除非是那種能夠大包大攬、大買大賣的暢銷作家，否則幾乎都是作品一出手，名字就消亡的那種。而且，作品跟房子不一樣，房子是隨時間增值的，作品是隨時間掉價的。以我的話來說，那是新三年，舊三年，無人過問又三年。她說：什麼意思？他說：意思很清楚。一部作品問世，頭三年還有人求新而過問，再過三年就舊了，再過三年，就根本無人過問了。她說：那麼那些經典作品呢？他說：是否經典，跟作者本人有關嗎？她說：此話怎講？他說：等到書被定性為「經典」時，作者無一例外地都已過世，連其親朋好友都已過世。作品再經典，又與他們有何關係？她說：名字不是留存下來了嗎？至少是莎士比亞，而不是莎士比歐，更不是莎士比美，對不對？他說：對，也不對。哪怕是莎士不比亞，莎士不比歐，莎士不比美都沒用，反正把那個名字推到頂峰的意義，不是宣揚那個名字，而是利用那個名字賺錢，永生永世地賺錢，把它賺成一個工業，例如，英國就把這個稱之為「The Shakespeare Industry」（莎士比亞工業）。為何是工業？因為它不再是創作，不再是創新，而只是生產、製造、銷售，面對市場，一手交貨，一手拿錢。她說：你這麼一說，文學還有什麼意義呢？作家又跟奸商有何區別呢？他說：問題提得很好。我再重複一遍你的問題：作家又跟奸商有何區別呢？問題是，我沒法回答你的問題，哪怕我死了也沒法回答。她說：一般是不是認為，人一旦死了，就具有了無法摧毀的力量？他說：是的，具有了無法再被摧毀的力量。她說：那伍子胥為何要鞭屍呢？他說：那是因為他stupid，以為鞭屍能把屍體鞭痛。那跟鞭天空有何區別？那跟抽刀斷水有何區別？那跟對著大海撒尿，想把大海撒得更滿有何區別？她說：也許，他是想做給別人看，知道這麼做沒用，也要做給別人看？他說：你說得對。哦，對了，我現在想起來，自殺之前，很久之前，我曾寫過一篇關於作家的文字，也不知是當做小說來寫，還是寫成散文的那篇，

不知你能否找到，哪天跟我在夢中重逢時，拿給我看看？

真念雙便到他的文稿箱中去找，一會兒就找到了。我把它放在了下面。不感興趣的讀者可以掠過不看，這包括前面所有的類似文字證據，都可以掠過不看，或者節選著看。我們已經進入了一個可以這麼生活和閱讀的時代了。不用感到內疚，人活著，對什麼都不用感到內疚，唯一感到內疚的是對手紙。正如真念雙大笑著回憶起來的一句修潔音的話：我們做愛結束後，損失了那麼多潔白的手紙，為此，我們應該深深地感到內疚。它們如果不是因為我們，會始終保持純潔的原生態。

對不起，我又囉嗦了，請看修潔音二十來歲寫的那篇文字。

《作家逸事》

雷雨夜近來連筆都不大動了，有一種厭倦感像酒精一樣使他整天昏昏沉沉的，怎麼也打不起精神。原來他打算得挺好，祖父母家住郊區，家有一幢兩層小樓，幾畝菜地，一口池塘，他回家住一兩個月，正好可以避開城內的酷暑和嘈雜的市聲以及頻繁的人來客往，夜裡寫書，白天拿一根釣竿，到樹蔭下的池邊垂釣，按他的進度，一個月寫完十個短篇是不成問題的，現在，描寫恐怖兇殺兼含色情內容的小說頗受讀者歡迎，這方面的素材到處都是，雜誌上，小報上，每日新聞中，哪天不出一兩起桃色新聞、政治醜聞、經濟犯罪、重大事故喲，只要將故事中的人物改名換姓，情節作一番戲劇性的處理，再加上刺激性的描寫烘托和通俗易懂的語言，就能做到天衣無縫，點石成金，他幹這一行好多年了，不說爐火純青，至少對自己的成功是胸有成竹的。

回到祖父母家一個星期過去了，他連一個字都沒寫，題目倒想了幾個，可是怪得很，這幾個題目跟過去的相比都很不一樣，過去他的

幾個挺叫響的小說都是起的諸如《夜夜風流》、《鴛鴦夢》、《雨夜驚魂》之類的題目，他的筆名也因最後一篇小說傳了開去，而最近這兩個題目，一個是《紙上的生活》，一個是《白鳥》，也不知是怎麼鑽進腦中來的，竟象透明膠布一般，橫豎交叉貼成十字，粘在腦膜上了，怎麼也沒法甩脫。這兩個題目聽起來毫無吸引力，沒有縱深感，不能產生豐富的聯想，第一個題目還多多少少有一個簡單的線條，他想描寫一個教授的生活，一個把五十幾年的時光都花在筆墨紙張上的教授的生活，可是他的思想無法深入下去，他對教授沒有多少瞭解，根據他認識接觸的幾個教授的生活和為人以及他對他們的觀察，他基本上得出了一個結論：教授的生活並不比看門人的生活更有趣。如果第一個題目還多少有點現實做基礎，第二個題目就純粹只能稱之為想像，完全是一張白紙，看去更適合作詩，而他對詩則根本不感興趣，詩歌是什麼東西，古老的唐詩宋詞不過是孩子們呀呀學語的背誦材料，現代詩歌則成了一幫狂人瘋子的囈語胡哼，即將走向世界大同，進入宇宙空間的現代人終究是要澈底拋棄這種古老過時的藝術形式的，正如二胡和板胡決不可能在大型交響樂團中占一席之地。可是，這個題目就這樣憑空產生了，而且揮之不去，冥冥之中似乎有一種力量，非要他將這個虛構的白鳥賦予血肉羽翼，使之活生生地飛翔於天際，他想，既然白鳥產生於虛空，那就讓虛空藉助他之手來完成賦予它以生命的使命吧。

可是，他一到這兒，便意識到非但不能避暑，反而象跳進了火坑，空氣發著高燒，從早到晚，樹葉紋絲不動，塘水眼看著一寸寸乾涸下去，馬路上汽車一過，揚起老高的灰塵，室外溫度高達四十五度，室內也有三十九度，一天二十四個小時，電扇轉個不停，手往馬達殼上一摸，熱得燙手，這樣的大熱惟有一個好處，晚上不用關帳子，因為蚊子一個都沒有，不知是熱死了還是熱跑了，祖父祖母呆不下去，到鳳凰山避暑去了，地裡的事交給他的表弟曉甯和曉明，兩個年齡僅隔一歲的健壯的小夥子。

　　第一天夜裡，他在水龍頭下沖了個涼，便提筆展紙，點上紙煙，在桌邊坐下，可剛開了個頭，就感到熱得不行，整個人就象從冰箱中取出的啤酒，渾身上下往外冒汗，大珠小珠滴個不停，肘子提起來，字寫得歪歪扭扭，肘子放下去，立時斜斜地濕了一大片，最後他歎口氣，把筆紙一推，起身出了房門來到平臺上，微暗中看見兩個表弟已經睡在竹床上，打著呼嚕，不覺歎了一口氣，唉，還是他們好，累了往床上一躺，一覺睡到大天光，多省心！

　　也許過了十二點，也許到了下兩點，他躺在席地而鋪的涼席上，弄不清時間，對著星光又看不清表上的指針，他又懶得進屋去瞧，就在席子上翻來覆去，輾轉反側，眼看著一彎桔紅色的月亮垂掛在西天，漸漸沒入地平線下，腦海中閃過一個模糊的疑問，月亮怎麼西沉得這麼早？過了很久天都沒亮，他似睡非睡，睜眼一瞧，北斗星沒有了，天上的星斗似乎變得更加稀疏黯淡，四周也更加暗黑了，他用毛巾擦了擦脊樑上的汗水，可能是第二十次吧，嘴裡不知不覺地歎道，今天晚上完了，他不僅沒寫一字，而且連一個細節都沒構思出來。

　　接下去的幾天情況更糟，由於上半夜太熱，他往往下半夜過了很久才睡著，清晨的涼意使他酣睡不醒，直到十點多鐘，乾脆早、中飯並一塊兒吃，下午在躺椅裡一坐，電扇一開，又不知不覺地昏昏睡去，等到吃過晚飯，就是八點以後了，他懶得動，坐在電視機前把《射雕英雄傳》一直看完，這時又將近半夜，總是他最後關電視，因為兩個表弟白天忙活了一天，晚上熬不住瞌睡，電視常常看了一半就上平臺睡覺去了。

　　一個星期下來，他驚奇地發現，自己竟然生平第一次沒往紙上寫一個字，他感到心頭重甸甸的，彷彿犯了罪似的，他想原諒自己，說這一切全是因為炎熱的天氣所致，還為自己找了一個新鮮的比喻，說作家也應該象海參，有自己的夏眠期，在炎夏期間應該終日不做一事，讓身心處於休眠狀態，等待酷暑消盡，秋涼到來，再全身心地投入創作，必將取得雙倍的效果。可他無法消除心中這種沉甸甸的感

覺，作家如果失去了文字創作的能力，他的生命力也便告終止了。可是，寫什麼呢？這個簡單的問題好像還是頭一次進入他的大腦，它象針尖似地絷了一下，使處於萎頓的大腦活躍起來，怎麼以前從未思考過這個問題呢？他不禁認真思索起來。莫非這件事與那個人有關？他的思緒立刻飛回到幾個月前出差時在輪船上遇見的一個人那兒。

　　他那個艙裡一共十人，睡他斜對面上下鋪和左邊上下鋪的是兩個青年人，一個中年人，一個老年人，看樣子是一個單位的，他們上船後便把船中唯一的一把靠椅和兩個抽屜占了，用椅子當牌桌，抽屜當凳子，沒日沒夜地打起麻將來，船艙靠江的這一邊自然就成了他們的領地了，另一邊靠過道，住著一對青年夫婦和兩個穿著象城裡人樣子象鄉下人可誰也說不清楚是哪兒人的人，這青年夫婦自上船起就沒停止過親熱，他們把包裹行李集中放在上鋪，兩人就合擠在一張不比一本雜誌寬多少的床上，他儘量不使自己的目光往那個方向去，免得讓人討厭，可在這個小如香煙盒的客艙中，除了看他們打麻將，或者看書，或者閉目養神或睡覺，眼睛只要掉一個方向，哪怕是一秒鐘之久，也會把他們看得清清楚楚，一會兒是男的朝裡躺著，女的從後面摟住他的脖頸，毛毯下的腿子分明勾搭在男的胯骨上，一會兒是男的半躺半坐，還往女的嘴裡塞著什麼，女的別著臉，格格地笑著。他的上鋪是一個戴副深度近視眼鏡的高個子，這人自上船後沒有跟任何人說過一句話，他一天中絕大多數時間是躺在床上，只在必要時如吃飯上廁所洗漱時下床，和他一樣，他也不大講話，但他瞭解到這些人都是到上海去的，出出進進還跟他們點頭微笑，不過他並不知道他們是幹什麼的，不想問，也不想猜測。途中第二天，有個人問他到上海幹什麼，他只說開會，於是便沒有下文了。還是那個近視眼沉得住氣，始終不開口，出來進去連看都不看同艙人一眼，臉上沒有一絲笑容，他對這個人發生了興趣，幾次想開口說話，可是話到嘴邊又咽了下去，說什麼呢？問你也去上海？是的，他會說。下面呢？在哪兒工作？主動搭腔太麻煩，太累了，人家不願答話，自討沒趣，又有什麼

意思呢？第三天，靠走廊那邊下鋪的一個小夥子找他借雜誌看，他一口回絕說沒有，同時又解釋說，他不看通俗雜誌，這一切都被他看在眼裡，他又一次把想問他為什麼不喜歡看通俗雜誌的原因的問題咽了下去。人各有志，不能強勉，看起來，這人八成是在大學工作，可能是搞學術的，對這種不入流的通俗作品一向抱嗤之以鼻的態度，這種人他碰到過不少，他覺得他們不過是些眼高手低，自視過高的正人君子。他看不起他們。

可是，這與那個人有什麼關係呢？他直到上岸，也沒能和他說一句話。他寫不出來，為此而苦惱，這是不能怨天尤人的。

昨夜下了一場暴雨，天氣涼快了許多，久旱無雨的池塘漲滿了水，積著厚灰的樹葉被雨水洗得綠瑩瑩的，田間的小道都被水淹沒了，夜裡星星顯得又大又亮，遍地唧唧的蟲聲，人們趁涼快都早早入睡，而他還一人坐在燈下，大口大口地吸煙，為找不到合適的內容和人物而苦惱著。半夜，表弟起床小便，見裡屋還亮著燈，燈下是他冥思苦想的身影，便說，「哥，早點休息吧，別那麼苦熬了吧，今天想不出來還有明天呢，傷了身體可划不來。」

是呀，他想，還有明天，每當自己寫不出來的時候，自己就這樣安慰過自己，也許到了明天，會突然產生一個奇特的主意，叫它契機也好，引子也好，它象磁石一樣，往哪兒一放，便把那兒的鐵粉全都吸攏來，排列得整整齊齊的，或者象網子的繩扣，只要提住一拎，網子就會自動收攏，可是一覺醒來，他又感到空虛、無聊，有一種睡眠無法驅除的困倦，使他覺得今天跟昨天並沒有兩樣，人們仍舊照常下地幹活，附近工廠的汽笛照樣按時拉響，馬路上汽車仍然一如既往地穿梭運行，店鋪照常開門營業，鄰居的婆婆奶奶們照常拎著籃子上菜場買菜，回家做飯，一切都未改變，什麼都沒有發生，唯有他一人不知為著什麼仍俯在桌邊胡思亂想，東拼西湊，為一些他也不知道是誰的讀者群寫著莫名其妙的故事，而歲月年華就這麼一天天地消逝，自己的年歲逐漸增大，老境不知不覺地到來，誰也不知道，或許連他

自己也不清楚自己這一生究竟是怎麼度過的，奇怪的是，這個被人譽為現實主義的傑出作家在他所創作的作品中竟沒有絲毫涉及自己的一生，即使連暗示都不曾有過，也許那種想法對他的影響太深了，即一個不能憑想像創造的作家是低能的作家，他在創作中逐漸培養起一種能力，越是寫自己不熟悉的生活就越能寫得得心應手，他曾多次拒絕了編輯和記者要他提供有關他生平的詳細材料的要求，他覺得，現在還不到他寫傳記的時候，那是一個生命力和創造力已經枯竭的達於風燭殘年的老者所做的事，還有許多鴻篇巨制等著他去完成，先是短篇，然後是中篇，接下去是長篇，長篇多卷體，直到文壇響徹他的名字，不，他今年才剛滿四十，生命力和創造力還處於旺盛期，他是沒有時間和精力考慮他那短短一生中所發生的細微末節的，它們與整個人類和當今世界所發生的一切相比太微不足道了，然而，擺在眼前的事實是，他文思枯竭，即便絞盡腦汁，挖空心思，也一句寫不出來。

他覺得他好像聽見了翅膀扇動的聲音，那聲音由遠而近，到近前時聽起來有如風掃枯葉，嘩啦啦作響，顯得急切、不安，他急忙走出門外，只見滿天星斗，一池蛙聲，並不見有鳥兒飛動的蹤跡。

回到房裡，他想，其實，描寫自己的生活也未嘗不可，雖然它並非那麼緊湊，那麼充滿戲劇性和悲歡離合的情節，但它畢竟有它的歡樂和悲哀，有著各種各樣生動可愛的細節，也有著許許多多難忘的人物，比如朋友和同學，問題在於如何去寫，一想到這個問題他就感到頭痛，他幾乎無法忍受在紙上從頭至尾把自己一生照相式地記錄下來的想法，也就是說，他不願在紙上重新生活一遍，那將是一次痛苦的經歷，如果有可能，他要用散文的筆法隨意地記錄下一些臨時回憶的片斷，雖然他痛恨那些自詡為現代派的文人所推崇備至的意識流手法，他並不反對偶爾寫些隨感錄式的東西，他隱隱約約地感到，這還不僅僅是隨感錄，而是某種前所未有的東西，它好比演戲，明明自己叫雷雨夜，卻要自稱為阿Q或是另一個人的名字，表演著另一個人的生活，不，還不是這樣，應該是自己的生活卻起著別人的名字，這個

想法使他有些激動起來，但他按捺住了自己，他要讓睡眠做出結論，如果一覺醒來，自己仍然受著這種想法的支配，那就表明它是不錯的，富有魅力的，值得一干的，如果忘得一乾二淨，那他仍舊打算什麼也不寫，還是採取過去那個消極保守的辦法，等著故事來找自己，再說，明天他就要準備釣魚了。

他的表弟對釣魚一竅不通，不感興趣，他們弄魚的方法簡單可靠，如果他們想吃魚或家裡來了客人，他們就到塘中撒網，不多時就可以撈上十多斤鮮魚，因此，他們家中沒有釣竿，不過，他們告訴了他在哪兒可以買到釣竿釣線，同時還笑他想去釣魚的想法很滑稽，他們哪裡知道釣翁之意不在魚的說法呢。

第二天，他起得很早，睜著眼睛在床上躺了好一會兒，腦中空空如也，奇跡並未發生，昨夜所想的一切早已忘得乾乾淨淨，只剩下釣魚一樁。

提到釣魚，他並不內行，小時候帶著釣竿出去一整天空手而回是常有的事，不過，他也曾有過兩次光輝的業績，一次是他在晚飯前到江邊——長江離他住的地方不過十分鐘之遙——的一個小河灣，用了一根長不足五尺的竹竿和又肥又大的黑蚯蚓，在不到二十分鐘的時間裡，接連釣起了兩條筷子長的鯰魚，這癟嘴巴長鬍鬚的小東西滿口生著密密麻麻的細齒，它們不吃食就不吃食，一吃起食來便不要命，簡直象囫圇吞棗，連鉤帶蚯蚓全給吞到喉管裡了，那吞食的猛勁不像是魚，倒像是只花貓，剛剛還好端端地浮在水面上的浮筒——從掃帚柄上掰斷的一根小手指頭粗的秸杆——眨眼便不知去向，也許早就沉到水裡去了，可他並不知道，因為他把釣竿往泥裡一插，便跑到高岸上玩耍去了，是去看滿港灣林立的帆檣還是看渡輪上乘客上船下船，他已不記得了，也許是坐在樹蔭下躲避太陽吧，反正他玩得正痛快時，忽然想起了釣竿，漫不經心地往那兒瞅了一眼，立刻激動起來，浮筒沒了，在他幼稚的意識中，這就是有魚吃食的信號，他彷彿聽見了衝鋒號，立時風風火火、連滾帶爬地沖到水邊，雙手握住釣竿便往上

提，唯恐稍慢一點魚兒就會逃掉，釣竿釣線在空中發出尖利刺耳的呼哨聲，閃電般劃出一道180度的白光，就聽啪嗒一聲，魚兒沉甸甸地摔在身後的沙石地上，他連蹦帶跳地撲上去，一把將魚兒按住，渾身上下快樂得發抖。這兩條魚他捨不得吃，在冰鐵桶裡養了幾天，後來也不知是吃了還是死了發臭給媽媽扔了。

他把自行車停在一家私人小店門前，店門前擺滿了琳琅滿目的貨品，一隻環形衣架上垂掛著各色各樣的尼龍長襪，隨風擺來擺去，一根鐵絲上一溜兒擺開T恤衫、裙子和襯衣，他跑了幾家國營商店都沒見著魚鉤魚線之類的東西，心裡僥倖地想，也許這家私店有賣呢。果不其然，他剛開口問，那個胖老闆便證實了他的猜測，隨手給他拿出了用小透明塑膠袋裝的魚鉤，共有五六種，從商標上看，還都是日本貨，他把幾種魚鉤倒來倒去地看了幾遍，試圖回憶從前釣鯽魚用的是哪種鉤，以便找到類似的，好作決定，可這些曲裡拐彎、閃閃發亮的鍍鉻魚鉤橫看豎看也沒有一點和從前的魚鉤相似的地方，他想問這是鯽魚鉤嗎，又覺得自己既然是來買鉤的肯定是個會釣魚的人，難道連是不是鯽魚鉤都不清楚？他可不想讓這個盛氣凌人的胖老闆瞧不起，這傢伙把東西往他面前一丟，便自顧自地跟熟人聊天去了，連他都不大正眼看。他挑來挑去，最後排除了所有閃亮的魚鉤，而選中了那種形如大寫L、塗了黑漆的魚鉤，他覺得只有這一種多少與從前釣過的相近。老闆娘張口就是五角，還加了一句，不管哪種都一樣，每只五角，他吃了一驚，暗想，從前可沒這麼貴，一隻鐵絲彎的普通魚鉤，值這麼大價錢嗎？不過，誰也不知道他此時的想法，只見他毫不遲疑地掏出五角錢遞給老闆，同時還問了問魚線的價，回答是一角錢一尺，出門時他又一眼瞥見放在角落裡的魚竿，價錢是八角一根，他扯了一丈線，買了一根魚竿，便騎車回家了。

寫到這裡——他居然動筆寫了——他覺得有必要停一下，思考一下，從前他不這樣，語言往往跑在思想前面，如果不是同時的話，他的筆頭更快，如果頭天夜裡睡得好，第二天吃過早飯，一刻不停地

寫下去，一天少說也要寫它萬把字，現在不行了，他寫一句就要想一句，現時不知下一刻將要寫些什麼，若是僅憑興趣，他可以痛痛快快地寫釣魚，那樣的話，這篇東西就完全是關於釣魚的了，他還不想這麼做，目前最使他感興趣的問題好像是「為什麼」和「怎麼」，但他也不想專門就這兩個問題展開討論，他憑多年的經驗得知，有些問題單靠理性的思維是無法解決的，你必須耐心等待著它們去自行得到解決，也許這得付出一生的代價，不過，它既然不是主動地付出，因此不會感到身心交瘁的勞累和沒有成功的遺憾，正如你不花一分錢從竹林砍來一根翠竹，用大頭針完成一隻魚鉤，配上縫衣的線和從公雞頸上拔下的羽毛作浮筒，隨便在水邊用鏟子掘幾下掘出幾條蚯蚓，即使釣不起一條魚也決不會感到遺憾一樣。

晚飯後，他獨自一人散步到了大堤上。這道大堤一頭伸進城中，一頭終止在一個居住著一個小鎮的山頭，幾十年前大堤下也許濁浪滔天，河水奔流，但如今河流改道，退到幾裡路外的一座深溝中，留下眼前一片綠草如茵、綠楊垂垂的灘地，方圓總有幾十個足球場大，這片灘地高低不平，窪地裡蓄積著雨水，生長著水草和浮萍，高處野草沒膝，有的地方甚至排空而立，高過人頭，遠處是公路和大橋，可以看見陽光在高速駛過的車窗玻璃上耀出的迅速而短暫的反光，此時雖到七點，夕陽仍遲遲不肯離去，夾在高壓電線之間，好像擱淺了似的，他踢掉拖鞋，赤腳踩在鬆軟、涼爽的綠草上，漫不經心地瞧著堤下的遊人和乘涼的人們，風從無遮攔的河上、曠野和樹梢頭——樹梢頭和堤的表面齊平——刮來，使人感到心曠神怡，不肯離去，鮮亮的綠色，陽光，風，草香，偶爾飄進耳中的雲雀聲，他已經很久沒有經歷這一切了，他還記得他年輕時曾寫過一首關於翅膀折斷的雲雀的詩，那不過是一個玩笑。如果誰在大自然的懷抱中還能產生創作的欲望，那恐怕是一個最可悲的人。

他發覺自己已經下堤，沿一條細瘦如絲的泥徑來到了大河邊，河水混濁不堪，水邊腐爛發黑的水草叢中漂著翻白肚皮的死魚，空氣中

飄散著隱約的腥臭味，這兒有魚，他的大腦皮層自動地記錄了大自然默默無言傳達給他的資訊。不遠處的河上歇著幾隻漁船，船頭張開兩根象牽牛觸角的網柱，他告訴自己，明天先不妨到這兒來小試身手。

一隻白色的水鳥不知從哪兒飛起，在空中盤旋了一陣，在綠色的曠野間顯得格外潔白，緩緩停落在積水窪地的淺灘上，翅兒一收攏，白色眨眼消失，只剩下一團褐色的影子，同灘頭的色調差不多。

又飛來一隻白鳥，停在另一個水草叢生的窪地中。

是日暮歸宿的時辰了，他想。他不急於回憶，他把記憶中浮現的情景盡數抹去。落日的邊緣此時已擦著遠處公路一排大樹的樹梢，天邊兀然聳立起一溜山脈狀的雲彩，鋸齒般的峰巔錯落有致，似在迎接落日的歸返，水波泛出刺目的金光，落日被樹叢遮住了一半，大樹在夕陽的返照下，變得漆黑一團，彷彿大塊潑墨，已看不出樹枝和樹枝、樹葉和樹葉的孔隙了，此時不惟雲山更高，更有大朵金色的雲花從頂上向山頭浮去，水中的色彩更加豔麗多姿，呈金紅色、桔黃色、寶藍色，漸漸地不那麼耀眼奪目，而象一匹浸過清水的綢緞，光滑柔和，他回轉頭去，只見自己的影子被拉長了許多倍，斜斜地拖曳在草地上，深綠色的草地上，他歎了一口氣，循原路回到家裡。

可是家裡漆黑一團，原來又停電了，他什麼也寫不成，他至少已經構思好了教授一生中的一個重大細節，那就是忙裡偷閑的這一次黃昏散步，使他終於徹悟了人生，原來過去的一切都是毫無價值的，名聲、地位、榮譽、頭銜，全是紙上的一派胡言，人不過是他欲望的奴隸，不久前，教授還在他還汗牛充棟的書櫥前抱頭痛哭，捶胸頓足，悔恨交加地怨怪自己沒有一個兒女成器，來接他這個讀書人的代，眼看他將不久于人世，這成本成本的線裝書和大字典也許在他屍骨未寒之時就已廉價賣給舊書店了，而在這個富有意義的黃昏，他終於平靜下來，他心裡會有一些什麼想法，他又會產生哪些聯想和回憶呢，這正是雨夜想仔細推敲並精心描繪的，可這倒楣的停電把一切都給毀了……

為了證明自己的才思並沒有枯竭，第二天他起得特別早，一口氣

便寫了下面這個東西：

《紙上的生活》

　　博士論文答辯通過，他回到家裡，這時已是孑然一身了。父母早已故去，家鄉沒有一個親朋好友，說實話，這兒也不是他的家鄉，曾經一度和他度過了幾年婚姻生活的那個女人帶著孩子和他分手了。他陡然感到一陣從未有過的輕鬆，彷彿一個長期身陷囹圄的人終於擺脫了腳鐐手銬，澈底獲得了自由，除了每月給他的小女兒寄五十元錢的撫養費，他和她們之間沒有任何聯繫，聽說她不久即將和另一個男人結婚，這樣更好，婚姻是每一個女人最終的歸宿，猶如自由是每一個男人——每一個敢於自由選擇的男人——的最終歸宿一樣，他永遠解除了心理上的負擔，再也用不著為小女兒的前途擔心了，也不用為如何安排同她見面而絞盡腦汁了。他回到這座城市，在臨江的一家旅館裡住下，他不打算住很久，也不能準確地說要住幾天，一切根據自己目前的心境而定，高興起來，他也許明天就打點行裝，上路旅行，一個月後，他將應聘到新城大學任教，講授西方文學，大紅燙金封面的聘書就插在手提包的夾層內。同往常一樣，他隨身攜帶的除了洗漱用具、換洗衣物，其餘的全部都是書和筆記本。這一次，為了避免與人接觸，也為了能夠不受干擾，獨自靜靜地看書或沉思默想，他破例地訂了一個單間，內心深處，他還有這樣一種想法，在他度過的三十餘年的生活中，他沒有一天不是在人們的包圍中過來的，無論是在家中還是在街上，在寢室還是在課堂，在車間還是辦公室，到處都是人、人、人，他們除了具有人的一切特徵，對他來說什麼都不是，如同紙上一堆毫無關聯的文字。如果真是文字也好，他知道如何在紙上把每一個文字安排得停停當當，使之具有意

義或美感，產生令人信服的效果，打動人心的力量。文字在他筆下恰如工具在工匠手中，可以運用得揮灑自如，得心應手。可是，在人的面前，他往往顯得無能為力，茫然無措，兒時受到的教育如對人要以誠相待，人好我一分，我好人一寸，寧可人人負我，不可我負人人等，好像紙疊的小船，一到茫茫的人海中間，便被滔天的濁浪吞噬盡淨了。一切的規範和準則到了人的面前便無濟於事，你無法百分之百地保持正直、忠誠，你可以在紙上通過文字做到這些，你不可能在現實生活中辦到這一點，人太複雜了……

　　他坐在窗前，目送一艘大輪緩緩出港，送別的人們在碼頭上揮手告別，自己卻並沒意識到內心深處所發生的這一切。此時正是早上八、九點鐘，橫跨江面的那道陽光鋪成的金黃大道已經消失，近水的岸邊時不時有一兩朵乳白色的波浪翻開，迸濺出潑剌剌眼的陽光。江風透窗而入，嘩啦啦地掀動著桌上攤開的那本 The Will to Live。他歪著腦袋坐在窗前，眼睛好像在眺望那艘漸漸遠去的大船，又象在看劃滿橫杠的書頁，又好像什麼也沒在看，而是轉向內心，看著深處某個模糊不清的東西。那是什麼東西，他並不清楚，腦中閃過一些若隱若現的面龐，樹木，池塘，這一切在窗前的景物映襯下，彷彿是一片晦暗不明的背景或暗示，他知道，他可能又要沉溺在某種回憶中了。多年來他已養成一種習慣，一旦意識到自己沉浸在過去的思緒之中，便力圖用讀書，記筆記或上街散步等方式把自己拉回到現實中來，可今天，他太懶了，連一頁書都不願翻動，更不用說去拿筆和紙了，也許是幾天旅途中看書過多，昨天剛到疲倦不堪，夜裡睡得又不踏實的緣故？也許是那本聘書，它似乎宣布了艱苦學習生活的澈底結束，預示著一種嶄新生活的開始，使他從此放下了壓在心理上的沉重負擔？整整六年，他在各大雜誌上發表的專業論文就達三十幾篇，出版了兩本專著，他寫

的稿紙就是天天擦碗、揩屁股也用不完，托運之前，他個人的
藏書整整裝了十紙箱，出租司機拒絕給他拉貨，他不得已重新
清理了一番，將不重要的書和過時的書扔的扔掉，廉價賣的賣
掉，就這樣還有八箱，而他的衣物統統加在一起，一隻手提箱
就可以裝下，裡面還有多餘的空間，可放上一些臨時的東西如
牙膏、肥皂等，三十七還不到，看上去都象五十出頭，黑髮中
銀絲歷歷可數，由於常年累月熬夜，眼珠是黃的，布滿血絲，
腰身也過早地微微佝僂了，離婚後，他更加不修邊幅，他聯想
都沒想再找一個女人，對於別人來說，這也許不可思議，但對
他來說卻是十分正常的，因為他沒有這個要求。華麗的服飾和
美麗的辭藻一樣，都是在情場上獵取對手的有效武器，可是，
他倦于扮演獵人的角色，不需要武器來證明自己的力量。

他重重地歎了一口氣，驀然想起了一件往事，二十幾年前的一
天下午，在校園後面的一片瓜地中，他和他最要好的同學羅明
趁著晌午的毒日頭暴曬，瞞過看瓜人的眼睛，一人偷了兩隻黃
澄澄的香瓜——當地人形象地稱之為「金瓜」——脫下身上的
背心和汗衫，把瓜兜著貓腰一溜煙小跑到長江邊，在混濁的江
水中把瓜洗淨，坐在岸邊，赤腳泡在涼幽幽的水中，不削瓜皮
就大口大口地啃吃起來，他們饞成那個樣子，連帶籽的瓜瓤也
沒扔掉，全都稀裡嘩啦地吮進了肚裡。

　　「我十八歲結婚，」他說。「你呢？」

　　「還沒想過這個問題，」羅明說。

　　「十八歲我就是成年人了，」他把瓜蒂使勁朝江中扔去，瓜
蒂著水時發出噗哧一響。「我要找一個漂亮的姑娘做老婆。」

　　「真的？那我也結婚。」

　　十八歲，他下放了。三十歲，他才結婚。未來真是難以捉
摸呀。羅明呢，至今仍是個單身漢。鄰居也好，同事、同學也
好，都說他沒用。

　　他的思緒不斷回到過去，回到生他養他的那個小鎮，回到下放和童年，回到故去的父親和遠在美國的哥哥那兒。在他的記憶中，母親的形象最淡薄，如果詩人、文學家認為母愛是人類最偉大的愛情，那他只覺得這只是一種可有可無的東西，也許是他從小就得不到母愛，也許是他愛母親愛得不夠，他長得既不好看，從小也沒顯出特別的才能，母親的愛不是廣大無邊的，它既給了一個人，留給另一個人的也就不多了，哥哥是母親想像中的王子，一副小嘴兒乖巧無比，母親出門總是把哥哥帶在身邊，有好吃好穿的總是先讓他，而作為弟弟的他只能穿舊的，吃剩的，爸爸對這一點很看不慣，也許他和媽媽吵架這也是一個原因吧。可是，爸爸吵不贏媽媽，常常沒爭兩句便勃然大怒，把本來有理的事也弄得沒有理了，再不就是沖到屋外，在街上閒逛到很晚才回，如果是晚飯時候，那就餓肚子不吃晚飯，如果是晌午，那經常是連中、晚飯一齊都免了，他睡在床上，聽見鑰匙在門鎖中轉動的響聲，門開了，傳來爸爸沉重、拖遝的腳步聲，這腳步聲一直響到廚房，跟著傳來開碗櫥、翻東西的響聲，他知道，父親又在找吃的了。父親從小就跟他說，吃穿，這並不是人生最重要的事，能吃飽穿暖就行，要緊的是發展人的智力，增長人的知識，使人生變得更文明一些，更美好一些。父親是個中學英文教師，一生只是個英文教師，這種生活一定是不可想像的枯燥乏味，他一定有許許多多沒有實現的願望，這，他現在是能深刻地體會到了。從小，父親只教他兩樣東西，一是背誦唐詩，一是學習英語口語，如果用簡單的話來概括，父親教他的只有過去和未來，而從來沒有現在，如何生存，如何做人，如何……

　　每天黃昏，吃過晚飯，他都要下樓到江邊散散步。每天散步的路線是不一樣的，如果今天是出門左拐，過一條橫馬路右拐，再過再右拐，然後回來，明天就正好相反，出門右拐，過

橫馬路左拐，散步的次數越多，就意味著他拐彎的次數越多，要過的馬路越多，時間也花得越長。大部分散步過程中，他都邁著不慌不忙、不緊不慢的步子，並不有意去觀察周圍的景致和人物，象在夢幻中一樣穿過一條條街道、店鋪、攤子和人家。如果某件事物映入他的眼簾並使他的大腦引起注意，他會短暫地沉浸在對那件事的思考中，提出若干問題，逐一加以解答，這樣做的結果往往會使他感到疲勞不堪，更加茫然了。一切都跟從前一樣，平淡無奇，毫無二致，賣冰棒的照樣掛著用滾珠軸承自製的木盒式小車沿街叫賣，擺水果攤的一如既往，你挨我我挨你互不相讓，排過去一長串，西瓜攤上亮著四包的大牌子：包開包甜包紅包熟，人們照樣隨心所欲地朝地上大口吐唾沫，擤鼻涕，答錄機播放的磁帶音樂開到最大，使路人無不掩耳而過。這一切實在不使他感興趣，他想上堤看看江景，可堤上也到處是人，有些是纏纏綿綿的情侶，大部分則是想又度過一個不花錢的晚上的外地旅客，他感到氣悶，便改換了方式，改在夜幕降臨、華燈初上後出門散步。可是第一天見到的景象便令人感到噁心、氣憤、震驚，他專揀燈光不明的樹蔭下走，走著走著，忽然前面出現一大片黑忽忽的東西，橫在道上，把路阻斷了。這是什麼？他停住腳步，想看個清楚，可怎麼也看不出個究竟。那東西粗看象一堆裝滿貨物的麻袋，再看又象亂放的行李，東一捆西一捆，他欲走近細看，不料腳下踏著什麼軟綿綿的東西，連忙退回來一看，原來是只人手，那只手的主人竟連一聲哼都沒有，熟睡到這種程度。他走下路肩，眼睛逐漸習慣了黑暗，看清眼前既不是麻袋，也不是行李，而是人，席地而睡的人，和衣而睡的，只穿短褲的，靠著背包半坐半躺的，看那副疲倦的樣子，好像三天三夜沒有睡過覺。他們進入睡鄉之後，他們的臉彷彿成了一隻只面具，無論年輕年老，都是一個模子壓出來的毫無表情，麻木不仁。他們並不是

緊緊挨在一起的，有的人緊些，有的人松些，根據這一點，他們不是一路的，但從裝束上看，八成都是鄉下的。他呆若木雞地站在那兒，凝視著眼前這一堆熟睡的、裸露的身體和刻滿皺紋的臉膛，呼吸著他們身上發出的汗臭和鞋臭味，心中奇怪地產生了一種感情，說它是同情，未免太勉強，他知道他對他們是無能為力的，有一點廉價的同情並不能使自己高尚多少，說它是認同感倒還有點接近，因為在某種程度上他和他們是一致的，在繁華都市的街頭露宿，過往行人無一過問，他們不知從何而來，又不知向何而去，從來沒人同情他們，他們從來也不乞求人們的同情，他們被社會、人類忘卻在這樣一個黑沉沉的夏夜，卻能如此安然坦蕩地度過它而不感到委屈和後悔。

他回到房裡，自言自語地說，「今天見到他們，我就感到一切都能處之泰然了。有什麼痛苦不能忍受，有什麼貧窮的地方不能去生存呢？人生啊，人生！」

他哪裡知道，樓下服務台的兩個服務員此時正在議論他。

「剛才那傢伙是哪兒的？」

「住303號房，看登記簿好像是北京一個大學的什麼人吧。」

「怎麼整天哭喪著臉，陰進陰出的呢？」

「誰知道，大概是書讀多了的緣故，才這麼傻頭傻腦的吧。」

「讀書，讀書，讀成個蠢豬。」

他感到疲憊不堪，一種從來沒有過的疲倦感佔據了他的整個身心，甚至躺在床上他都感到累，他對自己說，這是怎麼了，這多年來，天天都是熬到深夜兩點，每天只睡五、六個小時，也極少象現在這樣感到力不從心，似乎連骨髓中都浸透了倦息，莫非這是死亡來臨之前的徵兆，一想到死亡這個字眼，他不覺啞然失笑，人生不過剛剛過了一半，前面的路還長著呢，自己和死亡是無緣的，就是在鄉下最艱難的歲月中，當身邊的同學一個個回城，只有自己一個人還整天日出而作，日落

而息地下田幹活，也不曾想到過死，只有一次，那是十年前，十二年前的一個晚上，他感到空虛、無聊，便一個人爬起床，懷揣半包香煙，摸黑走了幾十裡地，大約在下半夜來到了江邊，在堤邊面對烏黑的江水一直坐到天亮，那時，他想到過死，太陽升起來的時候，他好過了一些，又從原路返回村裡，也許正是因為死亡給了他一種力量，這力量猶如絕望，使他對生活產生了一種聽之任之的無所謂的想法，彷彿生活本身就是死亡，既然如此，還有什麼可怕的呢？

他又把聘書拿出來看了一遍，十多年的生活全部都縮寫在這一張紙上，而未來幾十年的生活，莫非又要象這樣下去？

他不敢再想下去了，關掉燈，提一把椅子到窗邊坐下，天邊升起半輪孤月，歪歪的，斜掛在船桅上，一河星斗，一河燈光，一艘大輪要進港了，探照燈的光柱在江面掃來掃去，經過房屋時，照亮了他的臉，一張蒼白如死人的臉，和手上撕得粉碎的聘書，他手一揚，碎片在光柱中如雨隕落，象飛蛾一樣朝江中撲去，旋即不見蹤影。

誰都看得出來，這篇東西與雷雨夜原來的構思相去有多遠，而且越寫到後來，作者似乎越沒有什麼話說，只好草草收場了事，一個事業頗成功的人怎麼會這樣簡單地了結自己的一生呢？他在尚未最後決定把它銷毀之前仍覺得有必要保留一陣，看將來會不會有新的發展和突破。目前，他還沒有足夠的信心和把握處理一個這麼複雜的人物，就象處理他本人一樣。

他複雜嗎？他認為自己並不複雜，自己一生追求的目標就是成功，為了這個目的，他可以不擇手段，因此，他幾乎沒費什麼力就成功了，他在少先隊當過大隊長，下放期間火線入黨，大學又是學生會主席，後來忽發奇想，做起小說來，而且一發不可收拾，竟然成了名噪一時的通俗作家，他的一生可說是夠順利了，他從來沒有想一下，

為了成功他曾花了什麼樣的代價，他寧願將這些不愉快的往事埋在記憶深處。他有過失敗嗎？有，如果說離婚也算是失敗，沒有朋友也算是失敗的話，可他並不想這麼看。

他對女人並不感興趣，對她們沒有持久的欲望，最適合她們的比喻是食物，女人是食物，供男人們解渴充饑，有誰會對食物產生愛情呢，吃過一頓好飯的人許久以後也許還會對之津津樂道，讚不絕口，但誰也不會癡情到非去天天吃它不可的地步。愛情與所有的情緒如憤怒、憎恨等等一樣，也是不能持久的，尤其是在發洩之後，他和妻子麗娟短短兩年的婚姻生活充分證明了這一點。不是我不願描寫他的婚姻生活，而是他對此一向絕口不提，他曾說過，一隻籠子關一隻鳥已經夠慘的了，且硬要將兩隻鳥關在一起，那就不僅是慘，簡直就是殘忍。

寫完後他去釣魚，結果很不理想，一條也沒有釣到。他想起一個老朋友，這人現在仍在一家工廠當工人，默默無聞，不過他卻是一個釣魚能手，他倆把釣竿並排放在一起，魚就是吃這位朋友的食，而不肯上他的鉤，似乎大自然對這類與世無爭的小人物特別慷慨，他這樣安慰自己，感到好受多了。

在他的生活圈子中，這樣的人現在越來越少，已經接近於零，在他接觸的人中，有作家，有詩人，也有劇作家，記者，編輯，在他看來，他們都是些野心勃勃的勢利小人，心中只有名利地位和女人，他對他們厭煩透了，可表面上誰也看不出來，和他們在一起飲酒作樂，縱論古今，他侃侃而談，風度翩翩，同輩們覺得他才華橫溢，前途無量，下輩們認為他平易近人，可親可敬，可他厭煩透了，他跟他們混一天，就難受一天，他常常撫心自問，難道就要永遠這樣下去了麼？

有一個朋友，聽說他上了大學，就不跟他來往了，寫信給他他也不回，又有一個朋友也是這樣，聽說他當上專業作家，就再也不和他見面，雖然同住在一個城中，他開始覺得奇怪，但不多久就習慣了，他到了新的地方，結識了新的朋友，他們給他帶來了新的樂趣，他何必要為老朋友的失去而發愁呢？

他照舊每天去釣魚，照舊每天空手而歸，他已經寫不出一個字，但他心情平靜了，坦然了，生活不就是這樣麼。他越是釣不到魚，就越是回味兒時釣魚和捉魚的種種情景，他記得有天上午他們全班男生集體罷課，到長江邊打水仗玩，他不巧在泥巴裡摸到一條小指頭長的鯽魚，竟興奮得大喊大叫起來，於是所有的人都加入了摸魚的行動，他跟在班上一位打架最厲害的同學後面，順著河邊向前摸去，可是一直到下午，那個同學接二連三地摸起來鯽魚、鯰魚和鱖魚，最大的總有七、八兩，他卻一條也沒摸到，倒是從指縫中滑掉的魚兒不時使他發出歡呼，惹得那位同學惡狠狠地朝他瞪眼。他還記得有天下午和他最要好的一個同學劉樺去摸魚，摸了半天才摸到一條長著三條刺的黃丫魚，還把小指頭刺傷了，他爬上岸來，讓劉樺往他小指頭上拉尿，聽人說這樣子可以消腫。等到再回到岸邊，發現脫下的衣褲不知什麼時候被悄悄上漲的水淹沒了，有條短褲還在水中漂著。又有一次，他到江邊釣鰺子魚，這種魚大都一掌長，常一群群地在船舷邊聚遊，搶吃船上倒下的飯菜和糞便，魚鉤只要扔進水，還沒等沉，立時就有十數條魚來搶，由於擁擠，常有魚兒興奮得蹦出水面，他一次就連拉上來四十多條魚，都是讓那個小傢伙一條條給他從鉤上解下，把蚯蚓弄好，再扔下水的。

釣不到魚也罷，他只想在河邊的樹蔭下坐坐，時不時遙看遠處的河堤、垂柳和近處的水草、游魚，滿眼的綠色和陽光佔據了他的心。他還想什麼呢？是的，他什麼都不想了。

***　***　***　***　***

「他什麼都不想，」真念雙看到這裡，心想：這才是這個人的真正形象，總在說他在「思想」，但其實永遠都不想，不想想，因為覺得想了也沒用，想了也白想。世上有多少人就是這樣，想了也白想，還不如不想，讓腦袋騰空、荒廢。所謂立地成佛，大約就是這樣的。

生命和死亡大約不同的地方在於，可以與活人約見，定好時間和

地點，雙方只要都有時間，就可在約好的時間和地點見面。跟死人沒法這樣。無論多麼想見面，也無法提前預約。總是在最想不到的時候來相會，從來都不打招呼，來不打招呼，走也不打招呼，說來就來，說走就走，永遠挽留不住。活人在這一點上也與死人相似，那就是，不想與之相見的活人，永遠都可以不與之相見，就像互相死了一樣，哪怕都還活著。

想到這裡，她想起一件事，那就是，無論他們或她們在世界的哪個國家哪個城市，手牽手地逛商店，看電影，住賓館，壓馬路，從來都沒有碰到一個熟識的人，哪怕一次也沒有。這世界的確人多，但碰到熟人的機會也多，可他們或她們就是一次也沒被人碰到。70多億人的世界，這種幾率有多小啊！至於做愛，那就更沒人碰到了。只有那麼多旅館的四壁，幹瞧著他們愛愛到睡著的地步。

有一年在巴賽隆納的Mandarin Oriental飯店，他們剛一做完愛，她已經累到精疲力盡的地步，他卻依偎著她，拿起一本剛買不久的詩集看了起來。刷刷刷地隨便翻到一頁，便停下來說：嗯，這首不錯。

真念雙閉著眼睛，光著身子，腳上穿著一雙其高無比的鞋子，對他耳語般地說：念給我聽，寶貝。

修潔音念了起來：

No matter where we go, we always arrive too late

to experience what we left to find.

And in whatever cities we stay

it is the houses where it is too late to return

the gardens where it's too late to spend a moonlit night

and the women whom it's too late to love

that disturb us with their intangible presence.[11]

---

[11] 引自 Henrik Nordbrandt, 'No Matter Where We Go', *The Vintage Book of*

真念雙說：聽不懂，寶貝。翻譯給我聽聽好嗎？

修潔音知道，她完全聽得懂，因為她的英文比他還好。她只是像她曾經有一次說過的那樣，特別喜歡聽他用英語念詩，然後用中文口占口譯的那種味道和感覺。這比花很多時間，獨自一人在家筆譯，又花很多時間修改、投稿、退稿，直至最後被人選用而發表，不知要即時多少倍，又有多少好。她光著身子，蜷縮起來，依偎著修潔音，聽他附耳低語，給她念那首詩的中文，這是他們相愛中，最喜歡做的一件事：

> 無論我們去哪兒，我們總是到得太遲
> 無法體驗我們留下要去尋找的一切。
> 無論我們留在哪座城市
> 總是回不去那些房子，因為已經太遲
> 總是要在那些花園度過月夜，但已經太遲
> 總是那些女人，要愛但已經太遲。

「嗯嗯，」真念雙從喉嚨裡發音說。「真好。還想聽你念英文的，再譯中文的。」

修潔音一般都是有求必應，但這次，他靈機一動，說：我能不能提出一個要求？

真念雙閉著眼睛說：什麼要求？

修潔音說：我想放在裡面。

真念雙嬌羞地「嗯」了一聲，好像不同意似的，但她的雙腿已經叉得大開。修潔音早已勃起。他伏在她身上，讓她用手把他扶正、引入、長驅直入，並從深處發出一聲滿足的聲音。修潔音一邊緩緩地抽插，一邊念著下面的英文：

Contemporary World Poetry, ed. J. D. McClartchy. Vintage, 1996, p. 81.

And whatever streets we think we know
take us past the gardens we are searching for
whose heavy fragrance spreads throughout the neighborshood.
And whatever houses we return to
we arrive too late at night to be recognized.
And in whatever rivers we look for our reflections
we see ourselves only when we have turned our backs.[12]

　　在詩歌的刺激下和修潔音愛愛的打擊下，真念雙早已死去活來地高潮了一遍又高潮起來，乾脆把修潔音堵口如瓶，讓他一聲都發不出來地把一腔熱精噴入了她的愛情管道，再一次接受了詩歌和愛情的洗禮，每個毛孔都爽利極了。這之後，她讓修潔音把嘴對著她的嘴，斜著眼睛瞧著書上的英文字，一個一個字地把剩餘的詩歌翻譯給她的唇聽。

　　　而無論我們以為我們知道是哪條大街
　　　都帶我們走過我們尋找的花園吧
　　　花園沉甸甸的馥鬱，傳遍了整座街區。
　　　而無論我們回到哪幢房屋
　　　我們都因夜裡回得太遲，而沒法被人認出。
　　　而無論我們在哪條河流尋找我們的倒影
　　　我們只是在轉身之後，才能看見我們自己。

　　「嗯，寫得真不錯」。修潔音的嘴唇，從真念雙的嘴唇的顫動上，能感覺出她說的這個意思。跟著，他把書隨手一扔，書掉在床邊地板上，轟然發出一響，便趴在真念雙的奶子上，發出平勻的呼吸，

---

[12] 引自 Henrik Nordbrandt, 'No Matter Where We Go', *The Vintage Book of Contemporary World Poetry*, ed. J. D. McClartchy. Vintage, 1996, p. 82.

甜蜜地睡著了。

　　真念雙後來想起，那天他們還觸及了一個話題，是關於喜歡這個問題的。她問：愛屋及烏真的那麼管用嗎？他說：我不太懂你問這個問題是什麼意思。她說：我是說，有一種情況，說明人對某一事物或某人的喜愛，會延及與該事物或人連帶的一切，但我在想，是一次性的延及，還是永久性的，中間持續的時間有多久呢？他說：你是指我們之間嗎？她說：你太敏感了，不是的。他說：即便是，也無妨。誰對誰都不可能愛屋及烏到永久。哪怕對莎士白亞也這樣。她「呵呵」起來：還莎士黑亞呢！他說：我不是口誤，我是有意為之、有意誤之。畢竟老莎不是黑人，不是黃人，不是棕種人，而是白人，所以重新命名為莎士白亞也沒錯。她說：我喜歡你的莎士白亞。他說：不知道你對我的「喜歡」，究竟有多少是跟愛有關，還是出於習慣？她說：為什麼這樣問？他說：我很害怕喜歡這兩個字。她說：為什麼？他說：常看見人們點贊這人點贊那人，這都還無所謂。我這麼打個比喻吧。你喜歡吃烤全羊對吧。你到市場上扛回來一頭宰好的全羊，買回家後整個兒拿到大爐子裡烤了，翻來覆去地轉著身子烤，旋轉著烤，大火小火地調著烤，直烤得皮黃肉鬆，直往下滴油，滿屋都是香氣。然後朋友們來了，手裡端著酒杯，喝紅酒、白酒、黃酒、啤酒、飲料，讓主婦從烤好的全羊身上割下一塊塊的肉來，淋好事先的澆頭，配上沙拉等。為什麼呀？因為大家都愛吃，都喜歡吃，都喜歡！她說：嗯，有意思。我想吃。他說：這不就結了？大家喜歡吃，喜歡的後果是什麼？她說：喜歡的後果就是嘴巴有吃的了，吃得舒服了。他說：你別裝傻好不好？你明明知道喜歡的後果是什麼。她說：別怪我，我真的不知道。他說：喜歡的後果，就是一頭整羊被宰殺吃了！她說：那有什麼？我還以為有什麼深意呢。他說：沒有深意，這就是深意。喜歡的後果，往往是喜歡的物件被喜歡。被喜歡意味著什麼？被喜歡意味著被掠取、被捕獲、被擒拿、被購買、被人要、被人耍、被人玩、被人弄、被愛——。她說：難道被愛不好麼？他說：被愛可

能會被愛屋及烏，就是前面講到過的。於是一切開始變得可疑起來，不真實起來。問題是，難道喜歡可以持久嗎？肥肉能夠餐餐頓頓吃下去而不感到膩味嗎？同時，你有沒有考慮到被愛者的感受呢？她說：你這是指我嗎？他說：不是的。我不指具體的人和事。她說：那說了等於沒說。他說：這就是哲學和文學的本質區別。她說：什麼本質區別？我看不出任何區別。他說：你需要看到的是描述、是細節、是堆砌、是各種各樣的調味品，我不需要這些。我單刀直入，告訴世人真相。喜歡者是強者。他說：我喜歡，我要，我得到。被喜歡者是弱者，他說：也許，可能，還不確定。但當她或他還沒做好準備時，就已被人家喜歡走了。這其中、這其間沒有平等可言。一旦被喜歡者採取拒絕的態度，他或她就成為強者，原來的喜歡，就此會轉化為仇恨或厭惡，或二者兼而有之。就像那頭買回來的全羊，拒絕被燒烤成美味，而在燒制過程中，把自己變成一具石頭羊，越燒越硬，越燒越無法下口。她說：你的比喻很有意思，但你說的意思我卻越聽越糊塗。

她還要和他辯論下去時，卻發現自己已經醒了，修潔音消失不見了，耳邊響著的那些話語，伴隨著夢境，像口中吐出的煙圈，已經只剩下繚繞的感覺，卻看不見繚繞的痕跡了。

諸位讀者，一個人的一生可能很長，持續80年或90年，甚至100年，但感覺卻是一晃而過，彷彿過眼雲煙，與之相反的是，有些經歷時間不長，不過那麼幾年，但卻會沒齒不忘，至死不忘。我跟你講的她這個故事，其實持續時間不過就那麼幾年，修潔音故去之後，真念雙該幹啥還是幹啥，她有她的工作，她有她自己的生活，她也有她未來的打算，她肯定不是古代神話中那種能把自己變成望夫石的女人，但在他離去的那一年中，她感覺竟然好像時時刻刻都在跟他一起生活似的，那情景真可以拿一輩子生活相比。有些戀人一見面愛得發狂，可時間不久就形同陌路，他們若幾十年如一日地在一起，很可能不分手也形同陌路，但吊詭的是，由於修潔音的不在，反而持續了他的

在，而她那個也許不知道何時會離開他的魂，卻似乎一勞永逸地被他勾走，至少在我勾勒的這個期間是如此。如果我寫了這麼多，都沒有把真念雙長什麼樣子介紹給你，那是因為我不會寫小說，不喜歡傳統小說中的勾畫描寫，只知道把一件件事交代出來就夠了。不過，我倒是知道修潔音對真念雙是如何評價的。如果你想知道，那我下面就給你簡單介紹一下。

修潔音在世時，曾跟我講起他的女友真念雙。據他說，這是個極為美麗的女子，但她的美麗是隱而不見的。我覺得他的這種描述很奇特。美麗是外在的，一眼就可以看見。一個人不用受很高的教育，不必是個藝術家，也能一眼就認出美麗來。我是指男人對女人而言是這樣。有一年，我的一個朋友跟我講，說他叫雞叫了一個東北小姐，打的送她去機場，路上紅燈停處，出租司機從車內後視鏡中看了一眼便說：你們東北的女孩真漂亮！我之所以說，他那句話很奇特，是因為她怎麼可能既美，又隱而不見呢？我瞭解修潔音，不是那種偽君子，人長得不好看，也偽稱人貌美如花之類。他也不是道學先生，愛慕虛榮的「心靈美」。人只要說某人心靈美，那個被說成心靈美的人就完了，其潛臺詞就是：此人長得其貌不揚，像從前齊國那個醜女鐘離春，但那是個很有本事的醜女。一醜而能救國，這不是一件易事，是相當非凡的。

我不是一個打破砂鍋問到底的人。再說，自己生活中也充滿要解決的事情。那次他跟我講後，我大致得出了一個印象，即真念雙這個女人可能不一定長得很美，但自有其動人之處。說到這裡，我想起一個人在形容人和狗的關係時，講過的一句話。他說：女主人和他的狗，真是親密得又無間【注意，這是他的原話，我的語言比他好，但我說不來他那樣有特色的原話，所以照錄之。】。那狗長得要多醜有多醜，鼻子不是鼻子，眼睛不是眼睛的，但女主人特別喜歡，常常跟狗抱著親嘴，讓那狗吐出長長的舌頭，像人手那樣，在全臉摸來摸去。也許我這個比喻不恰當，但與修潔音多次交流之後，其中不乏談到真念雙，也還給我看過一張照片，我意識到，他這兒有著某種超前

時代的東西。或許是自古以來都在發生，但始終沒有被人注意的東西。按照修潔音的說法，美的問題很大。當一個社會從上到下，從國到家，都被男人主宰，當這個社會習慣說大男人，小女人，習慣說大丈夫，小媳婦，當長相一旦被男人指認為美麗，於是就有了好的前途和嫁得出去的希望時，這個所謂的「美」就值得打個大大的問號。據修潔音說，女性其實也是愛美的，不是常人認為的那種，為了取悅男性而把自己妝扮得美，而是直接欣賞男性的美，並喜歡男性的美，而且一有可能，就通過喜歡而奪取之，正所謂掠人之美，搶掠男人之美。這在女性那兒一點也不新鮮。哪位男性長得好看，從來都不乏一批青睞的女跟眾，也不乏被長相平平的女子趁人不備地奪走。

我終於明白，修潔音——這是一位有智識的美男子——和真念雙（我後來認識了她，在修潔音的葬禮上），原來就屬於這樣一類和這樣一對。以我個人的經驗，我也認為，他們這樣的結合，雖然最終因修潔音的自殺而中斷，也是女性地位與日俱增的更加嶄新的社會的一個標誌。也許，放眼望去，幾乎看不到一個國色天香的美顏，但那是從男人的角度在看、在評判、在品鑒。與此同時，這些貌不驚人的女子卻成了審美的主體，她們精明的眼睛也在審視著那些雄性的客體，上上下下地打量著他們，深深淺淺地評判著他們，心心鉤鉤地巴望著獲取自己心儀的物件。她們尤甚於男性的一點還在於，她們捨得打扮自己，這也是修潔音給我指出來的一個一向被我忽視的細節。他說：一個不甚好看的女人，只要五官端正，沒有任何殘疾就行。為什麼？只要她善於打扮，善於利用當代的化妝技術，就能把自己改裝、改妝成一個很不錯的漂亮女人。

好像憑著第六感，真念雙知道了我和修潔音的那場關於顏值（那時還沒有這種說法）的談話，又或許是修潔音也曾跟她聊起過此類話題，否則，她就不會選出修潔音早年寫的一個短篇放在下面了，其標題竟然與這次提到的話題十分契合。

《漂亮女人》

「我一看見漂亮的女人，偉人的名字，寫得好的文章，成功者的事蹟，我就感到心灰意冷，」他的聲音從垮了半邊的破帳洞中傳過來。「我想，我這一生是沒有什麼指望了，還是過一天算一天吧。」

我縮在被子裡面。被子太小，只能躬著身子，但一躬身子，後面被子就掀開，脊樑露在外面，怎麼也紮不緊。

「我看你還是結婚算了，」我說。腳下，翻滾著漆黑的波濤，不遠處，一盞昏黃的燈在半空勉強照出吊車的鶴身。

「誰看得上我？倒是托人介紹過，都崩了。」

「要是父母還在也許情況不一樣，對嗎？」

「誰知道呢。」我看不見他的臉。一輛卡車呼嘯而過，灰塵，「唰唰」的鋼筋聲。

「如果這次垮了，我不打算再考，想寫點樂曲，寫小說。」我沒對他講。

「搬走了。」

「什麼。」

「她帶人來把梳粧檯、箱子、縫紉機、還有一些雜七亂八搬走了。」

「哦。」

「你吃什麼？」館子裡沒幾個人，桌上幾雙吃過的筷子，幾個髒碗，一個裡盛著小半碗醬油湯。

「我來買吧，」我說，已經掏出錢來。

「這樣，我買一盤，你買一盤，一起吃。」

我吃他的古老肉，他吃我的鹵牛肉，一人二兩白酒。

「你不常上館子吧？」

「我看你也不常上。」

我們沉默。我們喝酒。吃肉。酒在牙縫間吱吱地響。肉的聲音則是嗞嗞的。我看了看他棉衣肩上露在外面的棉花。

「你一直是這麼過來的？」

「差不多。」

「原來也搞過這個工作？」

「不，扳金工。」

「修車子？」

「不，敲車子，就是把鋼板敲成汽車外殼。是門技術活。」

「那你到這兒來不是全丟了。」

「無所謂丟不丟，」他一笑，整個嘴唇笑開時，是橢圓形長端往裡擠了一下的半橢圓形。「反正哪兒都能混口飯吃。」

「這不行，總得幹點事業才行，難道你不想——」我沒問，卻說。「咱們車隊搬運工也還比較舒服。」

「這倒是，幹活哪兒都差不多，不過人太壞。」

「怎麼呢？」我眼前浮現瘦猴的尖嘴，它說：「咱們是跟車的，不是搬運工，到了地方，你當司機的也得動動手，不然，誤了事別怪咱們。」

「沒什麼。你到這兒比我早，難道還不清楚？」

「你這帳子也該補補了，」我把拳頭伸進那個洞裡，說。

「隨它去，反正不妨礙我做夢。」

「做夢？」他還做夢？黃牙齒、破衣服，一年四季油污的工作服。一張黃臉。凸露的顴骨。一年難洗一回的被子。除了一張公家的床，一套牙具，毛巾（洗臉、洗腳共用），一包「長江」香煙，兩隻紙箱，就是他本人了。「做夢？什麼夢？」

「多著呢。」他又避開了我直視的目光。難道我的目光裡有嫌棄呀，或是鄙視？

「什麼夢？」追問的話語裡更多地放進了好奇。

　　「那年一個司機的吉普屁股撞癟了，老師傅都沒敲好，我三榔頭兩錘子給敲平整了，幾乎跟新的一樣。」橋頭，密集的燈光宛如一團團霧，在他身後浮動，淺黃的，昏黃的，黃得令人傷心的。

　　「那你繼續幹下去，有朝一日總會出頭的。」

　　「我不想那個，我討厭，人，我只想到別的地方去。」

　　「這麼說，你也不打算在這兒長呆嘍。」

　　「當然。以後再找個地方。」橋一下子消失了。他的身影被一連串汽車的洪流遮斷，大燈刺破黑暗，耀得人眼花。幾個人的影子一晃，旋又消失。

　　「各種各樣的夢，」捂在被子裡的聲音。「草地，大房子，豐盛的晚餐，每天不用上班了，我一個人，躺在清得見底的河邊，仰望陽光在密密的枝葉間沙沙作響，只有女人，美女，從來沒見過那麼美的女人，身上啥都不穿，我和她們玩，玩累了就睡覺，做夢。」

　　我看了看他的鞋，一隻歪倒了，另一隻象乾渴的魚張著大嘴。昨天夜裡他拿照片給我看。「這是你嗎？」我指指那個彩色的頭像：紅唇、明亮的眼睛，臉蛋也是紅紅的，而且胖，黑髮，漆黑的發，抹了油，發亮，在碘鎢燈下。

　　「是我，二十七歲照的，只隔兩年，你瞧，」他伸手在臉上摸了一把。「象刀，割手。」

　　「都割出血來了吧。」我沒開這個玩笑。「真沒想到，你從前那麼英俊。」

　　「自然規律。我想我是完了，晚上只有躺著做夢的份。從前，我也想讀書，中學一畢業，老娘死了，老頭要我出去做活，做什麼呢？到碼頭跟人家拎包，撿廢銅爛鐵賣，還幫人家炸油果子的收過錢票。」

　　「你不想——不想寫點什麼？」

　　「寫？我寫什麼！我懶得動筆，其實要寫的東西可多了。我太懶，我的夢要是寫下來，保險可得諾貝獎。」

　　「諾貝爾獎？」

「管它什麼獎。還是你們好。反正我也不賴,就這樣過一天算一天。誰也不會少發我一天工資。」

周圍人來人往,靠牆一邊是一溜算命的瞎子,他的手伸過來,一支香煙。

「總有七年沒見面了吧,現在在哪?」

「在一家化工廠」

「結婚了?」

「結了。」

「工廠怎麼樣?」

「我想換個單位。」還是那副黃臉,不過,笑更接近橢圓。

＊＊＊　＊＊＊　＊＊＊　＊＊＊　＊＊＊

「你不要總跟我說:最愛你了!永遠愛你!」有一次,修潔音對真念雙說。

「為什麼?」真念雙說。

「因為嘴巴是沒有邏輯的。嘴巴說的時候,可能是心裡想的,但不是大腦釀出來的,」修潔音說。

「什麼意思?我愛你,我愛你,我就愛你,我最愛你,」真念雙說。

「你看看,你看看,完全是有口無心的,」修潔音說。

「不是的,不是的,就不是的,」真念雙說。

很快,兩人又在一起了,赤裸裸地在一起。總是這樣。什麼都不管,什麼都不講,嘴就是一切,用嘴和舌頭親遍一切。一絲不掛才是硬道理。一硬一軟,一進一出,手、手指、手掌,抓在手裡都是暖的,摸在手裡都是軟的,捏在手裡都是硬的,進進出出,濕漉漉的,上上下下都是濕漉漉的,都喝了,都射了,都了。肉體和精神,就是這樣一對孿生兄弟和姐妹,兩兩相配,缺一不可。

　　兩人累了後各自睡去，醒來第一句話就是：「像這樣的好景，還有多長呢？」房間愣了一會，才明白這是男聲說的。

　　「要多久就多久，想多久就多久，」是女聲的回答。

　　又是良久的沉默，兩人都重返夢鄉。再醒來時，修潔音說：知道還有什麼是我想做的嗎？

　　真念雙說：不知道哎。告訴我。

　　修潔音說：我光著身子在桌前寫詩，你在桌子下面含住我，口交我，一直把我吸出來為止。

　　真念雙說：好呀。

　　修潔音說：那你想怎麼做，讓我滿足你呢？

　　真念雙說：嗯，讓我想想。

　　修潔音說：想好了嗎？

　　真念雙說：嗚嗚，沒太想好。你教我，好嗎？

　　修潔音說：那就在水裡做吧。

　　真念雙說：可我不會游泳呀。

　　修潔音說：不會遊沒關係，我托著你。我用下體托著你。

　　真念雙說：嗯。你壞，你真壞，你太壞了。

　　修潔音說：那感覺卻是再好沒有。

　　真念雙說：愛，你又硬了。

　　修潔音說：你說「哎」，發音跟「愛」一樣。

　　真念雙說：自從我和你在一起，所有的發音都是愛，都跟愛一樣，什麼「哎」呀，「唉」呀，「哀」呀，等等，都是愛，都是愛呀。

　　修潔音說：我們為什麼不死在愛中呢？

　　真念雙說：是呀，為什麼不呢？怕什麼呢？

　　修潔音說：你問得很對：怕什麼呢？實在是有太多害怕的了。怕愛情，怕愛了之後不平等，回報得不夠或沒有回報，怕愛了之後嫌不夠，還想愛更多，以一當十，以一當百，怕愛到最後成了恨，像很多人那樣，怕愛了等於白愛，好像什麼都沒發生一樣。

真念雙說：難道不是這樣嗎？只有肌膚挨在一起時，愛在一起時，才像是真的。人一旦不在身邊，過去的一切激情動作，就好像沒有發生過一樣。必須不斷重複，不斷再演，否則就不復存在。

修潔音說：可怕也就可怕在此。有些人不結婚，不想結婚，一個重要的原因，就是怕重複，怕為了避免重複而去重複，避免重複而去再現、再演，結果造成更多重複，以至於兩個肉體像兩塊冰，在婚姻安全的冰箱中越凍越硬，越凍越安全也越沒感覺。兩顆本來面對面的向內的心，現在都一致對外，看著外面了。

真念雙說：別把這一切說得那麼可怕好嗎？我要跟你生活一段時間，我要。

修潔音說：一段時間？什麼意思？

真念雙說：就是生活在一起的意思。

修潔音說：不，你加了「一段時間」。

真念雙說：你太敏感，我實際上是隨口說的，並沒有別的意思。

修潔音說：那麼，說「我愛你」也是隨口說的？我跟你講，一切隨口說的，都跟口一樣，是不牢靠的。為什麼人們簽合同，口說不能算數，非要用手簽字不可？為什麼？因為人嘴，不僅是嘴上無毛的年輕嘴，甚至是嘴上有毛的老年嘴，說了都不能算數的。

真念雙說：那再不能算數，這張嘴也不會隨隨便便地對任何人說出「我愛你」三字的，知道嗎？來，把你的舌頭伸出來，嘗嘗我的嘴巴，看它是不是朝三暮四，胡言亂語的。

修潔音說：不是的，但有點臭。

真念雙說：哎呀，你怎麼這樣！你再說，我要發脾氣了！

修潔音說：發脾氣就發脾氣，就算你發，我也要說真話。

真念雙說：我是說著玩的。

修潔音說：哎，這是什麼？哎呀，你哭了？幹嗎哭呢？我也是說著玩的。好吧，好吧，是我口臭好吧？你口香，你口好香、好甜啊！

兩人又抱著做了一回愛，這次修潔音沒射，但真念雙抵達了高

潮。過後修潔音說：你看，有時候傷害了對方，對方卻十分容易地達到了高潮。知道這是為什麼嗎？

真念雙說：不知道喂。

修潔音說：看你滿足的腔調！

真念雙說：換個話題吧。你為什麼不寫呢？你還是要寫下去，有我在，你就必須寫下去。我做你老婆，小老婆也行，給你洗衣做飯鋪床掃地。做什麼都行，只要你繼續寫下去。

修潔音說：不，我不想寫了。我也不想要老婆。離一次婚足矣，再結婚無非又是為了再離婚，有什麼意思呢？

真念雙說：不嘛，不嘛，不嘛，我就要做你的老婆，你的小老婆。

修潔音說：別開玩笑了。小老婆是什麼意思？那意思就是說，我還有大老婆、大大老婆和其他老婆。

真念雙說：不管你有多少老婆，我永遠是第一的。

修潔音說：那當然。不過，我一個老婆都不想要，包括小老婆。我只需要一個女友。一個和我影子一樣的肉體。

真念雙說：那肯定是我無疑了？

修潔音說：肯定的。

真念雙說：那你還寫嗎？

修潔音說：不寫了。

真念雙說：為什麼啊？你再這樣說，我就生氣了。

修潔音說：我不寫是有道理的。第一為誰寫？任何人問我，我都會告訴他，我心中沒有讀者，也沒有制定規矩者，比如那種指定要人寫什麼什麼的人。既然這兩種人我都無視，那麼，我寫出來的東西要麼觸禁，要麼沒有讀者要看。

真念雙說：嗯，言之成理，繼續說。

修潔音說：其次，我無法寫那種傳統上的所謂「故事性很強」的小說。生活有故事，也沒有故事，更多的時候是沒有故事。只有空氣和一

呼一吸。只有每晚上八九個小時的睡眠。只有綿綿無盡，什麼都不發生的等待。為什麼不寫這些？為什麼硬性地編造故事？騙誰呢？騙誰呀！

真念雙說：可現在故事市場化，市場故事化，你不這樣，又怎麼活下去呢？

修潔音說：那就不活下去唄。

真念雙說：呸，呸！烏鴉嘴，亂說話。

修潔音說：再說，我又沒有朋友，不像有些寫得很爛的人，在場子裡（我是說文壇），有這樣那樣的朋友，比如說編輯，成天約著出去吃喝玩樂，隨便弄一本垃圾書出來，很快就發表了，不僅自吹自擂，還請人他吹他擂，結果不是得獎，就是什麼什麼的。有的還是編輯，自己也寫書，這些人最可怕，看見比自己好的東西，如果是跟自己沒有關係的作者，當然按住不發，最好等那人死了很久之後。是否會從別人那兒剽竊我不知道，但從按住不發好東西這一點來說，把這些人形容成劊子手一點也不為過。不僅是劊子手，而且是膽小鬼，因為他們為了保住自己的烏紗編輯帽，任何稍有出格的東西，都是格殺勿論的。

真念雙說：是呀，文壇沒有幾個好東西。男的一個個色咪咪的，見了年輕女子，就像色狼一樣猴急著想上。

修潔音說：這就是為什麼，我從來不帶你去參加任何文學活動的主要理由之一。

真念雙說：哈哈，你是怕我跑了？

修潔音說：我不喜歡你跑，但我也不害怕你跑。跑了就跑了，反正又抓不回來。再說又不是罪犯，抓回來有什麼用？而且我這兒也不是牢，就算是罪犯，抓回來也沒處監禁。

真念雙說：看你說的，還蠻好玩的。

修潔音說：其實，人活那麼久沒意義。

真念雙：那你說，活多久才算合適呢？

修潔音說：活多久，人都不會活膩，但人的肉體會。一個人活到80歲以後，肉體的各項機能就老化了，不中用了，一張臉尤其難看。

西方人想抗衡這種變化。他們不是與天鬥，與地鬥，與人鬥，他們要與年齡鬥。於是整容、整肉、整肉體，又是拉皮，又是牽肉，又是打激素，七拉八扯九注射，最後把人越整越不像樣，越整越不像人，這都是違反自然規律的。

真念雙說：可我還挺想把自己整一下呢。

修潔音說：你整，你去整吧。你整了，我就會離你而去的。

真念雙說：你要敢離我而去，我就敢整給你看！

真念雙的口氣，是從來沒有過的。這讓修潔音聽了吃驚。他一睜開眼睛，其實是她睜開眼睛，他自己就消失了。兩人又結束了一場夢談。

寫到這裡，一個朋友通過微信，給我發來一首詩，說她很喜歡。我看後，也很喜歡。為了讓自己休息一下，我把這首詩放在下面：

《面具》

歸隱[13]

不要相信我幸福
我的老公早已出軌
我不說破
依然做著賢妻良母
卻開始加倍珍惜自己
無比光鮮地在世人面前
秀著我們幸福的家庭
如貴婦一般出入會所、商會
偶爾掛掛職、辦辦慈善晚會

---

[13] 引自微信朋友圈的詩。

不要相信我幸福

我的老公早已出軌

我不離去

不是我割捨不掉這份情感

而是不願改變生活狀態和生活的習慣

雖然從老公的身上能感受到情敵的氣息

但彼此在重要場面卻出雙入對

必要時在眾人的簇擁下恩愛地喝喝交杯酒

不要相信我的幸福

我的每一次微笑

都是在我的心尖上劃過一刀

我們每一次地相擁

都是對我隱忍和虛偽最大極限地考驗

我是用我的方式向情敵挑戰

我是用我的方式向對我的背叛

作出無言地宣判和懲罰

我的精神已然出軌

　　我馬上把這首詩轉給一個辦網刊的朋友。他並未像往常那樣很快回復，大約過了一天，也就是二十四小時後，才給我回信，說東西太簡單了，不是很喜歡，很抱歉不能使用。

　　我有點不以為然，但朋友總是朋友，我犯不著去跟他諍友地諍一下，但我感覺到，對女性作品的接受，與其人是否男性有很大關係。為了求證，我又發給另一位我認識的女性，而且是詩人的女性。她看後不置可否，經我追問之後才回答說不錯。我還不甘休，又把這首詩轉給一個我曾教過，後來當了老師的女性看。她的反應也不出我所

料，但表現得決絕。她用英文說（我譯成中文）：此詩真實地反映了婚姻中殘酷的折衷心理。

好吧，我想，這，以及這些微小的女性評論，使我堅定了自己的信念，至少我對這首詩的判斷是不錯的。如果要發表，可能還要做一點點小修改，但那不是我的事，我只是在一見之下，就有心動之感。其人是誰，其詩寫得簡單，這又有何關係呢？

也就是在今天，真念雙給我發來郵件，要我看看修潔音的一個短篇是否能用。這個短篇全文如下：

《三五九一號先生記事》

他四十五歲左右，本來嘛，他可以三十，可以二十五，也可以再老一點，比方說五十三，不過，我比較喜歡他四十五，這沒什麼理由，也許是中不溜的人比較好寫的緣故。他當然不是作家，早年他曾隱約產生過這個念頭，那時他想，出一本作品挺抖的，又出了名，又賺了錢，還有漂亮女人什麼的，可是，他二十一歲就結了婚——慢，我不應該這麼早就告訴你他結過婚，其實，結婚不結婚對一個男人並不重要。要緊的是保持相對獨立性。那時候，好就好在他是一個人獨居。他當然不會生活在大都市，象他這種人——他認為他是個天才——只能在這座骯髒的小鎮居住。這小鎮名字也起得怪，叫個什麼雞扒鎮。你以為我會描寫這座小鎮的風土人情嗎？

他名字叫啥，連我也忘得一乾二淨，我倒是想給他起個名字，不過我怕違反真實，覺得還是免了的好，甚至連「無名的人」都不說，「無名的」這個字，或「不知名」這個字現在用得太多，如「無名高地」，「無名英雄」，「不知名的小鳥」，「不知名的鮮花」等等，其實等於有了名字，我看不妨給他編個號算了，就叫三五九一號先生吧，哎，你甭說這荒謬，我那天去找一個人就碰到這種事。我只知道

那人住第七宿舍區，原以為很好找，一到那兒我就迷糊了。左邊一排大樓，右邊一排大樓，合起來兩邊共有二十棟，我好像進了森林。問了路上幾個人，都說不知道。我負了急，想碰碰運氣，隨便敲開一家人的門口，一個婦人手裡拿著筷子把門打開一條縫，我看見她另一隻手掌著碗，上下牙齒還咬著一塊排骨，對我搖搖頭便把門掩上了。我又冒險拍了幾家門，不是碰到一張疲倦的臉，就是說不知道的嘴巴。我失望地走到一樓，無意間抬頭瞥見了牆上一張表。不覺心中一喜，有了，用不著去問人，名字不都在表上嗎？我三步並作兩步趕到表前，結果大失所望。原來那是一張水費、電費、煤氣費的統計表，戶主欄沒有名字，只有其門棟房間的號碼。我的天，這叫我從何找起！又不是電影院，可以對號入座，即便是電影院，有時還會坐錯位子呢。

說到電影院，那倒是不能不談到他。他這人有個怪癖，每回看電影必買五張票。幹嗎？請朋友、同事看？請注意我說的是每回。道理一說就破，他怕熱。大熱天的，前後左右都是人，汗漬漬的，碰到一個有狐臭的，還不叫人反胃嘔吐！所以，五張電影票，除自己以外，前後左右就都空了。這事只有他辦得到，因為他有錢。為這他後來吃了大苦頭，不過那是不難想像的。

他老婆住在離他走水路一天以外的一個比他的鎮子大一點的城鎮裡，帶著一個孩子。他們平均一個春節見一次面，來幾次，如此而已。

是的，我還沒跟你講他幹什麼工作。不過，如果我告訴你的話，你沒准會糊塗，因為他啥都幹。你可以說他是中學教師，也可以說他是個會計，也可以是個公務員，或者秘書，或者一個工程師，或者土地測量員什麼的，總之一句話，他似乎啥都幹過，你要是問他，他可能自己也說不清，他會告訴你，我的業餘愛好是攝影。這話的確不假，那時候，一千戶人家難得有一架照相機，可是他就有一架，他還有自己的暗室，一架放大機，一隻紅燈泡，一領黑窗簾，再加一些顯影、定影粉，瓶瓶罐罐，杯杯盤盤的，這就夠了。他的條件也比別人

好，他那間十三平方米的小房臨街，而且是在二樓，窗戶一開，就可以看到街上的一切：冬天有賣菱角的，賣甘蔗的，耍猴把戲的，賣蘿蔔、蔬菜、豬肉、牛肉的，夏天就更多了：西瓜、番茄、香瓜、蘋果、梨子、鮮魚、豆腐腦、陽春麵、水餃、湯圓，等等。不過，他對這些不感興趣。

有一陣子，街頭出現了大字報，我看很多人圍在那裡——那時我還小——也跑過去在人縫裡湊熱鬧，才知道是一個人的黃色日記選登。那裡面有些話至今還約略記得一些：「今天下體有處紅腫，極不舒服，需要上醫院看看，如果引起陽痿，後果將不堪設想。」這裡面有些字如「下體」和「陽痿」之類我不大懂，又不好問大人，只見幾個人用手指指戳戳的，看得高興起來，還發出刺耳的笑聲。直到現在，我也沒弄清究竟那些日記是不是他寫的，但我只要想起日記，就會聯想起他，真沒辦法。

這人長得怎麼樣？你們要是問到這一點，我只好表示愛莫能助。我寫了大半輩子的小說，著力刻畫的人物總也有那麼百兒八十的吧，可直到現在我才明白，那些人物全是他媽虛構出來的，不是什麼濃眉大眼、聲如洪鐘之類，就是什麼水靈靈的眼睛，黑油油的頭髮，銀鈴似的嗓子，或者是賊眉鼠眼，滿口黃牙，其實，你就是把文學描寫辭典的詞彙全部用上，也是白搭。哪有照片來得快呀。說老實話，他這人的長相跟你我一樣，基本上沒有什麼特徵。打個比方說吧，你第一次見到兩個外國人時，他們的面孔是很難區別開來的。外國人看咱們也是一樣。所以，他在我頭腦中的印象就跟外國人看咱們一樣，只是一張方不方、圓不圓的臉，大不大、小不小的眼睛，短不短、長不長的頭髮，寬不寬、窄不窄的牙齒，灰不灰、黑不黑的衣服，高不高、矮不矮的身個。其實，我即使這樣描寫也是白費勁。因為本來詞語就不能跟真的人之間劃等號，你說是嗎？說他跟你我一樣，這就足夠了。

前面說過，他愛照相。他這人啥都不照，只照女人，你說這無聊吧。不過，你若不知道的話，也就不會這樣說了。再說，說別人都比

較容易，咱們還是談他吧。他每天下班以後，吃過晚飯，洗好臉腳，換件乾淨衣服，就坐在窗前，手裡拿著照相機，是120的，看電影的時候除外。白天上班的時候，街上的鄉里人特多，鄉下女人不值一照，一個二個穿得象個大蘿蔔在滾，臉上紫紅紫紅，難看死了。晚飯後正是城裡人出來逛街的時候，這時女人就多了起來，特別是附近單位新分來的技校學生，模仿著大城市的打扮，梳著蓬鬆的髮辮，穿著黑皮鞋，細花襯衣，胸脯鼓鼓的。他開始忙活起來，對焦，定光圈，選角度，按快門，「吧嗒」，上膠捲，一張，再來一張。每個月，他總要照它一到兩卷黑白膠捲，完了後就趁夜沖洗。積累得多了，就進行一番篩選，去粗取精，去醜取美，把最迷人的小妞專門放在中間抽屜，用一把大鐵鎖鎖好，以防萬一。夜裡感到無聊了，就把床頭檯燈撐亮，周邊圍上一條乾毛巾，只露一圈黃光，然後把那疊好照片擺在床頭，鑽進被窩，一張一張仔細看起來，看到動情處就⋯⋯

　　我是怎麼知道這些的呢？其實這類事情根本就無從知道，如果他自己不講的話。你可能以為我自己也幹過類似的事情吧，我覺得你不妨暫且這樣認為，因為每個作家所描寫的生活不外乎三個來源，一個是他自己的生活經歷，一個是人家講的故事（書本上讀到的或道聽塗說的），一個是他的憑空想像，假假真真，真真假假，故事就出來了。所以，你瞧，寫故事並不是一樁難事，難的是一輩子隻寫好故事，不寫壞故事，你說對嗎？可是誰知道誰寫的是好故事，誰寫的不是好故事呢？你以為批評家清楚嗎？只有等你死後你才知道。這聽起來有點象反論，可事實如此。

　　我後來一直沒見過他，大約有十五到二十年了吧，倒是前兩年幾個女同事談起的一個人使我想起了他。這個人，她們說，是個怪人。並不是說他長得有什麼怪異的地方，相反，據她們講，他長得挺不錯的，身體高大，健康，四十多歲的人，看起來還跟三十出頭的人差不了多少。他有老婆孩子，一個幸福美滿安寧的家庭，這等於說了很多。他的怪表現在行為上。比如單位分來一個年輕女大學生，他總是

十分關心，常常問寒問暖，伙食習不習慣呀，工作適不適應呀，想不想家呀，有沒有什麼地方需要幫忙呀，這都是一些步驟。過不久，他就會請你上他家去玩，給你看他年輕時的照片，瞧，我那時怎麼樣，一表人才，英俊漂亮，這是我在軍校照的，這是我在北京參加一次重要會議上發言照的。這是——你一邊看，他一邊去給你沖來一杯甜甜的糖水，一直送到你手上，你若是推讓，他就會捏住你的手，稍稍用著勁，把杯子按在你的手心，當然，糖水總是會不經意地灑出一些，不是灑在你的手上，就是前胸，或者是胳膊，或者是褲腿上，這時他就會十分熱情地給你拿毛巾來，熱心地親手替你擦乾，一定要親手。他的手會無意地碰著你的身體，那些敏感的部位，但總是一閃即逝，快得象電一樣。差不多有三屆畢業的女大學生都和他有過這類接觸，不，應該說，他和三屆畢業的女生有過這類接觸，主賓關係一定得弄清楚，寫小說時不好隨意混淆的。到後來，大家自然心下明白了，也就不去了，只覺得他這人討厭，但又說不出個所以然來，因為他畢竟啥也沒做呀，再說，人們也覺得他挺可憐的，這麼個高頭大馬的男人，老婆瘦小得象只掉毛的母雞，你想想，他還在四十裡頭呀！

　　所以，我總覺得過去那個人的形象在改變，但我又不明白他怎麼和現在這個人聯繫上的。他們總是帶上某種喜劇色彩，使大夥兒談起來津津有味，特別過癮，彷彿這是生活中唯一有滋有味的調料。這真不知道從何說起，因為我隱隱約約覺得，這好像是個悲劇。然而悲劇總是要使人心痛落淚的，怎麼會引人發笑呢？

　　他的確是個天才，這表現在他洞悉人的本領上。比如說他只要看見科長把他辦公室的某個人找去半天不來，他就知道，科長准是在向那人打聽他的情況，上班有沒有遲到、早退現象啦，最近言談舉止有沒有反常的地方啦，工作表現如何啦，等等。他能從單位某個男人偶爾提到某個女人的名字一事大致猜出那個男人心裡的意圖，而且八九不離十，如果從前很懶的人現在突然積極起來，又是打開水、掃地、抹桌子，又是對每個人笑臉相迎，一團和氣，他就知道，這人一定寫

了申請書，在積極爭取入黨了。如果誰的臉上有道抓痕，儘管那人對別人說是孩子抓的──他從來不過問這種事，怪難為情的──他就知道全部內幕了：頭天夜裡他和老婆一定在床上幹了仗。這些事太經常了，哪個男人跟自己的女人不幹仗的！總得決個勝負才能一上一下地生活吧。所以，他才從結婚的第一天就宣布：分開過。開始的確不習慣，但後來他就習以為常了，象他這種人，本單位和外單位多著吶，不都過過來了嗎。能夠過過來，而且安全無恙，這其中的祕密其實早已不新鮮了，你我都知道，不過，按咱們的習慣，還是不說為好，要說的話，就說別人吧，那總是容易得多，而且也提得起興趣，多富於喜劇色彩呀，人生不就是一個喜劇嗎？

***　***　***　***　***

看了這篇東西之後，我當即回信否定了，告訴她說：我對這類沒有故事的小說不感興趣，雖然很先鋒，但沒有市場。

真念雙沒有回復，我知道，她這是一個信號，表示我可以繼續寫她和修潔音的故事了。

在繼續把這個故事講下去之前，有必要簡單介紹一下我自己。我從純粹的技術角度來講，是一個西人，也就是說，我有這個國家的國籍，持有這個國家的護照，英語是我的母語，漢語是我的第二語言，我用它交際和寫作。我喜歡用英語之外的另一種語言，特別是亞洲語言寫作，這能給我一種很大的刺激，就像我的朋友Gough一樣，他能用印尼語言寫作，還用那種文字在印尼的報刊雜誌上發表詩歌和小說。我過著單身生活，這是我的選擇，一直過得自由自在，無憂無慮，因此不必向任何人交代任何細節，介紹任何前因後果，自己覺得舒服就行了，別的無可奉告。好了，現在讓我繼續把故事講下去吧。

修潔音死前，和真念雙有一次長談。他們之間經常有這樣的長談。往往總是賓館或飯店的門在身後一關上，兩人就立刻進入交戰狀

態，意思就是做愛狀態。如果問男人和女人在見面之後還有什麼最緊急，會被告知沒有什麼比做愛更緊急了，除了拉尿之外。洗濯都是次要的。洗還是不洗，都沒有太大關係，有時候吊詭的是，不洗那種半骯髒狀態，反而會給人更大的刺激。這是修潔音的體會，但真念雙更身體力行，她從不說不，她總是一味接受。門一關，就上床。一上床，就脫光。一脫光，就打開。一打開，就進入。有時嘴裡含著男人巨大的玩具——他們後來不稱其為陽具，而稱其為玩具——時，會覺得那東西很騷很臭，但同時又覺得極爽，就像吃一種發騷味的乳酪或一種有熏臭味的鹹魚，味道臭極了，也好極了。這些都是他人不一定能夠理解，能夠理解也不一定想理解的。但是，愛情的世界就是這麼狹窄，只要二合一就好，至於是怎麼合的，合的時候洗了還是沒洗，有多少細菌上下其口地進入彼此的身體，那跟任何人都沒有關係。一切都取決於當時的感覺。

中國人的文化有個特點，跟我們的不一樣，這在於他們喜歡做，不喜歡說，有時碰到合適的人在一起時，喜歡說但不喜歡寫。這是與我們最不同的地方。我們歐洲人種的人，喜歡直來直去，敢做敢說敢寫，尤其是寫，沒有做了而不敢寫的。你比如法國的烏拉貝克，他從來不忌諱談男女性事，不用醫學術語去指代男女的性器官，而是就性器談性器，屄就是屄，屌就是屌，從來不繞過，或像古代中國人那樣，用什麼玉笛、吹簫、直搗花心之類。當然，我明白，中國人有著豐富的想像力，給他一個隱喻或暗喻，他能想起成千上萬的動作。這要放在我們這裡，就覺得特別多餘。當然，他們不喜歡寫，主要還是不敢寫，不敢寫也是有著深刻的文化原因和政治原因的，這個我就不去多說它了。一個民族只要還有想像力在，說不說、寫不寫都無所謂。

真念雙比較懶，修潔音射過之後，她就靜靜地躺在那兒，任東西緩緩地流出來。也不去用手擋，也不去用紙擦，她實在是太累了。這個工作，都交給修潔音去做了。他是愛情的清道夫，道者，陰道也。

他興之所至，有時用紙擦，有時不用紙，就用他的舌頭擦，亮出大塊的舌苔，把流出來的乳汁般的精液，擦得乾乾淨淨。你以為他會都吐在紙上，團起來扔進垃圾桶？非也。他含在口中，把頭伸過去，做動作讓真念雙把嘴張開，接住他吐出來的帶著他自己口溫的液體，然後全部吞進去。兩人愛到這樣的地步，只恨不能把對方吃進去，如果真能吃進去的話。

如此纏纏綿綿了近兩個小時之後，修潔音在真念雙身邊躺下來，說：人可能只有進了牢房，才能無所顧忌地回憶，才能真正面對過去。

真念雙說：為什麼這樣說呢？

修潔音說：這其實不是我的想法，而是我筆下一個人物的想法。

真念雙說：筆下一個人物？我怎麼沒有看到。

修潔音說：我還沒有形成筆墨。

真念雙說：啊，有個古人曾說：「宇宙間物之最清高者，莫如筆墨，而事之最重大者，亦莫如筆墨也。」[14]

修潔音說：怎麼扯到古代去了？

真念雙說：真心喜歡啊。

修潔音說：你就是一頭《聊齋志異》裡面跑出來的狐狸。

真念雙說：魅你、魅你，魅死你！

修潔音說：是啊，每跟你在一起，我就覺得我的生命減少了一次。在一起的次數越多，我的生命就流失得越多。

真念雙說：難道這不是你喜歡的嗎？

修潔音說：是啊，就是太喜歡而欲罷不能，欲罷不能而喜歡得不能自已，不能自已得魂飛魄散而香消玉殞啊。

真念雙笑道：那是形容女性的詞。

修潔音說：就算那是，也不意味著男的不能用。女的用香水，但現在的男人也能用。女的描眉，現在男的也描。女的穿高跟鞋，現在

---

[14] 引自黃圖珌，《看山閣閒筆》。上海古籍出版社：2015 [2013]，p. 44。

男的也穿。難道你沒見過，那些she-male，也就是變性男，即兼具男女兩性，兼有男女兩性器官的人，不都濃妝豔抹，足登高跟鞋嗎？

真念雙說：為什麼是高跟鞋？

修潔音說：那是相對於中國的小腳，較不殘忍不殘酷的一種足戀方式。穿上能夠做愛，做完後就脫下來丟到一邊，直到再做愛時再穿。

真念雙說：那我們以後做愛也這麼試試怎麼樣？

修潔音說：好呀，好呀。

真念雙說：如果這種鞋子都是供在床上做愛穿的，為什麼那麼多人喜歡把這樣的鞋子穿到大街上去呢？

修潔音說：那是因為她們不明白界限，不明白床上和大街上的界限。

真念雙說：哦，是這樣嗎？難怪如果有人穿得那麼性感地在大街上走，就有無數雙男性的眼睛，像蒼蠅一樣盯上去。

修潔音說：是的，一個女人走上大街，是需要有禮有利有節有度有分寸的。裸體當然不行，但穿那樣的鞋子上街，肯定也是不行的。你難道不知道，這種鞋子在英文中有個叫法嗎？

真念雙說：什麼叫法？

修潔音說：這種高跟鞋在英文中被稱為：follow-me-and-fuck-me-shoes。

真念雙說：什麼意思？

修潔音說：你的英文比我好，還拿到博士學位，當然懂得是什麼意思。

真念雙說：我學的英文都是高尚英文，從來不涉及這樣一類低級趣味和低級字眼。

修潔音說：所以說你的英文沒有力量，只是雌性的裝飾而已。

真念雙說：你又批評我了。

修潔音說：沒有，寶貝兒，我不批評你，我愛你。

真念雙說：說著說著，我們又說忘記了，你剛才談到牢裡的事，是怎麼回事啊？

修潔音說：哦，那個啊，那只是我在腦中憑空構思的一個人物，用英語構思的人物。

真念雙說：為什麼是用英文？你不一直都用漢語寫作嗎？

修潔音說：我是一直用漢語，但我現在已經決定，要用英語寫作了。

真念雙說：那可好，我要做你的第一個讀者，寶貝，我愛你。

修潔音說：你當然是我的第一個讀者，但我害怕。

真念雙說：害怕什麼？

修潔音說：我的害怕不是沒來由的。如果你愛我，你會不問情由地讚美我寫的一切都好，即便我寫得不好或不夠好。如果我要你愛我，我就會希望你無論看到我寫的什麼東西，都要對我大加讚賞，這樣才能保持一如既往地對我欣賞的態度，你說，還有什麼比這更可怕嗎？

真念雙說：寶貝兒，我可能不會這樣，我可能會三七開四六開地評價。

修潔音說：不可能的，因為愛的眼睛裡容不得沙子，一切都必須百分百，可在一切都不是百分百的世界裡，不顧事實地說成百分百，那就讓人感到不真實了。不真實可能比進入眼睛的沙子還可怕。

真念雙說：那怎麼辦？

修潔音說：不知道。我覺得還是不說的好。最好最後拿給你看時，隱去作者的名字，讓你不知道是誰寫的。

這時，真念雙想起一件事。曾有一次，她在做博士論文期間，收到一個知名不具者的來信，打開一看，裡面並沒有信件，只有一篇列印的小說稿。她因為忙於做博士論文，粗粗看了一遍，沒有留下很深印象，就隨手放到了一邊。這次修潔音走後，她就把自己往日的文檔翻找了一下，很快便找到了那篇小說。我現在把它呈示如下：

《王翻譯的第一支小夜曲》

他借舷窗透進的一線清幽的月光，看了看腕上的表，發現已經過了一點。他歎了口氣，向裡翻個身，伸出一隻手，把被頭紮緊些，複又煩躁地將被子從胸前推開。

他似乎睡著了很久，又似乎根本沒合眼。

有誰老是在他跟前走來走去，不，更確切地說，是飄來飄去。他睜開眼睛，眼前一片黑暗，隱約可以看見對面床上他同伴裹在被子中熟睡的形體。一閉上眼，那影子就飄過來了，還伴隨著一種時斷時續的音樂聲。他屏息靜氣，一動不動地躺著等待。

那影子越來越近，音樂聲也大起來，猝然，影子消失，音樂聲停止，一片柔和的燈光傾瀉在他臉上，一個聲音低低地對他說：「別緊張，放自然一些，就不會跳得那麼彆扭了。」她對他笑著。她舞動著。她全身每一個部分都在舞動。你真美，他不出聲地對她說。她把濃密、芬芳的長髮向他甩來；她大張雙臂，挺出胸脯；她出左臀，出右臀；她蹲下、跳起，她的舞姿使周圍的一切——驚羨的目光，扭動的身影，閃動的燈光，強烈的節奏——都不復存在。他完全忘記了自己的舞姿多麼難看，像一根在狂風的吹打下搖晃不已的電線桿，一味地把忘情的目光朝她那對光彩照人的大眼中投去，投去。

她真美，他說。同伴翻了個身，醒了。他也沒睡著。

是呀，他表示同意道。

你幹嗎不跳。

不會。

我還不是不會。

不好意思呀。

那有什麼，我年紀比你大得多，也跳得不好，還不是跳了，也沒

人笑呀。

過來了，過來了，她微笑著，期待地、動人地，燈光在她潔白的牙齒上閃閃發光。多麼溫暖，她的腰肢，又是多麼柔軟。那種感覺，他生平第一次得到。一個陌生的姑娘，很美，打扮得入時，但不俗豔，談吐都有一種格外高的情韻，這就夠了。對他來說，除此而外，還需要什麼呢？

他已經三十了。結婚兩年多，有一個未滿周歲的孩子。孩子是愛人的命。他很高興有機會出差到外面散散心，何況這次是進三峽旅遊，那高興的心情就不用說了。她也有溫暖的皮膚和活動的腰肢，但她不跳舞，從來不跳，過去那愛唱的嗓子也沉默了，不僅沉默，而且變得有些沙啞。可能是大聲呵斥孩子和跟丈夫爭吵多了的緣故。他皺皺眉頭，閉上眼睛，拚命想把那張氣急發白的臉從腦海中趕走。

夜很靜，聽得見遠處江面拖船的突突聲。月亮擺脫了山谷間輕霧的束縛，早已升到了中天，不那麼黃澄澄的，又大又圓，而變得小了些，亮了些，在江面粼粼的細波上，泛起閃閃的銀光。

他睜著眼睛，怎麼也睡不著，心裡老想著她，老在玩味他把她半摟在懷裡跳圓舞的情景。奇怪，他竟會如此激動，如此興奮。而從前他並不是沒有過摟抱女人的經驗，甚至遠比此親熱得多的行為他也有過。他還記得很久以前的一個深夜，他從睡滿了乘涼的人的平臺，偷偷溜到二樓，用鑰匙開了自己宿舍的門──她就睡在自己床上，而且是一個人──然後爬到床上，摟住了半睡半醒的她，僅穿一件奶罩和三角褲，幾乎一絲不掛。她已經是一個孩子的母親了。平均一個星期或者半個月和自己來一次。他不得不藉助於手淫，來滿足那難以消解的欲望，現在，她美妙的形象在他心中喚起了一股難以遏制的欲望，巴不得現在就和她擁抱在一起，將火熱的嘴唇粘在她嫩紅的唇兒上，然而，他怎麼也不能把她和那些往日為刺激自己手淫的女人形象聯繫在一起，那都是些具有強烈性感的女郎，不是燙著又松又軟的大捲

髮，足登鮮紅的高跟皮鞋，就是半裸著胸脯，把豐滿的臀部讓緊繃繃的牛仔褲勾劃出來。她卻不是這樣，她讓你產生的感覺是，希望永遠待在她身邊，和她談這談那，都是些無關緊要的事，無窮無盡地談下去就是了，至多不過把她摟在懷裡，親吻她的嘴唇，如此而已。想到這兒，他不禁興奮得打了一個哆嗦。

她真是和別的人不一樣。太陽落山的時候，他們幾個坐在泊在岸邊的小舢板上。丁香，那是她的名字，和她的女伴李紅坐在她們的對面。丁香看都不看他一眼。他也儘量不去看她。他長得太不吸引別人了。他對李紅談起了都市的時髦：男青年燙頭，穿高跟鞋，女人塗口紅，穿牛仔褲，平跟鞋。李紅很感興趣。她的一切打扮和城裡追求時尚的姑娘沒有區別。從頭上的捲髮到腳下的牛仔褲。丁香對他們的談話似乎充耳不聞，坐在一邊默不作聲。他有點洩氣。忽然，丁香說：「瞧，山那邊太陽好像被好多條金帶子拖住，在往下拉！」他順著她說的方向看去，只見落日與山頭只有一指之距，它所放出的耀眼光芒，似乎都聚集在山尖上，看去像存在金絲條上的氣球，正被一個隱在山後的巨人收攏繩索，往下拉去。他情不自禁地回頭看了她一眼。

他豈止只看她一眼，他陪外國遊客上這條船有多少次，就要看她多少次。可直到今天早上上船看到她為止，她還沒有正眼看過自己一次。他的心冷透了。她和他同行的所有人——兩個管生活的小夥子，另一個翻譯，幾個遊客——點頭微笑，熱情地接過他們手中的旅行包，可偏偏不看他一眼，彷彿根本就沒有他這個人似的。他有點生氣了。

「你別再跟我老提你們單位哪個長得漂亮好不好！」愛人把臉別過去。「沒誰願意知道，反正現在有了孩子，對這種事我無所謂了，你要想你就去找好了，我不反對。」

他獨自站在一座大型露天舞場的鐵欄杆外，一曲剛剛終了。青年男女們一對對回到自己的座位旁邊。藉著彩燈有節奏的一明一滅，看得見他們臉上快樂的汗珠閃閃發光。在鐵欄杆外，像他一樣，也圍著

一些看熱鬧的觀眾。音樂聲起，舞場沸騰起來，他立刻被一個舞蹈者吸引住了。她在跳迪斯可，擺動幅度之大，與音樂節奏配合之協調，令他為之傾倒。他沒有勇氣去買門票，他甚至皺起了眉頭，覺得那姑娘的樣子有點令人作嘔。他只想繼續看下去。不知為什麼，他沒有這樣做，卻轉身離開了被鐵欄杆圍住的舞場。

「Do you dance?」那個年老的遊客問他。

「No, I don't. Do you?」

「Of course, I do. But you did surprise me.」

HE WHO DOES NOT DANCE DOES NOT KNOW LIFE.

他覺得自己不應該羞愧，應該對那些人持一種應有的鄙視態度。除了跳舞，他們還會什麼？無非跳舞罷了。他們知道葉芝、喬伊絲嗎？他們讀過波德賴爾、馬拉美嗎？他們體會過讀尼采和叔本華時那種高尚的情緒嗎？自己應該驕傲才是。

可是，舞蹈者的形像始終無法擺脫，像一座高大而優美的現象，若隱若現地矗立在他那被思緒的迷霧緊鎖的腦海中。

「你要放鬆一些，自然一些，」她柔聲地說。「跳舞並不難學，多跳兩回就熟了。」他真想把她摟在懷裡，可他卻主動走到李紅那兒，請她陪跳。

他想像著怎樣把她打扮。她的黑髮又濃又密，應該稍微燙一燙，卷起一些小波浪，嘴唇塗紅，這樣，牙齒就更潔白了；下面那雙高跟鞋，跟子雖高，但嫌粗了一點，要是換一雙鮮紅的細高跟，那情調就完全不一樣了。

可她完全不聽，一陣寒冷的冷風吹來，她用手攏了攏那宛如菊花瓣的毛衣領。「你這件毛衣是哪兒買的？」他發現自己在問。「自己打的，」她竟然回答了。自己打的！多巧的一雙手！

他和李紅剛剛跳完一曲，看見丁香坐在一邊，便走過去問，「跳一下好吧？」「好！跳什麼？」「迪斯可。」「太好了！」她興奮地說。「我最喜歡迪斯可。」「可我不喜歡，」小李說。「我喜歡慢

三。」丁香跳了起來,彷彿一團火焰在他眼前燃燒。

今天晚上完了,王翻譯歎了一口氣。

她並不知道今天晚上對他有多麼重要,事實上,連他自己本人也沒有意識到,他只是隱隱約約地感到,生活中某種東西變化了,有一種新的因素在增長,類似這樣的舞會,她以前不知道參加過多少次,而且沒有一次像今天晚上這樣寒酸:答錄機壞了,得坐小划艇到岸邊一個村莊去借;舞伴中除了管輪機的一個小夥子會跳外,其餘的都是些上了年紀的外國遊客,還有兩個翻譯,看來也不像是跳舞的。年紀稍大的那個長得又矮又不好看,老喜歡把眼睛在她身上溜來溜去,她不喜歡這種人。不過,她也看出,他在她一旦表示出厭惡的態度後,便儘量地避開她,整個上午都不露面,坐在前艙觀景廳中,和那些美國遊客們嘰裡呱啦地講個不停,走過她身邊時,他也把頭扭到一邊去,或者埋下眼睛。不知怎麼,她覺得這人怪有意思的。

她睡得挺熟,每天忙完一天的活計,端茶倒水,洗碗擦桌,前艙到後艙,樓上到樓下。她就打一桶熱水,洗個澡,然後換上一身乾淨的衣服,細碎花襯衣,外面罩件深紅色的厚毛衣,一雙雪白的短襪,一雙黑皮鞋。然後跟小李一起到甲板上去和船長或者水手們聊天,每一次只要任務下來,派她上旅遊船為外賓服務,她都很高興。在船上度過的每天是緊張的,晚上則是安靜而甜蜜的。她睡得真香。她哪裡知道,此時正有一個人為了她而翻來覆去,睡不著覺呢!

他想得很多,也許想得太多了點,盡是一些亂七八糟,不著邊際的事。過去他有一個朋友,曾得了一個「小高爾基」的雅號,因為他不僅長得卷頭髮、凹眼睛、身材高大,而且寫得一手漂亮文章,作文竟賽中老得第一名。他直到三十歲還沒找女朋友,不是找不到,而是他不願找,他看不起她們,看得起的他又不敢接觸。但他自己又不肯承認。「我唯一的樂趣是讀書和寫作,」他一向愛這樣驕傲地宣稱。後來,他再也沒有聽見他說這句話了。那是在他和另一位「拜倫」式的白髮青年詩人接觸以後。那人他連名字都忘了,只記得人們都叫他

「拜倫」。拜倫年紀不大，只二十六，可他玩過的女人，平均起來算的話，恐怕也有一年一點幾個了吧。照他的話說，交女朋友跟到野地裡摘花一樣方便，他說，沒有女人他活不成，而最主要的是，沒有女人，他就寫不出詩來。高爾基和他談了以後，發出這樣的概歎：我要是有你這樣玩女人的本領就好了。

在他欲望達到高潮時，他也曾這麼想過。讀那麼多書幹嗎？又不能當飯吃。弄得不好，還可能掉腦袋。古往今來，有幾個讀書人真正享受過生活？他們生時活在書裡，死時人們也只是讀書中才瞭解到他們。過著那樣枯燥無味的生活，還自命清高，不與凡人來往，以為天底下只有他們最高尚，最有學問。可學問在一個年輕貌美的姑娘面前，簡直軟弱到了極點。

想到這兒，他再也控制不住自己了，把被頭一掀，從床上翻身而起。他走到窗前，「嘩」地拉開窗簾，立刻，耀眼的晨光傾瀉進小小的艙房，把艙內每一個角落都照得明晃晃的。

「你幹嗎？」對面床上的人咕嚕了一聲。把身子轉向裡面，避開光亮。

他沒有聽見這些。他腦海中只固執地翻騰著這樣一個思想：還等什麼呢？青春就要過去了，太陽很快又要落山。你還等什麼呢？

*** *** *** *** ***

真念雙隱約地覺得，這可能出自修潔音之手，但她不好意思問他。萬一他說是他的，那她就得準備一套讚美的話，可她覺得這很難。可以這麼說，對一個喜愛乃至熱愛的人，最好句句都說讚美話，把對方說得心花怒放，說得對自己的愛永遠保持在沸點上，那當然是完美無缺的。可是，人一旦違心，目的性就強了。你不說真話，究竟有何企圖呢？純粹為了愛，為了不讓愛人失望，失望就是死亡，為了不讓愛人心情不舒坦，為了不讓愛人難受，因此，只說好聽的話是很

有必要的。真的很有必要？假如這樣下去的話，以後的關係除了做愛之外，還怎麼繼續保持乃至維持呢？誰也不是絕對正確，完美無缺的，誰都會做錯事，說錯話，如果碰到那種情況，又怎麼違心地讚美呢？真念雙覺得很難。她愛修潔音，這是無可置疑的，但她又覺得，修潔音比較自私，或許這麼說更恰當，也就是修潔音跟她一樣自私。他喜歡聽甜言蜜語，他聽不進批評他的話，尤其是如果這種話出自他愛也愛他的人口中，他就更聽不進去了。這真是很可怕的一種兩難。從真念雙的角度講，打死她也不願意放棄修潔音。她要像孩子一樣地保護修潔音，袒護他，護短他，任性他，寵他愛他，一切都由著他，因為她從心底裡感到，他們在一起的時間可能並不久長。這只是一種感覺，但她能從骨子裡感覺出來。因此他們一相見，她總有淚水奪眶而出的感覺，但總是強忍著不流淚，嚴正以待，同時又如火如荼地與他做愛。

她曾從別處聽聞，修潔音有過幾段戀情，但因怕傷著他的感情，從來都不去問他。他對此也從來都隻字不提。那次提到牢房的事時，修潔音向她大致描述了一下腦中想像的那個人物的故事，說那個人物因為做愛過猛，誤殺了他的女友，從而被捕入獄，被判數年徒刑，在獄中得了幻想症，終日與女友書，對了，那部長篇小說的書名就叫《與女友書》，均由短章構成，每個短章就是一封書信。其中的內容尚待血肉化，這只是一個梗概而已。

「那個人物取名了嗎？」真念雙說。

「沒有，」修潔音說。「只是一個Zixu。」

「子虛烏有的Zixu？」真念雙說。「是嗎？」

「也不一定，」修潔音說。「或許是自詡的Zixu。」

「那也可能是自序呢？」真念雙開始進入遊戲了。

「不知道，不清楚，」修潔音說。「什麼都可能，什麼都成立，這就是小說，所謂fiction。」

「還可能是自敘呢，」真念雙說。

「你有一個很發達的想像力，」修潔音說。「馬達一樣的發達。」

「Zixu還可能是『紫旭』呢，」真念雙說。「紫色的紫，旭日的旭。」

「繼續發揮，」修潔音說。

「還可能是我們前面提到的那個伍子胥的子胥呢。」

「不知道，」修潔音說。「只是這麼個扔出來，然後有多少玉，就引多少玉唄，就像你剛才那樣。不是多金，而是多玉。」

「反正西方人又不知道，」真念雙說。

「豈止不知道，」修潔音說。「連音都發不清楚。」

「很可能會發成『蜘蛛』，真念雙笑笑說。

「嗨，就不提西方人了吧，」修潔音說。「我挺煩他們的，垃圾白人。」

「也不完全像你說的那樣吧？」真念雙說。「我知道的一些人，嫁了白人之後，日子過得挺滋潤的。」

「滋潤？」修潔音說。「看來，我得把那個人物的名字，從Zixu改成Zirun了。你覺得呢？」

「你是在嘲諷我嗎？」真念雙說。

「何止是嘲諷！」修潔音說。「簡直就是在讚美。」

「你又來了，」真念雙說著，皺起了眉頭，眼睛不看他了。

修潔音不理會，繼續說：「你知不知道，嫁給白人是有條件的？」

「什麼條件？」真念雙說。

「想被白人滋潤，」修潔音說。「你就得首先矮半截下去。所謂矮半截，是指在年齡上，你就得至少小人家二十歲。這是給白人做小，給白人做妾的國際標準。你如果不同意，那就給我找一個說明這個過程倒了過來，即某一白女甘願給一個大她二十多歲的華男做小的案例來。」

「應該有吧，」真念雙忘記了剛才的生氣，說。「這個世界上，什麼事情都能發生。」

「哦，是的，」修潔音說。「當然什麼事情都能發生，包括人跟野獸結婚，也是可能發生的，至少在一個中國畫家的作品中發生過，那是一個中國男子，跟一頭驢拍了一張結婚照。」

「從女權主義觀點看，」真念雙說。「這是對女性的嚴重侮辱。」

「怎麼講？」修潔音說。

「這麼簡單的東西，你都沒看出來？」真念雙說。「畫家跟寫小說和寫詩的不同之處在於，他們用形象說話。也就是，不說一句話的同時，什麼話都說了。比如說，法國畫家庫爾貝1866年畫了一幅畫，題為*The Origin of the World*。意思就是，《世界的起源》，畫中是一個沒露頭，只露出下體的女裸，而她的下體沒有遮蓋，整個陰部暴露在外。這樣的畫，什麼都沒說，但什麼都說了，那就是，這個世界的起源都是從那兒來的。」

「這畫我知道，」修潔音說。「很猛，很法國，很不中國，即便到了2066年，中國也不可能收藏，更不可能展出。這也就是為什麼，中國人在思想和藝術上，永遠只能跟在世界後面的唯一道理。」

「你聽我講完嘛，寶貝，」真念雙說。「我對這幅畫其實是有意見的。是的，他膽子很大，藝術很超前，道出了一個常人、凡人、庸人、俗人不敢道出的真理，但從女權主義角度看，為什麼不是一個男人？不是一個男裸？從某一個角度講，生命的起源固然是從女性的陰道而來，但也是從男性的精液而來，精液和卵子，這兩樣東西缺一不可，對不對？」

「說得對，寶貝，」修潔音說。「我賞你一個深吻。」說著，修潔音把舌頭遞入真念雙的嘴裡，讓她含著狠狠地吮吸了一口，多汁的唾沫一下子彷彿被吸走了一噸，體內立時火燒火燎地乾燥起來。

「這是一，」真念雙說。「其次，那個把男人跟驢子放在一起拍成照片的人，想要表達的意圖再簡單不過：結婚吧，男人，你結的那個物件，看上去美豔無比，實際上不過是頭驢子。這不是對女性的極大嘲諷又是什麼？」

「現在的問題糟就糟在，」修潔音說。「什麼都從女權主義角度出發，什麼都從女權主義角度去看。它造成的後果就是，男人最好閉嘴不言，閉眼不看，甘心情願地當baby，任隨女人像母親一樣地去訓斥、去教導、去呵責、去體罰、去打罵、去如何如何。從一個極端的角度講，男人完全可以從這個世界上死光，因為畢竟現在女人都同性戀了，而且只要冷庫裡存放了足夠的精液，就能生生不息地繁衍萬代。懷上的如果是男嬰，就立刻處理掉。如果不慎生了下來，也要立刻處死，就像不喜歡生女孩子的中國人那樣，見女嬰就幹掉。」

「女權主義也沒有極端到那個地步，」真念雙說。「它只是要求平等而已。」

「我不想再談這個話題了，」修潔音說。「再談下去，我的雞巴就硬不起來了。女權主義興起的最大結果，就是男人陽痿。」

「寶貝，寶貝，寶貝，」真念雙說。「你什麼都可以，就是不許給我陽痿。否則我就不能happy了。」

「哪有不能happy的事，」修潔音說。「文明的發展，西方文明的發展，就是逐漸取消肉體。就像『人物』這個字一樣，把『人』和『物』緊緊黏合在一起。人不再跟人一起了，人跟物在一起。比如，當一個女人需要happy時，她完全可以通過『物』來實現。性商店裡有各種膚色、各種尺寸的陰莖，我是說假陰莖、人造陰莖，artificial penis，dildoes，這些東西隨時隨地都可以供發情的女性（哦，對不起，我又觸怒了女權主義者，不能用『發情』這兩個字來形容她們，否則聽起來好像她們是動物似的），我是說隨時隨地可以供動情的她們使用，讓她們一遍遍反反覆複地達到高潮，這在男性不可能，但在女性是完全可能並一而再再而三地得到應驗了的。」

「我不需要那些東西，」真念雙說。「我只需要一個溫暖、溫熱的肉體挨在我的身邊就行。」

「是的，就像現在，」修潔音說。「就像現在，現在就是永遠，此刻永遠不可能回來，回來就回不去了。」

「你怎麼說話總是像說詩一樣，」真念雙說。「總像發著高熱的人說的話一樣？」

「你不喜歡嗎？」

「不，喜歡。」

「之前我想說的是，兩具肉體在一起，是有代價的。」

「代價？為什麼說起代價了？」

「我就不說誰了。比如一個50幾歲的人，婚了一個年齡相差三十來歲的人，這是不是一件很美妙的事？至少從性的方面講？是的，那男的從那女的身上，什麼夢寐以求的事都可實現。事情並沒有到此結束，才剛剛開始。那男的索取了女的肉體，那女的也得索取，她要索取的，就是男的錢。那男的得給她買衣服，購房產，買車，得帶著她走遍全世界。你開她的苞，你開她的腿，好的，你就得花錢開她的眼，而開眼看起來容易，但要把打開的眼睛餵飽，卻是不比買車購房便宜的事。可以說一輩子那雙眼睛都喂不飽。」

「是這樣的，」真念雙說。「話又說回來，人家憑什麼嫁給你嘛？沒有所圖，誰願意把自己的青春貢獻給一個乾巴巴的老頭子呢？」

「如果從男權主義的角度講，」修潔音說。「你的用詞也是很不正確的。」

「是嗎？」真念雙說。「我都沒意識到。我說什麼了？」

「你說人家『乾巴巴的老頭子』，」修潔音說。「難道你不能不用這樣政治不正確的話，來形容一個年過五十的男性嗎？」

「你說男權主義，這我不太清楚是什麼意思，」真念雙說。

「在女權主義橫行霸道的今天，」修潔音說。「男性已經成為弱勢群體。你到任何法庭去看看，法律和法官總是向著女人的。男人在家裡做牛做馬，在床上做馬做牛，在外面做馬牛做牛馬，最後法庭總決戰，總要被女人拿走至少一半的財產。不看見家事法院外面，常有落勢落馬的男子，在那兒舉著標語牌，大聲鳴冤叫屈，意在引起人家注意，但沒有掉落陷阱的人，永遠都不同情，也不注意。所以，為了

保護自己，他們也聯合起來，一致對外，一致對女。」

「你也同情他們嗎？」

「不一定同情，但可能會理解。」

「好像你原來還講過這方面的故事的。」

「是呀，我聽說過很多這方面的故事。比如兩個球的故事。」

「什麼是兩個球呀？」

「那是一個暗喻。你知道暗喻是什麼吧？那是當代中國詩人最愛玩的利器和暗器。他們把詩歌當成撈金晉升之道，因此詩歌不說人話，盡說鬼話，凡是當權者、當官者、當政者愛聽的，他們都用詩行說給他們聽，唱給他們聽，他們能這麼做的一個最有效的詩歌工具，就是暗喻或隱喻，因為他們自己肚子裡的花花腸子都是曲裡拐彎慣了，所以從來不說直話，一句話從他們口中出來，總要拐七九六十四道彎，還要添加無數個暗喻的調料。」

「跟我講兩個球，別講詩歌了。現在的詩歌，無論其人名聲多大，其詩據說寫得多好，我一個字也看不進。上次有人送我一本詩集，我隨手就扔進垃圾桶了。」

「哦，對不起，寶貝，我又說岔了。」

「別道歉，我要兩個球。」

「好，好，兩個球，兩個球，就講兩個球，」修潔音說。「那你先摸摸我下面的兩個，球，毬，好嗎？」

真念雙伸出溫暖的小手，兜住了他下面的兩個球，慢慢地、緩緩地搓揉著。修潔音的陽具情不自禁地勃大起來，忘記了女權主義的思想鎮壓，再度恢復了自己的常態。他們做過愛，清潔之後，雙雙躺下來，修潔音讓真念雙枕著他的手臂，自己的嘴在離她不過一兩公分的地方，講起了兩個球的故事。

他說，曾有這樣一個人，離異很久之後，終於花開二度，到他的故土去尋訪、尋芳。不久遇人很淑（「我這是根據『遇人不淑』而自創的一個說法」，修潔音對真念雙說，那說話的方式，很像附耳低言

一樣），找到了一個比他小二十來歲的女人。據那個男的講，這女人不管不顧，奮不顧身地撲了上來，一定要跟他在一起，還不是走在一起或吃在一起，而是除了所有在一起之外，一定要睡在一起，即使他起初不肯，這種事也不是男的一見肉腥，就要吃肉，也是要為自己留條後路，暫時不肯下手的多了去了，但怎麼也抵不住誘惑，因為人家那女人天天纏著你，要跟你做一處，你說一個在你們女權主義者會斥之為老東西、老貨的男人那兒，誰能抵擋得住這種誘惑呢！所以一睡就把他睡到手了。這，就是女人打天下的本領。不靠打，而靠睡。一睡而得天下，一睡而入掌中。

修潔音繼續說，那女的速戰速決，從認識到結婚，前後不到三個月，便一睡而上床，二睡而出洋，三睡而出一子，四睡而出二子，五睡便睡出了門。原來，修潔音說，此女到了美國後，便跟男的成天吵吵鬧鬧，雞犬不寧，拿到身分之後，乾脆橫下一條心，跟男的分手了，而且生下來的兩個嬰兒，她一個都不要，要了反倒是累贅，因為不好再嫁人了。結果，那男人好可憐一個，快60的人，像一個兒童雜耍師，一手一隻球，也就是孩子，拿在手裡玩。你說要命不要命？

聽完這個故事後，雙方良久無聲，都沉入各自的心思中去了。

真念雙本來想把修潔音講的這個故事擴展成一個小說，但想想又放棄了。一是她也不一定同情那個男的，因為這婚姻最後沒成功，肯定也有他自己的問題，二是這個故事是明擺著的，用不著添油加醋地擴大化。從女權主義角度講，現在的女性，無論是白的、黑的，還是黃的，即使不信女權主義那一套，但從本性上來說，都是女權主義者。她們最厲害的武器就是一個字：走。男人不好她就走，絕不留。平時做愛什麼的都是男人硬，但輪到女人走時，那就是女人硬了。而女人一旦硬起來，要比男人硬很多，因為女人硬的是心，男人硬的是陽具。硬起來的心，要比硬起來的陽具硬很多很多都不止。

這個想法，真念雙跟修潔音也曾談起過，但修潔音不這麼認為。依他看，女的一走了之是很爽，跟尿憋急了拉開架勢就撒，一撒便滔

滔不絕，江河而下一樣爽。但她們有沒有顧及過男人的心理？她們一走了之，把孩子扔給男的，她們一走了之，把破碎的心扔給男的，她們一走了之，把財產拿走一半或者一大半，最後造成的後果就是孩子受罪。

「孩子？」真念睜大眼睛，說。「孩子怎麼了？」

修潔音以平穩的語氣，跟她講了幾個孩子受難的事實。一個被其父高高舉起，從一座幾十米高的橋上，扔到下面的水中淹死，為的是向其母出口惡氣。一個長大成人之後，居然對自己的女兒施暴，但在法庭敘述自己成長經過時，才讓人管窺了他這種暴力之源的由來。原來，他的母親生下他後就離異了，成天在家酗酒，從政府那兒領來的救濟金，幾乎全部用來喝酒，而且不停地換男友，自己孩子從早到晚只吃麵包，喝牛奶，沒有一天吃到像樣的食物。婚姻如此的破裂，當然給了女人無比的自由，想走就走，但貽害卻是無窮無盡的。

未來，真念雙想，也許真會像修潔音所描繪的那樣，未來的男人就像小媳婦一樣，姑且稱之為小男人，對女人言聽計從，唯唯諾諾，俯首貼耳地聽從女人的使喚，像小狗狗，不過，那樣的未來實在讓她提不起興趣，一個底下不硬的男人，還不如沒有的好。

因為回憶中的這一段，她又點燃了對修潔音的熱望，人不在，字還在，她想從中找到稍次於肉體，但相當於肉體的肌膚之感，無論他寫了什麼。下面這篇，就是她今天找到的。

《G弦上的詠歎調》

懂音樂的人，看了標題，就會聯想起那段美妙動聽的音樂，甚至會準確地指出，那是德國古典音樂家巴赫的作品；即便不懂音樂的人，看到「詠歎調」之類的字樣，也不難猜出我這篇小說的內容一定與某個音樂家或演奏家的故事有關。當然，他是對的。但問題不在這

兒。難就難在我不是寫小說的人，而且對音樂一竅不通，偏偏異想天開地做起小說來，寫的又是和音樂有關的事，這就難以滿足懂行的人的要求，吸引不了愛聽故事的人的興趣了。不過，不要緊，事先必須聲明，我這篇東西並不是為他們寫的，他們如果不願看，或覺得受了侮辱，因為我沒有稱他們為「親愛的讀者」，現在就可以把書放下，去看電視、打球、會朋友、聊天，或者乾脆上床睡覺，也許更有益些。

我已說過，我不是寫小說的人，現在既然興之所至，做了起來，按我的犟脾氣，不做到底也決不會甘休。

怎麼寫？這是擺在我面前的首要問題。按傳統的章法，須有主題、情節和人物。主題必須鮮明，情節必須生動，人物則要求栩栩如生，令人喜愛。主題目前還沒有；情節是有一些，但我的記憶力太差，構思又不精巧，無法把它們串接成一個完整的故事；人物倒是有一個，還是個真人，不過，按要求是，不要寫太真的人，一是寫得太真就不成其為小說，而成了報告文學之類；二是據說只有虛構，而且虛構得合情合理的故事才具有真實感，相反，將現實生活中的真人真事毫釐不差、纖發畢露地描述出來，反而失去了真實感，還有自然主義傾向之嫌；三是寫真人的高尚的一面猶可，若披露其邪惡的一面，哪怕只三言兩語，也會招來軒然大波，甚至危及作者人身安全，我何苦為之呢？因此，為了保險起見，我將人物的真名隱去，僅以一個拼音字母G來代替，這樣就不影響任何人的名譽了。

怎麼寫呢？這個問題的再度提起不是偶然的。非常不幸的是，正當我醞釀好了我的主題，那是要反映一個小提琴家兼作曲家如何在藝術的道路上百折不饒、鍥而不捨，歷盡千辛萬苦、千難萬險，不斷探索、勇於創新的藝術精神，杜撰好了我的情節，如該小提琴家如何參加音樂學院考試獲得第一名，卻不幸被有權有勢有路子的人擠掉，他又如何在深夜痛哭流涕，撫琴長歎，又如何在絕望中受了一位熱愛音樂的姑娘鼓勵，並為她的愛情所感動，重新燃起希望之火，充滿了信

心和力量，創作出一首又一首為大眾喜愛的優美歌曲，演奏技巧也日趨嫻熟，終於在第若干屆全國音樂會上獲頭獎，從此名揚四海，譽滿天下，過著非常美滿的幸福生活，並準備將我的人物——G先生放到這些情節中去，讓他活動起來，我遇到了一個麻煩。因為就在這時，我連續看了幾篇介紹西方現代派創作手法的文章以及現代派作家的作品，加上以前的道聽塗說和一知半解，我不覺動搖了。我問自己，按傳統的寫法行嗎？現代派告訴我們，過去的小說及其他文學樣式注重的是人物的外部描寫如衣著、說話方式、相貌、性格特徵，單純追求情節取勝，以此吸引讀者，並以說教的方式向人們宣講某種理論或真理。這些，現代派認為是皮相的現實主義。當今的小說要描寫的是內部的人，是那個外人看不見，但本人無時不刻不感到其存在的內心的人，即所謂的心理現實主義吧。時間並不像日曆那樣整齊劃一，過去就是過去，現在就是現在，將來就是將來，不容混淆。它在人腦中並非如此，而像一條河流，三個概念全部融匯在一起，在某一瞬間，你生活在**現在**，但你的全部意識卻活動在**過去**或**將來**之中，但很快，你又意識到你所生活的**現在**。主人公再不是過去那種令人肅然起敬，極力仿效的英雄，而是猥猥瑣瑣、庸庸碌碌的俗人，即所謂的anti-hero，反英雄。無主題即主題。這一切使我的思想產生了極大的混亂，原訂的構思計畫竟無法實施了。

怎麼寫呢？要回答這個問題，首先必須確定上述兩種現實究竟哪一個更正確。我花了三天三夜的功夫考慮，小說也不寫了，得出的結論是：都正確或都不錯。當然，要搞起政治運動來，我會第一個發言說，咱們的傳統觀念是對的，不過，那是另一回事。既然都對，那寫的時候兩種觀點都得遵循。問題可就來了。如果我想明確地揭示主題，現代派就會說，你這是說教，作品的意義應由讀者體會，仁者見仁，智者見智，不應強加。如果我要塑造那種高大完美的音樂家形象，現代派又會說了，這種人物是偽造的，現實生活中並沒有，應該寫反英雄。如果我想採取倒敘或順敘的方法一件件講述G先生一生所

經歷的事情，現代派就會指責，你這是皮相的、膚淺的，不符合人物的心理狀態。於是乎，怪事出現了。我一提筆寫作，桌邊就出現了兩個幽靈，一個穿中山服，風紀扣扣得人透不過氣來，另一個穿西服，眼神陰鬱得令人發瘋。他們各自用雙手握住我的筆桿上端，一會兒扳過來，一會兒又扳過去，每一邊都要我為他說話。結果我什麼都做不成了，就由著他倆在那兒爭鬥，寫成了下面這樣一篇東西。

G先生是我中學同學，他中等個子，長得很結實，性格內向，很喜愛玩樂器，特別擅長小提琴。

「告訴你，只要我指頭一顫，琴弓一抖，姑娘們就會圍攏來，誰長得最美我就盯住誰的眼睛不放，一面忘情地拉著，剎那間，音符像一顆顆子彈，彈無虛發地射進姑娘心中，而旋律則猶如一張網，乖乖地將她網得一動不動了，到目前為止，還沒有誰聽了我的音樂不——」

他練琴可用功了。記得那時他住在一間小房子裡，房子地面比走廊矮很多，窗戶則很高，手都夠不著，白天光線都很暗，像一座牢房，他整天把自己關在裡面，拉各種練習曲，以及世界名曲，其中他最愛拉的是「G弦上的詠歎調」。

生活給予了我什麼我奮鬥給予了我什麼家還有孩子灰塵老婆蒙了厚厚一層有什麼意義你聽這曲子怎麼樣我在山頂上作的我想表達強烈的情緒你聽這幾個三連音猶如機關槍的連發毫無意義生活我恨透了欺騙

他很有天賦，而且演奏得也很好。於是，他去參加了音樂學院的考試。

「老子才不怕那人。老子走攏去，當面就給他一拳，他也給我一下，被我用手擋回去了。跟著老子又是一下，那傢伙看我出手不凡，而且滿口城裡話，嚇得不敢還手，灰溜溜地走了，他比老子高半個頭呢！」

考試那天，他拉的就是「G弦上的詠歎調」，我也在場。那真是

美極了。監考的一位老教授微微眯縫起眼睛，似乎沉浸在久遠的回憶之中，臉上浮現出一種極度幸福的表情，一曲終了，我看見他睫毛上有兩滴淚珠似的東西在燈光的照耀下閃閃發光。

應該怎樣嗎？雙手捧住陰莖，往這兒插。對的。就是這樣。再給我講一遍好嗎？求求。好，我出煙錢。那姑娘進了房？結果呢？你何必呢？再講細點，是不是脫光了？真的！

教授連聲讚歎，走到他面前，拿起他的手看。那雙手的手指並不如職業提琴家那樣修長纖細，卻顯得較短粗，但它們富有彈性和活力，每個指頭都看得出被琴弦磨出的圓繭。

「這種姑娘我不要。你沒考慮下一代呀！要是母親是個搞機械的，那孩子的大腦也肯定機械得很。必須找個能歌善舞的女人，手指得修長，身材得苗條，這樣，生出的兒子姑娘都是良種。良種！你知道這個詞的含意嗎？」

他得意極了。家裡已答應過他，只要考取了，就把舊琴丟掉，再給他買一把嶄新的義大利小提琴，這正是他夢寐以求的珍寶。他盼哪，盼，為了自己的光輝前途而激動得難以入睡，就盼著通知的到來。五天過去了，十天過去了，一個月過去了，接著又是一個月，仍然沒有消息來。大人都急了，不斷催他到省城去一趟，他不急，因為他確信，像自己這樣有天賦的人決不可能落選。結果──

她今年一歲半。起了個名字叫「青靜」，這你知道，是清靜無為之意。不想幹了。我難道不如別人？我奮鬥得還不苦？怎麼樣呢？

寫到這兒，我的筆被折斷了。我把兩截破筆往旁邊一扔，歎口氣，心想，明天再繼續寫下去吧，但願兩個幽靈別再來打擾。

***　***　***　***　***

這樣一來，心情好了很多，但她就突然想起了那個問題。那是當他講完後，她接著問的一個問題，不知怎麼就忘掉了，可剛把這篇文

字找出來，問題就冒了出來。

她問：「為什麼你說的這些人，總是男的五十多歲，女的小他們二三十歲呢？」

修潔音說：「人生最大的平衡就在這裡。這也是最有意思的地方。一個二十五歲的人，跟另一個也是二十五歲的人在一起，那算什麼？那有意思嗎？年齡相差越大，也就越有意思，最好相差到天地之別，那才最有意思。沒看見天掉在水中，跟水溶在一起的狀態嗎？你能分清那是天，還是水，是水天，還是天水嗎？一大一小，一老一少，這樣的結合才完美無缺。最智慧與最青春，最醜陋與最美貌，最富有與最貧賤，最年老與最年幼，等等等等，這樣一些極端之合，才是天作之合、天地之合啊。」

「你總是這麼哲學，」真念雙說。

「是的，我是一個不是什麼的什麼。」

「這是什麼呀什麼？」

「我是不是攝影師的攝影師，不是小說家的小說家，不是哲學家的哲學家，不是什麼的什麼，說什麼，什麼都不是，說不是什麼，什麼都是。」

「這難道不是一種人生至境嗎？」

「不是人生至境的至境，不是人的人。」

「哈哈，你又來了。」

「來，來，你不覺得這是個很奇特的詞嗎？我們做愛做到最後，男的要射精時（這裡我要停頓一下，因為你知道，人們總說英國十九世紀維多利亞時期偽君子假道學，把一些諸如哈代這樣的作家的作品打到底層，暗無天日的地步，逼得他在發表《無名的裘德》之後，便自我毀滅，偃旗息鼓，轉而寫詩，自尋末路了，但實際上二十一世紀的中國，跟一兩百年前的英國維多利亞時期，在偽君子和假道學方面，是等量齊觀，旗鼓相當的。還有，Gissing的那本傑作*New Grub Street*，背景就是倫敦的Grub Street，在他那個時代，那條街上到處都

是出版商、書店、妓院，滿街都是站街女。可你知道不知道，他那本書雖然寫得好，卻連妓女這個字都沒觸及。你想想，他同時代的作家，是不是會因此而嘲笑他膽小呢？這就好像寫一本關於澳大利亞悉尼國王十字街的長篇小說，通篇卻提都不提那鱗次櫛比的人肉店一樣！比如，你要是用「射精」這個詞，編輯這種當代的太監——中國像這樣的太監有多少啊！——肯定要給你刪去。我認識的一個詩人，寫了一首詩，叫《我的家在黃州，我的家在墨爾本》，其中的第二闋，因為有「手淫」二字，竟然在出書時被刪掉了。」

「你老是講一個什麼事時，會跑到另一件事情上去，不過，我還是挺喜歡這種風格的，只是老需要提醒你，回到正題上來。」

「正題？哦，想起來了，我要說的是這個『來』字。我們射精時，我是說漢人射精時，有時會興奮得大叫：我要來了，我要來了，來了，哦，哦，來了！我不知道別人射精時，是不是會大叫：我要射了！但根據我自己本人的體驗，也根據你自己的體驗，這個到時可以請你來告訴我，我每次達到高潮，總是要用『來』這個字的。」

「你對文字真是敏感到肉裡去了，不，我是說敏感到骨髓裡去了，」真念雙說。

「不，我只是敏感到文字裡去了，」修潔音說。「英文在這個字上，跟漢語是異曲同工，異工同曲，異什麼同什麼的，但英文比漢語更過硬，因為英文的來，不僅是動詞，例如，『I'm coming。』（我要來了）而且是名詞，指射出來的東西。如某某把『come』（射出來的東西）含在嘴裡吞下去了。甚至還生出許多該詞的變種，如『cum』，等。我喜歡文字的這種靈活，因為它能得之於靈感，並活起來。」

「下次，寶貝，我還要你的come，」真念雙說。

「漢語不行，」修潔音說。「到現在這個『來』字，還沒有允許去參與它本應參與的各種文字活動。這是因為這個民族留存在世界上的時間太久，已經失去了創造的活力和動力。只要苟延殘喘地活下去就行，所以，你只要看看這個民族的人的嘴巴和牙齒，就會發現一個

很奇特的現象。」

「什麼現象？」真念雙說。「我不太同意你對我們這個民族的看法。」

「你瞧，」修潔音說。「我還沒有談我的看法，你就採取了以守為攻的姿勢和姿態，一副弱不禁風的樣子。一個民族如果那麼害怕批評，那它還有任何指望嗎？自己身體到處都是疾病，卻害怕醫生給自己對症下藥，因為有些藥很苦，有些藥很痛，還有些藥下了後，是可能致命的，於是就諱疾忌醫，乾脆自我滿足地苟延殘喘下去，自欺欺人地以為，反正已經持續了5000多年，再病快快地持續5000多年，也是輕而易舉的事。」

「不跟你說了，不跟你說了，」真念雙說。「你這張嘴太能講了。」

「那就允許我用我下面的槍來發言吧，」修潔音說。

「我是女權主義者，對那杆槍，永遠採取繳槍不殺的態度，」真念雙說。

「我舉手投降，舉手投槍，你看怎麼樣？」

不消說，他們的這次哲學談話，最後又以一場轟轟烈烈的做愛收場，其中細節，就容我不去細述了，總之是好一個「來」字了得。

完事後，他們談起了牙齒。修潔音認為，一個民族如果以食為天，那就是把生命看得重於一切，把生命的延續看得重於一切。一切的一切都是圍繞著吃而旋轉的。他說先不說人，先說雞。那些雞在草地上或場院上走來走去，從不仰頭看天，從來都是低著腦袋看來看去地覓食吃。再說那些魚，無論在深水還是在淺水，張口閉口地好像在飲水，其實也是在覓食。如果不覓食，怎麼可能會被釣上來呢？林中的鳥，山中的獸，草原上的牛和羊，無不時時刻刻地在覓食，這是它們從生到死唯一最重要的活動，除了睡覺和生育之外。在這一點上，以食為天的民族，跟動物沒有本質上的差別。你看看他們的牙齒，像西方人那樣又細又密的很少，都是又白又大，而且整齊的不多。獸牙

就是又白又大的。你再看他們的嘴巴，或者說你再看我的嘴巴，因為我就是這個人種中的一員，是不是因為吃得太多，太愛吃而稍微有些變形？稍微過於發達？

「你能否引證某個哲學家或思想家的話來形容一下？」

「對我來說，是沒有哲學家或思想家可以引用的，因為我在談到某件事時，首先想到的不是某個哲學家或思想家的話，那樣一來，我等於沒有自己的觀察和思想或想法了。我從來都是從自身出發，根據自己的體驗，想自己所想，言自己所言。你有沒有發現，很多人一上來就愛引用名人名言，似乎該人很有頭腦，很有思想，很有見地，但引用之後再說的話，幾乎通篇都是空洞言辭，你知道這是為什麼嗎？」

「為什麼？」

「女人出門為什麼要化妝？有人以為，那是為了尊重世人，也是為了尊重自己。好嘛，說得好像很是那麼回事樣的。這只是其中的一部分原因。如果女人本身天資姣好，是用不著化妝的，顏值很高，素顏即可。大部分化妝的主要理由，不外乎遮醜，就這麼簡單。引用名人名言也是如此，也是為了遮醜，遮知識不足，思想貧乏，腦值不足之醜。所謂腦值，跟顏值一樣，就是該人腦含量的價值。一般人的腦值都相當貧乏，所以就去引用這個那個的話來為自己喬裝打扮，無論懂了還是不懂。」

「你懂了嗎？」

「問得好。這也是我一向問我自己的問題。比如說，我買了不少理論家和哲學家的著作，如福柯、德里達、霍米巴巴、海德格、讓・鮑德里亞等，也都看了，但幾乎沒有一個看得下去，沒有一個人看得進去。我承認我無知，我也安於無知，並不想全身上下披掛哲學家的名言，把自己武裝起來。無知，我想，就是我最強大的武器，它意味著我不必用別人的眼睛來觀察世界，我不必用別人的大腦來思想世界，我也不必用別人的語言來描述世界。這一切，都可以用我自己的

來做到。我們的差別無非在於，他們的東西讓他們出了名，被寫入了歷史，被一而再再而三地再版，被人在學院流通傳播，而我的東西無人知道。這有什麼關係呢？這絲毫不影響我一天天地活下去，繼續用長在我自己身上的大腦思索、眼睛觀察，等等等等。」

「我能不能說一點不同的意見？」

「當然能。你的存在，就是證明不同。否則，我只不過是在跟我自己對話罷了。」

「按你這樣說，一個沒有上過學，讀過書的鄉村大爺，也可以這麼做，他的無知可能勝過任何人，對不？」

「對，也不對。我所說的無知，是有知的無知，跟那個沒上過學，也從來不看書的人，是有著本質的不同的。例如，我上過學，我還天天看書，看各種各樣的書，包括英語書，有哲學、文學、科學、藝術、音樂、詩歌等等方面的書。但這並不等於，我在看書的同時，把自己也變成書。不，恰恰相反，我在不斷以知識結構知識的同時也解構知識，我永遠在淺出的同時也在深入，我建造知識的大廈，同時又親手把這座大廈毀滅。我喜歡這其中的愉悅和快樂。」

那一次談話後來沒有進行下去，一來因為真念雙有不同意見，二來也覺得這樣的話題，已經超出了她慣性思維的領域，是她一下子難以接受，也難以勝任的。現在修潔音已經故世，再去思考這樣的問題，她覺得難以為繼，還是不如親耳聆聽他滔滔不絕的好，哪怕聽不懂，哪怕有意見，也是一種最好的交流。一切虛擬的東西，比如微信那種交流，一人拿起來說一段話，另一人過會兒打開聽，再說段話，這人然後拿起來聽，這種方式，除非逼著自己習慣，否則真的是難以習慣的，總不如嘴巴對著耳朵說，嘴巴對著嘴巴說。「再過多少年，」她想起修潔音的話來。「做愛還是面對面的好，就像喝水是用嘴，不是用吸管注射進身體一樣。」

這段對話，發生在修潔音決定只看詩歌之前，後來，他停看了所有其他的書籍，哪怕花錢買來的成箱成箱的書他都不看，也不看中國

詩人寫的詩，而只看兩樣詩：英文寫的原創詩，不管哪個國家的，以及從其他語言譯成英文的詩，比如那本譯自東歐的詩集。

他們一同看那本詩集，是在葡萄牙的辛德拉，一個十分美麗的海邊小鎮。這一次，他們又採取了另外一種不同的玩法。由真念雙隨便翻書，翻到哪一首，就用英文念哪一首，然後由修潔音隨口譯成中文。

真念雙這天穿著一身潔白的長裙和一雙黑色的涼鞋，戴著一副棕色的眼鏡。她這身打扮，引來了不少路人的關注。修潔音穿得很散淡，T恤、短褲、涼鞋，一副隨隨便便，不拘一格的樣子。他們在面對大海的一張花園長椅上坐下。真念雙拿起那本厚書，閉上眼睛，伸出塗黑指甲的細長手指，嘩嘩嘩流水般地響動著，把書翻了一翻，但並沒有停在任何頁面。隨後又嘩嘩嘩地一響，翻了一遍，雪白的左手大拇指突然在某處停下來，閃電一般插進了頁面中。「就這兒了，」她說。

修潔音把頭伸過去一看，她拇指下按著一個字。他讓她移開，一看，原來是「Silences」一字，便說：該你讀了！說著就把目光移到遠處的海面上。那兒碧波萬頃，陽光瀲灩。偶有小舟浮雲一般漂過。她念道：

Silences

    Lips.

Eyes behind your neck.

Closed briefcases.

Vase (what's in the vase)

(what's in the neighbor's

Vase)──that is the question.

Conversation on the bus, over

attentive heads:

"In Nyasa it rains throughout the fall."

Meaningful glances.

        Telephone.

The telephone's monolithic silence.

Dogs' eyes alone.

The Laokoon group.

Crying in the evening park

The space for sails (it could

be: a battleship)

ocean, the uncleavable.

Ten thirty. Too late to

call anybody.[15]

「很好，很好，」修潔音一邊聽，一邊贊，特別喜歡結尾那種不事張揚的風格。

「該你了，」真念雙說著，在他右臉頰上吻了一下，吻的聲音很響，竟然引得一個路人回頭望了一眼。

修潔音把書拿過來，開始逐字逐句地翻譯起來：

《沉默》

    嘴唇。

你脖子後的眼睛。

合上的公事包。

花瓶（花瓶裡有什麼）

（鄰居花瓶裡有

---

[15] 引自 Agnes Gergely, 'Silences', *Contemporary East European Poetry: An Anthology* (expanded edition), ed. by Emery George. Oxford University Press, 1993 [1983], pp. 274-5.

什麼）──這就是問題之所在。

巴士上的交談，過於

注意的頭顱。

　　　　電話。

電話鐵板一塊的沉默。

只有狗眼。

拉奧孔小組。

在暮色的公園哭泣

船帆的空間（可能

是：一座戰艦）

海洋，無法劈開的一切。

十點半。給任何人打電話

都嫌太晚。

「什麼叫『海洋，無法劈開的一切』？」真念雙說。

「哦，」修潔音說。「那呀，就是無法被人愛的人。」

兩人的眼睛盯看著大海。太陽在綠樹中煥發著金光。樹葉的影子隨風飄動，裡面有鳥的叫聲。葡萄牙這個小國，處處都是現代和遺址，輝煌和沒落，記憶和空間。如果有可能，他倆會在這兒打發餘生。這樣一種虛擬語氣的生活方式，倒是後來他常常提起，但知道不會發生的。

她找來一本修潔音在世時，曾發表了他一篇小說的雜誌，那雜誌名叫《留白》，是一個隻出了一期就停刊的海外雜誌。這種文學雜誌像遍地野花一樣，眨眼開得茂盛，轉眼便凋謝不見。她給自己沖了一杯咖啡，便細細地查閱起他那篇文字來：

《抉擇》（1）

一

兩份通知書放在他的桌上。一份是北京大學外語系英語語言文學研究生錄取通知書，一份是本單位提拔他為外事處副處長的任命書。兩份通知並排放在一起，似乎你不服我，我不服你，互相都有理由看不起自己的對方。

雷切陷入了深深的苦惱之中……

前天上午，多年不見的中學同學李明來辦公室找他，想和他談談調動的事，李明是市旅遊局的副局長，目前專門抓招聘翻譯的工作，當他從另一個同學口中得知雷切的工作位址，並知道他是一個很不錯的口譯而且又不大安心時，便抽了一個上午的時間，趕來看有沒有可能說服他到自己單位來工作。

「小雷，聽人說，你這幾年搞得挺不錯吧。」

「談不上。反正口譯嘛，老跟在外國人屁股後面轉，意思不大。」

「一個月多少工資？有獎金嗎？」

「獎金每月六塊，工資按大學畢業的拿，都差不多，哎，聽說你現在平步青雲，官運亨通了吧。你倒是挺有辦法的。」

「沒什麼，不過一個破副處長罷了，不值一提。」

「你們單位福利不錯的，聽說陪遊客到商店裡轉悠一下，光回扣一天也可以搞它幾十塊，是不是這樣呀？」

「這種事過去是有，現在卡得緊了，要杜絕這種現象。不過，就不算回扣，我們獎金還比較多，每月總有二、三十塊，再加上遊客少不了要送這送那，所以還算可以。你瞧，我身上穿的這件西服和腳上的皮鞋，連同這件黃汗衫，沒有一件不是外賓送的。」

「怎麼，你們不交公嗎？」

「這種東西用不著交公，太小了。除非是照相機、答錄機之類的

東西。」

「哎，我們這兒的外賓不是遊客，都是來工作的工程師，從來不送禮物，連張照片都捨不得替你照，碰到個別慷慨的，能送你一枝筆就算不錯的了。」

「那到我們這邊來工作怎麼樣？喔，小聲點，別讓人家知道，你只告訴我，你想不想在這兒長期呆下去？」

「肯定不想。如果你們那兒真要人，我倒是想去試試。」

「像你這樣高水準的口譯，打著燈籠都難找，用不著試，只要你願意過來，我敢打包票。」

「對不起，」收發的小林走過來，對雷切說。「這兒有你一封信。」

雷切用顫抖的手拆開印有「北大研究生招生辦公室」字樣的信封，首先映入眼簾的第一行字是：雷切同志，你已被錄取為我校英語語言文學專業的研究生。

「給我看看，」李明接過通知書。「真沒想到！太棒了！我還以為──你什麼時候考研究生的，我怎麼一點也不知道呀？」

「不過隨便考考而已，誰知道真會錄取呢。去年落選那件事，你是知道的，今年我誰也沒有告訴。」

「祝賀你！嗨，你太幸運了。」

「我幸運？你說到哪兒去了！我比你大三歲，今年已是而立之年，還一事無成，可你已是身居要職、年輕有為的副局長了。我有什麼值得慶賀得嘞。」

「你別笑我了，跟你說句實話，我要是有你這樣的機會去上學，早就不當這狗屁局長了。」

「怎麼呢？」

「別提了，一言難盡，」李明開始傾吐起當副局長的苦衷來。「每天都像個活菩薩似的，坐在辦公室裡，不是批條子，就是簽報銷單，再就是看檔。文件這東西，看一兩遍就夠了，可其他幾個副的整

天就坐在那兒，翻來覆去地看文件，搞得我想看點與業務有關的書籍
也不可能。晚上很少有閒空，得陪著頭頭腦腦們開宴會，一個星期總
有兩三回，不想去也不得不硬著頭皮去，膩味透了，還得學著寒暄，
裝出笑臉，一而再、再而三地重複講著那些不知說過多少遍的套語，
你說，我這官有什麼可當的嗎？而且，我這當頭頭的哪兒都去不了，
眼看下面的翻譯這個出國到美國，那個出國到西德，我卻無能為力，
怕別人說閒話，罵你以權謀私呀！我寧願當個翻譯，人要自由自在得
多。」

　　送走李明之後，雷切又把通知內容仔細看了一遍。通知要求他於
九月一號到校，除了帶上糧油戶口的關係及一切生活必需用品以外，
還要帶大學所獲學位證書。他把通知正文和注意事項隨便迭成一堆，
塞進信封，往抽屜裡一扔，然後點燃一枝香煙，抽了起來。

二

好像有意挑他似的，任命書下午一上班就發來了。大家都來向他道
喜，祝賀他雙喜臨門，他卻像木頭人一樣呆坐不動，嘴裡哼哼哈哈地
應付著，心裡都巴不得那些人趕快離開他，讓他一個人安靜地呆一
會兒。

　　面前攤開一份譯稿，等著他校對。他緊盯著dilemma這個詞，絞
盡腦汁思索它的含義，腦子裡卻是一片空白，怎麼也想不出它是什麼
意思，翻了兩回字典，可一合上書，詞的含義就從腦子裡消失，快得
就像從水從篩子裡漏掉一樣。他把字典和譯稿往旁邊一推，站起身
來，徑直走進處長辦公室。

　　「你好，小雷，」處長放下手中的信件。「有什麼事嗎？」

　　「我想請兩天假回老家，我有點不舒服。」

　　「任命書看了嗎？」

　　「看了。」

「是去是留，你要趕快作出決定呀。」處長笑著對他說。「三天之內，給我答覆。」

「我後天下午回來，」說完，他就離開了辦公室。

回到離W城八十公里的他的家鄉小鎮，正是黃昏時分。

推開家門，一家人正在吃飯。

「回來了，」爸爸說。

「嗯。」

「還沒吃吧？」媽媽問道。

「沒有，」他說著，在桌邊坐下。

吃過晚飯，弟弟先走了，說是到同學家去。媽媽悄悄告訴他，弟弟剛談了一個女朋友，正熱戀著吶。媽媽打開電視，爸爸則把他叫到裡屋。

「通知來了？」

「來了。」

爸爸半晌不語，最後問道：「你決定去了嗎？」

「還沒有，你的意思呢？」

「我的意思是你最好不要去讀什麼研究生了。無論往哪個方面講，你現在去讀研究生都不合適。你在單位幹的這幾年，工作表現挺不錯，已經是首席翻譯了，把這麼好的前途放下，去讀書，一讀就是三年，將來又要面臨分配問題，不知又把你分到哪個角落，這是一；你今年三十一歲，正是幹事的年齡，家裡有老婆孩子，你在家妻子還有個幫手，你若走了，孩子誰帶？這是個大問題。孩子要從現在著手教起，不然，到以後再意識到這點就太遲了，這是二；讀研究生並不比幹別的事強，無非多個碩士文憑，三年工資只拿百分之九十，而且不算工齡，可以說連一個電大生，甚至職大生都不如。咱們這個社會，知識份子的地位總是可憐得很，儘管報紙上說得漂亮。比如說我，給他們辛苦工作了幾十年，加工資提拔沒我的份，評定高級職稱沒我的份，分房沒我的份，倒是一些能力很差的人都爬上去，當了我

的上司，指揮我幹這幹那，你母親形容我形容得好，她說我是個『夜
壺』，用的時候提過來，用過了便往旁邊一摔。一句話管總，知識份
子不過是聽憑政治官僚擺弄的工具而已。何況你學的是文學，就更不
值得。這三十年所發生的一切，難道還沒有使你清醒過來？文人的價
值連科技人員的一半都不到。科技人員儘管被當作工具使用，起碼他
在自己的專業範圍內有較大的自由，可文人是什麼賤東西！全都毫無
例外地昧著良心說假話。他們的自由是什麼？是牛鼻子上的繩子，其
長短隨放牛人的意志而改變。即便有一兩個人敢於用作品揭露醜惡的
現實，敢於偶爾說一兩句真話，直話，這樣的人哪個不在背後受到當
官的指責，甚至威脅呢？中國的氣候和土壤不適於科學和藝術，在中
國只有一條出路，那就是當官。當了官，掌了權，就一切都來了。有
職務工資，要加級，房子趕大的、好的挑，出門坐小車，便宜的俏貨
不要自己去買，別人送上門來，而且一當上官，只要不出錯，一當就
是六十歲，就算犯了錯誤，也不過調個單位，照樣當他的官，如今當
官的，沒有幾個是好人。我知道你討厭這種現象，想去讀書，可你別
錯以為，大學是個世外桃源。你知道劉曉最近發生的事嗎？」

「劉曉？他不是弟弟的同班同學，前年讀的研究生，今年畢業
嗎？他怎麼了？」

「怎麼了？瘋了！你別吃驚，等我給你講了他的故事後你就全
明白。他天資聰穎，反應快，他的數學也是那個研究所裡數一數二
的，就是性格耿直，脾氣急躁些，但學術上沒人比得過他。他去讀書
不久，就發現好像所裡不管誰都和他敵對似的，他找別的教授或老師
請教，常常碰壁，人家不是冷言冷語地諷刺他，便是托詞有事，根本
不予理睬。連下面圖書館的工作人員都存心和他過不去，他想借的資
料，即使有，也不借給他。後來他通過反覆瞭解，才弄清楚，原來所
裡有幾個副研究員要升正的時候，由於學術水準尚欠缺，被他的導師
卡了，這些人便連同其他一些嫉賢妒能的人一起，暗地給他掣肘，製
造困難。他們看到教授現在已經六十幾歲的人，當不了幾年的正教

授，知道他目前的唯一願望是把這個才華出眾的年輕人培養出來，也算自己的一項科研成果，便不遺餘力，想盡一切辦法使他這個願望化為泡影。最後，他在和許多人頂撞了之後，由於終日生活在緊張不安的勾心鬥角之中，得了精神分裂症，休學了。昨天他還來找過弟弟。他說他再也不去讀了，他寧願在家當個普通工人，比什麼都強。」

第二天上午，他去車站買票。媽問：「這麼急幹嗎？多住幾天再走呀。」他說，「不行，家裡還有點事，孩子近兩天身體不大好。」便買票回了W城。

三

「你昨晚上到哪兒去了？」妻子問。「等都快等了你一夜。」

「回家了。」

「幹嗎不打一個電話呢？」

「打了，不通，」他抱起剛滿周歲的彬彬，對他說。「小彬彬，今年春節和爸爸去北京過年囉。」

「還到北京過年！你心裡哪有孩子，哪裡有家喲。」

「怎麼沒有，你看，我這包裡還給彬彬一架小玩具飛機呢。」說著，便和彬彬在地上起勁地玩起飛機來。

「行了，行了，彬彬要洗澡了。你通知來了，什麼時候走呀？」

「下下個月。」他拿起一本叔本華的 *The Will to Live*。

「你好像還沒決定走似的，是嗎？」

「這，你怎麼知道？」

「瞧你進門那副眉頭緊皺，沒有笑容的樣子，我就差不多猜到是怎麼回事了。其實，不去也有不去的好處。」

「怎麼呢？」

「你看，咱們這兒不久就要分房子，分好了房子，再添置幾個大件，咱們一家三個和和美美地過日子，該有多好，讀研究生真苦，聽

人說，三個人擠一間小房子，伙食又差，有什麼好！」

「你是聽我告訴你的。」

「就算是吧，反正，你不為我，也該為彬彬著想。這孩子可聰明了，又活潑可愛，教他唱歌，幾遍就熟了，你也不是不記得，前些時教他背『床前明月光』和『春眠不覺曉』兩首詩，只教三遍他就熟了，你一走，這孩子就差多了，沒人教他，你說呢？」

「再說吧。」

等妻子和彬彬都上了床，他點燃一枝煙，悄悄走出門，來到星光燦爛的夜空下。

他需要對一切深思熟慮一番，最主要的是，他需要權衡利弊，作出選擇。現在，他走在一條通往田野的小道，沙和石子在他腳下滾動，發出沙沙聲，身邊密密匝匝的荷田，偶爾傳來一兩聲蛙鳴，遠處的燈光，把一些淡淡的黃色投在水面上，當然沒有風，但從暗藍色的夜空裡，可以感覺到一股股沁人心脾的涼氣，大自然進入了沉睡，樹葉不動，只有星星在眨巴著眼睛。此時此刻，他的心情逐漸平靜下來，除了感到這是一個美好的夜晚以外，沒有更多的思想。一些模糊的回憶湧上心頭，夾雜著一些淡淡的憂愁或快樂，又倏然消失得無影無蹤。驀然，他感到一種悵然若失的感覺襲上心頭。這時，他正站在一座長堤上，腳下河水在緩緩地流動，河那邊的樹影和村莊全都沉浸在黑暗之中，夜空像一頂其大無比的頭盔罩在河流、樹叢、丘陵和曠野之上。這地方以前他來過無數次，但沒有一次使他產生今天這樣強烈的感覺，他曾在春暖花開的季節裡經常來到這兒，坐在河岸灘頭盛開的藍色風信子叢中，沐浴著溫煦的陽光，時而眺望籠罩在遠處河面上的一層薄霧，時而觀察近處吃草的牛羊，又不時低頭在筆記本裡記下幾句詩。那些詩寄往各個雜誌社，不僅沒有一首被用，而且很少退還。整整兩年當中，無論是在酷暑還是在嚴冬，他的小房中夜夜都亮著燈光，直到夜深。他發憤地翻譯著詩歌、小說，寫著詩歌，終於，在三十歲的那個淒涼、慘澹的生日，他絕望了。他在一陣酒後的狂怒

中，把所有退稿信、詩稿和譯稿付之一炬，甚至連一個作家給他寫的
信也燒掉了。他不相信任何人，他痛恨這個世界，一切都彷彿蓄意地
與他作對。他好像是一個半截身子陷進泥淖的人，他拚命掙扎，老想
擺脫困境，卻總有一隻無形的手壓在他的頭上，眼看全身就要掙扎出
來，那只手冷不防壓下來，就又陷了下去，而且陷得比前一次更深。
這是怎麼回事，他問自己，為什麼自己想得到的無論怎樣努力也得不
到？他百思不得其解，哭了一場之後（這在他是很少有的），他發誓
對一切採取一種聽其自然、逆來順受的態度。奇怪的是，命運似乎改
變了從前那種惡意嘲弄的態度，變得溫和友好起來。他感到心境平靜
得多，看事看人時的眼光也容忍得多，反過來，他也得到了回報。由
於他工作努力，成績出色，很快便升為首席翻譯，每次接待專家代表
團，他都受到交口稱讚，誇他講一口流利的英語，技術業務熟，他報
考研究生，也並不怎麼複習，只抽了一個星期的空，把去年作的筆記
翻了翻。如果把一年三百六十五夜都花在複習上面而名落孫山，一無
所獲，那還不如只花六、七個晚上複習一下，然後無牽無掛，從容不
迫地上考場考試強。因為真正好的考試，靠複習是應付不了的。沒有
深刻理解，真正掌握的東西，即使死記硬背到滾瓜爛熟，到頭來應付
了考試，還是要被忘記，而學得扎實的知識，不靠記憶，已經深入到
骨髓，隨時隨地都可以派上用場。就這樣，他竟然毫不費力地通過了
考試，接踵而來的是處長的任命書。他並不是一個書呆子，不知道這
意味著什麼。可是從他內心深處來講，他仍舊是個有些書呆子氣的理
想主義者。他想，要是有朝一日讓我掌權，我一定要把才能施展起
來，好好讓他們看一看。現在這個外事處，當領導的只有一個懂外
文，其他的連「How are you」和「How do you do?」的含義和用法都講
不清楚，更不說下面的工作人員了，他們不是通過這個路子就是那個
後門塞進來，進來以後又不能幹事，需要人時比如翻譯或英文打字，
還得從外單位借用，而且現在又塞進了十幾個人，聽說又是些只吃飯
不幹事的活人。我要是當了處長，他想，第一件事就是實行公開招

聘，把能辦事的請進來，不能辦事的飯桶請出去，管他是哪個領導的兒子還是姑娘。

「如果你這樣做，」一個跟他很要好的同事說。「那你的烏紗帽就戴不長了。」

「為什麼呢？我這樣做沒有錯呀。」

「是沒錯，不過，比如說，你辭退的那個人剛好是單位一號頭頭的舅侄或姨侄或什麼的，你叫你上司的臉往哪兒擱呀。你的任命還是他通過的呢。他的話在這個單位就是法律，他掌握著生殺予奪的大權，幾時看你不順眼就撤你的職，罷你的官，更何況你竟敢首先在他太歲頭上動土，他就更不會輕饒你了。」

「大不了還是當我的小口譯唄。」

「跟你說句實話，不是我瞧不起口譯，實在是這項工作太苦太累，又不受人尊敬，而且相當受年齡的限制，你現在剛剛三十歲，正是精力旺盛、才華橫溢的時候，人家話剛落地，你就劈裡啪啦一口氣過來了，可等你過了四十，你就沒這麼記憶好，反應快了，到那時，你過去的年輕同事已經是工程師，或者是科長、處長什麼的，而你仍然是個口譯，恭恭敬敬地陪著他們，他們說一句，你翻一句，你說，這滋味你受得了嗎？你還不知道除此而外，翻譯在人們眼中總是看得跟叭兒狗一樣輕賤，電視裡面從來沒給打過特寫鏡頭，電影裡面偶爾露面，也是以皇軍之類的狗腿子身分，讓人恥笑。你知道，咱們單位人事處處長有一次到部裡辦事，部裡一位副處長對他沒有笑臉相迎，使他感到受了侮辱，他背地裡就罵他『你不過是個窮翻譯出身，有什麼了不起的！』」

雷切頓時雙眉緊鎖，眼中射出憤怒的烈焰，他肺都快氣炸了，但轉念一想，覺得不必為此大動干戈，反正人家說的又不是自己。可是很多天后，他一想起這件事就感到心裡不舒服。現在，他又體會到同樣的難堪和厭惡。

回到家裡，已快半夜了，妻子和孩子睡得正甜，他不忍將她們

驚醒，就坐在桌邊，隨手翻弄著桌上的幾本書。一本是尼采的《查拉圖斯特拉如是說》，一本是文學史，還有一本是薩特的文集。他手裡在翻書，心卻不在上面，盡開小差。他想，也許是太累了吧，應該睡覺，便拿了臉盤和肥皂盒，到廁所兼盥洗室中沖冷水澡。正沖澡間，一件久已遺忘的往事驀地跳進腦海。那是大學畢業之際，全班所有的人都分到了各自的家鄉城市，只有一個同學分到了雲南，而且是遠離昆明的一個大工地。他是自願要求去的，問他的理由，他說：

「很簡單，我聽憑我心靈的指引，到我自由選擇的地方去。」

所有那些為了能夠回家鄉或者安排在大城市所作的努力，和這兩句話對比，顯得多麼卑鄙、渺小，可恥而可笑呀！

猛地，他感到體內有一股新鮮的活力在衝撞，它彷彿奔湧的急流，掃蕩著心底沉澱的渣滓，急切地要尋找一個出口，不顧一切地沖出去。他似乎從夢中清醒過來，終於看清了前面的路。他咬咬牙，在一瞬間作好了決定。

《抉擇》（2）

「通知已經收到了吧？祝賀你，真是功夫不負苦心人啦！」A從椅子裡站起，滿臉帶笑，伸出雙手，向他走來。

「不，已經完了，」I靠窗坐下，毫無表情地說。

「不可能！參加了複試，而且據說成績也不錯，參加複試考人數還不滿招生人數，怎麼會落選呢？」

別人也這麼說，但我知道敗局已定，無可挽回，個中原因我自己最清楚。

「你現在最好寫封信去問問，看看他們是否漏發了通知，或者在郵局失落。這件事可不能大意，搞不好就前功盡棄，你想想，你為了考研究生，付出了多大的代價！在外要上班，回家要照顧孩子，就

在這種情況下，還能取得那麼好的成績，參加複試，實在是不簡單的。」

Did you see one of those films that described the prisoner being interrogated by the policemen? I was just like that. The professors at desk formed a semi-circle, all well-combed and clean-shaven, solemn, expressionless, looking at me as if I had been under arrest. Without being asked, I sat down in a chair in front of the semi-circle that was clearly meant for the examinee. "You said in your composition that you wanted to become a poet? Do you know anything about English poetry or could you tell us who is your favourite poet and which is your favourite poem?" I was about to answer when I found myself in a sudden blankness of mind, not able to recall anything, not even a single letter. Remain calm, I told myself. Be bold and try hard!

「現在在我看來，大城市都不好，你瞧，你剛去廣州三天，就對它發生厭倦了，你要知道，我還得在上海熬兩年，人多、車多、物價貴、最根本的是，很寂寞，一個親人也沒有，那時我勸你來上海，我就有個伴了，你不聽，結果你看，你到廣州，心裡也會孤獨得很。」

Nobody talked to me and I talked to none. The teacher seemed especially to hate me, I sensed. 「都一樣，即使在家，孤獨感也難以消除，有時相反更強烈。」

「總比外面好。你在外面病了，有誰關心你？出了事，有誰管？沒有同學、熟人、親戚，要辦成一件事真是難上加難。」

「這次失敗了，還搞不搞呢？」

「不會失敗，退一萬步講，即便真的迷茫，也不能說明什麼，相反，正好證明你的火候已經到了，明年再努把力，說能輕而易舉地上了，你說呢？」

「什麼，再努把力，三天三夜！人要整整老三年。那些術語、那些名詞現在一個都不記得了，一個都不記得了。我的天！我為什麼要自己往那個死胡同裡面鑽？那厚厚的政治複習資料，那一個接一個的

提問，再重新複習一次，是會使人發瘋的。」

「我覺得你完全沒有理由灰心，你各方面的條件都具備了，可那機會不湊巧，也可能有人搞鬼，現在社會風氣這個樣子，什麼事不會發生呢？不過，我想這事不會發生在你的身上。」

什麼原因？難道你自己不最清楚？What did you say in the examination paper when you could not answer those questions related to phonetics? You said this only demanded a monotonous mechanical memorization of rules. I'd like to be the first one to rise in revolt against etc, etc, etc. And that may only provoke a mere laughter among you professors? Now you see, they revenge themselves on me, those professors, they do！這些我不能說，對任何人都不能說。「也許，我太老實，不該告訴他們我已結婚，有了孩子，這一點上我太老實了。你知道他們要的是老師，一旦知道你有家有小，將來留不住，他們就不得不考慮，為外地培養一個人是否划算。」

「年齡問題和家庭問題並不是最主要的。我們上一屆和同屆的同學中，有很多年齡超過三十多，而且有孩子的，還不是照樣接收了。

繼續努力，再考一次嗎？再失敗，再努力，一直到死。日日夜夜，屋內凌亂不堪，孩子哭著，老婆惡言惡氣地抱怨，蚊子成堆成堆，沒命地向胳膊、大腿、脊樑、腳背發起攻擊。深夜，所有的視窗燈光滅了，唯有那一盞小燈還睜著不眠的眼睛，照著一個昏昏欲睡、埋在書堆中的人，你一天天消瘦下去，脾氣一天天暴躁。一大堆尿布要洗，要買菜，要買奶粉，跑幾條街，要譯一份份技術資料，要做這做那，從來沒人問你一句，學得怎樣了？有什麼困難嗎？冬天，那個冷呀！連心都是涼的。寫給教授的信，沒有回音；寫給同學的信，沒有回音。

「你怎麼不說話？是不是哪兒不舒服？我看你臉色發白，喏，扇子，可能太熱了。說實話，讀研究生也不是件易事，一沒錢、二沒名，一切都得靠自己努力。你瞧我們同學寫的信多可憐。教授病了，幾個月都不講課，就算來講課，由於沒有經驗，也得不到什麼教益。

反而大學所學的東西差不多都忘光了。他簡直不知道以後怎麼混下去。反正大部分讀研究生的人都在混，很少有人利用業餘時間寫書，玩的居多。」

「豈止如此。弟弟的一個同學研究生才讀一年就要求退學，寧願到工廠當工人，現在像個神經病似的，在家休養。他發誓再不讀書了。他的導師有才，但正直，得罪了很多人，這些人從中作梗，遷怒於人，處處品給他製造障礙，使他不能正常學習，他若學習差，責任當然在導師身上囉。」

「是嗎？這樣的事我倒沒聽說，嫉妒總是有的，尤其是中國人，東方嫉妒特點可怕。」

一無所得，一無所得。何必來呢？讀這些幹嗎？一切都是命運，一切努力都是白搭，那又何必再奮鬥呢？「Luck」by Twain—that's what life is。累了。讓我休息一會吧。連腦髓都是疲倦的。

「來，靠緊一點，」I說。

「不，你現在又變得溫柔了，可當時卻那麼凶，我不，我就不！」她掙脫他的擁抱。

「你聽我說，這是咱倆最後一次爭吵了——」

「最後一次？你說了多少個『最後一次』！每一次都比前一次更凶。誰再相信你呢？」

「請你再相信我一次，真的，過去，我仔細思考過，咱們爭吵的原因不外乎是一些家庭瑣事，那是表面現象，根本在於我的理想與現實相距太遠。我恨不得把所有的時間和精力全部花在刻苦攻讀上面，做一個大學者，大教授，我不能忍受為了孩子或家務之類的區區小事而浪費寶貴的時間。算了，這都是幻想。你看我現在瘦得不成人樣，你也是一樣，都為了什麼呢？夫妻之間感情一天天淡薄，孩子也得不到父母應有的愛，將來一生都是遺憾，我不願談這些，你要是多少理解我就好了，我內心深處也希望把家庭生活過得和和睦睦，把孩子教

育好，這些年來，我為家庭，為你，為孩子做的事太少了，我內心有愧，這次失敗，我不想再枉費精力，追求夢想了，只想做個賢夫良父，好好地理理家，把孩子拉扯大，在工作上多做點，賺點錢，你看別人家裡彩電、冰箱都有了，咱家還是一窮二白，我何苦為了一個分文不值的學位而把眼前能夠追求得到的幸福丟掉呢？」

「你說起來挺有道理，就怕到時候又是一套。」

「這一次決不了。名利富貴如浮雲，人世間最重要的是感情。失去了妻、子之愛，父母之愛，人活著還有什麼意思呢？你說是嗎？」

「唉，但願你能這樣。本來咱們的小家庭生活過得蠻愜意，就怪你老是想入非非，成名成家，鬧得家裡雞犬不寧。你已經讀了四年書，有了大學文憑，何必再為了碩士又花三年時間苦撐苦熬呢？」

「別說了，你看今夜月光多好，過來一點，沒關係，月光雖亮，但隔遠點就看不清的。別怕，都老夫老妻了，就算看見，又有什麼要緊呢？」

「跟你說句實話吧，我也有同感，這個國家不是人呆的地方。我雖說想清靜無為，但那實在是無可奈何呀。」

「剛剛三十就無為，不是個辦法。不過，老像過去那樣，失敗了再幹，一次又一次地失敗，空惹人笑話，也不明智。你我都很清楚，前途是怎麼樣的，你現在給局長當秘書，不過一個刀筆小吏，給人當槍使，混得好，十年八年也許可以提個科長什麼的，混得不好，局長一倒，你──」

「我怎麼了？我，像你說的那樣，不過一個刀筆小吏，他頭頭倒了，與我有什麼關係？我照寫不誤。我最壞的處境無非是上不去也下不來，最好的處境雖好不到哪兒去，起碼退休之前不至於還是一個清風兩袖的人。我也想了，電大文憑一到手，職位一定，我就寫入黨申請書，大家都知道，這是進身之階的第一步，跟著局長大人在一起，有利條件比別人多得多，再說我腦子不遲鈍，能言會道，一般人比不上我，時間一長，准討他的歡心，入黨就不難了。過去我太傻，總覺

得這樣做違背意願，很虛偽，可你看看周圍的人，有誰的入黨動機是純的？幹起壞事來，黨員一個比一個強，一個比一個厲害。我也不幹壞事，但我要享受，當官的能享受的一切，坐小汽車，住大房子，高工資等等，我都要有，這也不枉了人生在世一場，你說呢？」

「那麼，你不想出國了？」

「當然想囉，這是最理想的。對了，你別忘了也在那些老外面前推薦推薦我，我很希望你出去，只要出去一個人，以後就有辦法了。」

「唉，月亮，你把清光在瓦上漣漣地播弄，你可知道我此時的心情？你此時照著我，也照著另一個異鄉，我渴望去的地方。假若這光柱是一條通道，我循著它走到你的宮殿，再由另一條光的通道下到那個異鄉，那該多麼好哇！然而，你不能，你只以你的亮光攪起人淡淡的愁緒，使人意識到那強烈的欲望永難滿足。夜空下，盡是這些低矮的瓦屋，或一棟棟凌亂不堪、千篇一律的樓房，我多麼想逃離它們！那個總裁是個極好的人，我和他交談幾乎一直到深夜，我為能認識他而感到真正的幸福。我曾試探過，到你公司當個職員行嗎？他說，你不會願意的，他說，You are intelligent，很欣賞我。我現在寧願到他公司做個小職員，也不願在這兒過一輩子四平八穩，庸碌無為的生活。國外就連工人每年都有三個星期的帶薪假，啊，可以去多少地方啊！巴黎、倫敦、蘇黎世、日內瓦、奧斯陸、墨爾本、羅馬，這些名字使你的血液沸騰，心騰躍著，你感到要展翅飛去。啊，美國，這是迄今的人間天堂。我的一個同學從美國觀光回來說，他認為美國是唯一值得去的地方。我寧願做一個小職員，憑一己之力，我可以掙許多錢，有一點我堅信，雖然他人說國外仍然有窮富之分，用我們在國內所花的同樣力氣在國外去做，所得絕對比國內高，我可以買一所小房子，擁有自己的小汽車，房裡有彩電、冰箱、洗衣機等等現代用品，門前有花園、菜園、小車庫等等。就這樣，心滿意足地過一生，在這兒有什麼好？物質生活得不到滿足，精神生活同樣貧乏。吃不飽也餓不

死，像要死不活似的。我恨透了一切，只要有可能，我一定要出去，除了總裁外，我還認識一個專家，……為什麼不想？只是，可能性太小了。可是，像我這樣的人，憂鬱氣質很濃，不善與人交際，不能容忍被輕視、受侮辱的地位，難於和勢利小人以及掌有大權的低能兒共事，受不得一點委屈，見不得半點不公正的現象，即使到了目前的人間天堂美國，也難一時安身立命呀。」

「你也想自殺？」
「好了，咱們現在別談這個。」

「太疲倦了。我看著黃昏的天空，就感到那些漸漸隱去的雲霞，彷彿是我內心逐漸消滅的思想和欲念。我需要澈底地休息，不是一蹶不振，是休息，一切都生活過了，再開始不過是重複。」
「對，是習慣積累的總和。我和你不同，你所有的人類欲望都滿足了，無論是人的欲望，還是獸的欲望。曾有那麼多美麗的姑娘驚服你的學識和才華，拜倒在你的腳下，赤裸裸地被你玩弄，縱情地享樂，你怎麼不是幸運兒呢？我們雖然拿到了文憑，但一切都是空白，我們的青春只是奮鬥的日日夜夜，也許到老來我們獲得了頭銜和地位，但已無力享受那種來得太遲的榮華富貴，青春和富貴配在一起，這才是十全十美呀。」
「我已膩煩透了，一想到那些裸露的肉體，她們竟然害羞，用光光的胳膊擋住自己的眼睛，好像這樣就可以減輕她們的淫蕩似的，我根本不想立刻動手，只是遠遠地欣賞著她們，乳房、輪廓、曲線、臀部、大腿，穿著高跟鞋的腳，我讓她們走入我的懷抱自動的，膩透了，那些狗娘養的。」
啊，我多麼渴望那樣一種新的生活！事業上不順利，只要有女人和美酒，又算得了什麼呢？唯一的希望是，身邊常有新鮮的女人！
「其實，女人對我算不了什麼，我的生活目的也不是追逐女人。

你要知道，這是一個事業上不成功的人的一種發洩內心失望的表現。每當我看到一個女人被自己征服，我就感到無比的快感，由事業不成功而引起的失意感也頓然減輕。」

「做官？我不屑一顧。」

「你別看我現在地位不錯，其實我寧願將自己的這個處長的頭銜換你的研究生。」

「當然，做官意味著有權有勢，想幹什麼就可以幹什麼，說話有人聽，等等，但是，我始終討厭做官！」

「不一定，做官也有難處，要想保住烏紗帽，這是第一難，其次是能夠打敗對手，永遠立於不敗之地，再次是籠絡人心。」

「自殺？早已想過。但是，不敢幹，沒有死的勇氣，想想西瓜吧，鮮紅的瓜瓤、鰲黑的瓜籽，多麼甜，那就是生活啊，一咬就流著甜汁。想想一切可愛的事物吧。

「但是，也想想那些可恨的東西吧，強姦、兇殺、殘暴、酷刑、監獄，人類的自私、冷酷。啊，這一切，太可怕了！

「但是，只要把這杯氰化鉀喝下去，一切就平靜了，半小時後，人們將發現你全身發青，發硬。」

「好了。」

***　***　***　***　***

「一個人真的有那麼重要嗎？」看完後，真念雙自忖道。一個人寫的東西真有那麼重要嗎？真的會因為人死了，就變得比沒死更重要嗎？真的會因為我和他的關係親密而變得重要嗎？任何人對任何人的評價，真的不能含有一點點友情、愛情和真情嗎？必須完全擯棄人類的感情，僅憑絕對冷靜、絕對公平、絕對嚴格的標準來評判嗎？「絕

對」是什麼意思？一個活在人世的人，每天都要吃喝拉撒的人，能夠做到絕對嗎？那個據說是美國文學批評巨頭的哈樂德•布魯姆，在他編撰的一部死亡詩集（即詩集中收錄了所有詩人的終曲之詩）中，那詩集名叫*Till I End My Song*（《直到我曲終人散》），所納入的詩作，不是出自猶太人之手（他本人就是猶太人），就是出自他熟識的朋友之手。哪裡會有一個詩人好到那種地步，把自己的仇敵也選入自己編撰的選本，還捧為至神呢？所有的詩人都無一例外地拉幫結派，互相撐腰，互相讚美。據她導師講，美國詩人就是一個黑社會。他用的是一個英文詞：mafia，那是來自義大利的一個名詞，即「黑手黨」。如果不跟詩人交朋友，不站在這邊或那邊，一個詩人就永無出頭之日。這就是為什麼詩人一出來，總是要以這個派別那個派別給自己貼上標籤。不跟任何人而獨立於世的，真正是鳳毛麟角。說到底，這也是人之常情。只有那個被人尊崇為天主的物象，無論它是那個神教的，才無動於衷地從天上往下看著人類的這一切，時間是他衡量一切的標準。

　　想到這兒，真念雙堅定了她的信念，即無論別人怎麼看，怎麼說，她也要堅持自己的觀點，堅持做自己想做的事，那就是把修潔音生前留下的文稿，統一編撰成書，然後考慮投稿發表的問題。退一萬步講，即使發表不了，也未嘗不是一件幸事。真正好的東西，往往都是發表不了的。或者發表之時，作者已經死了很多年，也許很多世紀了。作者在世發表不了，往往是因為經不起金錢的檢驗，因為市場要的是能很快被消化，從而被消費的產品。這些產品中，最難消化的是思想，最難被接受的是新形式，而以容納了新思想的新形式，則是難上加難。那個所謂的新思想，也不一定是思想，而是講出了事實真相和真理的思想，要想要這樣的思想進入市場，那幾乎是不可能的事。惠特曼的《草葉集》，現在被人奉為圭臬，一談起來人們就眉飛色舞，津津樂道，如果他們也生在惠特曼的時代，與惠特曼成為同時代人，那他們就絕對不會這樣了。為什麼？因為惠特曼的《草葉集》，

終其一生都沒有被任何出版商看中發表，而是自費出版，後來再版6次，也是他自己出的錢（這其中有些別的說法，例如，其中一版出版後，出版社破產，幾乎顆粒無收，等）。至於卡瓦菲斯，他一生都沒有發表，而且拒絕發表。

按照修潔音的看法，根據真念雙的回憶，這一切都有一個平衡在起作用。有些人一生如魚得水，十分得志，死後如屍沉大海，不再有人提起。有些人前半生如日中天，光宗耀祖，後半生中箭落馬，身陷囹圄。有些人在世時拿權弄勢，享盡榮華富貴，死後落下個千秋萬歲被人辱罵的惡名。這是從大的方面講。從國家和語言講，也是如此。一個像中國這樣的大國，如果把外蒙算進來，把被俄國搶走的符拉迪沃斯托克和伯力，以及庫頁島等地算進來，丟給沙皇俄國（等於也是現今俄國）的土地相當於170多萬平方公里。這也是一種平衡，雖然是一種很屈辱的平衡，但必須殘酷地說，也是一種平衡。既然國家大到這樣一種地步，連自己都管不過來，那就別怪別人挖幾塊肉去享用了！那是天道酬勤，不，那是天道酬平衡。不信你看英倫三島，多大的一個小國，才區區二十多萬平方公里，前前後後不過一個世紀，就在中華帝國大踏步走向衰落、衰老之時，它這個大英帝國（其實是小英帝國）卻大踏步走向世界，用英語席捲了全球不說，還用英聯邦統納了51個國家，21億人口（截至2005年的資料統計），3100多萬平方公里的土地。這是個什麼概念？這就是平衡，它平衡到你要去它那個英聯邦學習它的語言、它的文化、它的一切，甚至想留在那裡，如澳大利亞（這是英聯邦），加拿大（這是英聯邦），新西蘭（這是英聯邦），新加坡（這是英聯邦），馬來西亞（這是英聯邦），博茨瓦納（這也是英聯邦，而且是曾認識的一位教授流血的國家【你看電腦多聰明，修潔音在一次來信中說，我本來想用「留學」二字，它給了我「流血」，其實比我更毒、更入骨三分，因為它看到了本質：留學即流血，把血都白白地流到外國去了】）。這不是平衡是什麼？空中有只手，把大國變小，把小國變大。從天氣來講，也是如此。你想天天

都晴空萬里對不對？它就不，它就要隔三差五颳風下雨。你想一輩子都春天？它就不，它不讓你不冷不熱地過一輩子，它偏要熱得你想死。它也不要你永遠享受《秋聲賦》中的那種秋聲、秋色，偏要把雪把冰把凍把冷送給你，要你懷念春天、懷念秋天，甚至懷念夏天。這一切不是平衡又是什麼？從年齡上講也是如此，就不用多說了。從人的智力和才具上講，是不是也是這樣呢？當然是。你不是太有才氣了嗎？被譽為天才嗎？那就對不起了，天才要被天收回去，早早地收回去。即使不收回去，也要被大地割斷其血脈，令其無法生存。那人不是個蠢才嗎？不是既無學識，又無才幹嗎？那很好，他娶了美妻，他做了高官，他賺了大錢，他什麼該有的都有了。這不是平衡又是什麼？是誰在掌控這種平衡？誰也不知道是誰。你想日子過得平平順順，這可以呀，是很好的想法啊，可不知哪天孩子就在學校被人殺了，或者老人在街上被人壓死了，或者親人坐的飛機失聯了，是的，你一生都平順，沒有過任何風波，但那個名叫「平衡」的大神，就會要你瓶底起風波，我實際上說的是平地起風波，但電腦還是比我聰明，用了「瓶底」，倒更確切。這個理論，放到個人的經歷上，也最適用。跟一個帥男結合的，往往不是美女，反之亦然。跟一個教授結合的，往往不是教授，反之亦然。被一個居高位者看中的，往往不是居高位者，反之亦然。喜歡一個國家的，往往不是本國的人，反之亦然。

說到這兒，修潔音說起了他的弟弟。他說他被整死之後，家道從此中落，卻又從此翻身，一切都出乎意料，但如果瞭解了平衡之神的存在，也就在意料之中了。他被整死的一年後，女兒投遞到哈佛的申請書被錄取，獲得了每年五萬美元的獎學金，而他自己也是在這一年裡，成功拿到了他的綠卡！

而且，這種平衡也反映在東西方對人對事的態度上。基本上一言以蔽之，凡是東方反對的，西方必定支持。凡是東方支持的，西方必定反對。兩方很難走到一起。偶爾走到一起，也是利益為之，但終

究還是導致分離。語言就更不用說了，很多都是互相倒反的。中文說「父母」，英語說「母父」（Mom and Dad）。中文說「新鮮」，英語說「鮮新」（fresh and new）。中文說「血肉」，英語說「肉血」（flesh and blood）。更多這樣倒反的例子，有一個搞翻譯的人寫進了一本怪書中，那本書名叫《譯心雕蟲》。

那麼，真念雙想，我的平衡又在哪兒呢？或者說，他，修潔音的平衡在哪兒呢？也許，我的平衡就是他，我父母雙亡，從小無人溺愛，不僅無人溺愛，就連愛都沒有。有的只是強暴，而這，我從來沒有告訴修潔音，也不想跟任何人講，哪怕通過書寫也不肯。我要把那段記憶在腦中活埋掉。我是遇到修潔音後，才深深陷入愛河之中的。我愛這個男人，哪怕他走了也愛，而且愛得比任何時候都深。人是一個奇怪的動物。人在的時候，有所謂的無所謂。物以不稀不為貴。有時長時間地絞纏在一起，攪纏在一起，又覺得很乏味，很膩味，光是從嘴巴裡說「我愛你」三個字，好像嘴唇和舌頭都快互相磨起繭來了。修潔音曾說過一句話，也是這個意思。他說：我倆做愛做得那麼多，我這把快刀，在你的那個磨刀石裡面磨了那麼多次，會不會越磨越鈍，越磨越小，而不是越磨越快，越磨越大呢？你裡面會不會因為我磨得過多而變得越來越厚，越來越不敏感呀？

對這樣的問題，她一笑置之，也覺得無語，當然，總像以前一樣，覺得好玩，也不去理會。她記得自己當時的回答是：那就讓它變得越來越厚，直到最後窄成一條細窄細窄的巷道，讓你一旦進入，就永遠也走不出去了！

這樣的回答，其實跟事實正好相反，因為事實上，那條小道是走得越多就越寬，走得越勤就越敞，走到一定的時候，男的就會走得沒有感覺了。危險便會由此而生，因為男的太喜歡走小道了，太喜歡走那種艱險、艱辛，艱難而又曲折，但回味無窮，一旦踏上就不想回頭的小道了。越窄越想走，越小越想鑽，哪怕裡面荊棘叢生，枝纏葉擾。她能讓修潔音久住其間而戀棧，也是因為他倆太投緣了，不僅僅

只是眼緣，其實他們之間並沒有那種所謂的眼緣，不是一見鍾情的，後來的事實證明，很多一見鍾情者都後悔，怎麼當初那麼盲目，竟然瞎了眼睛找了個王八或混蛋！他們的緣是肉體和精神的統一，一旦進入了對方，就像互相進入了對方的肉體和大腦，同時進入。每次做愛，都不啻於對精神和肉體的洗滌和激蕩，真可以旬月茶飯不思。互相飲著對方，互相即使在肉體之中，都說著這樣的話：我想你！那真是比「我愛你」還要「我愛你」，因為中文的「想」比「愛」更要詩意一百倍。它是把大腦接通小腦，接通下面的腦，下體腦，不僅大腦在想，小腦在想，下體腦也在想，同時一齊在想。什麼腦體倒掛？就是腦體同掛！腦體合一！

修潔音的這部集子，她快攏齊了，今天她打字打好的，是下面這篇。把它收進來，是因為她想起了他們那次關於坐牢的談話。

《一個報復者的自述》

聽說吳明被捕，而且有可能判處死刑，我不覺大吃一驚。吳明是我大學最要好的同學之一，他學習勤奮刻苦，生活艱苦樸素，為人也很正派，只是有時過於直率，有些不講情面，除此而外，其他方面他是無可挑剔的。畢業後，他被分到新疆，分手時，他連話都沒跟我說，我瞭解他的心情，因此沒怪他，事後還給他去過兩封信，但一封回信都沒有，自那以後，我們就斷了聯繫。

他是如何落到這個地步的呢？問了幾個同學，他們的說法都不一樣。有的說他把他的女朋友王莉莉殺了，有的說他勾引教授的姑娘；還有的說不止這些，他過去還有一些舊帳未算。至於動機和原因，誰也無法說清。

思考良久，我決定到監獄探望他一次，一來想看看他，二來也想瞭解一下他和我分別後的經歷。這當然要引起人的非議，不過我想，

法律既然規定了犯人的親友可以探監，就不可能又規定探監的親友是犯罪的，再一想，如今的人什麼不議論，連你穿衣戴帽，乃至拉屎放屁的小節都要議論個沒完沒了，探監之類的事就更不用提了，想到這些，我心一橫，膽子也大了起來，誰有嘴就讓誰說去吧，我的腳長在自己身上，又不受別人舌頭的支配。

時近大年三十，我提著兩條煙（他抽煙很凶），抱著一床舊毛毯，隨著一大群家屬擠進了監獄大門，來到一道高高的鐵柵欄前。我一眼就從眾多的犯人堆裡認出了他，便把手伸過柵欄縫，高興地擺動著同他打招呼。他看見是我，臉上露出明顯的失望，但還是勉強走了過來。他樣子改變得並不厲害，只是臉色蒼白，眼神冷淡，頭髮、鬍子老長老長，身上披著一件露出花絮的破棉襖，腳上趿著一雙爛棉鞋。我把東西遞給他，他不客氣地接了，冷冷地問了一句，你來這兒幹嗎？

「來看你呀。」

「你倒蠻有興致。」

「吳明，你和我在大學不是一天兩天，咱倆感情好是出了名的，把你分到新疆時，我還不是替你難過，可你不理我，後來——」

「少囉嗦，你到底來這兒幹嗎？哦，我明白了，你是想搜集一點我的資料，回去當新聞講給別人聽吧，他媽的！」

「吳明，別這樣，你要是真的這樣看我，那我現在就走。你一個人住在這兒，一定很想念家人，想念朋友和同學，他們來看你，你應該感到高興才是呀。」

「我沒有父母，沒有朋友，沒有同學，所有的人都是我的敵人。」

「難道我也是你的敵人？難道我做過一件傷害你的事情？難道我冒著被單位處分、被人們責罵的危險來這兒看你，不是出於一個朋友的真心嗎？你可不能認友為敵呀。」

吳明不語。

我也不語。

我們的眼睛牢牢地盯住對方。

「好吧，我謝謝你，」最後他說。

「咱們朋友之間，用不著來這套。我看你今天不舒服，就談到這裡吧，大年初一我再來看你，好嗎？」說著，我就要轉身。

「你別走，」我看見他眼中陡然射出一種戀戀不捨的光。「咱倆兩年多沒見面，好好談一談吧。」

「也好，只要你願意。」

「你現在怎麼樣？工作還好吧？」

「畢業不久，我就出國了，前不久才回國，聽說你的事，就趕到這兒來了。你呢？」

「我？怎麼說呢？反正跟你比是天淵之別，畢業後分到新疆，女朋友吹了，後來考研究生，又落了選，最後進了這兒，有什麼可說！」

我不做聲，期待地注視著他，根據經驗，我知道，要是追著他問，他反而會什麼也不講。最好的辦法是沉默。果然，他又講起來。

「我命中註定是個倒楣的人，不然，為什麼我的母親在家時老說我的八字不好呢？出生不久便碰上三年自然災害，剛剛長大又成天勞動，沒讀一本書，高中畢業後就送到鄉下去了，以後好歹考進了大學，又是這事那事，把我整得焦頭爛額的，沒有一天好日子過。

「我在大學成績不錯，這你知道，你知道分配時馬書記找我談話時怎麼說？他說：『新疆那兒技術力量很差，況且又是重點工程。我們考慮來考慮去，覺得你成績好，能力強，派到那兒一定能勝任工作，所以決定派你去，望你不要辜負了黨的希望，一定在那兒幹出成績來，我們等著聽你的好消息。當然，你有一些個人困難，這我們也清楚，但你作為一個要求入黨的同志，必須以一個真正的共產黨員的標準要求自己，克服困難，你要知道，現在是關鍵的時刻呀！』我明白他的含意，他是說，如果你答應去新疆，入黨問題就可以解決。可是，他們不是早就答應了我，要安排我留校任教的嗎？怎麼忽然變

了，而且變得這麼急，明天就要公佈分配名單，簡直叫人沒有迴旋的餘地，我有些糊塗了，當時就說了這樣一句：既然你們領導已經決定好了，那我還能有什麼意見呢？

「他們走後，我想做的第一件事就是找王莉莉。你知道我倆當時在談朋友，感情非常之好，打算一畢業就結婚。可是，我找遍了所有的地方，寢室、教學樓、圖書館、商店、樹蔭下，以及我倆在河邊常常碰面的地方，都沒有找到她。黃昏時分，我精疲力竭、無精打采地回到宿舍，一頭倒在床上，半天躺在那兒，一動不動，頭枕著手，眼睛盯著上鋪的鋪板，人家吃晚飯了，是那個樣子，人家都去看電影了，也還是那個樣子，這樣不知過了多久，忽聽到什麼地方傳來一聲咳嗽，很像她的聲音，側耳細聽，又沒有了。我估計這聲音是從住在我們三樓的女生宿舍發出來的，想到她回來了，我不禁高興得跳起來，我必須把這件事立刻告訴她，同她商量對策。走廊的燈是熄的，大部分門都上了鎖，表明住的人不是看電影就是出去散步去了。只有走廊盡頭一間房子亮著燈，門也關著，那就是她的房。我走到門前，正要敲門，又停住了，因為我感到屋裡除她以外還有一個人，而且好像是個男的。所有的門縫都糊了紙，我看不見裡面，幸好鎖孔沒堵，通過……它雖然看不清角落裡發生的情況，但至少可以聽見在說什麼話。

「血一下子湧到我臉上，馬望為，你這個混蛋，我心裡暗暗罵道，四年來我一直把你當知心朋友看待，想不到你竟然這樣坑我，我饒不了你！我『咣』一腳蹬開門，眼裡怒火直冒，一切都像籠在一重紅霧之中，我不管三七二十一，上去就是幾拳，當場把馬望為打倒在地，本來還想打王莉莉一個耳光，但看見她縮在床角落的那副樣子，我啐了一口，便大踏步邁出了門，心想今後再也不跟這種敗類交往了。

「事情發生後，我分到新疆工作是無可挽回地確定了，馬書記在分配小組會上獨持己見，認為像我這樣的人根本不能入黨，而要到最艱苦的地方好好鍛鍊幾年。」

「你去了嗎？」

「去了。」

「後來又怎麼回來的呢？」

「考回來的。咱們還是長話短說，你看那個屁眼癢不耐煩的樣子！我考了咱校白天書教授的研究生，哼，他那種水準還招研究生！我有一回當眾問他《荒原》的社會意義，他答不上來，急得滿臉通紅。我怕他報復，化名叫苟賤，參加了複試，這時我才知道馬望為也考了他的研究生，來複試了。我倆誰都沒理誰，但我從他眼神中看出了一種不懷好意的凶光。聽說我通過了初試，過去因為我分到新疆對我近而遠之的同學都來祝賀我了，這之中也有王莉莉。跟你說句實話，她在學校被我搞大了肚子，假期裡打的胎，所以心裡總還想著我。既然她主動找我，我來者不拒，反正閒得無聊，有個人陪陪也不錯。從她那裡，打聽到馬望為的一些事情，知道原來白教授為了把自己的親生女兒白荷，就是咱們班那個最笨的女孩子，嫁給書記的兒子馬望為，為他提供了不少方便，把歷年考試的兩套試卷彙編借給他看，有關書籍、資料只要想看，可以隨便拿，還專門給他開小灶，作專章講解。馬其實根本不喜歡白，但為了拿到碩士學位，表面上還是裝得和她很親熱似的，幫她複習考研究生。你想想，她怎麼可能考得上呢？當教授的人，沒有幾個的後代是聰明的。王勸我要多加警惕，小心馬背後搗鬼。我想這回考試很順利，口試也毫不費力就通過了，絲毫不以為意。誰知通知發到手裡，馬望為是錄取通知，我卻是落選通知，儘管6門分數總分達到了400分。我跑去問小王，她故作神祕，守口如瓶，什麼也不肯告訴我，只說：『我早就跟你說過吧，你不注意！』我無論從哪兒都打聽不到這個落選的真正原因，思來想去，我想到了白荷，決定拿她開刀。你別看她笨，可她挺愛打扮，而且還風情浪漫得很，從前還跟我寫過一封情信呢，我理都沒理她。現在有了。我從一大堆來信中翻出那封信，揣在衣兜，就去找她。一見她面就說，『喲，究竟是教授的女兒，穿扮真正與眾不同，風度非凡

呀。』『嗯，』她難看地扭著腰肢說。『你真會開玩笑。』「看得出來，她對我的到來很高興。我和她一起散步，一邊裝著掏手帕，無意間把那封信掉在地上，恰巧被她看見，便搶上前去，撿了起來。『給我，』我說。『不給，』她把信藏在背後，問。『是誰的信？告訴我，就給你。』『不行，誰都不能告訴。』『那就不給你。』『那我可要生氣了，』我故作正經。『生氣也不給！』她牽脾氣上來了。『好吧，是一個從前我所愛過的女友寫給我的信，我讓步了。』『誰呢？』『你說過告訴你，就給我，拿來吧。』『告訴我，她是誰？』『嗨，』我歎口氣。『那你就看吧。』說完便走到旁邊一顆大樹後邊，注意觀察她的神態。只見她打開信，攤開信紙，開始讀第一行字：**親愛的明，在所有同學中，您以您的智慧和偉男子的氣魄給我留下了難以磨滅的印象**。讀到這裡，她的臉色變了，眼睛急忙轉到信末尾的簽名：荷，便把信一丟，雙手捂住臉，拚命地跺著腳，喊，『吳明，你真壞，你真壞！』這場遊戲在我的導演下進行得很成功，到晚上，她就完全被我征服了，從她口裡，我不僅得知，白教授準備今年春節為馬望為和白荷舉辦婚禮，而且得知，馬望為向白教授透露苟賤是我化名的事，暗示他不要接納我，因為我是個思想極不安定的叛逆份子。白教授本人也曾向女兒私下表示，他只喜歡聽話的孩子。我這才明白為什麼前天質問白教授不錄取我時，他竟然指著我的鼻子說：『你分高怎麼樣？我就是不欣賞你！』我心裡氣鼓鼓的，下決心要報復。我想趁黃昏朦朧時在白教授常散步的小道上攔住他，給他兩耳光，又想趁他作演講時，當眾提兩個難道，出他的洋相，但都覺得不合適，後來，我有了主意。就照著幹了。不出兩個月，白荷懷了孕。又過了兩個月，肚子就挺了起來。白荷急得像熱鍋上的螞蟻團團轉，我卻躲在王莉莉那裡看笑話。這事後來鬧得很大，學校的老師都知道了，搞得白教授臉上無光，不敢出門。白荷由於不敢說出男方是誰，更成了眾矢之的，以致有人說她是個野種、騷貨，在外面肯定不止與一個男人亂搞。」

「這次你本人沒受威脅吧。」

「沒受威脅？你想想，那怎麼可能呢！我被逮捕了，說我是強姦犯。這是白教授和馬書記一起找了公安局長的結果，後來我才知道，王莉莉也參與了其事。」

「她不是對你很有感情嗎？」

「屁！完全是性欲滿足。她跟公安局長搞上了，聽說我和白荷的事，氣得不得了，便在局長面前假裝替白說情，實際想整我。這樣，我判了兩年刑，吃盡了苦頭，出來後，有天黃昏在街頭散步，看見王莉莉打扮得花枝招展，跟一個員警打得火熱，不覺心頭火起，但不便發作……」

「喂，」看守喊道。「探視時間到了，喂，你們倆個還在談什麼？快走！」

「那後來呢？」我一邊轉身，一邊問。

「後來嘛，」他橫了看守一眼，對鐵門口努努嘴，說：「唔，就在這兒了，反正也不久于人世了！」

我回到家裡，心裡老在想這件事。我想，他這人吃虧就吃在脾氣耿直上面，而且心眼狹窄，太愛報復。你對社會報復，要付出整個生命，而社會對你報復，只要動一根小指頭，你就無聲無息了。嗨，我歎口氣，他真是太不該了。

***　　***　　***　　***　　***

這似乎又是一篇未完成之作，但沒關係，沒有完成、需要平衡的地方，就用她的愛情來完成。她不需要編一部名垂青史的作品，她只需要編一部散發出愛情氣息的文字就行了。他們在一起沒有懷孩子，這部文集就是她和他的孩子。孩子生出來後，有種種不足，眼睛長得太小或鼻子長得太大，可能不久夭折，也可能長大後不一定成才，那又有什麼關係呢？孩子就是孩子，一個小生命，讓他或她生下來。

在這個世上給他或她一個立足之地，安安靜靜地延續其生命吧。那些靠在微信上自吹自擂撐大的東西，要不了多久就會自動消氣，無人理會了。

這天晚上是個月夜。她在網上查到了一首勞倫斯的詩，一看開頭就「啊」了一聲。原來，她想，無論古人還是今人，無論中國人還是外國人，也無論中文還是英文，月亮都是用來思鄉的啊。該詩的起頭第一句就是：「THE WANING moon looks upward, this grey night」[16]（今夜，灰色的夜，虧月仰頭望起）。這第一句多像李白那首詩啊，真念雙想。李白不是說：「舉頭望明月，低頭思故鄉」嗎？勞倫斯這首詩中，也是以月來傳達那個標題的，標題就叫「nostalgia」（思鄉）。

鄉，對她來說，早已不是故鄉的鄉了。她沒有故鄉，她只有異鄉，她的異鄉飄溢著異香，她的故鄉在那個人那裡，那個人不復存在的肉體，就是她的故鄉。她能這樣認為，這樣想麼？她對自己想道。她不知道別人怎麼看，但她知道，英文和漢語一樣，也有「embody」（體現）這個字，裡面有個「body」（肉體），就像「體現」裡面，也有個「體」在，以「體」來現一樣。她就是要用修潔音死後留下的文字，來「embody」或者「體現」他的存在，哪怕是他從沒有發表過，也拒絕發表的存在。

「拒絕發表」這個詞，讓她想起了卡瓦菲斯。她上詩歌課介紹這個人時，很多學生都很喜歡他的愛情詩，詩中所愛的對象，幾乎無一例外地都是男性，而且是年輕男性，卻完全不知道他是個同性戀。後世之所以是後世，就在於他們不瞭解前世，他們只根據文字欣賞文字。那是脫離了肉身的文字，即使告訴他們，此人是同性戀，也無助於他們欣賞，還是不提的好，免得生出些事來。

她是通過修潔音才知道有卡瓦菲斯這個人的。那年，修潔音跟她通電子郵件，發來了一首譯詩，什麼也沒有介紹，讓她一看之下吃了

---

[16] 參見：http://www.bartleby.com/300/1496.html

一驚，有一種突如其來的感覺。那首詩直到他去世後多年，她都收藏在她標有「xjy」的文檔中。這首詩，我本來不想讓這本長篇充滿詩歌，因為那會影響讀者的欣賞，現在的讀者實在太厭惡詩歌了，但看在小說人物真念雙的面上，因為我已經開始有點喜歡這個人了，儘管我對修潔音的言論有點反感，比如他對編輯的那些消極的評論，等。我之所以把這些言論囊括進來，是因為我在寫小說時，不能不顧事實，哪怕是虛構的事實，一味美言，粉飾太平，甚至粉飾小說中的太平，我如果那麼做，就太不人道了，也就是說，太不小說家道了。我讓小說人物真念雙把那首譯詩找出來，放在下面，讓人們欣賞欣賞，也未嘗不可，而且我還是那個老觀點，也就是如果你不想看，你就直接掠過不看，只看自己感興趣的，就像我們幾個小朋友小時候看《苦菜花》，幾個腦袋湊在一起，專挑那些黃段子給互相看，那種刺激是後來獨自看書再也品嘗不到的了。

《城市》

(希臘) C・P・卡瓦菲　著
(無國籍人士) 修潔音　譯

你說：「我要去另一個國家，去另一片海灘，
去找另一個比這更好的城市。
無論我嘗試做什麼，結果註定總是做錯。
我的心被活埋，好像死掉了一樣。
我還能讓我的大腦在這個地方再發黴多久？
無論我朝哪兒轉身，無論我碰巧看啥，
我在這兒都只看見我生命的黑色灰燼，
這麼多年都在這兒耗費了，虛擲了，完全毀滅了。」

你不會找到新國家、不會找到新海灘的。

這座城市將永遠跟蹤你。你將在

同樣的大街小巷行走，在同樣的街坊鄰里衰老，

在同樣的房子裡頭髮花白。

你將永遠結果在這座城市。不要對別處的東西抱希望了：

沒有船搭乘你，沒有路。

你既然已經在這兒這個小小的角落浪費了你的生命，

你等於把世界其他地方的一切都毀了。

　　這裡我需要說明一下。大家可能都注意到了，前面的卡瓦菲斯標定國籍為希臘，其實也不完全對，說他是埃及亞歷山大港人也不錯，因為他雖然父母是希臘人，但他在亞歷山大港出生，幾乎也在那兒度過了一生，並且是在那兒去世的。按現在的說法，他應該算作埃及人、埃及詩人。但修潔音的國籍卻標定為「無國籍」，這就有意思了。我從筆下人物真念雙那兒曾得知，修潔音說他沒有國籍。如果一定要他給一個國籍，他的回答是這樣的：自由就是我的國籍。那這樣的人，肯定是走到哪裡都不受歡迎的。愛國主義對他無效，因為他無國可愛。所謂大眾的民生疾苦等等，也跟他毫無關係。他像吉普賽人一樣，走到哪兒算哪兒，在他在世的那些年月裡，他也走過很多國家很多地方，據說從來沒有一個地方令他賓至如歸。他對真念雙說過一句話：我的東西在你裡面，這就算回家了。真念雙也對他說：回家吧，別再繼續流浪下去了。家、家、甜蜜的家，家、家、嬌小的家，就在這兒，住在這兒，進來吧，進來吧！我們不妨這樣形容這樣一個人：一個以女人為家的男人。這是貶義詞嗎？只能見仁見智了。

　　由於修潔音一生只翻譯了兩首卡瓦菲斯的詩，我覺得，就為了他已經是個死人，我們也值得把他生前翻譯的兩首喜歡的詩放在下面。中國再發展，再強大，也不會對一個已經故去的人那麼苛刻吧，對不對？

《早晨的海》

（希臘）Ｃ・Ｐ・卡瓦菲　著
（無國籍人士）修潔音　譯

讓我在這兒停下吧。也讓我看一會兒大自然。
早晨的海水、無雲的天空都藍色燦爛，
黃色的海岸，一切都很可愛，
一切都沐浴在光明之中。

讓我站在這兒。而且，讓我假裝我看見了這一切
（我起初停下時，的確真地看了一分鐘）
而不是我在這兒通常的白日夢，
我的記憶，那些肉欲歡樂的形象。

　　真念雙後來告訴我，她聽修潔音講，他翻譯這首詩，除了令他想起波蘭詩人米沃什和中國古代詩人蘇軾之外，主要還是他喜歡裡面「假裝」二字。就是這兩個字，使得該詩帶上了好玩的意味。也就是這個「好玩」二字，使得所有的當代中國詩歌，都顯得十分做作，十分不好玩，十分讓他感到不受用。

　　真念雙覺得，年輕的時候，修潔音雖然讓人覺得是個憤世嫉俗的人，但從文字上看，還是有那麼一點好玩的精神的。比如他寫的這篇文字，就有那麼點味道：

《我們都暗暗地愛過》

「告訴我，你怎麼想起到這兒來的？」她拉著我的手，兩人偎著一起坐到床沿，柔情地望著我。「你怎麼想起到這兒來的，告訴我？上次分手時咱們不是說好了，一個月後再見面的嗎？」她目不轉晴地注視著我的眼睛，臉上漾著甜美的笑。

「這，我，也說不清楚。我來了，就來了，也不知道為什麼，」我結結巴巴地說。

「你不告訴我，你不告訴我。我剛才還想你來著，剛才。我們在陽臺上乘涼，我就想著你，是不是會來，真的，不騙人，真的。」她情不自禁地將腦袋垂靠到我的肩上，又連忙抬起，朝門縫那兒溜了一眼，看看沒人，才放心地吻了我一下。

（怎麼搞的，昨夜的事我竟然絲毫也想不起！）

她躺在我身邊。門栓著。

「人一生不可能只愛一個人，男女都一樣。唯有初戀才最崇高、最純潔、最值得人玩味。當然，我並不是指那種純粹的單相思，我是指精神和肉體達到完美和諧的愛。這才是理想的愛。正如你我一樣。過分追求肉體或精神，只會使人痛苦。倘若人一旦失去這種愛，他要麼由不相信任何精神上的愛而導致尋求肉愛，要麼就一味尋求清教徒式的精神之愛。後者一般不多。但不乏其例。我就有過這種想法，當我遇到比你更美的姑娘時，我問自己，我會愛上她嗎？我自己又回答道，這是可能的。我為什麼愛她呢？因為她美。我為什麼不愛藝術的美人圖而愛不那麼美的她呢？因為她是活人。我的愛她怎麼也沒法跟性分開。我知道，假如我們相愛，最初時我會表現得溫文爾雅，風度翩翩，她也會顯得柔美恬靜，儀態萬方，但從接觸的第一秒鐘我就可以預知，這些漂亮的外衣不久就會脫得乾乾淨淨，露出赤裸裸的肉

體，當然，那時我們雙方都會辯解說，我們是相愛的，若沒有性做基礎，這愛是不可能建立起來的。可是，第一步就走錯了。所以，現在我一想到另外的愛情，都認為除了性愛而無別的可能。我討厭這種愛。我因此討厭同任何其他女學生接觸，我怕那種由於年深月久的友誼而造成的後果。跟女人不可能有友誼可言，只能是愛情，而愛情必然導致肉體的結合。好了，我討厭這，我覺得，同你在一起夠好了，我們在精神上、趣味上很合拍，肉體上你我也可以得到極度的快樂。我再不認為相愛者之間這種關係是罪惡的，相反，正因為有了這種關係，我們純真的愛情才有了基礎、落腳點，才不至於是一座空中樓閣。我聽說這樣一個故事。男女雙方愛得非常有分寸，有理智，一句話，非常合乎道德規範。雙方戀愛一年多，還未拉過手，更談不上親吻了。在一起交談，盡談書上背下的大道理和名言。後來，女的在醫院看病，十分偶然地同給她看病的醫生發生了關係。簡直令人吃驚！她和男朋友的關係因此而破裂，她被調到另一個地方和另一個男人結了婚，而原來那個男的還始終迷戀著她，不明白這一切究竟是為了啥，自己不是對她挺好的嗎？不曾做過任何粗魯的舉動呀！我起先也不懂這其中的奧妙，後來才慢慢通了。是你使我通的。當然！女的渴求男的什麼？不就是愛，具體的愛，通過接吻、擁抱、性交所表現的愛嗎？可是，一般情竇初開的女子很少懂得這類事，即便懂得，又往往懷有畏懼感，她們又喜歡把理想的男朋友想像成高大完美的形象，是不會作出那種猥褻下流動作的。這就產生了一個矛盾。一方面精神上追求完美的男性，一方面肉體上又渴求得到滿足。而對一個脆弱的女子來說，肉體的要求最後總是占上風的，彷彿被堤牆圍住的水，只要發現哪兒有缺口，就會往那兒湧流，是無法阻擋的，防不勝防的。」

「除我而外，你難道真沒因為你剛才那種想法而產生別的念頭嗎？」

「瞧，醋勁又上來了，不過，你要是想聽的話，我倒可以給你講一段故事。」

「……」

「不想聽？那好，我不講了。怎麼，想聽了？她長得很美。那天晚飯後，我到外面讀書，先看了半個小時德語，繼而看了半個小時法語，德語課本隨手放在石凳上。看看天色將晚，我便把書本收拾好，回到寢室。這才發現德語書沒帶。忙往老地方趕。迎面碰上一個姑娘，就是她，剛才看書時她坐在不遠處。她手裡拿著一本書，我問她看見丟的書沒有，她揚揚手中的書問，是不是這本。我一看，正是那本大學德語第三冊。連忙道謝。她邊走邊問我學什麼的，我說學日文，她奇怪，那你怎麼學德語呢？我說喜歡，自學的。她便說『Wie heiβen Sie?』我便把我的名字告訴了她。於是，我倆攀談起來。那次給我留下深刻印象。其實在這之前我就知道她。有一次我拎著開水瓶上樓，無意間抬頭，看見對面走來個女的，眼睛直盯著我看，盯得我心裡直發慌。那真是一對熠熠放光的美目呀！我不覺回頭看了一眼，正好碰見她回望的目光。從那以後，我在不同的地方碰到她幾次，都是這樣默默無言地對視的。不過自從你我一起在小路散步被她看見後，她以後碰到我再也不理我了，連看都不看一眼。可我還總是尋找她的眼睛。怎麼，你不相信？」

「相信，你的故事講得真好，」她把頭埋在我頸窩裡，懶洋洋地說。

「既然你不相信，那你猜猜，哪是真，哪是假？」

「見過她，但沒講過話。」

「咦，你怎麼知道？你真——你一定也有過這樣的經歷，對嗎？」

「我？有，不過——你再講一件類似的事，我就——。」

「講什麼好呢？你知道，過去那些事我不願講，我怕講了破壞我們之間的關係。你為了我告訴你我曾在你之前單戀過另一個人而大大地吃過一回醋，我覺得很難過。本來我是真心實意，把你當作知心朋友，想求得你的理解，同時傾吐自己的心思，沒想到——其實，我同她之間連三句話都沒講過，除了那次在地道口，哦，跟你講過了？再

說現在我見到她，一點舊情都沒有了。你說奇怪嗎？倒是那時我還愛著另一個人，那是小學四年級，一天晚自習，門打開了，跟在老師後面進來一個小女孩，一副紅撲撲的圓臉蛋，一對黑忽忽的圓眼睛，穿著樸素，甚至顯得土氣，老師把她的名字寫在了黑板上。我一下子就喜歡上她了。跟你說吧，她是班上同學，甚至是全校中長得最美的，我雖然那麼小，但只要見到特別美麗的姑娘，我就喜歡，我並不是說採取了任何行動，向她獻媚什麼的，我根本不會這些，我還太小，我只知道偷偷看她，好像除了黑板外，教室只有她可看，我的身子坐著時也是半朝著她的方向的，我坐後面，有一次，我看見她桌下掉了件什麼東西，拾起來一看，是張畫片，我想還她，又不敢，就自己留了起來，可是她讀了不到半年就走了，我總在想，她從哪兒來的，她到哪兒去了呢？還能不能見到她？」

「我也是的，他那時和我同班——我們都不說名字，好嗎？我總覺得他的眼睛挺厲害的，裡面有種咄咄逼人的光，不知道為什麼，我總是看他，他有時也回看我一下。我們的目光一接觸，我的心就跳，臉就發燒。我還經常同那個跟他住一起的女同學打聽他的情況。我們也沒講過話。還有一個男同學，在我的印象中也特別好，中學畢業好多年了，原來的同學見了面互相都不打招呼，怪的是，只有他每次見了都跟我主動打招呼，還停下來講幾句話，他看人的眼神也很怪，只要見了我心裡就有股說不出來的滋味。再沒有了，你還有嗎？肯定有，你講吧，講呀，你要是講了，我就講給你聽。」

她一說這個男同學我就知道是誰，我和他在學校裡還有過一番較量呢，現在完全記不得了，但心裡還是有股不知是怨還是惱的滋味。不過，即刻便消失了。

「好吧，這個人你認識，而且和你關係挺好，反正當時也就是中學要畢業時我最喜歡的就是她，不過，也從未講過一句話。那時我們湊巧在一起學習過，常常圍成一個圈子坐著，她坐我對面，腳上穿一雙雪白的涼鞋，其他穿的什麼記不得了，我老看她，可她從不正眼

看我一下，連我發言她都不看，也許我長得太醜了，而同組另一個男同學常和她眉來眼去，我只有認了，但我老想她。後來和你好上了，還常跟你打聽她的情況，還要你把她帶到我家來玩，不知你是有預感還是什麼，從來沒帶，實際上，你就是把我介紹給她，她也不會要我的。下鄉時，我也愛過一個女的，算了，還是不講為好，我知道，每講一個，你就會難過一次，當然表面上不露痕跡。真的不計較？那好。這個女的是大城市下放的知青，是那座水利工地上長得最美的人兒。她常穿一件藍花白底的衣裳，那衣裳簡直就是我的夢。我被她迷住了。我聽說她被公社書記——那個了，但我實在太愛她了，常在她住的地方走動，我那時穿得又破又爛，但不知為什麼她老看我，也許覺得我一頭長髮，一身破衣，還有一副吊兒郎當的模樣挺怪吧，說不清。沒跟她講過話，盡是單相思。」

「還有一個人愛過我，是我表哥，在一個小城市。我每年暑假就去姨媽那兒，他已經上班做工了。我不在那兒，他有空就到外面去玩，我一去，他沒事就陪我。有一天，他要在我竹床上睡午覺，我讓他睡，因為他還要上班。他依了我，就睡下了。他只穿一條褲頭和背心，仰著睡不好，便朝下臥著睡。我手裡拿本書，坐在旁邊，就看他的睡相。看呀，看呀，我心裡直想撲上去把他摟在懷裡，可怎麼也不敢，太害羞了。不知道他是不是真的睡著了。還有一個小夥子住我們家三扇門過去。我們一般吃飯總到門口吃，他也是，一邊吃一邊望著我，我也望著他，彼此覺得這樣很好，其實他長得不怎樣，但我不討厭他。我因為那時還沒找到一個理想的人，你知道，我理想的是這樣的人：北方漢子，大個兒，和藹而又可親，寬寬的肩膀，我就喜歡寬寬的肩膀，相貌倒不大在乎，只要有男子氣就行。就是在那段時間裡，我暫時地選中了他。還不是沒說過什麼話。嗯，我有個問題，你為什麼不找以前的任何一個，而偏找我呢？一定是覺得她們都比我強，條件高，而找我困難要小些，是嗎？」

「那倒不一定，咱倆同過班，這個很重要。可有件事我想說，我

總覺得我們初戀時你很冷淡，可我完全象瘋了一樣愛著你，有整整一年，我啥都學不進，整天想著你。」

「誰說的？不過，我待在農村那段時間，愛你少一些。後來上了學，有時想你想得無法自已，常暗暗地哭泣。」她說著真的動了感情，連眼圈都紅了。「還記得你給我寄來一張照片，我晚上睡覺前常拿出來看，放在胸口上。想你想得無法解脫時，就把兩手緊緊團在胸前，勾著腦袋，就這樣。」她說著擺出一個極度痛苦的姿勢。「我和別的姑娘不同，發育過早，母親常說我是『精怪』。我又特別癡情，很容易動情呀。」

「唉，人若沒有愛，就沒法在這個世界上生活下去了。」

「是呀，的確是這樣，」她把我摟得更緊了。

***　***　***　***　***

這天夜裡，修潔音在真念雙的夢中出現了，跟真的一樣。他摟著雙臂，頭髮和鬍子是雪白的，跟他四十四歲去世時黑髮而不蓄鬍子的樣子完全不同，好像他在死亡中還活著、還在變老一樣。他眼睛看人的樣子，嚇得真念雙不敢說話，不敢上前，不敢伸手去摸他，做出親熱的舉動。一開口就滔滔不絕地說了起來。他說：我不喜歡你這樣，把我的東西拿出去發表。本來我只死一次，但你這樣做，是讓我再死一次，再死多次。你知道為什麼嗎？一個人寫的東西，就跟一個人一樣，寫得再好，也有人說壞。寫得再不好，也不見得真的不好。你想想，有誰會對任何人的做愛進行評判和給以評獎嗎？可以這麼說，世界上所有人的做愛，只要是做得雙方都喜歡的愛，都是最好的做愛，而且都無需評獎。你把我的東西，在我死後拿出去，以為是紀念我，其實是毀滅我，雙倍地毀滅我，把我與那些愛慕虛榮，寫了一點什麼就拿出去亮相，甚至無法無天地為所欲為，利用賄賂送禮和色相等，來達到發表和得獎的目的，你讓我進入這麼烏煙瘴氣的一個文壇，究

竟是什麼意思？你以為我喜歡混跡於其中，跟那些人參合攪合在一起嗎？呸，我寧可永生永世待在那部腐爛透頂的文學史外，也不要讓那裡面漆黑的文字染黑我身我心！你知道，我活在人世的時候，做夢都想自殺，因此，每每聽見老師要學生寫他們的夢想時，我就暗自感到好笑，總是敷衍塞責，隨便湊合一篇，好在那個時代，包括你們這個時代，凡是滿口謊言、胡說八道、東抄西借、信口胡謅，總是可以蒙混過關，騙人耳目，一個民族的人是這樣，一個國家的人是這樣，幾乎幾十上百年都是這樣，你說，我不做無國籍人士誰做！我跟別人最大的不同是我膽子小，我永遠不敢跳樓，不敢沖著對面而來的汽車撞上去，不敢割腕自殺，不敢服毒，不敢吞槍，不敢自殺炸彈，不敢把自己溺死，不敢呼吸煤氣，不敢做一切戕害生命的事情，而我唯一的喜好，就是在夢中把自己自殺。一到夢結束，我就不再甦醒。我早已厭倦文學，難道你不知道？這是一個多麼自戀，多麼巴望被人讚美，多麼虛偽，多麼下賤、卑鄙、淫水橫流的行當啊！連婊子都比他們誠實。畢竟婊子一手打飛機，一手接錢，從來不會在嘴上虛偽地點贊誰或讚美誰。我接觸到的一個婊子就告訴我說，她經手的人中，什麼人都有，包括編輯、寫小說的、寫詩的、當官的、當兵的，有些人噁心極了，還自詡為靈魂的工程師，到了要付錢時，不是恬不知恥地砍價，就是想在同樣的價位內揩油，趁機多射一回！甚至還異想天開地說服小姐放棄這個營生，要她們去從良。混帳王八蛋的東西，你要她們從良，你去養她們呀？你想娶她們，他媽的又沒有膽量。你是想一分錢不花，天天白日她們。世界上有這麼便宜的事嗎？老實說，整個文學界，就是一個比淫賤業還要淫賤的淫賤業。做雞做鴨的說起來難聽，但他們和她們都敬業，雖然名聲壞在外邊，但關起門來做事，都是很專精的，不像那些被國家豢養的文人，表面上道貌岸然，肚子裡全都是臭屎垃圾，比廁所還廁所，連這些人呼出來的鼻息都是臭的。那些男編輯一見漂亮女人的臉，眼睛都閃閃爍爍地發綠發紅發紫發青發情了，恨不得當場把人強暴。他們不擇手段地以發表為誘餌，誘

惑、誘姦年紀輕輕的文學小女青年，版面就是他們光天化日的床鋪。是的，日的床鋪。只要看看某期是誰發了誰，你就知道，肯定這期是誰搞了誰。一個國家的文壇，成了這樣一個問題場、名利場、垃圾場、人肉大賣場，你有病啊，還讓我進這個裡面去，你不是要我再死一次又是什麼？！你如果真想幫我，那就去找一家無國籍人士編撰發行，專發無國籍人士作品的雜誌，我只想在這樣的雜誌上發表文章，我只想死後活在國籍之外、國界之外，做一個持有自由國國籍的人士，一生一死都是如此。請你把我的手稿燒掉，把跟我有關的一切都毀掉。行行好，為了讓我死得自在，讓我永生永世地無名下去。說到這裡，我真是覺得好笑，那些人一出場，就在名字前面冠以「著名」二字。你知道這讓人想起什麼嗎？這讓人想起參賽領獎的狗。哈巴狗、京巴狗、約克夏狗、猴面梗、吉娃娃、牧羊犬、日本柴犬、英國鬥牛犬────多麼有名、多麼好看、多麼壯健、多麼張揚、多麼著名的狗啊！跟這些狗同活在一個世上，我不如提前死去！

　　他就一直那麼講著，她就一直那麼看著，任由熱淚在臉上淌著，一直到他講完，飄著白色的鬚髮而走遠，及至漸漸消失。那一夜她再也無法入眠，躺在床上輾轉反側了許久許久，用手撫摸著大腿根處的一個地方，竟然忘記了為什麼撫摸，直到晨光熹微，鳥聲喧噪，她從床上爬起來洗漱時，沒忘了到穿衣鏡前照一下，這才恍然大悟，原來那是多年前和他相愛得如火如荼時，請人在她那兒刻下的一個繁體字：潔。修潔音每次與她做愛時，都要從親那個繁體字開始，跟著親她下面的兩片豎直的嘴唇，一直親到她水流不止，再才把裝滿他口腔的她的水，送到她口中，讓她喝掉。

　　修潔音夢中那段話，我是應真念雙的邀請，或者說提請，才放進來的。其實為了這本書能夠出版，這樣的話應該有多少刪多少。在一個不能允許任何真相或任何真實情況（或可稱作「真理」）的國家，如修潔音所說，一個從事文學的人，是不能抱有任何幻想的。該刪就刪，只要思想和幻想的孩子能夠生下地就行。這跟韓國的整容正好

呈反比。那兒是先生下來再說，然後整容。該整哪整哪。這邊則是先整容再說，然後生下來。每個國家有每個國家的做法嘛。據我所知，別看澳大利亞是什麼西方國家，其在文化上和文學上的保守，甚至有過中國之而無不及。如果他覺得有觸禁、犯禁或出來後沒有市場的作品，他根本就不給你出出來，這倒是可以給中國那些怕因無市場價值而拒絕出書的書商和編輯，提供一個強大的口實。以後如果受到批評，就說連澳大利亞都那樣了，還怪我們？！

　　不過，我一個寫書的，在此提前表白說一下，即前面那段，以及前前面的那些段，凡是尺度過大，語言火藥味過於濃烈，描寫使人過於想入非非的，看這本書的編輯都可以按照中國文化的優秀傳統大尺度、大幅度地刪削。我真的很佩服那個傳統耶，多麼優秀啊，你想想，三歲的小孩和80歲的老人看了書，都不會中毒，就更甭說中間那些個年齡的人了。那是恰如蒸餾水一般乾淨的文化，連病菌都沒有，多好的文化啊！這樣的文化不作為範本推廣到全世界，那真是全球的恥辱啊。

　　且說那天真念雙為修潔音安排與一個編輯見面，這是修潔音求之不得，但又最不想做的事。他無法忍受說教性的編輯。這種人見一個就一生都受用了，也就是說，見一個，餘生就不用再見了，簡直比見了魔鬼還糟糕。他跟真念雙講，早年去見的那個編輯，一上來就告訴他，說他的東西不行，不合這個時代的潮流，不能按照這個時代的要求來寫。那編輯越說越激動，短短的十幾分鐘裡，竟然多次提到當年正紅的那些作家，什麼這個那個那個這個的，告訴他說，要想發表，要想寫成功，必須以這些人為榜樣。修潔音說，他真恨不得照那個人的臉上吐一口唾沫，但他沒有膽量，只好在心中吐了唾沫。真念雙說，她覺得編輯也不都是他想像的那樣。這也是一門工作，人家也是要吃飯的。如果人家覺得不好，人家也沒有必要為難自己，勉強接受。他們且說且走，來到了出版社的那座大樓。開始，到了跟前，修潔音卻停住步子，活像一頭走到水邊，卻怎麼也不肯低頭喝水的犟

牛，再也不肯往前走了。這次的不成功，令真念雙很生氣。因為她早已聯繫安排好了一個編輯，名叫眉山，是位很有眼力的中年女性，曾慧眼獨識地發表過幾部不見經傳者的作品。真念雙相信，如果引薦修潔音，也許他的事業會從此起步。誰知修潔音竟然這麼不解人意，也不給面子，讓她不得不多說了很多好話，多做了很多不必要的解釋，也多生了很多本來不該生的悶氣。

修潔音回來後跟她說的第一句話就是：以後不要給我引薦任何編輯了。

「為什麼啊？我這都是為你好呀？」真念雙帶著哭腔說。

「你想知道真正的原因嗎？」修潔音說。

「想。」

「估計說了你不一定能夠接受。」

「說。」

「凡是在這個世界當編輯的，都是跟這個世界同流合污的。」

「你的意思是？」

「他們固執、偏執，一個個都是希特勒。」

「難道你不也是這樣？」

「這說明其實你是對我有看法的。」

「──。」

「他們永遠不能接受這個世界不能接受的書稿，因為他們的眼睛就是這個世界馴化的眼睛，是為最大多數的人，也就是俗人服務的。」

「是不是打擊一大片了？」

「大多數、最大多數、一大片，在我眼中，就等於是廣袤原野上黑壓壓的低頭吃草的羊。在這樣的羊群中，是不可能出現螞蟻一般大的思想的。」

「但可以吃。」

「哈哈，你現在也幽默起來了。不，尖酸刻薄起來了。」

「難道不是這樣嗎？」

「是的，這些人，這些羊，這些人羊、人羊編輯，都是吃的，為了吃的，為了被吃的，在吃和被吃中生存下去。不，我是說存活下去。」

「你知道你的問題是什麼嗎？」

「什麼？」

「你的問題是你與整個世界對著幹。」

「那你怎麼樣？把我槍斃？把我就地正法？把我送往火葬場活活燒死？就因為我跟別人寫得不一樣，我跟別人想得不一樣，我跟別人活得不一樣，我想和任何人都不一樣？」

「不是的，寶貝，不是這樣的。」

「你想把我介紹給編輯，跟她做朋友，對不對？」

「是呀，這是我的一片好心。」

「一片好心？你有沒有想過，你這是把我推進火坑？」

「火坑？」

「你難道不知道，love leads to more love嗎？」

「我根本──虧你想得出！」

「你都先我想出來了，還怪我想得出。」

「我是為了你好，想把你的作品推介出去。」

「死了這條心吧，只要我還活著，我的作品就不會發表。我也不可能寫他們能夠發表的東西。」

「你以為你是卡夫卡嗎？」

「我不喜歡卡夫卡的作品，但我喜歡他的精神。」

「什麼精神？」

「走遍世界一片荒漠，無人接受而急流勇退的精神。」

「退？」

「對。」

「人人都進，你為何退？」

「人人都進，我才想退。」

「那就只有失敗一條路了。」

「敗軍必勝。」

「你還是想『勝』啊？」

「因為我還是人。還活在人的社會。還不得不跟人為伍，跟人五人六的人為伍。」

「你聽聽這：五六伍的。」

「我知道你想說的話。」

「我想說的？」

「是。你想說：你就是你自己最大的敵人。」

「除此之外呢？」

「你還想說：你以醜為美，以失敗為美，以不共戴天為美。」

「不共戴天？」

「是呀，跟人五人六的人不共戴天呀！」

「你錯了，這都不是我想說的話。你太自我了。」

「因此我天天夢想自殺。不對嗎？」

「某種意義上，我們都是自殺未遂的人。」

「欣賞你這句話。」

「知道嗎，我太希望你成功了。」

「成功？」

「是的，成功。」

「我寧可成仁。」

「仁不好，人而為二。」

「你是說？」

「仁這個字不好，它的構成就是人而為二。」

「那你的意思是說，我寧可為仁，就是我寧可一男而二女，是嗎？」

「我又沒說，這是你自己說的。」

「我又沒這麼想過，這是你自己附會出來的。」

「難道你就從來沒想過？」

「難道你也從來沒想過？」

「我們需要談一談了。」

「我們不是一直在談嗎？」

「告訴我，你是不是在我之外還有別的女人。」

「告訴我，你是不是在我之外還有別的男人。」

「你怎麼我說什麼你就說什麼呢？」

「你怎麼我說什麼你也說什麼呢？」

「好，那我就什麼也不問了。」

「別不高興嘛，我逗你玩的。」

「不是什麼事都能開玩笑的。」

「其實什麼事都是可以一笑了之的。還是老話說得好：沒有什麼大不了的。後來用了乳房擴大術的廣告。」

「我覺得你對我不忠。」

「你覺得，像中世紀那樣，把女的陰道鎖上鎖，男的陰莖綁上鐵鍊，男女就能互相忠誠了嗎？」

「不是那樣。」

「要是你不愛我，我也不愛你了。」

「你是以愛相要脅嗎？」

「真讓人無語。」

「要是你不愛我，我也不愛你了。」

「你又說我的話。」

「要是你不愛我，那我就愛別人。」

「這是你的話？」

「不，這是你的話。」

「我沒這麼說。」

「但你前面說的那話，就是這個意思。」

「好了，好了，不說了，不說了。挺煩人的。」

他站起來，說：「我走了。」

「你去哪兒呀？」她說。

「我去哪兒用不著你管，」他說。

「你怎麼這樣？」

「我不這樣還怎麼樣？」

她嚎啕大哭起來。

他站了一會。不為所動。

她繼續哭泣。

他伸出手去，接她的眼淚，一會兒手心就滿了，嘗了一下，說：好鹹。

她打了他一下，說：討厭！

他蹲下身子，捧起她淚水橫流的臉，說：一落淚就醜了，又老又醜的一張臉！

她把他往旁邊推，邊推邊說：那你去找一個好看的，一個又年輕又漂亮的臉去。

他把她往懷裡摟，她把他往懷外推，越推越摟得緊，最後就做一處了。這一次，他們做了一次從未做過的愛。他把自己放入她身體裡，一邊動著，一邊給她畫眉、塗眼藍、抹口紅。她哭腫的眼睛化過妝後，反倒比任何時候都更有韻味和風致，性感得一塌糊塗。他剛給她塗紅的嘴唇，很快就被他自己的嘴巴吃得乾乾淨淨，旋又再度抹紅，這樣一種新鮮的經歷，讓她連續數次達到高潮，聲音響得周圍都能聽到。每逢這種時候，他從來都要叮囑她，讓她儘量別出聲，但這次，他們住的是賓館房間，他就由她去了。後來他下樓時，路上碰見幾個服務員，臉上都帶著詭秘的笑容。他就知道，他們的愛愛聲被人家聽見了。好在這個時代，人們心裡知道發生了什麼，但當著面是不會說的。

完事後，她問他：男人那麼喜歡女的素顏，但為什麼愛愛時，又

總喜歡女的濃妝豔抹起來？

他說：這個問題問得真好。也是我一直在思索的一個問題。

她說：那你跟我講講。

他說：首先說愛愛這個字。英文叫make love，做愛。1930年代前後，make love並沒有今天的意思。那是示愛的意思。毛姆的小說中，男人經常會跟女人make love，但那是男人向女人示愛，不是做愛。不知過了多久，也不知是什麼時候，make love成了做愛。

她說：這跟愛愛有什麼關係嗎？

他說：英文的「做愛」，有「make」這個字。「make」是製造的意思，那意思就好像是在說，愛是「製造」出來的，「造」出來的，過去不是還說「造愛」嗎？進而言之，愛本來沒有，但一「造」，就造出來了。我們說做作，現在又說做愛，這兩者是否有什麼內在的聯繫，我不知道，也不想知道。但現在中文把「做愛」弄成「愛愛」，我倒覺得更進一步，有了提高。

她說：我喜歡愛愛。

他說：我也喜歡。它很中文，都是疊詞，就像風風火火，花花綠綠，轟轟烈烈一樣。愛跟愛疊加起來，就是愛愛，就是我們剛才的行動。比什麼都好，不是做作出來的做愛，也不是製造出來的造愛，而是愛愛出來的愛愛。

她說：你真會說。我下面又濕了。

他說：那就洗澡澡、尿尿尿、做愛愛吧。

她說：嗯，哦，哇塞，我要親親，要抱抱，要舔舔，要吸吸，要要要，要要要。

他說：好了。還想聽嗎？

她說：想啊想啊。

他說：男的喜歡素顏，是因為他們太知道，女的總是喬裝打扮，不露真相的。他們只想單刀直入，一眼看穿女的原樣。

她說：問題是，看穿了又怎麼樣？

他說：看穿了就不一樣了。

她說：怎麼不一樣了？

他說：女人實際上永遠也看不穿。

她說：為什麼？

他說：女人不僅僅是一個濃妝豔抹的問題。女人哪怕脫光，內心也是全副武裝，披掛齊整，從來都沒有從內到外地把自己脫光過。男人要想把她澈底脫光，除非。

她說：除非什麼？

他說：我也不知道除非什麼，我只知道這是不可能的事。

她說：我知道。

他說：什麼？

她說：愛。

他說：你是說除非愛？

她說：是的。

他說：我知道，但這樣一種澈底脫光的愛，又能管多久呢？

她說：別管它能管多久，只要它在澈底脫光的時候真的能夠澈底脫光就行。

他說：你真會說話。

她說：你又重複我的話了。

他說：重複就是讚美。

她說：那為何又要濃妝豔抹呢？

他說：這是因為男的內心最狂野最淫蕩的一種願望。

她說：哦？沒聽說過。是什麼？

他說：你也想我澈底脫光，從裡到外嗎？

她說：當然。

他說：那我就不管了。你別聽了又哭鼻子哈。

她說：當然不會。如果真的哭了，就讓你把我淚水都喝幹。

他說：哈哈，你真幽默。我喜歡。

她說：別繞圈子了，快說吧。

他說：每個男人都有妓女情結，都有不從良、喜歡不從良的一面。即使表面安於穩定的家庭生活，內心還像一頭野獸一樣躁動不安，渴望時時出軌，渴望尋找刺激，渴望獵豔，因為畢竟家中的一個是唯一的一個，而唯一的一個是不可能滿足唯二、唯三、唯四、唯多的欲望的。這是男人可怕的一面，道德的約束能夠約束一時，維繫一時，但不能約束永遠，危機一到，該出軌就會出軌，該翻車就會翻車，該出事就會出事。很多人可能一輩子都未出軌、未翻車、也未出事，但他們很可能在心中早就出軌、翻車、出事了。這不是原則，這是定律。許多不幸就是這麼產生的，因為所謂社會道德，說穿了就是羨慕嫉妒恨。憑什麼你一個人把欲望真刀實槍地投射到那麼多人身上啊！太不道德了，潛臺詞是，這傢伙太他媽無法無天，為所欲為了，為什麼也不讓咱們共分一杯羹呢？

她說：你說的這個，似乎我很熟悉。

他說：男人讓女人上床做愛之前，把自己打扮得像妖精一樣，說到底，像婊子一樣，也就是要滿足心中那種欲望，要把欲望發揮到極致。某種意義上講，這也是一種安保手段。

她說：安保？

他說：是呀。這樣一來，兩個男女的婚姻生活就能始終處於安全無憂的狀態了嘛，用不著男的一出門就被人家誘惑，也用不著你對我說：到外面不許看別的女人！

她說：我說過這話嗎？

他說：你當然說過，但早已不記得了。我還記得。

她說：嫉妒是女人的天性。

他說：也不一定。從前還有大房、二房、三房、四房的呢。

她說：那還不是有互相吃醋的事。

他說：那可能是分贓不均。

她說：哈哈，也可能是吧。

他說：女人不也同樣內心狂野嗎？

她說：怎麼講？

他說：比如，女人做愛時，特別喜歡男的動作粗暴一些，狂野一些，包括言語。要說粗話，女人會在愛愛的深處聽得入迷。

她說：嗯嗯。

他說：好了，我不說了。

她說：為什麼？

他說：因為你沒聽。不想聽了。

她說：沒有。我在聽。

他說：剛才說到一個地方，我想起早年看過的一首詩，一首美國詩。

她說：找得到嗎？

他說：怎麼找不到？都在我腦子裡呢。

她說：那念給我聽聽。

他說：好，那我念給你聽，是美國詩人安塞爾姆‧霍洛寫的，題目叫《WASP[17]性神話（之一）》[18]

> 每當他夜裡回到家
>
> 蘇便穿上奇裝異服
>
> 迎接她的丈夫傑克
>
> 今天她打扮得像一個後宮的嬪妃
>
> 明天像洛莉塔[19]
>
> 齊格菲歌舞團[20]的歌女

---

[17] 即White Anglo─Saxon Protestant的縮寫，意為祖先是英國新教徒的美國人，又在美國社會中享有特權的白人之意──譯注。

[18] 《西方性愛詩選》。原鄉出版社：2005，pp. 200-1。

[19] 美作家納博科夫一部同名長篇小說中的人物──譯注。

[20] 為美國歌舞團主Florenz Ziegfield於1907年所創辦──譯注。

十八世紀的名妓吉普賽女郎

算命人一本正經的小學老師

你得連勸帶哄她才肯脫衣

古羅馬的年輕女奴印度少女

扮演這些魅人的角色

蘇的火氣就不那麼大

當她給廚房地板打蠟

她心裡

又盤算開了

該換一套日本世妓的和服做一頓美味可口的日本晚飯

地板這才擦得更帶勁

她就喜歡躲開單調乏味的生活

走進其他的世界

你決不會看見傑克在辦公室久呆

跟同事們貪杯

他迫不及待要回家

他永遠也不會出去找女人

他有那麼多在自己家

她說：這就是你前面說的那種。

他說：是呀。為了婚姻安全無事，同時，也為了女人的冒險欲望。

她說：冒險欲望？

他說：是呀，這樣家庭生活才不會枯燥無味，永遠新鮮。

她說：孫悟空有七十二變，但這個女人有二十七變就不錯了，相當於每個月只休息三到四天，連招呼月經時間都不夠。

他說：哦。

她說：可是，一個女人這樣七七二十四變，又能夠維持多久呢？

他說：女人總是問這樣的問題。總是恨不得天長地久。事實是，所有嘴上山盟海誓、天長地久者，回過頭來一看，短的連幾個星期都不到，長的頂多也不過幾年，以後就乾脆不說這些廢話了。

她說：不說那又說什麼呢？

他說：什麼都不說，就像動物那樣，哼哼幾聲，做完了就做完了，然後掉頭就走，該幹啥還是幹啥。

她說：那生活就太缺乏浪漫了。

他說：你太落伍了。浪漫是什麼時代的話語？離現在至少有二三百年了。現在是後浪漫時代、不浪漫時代，你難道都不知道？

她說：我們這個民族無論怎麼進步，內心都是淒涼的、落後的、落伍的、傳統的、浪漫的。

他說：這也就是我為何跟它格格不入的地方。永遠不合時宜。

她說：因此難以成功。

他說：我為能在那些人中成功而感到羞恥。

她說：好了，不說了，不說了，說著說著又回到那上面去了。

他說：現在既然說到浪漫，我就不能不說一下小說。維多利亞時代的小說，已經走向極致，回頭再看那樣的小說，現在的小說無論從結構、對話、人物性格、情節、鋪墊等方面，都遠遠不如當時。這是當時的勝利，也是現在的失敗。也就是說，時代進不到這樣一種地步，把什麼差不多都要廢掉的時候，還抱殘守缺地寫那種所謂現實主義的小說，簡直是睜著眼睛寫瞎書。任何文字的東西，都不可能跟照相、電視、電影、攝像等相媲美。如果寫出來的文字，立刻就能變成電視劇或電影，那不是它的成功，那只能說是它的失敗。文字就要寫得完全無法拍成圖像才行也才好。這就是為什麼我現在完全不看小說，尤其是中國人寫的小說。那樣一種東西，只配當柴禾燒掉。

她說：你不是中國人？

他說：我早就不是了。我是猶太人。我是土著人。我是無論走到哪兒，都不屬於那兒的人。

她說：我們一起走吧。

他說：走哪兒去？

她說：我們一起死掉吧。

他說：好呀。

她說：我不想活在這個世上了。

他說：這正是我的願望。

她說：那你的文字呢？

他說：跟我一起燒掉。

她說：讓我想想。

他說：沒有什麼好想的了。

她說：我們哪天做愛，一直把自己做死。好嗎？

他說：沒有比這個想法更好的了。

由於修潔音拒絕跟眉山編輯見面，更由於他一再病入膏肓地堅持不發表自己的作品，反倒更堅決了真念雙要把他作品公之於眾的想法，但她把這一想法深藏心中，不再跟他當面交流，不再徵求他的意見，只是告訴自己，一旦博士論文做完，有了充裕的時間，就要來做這件事。她把自己的想法，寫了一封信告訴他，儘管她知道，他早已不在人世，但這並不妨礙她寫信：

潔音：

原諒我要講講我的心裡話了。我不同意你的很多看法，尤其是你對這個世界的看法和你拒絕與任何編輯合作的態度。你活在這個世上，畢竟不是一個人，哪怕每天都不出門，一年十年都不出門也不是。因為你還是得把垃圾拿出去倒，沒電沒水了，你還是得找水電公司。沒飯吃了，你還是得打電話叫送餐。不知你發現沒有，這個世界你對它笑，它就回你一個笑，就像我剛才到Northland Shopping Centre一樣。路上一個不認識的老頭子，就沖我微微一笑，我立即條件反射

地回他一笑。過後我想，我為什麼不惡狠狠地瞪他一眼呢？即使是你，我想你也不會那麼做，對不對？在那個Shopping Centre，我看見很多開小店的人忙忙碌碌，臉上不大見得到笑容。他們成天這樣忙忙碌碌，不過是為了生活，賺一點小錢，並不是他們從一出生就選定了要這樣，只是碰巧就成了熨燙衣服的，賣手機盒子的，銷售付費電視頻道的，專門站化妝品櫃檯賣化妝品的，沖咖啡的，給人塗指甲油的，在銀行站櫃臺的，等等等等，都不一定是自己非常想幹，但卻為了生活而不得不幹的。他們每天的生活重重複複，周而復始，內心感到厭倦也沒有辦法，總想停下來放個假，帶著家人和孩子，到一個遙遠的地方度假，去看看自己不熟悉的山山水水，儘管那兒的人可能跟他們一樣，每天也過著周而復始，重重複複的生活，但畢竟他們沒去過，他們看在眼裡覺得新鮮，很不一樣，這就夠了。至少能夠讓他們暫時地忘掉他們重複的困頓和反覆的疲勞。如果他們買書，道理也是一樣的。他們希望從書中得到解脫，就像進入一個勝境，一個值得他們在其中勾留一小段時間的地方，讓想像飛翔起來，這就是為什麼所謂的批判現實主義，在西方連小行其道都不可能。誰要買一本書回來，翻開第一頁就挨罵，就看到他們日常生活中根本不想看到的醜態和醜惡的現實？你自己也說過，小說不可能解決任何現實問題和政治問題，說了也是白說。那你何必要寫一本讓人一翻開就不喜歡，就覺得後悔，不該掏錢買的小說呢？儘管你講出了真理，甚至是真相，但能不能稍微委婉一些？稍微半遮面一些？稍微能讓人接受一些呢？

我知道我說這些沒用，無非引來你更強烈的意見，像納博科夫那樣，他一本書的書名，就叫《強烈意見》（*Strong Opinion*），但我還是覺得不吐不快。你罵我打我都行，最好的解決方式，你知道，就是通過做愛。就像你曾經說過的那樣，那是最美好的一種打。

沒想到，她博士頭銜到手之日，就是他魂歸天外，避世斂跡之時。她後悔他不打招呼就走，沒能同他一起雙雙赴死。她恨他，也更

愛他。現在令她成癮的一件事，除了新學來的抽煙習慣，就是看他的
舊文，如下面這篇：

《回答》

> 假如你大叫
> 沒有人聲
> 只有山巒
> 回應
> 你是什麼感覺
>
> 假如你大哭
> 沒有淚水
> 只有全身
> 痙攣
> 你是什麼感覺

　　我在那堆舊稿紙中搜尋了很久，才把這首十多年前寫的詩找了
出來，而且只有一半。另一半毫無疑問已經失落了。我點燃一枝《牡
丹》香煙，仰面朝天在疊得四四方方的被子上躺下來，我承認，她的
這封來信把我最近一段時間取得的平靜心境打破了。她在信中什麼也
沒說，只說她心情苦悶，很想利用假期到這兒來一趟，和我談一談。
寫信落款的日期是元月份，而現在已快到七月了。再過半個月，我們
就要放假，麗蓮已和我約好，這個暑假一起到桂林去旅遊。這封信來
得太遲了，整整遲了——十五年！十五年前，哦，十五年前！我們多
麼年輕呀！你對我來說是一個多麼遙遠的記憶！我甚至忘記你長什麼
模樣，只記得你穿一雙粉黃的尼龍襪。那是一個冬天。我披著一件開

了花的破棉襖，穿一雙大腳趾露在外面的破布鞋，站在那個連名字都叫不上來的小鎮街頭。眼前晃來晃去的都是準備撤離村莊，回歸城市大本營的知青。我不知不覺在你面前停下，我並不認識你，你和那夥穿瘦褲腿、蓄長髮的W市的小夥子們有說有笑，正互相詢問彼此分配的單位。我靠在一株枝葉凋零的梧桐樹上，呆呆地看著你。你披一件格花呢衣，我看著你蒼白的臉，一排整齊的白牙，你紅色衣下飽滿的胸脯。我埋下了眼睛。我聽見一個好聽的聲音在問我，「你是哪個大隊的？」在我下放的五年當中，除了哥兒們之間的粗野叫罵、下流玩笑和農民們的土腔土調，還從未聽過如此美妙的城市女中音，我羞怯得連心尖都打著顫，渾身都抖索起來。我抬起眼睛，你好奇的目光正盯著我。我的臉紅得發燙。別的人也把眼睛轉向我，我雖然只看你，但我能感覺得出他們的敵意和忌恨。我用土話把我的大隊名字報給你聽了，那些小夥子哄堂大笑。我看見你用不快的目光橫了他們一眼。後來，屋裡只剩下我倆，你低低的、溫柔的聲音在我耳邊響著，我象一個做錯事的孩子，只顧埋著腦袋，盯著你腳上那雙豔黃的尼龍襪。你的話語裡顯著淒慘，你說你再也回不了省城，他們把你分到了地區，我不記得我安慰了你沒有，現在我想我一定沒有，因為我當時太膽小，在一個陌生姑娘面前，特別是一個美麗而陌生的姑娘面前，我連一句話也說不完整。我想著的老是自己：她會不會討厭我？會不會嫌我的話土裡土氣？嫌我這身衣服破破爛爛？嫌我長得不如別人精神？我還沒有把我的家庭境況告訴她，比如我的母親是個家庭婦女，我的父親在工廠當工人，如果告訴她，她會更加看不起我了。我一定不知不覺歎了口氣，因為她說：

「你有哪兒不快活吧？」

「沒有，」我說。

「你別瞞我了，這我還看不出來！哎，對了，你還沒跟我講你自己的事呢。」

我自己的事？有什麼值得講的嗎？我們知青點一共五個人，都

是從小城市來的，如今五年過去，人都走光了，只剩下我一人。還有什麼呢？我們住的是一棟村民替我們蓋的明三暗六的大房，一人住一間，現在，全部歸我一人了。還有嗎？晚上，天一擦黑，我就把柴油燈點上，在灶台邊燒火做飯，一碗大米飯，一碗鍋巴粥，就著鹹菜和腐乳，吃完便歪在床上看書。看的什麼書？《三人》，《童年》，還有幾本舊雜誌，什麼《新港》呀，《人民文學》呀。

「我反正一時半會走不了，」我突然說，聲音顯得粗野。

她看我一眼，明顯地不安起來。

後來說的話，我都不記得了，只記得她臨走時對我說，「我這人不愛寫信，但我把地址和名字留給你，你回家就來玩，一定！」

我才知道她叫王虹。

我又點燃一枝香煙。今天晚上這篇論文的清稿怕是要拖到明天了，拖就拖吧。反正還有時間。何況在這種心情紊亂的情況下，也不會改好。現在需要的是，跨過十幾年的鴻溝，數不清的日日夜夜，茫茫的空間，無數的事情，一個一個象電影鏡頭迅速變幻的地方，景物，人，回到她的身邊，重新聽到她溫柔的低語，感受她軟軟的小手的溫暖，她深情的凝視。然而，有某種感覺在叢中作梗，妨礙著我的自由跨越。莫非那不過是一個錯覺？一個夢幻？一個自作多情的猜測？一種似有若無的情緒？一種混合的感覺？不過，有一點我深信不疑，就是我和她分手後回到小隊的那幾個月中，一直是處在一種迷離惝恍的狀態，無論是在毒日頭下蒔秧，割穀，挑草頭，還是在月夜打穀，扯秧，犁地，我都感到她的存在。我睜開眼睛，就看見她黯黃的尼龍襪，閉上眼睛，就看見她蒼白的面龐，她的聲音總在我耳邊低低地喚著：「雷切，雷切，雷切。」我也在心中暗暗地對她喊著「王虹，王虹，王虹。」我倆無時無刻不在談話，說得更準確一些，老是她談，我聽，她說她從小象個孤兒似的，沒人愛她，疼她，父親是個酒鬼，一喝醉酒就開口罵娘，動手打人，常常把母親打得鼻青臉腫，

皮開肉綻。她說她是因為忍受不了這一切，初中一畢業就主動要求下放了。每每聽到這裡，我便要抬頭看她，眼中流露出無限的柔情，心裡頭一陣陣地發緊、發痛，好像有把鈍刀子在那兒剁著似的。夜裡，我躺在床上發誓，如果有一天我能和她結合，一定要象園丁愛護鮮花一樣保護她，使她永遠嬌豔，永遠是一朵開不敗的玫瑰花。

　　我回到崗城的當天，就按著她留下的地址，到繅絲廠找到了她。她臉色依舊蒼白，但頭髮燙了，現在腳上穿的是一雙半高跟黑皮鞋和白尼龍絲襪，變得比以前嫵媚動人多了。她讓我坐在她鋪得平平整整的單人床上，給我沖了一杯麥乳精，就坐在對面床上──房裡其他的女工友知趣地走了──打聽我的情況起來。這回我膽子大多了，我不但把自己的情況告訴了她，還問起她的生活，比如一個月工資多少，生活過不過得慣，想不想家，娛樂生活豐富嗎，多長時間探一次家，等等。我的幻想破滅了，原來她的父母都在國家單位當幹部，家庭條件不錯，她本人看起來也挺幸福，據她說，再熬兩年，她找好了路子，就可能回省城。她並不是沒人疼愛的人，她和家裡平均每月寫一封信，一年回去兩、三次，她的生活中似乎也不缺少什麼，工資除吃飯及買日用以外，還略有結餘，平均每月存十元左右。她存錢幹嗎？我想。莫非她準備──我不敢往下想了。那天午飯她特地為我買了粉蒸肉，還偷著用電爐給我煎了幾個雞蛋，可我吃在口裡一點味道都沒有。下午，她要上中班，臨走之前，她囑我有時間還去玩，我默默地點了點頭，竟連一句話都說不出來。

　　我本來打算在家住一個星期，好好調養調養身體，可是，第二天我就坐車回村了。我覺得有一種說不出的委屈感。我覺得自己好像受了騙。可是，誰騙了你？她？她啥時說過一句騙你的話？她對你那麼真誠，那樣關心，你走之前，還給你買了一條長江牌香煙，說是怕你在鄉下寂寞得慌，又塞給你拾塊錢，雖然你堅決沒要。我真想大哭一場。我把破黃挎包往桌上一放，便蒙頭大睡起來，可怎麼也無法睡著。我怕我是再也難在這鄉下呆下去了，可是，我一點出路也沒有，

同一個點的人不是家裡父母當國家幹部，或者掌著權，就是自己會搞關係，跟公社書記、大隊長混得極熟，來了招工指標，一個接一個地都走了，剩下我一個人，彷彿被世界遺忘，孤零零地扔在這個偏僻的小村莊裡，每天掙九個工分，成天跟農民們在泥水裡滾，我的一切都完了。今生今世，我怕是再也沒有指望從這兒出去了。

睡了一天一夜，我感到好受多了，也許是更麻木了。我不想幹活，心想索性踩到五大隊林場老黑那兒去住兩天再說。

老黑比我更慘。他原來那個知青點撤了，因為人都走空，便把他合併到林場的一個新知青點。他跟大隊磨了幾次嘴皮，執意要單獨住一間房，最後同意了他。他是個打架的王爺，從小就從街上打出來的，到了鄉下，一與別的知青點發生摩擦，總是他一馬當先，挺身而出，非跟人打得頭破血流，把別人打敗才肯罷手。那天他正沖澡，門虛掩著，我推開門，一眼看見他光光的脊樑上橫一道、豎一道盡是深紫色的疤痕，他轉頭看見我，連忙大喝：「快出去！快出去！」我知道他的脾氣，便退出去，等他洗好，穿上衣服，這才走進屋。

「你這是怎麼了？」我指指他的脊樑。

「媽的，今天讓你飽了眼福！老子從來不讓人看見這個的，」他說。

「我看見了，沒有關係。」我沒想到，他打架吃了這麼大的虧。我還以為他是百戰百勝呢。

「夥計，帶煙沒有？老子煙抽完了，正到處找煙屁股呢。」

我把揣在懷裡的兩包煙往他當桌子的箱子上一扔。「怎麼樣，夠你抽的吧！」

他猛吸了幾口煙，半晌不說話，一枝煙頃刻去了一大半，才說：「夥計，今天怎麼想起到我這兒來了？」

「不想做飯了。」

「那行，你就在咱這兒住，吃食堂，晚上我們找幾個夥伴湊湊腳，打三打一，行不行？」

「我沒心思。」

「你他媽什麼沒心思,又不是失戀,幹嗎那麼垂頭喪氣的!反正咱們這輩子沒指望了,乾脆玩它個痛快。」

當天夜晚,我們幾個人打了一個通宵的牌,我足足賺了兩盒煙,盡是雜牌子貨,連「大公雞」都有。收牌局時,我三一三十一,全部分給他們了。

白天睡了一天,接著又打了一個通宵。

第三天,我厭倦了,想回小隊,老黑挽留我,說:

「今天晚上不打牌了,咱們去弄幾個妞來玩玩,怎麼樣?」

「玩就玩,老子不在乎。」

說是叫幾個妞,實際上只有一個,男的連我和老黑在內,倒有七八個,什麼楊拐腿,李大頭,方疤子,還有幾個我連名字都叫不上來。他們管那妞叫丁香,其實人醜得喊娘。塌鼻子,細眼睛,一張燒餅臉,是林場的「場花」。

「這種妞,還值得玩?」我附在老黑耳邊說。

「嗨,沒好的,將就吧。」

他們在山下村莊抓了幾隻雞,叫丁香宰了在灶臺上燒,又去打了兩瓶一角一兩的苕酒。雞燒好了,大夥兒把兩隻破箱抬到當屋擺起來,算是桌子,擺上燒雞和茶缸,各人撿了幾塊土磚,圍桌而坐,就大吃大嚼起來。一杯酒下肚,老黑精神來了,大聲喚丁香:

「丁香,過來,跟老子親個嘴。」

大夥都知道,丁香不止跟老黑親過嘴,還睡過覺呢。便七嘴八舌喊起來:

「丁香,親嘴。」

「丁香,這算什麼,要我,親十個也幹!」

「老黑,你不能一人獨吞,老子們也要親一個。」

「我提議,誰不親她,誰就罰三杯!」

「好,我同意。」

「我同意。」

丁香已經跑到門邊，手在抽門閂。老黑一個箭步衝上前，把她攔住，一手摟住她的腰，就低下頭來親她。這時，他們都一擁而上，幾十條胳膊伸出去，都把她往自己懷裡拉，屋裡頓時一陣「噴噴」的親嘴聲。

我實在看不下去，便起身喝道：

「夥計們，咱們是喝酒，還是親嘴！」

「酒也要喝，嘴也要親！」是老黑蠻橫的聲音。我看見他眼中射出陰森森的光。

「好了，好了，咱們喝酒吧，」一個息事寧人的聲音。

於是，又開始喝酒，直到酒杯喝得底朝天，雞骨頭啃得淨光，村雞叫頭遍為止。

我睡在老黑的破被窩裡，跟他說，「你知不知道一個叫王虹的，我跟她——」

「王虹？她老子怎麼不知道。她不就是塗家灣的嗎？那小妞長得不賴，不過，給人搞了。」

「你他媽別胡說好不好！」我一驚，霍地從床上坐起，氣洶洶地看著他。

他從沒見我發這麼大的火，莫名其妙地看著我，不知如何是好，好半天才說：

「雷公，這是真事，別人不知道，我還不曉得。她在省城跟我住一條街。她有半年在家裡打胎，我們街坊鄰居無人不曉。你知道和誰嗎？公社書記！要不，她怎麼這麼快就出去了。你呀，真是個呆子。」

我歎了一口大氣。把煙頭扔到地上，那兒已經有十幾顆過濾嘴了。那一次事情像是做夢，回小隊後的許多日子裡，我始終懷疑是否真有其事。她，那樣一個純潔無暇的姑娘，那麼可愛、溫柔、體貼

人，她決不會幹出這種事來。其他知青點不也是有很多姑娘進城了嗎？難道她們都被人搞了，以這個為代價？這決不可能。別人可能被人糟蹋，但她，我的王虹，決不可能發生這種事。就是打死我，我也不能相信。這種事情，我連去調查證實都不願意，我決不會卑鄙到那種地步。她在我的眼中，我的心中，我的思想和想像中，甚至在我的夢中，也是純潔的。現在如此，將來也是如此。我感到希望又回到了心間，我鼓起勇氣，給她寫了一封求愛信，我記得說過一句話，「哪怕你對人不忠，我也愛你到底。」發信之前，我又把那個「人」字換成了「我」字。可是，直到我上大學，也沒有收到她的回音。我又把我上大學的消息告訴了她，她還是沒有回音。本來我是想在得到她的音信後再去找她的，可是後來我再也等不下去了，放寒假回家，我便到廠裡去找她，誰知人家告訴我，她已在省城找了婆家，不久前調回去了。

一晃就是八年，我現在在北京大學哲學系讀博士，她卻給我來信了。太遲了，實在太遲了！她哪裡知道，這兒有一個名叫麗蓮的大學生正如癡如狂地追著我哪。

麗蓮是在一次演講會上和我認識的。我關於中西文化對比的一篇論文演講博得全場雷鳴般的掌聲。在台後向我表示祝賀的人中，她也是一個。吸引我的與其說是她的相貌，不如說是她那身時髦的打扮：展翅欲飛的紅蝴蝶結，瀑布飛濺似的大燙髮，勾人魂魄的健美褲。她的第一句話是：「您的演講是我平生所聽到的最好的一次，謝謝。」

這以後，她常到我房間來。仍然和原來一樣，她談我聽，我不知道為什麼，在女人面前，我總顯得嘴笨舌拙。她開口閉口便談她家裡的事情：爸爸是水電部的一個副總工程師，媽媽在香港一家中國辦事處工作，哥哥在美國留學，只要她想，隨時都可以出去。她還告訴我，她爸爸經常出國考查，出國就和在國內出差一樣方便，她家裡的電器設備一應俱全，她身上穿的衣服全是媽媽在香港給她買的。她們家裡請了保姆，她在家啥事也不做，從小長到大，她沒洗過碗筷，沒

洗過一雙襪子。她談著這些，我便感到暗自羞愧，我自己的家，在崗城的家，只有二十幾個平方米，爸爸是個鉗工，媽媽在街辦工廠幹活，一個弟弟在上中學，一個妹妹小學快畢業了，我每月的生活費還得分二十塊錢寄回去，和她相比，真是一個天上，一個地下。她跟我談這些幹嗎？只有使我感到無地自容。然而她並沒注意到這些，反而一味地講她那淺而又淺的經歷。她也不問問我過去幹了些什麼，我在鄉下是怎麼度過的，我的家庭怎麼樣，其實，即便她問了，我也不會告訴她，我還是保持沉默為好，或者以一個長者、學者的身分，給她談談學術界的新動向、新思潮、新資訊。誰知過了一段時間，她對這也不感興趣了，她說她一生夢寐以求的是當一個電影明星，如有可能，最好到美國深造，然後去好萊塢，揚名天下。她一到週末便要我陪她跳舞，上電影院，逛公園，或者上她家，而這是我最不願意的。她們家的豪華使我感到格格不入，她爸爸是個待人和氣的老頭子，保姆也客客氣氣，可我只要在那兒，就感到渾身不自在，手沒地方放，眼睛不知看哪兒，我覺得還是回到學校的雙人房間看書的好，我想，也許命運規定了我一輩子只能老死書齋，過一種清貧而高尚的生活，我受不了那些庸俗無聊的錄影片，那雜亂無章的迪斯可音樂。她聽後感到驚奇，「你落伍了！這就是現代人所追求的幸福呀！你不要這，還要啥？一輩子鑽書本又能鑽出什麼名堂。」我覺得她的話沒什麼不對，我也找不出理由來反駁她，我想，各人的生活都是各人自己挑選的，不能勉強。然而，我渴望某種更強烈、更深沉，象老酒一樣有滋有味的東西，而不是那種象打強心針似地獲得刺激的消遣。我在泥水裡整整泡了五年，我對土地有一種樸素的感情，我覺得凡從黑油油的泥土裡生出來的東西，都是新鮮的、旺盛的、自然的，具有強大的生命力。我雖然再也回不去了，但我的心中總有那麼一片黑色的泥土。可是，跟她談這些有什麼用？她根本不懂，也不願意懂。她的高跟鞋已經永遠地把她和泥土隔絕了。

　　我給王虹的回信，以及她的第二封來信的事，都沒有告訴麗蓮。

從這封信中我得知，她已離婚，孩子判給男方了。她在信中只是表示想和我見面，談一談心裡話。最好是我暑假在北京等她。

我拿不定主意，應不應該寫信叫她來，我無法答覆她，同時，我也沒法告訴麗蓮，我是否決定和她一起到桂林度假，我知道，一旦拒絕她，後果將會怎樣。她長這麼大，都是父母聽她的，如果我不聽她，而又不給她一個合理的解釋，她會原諒我嗎？即便她同意了，暑假期間她也要三天兩頭上我這兒來，我怎麼才能既和她見面，又不被她看見呢？回自己老家是不行的，崗城的人差不多都認識她。到她的省城去也不合適，萬一碰見熟人怎麼辦？我絞盡腦汁，始終想不出一個萬全之策。最後我想，再等一段時間吧，讓我的直覺告訴我該怎麼辦吧。

我把那首詩重又擺在桌上，呆呆地看著那幾行不成熟的詩，心亂如麻：

假如你大叫
沒有人聲
只有山巒
回應
你是什麼感覺

假如你大哭
沒有淚水
只有全身
痙攣
你是什麼感覺

***　***　***　***　***

　　據真念雙告訴我，她後來跟修潔音之間，慢慢出現了心理上的裂痕，主要是她覺得，修潔音的態度過於決絕，甚至讓愛情都難以接受。我與她進行溝通之後，她告訴了我這樣一段經歷。那次，他們就投稿發表修潔音的文字的事，因修潔音的這段話而中止。真念雙說，修潔音說，我不發表，有兩個原因。一，他們不接受。那麼垃圾的東西都發表了，而我遠遠超過他們的東西，卻被他們拒絕。這沒有關係。這個國家不接受，不一定另一個國家不接受。這一個語言不接受，不一定另一個語言不接受。這一個地球不接受，不一定另一個星球不接受。這一個宇宙不接受，不一定另一個宇宙不接受。二，在他們那個國家，要想被人抹去，真是再容易不過。因為太舊，國家太老，文化太滄桑，那個國家的時間不值錢。把一個人，尤其是一個政治人物抹去，簡直輕而易舉，一抹就是十幾年、幾十年，乃至幾百年。我不用他們抹，我自抹還不行？我把自己從他們暗無天日的大牢中抹去。我把自己這朵小小的火焰掐滅。我甘願永遠都不自立於他們那個民族之林！我不屬於他們，我不屑於在那裡面立足，我自己讓自己死定。就這麼簡單。不是自摸，而是自抹。我心甘情願，死而無憾。

　　他的這一席話，讓真念雙覺得很為難。背著他去跟編輯聯繫，比如我，然後以他的名義發表，會招來他的不滿，甚至怨恨。她說，這種事的確也曾發生過。她背著他，在一個叫個什麼《天思》的地方小雜誌上，發表了他一篇早年的作品，興沖沖地把稿費（不過一百元）和樣刊拿到他那兒，本以為會討得他的歡心，卻不料他瞟了一眼，就把雜誌扔在一邊，冷冷地說了一句：誰讓你拿去發表的呀？這話像刀一樣，捅進她的心窩，令她十分難受。當時便扭過頭去不理他了。過後雖然和好了，但心裡留下的深深劃痕，也不是一時半會能夠癒合的。她還把那篇文字拿給我看了，我就此放在下面，算是作為修潔音的又一個二十來歲曾經活過的證據，其他我就不多說了。

《樓》

　　那兒有一座孤零零的大樓。

　　他每天晚上九點半準時走出圖書館的大門，第一眼看見的就是大樓。在沒有星月的夜晚，大樓形如一只四四方方的匣子，灰濛濛的矗立在黑暗之中。

　　他回寢室的路是背著大樓的，但在經過操場時，他只要稍稍向後偏一偏頭，就可以看見遠處的大樓，因為樓的頂部亮著工作燈，耀著一圈方形的幽綠色的光。他不知道為什麼光是幽綠色的，而不是白的、淡黃色的，或粉紅色的。他也不想深究。

　　有時他忘掉了大樓的存在，當他回到自己的樓中。這座樓比那一座矮很多。窗子開的方向看不到大樓。樓道裡骯髒不堪，儘管每天有人打掃。廢紙片、煙蒂、碎玻璃瓶、煙盒子、火柴棍、速食面塑膠袋、廢報紙，這些一掃就沒了。但是鼻涕、痰、髒水就沒辦法。剛剛掃過的地上，很清楚地顯現出形如大蝌蚪似的鼻涕和痰的痕跡。

　　有一次他問一個熟人，大樓什麼時候修起來。熟人說不知道。反正已經修了一年多。也許還要一年，也許要兩年也說不定。他不知道為什麼要問這個問題，因為他並不真的關心。每個星期六晚上，他一個人出去散步，總是看見那座大樓，孤零零的龐然的立在夜色之中，樓頂閃出一圈幽綠色的光。他對散步本來沒有興致，但他不得不散，因為只有散步，他才感到舒服一些，主要是胃要舒服一些，不再長時間坐在桌邊受擠壓了。

　　春天的時候，沒日沒夜的下著毛毛雨。還刮著凜冽的北風。他冷得索索發抖，所有的衣服穿上了身，手仍然是冰涼的，鼻子老是吮個不停，不管是圖書館、教室、寢室，到處都是一樣冷。樓道裡有扇窗戶沒有關好，被風吹得「哐當、哐當」直響，突然「嘩啦」一聲，玻

璃全碎了，雨點一般砸在地上。房裡的人都得了傷風症。一個人躺下去了，另一個人每隔兩分鐘就到門外擤鼻涕，大把大把全是黃綠色的膿鼻涕。甩不下來就直接抹在牆壁上。他看著細雨濛濛之中掩映在一叢稀疏的樹後的大樓。

他並不能真正忘掉大樓的存在，即使他偶爾走到看不見它的市區裡。市內車水馬龍，人山人海，他在大街小巷穿來穿去，直走得大腿疼痛為止，然而沒有一個熟人，甚至連一句話都不懂。這比國外還糟。他在國外的半年中，生活似乎容易得多。他能講一口流利的英文，上街買個東西，在公司辦事，打個電話什麼的，根本不成問題。他在這個地方生活了一年多，連電話都沒打過。跟誰打呢？他也覺得好笑，跟誰打呢？那時候，他住在十樓，僅僅是整座大樓高度的三分之一，城中的高樓大廈鱗次櫛比，宛如高山深谷，樓與樓之間，差不多看得見浮雲飄來飄去了。

他想，我無論如何不能再呆下去了。我的生活怎麼能夠這個樣子，課堂、飯堂、寢室、圖書館、寢室。與之相處的都是熟悉的陌生人，陌生的熟人，最瞭解的人只能說出彼此多大年紀，婚否，有子女否，原先曾幹過什麼工作，現在對什麼感興趣，將來想怎麼樣，有些人乾脆連這些都不知道，僅僅知道姓名和哪兒人，互相之間都感到沒有必要知道。要讀的書都讀不完呢。真的是這樣嗎？他喜愛大學時代的生活。人們似乎更融洽一些，更瞭解一些，更容忍一些，更……。也許人們本身更單純一些，因為年齡比現在要小一些，對嗎？他想起那天早上，站在一群人當中，默然不響，毫無表情地注視著大樓腳下水溝邊那張蒼白的臉。頭天夜晚北風象鬼一樣呼嘯。

現在難道又要輪到我了嗎，他想。不會的，我從來沒有起過這種念頭，甚至類似的念頭。真的沒有？做出姿態嚇嚇人好像有過。認真幹從來沒有過。我不是膽小鬼。也可能正是膽小鬼。敢於從大樓，哪怕三層樓往下跳的人才是英雄好漢。那位工程師不就是從三樓跳下去的嗎？對，他的生活挺不錯，是黨員，出過國，還當著科長，工資也

挺高的，幹嘛？活得不耐煩了嗎？也許是。他有沒有朋友？他們當時怎麼不來看一下，幫著把他濺得滿地的腦漿和血跡擦一擦？他們怎麼不來幫幫忙，把他的屍體抬走？他們怎麼老是在背後談他，分析他的舉動，他的為人，他的嗜好，他和別人的關係？他是一個脾氣相當暴躁的人，可他現在沒有發過一次脾氣，他覺得地位使自己變得膽小如鼠了。

　　他決定無論如何得去大樓一趟。大樓並非赤身露體，它穿著一身破爛衣服：什麼腳手架呀，攔網呀，木椿子呀，板橋呀，吊車架呀，等等，宛如裝在一隻破爛不堪的籃中的積木。他給孩子買的積木。孩子不再屬於他了。孩子的媽媽現在臉上常常掛著滿足的微笑。她和那個男人晚上睡過覺，第二天早上何必要一前一後，隔開一段距離走路呢？怕人懷疑嗎？在這個家家戶戶壁壘森嚴、互相嚴密監視的地方，這種事情搞一整夜難道還沒有人知道？再說，已經重新登了記，又怕的什麼呀？他並不是找不到。而是厭倦了。他澈底厭倦了這一切虛禮俗套，他尤其忍受不了姑娘們用那種尖細的假嗓子說話，看不得她們搔首弄姿的樣子。有幾次他親眼看見圖書館的姑娘邊看書邊用細長的小手指伸進鼻孔挖鼻屎，挖出來後便一團一團地往桌腳上抹。他想，我要在夜間去那兒，當幽綠色的燈光再度亮起時。

***　***　***　***　***

　　修潔音去世後，真念雙對他的思念沒有與日俱減，反而與日俱增，這是不是也是修潔音生前所說的一種平衡？如果愛得太重，或許恨的砝碼也在加重，正如他們那時共同發現的那樣，被他們拋在身後腦後的那個國家，雖然遍地都是野蠻，但希望卻很葳蕤，而他們後來移過去的那個國家，雖然一切都發達，但幾乎天天都是在無望中度過。修潔音說：需要做的事情都做了，都做到了，所有的希望都達到了，還要希望幹什麼呢？野蠻人需要變得更文明，文明人難道需要變

得更野蠻不成？某種意義上也如此，他們認識的人，一有機會便離開充滿人霾的城市，到深山老林或叢林河流居住一段時間。或者乾脆天天住在海邊，一年四季在海水裡衝浪。衝浪本身就是生活。達維德就是這樣一個男子。他每天，包括雨天，都會開車來到海邊，腋窩下夾著他的衝浪板，一身緊繃繃的泳衣，腳上穿著腳蹼，頭上戴著墨鏡。整個人看上去活力四濺。他們從未看見他看書，對他這樣的人來說，看書實在毫無意義而且浪費時間。他只需要像飛魚一樣，在海浪中穿行。

　　他們在這個國家見到的許多人，都是不同於那個國家的人的。諾爾曼是大學的高級講師。他一生不娶，過著快樂的單身漢生活。兩人去他家聊天喝茶時大吃一驚，這個地方簡直像個垃圾場：每個房間，包括廚房，都塞滿了書籍，從古羅馬以降，裡面一本中文書也沒有，因為他不懂中文。他們一起在露天下喝茶的後花園，似乎從來都沒有收拾過，裡面到處放的是爛板凳，壞椅子，廢木頭，地上沒有一根草，卻鋪滿了廢紙頭和碎木屑。兩人都無法理解一個人怎麼能如此生活。可諾爾曼卻總是笑嘻嘻的，到哪兒都戴著一頂安全帽，騎一輛自行車，因為他拒絕當代文明的交通工具，如汽車，不是他買不起，而是他不肯買。他寧可把錢花來買書，也決不浪費在消耗汽油上。他在大學主講的課程，都與十九世紀英國小說有關，什麼哈代、吉辛、梅瑞迪斯，等，但他的最愛，還是那個時代不太見經傳的文本，即可能在文學史中不為人提及，從未得獎，或被公開認為屬於二流的作品。修潔音想：難道他不怕人說，此人沒有眼光，低級趣味？諾爾曼似乎看出了他的心思，說：一個人不能心存恐懼地生活。如果他有一個想法，也要左顧右盼，看是否能跟別人想得一樣，是否不會因為想得不一樣而受到別人批評，這樣的生活，就很不自由。同樣的道理，如果一切都向最高看齊，這個世界就永遠也不可能平等，永無平等出頭之日。除了最好、最高、最上的人有希望留存在世，留名在世，其他的都跟螞蟻一樣，不值得被人世記取，只配做那些人的陪襯甚至肥料。

這是很不民主的。他之所以看二流作品，一是因為前面的想法，其次是因為那裡面有著很多真實的東西，可能與把作品衡量為幾等品的標準相左，但自有其特殊的韻味和時代風氣和風情。比如，諾爾曼說，一隻小鳥叫得很可愛，你也要去給它評個一流二流不成？藍天上突然飄來的一片孤雲，呈現出各種能讓你產生幻想的形態，你也要這麼去用一流二流的標準去評定？修潔音很感激他的見教，但同時也問：那麼，為什麼偏偏是二流，而不是三流或四流？諾爾曼把手攤了一攤，說：也不是對三四流作品有歧視，而是光就所謂的二流，作品就多如人手上的汗毛，還得擇其善者而觀之。

回到家後，真念雙對修潔音說：不知道他為何不肯結婚？修潔音說：那你為什麼當時不直接問他？真念雙說：不好意思問。修潔音說：那我跟你打電話問？真念雙說：哎，千萬別！這種事怎麼好問。修潔音說：我是跟你開玩笑的，但我大致也能想得出原因來。真念雙說：什麼原因呢？修潔音說：找不到合適的人。真念雙說：如果想找，總能找到。修潔音說：你覺得這個世界上，會有女人願意陪他過這種只讀書不斂財的生活嗎？真念雙想想，說：可能沒有吧。修潔音說：離婚率太高，這是第二個原因。真念雙說：還有第三個原因嗎？修潔音說：女性不肯結婚。真念雙說：會嗎？修潔音說：你沒讀過格里爾？真念雙說：不太瞭解。修潔音說：她1971年出的那本書 *The Female Eunuch*（《女太監》），因為提出了一個口號：女人要獨立自由，就必須不結婚，結果造就了一大批五零後的女子直到五六十歲都守身如玉，決不結婚。真念雙說：但你不是說，她們年輕時也放蕩過嗎？修潔音說：是的，她們年輕時都放蕩過，就像你一樣。真念雙說：哎呀，你怎麼這麼說話呀！修潔音說：我說的是實話嘛。真念雙說：再這麼說，我就不高興了。修潔音說：我是開玩笑的。真念雙說：就算我放蕩，也是跟你一個人放蕩。修潔音說：這倒是真話。我還不是只跟你一個人放單嗎，不，我是說放蕩。真念雙說：那誰知道啊。修潔音說：怎麼，你不相信？真念雙說：我不知道，但我有種感

覺，總好像男人跟我做愛時，腦子裡想著別的人。修潔音說：你別說了，那正是我對你的想法。真念雙說：我不可能這樣，我心裡只有你一人。修潔音說：你心裡是否只有我一人，也只有你自己知道，我怎麼可能知道呢？真念雙說：我發誓好嗎？修潔音說：千萬別跟我來山盟海誓那種了！真念雙說：那我怎麼才能證明呢？非要我把心也掏出來嗎？修潔音說：漢語真是一種偉大的語言，竟然能想像出掏心這種話。你想想，這可能嗎？把心掏出來，人肯定死了，滿手都是血。真念雙說：打個比喻嘛。修潔音說：人難以真實就在這個地方。比喻都是假的，以假來喻真，這還可能真嗎？真念雙說：不過，我還是在想，男人不結婚，不找女人，他日子怎麼過得下去呢？修潔音說：這你就不知道了。真念雙說：不知道什麼？修潔音說：不娶妻的男子，至少會娶手。真念雙說：娶首？修潔音說：不是首都的首或首級的首，而是手套的手，手淫的手。真念雙說：哦，哎呀，呸、呸！怎麼說這個了？修潔音說：不是我有意誨淫，而是這是事實。不娶妻的男人，手就是他們的妻子。他們靠自慰來獲得快樂。再說，妻子這個字也不好，不夠好。真念雙說：怎麼不夠好？我們還要結婚，你還要娶我為妻呢。修潔音說：妻跟淒涼的發音是一樣。淒涼就是妻涼啊！真念雙說：你壞！你故意把壞意思讀進好詞中。修潔音說：本來就是這樣看，那也不能怪我，不信你看英文的妻子wife，它意思就比較好，因為它跟life是押韻的，而且也含ife三個字母。真念雙說：我不跟你說了。我，她壓低聲音說，我想和你。修潔音說：大聲說：我想和你做愛！真念雙說：你別那麼大聲說話好不好？嚇死人了。修潔音壓低聲音說：好吧，好吧，我的小BB。真念雙說：你又說粗話了。修潔音說：每次一說粗話，我下面也會變粗。真念雙說：還真是。我都摸得出來。修潔音說：那你呢？真念雙說：我什麼？修潔音說：你沒有濕嗎？真念雙說：不知道啊，你摸摸吧。修潔音說：哎呦，全都成濕地了。

　　兩個被愛情打得透濕的人，從心所欲地又為所欲為了一番，就容

我把細節一掠而過吧。下面再插一段修潔音生前的作品，以後就不再作解釋了。讀者可以根據自己的喜好，選擇跳過不讀或跳讀。

《一個講了兩遍的故事》

梯子在我腳下晃動起來，一陣強大的暈眩感向我猛地襲來。我看到了什麼？這一片朦朧的紅霧是什麼？那些影影綽綽的人是什麼？為什麼有一盞燈老是在向我射，彷彿一把尖刀？我支撐不住了，我的腿打著哆嗦，我的身子顫慄不止，我的眼前閃著刺眼的強光，腦子裡面盡是粗野的混亂的喊叫。我的每個毛孔都在爆裂，汗珠子象長了刺，紮得人癢，紮得人疼。我想爬下梯子逃走，只要雙腳站在堅硬的地面，我就會感到踏實，然後貓著腰，順著牆根的一叢深草叢，慢慢摸到屋角，食堂的工人早下班了，開水也停止了供應，不會有人來，今天沒看到，可下次還有機會。我不看了，我想回去，我再不想看了，不敢看了，我要回去，我寧願躺在被窩裡胡思亂想──誰叫你幹了？不是你自己想幹的嗎？不是你自己沒事就裝著採集野草野花標本，在這附近查勘了多次，碰巧看到工人白天在這兒搭梯修補破窗的嗎？我穩了穩神，原來那盞刺眼的燈是從遠處大路邊的梧桐葉中照射過來的，它離這兒大約總有一百米左右距離，不會有人發現的，不會的，人們連想都不敢想到這兒，這個主意只有我想得出來，只有我敢幹，我一生也只幹這一次，從今往後再也不幹了，我多麼渴望！窗玻璃內面凝結了一層厚厚的水汽，水汽積累多了，開始聚成水珠往下滾，滾出一道道歪歪扭扭的溝渠，然而我什麼也看不清，眼前只是一片大氣湯湯的白霧。一陣透骨的寒風吹來，我渾身打了一個冷顫，不知誰「啊」地尖叫了一聲，我差點兒驚得從窗坎上摔下梯子。原來是窗玻璃「喀拉」響了一下。我忙將脖子一縮，躺在高高的窗檻下面。

起風了，牆根下那叢枯草稀裡嘩啦一陣亂響，遠處的路燈一時也

被搖曳的樹影遮暗了。我覺得脖子裡沙沙地灌進來一脖子灰土。

　　良久，我直起腰，再一次向窗裡看去。白霧似乎消隱了一些，我掏出手帕，又將玻璃輕輕揩了一個來回，室內的景物變得清晰起來。沿牆邊一溜兒排開幾隻彎彎的水龍，蓮蓬頭拆除了，只有鐵管彎得象個問號，垂頭沉思著。室內靜得出奇，沒有沖水淋浴的聲音，也看不見一個人，只偶爾聽見天花板上重得掛不住的大顆水珠，滴答滴答地掉下來，砸在格花的水泥地平上。莫非到了關門的時間？我心裡一驚。不好，管理澡堂的師傅馬上就要進來查看，然後關掉龍頭和燈光，我得趕快走掉。我正猶豫不決，門「呼」地推開了，我的心劇烈地跳動起來，我的呼吸急迫得接不上來，差一點被窒息，我感到心臟好像已經蹦了出來，在那兒拍打著窗戶，發出「呼呼」的響聲，血沖到腦門，在眼前布開一片紅霧，我懷疑那個人影在推開門的一剎那，早已注意到了我，她的眼睛似乎朝頭頂的窗玻璃上掃了一下，一眼就看到那個黑忽忽的人影俯在窗檻，睜著一雙貪婪發亮的眼睛，她馬上要轉身出去，大聲嚷嚷了。要不是我看見這個赤身裸體的人若無其事地將肥皂盒，裡面盛著一塊翡翠色的鴨蛋形香皂，放在長條凳上，又將兩條毛巾依次搭在龍頭開關上，我真要不顧一切從五六米高處跳下，落荒而逃的。可是我錯過了最好的機會——她推門進來時是整個面部對著我的，她的胸脯，她的腹部，她的下體，她的大腿，和那踐著一雙淡紅拖鞋的白嫩的小腳。我現在只能看見她的後影了，她雪白的後頸窩，光滑的脊樑，豐滿的臀部，略微凹陷的膝窩，黑油油的頭髮披散下來，圍著她的頸項，看不清她的臉，她稍稍側過身子，我看見她一隻發育尚不完全的、微向上翹起的乳房，她那紅中帶紫的小小乳尖。她從長椅的尼龍袋中取出一隻標紅的塑膠小袋，抖開，戴在頭上，然後微仰起腦袋——她的乳尖聳了起來——肘尖向外，手在腦後將散亂的髮絲攏進紅帽子裡。她扭開龍頭，把冷熱水調勻，便站在水柱下面，開始淋浴，整個背部對著我。我真希望她轉過身來，哪怕稍微側過身子，露出乳房的一個輪廓也好，可我只能看到她的後背。她

略顯肥胖的臀部和股溝。她好像陷入了沉思，一動不動地站在龍頭下面，低著腦袋，聽任水柱沖刷著全身上下的各個部分，時而上身稍向前傾，水便嘩嘩地打在她的肩頭，張開一面透明的簾幕，包裹了她的後背，繼而又微向後仰，讓胸脯承受水的愛撫，她的眼睛一定是閉上的，現在澡堂只有她一個人，是這樣安靜，這樣舒適，要衝多久就可以沖多久，又不必害怕有人在旁邊等久了會不耐煩。可為什麼她不轉過身來呢？難道女孩子就是幽居獨處的時候，也小心翼翼地提防著暗中窺視的眼睛嗎？哦，那是一對多麼令人眼饞的乳房喲！要是能讓我用嘴唇輕輕地在它上面吻一下，哪怕立刻叫我去死我也願意。可是，淡淡的霧汽蒸騰起來，她在眼前只是一團白忽忽的影子，水柱在她身上迸濺出無數大大小小的水珠，向四面八方噴射開去，閃耀著五顏六色的彩光。我後悔自己沒有一架照相機，不能把這幕精彩的鏡頭攝下。我後悔自己不會畫畫，不能在紙上將她美麗的裸體捕捉，然後在自己的畫室中加以藝術的描繪。我後悔一切，我讀了三年的電學，今天才第一次意識到我所學的一切在她的純潔無暇、一絲不掛的美前完全是一紙廢話，我所夢想了一生──雖然我只活了二十二個年頭──在日常生活中極力小心回避了一生的，不就是這種危險的、神祕的、蕩人心魄的美嗎？我要她，我不能忍受這種殘酷的、無法滿足的旁觀，我要衝上前去，把她緊緊摟在胸前，用全副肉體和身心去感受她的奇妙的美。我周身的血液沸騰著，咆哮著，洶湧著，彷彿暴雨後猛漲的河水，一味喧囂鬧騰著要沖決堤壩，找一個決口不顧一切地奔瀉而去。

可是，她到哪兒去了？水柱沒有了阻攔，直接傾瀉在地上，打得劈裡啪啦直響，那盒碧綠的鴨蛋香皂一動不動，躺在皂盒中，彷彿一個綠色的夢。兩條毛巾軟軟地搭拉下來，往下滴水。她可能還沒洗完，她決不可能洗完，肥皂和毛巾，這是她要返回的跡象。時間好像長得沒有盡頭，風聲響得令人心驚肉跳，牆根下的草叢發出一種刺耳的哀鳴。遠處的燈光成了一團模糊不清的樹影。她去了這麼久不回來，莫非有什麼忘在更衣室了？也許是洗髮香波？某種清潔劑？我對

自己說，時間太久了，我必須走了，再不走就會出危險，我又對自己說，沒關係，既然這麼久了，還沒有事，就不會出危險，我一定要看到她的前面，等到她再次推門進來，我會看到一切的，我要加深這一印象直至永遠，她的忍耐力決不會比我強，她一會兒就會回來，我將看清她的面孔，她的乳房和一切。

我聽到一聲輕微的足音，輕微得在這喧嘩的樹葉聲和草葉聲中也能辨別出來，我警覺起來，側耳細聽，足音沒有了，我相信那不是足音，而是我自己內心恐懼造成的幻覺。宿舍裡差不多都空了，大夥兒全到露天電影院看電影去了，工人早已下班，除了風和黑夜，還有誰來這個偏僻的地方呢？我必須堅持下去，再堅持一、兩分鐘，我就可以飽覽我那夢寐以求的殊美了。

我除她之外，還有一個女友，這是她在一次翻閱我的那堆雜亂無章的信件時發現的，然而我並不知道，這就是為什麼最近一段時間，她對我的親熱舉動冷若冰霜的緣故。

我脫得只剩一條褲衩，在床上等著她。她在梳粧檯上慢條斯理地卸妝，一邊不時朝開著的彩電方向睃兩眼。上床後，她也不和我親熱，把我的手往旁一推，便臉朝裡面躺下了。

「你不舒服？」

「沒什麼。」

「要不要我給你沖點奶粉什麼的？」

「不用。」

「還看電視嗎？」

「你關它吧。」

我去把電視關掉。

「我要睡了，你可別再動我了。」

我斜倚在她身邊，半天沒響。

「我覺得你好像對我有意見。」

「……」

「你說話呀。」

「……」

「你要不說，那就別怪我了。」說著，我伸出有力的膀子，硬把她全身翻了一個過，面朝向我。

「你怎麼這樣粗魯？恐怕你是對我才這樣吧？」

「你這話我不大明白。」

「各人做的事，各人自己心裡有數。」

「我實在不明白，真的。」

「那你說說，那封信是怎麼回事。」

一提信，我就記起來了。原來除落款上看得出是女人的名字外，字裡行間並沒有一點別的意思，我們只是學術上的朋友。

「你覺得我會愛上那個女人嗎？」

「愛不愛是你自己的事，與我無關。」

我知道解釋無濟於事。也許，講個故事倒更有說服力。

「好嗎？」

「什麼？」

「我給你講一個關於她的故事。」

「我不愛聽。」

「你不愛聽，我偏講，」我一下子坐起來，倒並不一定是激動。

「這故事是她本人告訴給我的，有一天，她告訴我，她平生幹的最得意的一件事，就是那件事了。」

「哪件事？」

我便猜准了她愛聽。

「她告訴我，有一天她上澡堂洗澡，因為去得遲，澡堂裡已經沒有一個人了，裡面空空蕩蕩，連汽水都消散淨盡，一人脫光了衣服感到很冷——」

「她跟你講這？」

「當然不會，這是我自己加的。她推門進去的時候，一眼就瞥見有什麼異樣的地方。她對我說，她這人眼睛最尖，天生是幹員警出身的，她推門進屋時，眼睛就那麼隨便地一掃，立刻看見上面窗戶處有一團黑影，她緊張得要命，很想立刻返身出去，或者大叫一聲，但她忍住了，因為她想叫一聲倒不打緊，這也等於給那人報了信，他肯定會跑得無影無蹤，結果鬧笑話的不是別人，反倒是自己。」

「為什麼呢？」

「因為人家會笑她捕風捉影，自作多情呀。即使別人相信真有其事，還是對她本人不利，因為她的身子被人偷看了。你瞧，她腦筋反應多快！所以，她就不動聲色地洗起澡來，她說，她老將脊樑對著窗戶，讓人看不見她的前身，其實我倒覺得，前身後背都一樣，往往後背更有魅力。比如說你的——」

「你別扯歪了，後來怎麼樣呢？」

「後來嘛，她說她就那麼站著沖了一陣子澡，然後裝著找什麼東西似地到處摸索了一陣，趁機溜了出去，用換下的衣服擦乾身子，不緊不慢地穿上衣服，招了招手，叫澡堂女管理員過來，附耳低言了幾句，那人叫她別緊張，說她們知道怎樣處理這類事情，於是便分頭找人去抓那個偷看的人了。」

「抓到了嗎？」

「那還用說，她告訴我，澡堂管理員抓這類人很有本事，他們並不接近那人，只遠遠地伸出一隻搭鉤，鉤住梯子，然後往懷裡一拉，那人就連人帶梯整個兒倒在地上，摔得連聲都沒來得及吭。怎麼樣，你覺得這個女的？」

「她好像做得過份了。」

「不，我是說，你覺得這個女的可能會和我有那種關係嗎？」

「那我不管，我只是覺得她做得過份，我覺得，假如是我處在同樣的境地，我不會這樣做的，我要麼逃掉，要麼大喝一聲把那人嚇跑，我決不會象她那樣工於心計，一邊若無其事地幹自己的事，一邊

卻在心裡盤算如何最巧妙而又不露形跡地把別人抓住。我有個感覺，這種人很危險。不過，我不大明白為什麼那小夥子幹那種事，他如果需要愛情，可以去談朋友呀。不是很多小夥子現在都在談情說愛嗎？」

「這說明你很不瞭解他們這類小夥子的心情。是的，很多小夥子都在談情說愛，但更多的卻處在愛情的邊緣，甚至遠離愛情的中心，這是一些自悲感特別強，自信心特別弱，性格往往比較脆弱，但內心欲望卻十分熾熱的人，他們上電影院，為的是看一下那短暫得只有幾秒鐘的刺激鏡頭，因此，他們愛看外國電影，那種置一切於不顧的狂吻和擁抱，他們翻閱通俗雜誌，甚至還專門買《大眾醫學》之類與他們學業毫不相干的東西，為的也是在字裡行間搜尋一些關於愛情的資訊，甚至性交的資訊，你知道，《大眾醫學》這類雜誌裡常有些關於夫妻如何達到性和諧的文章，本來我也想寫一封信向編輯訴苦的，我覺得你在這方面太不照顧我了，我知道你身子弱，可我不是給你買了幾斤白木耳還有各種補藥嗎？再說，咱倆一星期兩次，總不為多吧。我的一個朋友告訴我，他幾乎天天都要來。」

「可是人家身體比你棒多了，是老黑吧？」

「對，可不管怎麼說，他妻子身體不如你呀。好，你不愛聽，我就不說了，還是接著剛才講下去吧，剛才我講到哪兒？」

「看雜誌什麼的。」

「哦對，這種人看外國雜誌，一般是不看文章的，眼睛只顧尋找打扮得妖豔動人的西方女郎，尤其是穿著比基尼，躺在海濱的皮膚呈棕色的姑娘。他們走在路上，也喜歡用眼睛看人家，當然是姑娘，不過，他們經常失望，因為時髦的姑娘們幾乎從不正眼看他們一下，他們有時愛上了別系的某個女生，可是由於害怕，由於聽多了失敗的故事，他們不敢再去承受同樣失敗的打擊。於是，他們只好無可奈何地熬著，夜裡把被子裡塗滿粘液。」

「既然他們如此膽小如鼠，不敢大膽向姑娘們求愛，那爬梯偷看

人家，他們又那樣膽大包天呢？」

「問得好。這是一種反常的現象，這種人正如你講的，跟老鼠一樣，在光天化日之下，無法思想，無法行動，然而一到黑夜，他們就膽大起來，但是朝著一種相反的方向發展，不去直接與人交鋒，卻在無人知道的情況下幹著對誰也沒害，然而卻能使自己感到暫時滿足的事情。」

「我覺得這對別人有害。」

「害在哪裡？難道目光會使人生病？會使人皮膚長痂？」

「反正我覺得假如我的身體被一個不相干的人看了，我會一輩子都感到不快活的。我現在不想上班，不想在外拋頭露面，那些男人，特別是結了婚的男人，眼睛裡面好像伸出了手，放肆地在人身上摸，一在這樣的目光下，我就感到渾身不舒服。我想早點和你成家，在一起過日子，重新換個單位，也許，結婚後情況會不同的。」

「你把男人看得太壞，其實他們並不都是色情狂，大都只是出於愛美之心，而偷瞧女人的，你瞧，我愛上你，主要就是因為你長得──」

不知不覺間，她的手已偷偷地伸過來，圍住了我的脖子，她的唇兒湊上前，壓在我的唇上，把那個「美」字壓成了一個類似「嗚」的呻吟。

*** *** *** *** ***

我在跟真念雙的接觸過程中，有時會從她的微信上，接收到她發過來的修潔音的「名言」，全部冠之以：「XJY says」。有一句說：「年輕時寫的東西，就是為了年老後尚未死時啟用的，這就像二三十年前釀的酒不馬上喝，一放就是二三十年，然後再啟封品嘗一樣。」我給她點了一個讚，以後就再也沒有下文了。

之後我開始加以關注，時不時（差不多三個月到半年這樣子）看

到雨點一樣稀疏的東西，如這個：「記住一個人的最好方式，就是忘掉他，而忘掉他的最好方式，就是記住他。」這一次我沒點贊，但我記住了，我不能錯過。

後來又來了三句：「作家就是死人，就是一枝筆/讓死人說話，要死人呼吸」；死都是淒慘的/沒有誰幸福地死去」；和「人都是學壞的/不是性本惡」。

自此，就再也沒有收到過任何該人的言論了，再後來一查，原來我已經被遮罩了，也不知是何原因。

我想在這個地方停一下，把真念雙和修潔音早先談過的一個關於放蕩的話題再延伸一下，因為我知道這裡面有個關於她的故事，不講還是不行的。她雖然表面上對這個話題深惡痛絕，但內心還是蠻喜歡的，比如瓦片講的事，她聽後就暗自感到驚悚而敬頌。她不敢想像自己也進入這樣一種狀態，比如，同時愛上好幾個男人，也就是說，讓好幾個男人都愛上他，合理地安排跟他們在一起的時間，比如說ABCD，每個月各人一次，或每半個月也行，只要大家互不見面，互不相知，當然是在月經時間之外，最喜歡的一個可以不戴套，其他則必須戴。

這種想法令她刺激之餘，也驚恐不已。她不知自己內心怎麼會如此放蕩，如此墮落。難道真像修潔音所說：深入一個女人的內心，就等於深入了一座孤獨的妓院，那兒到處是男人劫後留下的影子。桑托，這是她曾一度視為閨蜜的女友，後來找了一個美國老頭走了，曾跟她說，她找那個老美只是作為依託和跳板，暫時委身於他，以便一有機會，找到合適的人選，就離他而去。與此同時，她（據她跟她吹牛說），同時一起好的性伴侶足有幾打。當真念雙問她如何分配時間時，她並不正面回答，卻講了一個關於「一夜雨」茶館老闆的故事，說那人除了總店之外，還有六家分店，分別由自己的六個小三，不是六個小三，而是小三、小四、小五、小六、小七、小八等六人管理，私底下叫她們禮拜一、禮拜二、禮拜三、禮拜四、禮拜五、禮拜六、

禮拜天，等。當然，據說禮拜天一般都交給了老大，也就是大老婆。一聽「大老婆」幾個字，真念雙心裡就感到熱乎，彷彿那是從修潔音嘴裡講出來的話，彷彿自己已經成了他的大老婆了。她和他做愛時，總是在互相呼著「老公」和「老婆」，一應一答的叫喚聲中達到高潮的，那可能是真正夫妻都可能達不到的境界。

慢慢地，她逐漸從桑托那兒問出來一些情況。比如說她既有白人情人，也有華人情人，雖然暫時還沒有亞裔和非裔的情人，但她會考慮逐漸發展的。比如，下一個發展的物件很可能是土耳其人，因為據她說，土耳其人比較體貼，也很會做飯。

「做飯？」真念雙說。「那不就是燒烤嗎？有什麼好吃的。」

「沒有哦，」桑托說。「他們有烤羊、米布丁、烤薄餅、煎小魚，等。」她一口氣說出了很多名字。

「你跟他已經在一起了？」真念雙說。

「嗯，還沒有正式呢，」桑托說。「因為另一個還沒下馬。總不能那麼快就再上馬一個吧？」

「那又有什麼關係呢？」真念雙尖利地看了她一眼：染成紫紅色的頭髮，暗紅的大墨鏡，一襲瀑布般的花裙。

「是沒有關係，」桑托回看了她一眼，覺得自從修潔音去世後，她似乎變老變醜了許多，連唇上都好像生出了鬍鬚似的，那種淺淺的、短短的、軟軟的，像影子一樣似有若無的女人鬍鬚。「不過，有了好酒好肉，還是得慢慢品味才好。」

「有了好酒好肉，還是得慢慢品味才好，」真念雙把這句話，擱在腦子裡想了很久，也想不出個所以然來。首先，去哪兒弄那麼些好酒好肉啊？一般見到的酒肉，不是又髒又臭，就是又無聊又無趣，偶爾碰到個入眼入神的，一晃眼就不見了。像修潔音這樣的，估計一生一世再也見不著了。怎樣才能從腦中再下載一個重裝呢？她居然用電腦語言在想修潔音了。也許，也許，她被自己的想法震撼了。也許，我應該去找一個不管什麼樣的人，跟他做愛時閉起眼睛，心裡只想修

潔音，彷彿在我身上動的人就是他一樣。難道這樣不行嗎？難道這也屬於犯罪嗎？難道這是大逆不道嗎？

她把自己想得很累之後，又去翻修潔音的手稿，這已經是她幾乎只要不忙，就會每天都做的事情，比如說，找到一篇沒有打過的手稿，就把它慢慢打字下來。待日後再細細地整理整理。

《搭車人》

搭車人也許是我，也許是別人。如果是我，那他的名字應該是修潔音，如果是別人，那他叫什麼，我也不知道。姑且稱之為他好了。我和他，他和我，有時密不可分，有時又相隔十萬八千里，完全是兩個人，比如說今天，就是這樣。

夕陽西下的時候，他又站在那根站牌下。他臉上帶著倦容，兩手空空地站在那兒，眼神茫然地看著過往行人和車輛。這是W城一個典型的炎夏黃昏。下班時刻，車站擠滿了等車的人。自行車前輪接後輪，兩邊望不到頭，真像高壓輸電線。他的眼睛漫無目標地看著那些騎自行車的人。一個穿花襯衣的小夥子。一個飛魚後邊馱著用破麻袋捆好的西瓜。一個姑娘，棕色的長裙，黑髮被迎面的風吹起來了，她扭過頭，往這邊看了一眼。又一個姑娘，這回是穿短袖綢襯衣的，也朝他看了一眼。他下意識地往自己腿上看了看：窄瘦窄瘦的褲管，緊繃繃的褲襠。一種好久沒有感受到的滿足和虛榮浮上心頭，他把蓋住左眼的一綹長長的捲髮輕輕掠到右額際，恰好看到了車子：300路車，一群人跟著跑來。

他跳上車，正準備往右拐，走到車頭，抬眼便看見左邊兩個年輕的姑娘。首先映入眼簾的是一個姑娘晃晃蕩蕩的寶綠色大耳環和另一個的魚肚白繡花裙。他在一秒鐘內作出了選擇。

現在，他就站在白花裙子的後面。看不見她的臉。她烏黑的齊耳

短髮好像剛剛洗過，平順地垂下，半蓋住低低的圓領所勾劃的頸部輪廓。他的緊右邊，是一個臉相兇狠的男子，他握扶杆的手上有幾塊大疤。他注意到，那人的眼睛不斷朝這邊瞟來。他腳邊的雙排凳上，坐著兩個男人，他們互不相識，只是把毫無表情的目光投向窗外不斷隨車而改變的景物。

他很有禮貌，很懂規矩地儘量不使身體的任何一個部分與面前那個背對他的姑娘相觸，儘管他心裡很厭惡那個手上有大疤的漢子，但他還是儘量靠近他，免得隨便什麼時候一個剎車把他送到姑娘懷裡。這時他注意到戴耳環的姑娘已經不見了，周圍又有幾個新面孔。好在今天人不算特別多，大家都很謹慎，彼此之間儘量保持一定的距離，誰也不挨著誰。

今天一天干了些什麼？他使勁地回憶，腦子卻是一片空白。什麼也想不起來。下班了，等車，然後車來了，一會兒到了郊區，就到了家。天天都是這樣。第二天，又是如此。他覺得姑娘似乎回過頭，沖他笑了一笑。於是，他情不自禁地也沖她笑了一笑，正好這時來了一個急剎車，他沒站穩，一下子撞到她身上，以為姑娘一定要嗔怪他，誰料她卻什麼也沒說，仍然是嫣然一笑。忽然，車上只剩下他和她了。車到了什麼地方，他完全不知道。姑娘伸出手，讓他拿著，然後雙雙走下車，不知什麼時候，天已完全黑下來了，他把姑娘摟在懷裡。心裡挺明白，嘴上卻一句話也說不出來，車「吱嘎」地停下來，門打開，人們紛紛走下車，他瞅准這個空子，走到車頭，通過窗玻璃，看見穿白裙子的姑娘挎著小皮包，踩在一塊石頭上，正在跨過一條臭水溝。石頭翻了一下，姑娘身子一歪，打了個趔趄，幸而她雙腳早已落地，保持了平衡，裙子飄起來時，他看見她白皙、豐滿的雙腿和裙邊上綴滿的紅星星、黃星星。

他想睡，可是站著睡不著。本來很清楚的事，他卻一點也不明白。他從哪兒來？他到哪兒去？他弄不清。姑娘下車後，他感到異樣的疲勞和厭倦。現在他面前坐著的這一位婦人看上去也不討人喜歡。

她歪著頭，睡著了，可雙手還下意識地按住兩腿間的裙子，卻不料領子敞開了，露出裸到胸部的肉，他厭惡得打了一個哆嗦，這鎖骨和半幹的皮肉，多像自己家裡的那位。

他現在的感覺是，時間無休無止。他有一種被動的滿足，希望這輛車載著他駛下去，永不停歇地駛下去，直到走不動為止。他剛剛從那一頭來，現在回另一頭去。好了，用不著回去了。既用不著回去，也用不著打另一頭來了。兩頭都將消失。這太好了。

他很想回憶一下昨天搭的什麼車，遇見過誰，什麼時候到的家，之後又幹了什麼，想了一下，放棄了這個努力。

車子走了，他和一群乘客先看看左邊，再看看右邊，然後越過馬路，各回各的家。

忽然，那姑娘出現在路口，對他說：明天我來看你。他睜眼細看，只見落日彷彿被孩子吃剩的番茄，歪歪地半墜在幾段黑雲中。

*** *** *** *** ***

有一天，修潔音對真念雙說：心上人，我們熱戀時，是不是都成神經病了？

真念雙說：是的，寶貝。我甚至覺得，你不在的時候，我都得了憂鬱症。

修潔音說：有什麼特別症狀嗎？

真念雙說：月經不正常了。

修潔音說：喲，有那麼誇張嗎？

真念雙說：有。

修潔音說：憂鬱症的症狀不是這樣。

真念雙：是什麼呢？

修潔音說：三樣：幻聽、失眠、想自殺。

真念雙說：我有前兩樣，但沒有後一樣。

修潔音說：那很好。

真念雙：什麼很好？

修潔音說：那說明你程度還不太重。

真念雙說：你不愛我了，對嗎？

修潔音說：我不喜歡你這麼問我。

真念雙：你還愛我嗎？

修潔音說：你為什麼老這麼追問？

真念雙說：你回答我的問題。

修潔音說：你說你幻聽，你幻聽到什麼了。

真念雙說：一個聲音對我說：你愛的男人不愛你了，你愛的男人不愛你了，你愛的男人不愛你了。

修潔音說：神經病！

真念雙說：我就是神經病，我就是神經病又怎麼了？

修潔音說：那很好，說明你神了。

真念雙說：什麼神了鬼了？

修潔音說：神經病不是隨便叫成神經病的，因為裡面有個「神」。得了神經病，人就通神了。英文的發瘋是「insane」，而裡面「sane」那個字，聽起來跟「神」很近似。一些藝術家和詩人，就認為自己是通神的，實際上也是得了某種神經病，神也好，經也好，都是不得了的東西，因為「經」是聖經的經、詩經的經、古蘭經的經、經世濟民的經，雖然說到底是病，但它有神、有經，真是很不簡單啊！

真念雙說：聽你這麼一說，連神經病都是好病了。

修潔音說：至少應該比其他所有病都好。

真念雙說：比癌症都好？

修潔音說：癌是什麼？癌是腫瘤。腫瘤是什麼？腫瘤是累積之物，累積之病變。

真念雙說：難道人的所有不都是腫瘤嗎？

修潔音說：人的所有？

真念雙說：人腦不就是個外在的腫瘤？

修潔音說：哎，你太有才了！居然能說出這麼哲學的話來。

真念雙說：你以為只有雄性才能做哲學家？

修潔音說：我覺得你越來越可愛了。

真念雙說：也就是說，我以前還不太可愛？

修潔音說：以前可愛，是肉體的可愛，現在的可愛，已經注入腦汁了。

真念雙說：這是褒，還是貶？

修潔音說：兼而有之，各執一詞。

真念雙：什麼什麼呀！

修潔音說：我很喜歡女人也玩哲學。

真念雙說：你以為女人不會？我就聽女人說過很哲學的話。

修潔音說：那跟我講講。

真念雙說：我有個朋友，就不跟你說是誰了。她曾說過一句話：女人是最愛錢的，百分之九十九的女人都愛錢。但如果一個女人看上一個男人，又不愛他的錢，什麼都不圖，那就是愛上他了，愛他那東西好，能讓她得到極大滿足。除了那，她還要什麼呢？

修潔音說：那、那、那！好像生活的一切都是為了「那」！

真念雙說：又不是我說的，你那麼氣幹嗎？

修潔音說：你錯了，我一點都不生氣，反而覺得「那」女人說得很好玩，很女人的哲學，擊中要害的那種。

真念雙說：那憂鬱症呢？

修潔音說：什麼憂鬱症？

真念雙說：我們不是先還在說憂鬱症嗎？

修潔音說：什麼憂鬱症？我對這個話題一點不感興趣。而且這是個越說越讓人氣餒的話題。話又說回來，現在誰沒得病？隨便抓個什麼人來，都是有病的。

真念雙說：還有那個癌症的問題，也是談著談著就談沒了。

　　修潔音說：你沒仔細觀察一下身邊的人，他們哪個不是談話談著談著就談沒了，然後隨意地轉到了別的話題，對不對？

　　真念雙說：也是。不過癌症就是一種積惡。

　　修潔音說：太對了。人作惡太多或想惡太多，這些惡就會逐漸堆積起來，日久天長，就形成腫瘤，還會到處擴散。比如空氣中的塵埃、毒氣，比如液體中的等等等等。

　　真念雙說：你說的那個漢口老人後來治好了？

　　修潔音說：是啊。他是靠意念治好的。據他說，他每天起床後第一個念頭就是：我一定會治好我的癌症。這也是他決定不再就醫後作出的一個決定。於是，他無論驕陽似火，還是大雪紛飛，每天都從漢口經過大橋，走到武昌，然後再走回來，一天總要走十幾個小時，什麼別的事都不做。這樣堅持了整整三年之後，他回醫院複查，檢查結果居然癌症已煙消雲散，渙然冰釋！

　　真念雙說：簡直太神了！

　　修潔音說：太神、太經、太經典了！

　　真念雙說：你又來了。

　　修潔音說：我再給你舉個例子。此人是轉口進來的。

　　真念雙說：什麼轉口進來的？

　　修潔音說：意思就是說，口口相傳過來，不是親耳聆聽本人而來的，此所謂轉口。

　　真念雙說：故事不都是這樣來的嗎？

　　修潔音說：就是。就像昨天一人對我說：這件事發生在我一個朋友身上，但我沒法跟你講他的真實名字。我打斷他的話說：我根本不想知道那人的名字，我只想聽故事。故事就是一切，其他跟私人有關的一切，我都不感興趣。

　　真念雙說：隨便起個名字也行。

　　修潔音說：就是。我說的這個人自己跟女人寫了一封很長的信，請人翻譯成英文。他告訴女人說，他肚子裡面長了一個腫瘤，越長越

大，越長他越怕，到醫院看後說要拿下，但教區的牧師告訴他不要這麼做，說信神便可解決問題。他猶豫了很久之後，決定還是信神為佳，總比一刀子割下自己身體的某個部位要好，畢竟那是從父母那兒傳承下來的血肉啊。結果你猜怎麼著？

真念雙說：不又冰消雪化，苦盡甘來嗎？

修潔音說：基本上的規律都是這樣，那我就不講了。

真念雙說：講嘛，講嘛。

修潔音說：那好，不過就是轉轉話而已。據那人說，他每日念經、祈禱，排除心中的一切雜念，尤其是跟錢和女人有關的雜念，因為這兩樣東西，是一個男人的勁敵，能成全男人，也能要男人的命。

真念雙說：那他還給女人寫信幹嗎？

修潔音說：我也記不清楚是寫給女人，還是寫給牧師，還是寫給上帝。反正是寫給一個被寫給的物件吧。總之，那人排除了這些最誘惑人的雜念之後，心中，據他說，只有上帝和所有向善的思緒，不存絲毫人欲，這樣過了幾年──

真念雙說：也是三年吧？

修潔音說：你怎麼知道？

真念雙說：不都是三年嗎？

修潔音說：是呀，講這個故事的人說三年後，他肚子裡的那個瘤子越來越小，從拳頭大，小到了只有小手指頭大的程度，據說最後基本消失到無了。

真念雙說：你相信這些個嗎？

修潔音說：有什麼不相信的。反正我也沒有理由不相信的。就像原來有個信教的總是勸我信教說的那樣：信則有，不信則無。

真念雙說：你是說那個加拿大的出租司機嗎？

修潔音說：是呀。你還記得？

真念雙說：當然記得呀。我們在一起的一切細節和所有細節，我永遠都不會忘記的。除非把我大腦這顆瘤子割掉。

修潔音說：快別這樣說了。

說著，說著，兩人不說話了。他們本來是一直抱著，幾乎像人工呼吸一樣，嘴對嘴地說話，現在感覺有點累了，便停下來，相摟在彼此懷抱中，眼睛一齊向外面看去。透過窗戶，可以看見對面少女峰終年不化的積雪，在枯萎的黃色秋草襯托下，更顯得孤傲潔亮。夜色正在四合，蟲聲開始唧唧，大的寂靜已經降臨，晚霞收盡最後一絲霞光的地方，各種濃郁的色彩正會合攏來，使得新鮮的夜變得更加迷人。

她的嘴唇在尋找他的嘴唇，很快兩人的舌頭就纏繞在一起。她伸手一摸，下面早已挺立，熱得燙手。她把它導入自己「家」中時，瑞士少女峰的積雪中，似乎有什麼聲音在啼喚，好像是一頭不想這麼快就入眠的野鳥。他插入時她說：輕點。跟著又說：都滿了。好脹。兩人中魔一般進入狀態，野鳥，其實是夜鳥，也啼叫得越來越急，越來越響，一聲接一聲的，好像亢奮得不能自已。他們藉助這種聲音的伴奏（人類就是這樣，特別能因時因地制宜），就在夜鳥好像激動到死，戛然而止的那一刻，也雙雙達到了高潮。這時，修潔音把從她口裡接來的滿口唾液吞下了喉嚨，而真念雙則躺在那兒，任由精液滲透她的每一個毛孔。

《釣魚》

「白菜，三角五一斤；蘿蔔，四角一斤，竹葉菜，一角五一斤；辣椒，七角一斤，」她用心地在本子上一絲不苟地記下當日買菜的內容和斤兩、單價，「四角五一斤的白菜我沒買，六角一斤的蘿蔔我沒買，七角一斤的辣椒我只稱了二兩，一共一角四分錢，有六、七個呢，」她自言自語道，同時為自己的精明滿意地微笑了。

他從書上抬起頭，說：「明天我想去釣魚。」

「怎麼，不看書了？」她問。

「不看了，」他說。

「也好，可以改善改善生活，」她說，他們已經有一個星期左右沒吃魚了。不過，她的語言裡似乎透著淡淡的諷刺。

第一天是個大太陽天，他犧牲了午睡，一直釣到日頭西沉，妻問，釣到幾條了？三條，二條楞子，一條鯵子，連餵貓都不夠，妻說。

他不服氣，第二天起了個早，中飯也沒吃，到下午天下起毛毛細雨，冷風一陣陣吹來，胳膊上起了雞皮疙瘩，手冷得發硬發直，他堅持不走，但一條沒釣著，倒是釣起了十多條泥鰍。

「泥鰍是不能吃的，」她說。

「可以吃，」他說。

「市場裡買魚的人見了泥鰍都挑出來扔了，我看見的，」她說。

「不，聽說泥鰍可以吃，只是弄法不同，要先在清水裡養幾天，等肚裡的髒東西吐淨後，肉就沒有土腥氣了，」他反駁道。

「還養幾天，你看看你那幾條泥鰍，早都硬梆梆了。」

可不是，他的泥鰍從尼龍網眼中穿過，用草莖穿腮結成一串，還不敢放在水裡，結果全死了。

「好，你不弄，我弄，」他賭氣道。她還算公平，他剖肚洗淨，她煎烤烹調，最後鋪了淺淺一碗底，他咬了一口，「啊」了一聲。她也咬了一口，立刻便吐了出來，說：「土腥氣太重，簡直象蚯蚓肉。」他不做聲，既然自己堅持要做，那便要堅持到底，他硬著頭皮，把十一條泥鰍吃得只剩頭尾和脊椎骨。飯後泡了一杯濃茶，好好去了去腥味。

夜裡，他把妻緊緊摟在懷裡。妻說，別讀書了，他歎了一口氣。妻又說，別抽煙了，他又歎了一口氣。妻接著說，你看看別人家，誰存摺上不是三千五千，可咱們，一個月工資和獎金用得光光淨淨不說，還要動用存摺上的錢。他生氣了，這難道能怪我？不怪你怪

誰，你是男人。男人怎麼了，他本想說，男人未必就只是掙錢的勞力，不能從事點更高的事業，比如說獻身知識，可話到嘴邊又咽了回去，有什麼用呢，吃小菜都要算個細帳，說這些不著邊際的話又有什麼意思。

這天夜裡他睡得很香，這也許是天氣涼快的緣故吧，第二天一醒，睜開眼睛瞧見映在牆上的紅紅窗框，他便預感到這是一個釣魚的好天氣，立刻爬起身，匆匆洗好口臉，拿把鏟子到宿舍院牆下挖蚯蚓，真不錯，不大會兒就挖了十幾條紅蚯蚓，前幾天手氣不好，與挖到的盡是又大又肥的黑蚯蚓有關，蚯蚓頭大了，小嘴巴的鯽魚吃不進，即便放在嘴裡也會不理不睬。

果然不錯，他在大橋下的一個積水蕩子裡釣了不到一個小時，便接二連三地扯起了六條指頭長的鯽魚，其中有一條有巴掌那麼寬，而且比巴掌還厚，他興奮極了，連連抽起煙來，竟把妻的囑咐和他的許諾忘得一乾二淨。

正在這時，遠遠的有個人騎自行車過來，對他喊了一聲，要他離開這兒，他明白了，這個水蕩子是家魚塘，不過為了安全起見，他問那人，周圍的幾個水蕩子可以釣嗎？不行，那人說完，騎車走了。

一個念頭閃過腦際，回去吧，讓妻看看今天的成果，好好樂一樂，轉念一想，不，我要釣它一天，釣它三、四斤，讓她瞧瞧我可不是沒能耐的。眼見面前一大片開闊的水面，他就把剛才那個危險的人物完全拋在腦後，他把自行車在一片深草叢中停下來，找了一個有水草的地方，將兩根釣竿的鉤上滿，一隻鉤上紅蚯蚓，一隻鉤上黑蚯蚓，紅的握在手裡，黑的就歇在岸邊，任口大的魚吃去，他坐下來，心想，狡猾的魚呀，今天你可跑不出我的手心。

昨夜被雨水攪渾的水今天澄清了一些，那些被泥水嗆得難受的魚兒一群群浮出水面，在岸邊游來游去，大的足有筷子長，動作迅如閃電，只看得見黑脊和白肚的閃動。他心花怒放，不但將釣竿提起放下，到吃中飯時，又釣上四條長著三根刺的黃丫魚和三條肥大的鯽

魚，那只塑膠網袋拎在手中沉甸甸的，足有兩斤重，他太高興了，眼見得沿岸陸陸續續又來了一些釣魚的人，他更放心了，索性把一根釣竿放在岸上，便消消停停地吃起家中帶來的便飯，二個饅頭和一個榨菜頭。

誰知天有不測風雲，正當他即將吃飽喝足，準備再戰，實現他的宏圖偉業之時，那個騎車的小夥子不知從什麼地方冒了出來，也許是從水裡吧，還沒等他反應過來，一網袋活蹦亂跳的鮮魚便早進了他的魚簍中，兩根魚竿也被他奪走，他身子好像被定住了，呆呆地看著那人提著魚簍和魚竿走了，好半天才如夢方醒，追上去拽住那人胳膊，被他甩開，同時說。「你要不怕罰款，踩車子到我山上來。」

滿腔希望化為泡影，連到手的魚都眼睜睜地被人奪走，他真是不甘心哪，侵犯人家的私人財產，被人繳走工具，這天經地義，可那麼多釣魚人仍悠然自得地垂釣，而且被那人稱之為熟人，這是他最不服氣的。太不公平！他回到家裡懊喪了半天，躺在床上一閉眼睛魚兒就在亂蹦亂跳著，手裡就沉甸甸的，妻子的笑臉，紅燒魚的香味……

「我要報復，」他沉默許久後突然冒出這樣一句話。

「報復什麼？」她問。

他不做聲。他自己也不知道要報復誰，魚兒，搶魚的人，還是妻。是因為妻拒絕吻他，抑或是因為她的嘲笑奚落，他說不清。他幾乎在一秒鐘內做出決定，再去置辦一份漁具。

胖胖的店老闆不在了，代替他的是一個瘦瘦的中年婦女。

他問：「釣竿多少錢一根？」

她說：「一塊。」

「哎，我前天來買時還八角，怎麼漲這麼快！」

「八角也可以，一塊也可以，你要八角，就八角唄，」女的倒挺好說話。

他選了一個鯽魚鉤，日本造的，又要錫墜子，一問價，說一角

錢一個，他馬上不買了，說，那邊那家店只賣二分一個，你們這兒太貴了！

他換了一家店，買了一丈一磅的魚線，一元錢，一個浮子，四角錢，五個墜子，一角錢，好了，又可以去釣魚了！

可是，他仍然感到不過癮，覺得好像吃了大虧，想來想去，覺得非去找找那個小夥子講理不可，他離開水塘前曾問過幾個釣魚的人，他們說他住龍王山，姓鄭。他隨身揣了一包好煙，把兜裡預備買汽水的幾毛錢掏出來，騎上車直奔龍王山。

這一帶一馬平川，只有龍王山這個地方拔地而起，高不過數十公尺，遠遠看去，形似小山，故名龍王山。山上密密麻麻擠滿了房子，有二層樓的，也有平房，還有正在興建的三層樓，漁民的生活真是更上一層樓呀，他恨恨地想，只有讀書人倒楣，魚沒吃到口，反倒被沒收了魚竿。

他找一個老太婆打聽，這兒有沒有一個管魚塘的姓鄭的，老太婆說，這兒大都姓鄭，你找哪個姓鄭的，他說不清，又找了一家，這次說得清楚些，名字不知道，但是那個管橋下魚塘、個子矮胖的姓鄭的年輕人，說住在對面平房。

這個房黑洞洞的，好像連亮都沒有，一個中年婦人坐在門邊織著什麼，聽他說明來意，滿臉不高興，只說不知道，問得煩了，便隨口說，你過橋去找，他過橋又找了一家，這次問得更清楚了，就是住這家，人叫三寶，他又回到平房，中年婦女出去了，他這才發現她剛剛坐的凳子只是一個空框子，中間的隔板都沒了，怎麼這麼窮？他疑惑得很。當屋一頂帳子後面傳來一個老頭的聲音，他循聲而去，只見一個乾瘦的老頭坐在靠窗的床邊，手撐桌子，顯得很疲倦的樣子，對他說，你找我家三寶，他就在後面，他和另外三個人管那邊魚塘，他掏煙給他抽，他說不抽，原來一天抽兩包，現在一根不抽，酒也戒了，接著嘮嘮叨叨地跟他講起什麼買磚建房的事，也不管他是不是個陌生人，他見沒什麼好談的，便去找三寶，還沒到門口，便認出了他，矮

胖矮胖，大鼓眼，黑鬍子，他倒挺和氣，抱歉地說，魚竿給他扔了，如果你要，明天再繳人家的魚竿給你，他掏煙給他一枝，又給周圍的夥計們一人一枝，便在椅上坐下，和他們聊起家常來。

他們問他是幹什麼的，他說寫小說的，他們吃了一驚，他又問他們現在生活怎麼樣，一定很不錯吧，都成了萬元戶吧，三寶一下子氣憤起來，鼓起眼睛，直盯盯地看著他，說，什麼萬元戶，其實沒幾個，只有當官的比如鄉長村長才是，只有提黑皮包的才是。

「你看看我們住的房，人家都兩層樓了，我們還是平房，承包魚塘，一年要七千五百塊錢，獲利後還要交隊一萬，自己落得多少，你算算？如今什麼都貴，連城裡人拉的大便都要四十元錢一車，還要送希爾頓的煙，沒煙人家只給你灌臭水，頭天看上去黃燦燦的，第二天就變得清亮，象這兩天下大雨，地裡的菜都爛了，還談什麼錢，你們這些人釣起魚來沒命地釣，我們養魚還不是白搭……」

他聽不下去了，便起身告別，原來的那股怨氣也煙消雲散，不知怎麼，他突然間對釣魚完全失去了興趣，晚上，他又泡了一杯濃茶，看起書來，魚竿靠在牆上，魚線和浮子及墜子放在一起，他已將它們忘得一乾二淨。

夜裡，他和她言歸於好。她同意明天少買一些青菜，騰出錢來買兩條魚。她撫摸著他的曬脫皮的膀子心疼地說。「大林，瞧你曬得黑不溜秋的，我再不許你出去釣什麼鬼魚了，何苦呢！」他不置可否地哼了一聲，說：「反正你不會再小看我，認為我不會釣魚了！」「你呀，你，」妻用指頭戳著他的腦門說。「你真笨！你真貪心，魚釣到一定程度回來不就結了！」

***　***　***　***　***

愛做完後，夜幕降臨，房裡沒有燈，只能透過木門，看見遠處隱

隱約約的雪峰。「你從來都不寫我？」真念雙說。

「你想聽我寫的嗎？」修潔音說。

「真的？」真念雙說。

修潔音把嘴努一努，真念雙立刻會意，便把舌頭遞給他，讓他含著，像吮吸冰棒一樣吮吸著她，同時從記憶中背誦出這首詩：

《把你》

把你抱起來

很有點像

抱一個孩子

但你比孩子大

好幾倍

大一二十年

感覺卻像

回到無牽無掛

無遮無蓋的

嬰兒時代

「我們死吧」你說

我提槍衝刺

什麼也不說

於是就在那一刻

同時死去

活轉來時

已經過去了很多年

不知道當時為什麼那麼想死

現在

卻仍在回憶

***　***　***　***　***

老黑晚年的藝術臻于完美，但鮮有突破。這是我私人對他的認定，但從來不對他說出，因為這個人跟幾乎所有成功人士一樣，到了晚年，只喜歡聽讚美話，不喜歡聽任何批評話，連對他提起訪談，他對失敗的往事也絕口不提，深怕自己光輝的一生，沾上任何汙跡。這跟那個白人作家也是一樣的。Lesley一生只寫小說，但到晚年時，他出了一本類似于自傳的文集，其中對自己過去失敗的經歷，也是隱惡揚善了。寫書的人覺得，一個敢於自毀的人，比這種把屎屎小心翼翼地遮掩起來，把一切展現于人世的東西，都打扮得光鮮無比的人，可能要好很多。他記得那天去參加一個party，見到歐陽昱並聽他在那兒大談失敗，說自己的東西都是「垃圾」。後來他解釋說，那是他引用別人的話，來形容自己的東西。我就覺得，這人好像還有點勇氣。當然，可能還不如那個姓木頭的人，那人化名寫了一篇揭醜的文字，在裡面把自己罵了個狗血淋頭，歐陽昱聽得哈哈大笑，差點把他的假牙，都笑掉在別人的飯盆子裡了！

人生從某個角度講，就是一種洗白的藝術。一些人初上文壇時，是赤膊上陣，大打出手，大罵出口，名聲逐漸堆積起來之後，就開始採用洗白術，慢慢把全身過去的污垢，洗得乾乾淨淨，為了那個千秋萬歲名而早做準備，哪怕過了千年，也許只留下一首詩，像杜秋娘那樣，這些人打破頭也想把名字留下去，畢竟留名是多麼重大的奇觀啊，無論對那個民族，還是對這個民族，以及其他民族的人來說，都是如此，他們從來都沒有超越過留名，再過一萬年也超不過。

寫書的人只是在想，那個姓木頭的人說的話。他說，人生如果能夠留下一坨屎，千年之後還能散發出臭氣，那就很不錯了！當然，姓木頭的人知識還不夠廣博，他並不知道義大利畫家Manzoni這個人，也不知道他用自己大便做的《藝術家之屎》的作品，但他關於「臭

氣」的說法，倒還是蠻重口味，也挺有思想的。

　　「香閨小步」是修潔音從一部名叫《看山閣閒筆》中看到的，一看就記住了，還能產生形象：女人的閨房，散發出淡淡的香氣，很明朗的，很幽暗的，很男人的一種想法。他告訴了真念雙。後者告訴他：其實，只需要一張床。修潔音笑笑說：太對了。還有跟，她說。修潔音「嗯」了一聲。這一聲一聽，真念雙就明白了。這就像把對方舌頭含在自己嘴裡，發不出聲時發出的聲一樣，只有「嗯」的聲音。好可愛一個，她想，跟著說出了聲。「小步，」他說。「就是穿著極高極高的跟子，邁著小步，走來走去。然後人就死了。」他是用嘴貼在她流水的二嘴上說這話的。那裡面已經濕得像一個水簾洞。他一般總要俯身在那兒飲很久的。她則一絲不掛地穿著只有青春少女——當然，她也是——才穿的那種恨天高的鞋子，踩在天上、天花板上走，眼睛盯著那跟，那根，進入恍惚狀態。愛，是任何東西都無法比擬的一種狀態，女人是可以愛死的，這並非妄言，也並非虛言，是真的可以愛死，愛不死別人，至少可以愛死自己。用「小步」，在天上走。把他身上踩出很多洞洞。把流出來的血都喝幹。把整個人吃掉。愛掉。對她來說，愛和酒是一樣的，要愛就愛到發膩，一愛方休，愛不可遏，愛該萬死，愛不償命。愛就愛到不愛為止。她在被他舔的同時，恍惚感到自己像一架飛機，飛到高聳入雲的空中，俯瞰著下面壯麗的河山和長如煙霧的滾滾白雲，那好像是新西蘭的國土，是他們一起凌駕過的地方。他們相挨著坐在舷窗邊，膝蓋上搭著毯子，她被他用手指在下面插入，蹂躪得她在觀望下面美好的冰川時抵達高潮，差點沒大聲喊出來。

　　「小步」。她踏著小步，在廚邊做飯，下面什麼都沒穿，屁股翹起來時，讓他從後面插入。這股強大的氣流，直接衝擊了她的心臟。她乾脆把手上的什麼菜呀肉呀刀呀都扔到一旁，人就趴在肉呀菜呀刀呀什麼的旁邊，任由那發硬的氣流衝擊、衝撞她的花心，真是喜不欲生。

真念雙晚上做了一個夢，夢見自己把修潔音所有的文字都放到博客上去了。這是否說明她已澈底放棄，也不完全一定，至少她可能已經覺得，一個人的文字，通過鉛字發表在紙上，跟一個人的文字，通過博客發表在網上，沒有本質上的差別和區別。至少網路能存多久，那人的文字就能存多久。出了書沒人買也是沒有意義的。放在網上哪怕有一個人看，也比出版後沒人看沒人買值得。她在夢中看見自己的手，那雙膚如凝脂，指如蔥根，能讓修潔音發狂的手，把修潔音的文字一篇篇放上去，忽然有人點讚說：我喜歡這篇。她一看，哦，原來是這篇？

《美，而又不實際》

你長得太美了，我說，驚人地美，尤其是你的一雙眼睛，需要我描繪你的美嗎？

不用，你說，我自己走著回家就到了，你到學校還有那麼遠的路，時間又這麼晚了，早點回去吧，下個星期再見。

於是你走了，連頭也沒回。我努力克服了無數次想回頭瞧一下你背影的願望和難以抑制的衝動，我記住了老朋友十幾年前對我說過的一句話：跟一個女人分手之後，要若無其事心情坦蕩地走去，決不要回頭，記住，決不可回頭！

那天深夜我獨自縮在孤零零的被窩裡縮在羽絨衣毛衣毛褲和毛毯的全部重壓下幹了一件壞事一件我永遠也不可能告訴你的壞事。我在想像的肉體的包圍下爛醉如泥不由自主。

然而我抬起頭來看見天空充滿了你的眼睛玻璃窗凝視著我眼睛中的你。你的眼睛裡全是跳動的笑和為說錯一句話的羞澀和求助般的撒嬌。

你靠在水泥欄杆上在一剎那間被閃電般的卡車大燈光照亮，你的臉

上交叉橫豎著繁密的枝葉的影，你問為什麼。而我好像做了無數的解釋聽起來難以置信卻十分可信的解釋明明白白地知道這都是假話。我是多麼可怕和危險，無真的你，我能把一切不真實的描繪得真真實實。

哦，不，不，不是的，你對我的一切猜測均予以「不」的回答，卻不提出任何一個我希望你提出來的關於我自己的問題。

我越離你遠（車子無情地把我向相反的方向載去那兒黑夜正在聚集）你的形象越模糊，我懷疑是否我的生活中真有一個這樣的你：甜美、恬靜、嵌在眼睛中的沒有名字的夢。沒有名字，你！只是當最後一盞燈也滅成灰燼，我能隨心所欲地幹壞事的時候，你才出現，不是因為你比黑夜亮，而是因為你比黑夜更黑暗更深沉更可怕，你的眼睛在我腦髓中鑽了兩個深邃的洞，你從恐怖的中心一語不發地把我注視，可是你無法抗拒淫蕩的攻擊，你消失了，色欲又一次取得了勝利。

那是我們第一次去看電影，你沒同意，座無虛席的電影院中只有你一個空空的位置，男主人公和女主人公多麼幸福，他們在地板上桌子下做愛，我座位前面一個女人蓬鬆的腦袋消失在她旁邊男人的懷中而男人的腦袋家一個巨大的墨滴沉重地滴落了下去。我和人打了一架，別問為什麼，我無法經受太多的解釋。你的位置一直空到散場。

原來你已經有了。我早已有所準備。我們現在都是如此。因你才若即若離？

我不會跳三步、四步，我說，我只會跳幾下難看的迪斯可，你站在那兒絞著雙手打蠟地板上淡淡地描出你的一個淺綠色的高跟的輪廓。

難道我瘋了嗎？我一出大門便喊起來我喜歡她我喜歡她我實在太喜歡她了你知道嗎你們知道嗎她是我所見過的最美一位女性一位姑娘。

不，你說，這不是愛情，只是一種在即有別即無宛似需要太陽才能被照亮的月亮的情緒，愛情無所不在，滲透了每一個毛孔每一滴血液而喜歡僅僅是歡喜而已。愛情是悲傷痛苦。

也許是因為她笑？

你默默地念叨著她的名字──不，你壓根兒不知道她的名字，你在花名冊上查了許久許久也無法將容顏和名字聯繫在一起。

你竟然開始給她寫信，一封又一封，沒有稱呼，沒有名字，沒有地址，你竟然開始給她寫詩（你活了比你兒子大三倍的年齡從沒寫過一行詩句），你說：

> 週末的夜裡
>
> 我出去尋覓了很久
>
> 以為街角站著的每一個女人
>
> 都是癡心等著我的
>
> 你

她終於講到了自己（也許過了幾個星期也許過了幾個月也許是在一家咖啡廳裡也許就在那條腐爛的江邊？）她在銀行裡工作。生活是那樣的乏味沒有意思。她才剛滿二十便覺得人生毫無價值。

你就是一切，我說，你就是價值，人生最高的價值，一個尚待實現的理想，一個剛剛在現實的地平線上出現的海市蜃樓，一個在生活的邊緣徘徊不定的夢，一支正待構思的小夜曲。

你拉著我的手（好溫軟的手啊，你！），你是那樣富於性感，你只要一靠近，我身上的全部磁粉就會發生急遽的變化，我的熱力和血就會沖向一處，在那兒聚集，加強，好像陣地上出現敵情，高射炮立即搖起，直指敵機──那閃著危險之光的黑色機翼，準備把最強烈的話語傾吐。

那一剎那是極其恐怖的，它經過多少夜晚不眠的構思，策劃，推斷，遐想，周密的論證，嚴謹的推理，一遍又一遍地修改臺詞、背誦、忘記、再背誦，直至記住，無數次地設想可能發生的一切，考慮各種不利的因素，選擇最佳的時機，然而，人的一切計畫全是枉費心

機。你們的相遇，是在眾目睽睽之下！

那一剎那沒有任何的浪漫，只有公事公辦，問題和回答。一切簡單明瞭。只有路燈，細膩地從背向射過來，你沒能看清我逆光中的表情。

於是你走了，我對汽車輪子說，喏，這就是我需要的，哪怕你現在從我身上軋過去，我也要掙扎著說出這一句：她，正是我一生所追求的，美，而又不實際。

* * *　* * *　* * *　* * *　* * *

莫非修潔音是我前世的情人？真念雙想。為什麼我還沒有出生，他就把我寫進了他的文字？等我生出二十年後，就找機會跟我結合了？有時候，我倆好像長在一起，密不可分，我痛時，他在萬里之外的歐洲或大洋洲都會感到痛？我們睡在一起，居然我會做他的夢，他也會做我的。「好溫軟的手」，這句話被他寫下來時，我還沒有出生啊！可那分明不就是我自己的手嗎？不就是我現在正往博客上發他文字的手嗎？

她想把他（把修潔音）生出來。這是女人最大的願望，夢想著生，在夢中生，通過文字來轉世。她感到發脹，很舒服的感覺，但又有點難受，想尿尿，不知是什麼促使她這樣，莫非是眼前這篇也是不久前放上去的文字？

《一個沒有廁所的城市》

見鬼，我要上廁所，我的小便憋死了，你們哪位能告訴我這哪兒有廁所嗎？附近沒有？周圍有嗎？也沒有？不對外開放？為什麼？為什麼？不對外就是不對外，沒有為什麼。可我要小便呀。沒聽人說，

小便時間憋長了，會生病嗎？會得膀胱癌！我單位那個處長就得了這個毛病，他老憋尿，有時一憋就是一個上午，有時一憋就是一天，因為他要開會，開沒完沒了的會。他就那樣憋著，臉也憋黃了，人家還以為是抽煙抽的。我平時不憋，可一上街就沒辦法，偏偏要小便，總是上街之前喝水，又不接受教訓，每回上都喝，一到人堆尿就來了。脹得底下發痛、發癢、發麻。脹得人一看見別人就恨，就討厭，就噁心。怎麼這麼多店鋪呀，簡直象開不完的會議。怎麼這麼多的人呀，每人屙一泡尿，恐怕街上可以撐船了吧。哎喲，我的媽，我真想屙尿呀。這可怎麼辦呢？哪兒都沒廁所。哪兒都不設廁所。人家說廁所髒，不衛生，不適合城市，這兒一切講乾淨，皮鞋要擦得賊亮，頭髮要梳得溜光，要講裝飾，不紅的嘴唇要塗成紅的，發黑的指甲要塗成紅的，灰白的頭髮要染成黑的，城市怎麼能要廁所呢，不能要廁所，城裡人都不解溲拉尿的，城裡人乾淨，城裡人講衛生，城裡人不當面做醜事，城裡人不隨地大小便，城裡人規矩，城裡是不設廁所的。這兒沒你拉屎拉尿的地方，你從哪兒來，還是回哪兒去吧。你是鄉下人？難怪！你回鄉下去吧，鄉下不是挺好，挖個茅坑，一腳踏一塊破木板，嘩嘩啦啦地就下去了嗎？多來勁！沒茅坑也方便，周圍又沒人，背轉過去一掏出來，就可以拉，多簡便。你覺得這好？這是野蠻、落後、不文明，野人的生活方式，沒有教養，滾回鄉下去，城裡不要你。

可我要拉尿，我要大聲喊，我要拉尿，我需要廁所，我要一所乾淨整潔的廁所，牆上沒有「我要日屄」的字樣，糞池裡沒有一堆積如山的糞便和黃色的積垢，地上沒有揩過的大便紙和濃痰，「請上一步」的地方沒有濺得到處都是的尿跡，我要一座好廁所，一座噴噴香、香噴噴的廁所，一座進來不想出去還想進來的廁所，我可以一泄而空，一泄而後快呀！城裡人難道不想宣洩？哦，他們沒有廁所，他們不要。那他們一定會尿床、遺精、一定會把屎拉到彼此的身上，我知道，他們准會這樣，當然不會公開。城裡人都長得好看，他們在街

上走都不會憋著屎尿不拉，他們不會，他們沒有，不像我，憋得急的時候，硬恨不得站在大街上就拉！我簡直要憋瘋了。可城裡人為什麼不憋？他們還互相摟著呢，難道這好受？哦，我明白了，原來他們在買東西！他們在拿錢買。原來是這樣！都從那兒出去了。難怪。

可我怎麼辦呢？我要屙尿。老大爺，請你告訴我，能借您的廁所解個溲嗎？放屁，廁所哪能借！你違反了規則。再說，咱們沒廁所。扒窗子看看，噢，那不是廁所嗎？兩個人在裡面摟著幹嗎？你給老子下來!抓人呀，這傢伙偷看女人解溲！抓住他！打死他，打死他，這狗流氓，這下流坯，這性飢餓，這色狼！打死他。

哎喲，我的媽，打得我好痛喲，打得我好舒服喲，這一來倒好，屎尿潲裡啪啦、稀裡嘩啦，坍方似地下來了，一滿褲襠，兩褲腿往下淌水，兩腳站在一灘尿中。

唉，我真希望找到一座沒有城市的廁所。

* * * * * * * * * *

我把手一揚，像導演一樣，說：「停！」真念雙就從夢中出來了，那雙勾引修潔音的高跟鞋丟在了夢裡面，也顧不得回去拿了。我跟她說，我賦予你的小說任務，你到此已經完成，不需要你再把修潔音的文字往任何地方放了，包括網上，包括夢中，包括人間天堂地獄的任何地方。我是老大，是寫書的人，我叫你停，你就得給我停。

真念雙說：即使如此，我還是可以放在自己腦子裡的。這你沒法阻止，對不對？

我說：那就隨你了。你的腦子我管不了。你想想什麼，你就想什麼，這不關我事。

真念雙說：我想了，是他另一篇文字。

我說：什麼文字？我已經無法忍受他的文字了。

真念雙說：那你還問什麼文字幹嗎？

我說：我只需要你說是個什麼標題就行。

真念雙說：《默默無聞的詩人》。

我說：哦，那個啊。知道了。

真念雙說：人對人的埋沒，比活埋還活埋。

我說：你什麼意思？

真念雙說：人是視而不見的。

我說：如果真的視而都見，人就完了。

真念雙說：人對人的恨都能夠透視得到。

我說：哦。

真念雙說：我還是想把它放出來，方正是最後一篇了。

我說：放就放唄，我無所謂。反正詩人都挺討厭的。

真念雙說：你不要這樣說嘛。

《默默無聞的詩人》

那是深夜，船艙中燈光昏暗，我處於半睡半醒的狀態。其他的乘客都已進入夢鄉。呼呼的風聲，浪花拍打船舷的聲音，發動機聲和乘客的鼾聲攪合在一起。

船在開航，但我已忘記它駛向何處。

一定是有人醒了，因為我聽見誰在說話。說話聲就從我的上鋪傳來。我記得上鋪的人戴一副深度近視眼鏡，上船後沒有講過一句話。

「是的，我是一個默默無聞的詩人。」

我嚇了一跳，以為他是在跟我說話，但接下去的話似乎不是這麼一回事。

「其他方面我很成功。我讀了大學，考上研究生，兩年就拿到碩士學位，考上博士生，不久，我就有希望出國深造。人都說我是事業的天之驕子，男同事們欽服我，女同事們崇拜我，我自己也認為，在我的領

域裡沒有我想辦而辦不到的事。可是，誰都不知道，我對一切厭倦得要死，我對什麼都提不起興趣，我失望，我沮喪，我無能為力，因為我盡了我的一切力量，甚至把最後的努力也拿出來了，但我終於失敗。

「簡而言之，我想當一個詩人，然而至今我不能如願，而這願望也像大江的流水已經一去不復返了。你不知道，作為一個詩人，我內心有著怎樣的情思和幻想，只要我願意，這世界就整個兒是我的，天上地下無不在我指下，人類的一切善惡，自然的一切變化，歷史的一切更替，都一一在我的掌握之中，我感到自己有上帝造物的力量，憑藉這超凡的力量，我可以創造萬有。於是我寫啊，寫，我寫我自己，寫我所見的人，所處的社會和自然，所思所想和所感，我寫出的詩歌，其數量是你無法想像的，你能否數得清大江在一瞬間湧起的浪花？如果你能數清，那你就數得清我寫的詩。

「然而，命運卻是在這樣捉弄、諷刺著一個人。對於物質上的追求，比如名利、地位等等，只要你稍作努力，便手到擒來，而在精神上的追求和探索，無論你作出多大努力，乃至使時間的每一秒鐘都凝聚著一滴鮮血，它卻視而不見，無動於衷。

「現在，我才知道為什麼那個藝術家一直到死還在修改他那尊終生沒有完成的塑像。」

我用力睜開眼睛，想看看究竟自己是醒著還是睡著，只見眼前一片昏黃的燈光依舊，船艙內仍然是齁齁的鼾聲，與艙外的風聲、濤聲和發動機聲溶為一體，而上鋪的人睡著一動不動，並沒有說一句話。

＊＊＊　＊＊＊　＊＊＊　＊＊＊　＊＊＊

「你讓我消失吧，」真念雙說。

「還沒有呢，」我說。「還有最後的那個故事呢。」接著，我就講起了最後的那個故事。

修潔音的自殺，是在最強烈做愛的那天晚上之後，在睡眠中通過

做夢而完成的。這麼說，似乎不需要任何細節敷陳就夠了。他把自己深深地插進真念雙，像一面旗幟，「大風起兮雲飛揚」一樣地動著，邊動邊問：「愛我嗎？」邊問邊得到迅速的回答：「愛。」邊又跟著繼續問：「想愛得更大更深嗎？」邊又得到進一步的回答：「想。」忽然，他聽見自己在喊：「叫！」於是下面那個人便叫了起來：「老公，我愛你！老公，我愛你！」

這時，他進入了譫妄狀態，嘴裡說著愛情的胡話：「我要被你愛化，媽媽，我要你把我懷上，把我生出來，把我愛死，把我生出來，把我愛死，把我生出來。」伴隨著強大的抽送，他和她呼吸著互相的空氣，吞飲著相互的體液，在雄壯的男音和嚶嚶的女音的齊鳴中達到高潮，然後他用自己的嘴把她下面流出來的吸回到自己嘴裡，又從上面還回給她，兩人品嘗、吸嗅從他陰囊中培育出的這種汁液，最後全部咽下，彷彿把天，吞進了肚裡。

他翻了一個身，很快就睡著了。她把大腿甩過去，騎跨在他赤裸的肌膚上，慢慢的，輕輕的，溫溫軟軟地吻著他的後頸窩，他淋漓著汗水的黑髮和他肌肉強健的脊樑，屋子裡充滿了精液的香氣，不久自己也不知不覺地進入了夢鄉。

醒來時，她發現，她把修潔音摟在懷裡，但那卻是一個已經涼冷的肉體。她大吃一驚，手一鬆，修潔音從她懷裡滑了出去，身體僵硬地橫在一邊。她伸出指頭，到他鼻孔下面試了一試，已經沒有了鼻息。又去他左邊心臟處摸了一把，也沒有心跳的跡象。她急了，以為是在做夢，便狠狠往自己大腿上捏了一把。很痛。沒錯，是醒著的。她一下子慌了，淚水便小河般從臉頰上流了下來。不可能的，不可能的，她一遍遍地喃喃低語。他不可能離我而去，就這樣不告而辭，離我而去。

只見修潔音雙目緊閉，面色慘白，心臟已經停跳，肉體已經冰涼。千呼萬喚也沒有應答。真念雙把被子拉過來，在他身上搭好掖好，緊挨著他躺下來，用自己的體溫溫暖著他，無意中手觸碰到了他的陰莖，卻發現此時的陰莖比任何時候都更堅挺。摸著，摸著，想著這

麼許多年來，他倆的越洋戀情和異國遊走，他們通過文字來往建構的感情，以及因思念而加深，因別離而濃醇的愛情，不覺自己下面像岸埒一般的陰水橫流，便翻身躍上，騎馬一樣騎在了修潔音的身體上面，把那堅硬無比的陽具，反握著順進自己的下體，照直坐了下去，滑滑的、硬硬的，好舒服啊！不一會兒就把自己的「味道」——他們做愛時，她對自己抵達高潮時的那種感覺，就稱其為「味道」——坐出來了！同時一遍遍地叫道：孩子呀，孩子，快醒來，快醒來，我把你生出來了！

不知道是做夢還是幻覺，修潔音舒了一口氣，睜開了眼睛，並在她達到高潮的一兩分鐘後，居然「噗噗」地射精了！

* * *　　* * *　　* * *　　* * *　　* * *

小說寫到這裡，真該結束了。修潔音死後，真念雙也不知去向，我一個寫書的人，只能很無奈，很抱歉地對大家說聲：對不起，我也該曲終人盡，掩卷而去了。

只是有一件事情，還需要交代一下。最近有一位知名不具的朋友，告訴我說，他是修潔音的生前好友，手上有一篇他的手稿，是他二十來歲寫的，距今應該有25年了。因為他知道我在寫一部關於修潔音的長篇小說，便通過熟人找到了我。最後通過微信，把那篇手寫的文字發給了我。我雖然百忙，還是抽空每天晚上打幾段，把文字全部打字下來了。

《論寫作的方法》

寫小說沒有意思。

怎麼寫倒頗有講究。我可不是指如何構思、選材等老生常談。我是指方式。

　　比如說，把鋼筆吸飽墨水，或新換一支圓珠筆芯，厚厚一摞稿紙鋪好放在面前，再泡上一杯茶，把面前礙手礙腳的書呀、杯盤呀，一股腦兒搬走，面的礙事，然後對著白紙把筆尖按下去。所謂文思如湧，筆下生輝。

　　可我覺得這樣太累。

　　再說，時間也是一個問題。比如說，你事先就對自己說好，今天正式開始，每天兩個小時，一小時約800到1000字，每2000字左右一個故事單元，開始難以做到，比如來電話或來人，但慢慢便能克服，不過就是填充2000個格子罷了。每天堅持下去，倒也很見效果，那堆白紙漸漸都黑了，只是是內容往往參雜了很多別的與故事情節無關的事，可是，你不規定死時間又有問題，比如說你想寫個短篇，想一氣呵成，可寫著寫著，你不是覺得寫不下去，就是覺得今天睡得太晚，有點對不住自己爹媽給的身體，反正故事總在，寫不完明天再談，有啥大不了的。

　　不過，跟寫法相比，時間還是次要的。

　　我說的是除坐以外。躺我試過。半倚半靠在籐椅上，可籐椅扶手凸凹不平，且地方窄小，不行。

　　那麼站著呢？國內尚無先例。中國人有站慣的，但我不說大家都知道，站慣了的人裡面絕不會有作家，否則那還像話！西方沒聽說，除了美國有個海明威，已經死了，生前愛「金雞獨立」，澳洲有個霍爾，還活著，也愛「金雞獨立」，據我採訪他，這樣寫作血脈流通，呼吸自如，而且可以保持較長時間的清醒，我試了一下，我家的桌子都太矮，儘管我本人已經矮得可以，它們頂多到我腰部，真沒辦法，我只好半依半俯，只幾秒鐘就不行了，比什麼都累。澳洲也不怎麼樣，市場上還沒看到這種作家專用桌。

　　我想到了睡。怪得很，每當我一拉滅燈，當這個房屋沉入黑暗，我的腦中就會產生各種奇思妙想，夜夜如此，而且從那一刻到正式入睡之前，大腦一直處於異常活躍狀態，如果我能把那時想到的一切筆

之於此，我可以好不吹牛第說不要多久我的作品就可以獲得諾貝爾文學獎，可惜的是，我一拉燈，拿筆記印象時，便什麼都沒有了。

我試著在被子裡寫作。可被裡範圍太小，如果在右手底下鋪一張紙，那紙八成是放不平的，再支起一支筆，膝頭還得幫著頂起下墜的被面，這一折騰，什麼文思都攪沒了，好歹摸索著寫出的東西，拿到燈下一看，像雞抓一樣，什麼都辨認不出，只好自認倒楣，無可奈何。

既然集中時間寫不行，站著寫沒條件，坐著寫太拘束，睡著寫太脆弱，我又發明了「人機對話」術。在正式使用之前我是這麼想的：我有什麼想法，就把它說出來，我雖沒有速記員或秘書，但我有答錄機，效果是一樣的，想說什麼就說什麼，說完了它也錄完了，最後謄抄一遍完事。這有多好，多省事，而且這樣記錄下來的東西最自然，最有意思。

可情況並不像我想像的那樣簡單。我把錄音鍵按下，就開始思考或者說準備發言，這時出鬼了，我就是什麼也想不起來，對著一個吱吱作響的機器，我這張嘴變得十分木訥，最後磁帶放出來的除了隔壁一聲狗叫，一聲「哇哇」的烏鴉叫以外，就是我關機之前的那句「去你媽屄球！」

最後我想到了一個好方法，也即最適合我個人的方法。我把整張大紙切割成四分之一的小方紙片，天女散花似地放在房屋各處，桌上、床邊、過道、盥洗室、廁所——廁所是大發靈感之地——廚房，同時配上圓珠筆，我在這兒轉來轉去，做別的事，一有什麼新的想法，就隨手抓過筆紙，迅速在上面寫幾個字，像洗牌一樣洗一下，最後謄正，結果竟然產生了如下篇章，如《我是日本人》、《準時雨》、《上海的第一個冬天》、《蒙特利爾、蒙特利爾》，……

　　＊＊＊　＊＊＊　＊＊＊　＊＊＊　＊＊＊

我不知道修潔音所說的這些「篇章」，後來是否寫成，如果沒

有完成，我也無意去完成他那些遺願，畢竟一個人的人生經歷，是另一個人很難介入，也沒有時間介入的。我倒是通過那天一個小小的事例，體會到了過去，也就是「past」的難逮。那是跟幾個女詩人的聚會。聚會上，一個姓Show的詩人（大臉、細眼、薄嘴唇）說，別人日進鬥金，她日寫數詩，一寫就往微信上發，一寫就往微信上發，很快傳遍大江南北、四海東西，一時間惹得蜂狂蝶亂，眾聲鼎沸，後來弄多了，自己也不記得自己發的東西，卻感覺到自己寫的意象、用譬、暗喻等等，彷彿一個個都跑到別人筆下，就好像自己家的東西，不知怎麼卻裝進別人的大包小袋裡，上面都還貼著別人的標籤！

另一個姓歐陽的詩人，也加入了他自己的心得。據他說，有天一個學生告訴他，「超喜歡」他的一首詩。他問這學生是哪首詩，發在什麼地方，學生一會兒就把資訊發過來了。他一看，吃了一驚：這不是我自己寫的，發在《詩非詩》上了嗎？怎麼我都不記得了呢？那首詩題叫《海》，把海洋形容成了羨慕嫉妒恨的場所，因此海水都是綠綠的。他說著，就在微信裡找那三個字：「超喜歡」，卻怎麼也找不到了，其實事隔不過兩三個月，但因微信沒有關鍵字搜索功能，難以甚至無法向往昔尋找，儘管每天充滿新的Moments，過去的就過去了，幾乎沒有蹤跡可尋。說到這裡，幾個詩人臉上現出難堪之色，因為她們也曾遇到過這個問題，但很少去思索這個問題的成因和解決辦法。現在把這個問題提出來，也是她們無法解決的，各人想到各人以前遇到過的此類問題，都覺得無法解決，也不想面對，然後談話很快轉到別的上面去了。

後來真念雙還給我寫了一封信，解釋了一下修潔音的情況：

編輯先生：

你知道，海外華人像修潔音這樣的不在少數。他們因各種原因出海，因各種原因滯留不歸，又因各種原因最後終老

海外、拋屍海外，葉落也不想歸根，是值得我們同情而不是鄙視的。他們的境況並不比我們好，甚至可以說比我們差得多。也許他們找到了自由，但他們在自由的空間裡，得到的卻是孤獨和憂鬱症。他們也許擺脫了家國的種種陋相和無窮無盡的弊病，但他們各自進入的國家也並非美輪美奐，不可能美輪美奐，又因為語言問題和文化問題，他們受到排斥、擠壓、驅趕和歧視，有苦無處傾訴，有難無人同當。他們與家國的關係，並不是一個「愛國」可以盡言，也不是小兒科那麼簡單。最好不要用「愛」這個字，因為實在太酸。用「想」比較好，因為那的確是一種想，不是刻意地想，而是無時不刻地想，等到意識到在想時，不覺莞爾一笑，覺得自己有點太傻了，畢竟人在海外，還那麼想幹嘛？但他們無論到海外多少年，做的夢無不與家國有關。如果裡面出現白人或黑人或其他人種，那也是少之又少，不是說他們也搞種族歧視，而是說他們的確平時不太與其他人種打交道。吃的是米飯，炒的是中國菜，說的是漢語，寫的短信、微信什麼的，也都還是漢語，可能會夾雜一些常用的英語，但也僅此而已，不可能把與漢有關的一切從根部斬斷，也不大可能有這樣的人，除非已經得了嚴重的孤獨症或憂鬱症，像修潔音那樣。我這樣說可能對他有些不fair（公平），但他已不在人世，我就不好多說什麼。畢竟我們大家都渴望平等自由，而平等的第一要義，就是要讓人說話。修潔音說的話儘管刺耳，但都是肺腑之言。你可以當耳旁風，但不能因此而把他打入冷宮。有容乃大是什麼意思？就是能夠容忍反對意見。就這麼簡單。如果聽慣了奉承話和點贊，一個人身上就會慢慢出現麻麻點點，到最後千瘡百孔還不自知，那是很可悲的。像修潔音這樣的人，對家國充滿了仇恨，也是不難理解的。他父親在文革被整死，他弟弟也在新近的運動中被整死，你讓他人何以堪嘛，對不對？好在他並未參加任何民主政治的

運動，他唯一想做的，就是做一個自由人，能夠自由自在地呼吸，自由自在地寫作，自由自在地思想。他甚至想把自己改姓，稱自己是雙姓，就像司馬、司徒、司空、歐陽一樣。你知道他給自己起的雙姓是什麼嗎？他姓Sixiang。聽起來像思鄉，其實是思想。Mr Sixiang。你不覺得這個姓很酷嗎？

其實，他，以及他們，那許許多多回不來，也不想回來的人，應該讓他們恨，這裡面吊詭的是，他們越恨就越愛。事情就這麼簡單。如果哪天他們聽到關於家國的事，臉上一片冷漠，好像沒有聽見似的，馬上轉開話題，那就完了。那說明他們已經澈底死心，跟那個國家早已撇清關係了。至少，我們的這個Mr Sixiang到目前為止還沒有。

他的作品，我強烈建議你們發表。我可以拿頒獎一事來打個比喻嗎？人們一般以為，頒獎是關於品質的。其實並沒有那麼絕對。它不像跑一百米按碼表，誰第一就誰第一。文學的事永遠都不可能有一個整齊劃一的標準的。加上每一個評委的閱歷、經歷、學歷、資歷，眼光、眼界、眼力、眼水都不一樣，最後評出來的那個獎，往往是去掉一個最高分，去掉一個最低分的折衷結果，並不能說明任何東西。最後起作用的說到底就是運氣。用英文說就是lucky。當然，這裡面還有個鼓勵的問題。比如，在澳大利亞這個國家，無論文學獎還是繪畫獎，尤其是肖像獎，得獎者永遠都是白人，有的白人得獎次數多達8次。這個白人國家想以此說明什麼？他們想說明的是：其他人種的人都不如他們。只有白人才是最優秀的，因此，其他人種的人寫的東西或畫的東西，只能允許入圍，不能允許得獎，這已經在評委中形成了不言自明的共識，大家只要互相看一眼就心知肚明。那麼，修潔音的家國，對海外作家是不是也有一種這樣心知肚明的共識呢？即海外作家寫的東西，永遠都不如海內作家的，不允許他們得獎不說，還不允許他們的著作得到發表。

　　從這個角度講，修潔音的絕望是可以理解的，在他來說也是需要抒發的，否則大家還以為，活在海外等於上了天堂。其實他們不僅在海外遭到排擠打擊，而且在海內也同樣遭拒、同樣遭到唾棄。這不是讓他們死後也不得安寧，死後也要返回人的夢中說事嗎？！

　　我要你發表，還有一個重要的原因，那就是，他的這些小說，都是二十來歲時寫的。二十歲對一個人來說重要嗎？男的風華正茂，女的豔若桃花，再往下過，不過就是習慣積累的閒肉罷了。這不是我的話，而是修潔音的話。他去世之前，經常與我一起，把才活了二十來歲的詩人的詩翻譯出來，哪怕他的家國從來無人注意，比如Wilfred Owen。當他注意到他並開始翻譯時，他那個國家雖然有十來億人，卻幾乎無人瞭解，眼睛都瞟到莎士比亞那兒去了。他喜歡這個詩人，不僅是因為他只活了25歲（1893-1918），而且因為他二十來歲寫的詩，已經就是青春本身，即使任何活人想詆毀也無用。青春本身再不完美，也已經夠完美了。一個活到六七十歲的人再完美，成就再大，也不如二十來歲的青春本身完美。他當時引用的一句話，是Wilfred Owen說的：「Ambition may be defined as the willingness to receive any number of hits on the nose」。[21]修當時的翻譯是：「所謂野心，就是你願意讓人照著你的鼻子，隨便打多少拳都行」。他還喜歡另一個也只活了二十來歲的人的東西。那人名叫Georg Trakl，只活了27歲（1887-1914）。他翻譯的他的一句話也留在我這兒：「Shuddering under the autumn stars, each year, the head sinks lower and lower。」[22]修的譯文是：「年年都在秋天的星星下顫抖，那只頭顱垂得越來越低了。」他還喜歡一個隻活

---

[21] 參見：http://www.brainyquote.com/quotes/quotes/w/wilfredowe322026.html
[22] 參見：http://www.brainyquote.com/quotes/quotes/g/georgtrakl204776.html

了28歲（1983-2011）的女歌手，名叫Amy Winehouse。她說過一句話：「I listen to music that is of our time and I just get angry。」[23]修的譯文是：「我一聽我們這個時代的音樂，我就特別生氣。」

你知道我為什麼告訴你這些，特別是最後這句話？這是因為當年修潔音常常告訴我，他無法忍受當代生他養他後來被他離去的那個家國發表的任何作品，他的心情真的只能以「生氣」來形容，而他的作品也真的是在這樣一種狀態下生成的。那是二十歲的青春。就為了這，我請求你發表。

看了信後我想，修潔音和真念雙的故事，癥結就在於此。她們或他們的過去或往昔或往事或過往，都是無跡可尋的，只在我一人腦中發生，變成文字後，又像甩出去的雨水，成把成把地甩出去，碰到身上的就那幾粒，能鑽進腦裡，留在心裡的，可能就更少了。人生存，為的就是過去。這話似乎還可以說得更清楚一些。人生存，為的就是把一切活過去。活過去了，就不用再回顧。所謂過一天，算一天。所謂澳大利亞人說的：Another day, another dollar。（過一天，賺一天錢）。所謂英雄不提當年勇。也就是，當年再勇，現在還是老頭子一個，乏善可陳。你朝過去伸出手去，一抓一個空，一抓一個空。大腦雖然好像什麼都記得，真要去記，一個都不記得，記得的也沒法準確地打上時間的標籤。這就好像法庭上法官問那個當事人，也就是證人，說：Did you make the remark then or not？（你當時說了那句話，還是沒說？）證人說：好像說了。翻譯翻成：I seem to have said it。法官立刻說：What did you mean by "I seem"？翻譯說：你說「好像」，是什麼意思？如此等等，等等如此。這個法律的問題在於，它太相信一個人的記憶了，好像——對不起，我也來了一個「好像」了——記憶都很可靠似的。當一個人只能說「好像」時，那就說明他的記憶已經不

---

[23] 參見：http://www.brainyquote.com/quotes/quotes/a/amywinehou473762.html

太可靠了，只能用「好像」去形容。法律如果不能在當時安一個攝像頭和答錄機，把當時說的話和做的事攝下來，就只能勉強對待雲一樣飄忽的記憶，是很遺憾的事。

過去，我現在面對的這個過去，真像一片無法穿越的密林或一堵壁立的雲牆。也像前面那個匈牙利女詩人說的話：「ocean, the uncleavable.」（大海，無法劈開之物）。你說大海也行，你說天空也可，但要在其中找回一個細節，簡直難上加難。一個活著的人，如果不是一頭僅為食亡的鳥，能把人生走過的所有階段，都一字不苟地記下來，標上當天的日期，那也應該算是一個不小的創舉了。最痛恨的是寫一個什麼東西，發一篇什麼報導或文章，能看見哪月哪日，卻看不見是哪一年的。這樣的東西，發出來等於沒發，等於就像從空中扔下的一句話，就像50年前拍的一片雲，然後在下面標上8月9號或10月12號或隨便什麼號一樣。

我把這根品名為「Omg」（Oh, My God）的電子煙，從標有「Strawberry」（草莓香味）字樣的透明管子裡抽出來，插進唇間，抽了一口，煙頭冒出紅光，還帶著微微的一聲「噗」，嘴裡便吐出一口煙霧，留在口腔內的雖然是草莓香，但我卻覺得似有惡臭，遠不如一根真煙那樣來得樸實、真切。

那麼，所謂小說，是不是也是這樣一種「上帝啊」牌的電子煙，讓人看了之後也大叫一聲：Oh, my God!（我的上帝啊），產生一種欲罷不能，似有若無，像那麼回事，又不是那麼回事，所有的一切都不存在，又都存在，無法把握，只能通過文字把握的感覺呢？

我不記得昨天晚上做的夢了，但我還是留下了一個印象，那是我白日夢和夜晚夢，虛構和現實的一種熔合，被想像燒化後的熔合，所以有個「火」旁，而不是那種三點水的「溶合」。我買了一束鮮花，放在他倆或她倆的墓上。我用「她倆」，應該是對得起女權主義者的，因為沒有用「他倆」來貶低她們。兩千多年前，孔子說：「故聖人耐以天下為一家，以中國為一人者」。後來林語堂把這句話譯

成了英文：「The reason the Sage is able to regard the world as one family and China as one man …」。[24]這種翻譯，如讓當代女權主義來評判，肯定要給他一個大耳刮子。為什麼？因為他把「以中國為一人者」，居然譯成了「China as one man」。這句話如果翻回中文，那意思就是：「以中國為一男人者」。孔子有這樣說嗎？孔子說的「一人」，指的是男人嗎？你敢肯定？你確定？你憑什麼確定？

當然，這是我在夢中憑弔我這兩個小說人物時，腦子裡卷起的小小波瀾，並不妨礙我對兩人的敬意和懷念。他們的墓碑上，只有真念雙的遺像，而無修潔音的照片。在他照片留下的空白處，寫著兩行詩：

夢是夢的移民
夢是夢游者的移民

我把花，其實是紙花，當著他們，哦，不，是她們（其中含有一個他），的面燒掉了。醒來時，感到眼睛發幹，起來後到鏡前一看，哎喲，右眼下面腫了起來，好像被夢外面的蚊子咬了一口。

---

[24] 引自《林語堂中英對照：孔子的智慧》（下）。正中書局：2009年，pp. 462-3。

國家圖書館出版品預行編目

她：一部關於小説的小説 / 歐陽昱著. -- 臺北市：獵海
人, 2017.05
　　面；　公分
　　ISBN 978-986-94766-4-5(平裝)

881.157　　　　　　　　　　　　　106007141

她
一部關於小説的小説

作　　者　歐陽昱
出　　版　獵海人
印　　製　秀威資訊
　　　　　114 台北市內湖區瑞光路76巷69號2樓
　　　　　電話：+886-2-2518-0207
　　　　　傳真：+886-2-2518-0778
網路訂購　作家生活誌：http://www.showwe.com.tw
　　　　　博客來網路書店：http://www.books.com.tw
　　　　　三民網路書店：http://www.m.sanmin.com.tw
　　　　　金石堂網路書店：http://www.kingstone.com.tw
　　　　　讀冊生活：http://www.taaze.tw

出版日期：2017年5月
定　　價：450元
【全球限量版150冊】